Douglas Preston
Lincoln Child

RIPTIDE

Douglas Preston
Lincoln Child

RIPTIDE

Roman

Aus dem Amerikanischen übersetzt
von Thomas A. Merk

Droemer

Originaltitel: Riptide
Originalverlag: Warner Books, New York

Die Folie des Schutzumschlags sowie die Einschweißfolie
sind PE-Folien und biologisch abbaubar.
Dieses Buch wurde auf chlor- und säurefreiem Papier gedruckt.

Umschlaggestaltung: Agentur ZERO, München
Umschlagfoto: Fred Hazelhoff / Nature
Satz: Ventura Publisher im Verlag
Druck und Bindung: Clausen & Bosse, Leck
Printed in Germany
ISBN 3-426-19442-2

2 4 5 3 1

Lincoln Child widmet dieses Buch
seiner Tochter Veronika

Douglas Preston widmet dieses Buch
seinem Bruder Richard Preston

Was für ein Tag! Kein Rum mehr: – Wir waren alle mehr oder weniger nüchtern: – Welch ein verdammtes Durcheinander! – Halunken beim Pläneschmieden: – Viel Gerede von Trennung – also hielt ich scharf Ausschau nach einem Schiff: – und noch am selben Tag kaperten wir eines mit viel Schnaps an Bord – so ging es uns wieder gut, verdammt gut, und alles war wieder in Ordnung.

Aus dem Logbuch
von Edward Teach alias Blackbeard,
ca. 1718

Wendet man Methoden des zwanzigsten Jahrhunderts zur Lösung von Problemen des siebzehnten Jahrhunderts an, dann erntet man entweder vollen Erfolg oder vollkommenes Chaos. Ein Zwischending gibt es nicht.

Orville Horn, Ph. D.

Prolog

An einem Nachmittag im Juni 1790 geriet Simon Rutter, ein Kabeljaufischer aus Maine, in einen Sturm, der mit einer starken Riptide, einer Rückströmung, einherging. Weil sein kleines Boot mit Fisch überladen war, wurde es weit vom Kurs abgedrängt, und Rutter mußte auf der nebelverhangenen Insel Ragged Island sechs Meilen vor der Küste Schutz suchen. Die Zeit, die der Fischer auf das Ende des schlechten Wetters wartete, nutzte er, um das verlassene Eiland zu erkunden. Hinter den Felsenklippen an der Wetterseite der Insel entdeckte er eine alte Eiche, an deren unterstem Ast die Reste eines Flaschenzugs hingen. Direkt darunter war der Erdboden an einem kleinen Fleck eingesunken. Obwohl die Insel als unbewohnt galt, sah Rutter in dem Flaschenzug einen klaren Beweis dafür, daß vor vielen Jahren einmal jemand hiergewesen sein mußte.

Rutters Neugier war geweckt, und so kehrte er an einem Sonntag ein paar Wochen später zusammen mit einem seiner Brüder nach Ragged Island zurück. Die beiden Männer hatten Pickel und Schaufel dabei und begannen, nachdem sie die alte Eiche wiedergefunden hatten, in der Senke unter dem Flaschenzug zu graben.

In etwa eineinhalb Metern Tiefe stießen sie auf eine Plattform aus Eichenbohlen. Von diesem Fund beflügelt, gruben sie, nachdem sie die Bohlen entfernt hatten, immer weiter. Bis zum Abend hatten sie ein Loch von fast sieben Metern Tiefe ausgehoben, das durch mehrere Schichten von Holzkohle und Lehm sowie eine weitere Plattform aus Eichenholzbrettern führte. Die Brüder beendeten ihre Arbeit und nahmen sich vor, nach der Makrelenwanderung zurückzukehren. Doch daraus wurde nichts, denn eine Woche später ertrank Rutters Bruder, als sein Boot in einem Sturm kenterte, und Rutter gab die Weiterarbeit an dem Schacht vorerst auf.

Erst zwei Jahre später beschlossen Rutter und eine Gruppe Geschäftsleute von der Küste, gemeinsam eine weitere Grabung auf Ragged Island zu starten. Kurz nachdem sie die Ausschachtungsarbeiten wiederaufgenommen hatten, stießen sie auf vertikal verlaufende, dicke Eichenholzbalken und Querverstrebungen, die offenbar die alte Verschalung eines später wieder mit Erde gefüllten Schachtes darstellten. Wie tief die Gruppe bei ihren Grabungen genau kam, weiß heute niemand mehr. Die meisten Schätzungen gehen aber davon aus, daß sie es fast bis hinunter auf dreißig Meter schaffte. In dieser Tiefe stießen die Arbeiter auf eine Steinplatte, in die folgende Inschrift gemeißelt war:

Mit Lügen begonnen
In Schmerzen zerronnen
Den Tod nur gewonnen

Die Männer lösten den Stein aus der Erde und hievten ihn nach oben. Später wurden immer wieder Theorien laut, daß mit dieser Aktion eine Art Stopfen entfernt wurde, denn Sekunden später lief der Schacht ohne Vorwarnung mit Salzwasser voll. Die Männer, die dort unten gegraben hatten, konnten sich gerade noch retten – bis auf einen: Simon Rutter. Er war das erste Todesopfer, das die Wassergrube, wie der vollgelaufene Schacht seitdem genannt wurde, gefordert hatte.

Viele Legenden ranken sich um die Entstehung dieser Wassergrube. Als eine der wahrscheinlichsten gilt die, daß hier der im Jahr 1695 auf mysteriöse Weise ums Leben gekommene englische Pirat Edward Ockham kurz vor seinem Ende einen riesigen Schatz vergraben haben soll. Schon kurz nach Rutters Tod kamen erste Gerüchte auf, daß auf dem Schatz in der Wassergrube ein Fluch läge und daß jeden, der seiner habhaft werden wolle, genau das Schicksal ereilen werde, welches auf der Steinplatte beschrieben wurde.

Der ersten gescheiterten Grabung folgte eine lange Reihe erfolgloser Versuche, die Wassergrube trockenzulegen. So gründeten im Jahr 1800 zwei von Rutters früheren Geschäftspartnern eine neue Firma und sammelten Geld, um vier Meter südlich der Wassergrube einen zweiten Schacht zu graben. Sie hatten vor, von dort aus durch einen Quertunnel zur Schatzkammer vorzudringen. Als sie jedoch mit diesem Tunnel in die Nähe der Wassergrube kamen, füllte auch dieser sich so rasch mit Wasser, daß die dort arbeitenden Männer sich nur mit Mühe in Sicherheit bringen konnten.

Danach ließ man die Wassergrube über dreißig Jahre lang in Ruhe. Im Jahr 1831 schließlich gründete ein Bergbauingenieur aus Maine namens Richard Parkhurst die Bath Expeditionary Salvage Company. Weil er mit einem der Geldgeber der ersten Expedition befreundet war, hatte Parkhurst wertvolle Informationen über die ursprünglichen Ausgrabungsarbeiten erhalten. Er ließ Bretter über den Schacht legen und installierte darauf eine große, dampfgetriebene Pumpe. Als es ihm damit nicht gelang, das Meerwasser aus der Grube zu entfernen, baute er über der Öffnung des Schachtes einen primitiven Bohrturm auf, wie man ihn im Kohlebergbau verwendet. Der Bohrer drang durch den Boden des Schachts und durchstieß in einer Tiefe von einundfünfzig Metern eine Schicht Holzplanken, bevor er nicht mehr weiterkam. Als man den Bohrkopf aus dem Loch holte und untersuchte, fand man an seinen zu Bruch gegangenen Schneiden rostige Metallspäne und im Bohrkern Kitt, Zement und eine Menge Fasern, die man nach einer genauen Untersuchung als Kokos identifizierte. Dieses auch »Manilagras« genannte Material, das ausschließlich in den Tropen wächst, wurde auf den damaligen Schiffen als Füllstoff verwendet, um die Ladung vor dem Verrutschen zu bewahren. Kurz nach diesem Fund ging die Bath Expeditionary Salvage Company bankrott, und Parkhurst mußte die Arbeiten auf Ragged Island einstellen.

Im Jahr 1840 wurde die Boston Salvage Company gegründet, die bald darauf begann, in der Nähe der Wassergrube einen dritten Schacht zu graben. In einer Tiefe von zweiundzwanzig Metern stieß dieser unerwartet auf einen alten Seitentunnel, der offenbar hinüber zur Wassergrube führte. Durch diesen Gang füllte sich der neue Schacht allerdings so rasch mit Wasser, daß er kurze Zeit später in sich zusammenbrach.
Unbeirrt von diesem Rückschlag legte man einen weiteren, sehr breiten Schacht in etwa dreißig Metern Entfernung an, der später unter dem Namen Boston-Schacht bekannt werden sollte. Anders als seine Vorläufer, führte der Boston-Schacht nicht senkrecht, sondern leicht schräg hinab in die Erde. In einer Tiefe von zwanzig Metern stießen die Schatzsucher auf felsigen Untergrund, gruben den Schacht aber dennoch weitere fünfzehn Meter in die Tiefe, was wegen des Einsatzes von Spezialbohrern und Sprengstoff enorm hohe Kosten verursachte. Schließlich trieben sie einen horizontalen Gang bis zu einer Stelle vor, von der sie annahmen, daß sie sich unter dem Boden der Wassergrube befand. Hier stießen sie auf Grubenholz und erkannten, daß der alte, mit Erde gefüllte Schacht noch nicht zu Ende war. Sie gruben weiter und stießen in neununddreißig Metern Tiefe auf eine weitere Plattform aus Eichenholz. Diese ließen sie zunächst an Ort und Stelle, um erst einmal zu beratschlagen, ob sie das Holz am nächsten Tag entfernen sollten oder nicht. In der Nacht jedoch wurden die Schatzgräber von einem lauten unterirdischen Poltern aus dem Schlaf gerissen. Sie eilten zu ihrem Schacht und stellten fest, daß der Boden der Wassergrube mit solcher Wucht durchgebrochen war, daß es Wasser und Schlamm bis zu einem Umkreis von zehn Metern rings um den Einstieg zum Boston-Schacht herausgeschleudert hatte. Im Schlamm fand man einen krude gefertigten Metallbolzen, wie er als Beschlag für mit Eisenbändern zusammengehaltene Seekisten Verwendung fand.

Im Lauf der nächsten zwanzig Jahre wurde über ein Dutzend neuer Schächte gegraben, von denen man hoffte, sie würden die unter der Wassergrube vermutete Schatzkammer erreichen. Alle diese Schächte liefen mit Wasser voll oder stürzten ein. Vier weitere Schatzsucherfirmen gingen pleite. In einigen Fällen behaupteten die Arbeiter, die sich im letzten Moment hatten retten können, daß die Überflutung ihrer Schächte keine natürliche Ursache gehabt habe, sondern auf einen diabolischen Mechanismus zurückzuführen sei, den die Erbauer der Wassergrube zum Schutz ihres Schatzes ersonnen hatten.

Der amerikanische Bürgerkrieg ließ die Grabungsarbeiten ein paar Jahre lang ruhen. Dann, im Jahr 1869, sicherte sich eine neugegründete Firma die Grabungsrechte auf Ragged Island. Dem Vorarbeiter der Schatzsucher, einem Mann namens F. X. Wrenche, fiel auf, daß der Wasserstand in der Grube sich im Einklang mit Ebbe und Flut hob und senkte. Er schloß daraus, daß der Schacht selbst und seine Wasserfallen durch einen Tunnel mit dem Meer in Verbindung stehen mußten. Wenn es gelänge, diesen Tunnel zu finden und abzudichten, könnte man die Grube trockenlegen und den Schatz gefahrlos bergen. Um den Verbindungsstollen zu finden, ließ Wrenche rings um die Wassergrube mehr als ein Dutzend Sondierungsschächte von unterschiedlicher Tiefe anlegen. Einige dieser Schächte trafen auf horizontal verlaufende Tunnels und Spalten im Fels, die Wrenche mit Hilfe von Sprengungen abdichtete. Dennoch gelang es ihm nicht, einen Verbindungstunnel zum Meer zu finden, so daß die Grube mit dem Schatz weiterhin unter Wasser stand. Schließlich ging der Firma das Geld aus. Wrenche und seine Leute mußten die Arbeiten einstellen; ihre zurückgelassenen Gerätschaften setzten in der salzigen Seeluft langsam Rost an.

Anfang der achtziger Jahre des neunzehnten Jahrhunderts gründete ein Konsortium von Industriellen aus Kanada und England die Gold Seekers Ltd. Starke Pumpen und neuartiges Bohrgerät wurden zusammen mit großen Dampfmaschinen auf die Insel gebracht. Die Firma machte mehrere Versuchsbohrungen in der Wassergrube, bis sie am 23. August 1883 den entscheidenden Durchbruch schaffte. An diesem Tag traf der Bohrkopf auf die Eisenplatte, an der fünfzig Jahre zuvor Parkhursts Bohrer gescheitert war. Die neuen Schatzsucher versahen ihr Gerät mit einem Diamantkopf und heizten die Dampfmaschinen auf volle Leistung an. Diesmal überwand der Bohrer die Eisenplatte und fraß sich in einen soliden Block aus einem weicheren Metall. Als man den Bohrkern untersuchte, fand man darin eine lange schwere Spirale aus purem Gold zusammen mit dem Fetzen eines verrotteten Pergaments, auf dem zwei Bruchstücke von Sätzen lesbar waren. Sie lauteten: »Seide, kanarischer Wein, Elfenbein«, und: »John Hyde verfault am Galgen von Deptford.«
Eine halbe Stunde nach dieser Entdeckung explodierte einer der massiven Dampfkessel, wobei ein irischer Heizer ums Leben kam und ein Großteil des technischen Geräts zerstört wurde. Dreizehn weitere Arbeiter wurden verletzt, und Ezekiel Harris, einer der Firmenchefs, verlor bei dem Unfall sein Augenlicht. Kurz darauf ereilte auch die Gold Seekers Ltd. ihr Schicksal: Wie alle ihre Vorgängerinnen ging auch diese Firma bankrott.

Um die Jahrhundertwende herum versuchten drei weitere Unternehmen ihr Glück an der Wassergrube. Obwohl ihnen keine so spektakulären Funde gelangen wie Gold Seekers Ltd., wollten diese Unternehmen mit neuartigen Pumpen und durch Sprengung von wasserführenden Stollen die Insel trockenlegen. Einer dieser Firmen gelang es sogar unter Einsatz sämtlicher Pumpen, den Wasserspiegel in einigen Schächten bei Ebbe um etwa sieben Meter zu senken. Arbeiter, die man in diese Schächte hinabließ, klagten über Kopfschmerzen, einige von ihnen wurden von den giftigen Gasen sogar ohnmächtig und mußten bewußtlos nach oben gehievt werden. Bei Sprengungsarbeiten Anfang September 1907 verlor ein Mann bei der vorzeitigen Explosion einer Ladung beide Beine und einen Arm. Als zwei Tage später ein starker Nordoststurm die Hauptpumpe zerstörte, wurden die Arbeiten eingestellt.

Obwohl danach keine Gesellschaften zum Heben des Schatzes mehr gegründet wurden, versuchten immer wieder einzelne Fanatiker ihr Glück und begannen, auf Ragged Island zu graben. Schließlich war die Insel so durchlöchert, daß niemand mehr sagen konnte, welcher der unzähligen vollgelaufenen Schächte überhaupt die ursprüngliche Wassergrube war.
Schließlich gaben all die Schatzsucher auf und überließen Ragged Island den Fischadlern und Vogelkirschenbüschen. Der Boden der Insel war ein unsicheres und gefährliches Terrain geworden, das von den auf dem Festland lebenden Menschen gemieden wurde.
Im Jahr 1940 wurde Alfred Westgate Hatch Senior, ein wohlhabender Finanzier aus New York, der zusammen mit seiner Familie den Sommer in Maine verbrachte, auf Ragged Island aufmerksam. Bald war Hatch von der Insel so fasziniert, daß er sich intensiv mit ihrer Geschichte beschäftigte, die allerdings nur sehr spärlich dokumentiert war, denn keine der Schatzgräberfirmen hatte es für nötig erachtet, genaue Aufzeichnungen zu führen. Sechs Jahre später erwarb Hatch die Insel von einem Grundstücksspekulanten und zog mit seiner Familie nach Stormhaven.
Auch für A. W. Hatch Senior sollte die Beschäftigung mit der Wassergrube zu einer Obsession werden, die ihn, wie so viele seiner Vorgänger, schließlich in den finanziellen Ruin trieb. Nach zwei Jahren waren die Geldreserven der Familie aufgebraucht, und Hatch sah sich gezwungen, seinen persönlichen

Bankrott zu erklären. Er fing an zu trinken und verstarb bald darauf. Sein Sohn, der damals erst neunzehnjährige A. W. Hatch Junior, mußte ganz allein für den Lebensunterhalt der Familie sorgen.

1

Juli 1971
Der Sommer fing an, Malin Hatch zu langweilen. Zwar hatten er und Johnny mit großem Vergnügen am Morgen ein Hornissennest am alten Brunnenhaus mit Steinen beworfen, aber jetzt wußte er nicht, was tun. Es war kurz nach elf, und Malin hatte bereits zwei Brote mit Erdnußbutter und Banane gegessen; nun saß er im Schneidersitz auf dem Steg vor dem Haus und blickte hinaus aufs Meer. Wenn wenigstens ein Schlachtschiff oder ein großer Öltanker vorbeifahren würde! Möglicherweise lief der dann sogar bei einer der Inseln am Horizont auf ein Riff und explodierte. Das wäre doch wenigstens etwas!
Malins Bruder kam aus dem Haus und polterte den Steg entlang. Er preßte sich einen Eiswürfel an den Hals.
»Die haben dich ganz schön erwischt«, sagte Malin und freute sich insgeheim darüber, daß die Hornissen seinen älteren und angeblich so viel klügeren Bruder gestochen hatten, ihn aber nicht.
»Du Feigling hast dich ja nicht näher rangetraut«, erwiderte Johnny, der noch am letzten Bissen seines Sandwichs kaute.
»Ich war genauso nah dran wie du.«
»Daß ich nicht lache. Alles, was die Hornissen von dir gesehen haben, war dein magerer Arsch, den du ihnen beim Weglaufen zugedreht hast.« Er schnaubte verächtlich und schleuderte den Eiswürfel ins Wasser.
»Stimmt nicht. Ich war direkt am Nest.«
Johnny ließ sich neben Malin auf den Steg plumpsen und warf seinen Schulranzen auf die Planken. »Diesen Hornissen haben wir's aber gegeben, was, Mal?« sagte er und fuhr mit dem Zeigefinger über die brennend rote Stelle an seinem Hals.
»Und ob.«

Die beiden schwiegen. Malin blickte über den kleinen Naturhafen hinweg auf die Inseln draußen in der Bucht: Hermit Island, Wreck Island, Old Hump, Killick Stone. Und in der Ferne dahinter konnte er die bläuliche Silhouette von Ragged Island erkennen, die heute ausnahmsweise einmal nicht unter dem üblichen Dunstschleier lag, der sie auch an herrlichen Hochsommertagen wie diesem vor Blicken vom Festland verbarg. Das offene Meer hinter den Inseln war heute, wie Malins Vater gerne sagte, so ruhig wie ein Dorfteich.

Mit einer trägen Bewegung warf Malin einen Stein ins Wasser und betrachtete ohne großes Interesse die ringförmigen Wellen, die er dadurch erzeugt hatte. Jetzt bereute er es fast, daß er nicht mit seinen Eltern in die Stadt gefahren war. Dort wäre zumindest etwas los gewesen. Sehnlich wünschte er sich, irgendwo anders zu sein – in Boston, in New York, ganz egal wo –, nur nicht hier in Maine. »Warst du schon mal in New York, Johnny?« fragte er.

Johnny nickte feierlich. »Einmal. Vor deiner Geburt.«

Der lügt doch, dachte Malin. Als ob Johnny sich an etwas erinnern könnte, das sich zugetragen hatte, bevor er zwei Jahre alt war. Aber er traute es sich nicht laut zu sagen, denn sonst hätte er einen raschen Boxhieb gegen seinen Arm riskiert.

Malins Blick fiel auf das kleine Boot mit dem Außenborder, das am Ende des Stegs festgemacht war, und plötzlich hatte er eine Idee. Eine wirklich gute Idee. »Laß uns mit dem Boot rausfahren«, schlug er mit gedämpfter Stimme vor.

»Du bist verrückt«, erwiderte Johnny. »Dad wird uns den Hosenboden versohlen.«

»Jetzt hab dich doch nicht so«, sagte Malin. »Nach dem Einkaufen sind Mom und Dad bei den Hastings zum Mittagessen eingeladen. Vor drei kommen sie bestimmt nicht zurück, vielleicht sogar erst um vier. Niemand wird erfahren, daß wir das Boot genommen haben.«

»Niemand? Bloß der ganze Ort, der uns da draußen rumgondeln sieht.«

»Ach, das interessiert doch keinen«, sagte Malin und fügte verwegen an: »Wer ist hier der Feigling?«
Johnny überging die Frechheit des kleinen Bruders. Seine Augen ruhten auf dem Boot. »Wo willst du denn damit hinfahren?« fragte er.
Obwohl sie allein waren, senkte Malin seine Stimme. »Nach Ragged Island.«
Johnny sah seinen Bruder erstaunt an. »Dad wird uns umbringen«, flüsterte er.
»Nicht, wenn wir den Schatz finden.«
»Es gibt keinen Schatz«, sagte Johnny verächtlich, aber nicht besonders überzeugend. »Außerdem ist es auf der Insel verdammt gefährlich. Denk bloß an all diese Schächte.«
Malin kannte Johnny gut genug, um zu wissen, daß er seine Neugier geweckt hatte. Also sagte er nichts mehr und verließ sich einfach darauf, daß die öde Monotonie des Vormittags ihre Wirkung tat. Nach einer Weile stand Johnny unvermittelt auf und ging ins Haus. Malin blieb sitzen und spürte, wie ihm ein erwartungsvolles Kribbeln durch den ganzen Körper lief. Als sein Bruder zurückkam, hielt er zwei Schwimmwesten in Händen.
»Aber auf der Insel gehen wir nicht weiter als bis zu den Felsen am Ufer«, sagte er mit absichtlich ruppiger Stimme. Es klang so, als wolle er Malin zeigen, daß sich durch eine gute Idee seinerseits nichts an der Machtverteilung zwischen ihnen beiden verändert hatte. »Hast du mich verstanden?«
Malin nickte und hielt das Boot fest, während Johnny seinen Schulranzen und die Schwimmwesten hineinwarf. Er fragte sich, weshalb sie nicht schon viel früher auf die Idee gekommen waren. Keiner der beiden Brüder war jemals auf Ragged Island gewesen, ebensowenig wie die Jungs, die Malin in Stormhaven kannte. Er und Johnny würden ihren Freunden eine tolle Geschichte zu erzählen haben.
»Du setzt dich an den Bug«, sagte Johnny. »Und ich steuere das Boot.«

Malin sah, wie Johnny mit einem Gummiball Benzin ansaugte, den Choke betätigte und schließlich am Startseil zog. Der Motor hustete kurz und starb wieder ab. Johnny zog ein zweites und ein drittes Mal. Ragged Island lag zwar sechs Meilen vor der Küste, aber Malin meinte, daß sie bei dieser ruhigen See nicht länger als eine halbe Stunde für die Strecke brauchen würden. Es war kurz vor dem höchsten Stand der Flut, an dem die sonst rings um die Insel herrschenden starken Strömungen sich gegenseitig aufhoben, bevor sie ihre Richtung änderten.

Johnny war von dem Geziehe am Startseil schon ganz rot im Gesicht und machte eine kurze Verschnaufpause, bevor er es erneut versuchte. Diesmal sprang der Motor an. »Ablegen!« rief Johnny, und sobald Malin die Leine gelöst hatte, gab er Vollgas. Der kleine, blechern klingende Achtzehn-PS-Motor heulte angestrengt auf, und Johnny steuerte das Boot an Breed's Point vorbei hinaus in die Bucht. Malin genoß den Fahrtwind und das Salzwasser, das ihm ins Gesicht spritzte.

Mit einer schäumenden Kielwelle schoß das Boot über die stille See. In der vergangenen Woche hatte es einen schweren Sturm gegeben, aber jetzt war das Meer so klar und glatt wie Glas. Old Hump, ein niedriger, von Möwenkot weiß gestreifter Granitfelsen mit Seegras an den Rändern, tauchte an der Steuerbordseite des Boots auf. Als die Möwen, die auf einem Bein auf dem Felsen standten und dösten, das Brummen des Außenborders hörten, hoben sie die Köpfe und blickten dem Boot mit ihren hellen, gelben Augen hinterher. Nur ein einzelnes Paar erhob sich in die Luft und stieß, als es an den beiden Jungen vorbeiflog, heisere, verloren klingende Schreie aus.

»Das war eine tolle Idee«, sagte Malin. »Oder etwa nicht, Johnny?«

»Kann schon sein«, brummte Johnny. »Aber wenn wir erwischt werden, dann war das *deine* Idee.«

Obwohl Ragged Island ihrem Vater gehörte, war den beiden

Jungen ein Besuch auf der Insel strengstens verboten. Das war so, seit Malin denken konnte. Ihr Dad haßte die Insel so sehr, daß er nicht einmal von ihr sprach. In der Schule erzählte man, daß die Insel verflucht sei und daß unzählige Schatzsucher dort ums Leben gekommen seien. Manche meinten sogar, Ragged Island werde von Gespenstern bewohnt. Im Laufe der Jahrhunderte hatte man dort so viele Schächte und Stollen gegraben, daß ihr Boden morsch und brüchig war und nur darauf wartete, einen unvorsichtigen Besucher zu verschlingen. Malin hatte auch vom »Stein des Verderbens« gehört, den man vor vielen Jahren in der Grube gefunden hatte und der jetzt angeblich im Keller der Kirche von Stormhaven verwahrt wurde. Man sagte, der Teufel selbst habe ihn angefertigt, und Johnny hatte Malin einmal erzählt, daß Kinder, die sich in der Sonntagsschule wirklich schlecht benahmen, zur Strafe in die Krypta mit dem Stein gesperrt würden. Malin spürte, wie ihm ein wohliges Gruseln durch den ganzen Körper lief.

Die Insel, die jetzt direkt vor ihnen lag, hatte sich inzwischen wieder in den hartnäckigen Dunstschleier gehüllt, der sie die meiste Zeit umgab. Im Winter oder an Regentagen verwandelte sich dieser Dunst in einen Nebel, der so dick wie Erbsensuppe war, aber jetzt, an einem klaren Sommertag wie diesem, glich er eher dünner, durchscheinender Zuckerwatte. Johnny hatte Malin zu erklären versucht, daß für den Dunst eine örtlich auftretende Riptide verantwortlich sei, das Zusammentreffen zweier aus verschiedenen Richtungen kommender Meeresströmungen. Malin hatte die Erklärung seines Bruders nicht ganz kapiert und war sich ziemlich sicher gewesen, daß auch Johnny nur die Hälfte davon verstanden hatte.

Der Bug des Bootes tauchte in den Dunstschleier, und auf einmal befanden sich die beiden Brüder in einer seltsam milchigen Welt, in der sogar das Geräusch des Motors gedämpft klang. Unwillkürlich verlangsamte Johnny die Fahrt. Nach ein paar Sekunden hatten sie den dicksten Dunst hinter sich gelassen, und Malin konnte die gefährlichen, mit Seetang behangenen Riffe von Ragged Island erkennen, die in dem weichen Licht viel harmloser aussahen, als sie es in Wirklichkeit waren. Die Jungen steuerten ihr Boot durch einen schmalen Kanal zwischen den Riffen, und als sich der unmittelbar über dem Wasserspiegel liegende Dunst etwas hob, konnte Malin die grünlichen Zacken scharfkantiger Unterwasserfelsen ausmachen, an denen in langen Fäden Seegras hing. Diese Felsen waren bei den Hummerfischern gefürchtet, denn besonders bei Ebbe und dichtem Nebel stellten sie eine große Gefahr für ihre Schiffe dar. Jetzt aber herrschte Flut, und das kleine Motorboot glitt mühelos darüber hinweg. Nach einem kurzen Streit, wer aus dem Boot steigen und sich die Füße naß machen sollte, erreichten die beiden Brüder einen langen Kiesstrand. Es war Malin, der mit der Vorleine in der Hand aus dem Boot springen und es an den Strand ziehen mußte. Er spürte, wie ihm das Wasser in seine Turnschuhe lief.

Johnny stieg trockenen Fußes aus dem Boot. »Ganz hübsch hier«, meinte er ohne große Begeisterung, während er seinen Schulranzen schulterte und ins Landesinnere schaute.

Knapp oberhalb des Strandes wuchsen Riedgras und Vogelkirschenbüsche. Die Landschaft wurde durch die dünne Nebeldecke, die jetzt dicht über den Köpfen der beiden Jungen hing, in ein unheimliches silbriges Licht getaucht. Ein riesiger, drei Meter hoher eiserner Dampfkessel erhob sich rostrot direkt neben ihnen aus dem Gras. Seine mit schweren Nieten besetzte Außenhaut war an einer Stelle aufgeplatzt, so daß sich das zerfetzte Eisen wie unregelmäßig gezackte Blütenblätter nach außen wölbte. Die obere Hälfte des Kessels verschwand im Dunst.

»Der ist wohl explodiert«, sagte Johnny.

»Und dabei ist bestimmt einer ums Leben gekommen«, fügte Malin genüßlich an.

»Zwei, mindestens.«

An der seeseitigen Spitze der Insel endete der Kiesstrand an einer Reihe von glattgeschliffenen Granitfelsen, die von den

Fischern die »Walbuckel« genannt wurden. Malin kletterte auf den ersten hinauf und versuchte, über die Klippen ins Inland der Insel zu blicken.
»Komm sofort wieder runter!« schrie Johnny. »Was glaubst du denn, daß du bei dem Nebel sehen kannst? Idiot!«
»Selber Idiot«, brummte Malin, während er sich von dem Felsen herabließ und für seine Frechheit eine brüderliche Kopfnuß in Empfang nahm.
»Bleib hinter mir«, sagte Johnny. »Wir laufen einmal rund um die Insel, und dann fahren wir wieder nach Hause.«
Johnny begann, raschen Schrittes am unteren Rand der Klippen entlangzugehen. Malin stapfte ihm schmollend hinterher und betrachtete die sonnengebräunten Beine seines Bruders, die in dem trüben Licht so braun wie Schokolade wirkten. Die Fahrt zur Insel war seine Idee gewesen, aber Johnny mußte ja immer den Anführer spielen.
»Hey!« rief Johnny plötzlich. »Sieh dir das mal an!« Er beugte sich nach unten und hob etwas Längliches, Weißes auf. »Das ist ein Knochen.«
»Nein, wohl kaum«, entgegnete Malin, der immer noch sauer war. Er hatte die Idee mit der Insel gehabt, also hätte auch *er* den Knochen finden müssen.
»Ist es doch. Und ich wette, daß es ein Menschenknochen ist.« Johnny schwang das Ding wie einen Baseball-Schläger hin und her. »Das ist der Oberschenkelknochen eines Mannes, der auf der Suche nach dem Schatz getötet wurde. Oder von einem Piraten. Ich werde ihn mitnehmen und unter meinem Bett verstecken.«
Malins Neugier war stärker als sein Ärger. »Laß mal sehen«, bat er.
Johnny reichte ihm den Knochen. Er fühlte sich unerwartet schwer und kalt an und roch widerlich.
»Pfui Teufel«, sagte Malin und gab ihn Johnny rasch zurück.
»Vielleicht liegt ja auch irgendwo noch der Schädel«, meinte Johnny.

Sie stocherten eine Weile zwischen den Felsen herum, fanden aber nur einen toten Hundshai, der sie aus glasigen Augen anstarrte. Als sie die Landspitze umrundet hatten, kam das Wrack eines Leichters in Sicht, das wohl von einer längst vergessenen Schatzsuche übriggeblieben war. Es lag an der Hochwasserlinie in den Felsen, wo es die Stürme vieler Jahrzehnte immer weiter zerschlagen hatten.

»Sieh mal«, sagte Johnny, dessen Stimme vor lauter Aufgeregtheit viel höher klang als sonst. Er krabbelte auf das verbogene, eingebeulte Eisendeck, auf dem verrostete Rohre, zerbrochene Zahnräder und gefährlich aussehende Knäuel von Kabeln und Drähten herumlagen. Malin begann, zwischen dem alten Gerümpel nach goldblitzenden Piratendublonen zu suchen. Er glaubte, daß der Freibeuter Red Ned Ockham so reich gewesen sein mußte, daß er seine Dublonen überall auf der Insel verstreut hatte. Schließlich sollte Red Ned ja Gold im Wert von vielen Millionen Dollar auf der Insel vergraben haben, zusammen mit dem geheimnisumwitterten St.-Michaels-Schwert, einer reich mit Edelsteinen verzierten Waffe, die angeblich allein durch ihren Anblick jemanden töten konnte. Von Red Ned ging die Sage, daß er einem Mann die Ohren abgeschnitten und sie als Einsatz bei einem Würfelspiel verwendet habe. Eine Sechstkläßlerin namens Cindy hatte sogar einmal behauptet, daß es in Wirklichkeit die Hoden des Mannes gewesen seien, aber Malin hatte ihr das nicht geglaubt. Ein andermal soll Red Ned im Suff einem Mann den Bauch aufgeschlitzt, den Kerl über Bord geworfen und an seinen eigenen Gedärmen so lange hinter seinem Schiff herzogen haben, bis ihn die Haie aufgefressen hatten. Die Schulkinder von Stormhaven wußten noch eine Menge ähnlicher Schauergeschichten über Red Ned zu erzählen.

Johnny, der von dem Wrack genug hatte, winkte Malin, ihm auf die Felsen am Fuß der Klippen zu folgen. Über ihnen erhob sich ein hoher Erdwall in den Himmel, aus dem die Wurzeln von längst abgestorbenen Fichten wie knorrige alte

Finger ragten. Das obere Ende der Klippe verlor sich in der Nebeldecke. An manchen Stellen, wo die alljährlichen Herbststürme ihren Tribut gefordert hatten, waren Teile des Walls eingefallen und abgerutscht.
Weil es im Schatten der Klippen ziemlich kühl war, gingen die beiden Jungen rasch weiter. Johnny, den seine Funde in gespannte Aufregung versetzt hatten, eilte seinen eigenen Warnungen zum Trotz schnellen Schrittes voraus. Ab und zu blieb er stehen, rief Malin herbei und fuchtelte, während er ihn auf angespülte Hummerbojen, zerrissene Reusen, wettergebleichte Holzplanken oder anderes Strandgut hinwies, mit seinem Knochen wild in der Luft herum. Ihre Mutter, das wußte Malin genau, würde das alte Ding, sobald sie es gefunden hatte, in hohem Bogen ins Meer hinaus werfen.
Schließlich entdeckte Johnny eine Öffnung in den Klippen unmittelbar vor ihnen, wo der Sturm der letzten Woche offenbar ein Stück Hang hatte abrutschen lassen. Er rannte darauf zu und verschwand aus Malins Gesichtskreis.
Malin, dem es gar nicht gefiel, wenn er seinen Bruder nicht mehr sah, beeilte sich, ihm hinterherzukommen. Er spürte eine leichte Bewegung in der Luft. Bevor sie in den Dunst rings um Ragged Island eingetaucht waren, hatte zwar die Sonne geschienen, aber es war durchaus möglich, daß sich da draußen inzwischen ein Unwetter zusammenbraute. Der Wind war kalt, und Malin vernahm, wie das Meer sich jetzt lauter an den Riffen vor der Insel brach. Die Flut war kurz vor ihrem Höhepunkt. Vielleicht war es gescheiter, wenn sie zurückfuhren.
Auf einmal hörte Malin einen lauten Schrei und befürchtete einen schrecklichen Augenblick lang, daß Johnny auf den glitschigen Felsen ausgerutscht sein und sich wehgetan haben könnte. Aber dann wiederholte sich der Schrei, und Malin wurde klar, daß sein Bruder ihn zu sich rief. Rasch kletterte er über die letzten Felsen und sah Johnny vor einem großen Granitbrocken stehen, den offenbar der Erdrutsch aus der Klippe

gelöst hatte. Hinter dem Stein stand Johnny mit weit aufgerissenen Augen, einen Ausdruck ungläubigen Staunens im Gesicht.
Zuerst fehlten Malin die Worte. Das Abrutschen des Klippenrandes hatte die Öffnung eines Stollens freigelegt, die vorher wohl von dem Granitblock verschlossen gewesen war. Das Loch war gerade groß genug, um sich in den Stollen zu quetschen, aus dem ein schwacher Strom klamm-kühler, abgestanden riechender Luft herausdrang.
»Das ist ja irre!« rief er und rannte auf die Klippe zu.
»Ich habe den Zugang zum Schatz gefunden!« triumphierte Johnny, der vor Aufregung ganz außer Atem war. »Ich wette mein letztes Geld, daß da drinnen das Gold ist. Na, was sagst du nun, Malin?«
»Das mit der Insel war meine Idee«, entgegnete Malin trotzig.
Johnny sah ihn mit einem überheblichen Grinsen an. »Kann schon sein«, sagte er und nahm seinen Schulranzen vom Rücken. »Aber *ich* habe den Stollen entdeckt. Und *ich* habe die Streichhölzer mitgebracht.«
Malin blickte neugierig in den Tunnel hinein. Eigentlich hatte er seinem Vater immer geglaubt, wenn dieser gesagt hatte, daß es auf Ragged Island keinen Schatz gebe. Jetzt aber war er sich nicht mehr so sicher. War es vielleicht möglich, daß sein Dad sich geirrt hatte?
Malin steckte den Kopf in den Tunnel, aber als er den muffigen Geruch in die Nase bekam, zog er ihn rasch wieder heraus.
»Was ist denn mit dir los?« fragte Johnny. »Hast du etwa Angst?«
»Nein«, antwortete Malin kleinlaut. Der Stollen kam ihm auf einmal sehr finster vor.
»Ich gehe als erster«, erklärte Johnny. »Du folgst mir. Und sieh zu, daß du dich nicht verirrst.« Er warf seinen Knochen fort, bückte sich und kroch auf allen vieren durch die Öffnung. Auch Malin kniete sich hin, zögerte dann aber. Der Boden war

hart und kalt. Aber Johnny war schon in dem Loch verschwunden, und Malin wollte nicht allein an diesem einsamen, nebelverhangenen Strand zurückbleiben. Und so krabbelte er hinter seinem Bruder in den dunklen Tunnel.

Malin hörte, wie ein Streichholz angerissen wurde, und atmete unwillkürlich tief durch. Als er sich aufrichtete, sah er, daß er sich in einer Art Vorraum befand, dessen Decke und Wände von alten Grubenhölzern abgestützt wurden. Vor ihm führte ein schmaler Gang in die Finsternis.

»Wenn wir den Schatz finden, machen wir halbe-halbe«, sagte Johnny in einer ernsten Art, die sein Bruder nicht an ihm kannte. Und dann drehte sich Johnny sogar um und gab Malin feierlich die Hand. »Wir beide sind jetzt gleichberechtigte Partner, Mal.«

Malin schluckte und fühlte sich etwas besser.

Das Streichholz erlosch, als die beiden sich gerade in Bewegung setzen wollen. Jonny blieb stehen, und Malin hörte, wie ein weiteres angerissen wurde. Das Licht des schwachen, flakkernden Flämmchens umgab Johnnys rote Baseball-Mütze wie eine Art Heiligenschein. Auf einmal löste sich vor ihnen eine kleine Ladung Steine und Erdreich zwischen den Hölzern an der Decke und polterte auf den Steinboden des Ganges.

»Faß bloß nicht die Wände an«, flüsterte Johnny. »Und mach keine lauten Geräusche, sonst bringst du alles hier zum Einsturz.«

Malin sagte nichts und schloß zu seinem Bruder auf.

»Rück mir nicht so auf die Pelle«, zischte Johnny.

Langsam tasteten sie sich den Gang entlang, der schräg hinab in die Erde führte. Nach einer Weile stieß Jonny einen leisen Schmerzensschrei aus und schüttelte seine Hand. Das abgebrannte Streichholz ging aus, und die beiden Brüder waren auf einmal von völliger Dunkelheit umgeben.

»Johnny?« rief Malin, der plötzlich von Panik erfaßt wurde, und griff nach dem Arm seines Bruders. »Ist die Insel wirklich verflucht?«

»Nun komm schon. Es gibt keinen Fluch«, flüsterte Johnny verächtlich. Malin hörte ein Kratzen, und ein weiteres Zündholz flammte auf. »Mach dir keine Sorgen«, sagte Johnny, »ich habe mindestens vierzig Streichhölzer dabei. Und schau her ...«, er kramte in seiner Hosentasche und zeigte Malin eine große Büroklammer, in die er das brennende Streichholz klemmte. »Na, wie findest du das?« fragte er. »Von jetzt an gibt es keine verbrannten Finger mehr.«
Der Tunnel machte eine sanfte Linkskurve, und Malin bemerkte, daß der beruhigende Lichtschein des Tunneleingangs verschwunden war. »Vielleicht sollten wir umkehren und uns eine Taschenlampe besorgen«, schlug er vor.
Auf einmal hörte er ein gräßliches Geräusch, das wie ein hohler Seufzer klang und direkt aus dem Herzen der Insel zu kommen schien. »Johnny!« rief Malin und klammerte sich abermals an seinen Bruder. Das Geräusch verwandelte sich in ein leises, abgehacktes Stöhnen. Ein weiteres Stück Decke rieselte herab.
Johnny schüttelte Malins Arm ab. »Verdammt noch mal, Malin, das ist doch bloß die Flut. Wenn sie ihren höchsten Stand erreicht, macht sie in der Wassergrube solche Geräusche. Und habe ich dir nicht gesagt, daß du hier drinnen nicht laut schreien sollst?«
»Woher weißt du denn das mit der Flut?« fragte Malin.
»Das weiß doch *jeder.*«
Ein weiteres Stöhnen ertönte, gefolgt von einem Gurgeln. Die Holzstützen im Gang gaben ein Knarzen von sich. Malin biß sich auf die Unterlippe, damit sie nicht zu zittern begann.
Ein paar Streichhölzer später machte der Tunnel eine weitere Kurve, hinter der er noch steiler nach unten führte. Seine Wände rückten enger zusammen und waren noch gröber behauen.
Johnny leuchtete mit einem Zündholz in den Gang hinein. »Wir haben's fast geschafft«, erklärte er. »Am Ende dieses Tunnels ist die Schatzkammer.«

»Ich weiß nicht recht«, sagte Malin. »Vielleicht sollten wir doch besser umkehren und Dad holen.«
»Soll das ein Witz sein?« zischte Johnny. »Dad haßt diese Insel. Wir werden ihm erst von unserem Ausflug erzählen, wenn wir den Schatz gefunden haben.«
Er riß ein weiteres Streichholz an und steckte den Kopf in den engen Gang. Malin sah, daß er nicht höher als einen Meter zwanzig war. Die wurmstichigen Rundhölzer, die die Decke hielten, ruhten auf großen Steinbrocken. In den Modergeruch, der hier stärker als im vorderen Teil des Ganges war, mischten sich jetzt ein Hauch von Seetang und ein ekelhaft fauliger Gestank.
»Von hier ab müssen wir kriechen«, murmelte Johnny, dessen Stimme einen Augenblick lang unsicher klang. Kurzzeitig keimte in Malin die Hoffnung auf, sein Bruder würde vielleicht doch noch kehrtmachen. Aber dann bog Johnny das eine Ende der Büroklammer auf und nahm es zwischen die Zähne. Das flackernde Licht eines neuentzündeten Streichholzes verlieh seinem Gesicht ein gespenstisch eingefallenes Aussehen.
Das war zuviel für Malin. »Ich gehe nicht mehr weiter«, verkündete er.
»Auch gut«, entgegnete Johnny. »Dann mußt du eben im Dunkeln zurückbleiben.«
»Nein!« Malin schluchzte laut auf. »Dad wird uns umbringen. Johnny, bitte ...«
»Wenn Dad erfährt, wie reich wir sind, dann wird er sich viel zu sehr freuen, um uns zu bestrafen. Immerhin spart er sich dann jede Woche ganze zwei Dollar Taschengeld.«
Malin schneuzte sich.
Johnny drehte sich in dem engen Gang um und strich seinem Bruder mit der Hand über den Kopf. »Hey«, sagte er, »wir dürfen jetzt nicht kneifen. So eine Chance kommt so schnell nicht wieder. Also nimm dich zusammen und sei ein Mann. Okay, Mal?« Er fuhr ihm mit der Hand durch die Haare.

»Okay«, schniefte Malin.

Er ließ sich auf die Knie und Hände hinab und folgte Johnny auf allen vieren hinein in den abschüssigen Stollen. Die Kieselsteine und der grobe Sand am Boden gruben sich schmerzhaft in seine Handballen. Johnny zündete ein Streichholz nach dem anderen an. Als Malin all seinen Mut zusammennahm, um seinen Bruder zu fragen, wie viele denn noch übrig seien, blieb Johnny abrupt stehen. »Da vorne ist was«, flüsterte er.

Malin versuchte, an seinem Bruder vorbeizuspähen, aber der Tunnel war zu eng. »Was ist es denn?«

»Eine Tür!« zischte Johnny. »Ich könnte schwören, daß es eine alte Tür ist!« Der Gang wurde jetzt höher und bildete einen winzigen Vorraum. Malin drehte den Kopf, bis auch er die Tür sah: Sie bestand aus breiten Brettern und hing mit zwei alten Metallscharnieren in einem Rahmen aus grob behauenen Steinen. Alles war von Feuchtigkeit und Schimmel überzogen, und die Ränder der Tür waren mit einem Material abgedichtet, das wie Werg aussah.

»Schau dir das an«, rief Johnny aufgeregt. An der Tür befand sich ein mit einem Wappen versehenes Siegel aus Wachs und Papier. Selbst unter der dicken Schicht Schimmel konnte Malin erkennen, daß es noch intakt war.

»Eine versiegelte Tür«, flüsterte Johnny ehrfurchtsvoll. »Das ist ja wie in einem Roman.«

Malin hatte das Gefühl, in einem Traum zu sein, der wunderbar und grauenvoll zugleich war. Sie hatten tatsächlich den Schatz gefunden. Und es war seine Idee gewesen, auf die Insel zu fahren.

Johnny zog probehalber an dem eisernen Türgriff. Die rostigen Angeln gaben ein lautes Quietschen von sich.

»Hast du das gehört?« keuchte Johnny. »Sie ist nicht verschlossen. Wir müssen bloß dieses Siegel erbrechen.« Er drehte sich um und reichte Malin die Schachtel mit den Zündhölzern. »Du reißt ein Streichholz an, und ich öffne die Tür«, sagte er,

wobei er Malin mit großen Augen ansah. »Und tu mir einen Gefallen und mach einen Schritt zur Seite.«
Malin warf einen Blick in die Schachtel. »Da sind ja nur noch fünf drin!« rief er entsetzt.
»Halt den Mund und tu, was ich dir sage. Ich finde auch im Dunklen den Weg zurück, das schwöre ich dir.«
Malin riß ein Streichholz an, aber seine Hände zitterten so stark, daß es gleich wieder verlosch. Nur noch vier, dachte er, während Johnny ungeduldig etwas vor sich hinmurmelte.
Als dann das nächste Streichholz aufflammte, klammerte sich Johnny mit beiden Händen an den eisernen Türgriff. »Fertig?« zischte er und suchte mit den Füßen einen festen Halt am Boden des Tunnels.
Malin öffnete den Mund, um zu protestieren, aber Johnny zog bereits an der Tür. Das Siegel brach abrupt entzwei, und die Tür öffnete sich mit einem Kreischen, das Malin zusammenzucken ließ. Ein faulig riechender Windstoß blies das Zündholz aus. In der tiefen Dunkelheit hörte Malin, wie Johnny scharf Atem holte. Dann schrie Johnny »Aua!«, aber seine Stimme klang so atemlos, so übernatürlich hoch, daß sie Malin gar nicht wie die seines Bruders vorkam. Malin hörte einen dumpfen Schlag und spürte, wie der Boden des Tunnels heftig zu zittern begann. Während Erde und Sand von der Decke herabrieselten und ihm in Augen und Nase drangen, glaubte Malin, ein weiteres Geräusch zu vernehmen: Es war ein seltsam erstickter Ton, so kurz, daß er fast wie ein Husten klang. Und dann folgte ein halb pfeifendes, halb tropfendes Geräusch, das sich anhörte wie ein nasser Schwamm, der gerade ausgedrückt wird.
»Johnny!« schrie Malin und hob die Hände, um sich den Staub aus dem Gesicht zu wischen. Dabei entglitt ihm die Schachtel mit den Streichhölzern. Die völlige Dunkelheit und das Gefühl, daß etwas Schreckliches passiert war, ließen eiskalte Panik in ihm aufsteigen. Aus der Finsternis hörte er jetzt ein neues Geräusch, das so leise und gedämpft war, daß er eine Weile

brauchte, bis er es richtig einordnen konnte. Es war ein schwaches, aber gleichmäßiges Schleifen …
Dann war der Bann gebrochen. Malin krabbelte auf Händen und Knien in der Dunkelheit herum und suchte nach den Streichhölzern, wobei er Rotz und Wasser heulte und ständig den Namen seines Bruders rief. Als eine seiner Hände etwas Feuchtes ertastete, zog er sie rasch zurück. Fast gleichzeitig fand die andere Hand die Streichholzschachtel. Er rappelte sich hoch auf die Knie, unterdrückte sein Schluchzen und fummelte ein Zündholz aus der Schachtel. Verzweifelt kratzte er damit an der Reibfläche entlang, bis es endlich aufflammte. In dem flackernden Licht sah er sich hastig um. Johnny war verschwunden. Die Tür stand offen, das Siegel war erbrochen, aber hinter der Tür befand sich nichts als eine glatte Steinwand. Eine dichte Staubwolke hing in der Luft.
Dann spürte Malin, wie es an seinen Knien feucht wurde, und blickte nach unten. An der Stelle, an der Johnny gestanden hatte, war jetzt eine große dunkle Pfütze, die sich langsam ausbreitete. Einen Augenblick lang dachte Malin, daß durch irgendeinen Riß im Tunnel vielleicht Meerwasser in den Stollen drang, aber dann bemerkte er, daß von der Pfütze feine Dampfschwaden in die kalte Luft des Ganges stiegen. Als er sich nach unten beugte, fiel ihm auf, daß sie nicht schwarz, sondern rot war. Es war Blut, mehr Blut, als Malin jemals in einem menschlichen Körper vermutet hätte. Erstarrt sah er zu, wie die dampfende Pfütze immer größer wurde, die Vertiefungen am Boden des Tunnels füllte und in den feuchten Stoff seiner Hose drang. Als das Blut ihn schließlich umfloß wie die Arme eines dunkelroten Oktopus, ließ Malin vor Schreck das Streichholz fallen, das in der Pfütze mit einem scharfen Zischen erlosch. Ein weiteres Mal senkte sich tiefe Dunkelheit über ihn.

2

Cambridge, Massachusetts

Heute

Von dem kleinen Labor im Erweiterungsbau des Mount-Auburn-Krankenhauses aus hatte man einen herrlichen Blick über die mächtigen Kronen alter Ahornbäume hinweg auf den langsam und träge dahinfließenden Charles River. Ein Rudersportler trieb sein nadeldünnes Boot mit kräftigen Zügen voran und zog eine glitzernde Spur durch das dunkle Gewässer. Malin Hatch stand am Fenster und ließ sich einen Augenblick von der perfekten Harmonie in Bann schlagen, die zwischen dem Boot, dem Körper des Ruderers und dem Wasser herrschte.

»Dr. Hatch?« hörte er von hinten die Stimme seines Laborassistenten. »Die Kulturen sind fertig.«

Hatch wandte sich vom Fenster ab, sah, wie der Assistent auf einen piepsenden Inkubator deutete und mußte einen Anflug von Ärger darüber unterdrücken, daß man ihn aus seiner Versunkenheit herausgerissen hatte. »Na, dann wollen wir mal die erste Lage herausnehmen und uns die kleinen Biester näher betrachten«, sagte er.

Auf seine übliche, leicht fahrige Art öffnete Bruce den Inkubator und holte ein großes Tablett mit Agarschalen heraus, in denen kreisrunde, wie glänzende Münzen aussehende Bakterienkulturen wuchsen. Es waren relativ harmlose Mikroorganismen, die über den üblichen Sterilisationsprozeß hinaus keine besonderen Sicherheitsmaßnahmen erforderlich machten, aber Hatch erschrak trotzdem, als der Assistent sich mit dem vollen Tablett in der Hand umdrehte und gegen einen Autoklaven prallte. »Passen Sie bloß auf«, sagte er. »Sonst gibt es eines Tages noch ein böses Erwachen.«

Der Assistent setzte das Tablett auf einer Packung Einmal-

handschuhe ab, wo es auch nicht gerade sicher stand. »Tut mir leid«, erwiderte er schüchtern, trat einen Schritt zurück und wischte sich die Hände an seinem Laborkittel ab.
Hatch ließ seinen Blick routiniert über das Tablett wandern. Die Reihen zwei und drei zeigten gutes, gleichmäßiges Bakterienwachstum, Reihe eins und vier waren unterschiedlich, und Reihe fünf war steril. Sofort begriff Hatch, daß das Experiment ein Erfolg werden würde. Alles lief genau so, wie er es in seiner Hypothese vorausgesagt hatte, und in einem Monat würde er einen weiteren aufsehenerregenden Artikel im »New England Journal of Medicine« veröffentlichen. Danach würden ihn seine Kollegen wieder einmal »die große Hoffnung der Abteilung« nennen.
Diese Aussichten hinterließen in ihm nichts weiter als ein umfassendes Gefühl der Leere.
Geistesabwesend nahm Hatch ein Vergrößerungsglas zur Hand, um sich die Kulturen näher zu betrachten. Er hatte das schon so oft gemacht, daß er bestimmte Bakterienstämme bereits durch einfachen Augenschein anhand ihrer Oberflächenstrukturen und Wachstumsmuster identifizieren konnte. Einen Moment später ging er an seinen Schreibtisch, schob die Computertastatur beiseite und fing an, sich in seinem Laborbuch Notizen zu machen.
Der Gong der Gegensprechanlage ertönte.
»Kümmern Sie sich darum, Bruce?« murmelte Hatch und schrieb weiter.
Bruce sprang auf und warf dabei unabsichtlich sein Notizbuch vom Tisch.
Kurz darauf kam er wieder zurück. »Besuch«, war alles, was er sagte.
Hatch richtete sich auf und streckte seinen langen Körper. Besucher waren hier eine Seltenheit. Wie die meisten Mediziner hatte Hatch Adresse und Telefonnummer seines Labors nur einem kleinen Kreis von Auserwählten mitgeteilt. »Wären Sie so freundlich und würden ihn fragen, was er will?« bat er.

»Wenn es nichts Dringendes ist, verweisen sie ihn bitte an meine Praxis. Dr. Winslow hat heute Notdienst.«
Bruce trottete von dannen, und im Labor war es wieder still. Hatchs Blicke wanderten ein weiteres Mal zum Fenster. Das gelbe Nachmittagslicht, das von draußen hereinfiel, überzog die Reagenzgläser und die Laborgeräte mit einem goldenen Schimmer. Nur mit Mühe schaffte es Malin Hatch, sich wieder auf seine Aufzeichnungen zu konzentrieren.
»Er ist kein Patient«, sagte Bruce, der raschen Schrittes zurück ins Labor gekommen war. »Er meint, daß Sie ihn bestimmt gerne empfangen würden.«
Hatch sah von seinem Laborbuch auf. Vermutlich ein Wissenschaftler aus dem Krankenhaus, dachte er und atmete tief durch. »Na schön, führen Sie ihn herein.«
Kurze Zeit später waren im Vorraum Schritte zu vernehmen. Malins Blick fiel auf eine magere Gestalt, die ihn durch den Türrahmen ansah. Die untergehende Sonne, die direkt auf den Mann schien, sorgte auf der sonnengebräunten, straffen Haut seines Gesichts für kontrastreiche Licht- und Schattenspiele und zauberte ein helles Leuchten in seine grauen Augen.
»Mein Name ist Gerard Neidelman«, sagte der Fremde mit einer tiefen rauhen Stimme.
Bei der Bräune hält der sich wohl nicht oft im OP oder im Labor auf, vermutete Hatch. Muß wohl ein Spezialist sein, der viel Zeit auf dem Golfplatz verbringen kann. »Bitte, kommen Sie doch herein, Dr. Neidelman.«
»Kapitän Neidelman, bitte«, antwortete der Mann. »Ich bin kein Doktor.«
Als der Mann durch die Tür trat, war es Hatch sofort klar, daß er es mit einem echten Kapitän zu tun hatte. Allein die Art, wie der Mann mit gesenktem Kopf hereinkam und sich dabei mit der rechten Hand am oberen Teil des Türrahmens festhielt, zeigte ihm, daß Neidelman viele Jahre auf See verbracht haben mußte. Hatch schätzte, daß er nicht besonders alt war – viel-

leicht fünfundvierzig –, aber er hatte die zusammengekniffenen Augen und die wettergegerbte Haut eines Seemanns. Darüber hinaus strahlte der Mann eine merkwürdige, asketisch anmutende Intensität aus, die fast schon etwas Jenseitiges hatte und die Hatch ausgesprochen interessant fand.
Nachdem Hatch sich vorgestellt hatte, trat sein Besucher auf ihn zu und gab ihm die Hand. Neidelmans Haut war angenehm trocken, sein Händedruck knapp und geschäftsmäßig.
»Kann ich Sie unter vier Augen sprechen?« fragte er ruhig.
»Aber was soll ich denn mit diesen Kulturen machen, Dr. Hatch?« protestierte Bruce. »Sie sollen nicht zu lange im ...«
»Warum stellen Sie sie nicht einfach in den Kühlschrank? Und keine Angst, die brauchen mindestens noch eine Milliarde Jahre, bis sie Beine entwickeln und davonlaufen können.« Hatch sah auf die Uhr und dann in die Augen seines Besuchers, die unverwandt auf ihn gerichtet waren, bevor er eine spontane Entscheidung fällte. »Und dann können Sie nach Hause gehen, Bruce. Ich trage Sie bis fünf Uhr ein, wenn Sie mir versprechen, Professor Alvarez nichts davon zu erzählen.«
Ein rasches Lächeln huschte über das Gesicht des Assistenten.
»Natürlich nicht, Dr. Hatch. Und vielen Dank auch.«
Einen Augenblick später war Bruce mit den Kulturen verschwunden, und Hatch konnte sich wieder seinem seltsamen Besucher widmen, der inzwischen ans Fenster getreten war.
»Arbeiten Sie hauptsächlich hier im Labor, Dr. Hatch?« fragte er und nahm seine lederne Aktenmappe von einer Hand in die andere. Er war so dürr, daß er fast durchsichtig gewirkt hätte, wäre da nicht diese Ausstrahlung einer intensiven, ruhigen Gelassenheit gewesen.
»Ja, meistens schon«, antwortete Hatch.
»Einen herrlichen Blick haben Sie da«, meinte Neidelman und sah weiter aus dem Fenster.
Hatch betrachtete den Rücken des Mannes und stellte mit Verwunderung fest, daß er sich durch dessen Eindringen kaum gestört fühlte. Er wollte ihn schon nach dem Grund

seines Besuches fragen, ließ es dann aber bleiben. Irgendwie war ihm klar, daß Neidelman nicht wegen einer Lappalie zu ihm gekommen war.
»Was der Charles doch für ein dunkles Wasser hat«, konstatierte der Kapitän. »Flüsse sind ein Symbol für das Vergessen, finden Sie nicht?«
»Was Sie nicht sagen«, erwiderte Hatch leichthin, obwohl er langsam ein wenig argwöhnisch wurde. Er wartete darauf, daß sein Besucher sich ihm erklärte.
Der Kapitän lächelte und trat vom Fenster zurück. »Sie wollen sicher wissen, weshalb ich so unangemeldet in Ihr Labor hereingeplatzt bin«, meinte er. »Gestatten Sie mir, daß ich Ihnen ein paar Minuten Ihrer kostbaren Zeit stehle?«
»Das tun Sie doch bereits«, erwiderte Hatch und deutete auf einen leeren Stuhl. »Aber bitte, nehmen Sie doch Platz. Ich bin mit meiner Arbeit für heute fast fertig, und dieses bedeutende Experiment dort« – er machte eine vage Handbewegung in Richtung Inkubator – »ist auch nicht gerade besonders aufregend.«
Neidelman hob eine Augenbraue. »Weniger aufregend als ein Ausbruch von Denguefieber in Amazonien, habe ich recht?«
»Stimmt«, sagte Hatch nach einer kurzen Pause der Verblüffung.
Neidelman lächelte. »Ich habe den Artikel im ›Globe‹ gelesen.«
»Reporter geben nicht allzuviel auf Fakten, wenn es darum geht, eine spannende Story zu schreiben. Die Sache war nicht halb so aufregend, wie sie sich las.«
»Sind Sie deshalb wieder in die USA zurückgekommen?«
»Ich konnte es nicht mehr ertragen, daß meine Patienten sterben mußten, weil Antibiotika im Wert von fünfzig Cents fehlten«, antwortete Hatch und breitete fatalistisch die Arme aus. »Es klingt vielleicht seltsam, aber manchmal wünsche ich mir, ich wäre wieder dort. Das Leben hier am Memorial Drive kommt mir manchmal richtiggehend abgestanden vor.« Er

hielt abrupt inne, blickte hinüber zu Neidelman und fragte sich, was dieser Mann an sich hatte, daß er ihn so zum Sprechen brachte.

»In dem Artikel wurden auch Ihre Reisen nach Sierra Leone, Madagaskar und auf die Komoren erwähnt«, fuhr Neidelman fort. »Könnte es sein, daß Ihnen momentan das Abenteuer fehlt?«

»Ach, geben Sie nichts auf mein Gejammer«, erwiderte Hatch in einem Ton, von dem er hoffte, daß er locker klang. »Manchmal kann Langeweile sogar ein Lebenselixier für die Seele sein.« Er warf einen Blick auf das Emblem, das in das Leder von Neidelmans Aktenmappe geprägt war, konnte aber nicht erkennen, was es darstellte.

»Da mag was dran sein«, entgegnete Neidelman. »Auf jeden Fall sieht es so aus, als wären Sie in den letzten fünfundzwanzig Jahren an so gut wie jedem Fleck auf diesem Planeten gewesen. Mit Ausnahme eines Ortes: Stormhaven in Maine.«

Hatch erstarrte. Er spürte, wie ein taubes Gefühl sich von seinen Fingern in seine Arme auszubreiten begann. Auf einmal ergab alles einen Sinn: die umständlichen Fragen und durchdringenden Blicke seines Besuchers ebenso wie dessen seemännischer Habitus.

Neidelman saß still auf seinem Stuhl und ließ Hatch nicht aus den Augen.

»Aha!« sagte Hatch, der darum kämpfte, Haltung zu bewahren. »Und Sie, Kapitän Neidelman, haben vermutlich ein Heilmittel für meine Langeweile.«

Neidelman nickte.

»Lassen Sie mich raten: Hat Ihr Besuch vielleicht ganz zufällig etwas mit Ragged Island zu tun?« Ein Zucken in Neidelmans Gesicht sagte Hatch, daß er ins Schwarze getroffen hatte. »Und Ihr Beruf dürfte Schatzsucher sein. Habe ich recht?«

Weder sein Gleichmut noch sein ruhiges Selbstvertrauen verließen Neidelman auch nur für einen Augenblick. »Ich bevorzuge die Bezeichnung ›Bergungsspezialist‹.«

»Die Welt ist voller Euphemismen«, meinte Hatch. »›Bergungsspezialist‹. Das klingt ja fast so gut wie ›Sanitäringenieur‹. Aber im Grunde wollen Sie doch nur das eine: auf Ragged Island nach dem Schatz graben. Und lassen Sie mich raten: Gleich werden Sie mir sagen, daß Sie, und nur Sie allein, das Geheimnis der Wassergrube gelüftet haben.«

Neidelman stand ohne ein Wort auf.

»Zweifelsohne haben Sie auch irgend so ein High-Tech-Gimmick, mit dem Sie die genaue Lage des Schatzes bestimmen können. Oder bedienen Sie sich dazu der Hilfe von Madame Sosostris, der berühmten Wahrsagerin?«

Neidelman blieb stehen. »Ich bin mir bewußt, daß man in dieser Sache schon öfter an Sie herangetreten ist«, sagte er einlenkend.

»Dann wissen Sie vielleicht auch, wie es all den Wünschelrutengängern, Psychopathen, Ölbaronen und Ingenieuren ergangen ist. Alle hatten sie übrigens einen todsicheren Plan, wie sie an den Schatz herankommen wollten.«

»Kann sein, daß ihre Pläne nichts wert waren«, entgegnete Neidelman. »Aber diese Leute hatten zumindest einen Traum. Ich kenne die Schicksalsschläge, die Ihre Familie heimgesucht haben, seit Ihr Großvater die Insel gekauft hat. Und er hat richtig gehandelt, denn es befindet sich tatsächlich ein großer Schatz auf der Insel. Das weiß ich genau.«

»Natürlich wissen Sie das. Genau wie alle anderen auch. Aber falls Sie meinen sollten, Sie seien die Reinkarnation von Red Ned höchstpersönlich, dann muß ich Ihnen leider mitteilen, daß ich bereits etliche Leute kennengelernt habe, die genau dasselbe von sich behaupten. Oder haben Sie vielleicht eine von diesen hübschen Schatzkarten gekauft, die ab und zu in Portland angeboten werden? Allein der Glaube daran macht sie noch lange nicht echt, Kapitän Neidelman. Es gab nie einen Schatz auf Ragged Island, und es wird auch nie einen geben. Es tut mir wirklich leid für Sie, ganz im Ernst. Und jetzt sollten Sie vielleicht besser gehen, bevor ich den Wachmann

rufe – pardon, unseren Sicherheitsspezialisten – und Sie nach draußen bringen lasse.«
Neidelman ignorierte die Spitze und zuckte mit den Achseln. Dann beugte er sich über Hatchs Schreibtisch und sagte: »Ich erwarte nicht, daß Sie mir blind vertrauen.«
In der Geste des Kapitäns lag etwas so Selbstsicheres und Gleichmütiges, daß Hatch aufs neue wütend wurde. »Wenn Sie wüßten, wie oft ich diese Geschichte schon gehört habe, dann würden Sie sich schämen, daß Sie überhaupt hergekommen sind. Warum sollten Sie anders als Ihre Vorgänger sein?«
Neidelman griff in seine lederne Aktenmappe und holte ein einzelnes Blatt Papier hervor, das er wortlos vor Hatch auf den Tisch legte.
Hatch betrachtete das Dokument, ohne es anzufassen. Es war ein notariell beglaubigtes Schreiben, aus dem hervorging, daß eine Firma namens Thalassa Holdings Ltd. zwanzig Millionen Dollar für die Gründung einer Ragged-Island-Bergungsgesellschaft bereitgestellt habe.
Hatch blickte von dem Schreiben auf und sah Neidelman an. Dann lachte er laut. »Wollen Sie mir etwa sagen, daß Sie die Frechheit besessen haben, dieses Geld aufzunehmen, ohne mich nach der Grabungsgenehmigung gefragt zu haben? Sie müssen ja ziemlich blauäugige Investoren haben.«
Abermals zeigte sich auf Neidelmans Gesicht dieses reservierte, selbstbewußte und auf eine überhaupt nicht arrogante Weise distanzierte Lächeln, das offenbar sein Markenzeichen war. »Dr. Hatch«, erklärte er, »Sie hatten völlig recht, wenn Sie in den vergangenen zwanzig Jahren allen Schatzsuchern die Tür gewiesen haben. Ich kann Ihre Reaktion sehr gut verstehen. Diese Leute waren schlecht vorbereitet und verfügten nicht über die nötigen Finanzmittel. Aber das war nicht das eigentliche Problem. Das Problem waren *Sie.*« Neidelman richtete sich wieder auf. »Natürlich kenne ich Sie kaum, aber trotzdem habe ich irgendwie das Gefühl, daß Sie jetzt, nach mehr als einem Vierteljahrhundert der Ungewißheit, endlich her-

ausfinden wollen, was damals Ihrem Bruder wirklich zugestoßen ist.«

Neidelman hielt einen Augenblick inne, ohne den Blick von seinem Gegenüber zu wenden. Dann fuhr er so leise fort, daß Hatch ihn nur mit Mühe verstehen konnte. »Ich weiß, daß Sie an finanziellem Gewinn nicht interessiert sind. Und ich verstehe, daß Ihr Schmerz sie dazu gebracht hat, diese Insel zu hassen. Genau aus dem Grund habe ich alle meine Vorbereitungen getroffen, bevor ich zu Ihnen gekommen bin. Thalassa ist in dieser Branche die Nummer eins auf der ganzen Welt. Wir verfügen über eine technische Ausrüstung, von der Ihr Großvater nur hätte träumen können. Wir haben Schiffe gechartert und Taucher, Archäologen, Ingenieure und sogar einen Expeditionsarzt angeheuert. Alle diese Leute warten nur darauf, endlich eingesetzt zu werden. Ein Wort von Ihnen genügt, und ich verspreche Ihnen, daß die Wassergrube innerhalb eines Monats ihr Geheimnis preisgegeben haben wird. Wir werden alles über sie wissen.« Das Wort »alles« flüsterte Neidelman mit besonderem Nachdruck.

»Und warum lassen wir die Grube nicht einfach in Ruhe?« murmelte Hatch. »Warum lassen wir ihr nicht ihr Geheimnis?«

»Weil das nicht meinem Naturell entspricht, Dr. Hatch. Entspricht es etwa dem Ihren?«

In der Stille, die seinen Worten folgte, schlugen die Glocken von Trinity Church fünf Uhr. Das Schweigen dauerte eine, dann zwei und schließlich volle fünf Minuten.

Dann nahm Neidelman das Blatt Papier vom Schreibtisch und steckte es wieder in seine Aktenmappe. »Ihr Schweigen ist mir Antwort genug«, sagte er ruhig und ohne eine Spur von Groll. »Ich habe zuviel von Ihrer Zeit in Anspruch genommen. Morgen werde ich meinen Geschäftspartnern mitteilen, daß Sie unser Angebot abgelehnt haben. Guten Tag, Dr. Hatch.« Er drehte sich um und ging, aber als er an der Tür war, hielt er noch einmal inne. »Eine letzte Sache noch«, sagte er zu Hatch.

»Sie haben mich vorhin gefragt, was uns von den anderen Schatzsuchern unterscheidet. Es gibt da tatsächlich etwas. Wir haben Informationen über die Wassergrube, die bisher niemand hatte. Nicht einmal Sie.«

Hatch blieb sein höhnisches Lachen im Halse stecken, als er Neidelmans Gesicht sah.

»Wir wissen, wer die Grube entworfen hat«, erklärte der Kapitän ruhig.

Hatch spürte, wie sich seine Fingerkuppen in seine Handflächen gruben. »Wie bitte?« krächzte er.

»Und damit nicht genug. Wir haben auch das Tagebuch, das der Mann während der Bauarbeiten geführt hat.«

In der Stille, die Neidelmans Worten folgte, holte Hatch mehrmals hintereinander tief Luft. Er blickte hinunter auf seinen Schreibtisch und schüttelte den Kopf. »Nicht schlecht«, brachte er schließlich hervor. »Ich glaube, ich habe Sie unterschätzt. Zum erstenmal seit vielen Jahren habe ich etwas wirklich Originelles gehört. Vielen Dank, Kapitän Neidelman, damit ist dieser Tag für mich gerettet.«

Als Hatch aufblickte, bemerkte er, daß Neidelman bereits gegangen war und er in ein leeres Zimmer hineinsprach.

Es dauerte einige Minuten, bis er es schaffte, vom Schreibtisch aufzustehen. Als er sein Laborbuch in seine Aktentasche steckte, fiel ihm auf, daß Neidelman seine Karte hinterlassen hatte. Darauf hatte er eine Telefonnummer gekritzelt, offenbar die des Hotels, in dem er abgestiegen war. Hatch fegte die Karte in den Papierkorb, packte seine Aktentasche und verließ das Labor. Entschlossenen Schrittes ging er durch den langsam hereinbrechenden Sommerabend nach Hause.

Um zwei Uhr früh aber befand er sich wieder in seinem Labor. Er tigerte, Neidelmans Visitenkarte in der Hand, vor dem dunklen Fenster auf und ab. Es wurde drei Uhr, bis er schließlich zum Telefonhörer griff.

3

Hatch parkte seinen Mietwagen auf dem nicht asphaltierten Abstellplatz über der Pier und stieg langsam aus. Er schlug die Tür zu, blieb stehen und schaute, die Hand noch immer am Griff, hinaus auf den Hafen. Seine Blicke wanderten über die lange, schmale, von Granitfelsen begrenzte Bucht, wo im kühlen, silbrigen Licht Hummerboote und Trawler vor Anker lagen. Selbst nach fünfundzwanzig Jahren erkannte Hatch noch einige am Namen wie zum Beispiel die »Lola B.« oder die »Maybelle W.«

Die kleine Stadt Stormhaven zog sich mit ihren schindelverschalten Holzhäusern und gewundenen kopfsteingepflasterten Straßen vom Hafen ausgehend den Hang hinauf. Weiter oben, auf den Kamm des Hügels zu, wurden die Gebäude zunehmend weniger und machten dunklen Fichtenhainen und kleinen, von Steinmauern umgebenen Wiesen Platz. Ganz oben auf dem Gipfel ragte der schlichte weiße Turm der Kongregrationskirche in den grauen Himmel. Auf der anderen Seite der Bucht erkannte Hatch das Haus, in dem er seine Kindheit verbracht hatte. Seine vier Giebel mit der schmalen Dachterrasse dazwischen lugten hinter einer Reihe von Bäumen hervor, neben denen eine lange Wiese hinunter zum Strand und dem Steg führte. Malin Hatch wandte den Blick ab und hatte plötzlich das Gefühl, als sei er ein anderer Mensch, der das alles mit fremden Augen betrachtete.

Auf dem Weg zur Pier setzte er sich eine dunkle Sonnenbrille auf. Wegen der Brille und seiner inneren Unruhe kam er sich zwar ein wenig lächerlich vor, aber er verspürte bei diesen ersten Schritten in Stormhaven eine stärkere Aufregung als auf seinen Reisen, wenn er in Dörfer gekommen war, in denen die Menschen reihenweise an Denguefieber oder Beulenpest gestorben waren.

Die Pier war eine von zwei Anlegestellen für kommerzielle

Boote, die es in Stormhaven gab. Auf ihrer einen Seite stand eine Reihe von kleinen Holzhütten, in denen die Hummerfischer-Genossenschaft, eine Snackbar namens »Red Net's Eats«, ein Laden für Köderfische und einer für Angelausrüstung untergebracht waren. Am Ende der Pier gab es eine verrostete Tanksäule, ein paar Ladewinschen und hohe Stapel von zum Trocknen aufgestellten Hummerkörben. Kurz hinter der Hafeneinfahrt lag eine dichte Nebelwand über dem Meer, so daß Wasser und Himmel nicht mehr voneinander zu unterscheiden waren. Hatch hatte den Eindruck, als ob die Welt ein paar hundert Meter vor der Küste zu Ende sei.

Das Gebäude der Hummerfischer-Genossenschaft mit seinen Holzschindelwänden war das erste auf der Pier. Der Rauch, der aus einem blechernen Kaminrohr kerzengerade in den Himmel stieg, zeigte Malin, daß drinnen gerade Hummer gekocht wurden. Er blieb an der Schiefertafel stehen, besah sich die Preise für die verschiedenen Hummergrößen – Chixs, Halves, Selects und Jumbos – und spähte in das Gebäude hinein, wo in einer Reihe von großen Becken verstörte Hummer zappelten, die man vor wenigen Stunden aus der Tiefe gezogen hatte. In einem extra Becken befand sich ein wahres Prachtexemplar, das hier wohl wegen seiner enormen Größe ausgestellt wurde.

Als Malin von dem Fenster zurücktrat, polterte gerade ein Hummerfischer in hohen Stiefeln und Ölzeug die Pier entlang. In der Hand hielt er einen Eimer mit stinkenden Köderfischen, den er an einer der Winschen befestigte und zu seinem Boot hinabließ. Als Kind hatte Malin diesen Vorgang unzählige Male beobachtet. Er kannte die Rufe der Fischer und das Tuckern der Schiffsdiesel, mit dem die Hummerboote von der Pier ablegten und dann Kurs hinaus aufs Meer nahmen, gefolgt von einem Schwarm heiser kreischender Möwen. Er sah zu, wie das Boot im Nebel verschwand, der langsam anfing, sich aufzulösen. Schon tauchte Burnt Head, ein großer Granitfelsen, südlich der Stadt aus den Schwaden auf, und bald wür-

de man bis zu den Inneren Inseln sehen können. Ganz leise vernahm Hatch die Brandung, die sich am Fuß von Burnt Head brach. Oben auf den Klippen erhob sich zwischen Stechginster und Heidelbeerpolstern ein Leuchtturm aus Steinquadern, dessen rot-weiß gestreifter Anstrich zusammen mit seinem Kupferdach einen wohltuenden Farbtupfer im monotonen Hellgrau des Nebels darstellte.
Während Malin am Ende der Pier die eigentümlich nach Köderfischen, Salz und Dieselqualm riechende Luft einsog, begann seine Abwehrmauer, die er in den vergangenen fünfundzwanzig Jahren gegen diese Stadt aufgebaut hatte, langsam einzubrechen. Die Zeit schien wie ausgelöscht, und ein starkes, bittersüßes Gefühl schnürte ihm die Brust zusammen. Nun war er doch an diesen Ort zurückgekehrt, von dem er geglaubt hatte, daß er ihn niemals wiedersehen würde. In ihm selbst hatte sich soviel verändert, während hier die Zeit stehengeblieben schien. Auf einmal fiel es Malin schwer, seine Tränen zurückzuhalten.
Hinter sich hörte er eine Autotür schlagen, und als er sich umdrehte, sah er Gerald Neidelman, der gerade aus einem Geländewagen stieg und mit festen, federnden Schritten die Pier entlangkam. Das Gesicht des Mannes verströmte gute Laune, aus einer Pfeife zwischen seinen Zähnen stieg blauer Rauch auf, und seine Augen funkelten vor sorgfältig kontrollierter, aber unverkennbarer Erregung. »Welch eine gute Idee, sich hier mit mir zu treffen«, sagte er, während er die Pfeife aus dem Mund nahm und Hatch die Hand gab. »Ich hoffe, es hat Ihnen nicht allzuviel Mühe bereitet.«
Vor dem Wort »Mühe« zögerte Neidelman den Bruchteil einer Sekunde lang, und Hatch fragte sich, ob der Kapitän wohl intuitiv erraten hatte, daß er seine Entscheidung erst dann würde treffen können, wenn er die Stadt – und die Insel – wiedergesehen hatte. »Kein Problem«, antwortete er kühl und streckte Neidelman die Hand hin.
»Na, wo ist denn unser Boot?« fragte der Kapitän und ließ mit

zusammengekniffenen Augen den Blick prüfend über das Wasser des Hafens schweifen.
»Dort drüben. Die ›Plain Jane‹.«
Neidelman schaute in die Richtung, in die Hatch deutete. »Aha. Ein bulliges Hummerboot.« Dann runzelte er die Stirn. »Aber ich sehe kein Beiboot. Wie wollen Sie denn auf Ragged Island an Land gehen?«
»Das Beiboot liegt unten an der Schwimmplattform«, antwortete Hatch. »Aber wir werden trotzdem nicht auf der Insel landen. Es gibt dort erstens keinen natürlichen Hafen, und zweitens besteht die Küste fast überall aus steilen Klippen, so daß wir vom Strand aus nicht viel sehen würden. Das Inland von Ragged Island wiederum ist so stark unterminiert, daß man es nicht betreten kann. Es ist also besser, wenn wir uns die Insel nur vom Wasser aus ansehen.« Und außerdem, dachte Hatch bei sich, bin ich noch nicht soweit, daß ich einen Fuß auf die Insel setzen könnte.
»Verstehe«, sagte Neidelman und steckte sich die Pfeife wieder in den Mund. Er blickte hinauf zum Himmel. »Der Nebel wird sich in Kürze lichten. Der Wind dreht bei leichtem Seegang auf Südwest. Das Schlimmste, was uns heute zustoßen kann, ist ein Regenschauer. Wunderbar. Ich kann es kaum erwarten, einen ersten Blick auf die Insel werfen zu dürfen, Dr. Hatch.«
Hatch sah ihn scharf an. »Wollen Sie damit sagen, daß Sie Ragged Island noch nie gesehen haben?«
»Ich habe mich bisher ausschließlich auf das Studium von Karten und anderen Unterlagen verlassen.«
»Und ich habe gedacht, daß ein Mann wie Sie längst eine Spritztour zu der Insel unternommen hätte. Früher hatten wir eine Menge Irre, die zu ihr hinausgefahren sind. Manche von ihnen haben sogar versucht, dort an Land zu gehen. Ich war mir sicher, daß das auch heute noch so ist.«
Neidelman wandte seinen kühlen Blick wieder zu Hatch und erklärte mit ruhiger, fester Stimme: »Ich wollte Ragged Island

erst dann sehen, wenn eine realistische Möglichkeit bestand, den Schatz auch zu heben.«

Am Ende der Pier führte eine schwankende Holzplanke hinüber auf eine Schwimmplattform, an der das Dingi der »Plain Jane« lag. Sobald er und Neidelman an Bord waren, machte Hatch die Leine los und griff nach dem Starter des Außenbordmotors.

»Wohnen Sie in der Stadt?« fragte Neidelman, während er am Bug Platz nahm.

Hatch schüttelte den Kopf und startete den Motor. »Ich habe mir ein Zimmer in einem Hotel in Southport genommen, ein paar Meilen weiter die Küste runter.« Selbst die »Plain Jane« hatte er über einen Mittelsmann gemietet. Er war noch nicht soweit, daß er von irgend jemandem erkannt werden wollte.

Neidelman nickte und blickte an Hatch vorbei zurück zum Hafen, aus dem das Dingi jetzt langsam auslief. »Ein schönes Fleckchen Erde«, meinte er, um das Thema zu wechseln.

»Stimmt«, erwiderte Hatch. »Das ist es wirklich. Es gibt zwar ein paar Sommerhäuser mehr als früher, und eine Pension hat auch aufgemacht, aber ansonsten sind die Jahre spurlos an Stormhaven vorübergegangen.«

»Es liegt einfach viel zu weit nördlich, als daß die großen Touristenströme herkämen.«

»Aber das erklärt es nur zum Teil«, sagte Hatch. »Alles, was uns so malerisch vorkommt – die alten Holzboote, die verwitterten Schuppen, die schiefen Piers –, das ist nichts weiter als das Resultat jahrelanger Armut. Meiner Meinung nach hat sich Stormhaven nie richtig von der Weltwirtschaftskrise erholt.«

Inzwischen waren sie an der »Plain Jane« längsseits gegangen. Während Neidelman an Bord des Hummerbootes stieg, machte Hatch das Dingi am Heck fest. Er kletterte hinauf und war erleichtert, als der Dieselmotor auf den ersten Versuch hin ansprang und sofort beruhigend rundlief. Das Boot ist zwar alt, dachte er, während er die »Plain Jane« vorsichtig aus dem Hafen steuerte, aber gut in Schuß ist es noch. Als sie die Zone hinter sich hatten, in der man keine Wellen machen durfte, ließ Hatch das Boot Fahrt aufnehmen und steuerte hinaus in das von einer sanften Dünung bewegte Meer. Über ihren Köpfen kämpfte sich schon eine kühl leuchtende Sonnenscheibe durch die letzten Nebelfetzen, aber als Hatch nach Südosten in Richtung auf den Old Hump Channel sah, war da noch immer eine weiße Wand. »Da draußen wird es ziemlich kalt sein«, meinte er mit einem Blick auf Neidelman, der mit kurzärmeligem Hemd neben ihm stand.

»Das macht mir nichts aus«, erwiderte Neidelman lächelnd.

»Sie nennen sich Kapitän«, sagte Hatch. »Waren Sie denn bei der Marine?«

»Ja«, antwortete Neidelman bedächtig. »Ich war der Kommandant eines Minensuchbootes im Mekong-Delta. Nach dem Krieg legte ich mir in Nantucket einen kleinen hölzernen Trawler zu und habe auf der Georges Bank nach Kammmuscheln und Schollen gefischt.« Er blinzelte hinaus aufs Meer. »Dieses Boot ist dafür verantwortlich, daß ich zum Schatzsucher wurde.«

»Tatsächlich?« fragte Hatch, während er auf den Kompaß sah und den Kurs korrigierte. Die Fahrt hinaus nach Ragged Island, das sechs Meilen von der Küste entfernt lag, würde an die zwanzig Minuten dauern.

Neidelman nickte. »Eines Tages fand ich in meinem Netz einen großen, mit Korallen überkrusteten Klumpen. Als mein Maat mit einem Marlpfriem draufschlug, klappte das Ding wie eine Auster auseinander, und eine kleine holländische Silberschatulle aus dem siebzehnten Jahrhundert kam zum Vorschein. Damit begann meine erste Schatzsuche. Nachdem ich mich in einigen Archiven umgesehen hatte, kam ich zu dem Schluß, daß wir über dem Wrack der ›Cinq Ports‹ gefischt hatten, einer Bark unter dem Kommando des französischen Freibeuters Charles Dampier. Ich verkaufte mein Fischerboot, nahm eine Million Kapital auf und gründete eine Bergungsfirma.«

»Und wieviel Geld haben Sie an dem Schatz verdient?«
Neidelman lächelte mild. »Für die Münzen, das Porzellan und die anderen Gegenstände, die wir aus dem Wasser holten, haben wir etwas mehr als neunzigtausend Dollar bekommen. Es war mir eine Lehre, die ich nie vergessen werde. Wenn ich meine Recherchen ordentlich gemacht hätte, dann hätte ich mir die Frachtpapiere des von Dampier zuletzt gekaperten holländischen Schiffes angesehen und wäre draufgekommen, daß es hauptsächlich Holz, Kohlen und Rum geladen hatte.« Neidelman zog nachdenklich an seiner Pfeife. »Nicht alle Piraten waren so geschäftstüchtig wie Red Ned Ockham.«
»Dann waren Sie wahrscheinlich so enttäuscht wie ein Chirurg, der einen Tumor entfernen will und nur Gallensteine vorfindet.«
»So kann man es auch ausdrücken«, sagte Neidelman grinsend.
Schweigend fuhren sie weiter aufs offene Meer hinaus. Die langgestreckten Nebelbänke lösten sich nach und nach auf, so daß Hatch ganz klar die grünen, mit Fichten bestandenen Buckel der Inseln Hermit und Wreck erkennen konnte. Bald würde auch Ragged Island in Sicht kommen. Er blickte hinüber zu Neidelman, der gespannt hinaus in die Ferne spähte. Es war soweit. »So, jetzt haben wir genug geplaudert«, meinte Hatch ruhig. »Nun will ich wissen, wer die Wassergrube entworfen hat.«
Neidelman schwieg eine Weile. Hatch wartete.
»Tut mir leid, Dr. Hatch«, erwiderte der Kapitän schließlich, »aber ich habe mich offenbar neulich in Ihrem Labor nicht klar genug ausgedrückt. Solange Sie nicht unseren Vertrag unterschrieben haben, kann ich Ihnen solche Informationen, von denen immerhin der Erfolg einer zwanzig Millionen Dollar teuren Unternehmung abhängt, leider nicht geben.«
Hatch spürte, wie Ärger in ihm aufstieg. »Ihr Vertrauen ehrt mich kolossal.«

»Wenn Sie sich in unsere Lage versetzen könnten ...«, setzte Neidelman an.
»Das kann ich sehr wohl«, unterbrach ihn Hatch. »Sie haben Angst, daß ich Ihre Informationen dazu benutze, um den Schatz selbst zu heben, und Sie außen vor lasse.«
»Ehrlich gesagt: ja«, entgegnete Neidelman.
Es folgte eine kurze Stille, bis Hatch schließlich sagte: »Ich weiß Ihre Offenheit zu schätzen, Kapitän Neidelman. Aber was halten Sie von einer Antwort wie dieser?« Er drehte am Steuerrad, so daß das Boot eine enge Kurve nach Steuerbord zog. Neidelman warf ihm einen fragenden Blick zu und hielt sich an der Reling fest. Nachdem die »Plain Jane« gewendet hatte und ihr Bug wieder in Richtung Hafen zeigte, gab Hatch Gas.
»Was soll das, Dr. Hatch?« fragte Neidelman.
»Ganz einfach«, antwortete Hatch. »Entweder Sie erzählen mir, was Sie herausgefunden haben, und überzeugen mich davon, daß Sie keiner von diesen üblichen Irren sind, oder unsere kleine Exkursion ist vorbei, noch bevor sie richtig begonnen hat.«
»Vielleicht könnten Sie sich ja vorher schriftlich verpflichten, nichts davon weiterzuerzählen?«
»Herr im Himmel!« schrie Hatch. »Sie sind wohl nicht nur Kapitän, sondern auch noch ein gottverdammter Rechtsanwalt! Wenn wir jemals Partner sein wollen – was mir übrigens im Moment ziemlich unwahrscheinlich vorkommt –, dann müssen wir uns gegenseitig vertrauen. Ich gebe Ihnen mein Ehrenwort, daß ich nichts von dem weitergebe, was Sie mir erzählen. Wenn Ihnen das nicht genügt, dann werden Sie niemals die Chance kriegen, auf meiner Insel nach dem Schatz zu graben.«
Neidelman, der während des ganzen Wortwechsels nicht eine Sekunde lang die Fassung verloren hatte, lächelte Hatch an. »Ein Ehrenwort. Wie altmodisch.«
Hatch hielt das Boot auf Kurs, so daß es mit voller Fahrt wieder durch das Kielwasser pflügte, das es vor wenigen Minuten noch

selbst hinterlassen hatte. Schon kamen die dunklen Klippen von Burnt Head in Sicht und gleich darauf die Hausdächer von Stormhaven.

»Nun gut«, sagte Neidelman in mildem Ton. »Wenden Sie das Boot wieder, Dr. Hatch. Hier ist meine Hand. Schlagen Sie ein.«

Sie gaben sich die Hand. Hatch schaltete die Maschine auf Leerlauf und ließ die »Plain Jane« eine Weile vor sich hindümpeln. Schließlich schob er den Gashebel wieder nach vorn, steuerte das Boot aufs Meer hinaus und nahm Kurs auf die im Dunst verborgenen Felsen von Ragged Island.

Lange Zeit sagte niemand ein Wort. Neidelman schaute hinaus aufs Meer, zog an seiner Pfeife und schien in tiefes Nachdenken versunken. Hatch warf dem Kapitän ab und zu einen verstohlenen Blick zu und überlegte, ob er jetzt wohl eine Art Verzögerungstaktik anschlug.

»Sie waren doch sicher schon einmal in England, Dr. Hatch?« wollte Neidelman schließlich wissen.

Hatch nickte.

»Ein schönes Land«, fuhr Neidelman in kühlem Plauderton fort. »Mir persönlich gefällt der Norden am besten. Waren Sie in Houndsbury? Ein entzückendes Städtchen in den Cotswolds, aber ansonsten nicht besonders bemerkenswert, wäre da nicht diese wundervolle Kathedrale. Oder haben Sie schon einmal Whitstone Hall in den Pennines besucht? Den Familiensitz des Herzogs von Wessex?«

»Das ist doch das berühmte Schloß, das aussieht wie ein Kloster?« fragte Hatch.

»Genau. Beides sind herrliche Beispiele für den englischen Kirchenbau des siebzehnten Jahrhunderts.«

»Herrlich«, wiederholte Hatch mit einem Anflug von Sarkasmus. »Aber warum erzählen Sie mir das alles?«

»Weil beide Bauwerke von Sir William Macallan entworfen wurden, dem Mann, der auch die Wassergrube konstruiert hat.«

»Wie bitte?«

»Macallan war zu seiner Zeit einer der begnadetsten Architekten Englands, gleich nach Sir Christopher Wren. Allerdings war er ein sehr viel interessanterer Mann als dieser.« Neidelman blickte noch immer aufs Meer. »Neben seinen Bauwerken, auch der Old Battersea Bridge, hinterließ er ein umfangreiches Lehrbuch über Kirchenbaukunst. Als Macallan 1696 auf hoher See verschollen ging, verlor die Welt einen wahren Visionär.«

»Verschollen auf hoher See? Die Geschichte wird ja immer abenteuerlicher.«

Neidelman schürzte die Lippen, und Hatch fragte sich, ob er sich bei dem Kapitän mit seinen Bemerkungen nun endgültig in die Nesseln gesetzt hatte.

»Ja. Es war eine schreckliche Tragödie. »Nur ...« Neidelman drehte sich um und sah Hatch an. »Nur daß Macallan nicht wirklich verschollen war. Im vergangenen Jahr ist uns ein Exemplar von seinem Lehrbuch in die Hände gefallen, das an den Seitenrändern seltsame Flecken und Verfärbungen aufwies. Unser Labor fand heraus, daß es sich dabei in Wirklichkeit um mit unsichtbarer Tinte geschriebene Wörter handelte, die im Lauf der Jahrhunderte teilweise wieder sichtbar geworden waren. Eine chemische Untersuchung ergab, daß es sich bei der Tinte um eine Mischung aus Essig und dem Saft weißer Zwiebeln handelte. Durch eine genaue Analyse konnten wir die Geheimtinte auf die Zeit um das Jahr 1700 herum datieren.«

»Geheimtinte? Sie haben wohl zu viele Hardy-Boys-Romane gelesen.«

»Unsichtbare Tinte war im siebzehnten und achtzehnten Jahrhundert weit verbreitet«, erklärte Neidelman ruhig. »George Washington hat sie beispielsweise für seine geheimen Befehle verwendet. Man nannte das damals ›Schreiben mit weißer Tinte‹.«

Hatch überlegte sich eine sarkastische Entgegnung, brachte sie aber nicht über die Lippen. Gegen seinen Willen fing er an,

Neidelmans Geschichte Glauben zu schenken. Irgendwie kam sie ihm viel zu phantastisch vor, um eine Lüge zu sein.

»Unserem Labor ist es mit speziellen Chemikalien gelungen, die unsichtbare Schrift wieder lesbar zu machen. Es handelt sich um ein Dokument von ungefähr zehntausend Zeichen, das Macallan auf die Ränder seines eigenen Buches geschrieben hat. Er verwendete dabei nicht nur eine Geheimtinte, sondern auch eine Geheimschrift, aber unsere Spezialisten haben es geschafft, die erste Hälfte davon ohne große Mühe zu entschlüsseln. Jetzt wissen wir, daß Sir William Macallan eine noch viel faszinierendere Persönlichkeit war, als man bisher angenommen hatte.«

Hatch schluckte schwer. »Nehmen Sie es mir nicht übel, aber diese ganze Geschichte kommt mir doch reichlich absurd vor.«

»Aber das ist sie nicht, Dr. Hatch. Macallan hat die Wassergrube entworfen, und das verschlüsselte Dokument ist ein geheimes Tagebuch, das er auf seiner letzten Reise geführt hat.« Neidelman hielt einen Augenblick inne und zog an seiner Pfeife. »Sie müssen wissen, daß Macallan als Schotte heimlich auch Katholik war. Nach dem Sieg des protestantischen Königs William III. in der Schlacht am Boyne ging er nach Spanien ins Exil. Dort erhielt er von der spanischen Krone den Auftrag, in Mexiko die größte Kathedrale der Neuen Welt zu erbauen. Und so schiffte Macallan sich 1696 von Cádiz aus auf einer zweimastigen Brigg ein, eskortiert von einem spanischen Kriegsschiff. Beide Schiffe kamen nie in ihrem Bestimmungshafen an, und niemand hat je wieder etwas von Macallan gehört. Man vermutete, daß die Schiffe untergegangen waren, aber Macallans Tagebuch erzählt eine andere Geschichte. In Wirklichkeit wurden die Spanier nämlich von Edward Ockham angegriffen. Der Kapitän der Brigg strich die Flagge und gestand unter Folter, wen er an Bord hatte. Daraufhin ließ Ockham die Besatzung der beiden Schiffe über die Klinge springen; nur Macallan verschonte er. Der Pirat hielt Macallan seinen Säbel an die Kehle und sagte – ich zitiere aus dem

Tagebuch: ›Laß er Gott sich seine verdammte Kirche selbst erbauen, ich habe eine andere Aufgabe für ihn‹.«

Hatch spürte, wie eine seltsame Erregung in ihm aufstieg.

Der Kapitän lehnte sich an den Schandeckel. »Verstehen Sie? Red Ned wollte, daß Macallan ihm ein Versteck für seinen riesigen Schatz entwarf. Eine *unbezwingbare* Grube, zu der nur Ockham Zugang hatte. Die Piraten segelten also die Küste von Maine entlang, suchten sich Ragged Island aus, bauten die Grube und versteckten den Schatz darin. Kurz danach kamen Ockham und seine Mannschaft auf mysteriöse Weise ums Leben, aber Macallan haben sie sicherlich noch davor umgebracht, vermutlich nach Vollendung der Grube. Mit dem Architekten und dem Piratenkapitän verschwand aber auch der Schlüssel zum Geheimnis der Wassergrube.«

Neidelman hielt inne. Seine Augen sahen in dem hellen, von der Wasseroberfläche reflektierten Licht fast weiß aus. »Jetzt stimmt das natürlich nicht mehr. Denn der Schlüssel zum Geheimnis ist nicht wirklich verschwunden.«

»Wie meinen Sie das?«

»In der zweiten Hälfte seines Tagebuchs verwendete Macallan einen anderen Code, vermutlich um das Geheimnis der Wassergrube noch besser zu schützen. Natürlich sind Geheimschriften aus dem siebzehnten Jahrhundert kein Problem für unsere modernen Supercomputer. Meine Spezialisten dürften den Code ziemlich bald geknackt haben.«

»Wie groß soll der Schatz in der Wassergrube denn eigentlich sein?« brachte Hatch mit Mühe heraus.

»Das ist eine gute Frage. Uns ist bekannt, wieviel Fracht Ockhams Schiffe transportieren konnten, und uns ist auch bekannt, daß sie voll beladen waren. Darüber hinaus haben wir die Frachtpapiere von vielen Schiffen, die Ockham gekapert hat. Wissen Sie, daß ihm als einzigem Piraten ein erfolgreicher Angriff auf die spanische Silberflotte gelang?«

»Nein, das wußte ich nicht«, murmelte Hatch.

»Alles in allem beziffern selbst sehr vorsichtige Schätzungen den Wert des Schatzes in heutigem Geld auf« – Neidelman hielt einen Moment inne und ließ ein Lächeln um seine Lippen spielen – »eine Summe zwischen 1,8 und 2 Milliarden Dollar.«

Eine ganze Weile sagte keiner der beiden Männer ein Wort. Nur das Tuckern des Schiffsdiesels und das monotone Gekreisch der Möwen mischten sich mit dem Gurgeln des Wassers am Rumpf des Bootes. Hatch hatte Mühe, sich einen so großen Betrag überhaupt vorzustellen.

Schließlich fuhr Neidelman mit gedämpfter Stimme fort: »Und dabei ist der Wert des St.-Michaels-Schwerts noch nicht einmal mit eingerechnet. Es war Ockhams wertvollster Besitz.«

Einen Augenblick lang war der Bann gebrochen. »Jetzt machen Sie aber mal einen Punkt, Kapitän Neidelman«, sagte Hatch und lachte. »Sie wollen mir doch nicht etwa erzählen, daß Sie an diese uralte Legende glauben.«

»Das tue ich erst, seitdem ich Macallans Tagebuch gelesen habe, Dr. Hatch. Das Schwert *existiert*, Macallan hat beobachtet, wie es zusammen mit dem restlichen Schatz in der Wassergrube versteckt wurde.«

Hatchs Blick ging ins Leere, und seine Gedanken überschlugen sich. Das ist doch unmöglich, das kann ich einfach nicht glauben ...

Er spürte, wie sich unwillkürlich sein Magen zusammenkrampfte. Die unzähligen Fragen, die ihm durch den Kopf gegangen waren, schienen sich plötzlich in Luft aufzulösen. Einige Meilen weiter vorne konnte er nun die langgestreckte, tiefliegende Nebelbank sehen, hinter der sich Ragged Island verbarg. Es war genau wie vor mehr als fünfundzwanzig Jahren. Neidelman neben ihm sagte etwas, was Hatch aber nicht verstand. Flach atmend versuchte er, sein wie rasend klopfendes Herz zu beruhigen. *»Pardon?«*

»Ich sagte eben, daß ich weiß, wie wenig Ihnen Geld bedeutet. Aber ich will Ihnen trotzdem sagen, daß ich Ihnen in meiner vorbereiteten Vereinbarung die Hälfte des Schatzes zugedacht habe, und zwar vor Abzug aller Kosten. Ich persönlich möchte für meine Mühen und für das finanzielle Risiko, das ich bei der Operation trage, lediglich das St.-Michaels-Schwert haben. Ihr Anteil an dem Schatz würde sich also auf etwa eine Milliarde Dollar belaufen.«

Hatch schluckte. »Sie haben recht. Geld interessiert mich nicht.«

Längere Zeit sagten beide Männer nichts, dann hob Neidelman sein Fernglas an die Augen und schaute hinüber zu der Nebelbank. »Warum liegt die Insel eigentlich ständig im Nebel?« fragte er.

»Dafür gibt es einen einfachen Grund«, antwortete Hatch, der froh war, daß Neidelman das Thema wechselte. »Die starke Riptide bei Ragged Island lenkt den kalten Labrador-Strom in die warme Cape-Cod-Strömung, und wo die beiden sich vermischen, steigt dann der Nebel auf. Manchmal bildet er nur einen dünnen Schleier um die Insel, an anderen Tagen hüllt er sie völlig ein.«

»Was könnte sich ein Pirat Schöneres wünschen?« murmelte Neidelman.

Gleich sind wir da, dachte Hatch und konzentrierte sich auf das Zischen des Wassers an der Bordwand, auf den salzigen Geruch der Luft und auf das kühle Messing des Steuerrads in seinen Händen. Als er einen raschen Blick hinüber zu Neidelman warf, sah er, wie die Kiefermuskeln des Kapitäns zuckten. Auch er wurde offenbar von Gefühlen beherrscht, selbst wenn diese bestimmt ganz anders geartet waren als diejenigen, die Hatch gerade empfand.

Die Nebelbank kam näher, und Hatch mußte sich in einem stillen Kampf dazu zwingen, das Boot in den dichten Dunst hineinzusteuern, der mit seinen bleichen Fingern nach ihm zu greifen schien. Überall sonst hatte sich der Nebel gelichtet, und der Horizont rings um Ragged Island war klar. Als der Bug in den Dunst eintauchte, nahm Hatch das Gas zurück. Mit einem Schlag wurde die Luft feucht und kalt. Hatch spürte,

wie die Feuchtigkeit an seinen Fingerknöcheln und in seinem Nacken zu kleinen Tröpfchen kondensierte.
Angestrengt starrte er in den Nebel, aus dem eine dunkle Silhouette aufzutauchen schien, die aber gleich wieder verschwand. Er drosselte den Motor noch weiter. In der relativen Stille konnte er nun das Brechen der Wellen und das Geräusch der Glockenboje hören, die die Schiffe vor den gefährlichen Riffen vor Ragged Island warnen sollte. Hatch drehte das Boot auf einen nördlicheren Kurs, um es ans windgeschützte Ende der Insel zu steuern. Auf einmal ragte auf der Backbordseite in zweihundert Metern Entfernung ein rostüberzogener Eisenkran auf, den unzählige Stürme geknickt und verbogen hatten.
Neidelman holte Luft und hob das Fernglas ans Gesicht, aber das Boot war schon wieder in einen Nebelfetzen geglitten, der die Insel verbarg. Der Wind war kalt geworden, und ein leichter Sprühregen begann zu fallen.
»Können wir noch näher ranfahren?« murmelte Neidelman.
Hatch steuerte das Boot auf die Riffe zu. Als sie die Leeseite der Insel erreicht hatten, ließ der Wind ebenso nach wie die Brandung. Und dann glitten sie aus dem Nebel und sahen die Insel auf einmal in ihrer Gesamtheit vor sich liegen.
Hatch fuhr mit dem Boot parallel zum Riff, während Neidelman am Heck stand und das Fernglas nicht mehr von den Augen nahm. Die Pfeife in seinem Mund wurde kalt, und die Schultern seines Hemdes waren von der Feuchtigkeit bald ganz dunkel. Hatch drehte den Bug des Bootes in Richtung See, schaltete den Motor in den Leerlauf und ließ die »Plain Jane« treiben. Dann erst wandte auch er sich der Insel zu.

4

Auf einmal sah Hatch die düsteren, schrecklichen Umrisse der Insel, die ihn in seinen Alpträumen und seiner Erinnerung so oft gequält hatten, ganz real vor sich. Sie waren nicht viel mehr als eine dunkle Silhouette, die vor dem Grau der See und des Nebels wie ausgeschnitten wirkte. Ragged Island schien wie ein eigenartiger, schräg stehender Tisch, der von der wetterabgewandten Seite zur Seeseite hin allmählich anstieg und dort abrupt in fast senkrecht abfallenden Klippen endete. In der Mitte wölbte sich das Land wie ein Buckel nach oben. Die Brandung umtoste den Fuß der Klippen und brach sich an den ringförmig um die Insel verlaufenden Riffen, wo sie eine langgezogene Spur von Schaumblasen hinterließ. Ragged Island war in Wirklichkeit noch trostloser, als er es in Erinnerung hatte: ein windgepeitschtes kahles Eiland, sechzehnhundert Meter lang und achthundert Meter breit. Auf seiner windabgewandten Seite, an der sie entlangfuhren, befand sich ein Kiesstrand mit einer einzelnen Fichte, der ein Blitzschlag vor vielen Jahren die Krone zerstört hatte, so daß sich ihre knorrigen Äste wie die Finger einer alten Hexe vor dem grauen Himmel abhoben.

Überall ragten die Überreste infernalischer Maschinen zwischen dem Riedgras und den Teerosen hervor: alte dampfgetriebene Kompressoren, Kettenwinden und Dampfkessel. Auf einer Seite der Fichte befanden sich ein paar windschiefe Hütten ohne Dach, und am anderen Ende des Strandes konnte Hatch die glatten, runden Formen der Walbuckel ausmachen, auf denen er vor mehr als fünfundzwanzig Jahren zusammen mit Johnny herumgeklettert war. Vor dem ersten der langgestreckten Felsen lagen die von unzähligen Stürmen zerschmetterten Rümpfe mehrerer großer Boote. Die zerborstenen Spanten und Teile ihres Decks lugten rostig zwischen den Granitblöcken hervor. Oberhalb der Hochwasserlinie hatte man im Abstand von jeweils hundert Metern Holztafeln aufgestellt, deren verwitterte Inschrift lautete:

BETRETEN DER INSEL VERBOTEN!
LEBENSGEFAHR!

Eine Weile war Neidelman sprachlos. »Endlich«, hauchte er dann. Nachdem das Boot mehrere Minuten lang vor der Insel herumgedümpelt war, ließ Neidelman das Fernglas sinken. »Dr. Hatch?« fragte er.

Hatch hielt sich noch immer krampfhaft am Steuerrad fest und rang mit seinen Erinnerungen. Das Grauen hatte ihn überwältigt, wie ein Anfall von Seekrankheit. Und während der Sprühregen gegen die Scheiben des Steuerhauses näßte und das Klagen der Glockenboje durch den Nebel drang, war er unfähig, auch nur ein einziges Wort herauszubringen. Dennoch mischte sich nun etwas Neues in das alte Grauen, und zwar die Erkenntnis, daß die Insel tatsächlich einen riesigen Schatz barg. Sein Großvater war also doch kein Vollidiot gewesen, der drei Generationen seiner Familie für nichts und wieder nichts ins Unglück gestürzt hatte. In wenigen Augenblicken, das wußte Hatch, mußte er eine Entscheidung treffen, eine Entscheidung, die er seinem Großvater, seinem Vater und seinem Bruder schuldig war.

»Dr. Hatch?« sagte Neidelman, dessen eingefallenes Gesicht vom Regen glänzte, ein zweites Mal.

Hatch atmete mehrmals hintereinander tief durch und zwang sich, seine um das Steuerrad gekrampften Finger zu lösen. »Wollen wir einmal um die Insel herumfahren?« fragte er mit bemüht ruhiger Stimme.

Neidelman sah ihm einen Moment lang in die Augen, dann nickte er nur und hob das Fernglas wieder ans Gesicht.

Hatch gab langsam Gas und steuerte die »Plain Jane« wieder hinaus aufs Meer. Als das Boot den Schutz der Insel verließ, spürten die beiden Männer sogleich den kühlen Wind. Hatch fuhr mit gedrosseltem Motor bei einer Geschwindigkeit von drei Knoten langsam an Ragged Island entlang und ließ die Walbuckel und die anderen Landmarken des Grauens zurück, mit denen er so viele schreckliche Erinnerungen verband.

»Die Insel sieht ziemlich wild aus«, meinte Neidelman. »Wilder, als ich sie mir vorgestellt hatte.«

»Und außerdem hat sie keinen natürlichen Hafen«, ergänzte Hatch. »Darüber hinaus ist sie von den Riffen umgeben, und zudem gibt es eine gefährliche Rückströmung. Die Insel liegt ungeschützt im offenen Meer, so daß ihr im Herbst die Nordost-Stürme ganz schön zusetzen. Im Landesinnern hat man so viele Tunnels gegraben, daß es ein äußerst gefährliches Unterfangen ist, sich dort fortzubewegen. Viele dieser Tunnels sind mit Wasser vollgelaufen. Zu allem Überfluß haben einige Expeditionen auch noch mit Sprengstoff hantiert, so daß nicht explodierte Ladungen und Zünder und weiß Gott was sonst noch alles herumliegen, das bei der kleinsten Berührung in die Luft fliegen könnte.«

»Was ist das für ein Wrack?« fragte Neidelman und deutete auf ein großes Metallgebilde, das verbeult und verrostet oberhalb der mit glitschigem Seegras behangenen Felsen lag.

»Das ist ein Lastkahn, der noch aus der Zeit meines Großvaters stammt. Er war damals vor der Küste verankert und hatte einen Schwimmkran an Bord, aber dann erwischte ihn ein Nordost-Sturm und warf ihn auf die Felsen. Als die See mit dem Kahn fertig war, gab es nicht mehr viel, was sich zu bergen lohnte. Das war zugleich auch das Ende der Unternehmungen meines Großvaters.«

»Hat Ihr Großvater Ihnen vielleicht irgendwelche Aufzeichnungen hinterlassen?« fragte Neidelman.

»Mein Vater hat sie komplett vernichtet«, antwortete Hatch und schluckte schwer. »Mein Vater haßte die Insel und alles, was damit zu tun hatte, weil mein Großvater mit dem Kauf von Ragged Island unsere Familie in den finanziellen Ruin getrieben hat. Schon vor dem Unfall ...« Seine Stimme wurde leiser, und seine Hände krampften sich wieder um das Steuerrad. Mit starrem Blick schaute er nach vorne.

»Entschuldigen Sie bitte«, sagte Neidelman, dessen Gesicht nun einen sanfteren Ausdruck annahm. »Ich lasse mich von all dem hier so mitreißen, daß ich manchmal Ihre persönliche Tragödie vergesse. Verzeihen Sie mir, wenn ich Ihnen eine taktlose Frage gestellt habe.«

Hatch stierte weiter über den Bug nach vorn. »Ist schon in Ordnung.«

Neidelman verstummte, und Hatch war ihm dankbar dafür. Nichts war schmerzhafter für ihn als die üblichen Platitüden wohlmeinender Leute. Am schlimmsten fand er Sprüche wie: Machen Sie sich keine Vorwürfe, es war ja nicht Ihre Schuld.

Die »Plain Jane« umrundete jetzt die Südspitze der Insel und kam damit breitseits zur Dünung. Hatch gab etwas mehr Gas, damit das Boot Fahrt aufnahm.

»Es ist schon ein merkwürdiger Gedanke«, murmelte Neidelman, »daß nichts als diese kleine Insel aus Fels und Sand uns von dem größten Schatz trennt, der je vergraben wurde.«

»Vorsichtig, Kapitän Neidelman«, entgegnete Hatch und hoffte, daß er mit seiner Warnung einen nicht allzu ernsten Ton anschlug. »Genau diese euphorische Denkweise hat bereits ein Dutzend Bergungsgesellschaften in den Bankrott getrieben. Nehmen Sie sich lieber dieses alte Gedicht zu Herzen:

Heilig bewahrt des Tempels Mauer
für alle Zeiten ihren Schrein.
Und nicht einmal für kurze Dauer
wird jemals sie die meine sein.«

Neidelman sah ihn an. »Offenbar haben Sie auch noch etwas anderes als Anatomiebücher und Arzneimittellisten gelesen. Nicht viele Quacksalber können Conventry Patmore zitieren.«

Hatch zuckte mit den Achseln. »Ab und zu lese ich ganz gerne mal ein Gedicht. Ich genieße es wie ein gutes Glas Portwein. Und was für eine Entschuldigung haben Sie?«

Ein rasches Lächeln huschte über Neidelmans Gesicht. »Ich habe mehr als zehn Jahre meines Lebens auf See verbracht. Da kann man manchmal nicht viel anderes tun als lesen.«

Von der Insel her ertönte auf einmal ein Geräusch, das wie ein feuchtes Husten klang. Es wurde immer lauter, bis es in ein tiefes Grummeln und schließlich in ein kehliges, ständig anschwellendes Stöhnen überging. Der Todesschrei einer Tiefseekreatur? Hatch bekam eine Gänsehaut.

»Was um alles in der Welt ist denn das?« fragte Neidelman besorgt.

»Die Flut hat ihren höchsten Stand erreicht«, erwiderte Hatch, der in der kühlen, feuchten Luft leicht zu zittern begann. »Die Wassergrube ist vermutlich durch einen verborgenen Tunnel mit dem Meer verbunden, und wenn der Tidenstrom umkehrt und das Wasser im Tunnel in die andere Richtung fließt, dann hört man dieses Geräusch. So lautet zumindest eine von vielen Theorien.«

Das Stöhnen hielt an, bis es mit der Zeit in ein leises Stammeln überging und schließlich ganz aufhörte.

»Von den Fischern hier können Sie auch eine andere Erklärung für das Geräusch kriegen«, fuhr Hatch fort. »Vielleicht ist Ihnen ja schon aufgefallen, daß es rings um die Insel keine Hummerkörbe gibt. Aber glauben Sie bloß nicht, das wäre deshalb, weil hier keine Hummer lebten.«

»Der Fluch von Ragged Island«, murmelte Neidelman und nickte mit einem zynischen Funkeln in den Augen. »Ich habe schon davon gehört.« Er senkte den Blick auf die Decksplanken, und beide Männer schwiegen lange. Schließlich hob Neidelman langsam den Kopf. »Ich kann Ihren Bruder nicht wieder lebendig machen«, sagte er, »aber eines kann ich Ihnen versprechen: Wir werden herausfinden, was mit ihm passiert ist.«

Hatch winkte ab. Ein plötzlicher Ansturm von Gefühlen verschlug ihm die Sprache. Er wandte den Kopf dem offenen Fenster des Steuerhauses zu und war dankbar für den Regen, der seine Tränen verbarg. Mit einemmal war ihm klar, daß er die Insel nie mehr betreten konnte. Ohne ein Wort der Erklärung drehte er das Boot nach Westen, gab Gas und fuhr zurück in den die Insel verhüllenden Nebel. Er wollte so rasch wie möglich wieder in sein Hotel, sich ein zeitiges Mittagessen bestellen und seinen Kummer mit ein paar Bloody Marys ertränken.

Am anderen Ende der Nebelbank erwartete sie helles Sonnenlicht. Der Wind frischte auf, und Hatch spürte, wie die Feuchtigkeit auf seinem Gesicht und seinen Händen verdampfte. Er blickte nicht zurück, aber allein das Wissen darum, daß hinter ihm die nebelverhangene Insel immer kleiner wurde, nahm ihm etwas von dem Druck, der sich ihm auf die Brust gelegt hatte.

»Sie müssen wissen, daß wir eng mit erstklassigen Archäologen und Historikern zusammenarbeiten«, sagte Neidelman, der neben ihm stand. »Was wir bei unserer Expedition über die Ingenieurkunst des siebzehnten Jahrhunderts, das Piratenunwesen und die maritime Technologie der damaligen Zeit herausfinden werden, kann von unschätzbarem Wert für die Wissenschaft sein. Wir heben nämlich nicht nur einen Schatz, sondern machen gleichzeitig auch eine archäologische Ausgrabung. Und, wer weiß, vielleicht bringen wir dabei ja sogar etwas über Red Ned Ockhams mysteriösen Tod in Erfahrung.«

»Ich möchte mir aber das Recht vorbehalten, die ganze Aktion jederzeit abblasen zu können, wenn ich den Eindruck habe, daß die Arbeiten zu gefährlich werden«, warf Hatch nach kurzem Zögern ein.

»Das kann ich gut verstehen. Unser Vertrag hat ohnehin schon achtzehn Vorbehaltsklauseln, da kommt es auf die neunzehnte auch nicht mehr an.«

»Wenn ich bei Ihrer Unternehmung mitmache«, sagte Hatch

noch langsamer als vorhin, »dann aber nicht als stiller Teilhaber, der den anderen nur über die Schulter schaut.«
Neidelman kratzte mit seinem Pfeifenstopfer in der erkalteten Pfeife herum. »Bergungsexpeditionen wie diese können ziemlich riskant sein, besonders für jemanden, der so etwas noch nie gemacht hat. Was für eine Aufgabe würden Sie denn gerne übernehmen?«
Hatch zuckte mit den Schultern. »Haben Sie nicht gesagt, daß Sie einen Expeditionsarzt angeheuert hätten?«
Neidelman hörte mit dem Pfeifenputzen auf und hob die Augenbrauen. »So verlangt es das Gesetz hier in Maine. Schlagen Sie etwa vor, wir sollten jemand anderen unter Vertrag nehmen?«
»Ja.«
Neidelman lächelte. »Und Sie sind sicher, daß Sie auf die Schnelle Urlaub vom Mount Auburn Hospital bekommen?«
»Das Projekt, an dem ich momentan forsche, ist nicht so eilig. Außerdem sprechen wir ja nicht von einer allzu langen Zeitspanne, denn schließlich haben wir bereits Ende Juli. Wenn Sie Ihre Sache dieses Jahr noch durchziehen wollen, dann müssen Sie es innerhalb der nächsten vier Wochen tun – so oder so. Sobald im September die ersten Stürme kommen, müssen Sie die Arbeiten einstellen.«
Neidelman beugte sich über die Reling und klopfte mit einer einzigen raschen Handbewegung die Tabakreste aus seiner Pfeife ins Meer. Dann richtete er sich auf. Am Horizont hinter ihm zeichneten sich bereits die langgestreckten, dunklen Umrisse von Burnt Head ab.
»In vier Wochen sind alle unsere Probleme gelöst«, erwiderte er. »Die Ihren wie die meinen.«

5

Hatch stellte seinen Wagen auf dem kleinen Parkplatz direkt neben Buds Supermarkt ab. Diesmal war er mit dem eigenen Auto da, und es war ein merkwürdig beunruhigendes Gefühl, Vorkommnisse aus seiner Vergangenheit durch die Windschutzscheibe eines Fahrzeugs zu betrachten, das ganz eindeutig seiner Gegenwart angehörte. Liebevoll betrachtete er den abgewetzten Beifahrersitz aus Leder und die alten Kaffeeflecken auf dem Wurzelholz rings um den Schalthebel. Hier drinnen war ihm alles vertraut, hier fühlte er sich so geborgen, daß er nur ungern die Tür öffnete und ausstieg. Hatch nahm seine Sonnenbrille von der Ablage, legte sie nach kurzem Zögern aber wieder zurück. Die Zeit des Versteckspielens war vorbei.

Er sah sich auf dem kleinen Platz vor dem Supermarkt um und bemerkte, daß der Asphalt noch mehr Löcher aufwies als früher. Der alte Zeitungsstand an der Ecke mit seinen wackeligen Metallregalen voller Comics und Zeitschriften hatte einer Eisdiele weichen müssen, aber ansonsten war die Stadt mit ihren steil hinunter zum Hafen führenden Straßen und ihren mit Schiefer und Zedernholzschindeln gedeckten, in der Sonne glänzenden Dächern so malerisch wie eh und je. Ein Mann kam vom Hafen her den Berg heraufgestiegen; seine Gummistiefel und die über die Schulter geworfene Öljacke verrieten Hatch, daß es ein Hummerfischer war, der von der Arbeit nach Hause ging. Der Mann warf ihm im Vorbeigehen einen Blick zu, bevor er in einer Seitengasse verschwand. Er war jung, nicht viel älter als zwanzig, und Hatch wurde plötzlich klar, daß dieser Mann noch nicht einmal auf der Welt gewesen war, als er und seine Mutter die Stadt verlassen hatten. Eine ganze Generation war während seiner Abwesenheit herangewachsen, und gewiß war auch eine ganze Generation inzwischen verstorben.

Auf einmal fragte sich Hatch, ob Bud Rowell wohl noch am Leben war.
Von außen betrachtet sah Buds Supermarkt noch genauso aus, wie er ihn in Erinnerung hatte: die grüne Fliegengittertür, die nie richtig zuging, das alte Coca-Cola-Blechschild, die windschiefe, verwitterte Veranda – alles war noch wie damals. Als Hatch eintrat, knarzten die abgetretenen Dielen unter seinen Füßen. Er holte sich einen Einkaufswagen aus dem kleinen Stand neben der Tür und war froh, daß der Laden fast leer war. Langsam ging er durch die engen Gänge und nahm etwas Proviant für die »Plain Jane« aus den Regalen. Er hatte beschlossen, auf dem Schiff zu wohnen, bis das ehemalige Haus seiner Familie wieder hergerichtet war. Er kramte zwischen den Waren herum, legte ab und zu etwas in seinen Wagen und merkte schließlich, daß er sich damit eigentlich nur vor dem Unvermeidlichen drückte. Kurzentschlossen schob er den Einkaufswagen nach vorn zur Kasse – und sah sich auf einmal Bud Rowell gegenüber.
Der großgewachsene Mann mit der Glatze und der sauberen Metzgerschürze wirkte noch genauso fröhlich wie früher, als er Malin und Johnny unter dem Ladentisch heimlich rote Lakritzstangen zugesteckt hatte, die bei ihnen zu Hause streng verboten gewesen waren. Ihre Mutter hatte das immer halb wahnsinnig gemacht.
»Tag«, sagte Bud und ließ den Blick über Hatch hinweg zu dem vor der Tür geparkten Wagen schweifen. Es kam nicht oft vor, daß ein alter Jaguar XKE mit auswärtigen Nummernschildern vor dem Supermarkt stand. »Sie kommen aus Boston, nicht wahr?«
Hatch nickte und wußte immer noch nicht, wie er sich verhalten sollte. »Ja.«
»Auf Urlaub?« fragte Bud, während er vorsichtig eine Artischocke in Hatchs Papiertüte packte und so unendlich langsam wie immer ihren Preis in die alte Registrierkasse aus Messing eintippte. Wie in Zeitlupe wanderte daraufhin eine zweite

Artischocke in die Tüte, wo Bud sie liebevoll neben der ersten plazierte.
»Nein«, antwortete Hatch. »Ich habe geschäftlich hier zu tun.«
Buds Hand machte knapp oberhalb der Tüte in der Luft halt. In Stormhaven hatte seit ewigen Zeiten niemand mehr geschäftlich etwas zu tun gehabt. Jetzt wollte Bud, bei dem sämtlicher Klatsch und Tratsch der Stadt zusammenliefen, der Sache doch auf den Grund gehen. Die Hand setzte sich wieder in Bewegung. »Sieh mal einer an«, meinte Bud. »Geschäftlich also.«
Hatch nickte und kämpfte mit seiner Unentschlossenheit. Wenn Bud erst einmal wußte, daß er hier war, würde es bald die ganze Stadt wissen. Wenn er jetzt sein Inkognito lüftete, gab es kein Zurück mehr. Noch war es nicht zu spät, noch konnte er seine Sachen nehmen, den Laden verlassen und Bud im dunkeln tappen lassen. Die Alternative dazu war fast zu schlimm, um sie ernsthaft in Erwägung zu ziehen: Die Vorstellung, wie man überall in Stormhaven hinter vorgehaltener Hand von der alten Tragödie sprechen, den Kopf schütteln und die Lippen schürzen würde, war für Hatch kaum auszuhalten. Das Mitgefühl einer Kleinstadt konnte manchmal ganz schön grausam sein.
Die Hand nahm einen Milchkarton und stellte ihn in die Tüte. »Sind Sie Geschäftsmann?«
»Nein.«
Eine Weile war es still, während Bud noch langsamer als vorher den Orangensaft in der Tüte verstaute und den Preis in die Kasse tippte. »Dann sind Sie wohl auf der Durchreise?« wagte Bud einen weiteren Versuch.
»Nein, ich habe hier in Stormhaven zu tun.«
Das war so ungewöhnlich, daß Bud nicht mehr an sich halten konnte. »Und was, bitteschön?« fragte er.
»Das ist eine delikate Angelegenheit«, erwiderte Hatch mit gedämpfter Stimme. Trotz seiner starken Anspannung fand er Buds konsterniertes Stirnrunzeln so vielsagend, daß er ein Lächeln unterdrücken mußte.

»Verstehe«, sagte Bud. »Dann wohnen Sie wohl in einem Hotel in der Stadt?«
»Nein«, antwortete Hatch und atmete tief durch. »Ich werde auf der anderen Seite des Hafens wohnen. Im alten Haus der Familie Hatch.«
Bud ließ fast das Steak fallen, das er gerade in der Hand hielt. Das Gebäude war seit einem Vierteljahrhundert unbewohnt. Schließlich fand das Steak doch noch seinen Weg in die Tüte. Jetzt hatte Bud alle Waren verpackt und konnte, wenn er nicht unhöflich wirken wollte, keine weiteren Fragen stellen.
»Nun gut«, sagte Hatch, »ich habe es ein wenig eilig. Wieviel bin ich Ihnen schuldig?«
»Einunddreißig-fündundzwanzig«, erwiderte Bud mit unglücklichem Gesicht.
Hatch nahm seine Tüten. Jetzt war es soweit. Wenn er sich auch nur vorübergehend hier in Stormhaven niederlassen wollte, dann mußte er sich jetzt zu erkennen geben. Er blieb stehen, öffnete die Tüte und steckte seine Hand hinein. »Entschuldigen Sie bitte«, sagte er und kramte in der Tüte herum. »Haben Sie nicht etwas vergessen?«
»Nicht, daß ich wüßte«, antwortete Bud gleichmütig.
»Aber sicher«, beharrte Hatch. Er packte die Tüte aus und legte ihren Inhalt auf die Ladentheke.
»Ist doch alles da«, sagte Bud mit einem Anflug von Streitlust in der Stimme, wie sie für die Menschen von Maine so typisch ist.
»Nein, stimmt nicht«, entgegnete Hatch und deutete auf eine kleine Schublade unter der Ladentheke. »Oder bekomme ich heute etwa keine Lakritzstange?«
Buds Augen blickten hinunter auf die Schublade und wanderten dann an Hatchs ausgestrecktem Arm entlang nach oben, bis sie sein Gesicht erreichten, das Bud bisher noch nicht richtig betrachtet hatte. Mit einemmal wurde der Ladenbesitzer aschfahl.
Hatch fragte sich, ob er zu weit gegangen war, aber dann atme-

te Bud Rowell laut hörbar aus. »Mich laust der Affe«, sagte er. »Verdammt noch mal, das ist ja Malin Hatch!«
Obwohl Buds Gesicht rasch wieder Farbe bekam, hatte es immer noch den Ausdruck eines Menschen, dem gerade ein Gespenst erschienen war.
»Nun, wie geht es Ihnen, Bud?« fragte Hatch.
Auf einmal kam der Ladenbesitzer schwerfällig hinter der Theke hervor, packte Hatchs Hand und drückte sie mit beiden Händen so fest, daß er sie beinahe zerquetscht hätte. »Sieh mal einer an«, sagte er, während er Hatch bei den Schultern packte und ihn auf Armeslänge von sich wegschob. Ein breites Grinsen erhellte sein rundliches Gesicht. »Was bist du doch für ein gutaussehender, großer junger Mann geworden. Ich weiß nicht, wie oft ich mich gefragt habe, was wohl aus dir geworden ist und ob ich dich jemals wiedersehen würde. Und jetzt schneist du auf einmal so mir nichts, dir nichts hier herein.«
Hatch sog den Geruch des Ladens ein – eine Mischung aus Schinken, Fisch und Käse – und fühlte sich erleichtert und peinlich berührt zugleich. Es war ihm, als wäre er wieder zu einem kleinen Jungen geworden.
Bud sah noch eine Weile zu ihm auf, bevor er den Blick hinunter zu der Schublade mit den Lakritzen senkte. »Du alter Racker«, lachte er, »du ißt also immer noch so gerne Lakritz. Hier, ich schenke dir eine Stange.« Mit diesen Worten zog er die Schublade auf, griff hinein und legte das Lakritz vor Hatch auf den Ladentisch.

6

Hatch und Bud saßen in bequemen Schaukelstühlen auf der Veranda hinter dem Laden, tranken Ginger Ale und schauten über eine Wiese auf eine Reihe dunkler hoher Fichten. Auf Buds Fragen hin hatte Hatch ihm einige seiner Abenteuer erzählt, die er als Epidemiologe in Mexiko und Südamerika erlebt hatte. Bisher hatte er es geschickt vermieden, über den Grund für seine Rückkehr nach Stormhaven Auskunft geben zu müssen. Er fühlte sich noch nicht in der Lage, Rede und Antwort zu stehen, und sehnte sich danach, zu seinem Boot zurückkehren. Dort wollte er den transportablen Grill über die Heckreling hängen, sein Steak draufwerfen und sich einen trockenen Martini genehmigen. Leider verlangte es jedoch die Etikette dieses Städtchens, daß er mindestens eine Stunde bei dem alten Ladenbesitzer blieb und mit ihm plauderte.

»Erzählen Sie mir doch, was seit meiner Abreise hier geschehen ist«, sagte er, um die Unterhaltung in Gang zu halten und gleichzeitig Buds neugierigen Fragen vorzubeugen. Er spürte, wie sehr sein Gesprächspartner darauf brannte, den Grund für seine Rückkehr zu erfahren, aber hier in Maine verbot es die Höflichkeit, solche Fragen direkt zu stellen.

»Na ja«, begann Bud, »hier hat sich schon eine ganze Menge getan.« Und dann berichtete er, daß vor fünf Jahren die Highschool einen Erweiterungsbau erhalten hatte und wie das Haus der Thibodeaux' abgebrannt war, während diese auf Urlaub bei den Niagara-Fällen gewesen waren. Nachdem er erzählt hatte, wie Frank Pickett sein Boot im Suff gegen den Old Hump gefahren und versenkt hatte, fragte er Malin, ob er denn schon das schöne neue Feuerwehrhaus gesehen habe.

»Und ob«, antwortete Hatch, der es insgeheim bedauerte, daß man das alte bescheidene Holzgebäude durch eine häßliche Monstrosität mit Metallwänden ersetzt hatte.

»Überall werden jetzt neue Häuser gebaut. Hauptsächlich Sommerhäuser«, fügte Bud mit einem abschätzigen Glucksen hinzu.
Hatch fragte sich, ob er mit den Feriengästen auch so sprach, wenn sie in seinem Supermarkt einkauften. Außerdem hatte Bud stark übertrieben. Sein »überall« bezeichnete gerade mal drei oder vier neu erbaute Häuser am Breed's Point, zu denen noch ein paar kürzlich renovierte Farmen im Inland und die neue Pension in der Stadt kamen.
Bud beendete seine Erzählung mit einem traurigen Kopfschütteln. »Seit du fort bist, hat sich hier alles total verändert. Du wirst Stormhaven nicht wiedererkennen.« Er brachte seinen Stuhl zum Schaukeln und seufzte laut. »Dann bist du wohl hergekommen, um euer Haus zu verkaufen?«
Hatch zuckte zusammen. »Nein, ich will hier wohnen. Zumindest für den Rest des Sommers.«
»Dann machst du also doch Ferien.«
»Wie bereits gesagt«, entgegnete Hatch und bemühte sich, dabei nicht allzu bedeutungsvoll zu klingen, »ich bin in einer etwas delikaten geschäftlichen Angelegenheit hier. Ich kann Ihnen jetzt nicht mehr darüber erzählen, aber ich versichere Ihnen, daß sie nicht mehr lange ein Geheimnis bleiben wird.«
Bud lehnte sich beleidigt zurück. »Ich will dir ja nicht zu nahe treten, aber hast du nicht vorhin erwähnt, daß du Arzt bist?«
»Stimmt. Und als solcher habe ich hier auch zu tun.« Hatch nahm einen Schluck von seinem Ginger Ale und sah zum wiederholten Mal auf die Uhr.
»Aber wir haben schon einen Arzt hier in der Stadt«, meinte der Ladenbesitzer und rutschte unruhig auf seinem Stuhl herum. »Dr. Frazier. Er ist kerngesund und kann gut und gerne noch zwanzig Jahre praktizieren.«
»Wer weiß? Eine Prise Arsen im Tee wirkt da oft Wunder.«
Bud sah ihn erschrocken an.
»Keine Angst, Bud«, sagte Hatch lächelnd. »Ich habe nicht vor, Dr. Frazier Konkurrenz zu machen.« Er erinnerte sich, daß

schwarzer Humor im ländlichen Maine nicht allzu verbreitet war.

»Das ist gut«, meinte Bud und sah seinen Besucher von der Seite an. »Dann hat dein Kommen ja vielleicht etwas mit diesen Hubschraubern zu tun.«

Hatch warf ihm einen fragenden Blick zu.

»Es war gestern. Ein schöner klarer Tag mit guter Sicht. Da flogen zwei Hubschrauber, ziemlich große Biester noch dazu, über die Stadt hinaus zu den Inseln. Ich habe gesehen, wie sie eine Weile über Ragged Island gekreist sind. Eigentlich dachte ich, es wären vielleicht Armee-Hubschrauber.« Buds Gesicht nahm einen nachdenklichen Ausdruck an. »Aber vielleicht waren es ja doch keine.«

Das Knarzen der Fliegengittertür bewahrte Hatch davor, auf Buds Spekulationen eingehen zu müssen. Er sah den alten Mann schwerfällig in den Laden schlurfen und wartete, bis er wieder zurückkam. »Schaut aus, als würden die Geschäfte nicht schlecht gehen«, meinte er.

»Das täuscht«, erwiderte Bud. »Außer in der Ferienzeit wohnen nur noch achthundert Menschen hier in Stormhaven.«

Hatch dachte bei sich, daß die Stadt noch nie viel mehr Einwohner gehabt hatte.

»Ja, ja, so ist das nun mal«, fuhr Bud fort, »wenn die Kinder mit der Highschool fertig sind, gehen sie fort. Alle wollen sie in die großen Städte, nach Bangor oder Austuga, und manche sogar bis nach Boston. Kaum einer bleibt hier. In den letzten drei Jahren sind fünf junge Leute weggezogen. Wenn es die Sommergäste und das Nudistencamp am Pine Nick nicht gäbe, dann wüßte ich nicht, wovon ich leben sollte.«

Hatch nickte höflich. Es war offensichtlich, daß es Bud nicht schlecht ging, aber es wäre unhöflich gewesen, ihm in seinem eigenen Laden zu widersprechen. Das Nudistencamp, das Bud erwähnt hatte, war in Wirklichkeit eine Künstlerkolonie, die sich zehn Meilen von Stormhaven entfernt rings um ein altes Forsthaus gebildet hatte. Hatch erinnerte sich daran, daß vor

dreißig Jahren ein Hummerfischer dort einmal einen nackten Mann am Strand hatte liegen sehen. Kleinstädte an der Küste von Maine hatten ein unglaublich gutes Gedächtnis.
»Und wie geht es deiner Mutter?« fragte Bud.
»Sie ist schon seit 1985 tot. Krebs.«
»Das tut mir leid.« Hatch hörte aus Buds Stimme, daß er es wirklich aufrichtig meinte. »Sie war eine gute Frau, die großartige Kin- ... die einen großartigen Sohn hatte.« Nach einer kurzen Pause lehnte sich Bud in seinem Schaukelstuhl zurück und trank sein Ginger Ale aus. »Ach, übrigens, hast du Claire schon getroffen?« fragte er betont beiläufig.
Hatch wartete einen Augenblick, bevor er ebenso beiläufig antwortete: »Wohnt sie denn noch immer hier?«
»Ja«, erwiderte Bud. »Hat schon einiges hinter sich in ihrem Leben. Und wie steht es mit dir? Bist du verheiratet? Hast du Kinder?«
Hatch lächelte. »Nein. Bisher ist mir noch nicht die richtige Frau über den Weg gelaufen.« Er stellte seine leere Flasche ab und stand auf. Jetzt war es höchste Zeit zum Aufbruch. »War schön, mit Ihnen zu plaudern, Bud. Ich glaube, ich werde jetzt gehen und mir mein Essen machen.«
Bud nickte und stand ebenfalls auf. Er klopfte Hatch auf den Rücken und geleitete ihn durch den Laden nach draußen. Als er ihm die Fliegengittertür aufhielt, räusperte er sich. »Eines noch, Malin.«
Hatch erstarrte. Er hatte gewußt, daß er sich nicht so einfach würde fortstehlen können, und jetzt wartete er auf die Frage, die unweigerlich kommen mußte.
»Iß nicht zuviel von diesem Lakritzzeug«, sagte Bud mit feierlichem Ernst. »Du machst dir damit die Zähne kaputt.«

7

Hatch kam aus der Kajüte an Deck der »Plain Jane«, streckte sich und blinzelte mit halb geschlossenen Augen hinaus in den Hafen. Stormhaven lag still, ja fast apathisch unter der gleißenden Sonne des Julinachmittags, und Hatch war dankbar für diese Stille. In der Nacht zuvor hatte er nach seinem Steak etwas zuviel Gin getrunken und war zum erstenmal seit zehn Jahren mit einem Kater erwacht.

Seit er wieder in Stormhaven war, hatte es für ihn mehrere erste Male gegeben: So hatte er zum erstenmal seit seiner Reise auf dem Amazonas in der Kajüte eines Bootes übernachtet. Hatch hatte ganz vergessen, wie schön und friedlich es war, wenn man von den Wellen sanft in den Schlaf gewiegt wurde. Es war auch das erste Mal seit langer Zeit, daß Hatch einen Tag vor sich gehabt hatte, an dem er nicht allzuviel erledigen mußte. Er hatte sein Labor bis Ende August geschlossen und seinem erstaunten Assistenten Bruce den Auftrag erteilt, die vorläufigen Forschungsergebnisse unter der Obhut eines Kollegen niederzuschreiben. Auch sein Haus in Cambridge hatte er zugesperrt und der Haushälterin mitgeteilt, daß er erst im September wieder zurück sein werde, und seinen Jaguar hatte er hier in Stormhaven so unauffällig wie möglich auf einem leeren Grundstück hinter dem Old-Coast-Haushaltswarengeschäft geparkt.

Bevor er tags zuvor das Hotel in Southport verlassen hatte, war ihm eine Nachricht von Neidelman zugestellt worden: ein einziger Satz, mit dem er ihn für diesen Tag kurz nach Sonnenuntergang um ein Treffen vor Ragged Island bat. Zuerst hatte Hatch befürchtet, daß allein die Aussicht darauf ihm schon einen Tag voller schmerzhafter Erinnerungen bescheren würde, und er hatte sich überlegt, ob er nicht ein Aquarell von der Küste malen sollte, wie er es manchmal an Wochenenden zur Entspannung tat, aber dann hatte er das Vorhaben rasch wieder aufgegeben. Irgendwie verspürte er hier draußen auf dem Wasser eine seltsame träge Ruhe und das Gefühl, endlich heimgekehrt zu sein. Außerdem erinnerte er sich daran, daß er ja bereits in der Nähe von Ragged Island gewesen war und diese erste Begegnung mit dem Grauen überlebt hatte.

Hatch sah auf die Uhr. Es war gleich halb acht Uhr abends. Höchste Zeit loszufahren.

Er betätigte den Starter und freute sich, daß der große Schiffsdiesel sofort ansprang. Die tiefen Vibrationen aus dem Rumpf und das Blubbern des Auspuffs stellten für ihn eine Art Sirenengesang aus der Vergangenheit dar, süß und schmerzhaft zugleich. Mit einer Handbewegung kuppelte er die Schraube ein und steuerte den Bug des Schiffes in Richtung Ragged Island.

Es war ein klarer Tag, und während das Boot durch die See pflügte, konnte Hatch seinen Schatten sehen, den die Nachmittagssonne vor ihm aufs Wasser warf. Der Ozean war leer bis auf ein einsames Hummerboot, das vor Hermit Island seine Körbe einholte. Den Nachmittag über war Malin immer wieder mal an Deck gegangen, um zu schauen, ob sich irgendwelche Aktivitäten aus der Richtung von Ragged Island ausmachen ließen. Aber er hatte nichts außer Meer und Himmel gesehen und war sich nicht im klaren gewesen, ob er nun enttäuscht oder erleichtert sein sollte.

Als er den Hafen verließ, wurde die Luft deutlich kühler. Anstatt aber die Geschwindigkeit zu drosseln und sich seine Jacke überzuziehen, gab Hatch Gas und streckte den Kopf hinaus in den Wind. Er öffnete weit den Mund, um die salzige Gischt aufzuschnappen, die ab und zu von dem durch die Wellen schneidenden Bug der »Plain Jane« aufstob. Allein die Tatsache, daß er auf dem Meer war, übte schon eine reinigende Wirkung auf Hatch aus, der fast das Gefühl hatte, als würden Wind und Wasser ihn langsam von Staub und Spinnweben befreien, die sich während der letzten fünfundzwanzig Jahre in seinem Kopf angesammelt hatten.

Auf einmal tauchte am östlichen Horizont vor ihm ein niedriger dunkler Schatten auf. Hatch drosselte den Motor und spürte, wie seine alte Angst zurückkam. Der Nebel um die Insel war an diesem Tag dünner als sonst, aber trotzdem wirkten ihre Umrisse noch immer unscharf und gespenstisch, und die Wracks der alten Kräne und Winschen ragten wie die Minarette einer zerstörten Stadt in den Himmel. Hatch steuerte das Boot nach Backbord und schickte sich an, die Insel in sicherer Entfernung zu umfahren.

Dann aber bemerkte er an der windgeschützten Seite von Ragged Island auf einmal ein ihm unbekanntes Boot, das etwa eine Viertelmeile vom Strand entfernt vor Anker lag. Als er näher kam, sah er, daß es sich um ein altes Feuerlöschboot handelte. Sein Rumpf war aus dunkelbraunem Holz, wohl Teak oder Mahagoni. Am Heck stand in großen Lettern der Name GRIFFIN und darunter, in kleineren Buchstaben: Mystic, Connecticut.

Hatch überlegte kurz, ob er an dem Boot längsseits gehen sollte, verwarf den Gedanken aber und schaltete in etwa hundert Metern Entfernung den Motor der »Plain Jane« aus. Das fremde Boot schien leer zu sein, denn niemand kam an Deck, um zu sehen, wer da war. Einen Augenblick lang fragte sich Hatch, ob das Boot wohl einem Touristen oder einem Souvenirjäger gehörte, aber es war kurz vor Sonnenuntergang, und da wäre der Zufall doch zu groß gewesen.

Hatch starrte neugierig hinüber auf das Boot. Wenn es wirklich Neidelmans Kommandofahrzeug war, dann hatte er damit eine ungewöhnliche, wenn auch praktische Wahl getroffen. Was das Boot an Geschwindigkeit vermissen ließ, machte es durch seine Stabilität wieder wett: Hatch war sich sicher, daß es auch mit schwerer See gut fertig werden würde, außerdem machten seine beiden an Bug und Heck untergebrachten Motoren es ausgesprochen wendig. Die Löscheinrichtungen des Bootes hatte man entfernt und somit eine Menge Platz an Deck geschaffen. Die Davits, der Löschturm und die Suchscheinwerfer hingegen waren geblieben, und am Heck war ein computergesteuerter Kran hinzugekommen. Auf dem Dach des geräumigen Steuerhauses konnte Hatch den üblichen Antennenwald für Funk, elektronische Navigation und Radar erkennen. Dazu kam einiges an Geräten, die nicht ausschließlich nautischen Zwecken dienten: Mikrowellenhorn, Satellitenschüssel, Luftraumradar und Langwellen-Antennen. Ganz schön viel Zeug, dachte Hatch. Er legte eine Hand aufs Instrumentenbrett, um das Nebelhorn der »Plain Jane« ertönen zu lassen.

Dann aber zögerte er, denn hinter dem still daliegenden Boot und der nebelverhangenen Insel konnte er ein Brummen vernehmen, das so tief war, daß es sich schon fast unterhalb des menschlichen Hörspektrums befand. Hatch lauschte und nahm die Hand vom Knopf des Nebelhorns. Nach einer Weile war er sich sicher, daß es sich bei dem Geräusch um einen weit entfernten, sich aber rasch nähernden Schiffsmotor handelte. Hatch ließ die Augen über den Horizont wandern, bis er im Süden einen undeutlichen grauen Fleck erblickte. Während er das Schiff beobachtete, sah er einen kurzen Lichtblitz. Offenbar hatte ein Strahl der untergehenden Sonne etwas metallisch Blankes an seinen Aufbauten getroffen. Wahrscheinlich gehört das Boot auch zu Thalassa, dachte Hatch. Kann sein, daß es gerade von Portland heraufkommt.

Dann sah Hatch, wie sich der graue Fleck langsam erst in zwei, dann in drei und schließlich in sechs kleinere Flecken teilte. Mit ungläubigem Staunen beobachtete er, wie eine veritable Invasionsflotte auf die Insel zusteuerte. Eines der Schiffe war ein großer hochseetauglicher Lastkahn, bei dem der rote Unterwasseranstrich sichtbar wurde, sobald die Bugwelle langsam nach hinten abzog. In seinem Kielwasser mühte sich ein Hochseeschlepper, dessen Bugnetz ganz feucht von der Gischt war, damit ab, einen Hundert-Tonnen-Schwimmkran hinter sich herzuziehen. Als nächstes kamen zwei schlanke, aber stabil aussehende Motorboote, beide mit elektronischen Antennen gespickt. Dahinter folgte ein schwer beladenes, tief im Wasser liegendes Versorgungsschiff, an dessen Mast eine kleine weißrote Flagge mit einem Symbol wehte, das Hatch erst vor ein paar Tagen auf Neidelmans Aktentasche gesehen hatte.

Das letzte Schiff der Flottille war ein großes, elegantes und phantastisch ausgerüstetes Schiff, das am Bug in blauen Lettern den Namen CERBERUS trug. Beeindruckt betrachtete Hatch seine blitzenden Aufbauen, die Harpunenkanone auf dem Vorderdeck und das Rauchglas der Bullaugen. Ein Fünfzehntausendtonner, Minimum.

In einer stummen Choreographie näherten sich die sechs Schiffe der »Griffin«. Die größeren von ihnen stoppten jenseits des Feuerlöschbootes, während die kleineren sich zwischen die »Griffin« und die »Plain Jane« schoben. Mit klirrenden Ketten und singenden Trossen rauschten die Anker nach unten. Die beiden schnellen Motorboote ankerten steuer- und backbord von der »Plain Jane«, und ihre Besatzungen starrten zu Hatch herüber. Ein paar der Leute nickten ihm lächelnd zu. Auf einem der Boote, das dem seinen am nächsten war, bemerkte Hatch einen Mann mit stahlgrauen Haaren und einem breiten blassen Gesicht, der ihn mit höflichem Interesse musterte. Er trug eine dicke orangefarbene Schwimmweste und darunter ein bis zum letzten Knopf zugeknöpftes Hemd. Neben ihm stand ein junger Mann mit langen, fettigen Haaren und einem Ziegenbärtchen in Bermudashorts und einem mit Blumen bedruckten T-Shirt. Er aß etwas aus einem weißen Papier und warf Hatch einen frechen, wenngleich desinteressierten Blick zu.

Als der letzte der Bootsmotoren verstummt war, senkte sich eine merkwürdige, fast geisterhafte Stille über die versammelten Schiffe. Hatch schaute von einem der Boote zum anderen und stellte fest, daß die Blicke der Menschen sich sämtlich auf das leere Deck des Feuerlöschbootes in der Mitte der Flottille konzentrierten.

Eine Minute verging, dann eine weitere, bis sich schließlich an der Seite des Steuerhauses eine Tür öffnete und Kapitän Neidelman erschien. Stumm trat er an die Reling, blieb dort steif und gerade wie ein Ladestock stehen und musterte die Versammlung ringsumher. Die untergehende Sonne tauchte sein sonnengegerbtes Gesicht in ein burgunderrotes Licht und ließ sein blondes, schon gelichtetes Haar golden aufleuchten. Es war schon erstaunlich, dachte Hatch, was für eine Wirkung von dieser schlanken Gestalt ausging und quer über das Wasser die Menschen auf den Booten in ihren Bann schlug. Während die Stille noch immer anhielt, trat hinter Neidelman ein weiterer Mann unauffällig aus der Tür. Er war klein und drahtig und blieb mit gefalteten Händen an der Wand des Steuerhauses stehen.

Noch eine ganze Weile sagte Neidelman kein Wort, bis er schließlich mit leiser, fast andächtiger Stimme zu sprechen ansetzte, die sich trotzdem über das Wasser hinweg noch gut vernehmen ließ. »Wir leben in einem Zeitalter«, begann er, »in dem das Unbekannte bekannt ist und die meisten Rätsel dieses Planeten gelöst wurden. Menschen waren am Nordpol, auf dem Mount Everest und sind sogar auf dem Mond gelandet. Wir haben Atome gespalten und die tiefsten Abgründe der Ozeane vermessen. Viele haben für die Entdeckung dieser Geheimnisse ihr Leben riskiert, ihr Vermögen vergeudet und alles aufs Spiel gesetzt, was ihnen lieb und teuer war. Aber ein großes Rätsel zu lösen kostet nun einmal seinen Preis – und manchmal ist es der höchste Preis, den wir bezahlen müssen.« Neidelman deutete in Richtung Insel. »Hier – nur etwas mehr als hundert Meter von uns entfernt – befindet sich eines dieser großen Rätsel, vielleicht das größte, das es in Nordamerika noch zu lösen gilt. Seht es euch an. Es sieht nach nichts aus, nur ein Loch auf einer kleinen Felsinsel. Und doch hat dieses Loch – die Wassergrube – allen, die bisher an ihr Geheimnis heranwollten, das Mark aus den Knochen gesogen. Millionen von Dollars wurden hier buchstäblich in den Sand gesetzt, so manche Existenz wurde ruiniert, so manches Leben verloren. Auch

unter uns befindet sich heute ein Mann, der am eigenen Leibe erfahren mußte, wie grausam diese Wassergrube sein kann.«
Neidelman ließ seine Blicke in die Runde der Versammelten schweifen und schaute dabei Hatch einen Moment lang in die Augen. Dann erst sprach er weiter. »Andere Rätsel aus der Vergangenheit wie die Monolithen von Sacsahuamán, die Statuen auf den Osterinseln oder die Steinkreise in Großbritannien verbergen ihre Bedeutung hinter einem Schleier des Mysteriösen. Nicht so die Wassergrube. Bei ihr wissen wir die Stelle, an der sie sich befindet, den Zweck, dem sie dient, und sogar ihre Geschichte. Sie liegt offen vor uns, ein unverschämtes Orakel, das allen, die sein Geheimnis ergründen wollen, frech ins Gesicht lacht.«
Neidelman machte einen Augenblick Pause. »Im Jahr 1696«, fuhr er dann fort, »war Edward Ockham der wohl am meisten gefürchtete Pirat auf den Weltmeeren. Seine Schiffe waren bis obenhin mit geraubten Schätzen angefüllt und so schwer, daß sie kaum mehr schwimmen konnten. Ein Sturm oder die Begegnung mit einem gut bewaffneten Kriegsschiff hätte für die kleine Piratenflotte eine Katastrophe bedeuten können. Lange hatte Ockham gezögert, seinen Schatz zu vergraben, aber irgendwann einmal war er gezwungen, etwas in dieser Richtung zu unternehmen. Erst die zufällige Begegnung mit einem gewissen Architekten jedoch sollte ihm die Lösung seiner Probleme in greifbare Nähe rücken.«
Neidelman beugte sich über die Reling, und der Wind fuhr ihm ins Haar. »Ockham nahm den Architekten gefangen und zwang ihn, ihm ein Versteck für seinen Schatz zu entwerfen. Es sollte eine mit so gefährlichen Schutzmechanismen versehene Grube werden, daß sie auch den bestausgerüsteten Schatzsucher abschrecken würde. Alles verlief genau nach Plan. Die Grube wurde gebaut, der Schatz in ihr verborgen. Als dann aber der Pirat zu neuen Raubzügen aufbrach, ereilte ihn sein Schicksal. Red Ned Ockkam starb, und seit diesem Tag ruht sein Schatz tief in der Wassergrube und wartet auf eine Zeit, in

der die Technologie so weit fortgeschritten ist, daß beherzte Menschen ihn wieder ans Tageslicht befördern können.«
Neidelman atmete tief durch. »Trotz des enormen Wertes dieses Schatzes waren alle Bemühungen zu seiner Bergung bislang vergebens. Niemand hat der Wassergrube jemals etwas Wertvolles entreißen können – bis auf das hier!« Mit diesen Worten hob Neidelman seinen rechten Arm in die Höhe und zeigte der Versammlung etwas, das er in der Hand hielt. Der Gegenstand glänzte so sehr in der untergehenden Sonne, daß Neidelmans Finger aussahen, als würden sie brennen. Ein erstauntes Murmeln lief durch die auf den Schiffen versammelten Leute.
Hatch beugte sich über die Reling der »Plain Jane« und schaute hinüber zu Neidelman. Mein Gott, dachte er, das muß das Gold sein, das man bei den Bohrungen vor über hundert Jahren im Bohrkern gefunden hat.
Neidelman hielt den spiralförmig gedrehten Goldspan eine ganze Weile hoch über seinen Kopf. Dann fuhr er fort: »Manche Leute behaupten, es gäbe gar keinen Schatz am Grund der Wassergrube. Diesen Zweiflern möchte ich zurufen: Dann seht euch doch einmal das hier an!«
Im Licht der im Meer versinkenden Sonne, die Wasser und Schiffe in ein dunkles Rot tauchte, drehte sich Neidelman um, nahm einen kleinen Hammer zur Hand und nagelte den Goldspan mit einem einzigen Schlag ans Holz des Steuerhauses. Dann wandte er sich wieder der Versammlung zu und sagte, während das Gold über seinem Kopf rötlich schimmerte: »Der Rest von Ockhams Schatz ruht bis auf den heutigen Tag tief unten in dieser Wassergrube. Dreihundert Jahre lang hat er dort ungestört von Sonne und Regen auf uns gewartet. Morgen aber soll es damit vorbei sein, denn wir haben den verlorenen Schlüssel zum Geheimnis der Grube wiedergefunden. Noch bevor dieser Sommer vorüber ist, wird der Dornröschenschlaf dieses Schatzes zu Ende sein.«
Er hielt inne und betrachtete die versammelten Schiffe. »Wir

haben viel zu tun. Zuerst müssen wir den Müll all der fehlgeschlagenen Expeditionen beseitigen und dafür sorgen, daß man sich sicher auf der Insel bewegen kann. Dann müssen wir die genaue Lage der Wassergrube bestimmen und den verborgenen Stollen finden, über den sie mit dem Meer in Verbindung steht. Erst wenn wir den abgedichtet haben, können wir das Wasser aus dem Schacht pumpen und ihn für den Vorstoß zur Schatzkammer sichern. Die Herausforderung, vor der wir stehen, ist riesengroß, aber wir sind mit einer Ausrüstung hier angetreten, die dieser Aufgabe mehr als gewachsen ist. Vor uns liegt die vielleicht genialste Konstruktion des siebzehnten Jahrhunderts, der wir nun mit der Technologie des zwanzigsten Jahrhunderts zu Leibe rücken werden. Mit der Hilfe von Ihnen allen, die Sie heute hier versammelt sind, wird es uns gelingen, diese größte – und spektakulärste – Schatzsuche in der Geschichte der Menschheit zu einem glücklichen Ende zu bringen.«
Die Leute auf den Schiffen begannen in Hochrufe auszubrechen, aber Neidelman brachte sie mit erhobener Hand zum Schweigen. »Unter uns ist heute Dr. Malin Hatch, dessen großzügiger Erlaubnis wir es zu verdanken haben, daß wir unser Vorhaben überhaupt durchführen können. Er weiß besser als jeder andere, daß wir nicht nur des Goldes wegen hier sind. Wir sind hier, weil wir der Geschichte auf den Grund gehen wollen. Wir sind hier, weil wir Wissen erlangen wollen. Und wir sind nicht zuletzt auch deshalb hier, damit die Opfer so vieler tapferer Seelen, die vor uns den Schatz zu heben versucht haben, nicht umsonst gewesen sind.«
Neidelman senkte einen Augenblick lang den Kopf und trat dann einen Schritt von der Reling zurück. Von den Schiffen war vereinzelter Applaus zu vernehmen, der sich auf dem Wasser wie das Plätschern eines schwachen Wasserfalls anhörte. Dann aber rissen alle Versammelten gleichzeitig die Arme nach oben. Mützen flogen in die Luft, und ein lauter Schrei voller Freude, Jubel und unbändigem Tatendrang brandete

rings um die »Griffin« auf. Auch Hatch merkte, daß er in den Jubel mit einstimmte, während ihm gleichzeitig zwei vereinzelte Tränen über die Wangen liefen. Er hatte auf einmal das merkwürdige Gefühl, als blicke sein Bruder Johnny ihm über die Schulter, betrachte die Vorgänge mit spöttischem Interesse und sehne sich mit jugendlicher Ungeduld danach, endlich für immer Frieden zu finden.

8

Einen Tag später stand Hatch am Steuer der »Plain Jane« und beobachtete das Treiben, das sich rings um ihn abspielte. Ohne es wirklich zu wollen, verspürte er ein immer stärker werdendes Gefühl von Faszination. Die Lautsprecher der beiden Funkgeräte neben ihm gaben hin und wieder seltsame Piepsgeräusche und gekrächzte Wortfetzen von sich. Eines der Geräte war auf ein Sonderfrequenzband eingestellt, über das sämtlicher Funkverkehr der Expedition lief, während das andere ausschließlich für medizinische Notrufe an Hatch persönlich bestimmt war. Die See war ruhig mit nur wenig Dünung, und sogar der permanente Nebelschleier um die Insel schien so dünn wie leichte Gaze. Es war ein idealer Tag, um Ausrüstung auf die Insel zu schaffen, und Kapitän Neidelman war entschlossen, ihn so gut wie möglich zu nutzen.

Obwohl die »Plain Jane« an derselben Stelle knapp außerhalb des Riffs vor Anker lag wie am Tag zuvor, hatte sich der Anblick, der sich Hatch auf der Insel bot, drastisch verändert. Die Arbeiten dort hatten bereits kurz nach Sonnenuntergang begonnen und in der Morgendämmerung ihren Höhepunkt erreicht. Der riesige Hochsee-Lastkahn war jetzt mit massiven Eisenketten, die Neidelmans Taucher im felsigen Meeresboden festgemacht hatten, vor der Ostküste der Insel verankert.

Jetzt sah Hatch gerade zu, wie der hundert Tonnen schwere Schwimmkran am Westende der Insel in Position gebracht wurde. Sein langer, hydraulisch betriebener Ausleger, der über dem Strand schwebte wie der Schwanz eines riesigen Skorpions, machte sich bereit, den Schrott, den erfolglose Schatzsucher in den letzten zweihundert Jahren hinterlassen hatten, von der Insel zu hieven. Direkt in der Nähe des Krans befand sich Neidelmans Kommandoschiff, die »Griffin«. Auf ihrer Brücke konnte Hatch mit Mühe die schmale steife Gestalt des Kapitäns erkennen, der alle Vorgänge unablässig überwachte.
Die »Cerberus«, das große Forschungsschiff, lag still jenseits des Nebels und wirkte so, als sei es unter ihrer Würde, sich dem Land zu nähern. »Naiad« und »Grampus«, die beiden Motorboote der Expedition, hatten in aller Frühe zwei Gruppen von Arbeitern auf der Insel abgesetzt und waren jetzt draußen auf dem Wasser tätig. Aus den Bewegungen der »Naiad« schloß Hatch, daß sie gerade den Meeresboden vermaß, während die »Grampus« mit Geräten, die er nicht kannte, Messungen an der Insel selbst vornahm.
Nachdem Hatch eine Weile die Aktivitäten beobachtet hatte, wandte er den Blick von der Insel ab. Noch immer verspürte er bei ihrem Anblick ein flaues Gefühl im Magen. Vielleicht würde er diese leichte Übelkeit ja niemals loswerden, aber allein schon dadurch, daß er eine Entscheidung getroffen hatte, war ihm eine schwere Last von den Schultern genommen. Und jeden Morgen, wenn er aufstand, fand er die Richtigkeit dieser Entscheidung bestätigt. Am vergangenen Abend hatte er sich sogar bei Überlegungen ertappt, was er wohl mit seiner Milliarde Dollar anstellen könne. Ganz spontan war er zu dem Entschluß gelangt, mit dem gesamten Geld eine Stiftung zu Ehren seines toten Bruders ins Leben zu rufen.
Auf einmal sah er etwas Weißes auf der Insel aufblitzen, das aber sofort wieder im Nebel verschwand. Irgendwo da drüben, das wußte er, waren bereits mehrere Arbeitsgruppen zu Gan-

ge, die nach alten Schächten suchten, sichere Wege absteckten und alten Schrott zum späteren Abtransport zusammentrugen.

Andere Teams nahmen Proben von den Grubenhölzern in den unzähligen Schächten auf der Insel, deren Alter dann im Labor auf der »Cerberus« mit Hilfe der Kohlenstoff-14-Methode genauer bestimmt werden sollte. Auf diese Weise konnte man feststellen, welcher der Schächte die ursprüngliche Wassergrube war. Hatch nahm sein Fernglas zur Hand und suchte damit langsam das Terrain der Insel ab, bis er auf einen der Arbeitstrupps stieß, der im Dunst wie eine Gruppe von blassen Gespenstern aussah. Die Männer waren in einer unregelmäßigen Linie ausgeschwärmt und bewegten sich langsam vorwärts, wobei sie mit Äxten und Macheten das Vogelkirschengestrüpp auslichteten. Ab und zu blieb einer von ihnen stehen, um etwas zu fotografieren oder sich eine Notiz zu machen. Einer der Arbeiter hatte ein Metallsuchgerät, das er in weitem Bogen vor sich über den Boden schwang, und ein anderer steckte eine lange dünne Sonde in das Erdreich. Am Kopf der Gruppe ging ein Mann mit einem deutschen Schäferhund, der sorgfältig den Boden abschnüffelte. Das ist bestimmt ein Sprengstoffhund, ging es Hatch durch den Kopf.

Alles in allem waren vielleicht an die fünfzig Personen auf der Insel beschäftigt. Die meisten von ihnen erhielten von Thalassa für ihre Teilnahme an der Expedition die stattliche Summe von fünfundzwanzigtausend Dollar, für die viele bloß vierzehn Tage zu arbeiten hatten. Neidelman hatte nämlich vor, nach der Installation der technischen Einrichtungen und der Absicherung der Insel eine große Anzahl der Arbeiter nach Hause zu schicken. Ein kleiner Kerntrupp von etwa einem halben Dutzend engster Mitarbeiter, zu denen auch Hatch zählte, war prozentual am Erlös des Schatzes beteiligt.

Hatch blickte weiter nach Ragged Island hinüber. Am Nordende der Insel – dem einzigen Gebiet, auf dem man sich gefahrlos bewegen konnte – war eine Pier mit kleinem Dock im

Entstehen. Daneben wurden eine Menge Ausrüstungsgegenstände von dem Lastkahn abgeladen: In Kisten verpackte Generatoren, Acetylenflaschen, Kompressoren und elektronische Schaltkästen. Am Strand lagen bereits ordentliche Stapel von Winkeleisen, Wellblech, Bau- und Sperrholz, und ein bullig aussehendes kleines Allradfahrzeug mit dicken Reifen zog einen vollbeladenen Anhänger einen improvisierten Pfad entlang. Eine Gruppe von Elektrikern verlegte gerade Telefonkabel, während andere Arbeiter mit dem Bau von Wellblechbaracken beschäftigt waren. Eine von ihnen würde schon am nächsten Tag Hatchs neue Praxis beherbergen. Es war erstaunlich, wie schnell alles ging.

Dennoch hatte Hatch es noch immer nicht besonders eilig, Ragged Island zu betreten. Morgen ist auch noch ein Tag, sagte er sich.

Ein lautes Geklapper drang an sein Ohr. An der Pier wurde gerade schweres Gerät ausgeladen, und die Geräusche schallten weithin über das Wasser. Hatch wußte, daß man sich selbst ohne Bud Rowells gütige Mithilfe bereits überall in Stormhaven über seine Rückkehr und die überraschenden Aktivitäten auf der Insel den Mund fusselig redete. Jetzt fühlte er sich sogar ein wenig schuldig, weil er Bud vor zwei Tagen nicht die ganze Geschichte erzählt hatte. Inzwischen hatte sich der alte Ladenbesitzer bestimmt alles zusammengereimt. Hatch fragte sich, was die Leute wohl so erzählen würden. Vielleicht fanden manche von ihnen seine Motive ja etwas suspekt. Sollen sie doch, dachte er, es gab schließlich nichts, wofür er sich schämen mußte. Obwohl sein Großvater nach seinem Offenbarungseid rein rechtlich niemandem mehr etwas schuldig gewesen war, hatte sein Vater sich noch jahrelang ins Zeug gelegt, um alle Forderungen an die Familie in Stormhaven bis auf den letzten Cent zurückzuzahlen. Dieser edle Charakterzug hatte sein groteskes, fast lächerliches Ende noch schwerer erträglich gemacht … Hatch wandte sich von der Insel ab und verbot sich, diesen Gedanken weiterzuverfolgen.

Er sah auf die Uhr. Es war elf; um diese Zeit wurde in Maine zu Mittag gegessen. Hatch ging unter Deck und suchte in dem gasbetriebenen Kühlschrank nach etwas Eßbarem. Kurze Zeit später kam er mit einem Hummerbrötchen und einer Flasche Ginger Ale wieder nach oben. Er setzte sich in einen Deckstuhl, stellte die Füße aufs Kompaßgehäuse und biß herzhaft in sein Brötchen. Seltsam, diese Seeluft, dachte er, sie macht mich immer wieder hungrig. Vielleicht sollte er über dieses eigenartige Phänomen einmal einen Aufsatz für das »Journal of the American Medical Association« schreiben. Bruce, sein Laborassistent, könnte etwas Seewind durchaus vertragen. Er kam ohnehin kaum an die frische Luft.
Während Hatch aß, landete eine Möwe auf der Reling und sah ihn fragend an. Obwohl er wußte, daß die Hummerfischer Möwen haßten – sie nannten sie »fliegende Ratten« –, hatte er selbst diese lauten, müllverschlingenden Vögel eigentlich immer gemocht. Er warf ein Stück Hummerfleisch in die Luft, das die Möwe im Flug schnappte. Dann suchte sie, verfolgt von zwei anderen, das Weite. Kurz darauf kamen alle drei wieder, hockten sich nebeneinander auf die Heckreling und starrten ihn aus hungrigen, schwarzen Augen an. Jetzt habe ich's geschafft, dachte Hatch und pulte gutmütig, wie er war, ein weiteres Stück Hummer aus seinem Brötchen, das er dann dem mittleren Vogel zuwarf.
Sofort flatterten alle drei Möwen mit verzweifelten Flügelschlägen auf. Hatchs Amüsiertheit verwandelte sich in Erstaunen, als er bemerkte, daß sich die Vögel nicht um den Hummerbrocken balgten, sondern, so schnell sie konnten, die »Plain Jane« verließen und in Richtung Festland davonflogen. In der Stille, die ihrem plötzlichen Aufbruch folgte, hörte Hatch, wie das Hummerstück mit einem klatschenden Geräusch auf die Decksplanken fiel.
Während er den Vögeln stirnrunzelnd hinterhersah, spürte er, wie das Boot unter seinen Füßen erzitterte. Er sprang aus seinem Stuhl und dachte einen Augenblick lang, die Ankerkette

wäre gerissen und die »Plain Jane« auf Grund gelaufen. Aber die Kette war immer noch straff, und bis auf den dünnen Nebelschleier über der Insel war der Himmel klar und ohne die geringste Spur von einem Gewitter. Rasch sah Hatch sich um, ob etwas Ungewöhnliches rings um ihn vorging. Ob man auf der Insel etwas gesprengt hatte? Nein, dafür war es noch zu früh.

Dann fiel sein Blick plötzlich auf einen Fleck Wasser, der sich hundert Meter von ihm entfernt knapp jenseits des Riffs befand.

Auf einer Fläche von etwa zehn Metern im Durchmesser war die ruhige Meeresoberfläche auf einmal von kleinen Wellen bewegt. Ganze Schwärme von Luftblasen blubberten an die Oberfläche.

Es folgte ein zweites Zittern, und wieder stiegen Blasen auf. Als sie weniger wurden, begann sich die Wasseroberfläche zuerst langsam, dann immer schneller, entgegen dem Uhrzeigersinn zu drehen. In der Mitte entstand eine kleine Mulde, die sich fast augenblicklich zu einem tiefen Trichter erweiterte. Ein Strudel, dachte Hatch. Was zum Teufel ...

Auf einmal erwachte der Lautsprecher des Funkgeräts zum Leben. Zuerst war eine, dann waren mehrere Stimmen zu vernehmen, die hysterisch durcheinanderriefen. »... Mann verschwunden!« hörte Hatch durch die allgemeine Aufregung. »... Bindet ihm ein Seil um!« schrie eine weitere Stimme. Und dann: »Vorsicht! Die Balken geben nach!«

Auf einmal meldete sich Hatchs persönliches Funkgerät. »Dr. Hatch, hören Sie mich?« fragte Neidelmans Stimme. »Einer unserer Männer ist auf der Insel eingeschlossen.«

»Verstanden«, sagte Hatch und ließ die schweren Dieselmotoren an. »Ich komme sofort an die Pier.« Ein Windstoß blies den Dunst fort, so daß Hatch sehen konnte, wie eine Gruppe von Männern in weißen Arbeitsanzügen in der Mitte der Insel aufgeregt herumrannte.

»Vergessen Sie die Pier«, ließ Neidelman sich wieder verneh-

men. Seine Stimme klang dringender als zuvor. »Dazu ist keine Zeit. In fünf Minuten ist der Mann tot.«
Hatch sah sich einen Augenblick lang verzweifelt um. Dann schaltete er die Motoren wieder ab, schnappte sich seine Bereitschaftstasche und zog das kleine Dingi der »Plain Jane« längsseits. Er löste die Leine des Beiboots von der Klampe, warf die Tasche hinein und sprang selbst hinterher. Das Dingi schwankte wie verrückt, als Hatch halb kniend, halb auf der Heckbank sitzend nach dem Starterseil griff. Er zog daran, und der Außenborder sprang mit wütendem Gebrumme an. Hatch drehte am Gas und steuerte das kleine Boot in Richtung auf die ringförmig um die Insel gelegenen Riffe zu. Irgendwo an ihrem südlichen Ende mußte eine Lücke in den messerscharfen Unterwasserfelsen sein. Er hoffte, daß er sich noch daran erinnern würde, wo sie genau war.
Während er sich der Insel näherte, bemerkte Hatch, wie das graue tiefe Wasser unter dem Dingi eine grüne Färbung annahm. Wenn doch bloß mehr Dünung wäre, dachte Hatch, dann könnte ich das Riff an den sich brechenden Wellen erkennen. Er sah auf die Uhr. Keine Zeit, um auf Nummer Sicher zu gehen. Hatch atmete tief durch und gab mit einer Drehung des Handgelenks Vollgas. Das kleine Boot schoß nach vorn, und die grünen Umrisse des Riffs wurden rasch heller, weil das Wasser darüber immer seichter wurde. Hatch hielt sich an der Ruderpinne des Außerborders fest und bereitete sich darauf vor, jeden Augenblick auf Grund zu laufen.
Dann war er auf einmal jenseits des Riffs, und der Meeresboden fiel wieder nach unten ab. Er lenkte das Boot auf einen schmalen Kiesstrand zwischen zwei Walbuckeln zu und ließ bis zur letzten Sekunde das Gas voll offenstehen. Dann schaltete er den Motor ab und schwenkte ihn nach oben, damit die Schraube aus dem Wasser kam. Er spürte die Wucht, mit der der Bug des Dingis sich auf den Strand schob.
Noch bevor das Boot zum Stehen kam, hatte Hatch schon

seine Bereitschaftstasche in der Hand und war an Land gesprungen. So rasch er konnte, kletterte er die Böschung hinauf, hinter der er Schreie und lautes Rufen vernahm. Oben angekommen, machte er einen Augenblick halt. Vor sich sah er Riedgras und duftende Teerosen, die sich leicht in der sanften Brise wiegten und das lebensgefährliche Gelände verbargen, das sich vermutlich unter ihnen befand. Der Südteil der Insel war von der Thalassa-Leuten noch nicht vermessen und gesichert worden: Es ist reiner Selbstmord, hier herumzulaufen, dachte Hatch, nachdem seine Beine sich bereits von selbst in Bewegung gesetzt hatten. Er brach durchs Unterholz, sprang über alte Balken, rutschte auf modrigen Bretterplattformen aus und konnte ein paarmal erst im letzten Moment einem klaffenden Loch im Boden ausweichen.

Eine Minute später war er bei einer Gruppe von weißgekleideten Gestalten angelangt, die am Rand eines Schachtes kauerten. Aus dem schwarzen Abgrund stiegen der Geruch von Meerwasser und frisch aufgebrochener Erde herauf. Um eine Winsch neben dem Schacht waren mehrere Seile gewunden.

»Ich bin Streeter, der Vorarbeiter!« rief eine der Gestalten Hatch zu. Es war der schlanke Mann, der bei Neidelmans Ansprache hinter dem Kapitän gestanden hatte. Jetzt sah Hatch, daß er dünne Lippen und einen militärisch kurzen Haarschnitt hatte.

Ohne ein Wort zu sagen, streiften zwei der Männer Hatch einen Klettergurt über und zurrten ihn fest.

Als Hatch hinunter in den Schacht blickte, krampfte sich ihm der Magen zusammen. Viele Meter unter sich – es war schwer, die tatsächliche Tiefe abzuschätzen – konnte er die gelblichen Lichtkegel mehrerer Taschenlampen erkennen. Zwei angeseilte Gestalten machten sich verzweifelt an einem dicken Balken zu schaffen. Unter diesem Balken sah Hatch zu seinem Entsetzen einen weiteren Mann, der sich kaum bewegte. Den Mund hatte er geöffnet, und Hatch glaubte, durch das Brüllen des Wassers einen gequälten Schrei zu hören. »Was, zum Teufel, ist hier passiert?« rief Hatch und nahm sein Notbesteck aus der Bereitschaftstasche.

»Ein Mann vom Vermessungteam ist in den Schacht gefallen«, antwortete Streeter. »Sein Name ist Ken Field. Wir haben ihm ein Seil hinuntergeworfen, aber das hat sich wohl an einem Balken verfangen und einen Teil des Schachtes zum Einsturz gebracht. Jetzt sind Kens Beine unter dem Balken eingeklemmt, und das Wasser steigt rasch. Wir haben noch höchstens drei Minuten, um ihn zu retten, mehr nicht.«

»Holt ihm eine Preßluftflasche!« rief Hatch, während er dem Mann an der Winsch ein Zeichen gab, daß er ihn hinablassen solle.

»Dazu ist keine Zeit mehr«, antwortete Streeter. »Die Taucher sind viel zu weit draußen auf dem Meer.«

»Sie kümmern sich ja wirklich toll um Ihre Leute.«

»Ken hängt schon am Seil«, fuhr Streeter nach einer kurzen Pause fort. »Schneiden Sie ihn da raus, damit wir ihn hochziehen können.«

Rausschneiden? schoß es Hatch durch den Kopf, während er über den Rand des Schachtes geschoben wurde. Bevor er noch länger nachdenken konnte, hing er in der Luft, und das ohrenbetäubende Brüllen des Wassers, das aus dem Schacht heraufstieg, wurde noch lauter. Einen Augenblick lang sauste er fast in freiem Fall nach unten, dann brachte ihn das Seil direkt neben den beiden Rettern abrupt zum Halten. Er versuchte, sich an der Wand des Schachtes abzustützen, und blickte nach unten.

Der Mann lag auf dem Rücken und war unter einem massiven Balken eingeklemmt, der von seinem linken Knöchel bis zu seinem rechten Knie schräg über seinen Beinen lag. Als Hatch ihn ansah, öffnete der Mann den Mund und stieß einen lauten Schmerzensschrei aus. Einer der Helfer schaufelte mit den Händen Steine und Erde weg von dem Mann, während der andere mit einer schweren Axt auf den Balken eindrosch. Späne flogen kreuz und quer herum, und der Schacht war erfüllt vom Geruch verrotteten Holzes. Unter den drei Männern sah Hatch das Wasser, das mit beängstigender Geschwindigkeit anstieg.

Er wußte sofort, daß die Mühe der Helfer vergebens war. Es würde ihnen niemals gelingen, den Balken rechtzeitig durchzuhauen. Er warf einen Blick auf das steigende Wasser und stellte im Kopf eine überschlagsmäßige Rechnung an: keine zwei Minuten mehr, dann würde es den Mann erreicht haben. Das war sogar noch früher, als Streeter geschätzt hatte. Rasch ging Hatch seine Möglichkeiten durch und kam zu dem Schluß, daß ihm eigentlich nur eine einzige blieb. Er hatte nicht einmal genügend Zeit, um dem Mann ein Schmerzmittel oder eine Betäubung zu verabreichen. Verzweifelt wühlte er in seinem Notbesteck herum. Es enthielt ein paar Skalpelle, mit denen man vielleicht einen eingewachsenen Zehennagel hätte behandeln können, mehr aber auch nicht. Er warf sie beiseite und wand sich aus seinem Hemd. »Überzeugen Sie sich, daß er fest an dem Seil hängt«, sagte er zu einem der beiden Helfer. »Und dann nehmen Sie meine Tasche und machen Sie, daß Sie nach oben kommen!«

Hatch riß sein Hemd in zwei Teile, drehte einen der Ärmel zu einer Art Strick zusammen und band ihn zehn Zentimeter oberhalb des Knies um das linke Bein des Eingeklemmten. Der andere Ärmel kam um den rechten Oberschenkel, und dann zog Hatch erst den einen, dann den anderen Ärmel zu und verknotete beide, so fest er nur konnte.

»Geben Sie mir die Axt!« verlangte er von dem verbliebenen Helfer. »Und dann machen Sie sich bereit, ihn hochzuziehen.«

Wortlos reichte der Mann ihm die Axt, und Hatch stellte sich mit gespreizten Beinen über den Eingeklemmten. Dann hob er langsam die Axt.

Der Eingeklemmte riß die Augen weit auf. Auf einmal verstand er, was Hatch vorhatte. »Nein!« schrie er. »Nicht!«

Hatch ließ die Axt, so fest er konnte, auf das linke Schienbein des Mannes herniedersausen. Als sie sich in den Knochen grub und der nach einem kaum merklichen Widerstand nachgab, hatte Hatch den Bruchteil einer Sekunde lang das seltsame Gefühl, als schlüge er den grünen Stamm eines jungen Baumes durch. Der Schrei des Mannes verstummte abrupt, doch seine Augen blieben offen. Vor Schmerz krampfte er sich so sehr zusammen, daß die Sehnen an seinem Hals hervortraten. Ein häßlicher, unregelmäßiger Schnitt klaffte an seinem Bein, und Hatch sah einen Moment lang das Rot des Fleisches und das Weiß des Knochens. Dann quoll Blut aus der Wunde, das sich mit dem heraufschäumenden Wasser vermischte. Rasch schlug Hatch ein zweites Mal zu und trennte damit das Bein vollständig ab. Das Wasser, das um den Balken brodelte, färbte sich rot. Der Mann warf den Kopf zurück und öffnete den Mund so weit zu einem stummen Schrei, daß Hatch im trüben Schein der Taschenlampe die Goldfüllungen in seinen Zähnen glänzen sah.

Er trat einen Schritt zurück und atmete mehrmals hintereinander tief durch. Nachdem er das Zittern, das sich in seinen Handgelenken und Unterarmen breitzumachen drohte, im Griff hatte, stellte er sich über dem rechten Oberschenkel des Eingeklemmten wieder in Position. Was er jetzt tun mußte, würde noch schlimmer werden. Viel schlimmer. Aber das Wasser leckte bereits um das Knie des Mannes. Hatch durfte keine Zeit mehr verlieren.

Dem ersten Axtschlag bot der Oberschenkel des Mannes einen gummiartigen Widerstand, und Hatch hatte das Gefühl, auf etwas Weicheres als Holz zu treffen. Der Mann sackte bewußtlos zur Seite. Der nächste Schlag war schlecht gezielt und traf den Mann in der Kniescheibe, wo er eine häßliche, klaffende Wunde hinterließ. Das Wasser gurgelte jetzt schon um die Oberschenkel des Mannes und stieg weiter in Richtung Hüften. Hatch schätzte grob ab, wo der nächste Schlag treffen mußte, und hob die Axt hoch über den Kopf. Er zögerte einen Moment, dann schlug er mit aller Kraft zu. Die Axt verschwand im Wasser, und Hatch spürte, wie sie mit einem grausigen Knacken den Knochen durchteilte.

»Zieht ihn hoch!« rief Hatch. Der Helfer neben ihm zog zweimal am Seil, das sich augenblicklich straffte. Die Schultern des Mannes wurden nach oben gehievt, und sein Körper kam in eine sitzende Position, doch wollte der schwere Balken ihn noch immer nicht freigeben. Das rechte Bein war nicht völlig abgetrennt. Hatch ließ das Seil wieder lockern, und der Mann sackte nach unten, wo ihm das Wasser jetzt bis an Ohren, Nase und Mund reichte.

»Geben Sie mir Ihre Machete«, rief Hatch dem Helfer zu. Er packte die kräftige kurze Klinge, holte tief Luft und tauchte in das rasch nach oben drängende Wasser. In der Dunkelheit tastete er sich am rechten Bein des Mannes entlang und schnitt dann die letzten Fasern der Oberschenkelmuskulatur durch.

»Hochziehen!« schrie er, kaum daß er wieder aufgetaucht war. Das Seil straffte sich wieder, und diesmal wurde der Bewußtlose, dem das Blut aus seinen Beinstümpfen floß, mit einem Ruck aus dem schlammigen Wasser gerissen. Als nächstes folgte der Helfer, und einen Augenblick später spürte Hatch, wie auch er nach oben gezogen wurde. Sekunden später kniete er neben dem Verletzten im niedergetrampelten Gras neben dem Schacht. Eine rasche Untersuchung ergab, daß der Mann zwar nicht mehr atmete, aber noch einen beschleunigten, wenn auch ziemlich schwachen Herzschlag aufwies. Obwohl Hatch ihm die Schlagadern notdürftig abgebunden hatte, quoll ihm das Blut aus den Beinstümpfen.

Atemwege freimachen, beatmen, Kreislauf in Gang bringen, rief Hatch sich die Grundregeln der Ersten Hilfe ins Gedächtnis. Er öffnete dem Bewußtlosen den Mund und entfernte mit zwei Fingern Schlamm und Erbrochenes. Dann brachte er ihn in eine stabile Seitenlange und beobachtete erleichtert, wie dem Verletzten das Wasser aus dem Mund floß. Sofort begann

Hatch mit seinem Lebensrettungsprogramm: zehn Atemzüge Mund-zu-Mund-Beatmung, gefolgt vom Nachziehen des Knebels am linken Bein. Danach wieder zehn Atemstöße und dann das Nachziehen des Knebels am anderen Bein. Anschließend maß Hatch dem Mann den Puls. »Gebt mir meine Tasche!« rief er den reglos um ihn herumstehenden Männern zu. »Ich brauche eine Spritze!«

Einer aus der Gruppe nahm die Tasche und fing an, darin herumzusuchen.

»Leeren Sie sie aus, verdammt noch mal!«

Der Mann kippte den Inhalt der Tasche auf den Boden, und Hatch fischte aus dem Durcheinander eine Spritze sowie eine kleine Glasflasche heraus. Nachdem er einen Kubikzentimeter Adrenalin aufgezogen hatte, spritzte er ihn subkutan in die Schulter des Verletzten und setzte gleich darauf die Mund-zu-Mund-Beatmung fort. Beim fünften Atemzug hustete der Mann und holte zögernd Luft.

Streeter trat mit einem Handy auf Hatch zu. »Wir haben den Rettungshubschrauber verständigt«, sagte er. »Er wartet auf uns an der Pier in Stormhaven.«

»Zum Teufel mit dem Rettungshubschrauber!« rief Hatch.

Streeter runzelte die Stirn. »Aber der Helikopter ...«

»Kommt von Portland. Und die Piloten von diesen Dingern können keinen Mann aus der Luft bergen.«

»Aber sollten wir ihn denn nicht aufs Festland bringen?«

»Sehen Sie denn nicht, daß der Mann einen Transport mit dem Boot nicht überleben wird? Stellen Sie mir eine Verbindung mit der Küstenwache her!«

Streeter drückte eine Taste seines Handys und reichte es wortlos an Hatch weiter.

Hatch ließ sich einen Sanitäter geben und beschrieb ihm rasch, was passiert war. »Ich mußte beide Beine amputieren, eines unterhalb, eines oberhalb des Knies«, sagte er. »Der Patient hat viel Blut verloren und steht unter Schock. Sein Puls ist fadenförmig bei fünfundfünfzig, außerdem ist er bewußtlos und hat möglicherweise Wasser in der Lunge. Schicken Sie mir einen Hubschrauber mit dem besten Piloten, den Sie haben. Es gibt auf der Insel keinen Landeplatz, deshalb müssen Sie den Patienten in einem Rettungskorb hochholen. Geben Sie dem Piloten Kochsalzlösung und Blut Gruppe null negativ mit, falls Sie welches haben. Aber machen Sie schnell, es geht um Leben und Tod.« Hatch deckte das Mikro des Handys mit der Handfläche ab und wandte sich an Streeter. »Gibt es eine Möglichkeit, die Beine innerhalb der nächsten Stunde aus dem Schacht zu holen?«

»Keine Ahnung«, erwiderte Streeter emotionslos. »Das Wasser hat die Wände möglicherweise instabil gemacht. Ich werde sehen, ob ich einen Taucher hinunterschicken kann.«

Hatch schüttelte den Kopf und nahm die Hand vom Telefon. »Der Hubschrauber soll den Patienten direkt zum Eastern Maine Medical Hospital fliegen. Alarmieren Sie dort das Notfallteam und stellen Sie sicher, daß ein OP bereitsteht. Und sehen Sie zu, daß auch ein Mikrochirurg dort ist für den Fall, daß wir die abgetrennten Gliedmaßen noch bergen können.«

Er klappte das Handy zu und gab es Streeter zurück. »Aber passen Sie auf, daß Sie bei der Suche nach den Beinen nicht noch jemanden in Gefahr bringen.«

Hatch wandte seine Aufmerksamkeit wieder dem Verletzten zu. Sein Puls war schwach, aber halbwegs regelmäßig. Wichtiger war allerdings, daß er langsam das Bewußtsein wiedererlangte, zu stöhnen anfing und versuchte, sich herumzuwälzen. Hatch spürte, wie ihn eine Woge der Erleichterung durchlief. Wenn der Mann noch viel länger bewußtlos geblieben wäre, hätte er nur schlechte Überlebenschancen gehabt. Hatch suchte in seinen Sachen nach Morphium und injizierte dem Verletzten fünf Milligramm davon. Das war genug, um seine Schmerzen zu lindern, aber nicht so viel, daß es seinen Puls noch weiter verlangsamt hätte. Dann wandte er sich den Beinstümpfen zu. Beim Anblick der unsauberen Schnitte und der gesplitterten Knochen zuckte er innerlich zusammen. Aber die relativ stumpfe Schneide einer Axt arbeitete nun mal sehr viel unpräziser als eine Knochensäge im Operationssaal. Hatch bemerkte, daß der Mann weiterhin stark blutete, vor allem aus der Oberschenkelarterie des rechten Beines. Hatch suchte in seiner auf dem Boden verstreuten Ausrüstung Nadel und Faden und begann, die Venen und Arterien einzeln zuzunähen.

»Dr. Hatch?« fragte Streeter.

»Was ist?« entgegnete Hatch, der den Kopf über einen der Beinstümpfe gebeugt hatte und gerade mit einer Pinzette an einer mittelgroßen Vene zog.

»Wenn Sie einen Augenblick Zeit hätten, würde Kapitän Neidelman gerne mit Ihnen sprechen.«

Hatch nickte, band die Vene ab und überprüfte, ob die Knebel auch richtig saßen. Dann säuberte er die Wunde, wischte sich die Hände ab und ließ sich das Funkgerät geben.

»Wie geht es ihm?« fragte Neidelman.

»Er hat relativ gute Überlebenschancen, vorausgesetzt, das mit dem Hubschrauber klappt wie geplant«, antwortete Hatch.

»Gott sei Dank. Und was ist mit seinen Beinen?«

»Selbst wenn wir sie aus dem Schacht heraufbringen, glaube ich nicht, daß sie wieder angenäht werden können. Ich rate Ihnen dringend, in Zukunft zusammen mit Ihrem Vorarbeiter angemessene Sicherheitsmaßnahmen zu treffen. Dieser Unfall wäre vermeidbar gewesen.«

»Verstehe«, sagte Neidelman.

Hatch gab das Funkgerät zurück und blickte nach Nordwesten, wo sich der nächstgelegene Stützpunkt der Küstenwache befand. In drei bis vier Minuten müßte der Hubschrauber eigentlich am Horizont auftauchen. »Zünden Sie ein Leuchtfeuer an«, befahl er Streeter. »Und lassen Sie diese Stelle hier räumen, sonst geschieht noch ein weiteres Unglück. Wenn der Hubschrauber da ist, brauchen wir vier Männer, um den Verletzten in den Rettungskorb zu hieven. Alle anderen haben hier nichts zu suchen.«

»Verstanden«, sagte Streeter mit zusammengebissenen Zähnen.
Hatch sah, daß das Gesicht des Mannes dunkelrot angelaufen war. Eine Ader an seiner Schläfe zuckte vor Wut. Ich werde mich wohl später bei ihm entschuldigen müssen, dachte er. Aber der Mann soll sich nicht so haben, schließlich ist ja nicht er derjenige, der den Rest seines Lebens ohne Beine verbringen muß.
Wieder blickte Hatch hinaus aufs Meer, wo er am Horizont auf einmal einen dunklen, rasch größer werdenden Punkt entdeckte.
Kurz darauf war bereits das dumpfe Wummern der großen Rotorblätter zu hören, und dann rauschte der Helikopter über die Insel, flog eine scharfe Kurve und näherte sich langsam der kleinen Gruppe neben dem Schacht. Der Wind der Rotorblätter peitschte das Riedgras und wirbelte Hatch Sand in die Augen. Eine Tür an der Seite des Hubschraubers ging auf, und schwankend wurde ein Rettungskorb heruntergelassen. Nachdem sie den Verletzten in den Korb geschnallt hatten, wurde er nach oben gezogen. Dann signalisierte Hatch dem Hubschrauber, ihn ebenfalls an Bord zu nehmen. Als er sicher oben war, schloß der Sanitäter die Tür und gab dem Piloten ein Zeichen. Der Hubschrauber neigte sich nach rechts und flog mit südwestlichem Kurs davon.
Hatch sah sich um. Über dem Verletzten hing bereits ein Beutel mit Kochsalzlösung, außerdem waren eine Sauerstoffmaske und ein kleines Gestell mit Antibiotika und sterilem Verbandszeug an Bord.
»Wir hatten leider kein Blut Gruppe null negativ«, sagte der Sanitäter.
»Kein Problem«, erwiderte Hatch. »Sie haben alles richtig gemacht. Aber wir sollten ihn schleunigst an den Tropf hängen, um so seine Blutmenge zu vergrößern.« Hatch sah, wie ihn der Sanitäter erstaunt musterte, und bemerkte erst jetzt, daß er mit seinem nackten, schlamm- und blutverschmierten Oberkörper

nicht gerade so aussah, wie man sich einen Landarzt aus Maine vorstellt.
Der Verletzte stöhnte leise und fing an, sich auf der Trage hin- und herzuwälzen.

Eine Stunde später stand Hatch alleine in der Stille des leeren Operationssaals, der immer noch nach Desinfektionsmittel und Blut roch. Ken Field, der Verletzte, befand sich im Raum nebenan unter der Obhut des besten Chirurgen in Bangor. Seine Beine hatte man zwar nicht wiedergefunden, aber wenigstens war er außer Lebensgefahr. Hatch hatte getan, was er konnte.
Er atmete tief ein und langsam wieder aus, als könne er damit all das Gift wieder loswerden, das er im Laufe des Tages in sich angesammelt hatte. Noch ein paarmal schnaufte er tief durch, dann stützte er die Ellbogen auf den Operationstisch und preßte sich die geballten Fäuste fest an die Schläfen. Das hätte alles nicht passieren müssen, flüsterte ihm eine kalte Stimme in seinem Kopf zu. Bei dem Gedanken, wie er gemütlich auf der »Plain Jane« sein Mittagessen verspeist und die Möwen gefüttert hatte, wurde ihm fast übel. Er verfluchte sich, daß er nicht auf der Insel gewesen war, daß er Neidelman gestattet hatte, mit der Arbeit zu beginnen, bevor er seine Arztpraxis dort installiert hatte. Es war das zweite Mal gewesen, daß er die Insel unterschätzt, das zweite Mal, daß sie ihn kalt erwischt hatte. Nie wieder, schwor er sich wutentbrannt, das passiert mir nie wieder!
Als er langsam wieder ruhiger wurde, drängte sich ein weiterer Gedanke in sein Bewußtsein. Er hatte heute zum ersten Mal seit dem Tod seines Bruders einen Fuß auf Ragged Island gesetzt. Aber es war ein Notfall gewesen, und er hatte keine Zeit zum Überlegen gehabt. Jetzt, als er in dem halbdunklen Operationssaal mit seinen Gedanken allein war, mußte er alle seine Kräfte aufbieten, um nicht in ein unkontrolliertes Zittern zu verfallen.

9

Doris Bowditch, ihres Zeichens staatlich anerkannte Immobilienmaklerin, stieg entschlossenen Schrittes die Stufen zu dem Haus an der Ocean Lane Nummer fünf hinauf. Die alten Bretter der Veranda knarzten unter ihrem Gewicht, und als sie sich an der Haustür nach vorn beugte, um den Schlüssel ins Schloß zu stecken, erinnerte das Klimpern ihrer vielen silbernen Armreifen Hatch an die Glöckchen eines Schlittens. Doris Bowditch fummelte ein wenig mit dem Schlüssel herum, dann drehte sie den Knauf und öffnete mit einer leicht übertriebenen Geste die Tür.

Hatch ließ erst Doris in ihrem wehenden weiten Kleid das kühle dunkle Haus betreten und folgte ihr dann langsam. Schon nach dem ersten Schritt traf es ihn wie ein Schlag in die Magengrube: Hier hing noch immer derselbe bekannte Geruch nach altem Fichtenholz, Mottenkugeln und Pfeifenrauch in der Luft, den er über fünfundzwanzig Jahre lang nicht in der Nase gehabt hatte und den er doch sofort wiedererkannte. Am liebsten hätte er gleich wieder kehrtgemacht und wäre hinaus ins helle Sonnenlicht getreten, bevor die mit diesem Geruch verbundenen Erinnerungen an seine Kindheit alle seine Abwehrmechanismen außer Kraft setzen konnten.

»Na, was meinen Sie?« hörte er die Stimme von Doris sagen, die inzwischen die Tür geschlossen hatte. »Ist das nicht ein herrliches altes Haus? Ich sage immer, daß es eine Schande ist, es so lange leerstehen zu lassen!« Wie ein rosa gewandeter Tornado wirbelte die Frau in die Mitte des Zimmers. »Und? Wie gefällt es Ihnen?«

»Gut«, antwortete Hatch und tat einen zögerlichen Schritt nach vorn. Der Salon war noch genau so wie an jenem Tag, an dem seine Mutter schließlich aufgegeben hatte und nach Boston übersiedelt war. Die mit Chintz bezogenen Lehnsessel, das alte Leinensofa, die Druckgrafik der »HMS Leander« über dem Kamin und das Herkeimer-Klavier mit dem runden Hocker und dem gestickten Teppich davor – alles war noch genau so, wie er es in Erinnerung hatte.

»Die Pumpe ist generalüberholt, die Fenster sind frisch geputzt, der Strom ist angestellt und der Propangastank gefüllt«, plapperte Doris weiter und hakte jeden Punkt mit ihren langen rotlackierten Fingernägeln ab.

»Es sieht alles sehr hübsch aus«, sagte Hatch abwesend. Er trat an das alte Klavier und ließ die Finger über den Tastendeckel gleiten. Dabei dachte er an die Winternachmittage, an denen er sich hier mit den Fugen von Johann Sebastian Bach abgemüht hatte. In dem Regal neben dem Kamin stand noch der alte Würfelbecher neben dem Monopoly-Spiel, dessen Deckel schon in Hatchs Jugend verlorengegangen war. Hatch sah die rosaroten, gelben und grünen Scheine des Spielgeldes, die vom vielen Gebrauch verknittert und eingerissen waren. Auf dem Regalbrett darüber lagen mehrere Päckchen speckiger Spielkarten, die von Gummibändern zusammengehalten wurden. Es gab Hatch einen Stich ins Herz, als er sich daran erinnerte, wie er mit Johnny um Streichhölzer gepokert und dabei leidenschaftlich mit ihm darüber gestritten hatte, was nun mehr gelte: eine Straße oder ein *Full House.* Es war alles noch da, jeder einzelne Gegenstand lag noch genau an seinem angestammten Platz. Hatch kam es so vor, als habe er ein Museum voller schmerzlicher Erinnerungen betreten.

Als er und seine Mutter von hier fortgegangen waren, hatten sie kaum mehr als ihre Kleider mitgenommen. Schließlich hatten sie ja nicht länger als einen Monat wegbleiben wollen, aber dann war aus dem Monat ein Sommer geworden, dann ein Jahr, und irgendwann einmal war das alte Haus ihnen wie ein längst vergessener Traum vorgekommen. Nie wieder hatte seine Mutter es auch nur erwähnt, aber trotzdem war es immer hier gewesen und hatte auf Hatch gewartet. Er fragte sich, weshalb seine Mutter es nie verkauft hatte, denn schließlich hatte sie es in Boston in finanzieller Hinsicht nicht immer leicht gehabt. Ebenso verwunderlich fand er es im nachhinein, daß er seinerseits das Haus nach ihrem Tod behalten hatte.

Langsamen Schrittes ging er ins Wohnzimmer und trat an das große Fenster, von dem aus er hinaus auf das tiefblaue, von der Morgensonne beschienene Meer sehen konnte. Da draußen hinter dem Horizont lag irgendwo Ragged Island, das nun nach mehr als einem Vierteljahrhundert ein weiteres Opfer gefordert hatte. Unter dem Eindruck des Unfalls hatte Neidelman die Arbeiten einen Tag lang einstellen lassen, so daß Hatch jetzt Zeit hatte, sich um das Haus zu kümmern. Er ließ den Blick vom Meer auf die Wiese vor dem Fenster wandern, die wie ein grüner Teppich hinunter zum Strand führte, und rief sich noch einmal ins Gedächtnis, daß er nicht hier wohnen mußte, daß er sich immer noch eine andere Unterkunft suchen konnte, in der er nicht mit den Schatten der Vergangenheit zu kämpfen hätte. In Stormhaven allerdings würde er eine solche nicht finden. Als Hatch am Morgen in die Stadt gefahren war, hatte er vor der einzigen Pension des Ortes ein gutes Dutzend Angestellte von Thalassa gesehen, die alle für die fünf zu vermietenden Zimmer Schlange gestanden waren. Hatch seufzte. Solange er hier war, würde er wohl in den sauren Apfel beißen müssen.

Staubflocken schwebten durch die schräg einfallenden Strahlen der Morgensonne. Während er so vor dem Fenster stand, gewann Hatch den Eindruck, als würde die Zeit sich auflösen. Er erinnerte sich daran, wie er und Johnny damals draußen auf der Wiese in ihren Schlafsäcken gelegen und zwischen dem wohlriechenden, taufeuchten Gras die Sternschnuppen droben am Himmel gezählt hatten.

»Haben Sie letztes Jahr meinen Brief bekommen?« drängte sich die Stimme von Doris in seine Gedanken. »Ich hatte schon Angst, er wäre in der Post verlorengegangen.«

Hatch drehte sich um und versuchte zu verstehen, was die Frau gesagt hatte. Dann gab er auf und kehrte zurück in die Vergangenheit. In einer Ecke des Zimmers lag ein halb fertiggestickter Kissenbezug, dessen Farben zu Pastelltönen verblaßt waren. Auf dem Regal sah er die Bücher seines Vaters – Richard Henry Dana, Melville, Slocum, Conrad und Sandbergs Lincoln-Biographie sowie jede Menge englische Kriminalromane, die seine Mutter immer so gerne gelesen hatte. Darunter waren ein Stapel abgegriffener »Time«-Magazine und eine Reihe von gelben »National Geographics«-Heften. Gedankenverloren schlenderte Hatch ins Eßzimmer hinüber. Die Maklerin folgte ihm auf dem Fuß.

»Sie wissen ja, wie teuer es ist, ein altes Haut wie dieses in Schuß zu halten, Dr. Hatch«, sagte sie. »Und ich bin nach wie vor der Meinung, daß es für eine Person viel zu groß ist ...« Sie hielt inne und lächelte Hatch verbindlich an.

Hatch ging langsam im Zimmer umher, ließ seine Finger über die polierte Oberfläche des ausklappbaren Eßtischs gleiten und betrachtete nachdenklich die farbigen Audubon-Lithographien an den Wänden. Dann spazierte er weiter in die Küche. Dort hing an der chromverzierten Tür des bauchigen alten Kühlschranks noch immer ein mit einem Magneten befestigter Zettel, auf dem er in seiner eigenen fahrigen Teenager-Handschrift die Worte: »Hey, Mom! Erdbeeren, bitte!« lesen konnte. Kurz blieb er vor dem zerkratzten Küchentisch mit den beiden Bänken stehen, an dem er sich beim Frühstück mit seinem Bruder so oft gezankt und unzählige Male Milch verschüttet hatte, und dachte an seinen Vater, der beim Abendessen mit kerzengeradem Rücken inmitten des rings um ihn tobenden Chaos' gesessen und Seefahrtsgeschichten zum besten gegeben hatte, während auf seinem Teller das Essen kalt geworden war. Er dachte an seine Mutter, wie sie Jahre später gramgebeugt auf diese Tischplatte gestarrt hatte. Die Morgensonne hatte ihre grauen Haare von hinten angestrahlt, und bittere Tränen waren in ihre Teetasse gefallen.

»Sie erinnern sich doch sicher«, hörte er auf einmal wieder die Stimme der Maklerin, »daß ich Ihnen von diesem jungen Ehepaar aus Manchester geschrieben habe. Es sind ganz reizende Leute mit zwei entzückenden Kindern. Die letzten paar Sommer über hatten sie das Figgins-Haus gemietet, aber jetzt tragen sie sich mit dem Gedanken, sich hier etwas Eigenes zu kaufen.«

»Warum auch nicht?« murmelte Hatch desinteressiert. Vom Küchentisch aus hatte man einen Blick auf die Wiese hinter dem Haus, auf der die Apfelbäume inzwischen stark gewachsen und ziemlich verwildert waren. Hatch wußte noch, wie im Sommer kurz vor Sonnenaufgang immer das Wild aus den nahen Wäldern gekommen war und im Frühnebel vorsichtig die auf den Boden gefallenen Äpfel gefressen hatte.

»Ich glaube, daß die Leute über zweihundertfünfzigtausend Dollar zahlen würden. Soll ich sie vielleicht mal anrufen? Völlig unverbindlich natürlich ...«

Hatch mußte sich zwingen, die Frau anzusehen. »Wie bitte?«

»Ich habe mir nur überlegt, ob Sie sich vielleicht mit dem Gedanken tragen, das Haus zu verkaufen. Weiter nichts.«

Hatch blinzelte sie fragend an. »Verkaufen?« murmelte er leise. »Das Haus?«

Das Lächeln auf Doris Bowditchs Gesicht hatte nicht den kleinsten Kratzer abbekommen. »Ich dachte nur, weil Sie doch Junggeselle sind, und da scheint es mir irgendwie ... äh ... unpraktisch zu sein.« Obwohl sie ein wenig aus der Fassung geraten war, hielt Doris tapfer die Stellung.

Hatch nahm sich zusammen und schluckte seinen Ärger hinunter. In einer kleinen Stadt wie Stormhaven mußte man vorsichtig sein. »Ich glaube nicht, daß ich verkaufen will«, sagte er mit möglichst neutraler Stimme. Dann ging er durch das Wohnzimmer zurück in Richtung Eingangstür. Die Maklerin folgte ihm.

»Es muß ja nicht sofort sein«, rief sie Hatch fröhlich hinterher. »Zuerst müssen Sie natürlich diesen – äh – Schatz heben. Aber das kann ja wohl nicht so lange dauern, bei all der Hilfe, die Sie haben.« Ihre Miene verdüsterte sich einen Moment. »Aber war es nicht fürchterlich, daß gestern diese zwei Männer getötet wurden? Welch ein schrecklicher Unfall!«

Hatch drehte sich ganz langsam zu ihr um. »Wie bitte? Zwei Männer sollen tot sein? Das stimmt nicht, Doris. Nicht einmal einer ist ums Leben gekommen. Aber es ist tatsächlich ein Unfall passiert. Wer hat Ihnen denn davon erzählt?«

Doris blickte ihn ein wenig verwirrt an. »Na, Hilda McCall, wer denn sonst? Sie betreibt hier den Frisiersalon, ›Hilda's Hairstyling‹. Nun, wie dem auch sei: Wenn Sie erst mal all das Geld haben, werden Sie doch sicher nicht hierbleiben wollen. Und dann könnten Sie doch ...«

Hatch machte einen Schritt nach vorn und hielt ihr die Tür auf. »Vielen Dank, Doris«, sagte er, wobei er versuchte, sie anzulächeln. »Das Haus ist wirklich in einem exzellenten Zustand.«

Vor der Schwelle blieb die Maklerin noch einmal stehen. »Ach, übrigens, der Mann des jungen Paares ist ein *äußerst* erfolgreicher Anwalt. Und die beiden Kinder, ein Junge und ein Mädchen, sind ...«

»Vielen Dank«, wiederholte Hatch ein wenig bestimmter als vorhin.

»Gern geschehen. Wissen Sie, ich glaube, zweihundertfünfzigtausend sind ein guter Preis für ein Sommer ...«

Hatch trat hinaus auf die Veranda, so daß die Maklerin ihm folgten mußte, wenn sie weiter mit ihm sprechen wollte.

»Die Preise für Immobilien sind im Moment ziemlich hoch, Dr. Hatch«, erklärte sie, während sie aus dem Haus kam, »und niemand kann sagen, wann sie wieder fallen werden. Vor acht Jahren zum Beispiel ...«

»Doris, Sie sind wirklich ein Schatz, und ich werde Sie allen meinen Kollegen empfehlen, die nach Stormhaven ziehen wollen. Nochmals herzlichen Dank, und schicken Sie mir doch bitte Ihre Rechnung.« Mit diesen Worten machte Hatch schnell einen Schritt zurück ins Haus und schloß leise, aber rasch die Tür.

Hatch wartete und fragte sich, ob die Frau wohl die Frechheit besitzen und klingeln würde. Aber sie blieb lediglich eine Weile unentschlossen auf der Veranda stehen, bis sie schließlich mit wehendem Kleid und ihrem unauslöschlichen Lächeln auf den Lippen zurück zu ihrem Wagen ging. Sechs Prozent Provision von zweihundertfünfzigtausend Dollar waren hier in Stormhaven eine Menge Geld, dachte Hatch. Er erinnerte sich vage daran, von irgend jemandem einmal gehört zu haben, daß Doris Bowditchs Mann ein Säufer sei, der sein Boot an die Bank verloren habe. Sie kann ja gar nicht wissen, wie ich mich fühle, ging es ihm durch den Kopf, während er versuchte, in seinem Herzen etwas Mitleid für die Maklerin aufzubringen.

Hatch spazierte zurück in den Salon, setzte sich auf den kleinen Hocker vor dem Klavier und schlug leise den ersten Akkord von Chopins Prélude in E-Moll an. Wenigstens hatte Doris sich genau an das gehalten, was er ihr aufgetragen hatte: »Machen Sie das Haus sauber und bereiten Sie es auf meine Ankunft vor, aber lassen Sie alles so, wie es war.« Verträumt und pianissimo spielte er das Prélude zu Ende und versuchte, seinen Kopf frei von Gedanken zu kriegen. Es war schwer zu begreifen, daß er jahrzehntelang diese Tasten nicht berührt, nicht auf diesem Hocker gesessen und nicht einmal dieses Haus betreten hatte. Überall, wo er auch hinblickte, sprangen ihn die Erinnerungen an seine glückliche Kindheit an. Und das war sie auch wirklich gewesen: glücklich. Bis zu jenem schrecklichen Tag, an dem sie für immer zu Ende gegangen war. Wenn ich doch bloß nicht …

Brutal brachte Hatch die kalte hartnäckige Stimme in seinem Kopf zum Schweigen.

Zwei Tote, hatte Doris gesagt. Das war eine ziemliche Übertreibung, sogar für den Klatsch einer so kleinen Stadt. Bis jetzt schien Stormhaven seine auswärtigen Besucher mit einer Art gastfreundlicher Neugier akzeptiert zu haben, denn immerhin verhalfen sie den Geschäftsleuten am Ort ja zu mehr Umsatz.

Trotzdem erkannte Hatch, daß man eine Art Verbindungsmann zwischen Thalassa und der Gemeinde brauchte, wenn die bizarren Gerüchte in Buds Supermarkt oder Hildas Frisiersalon nicht allzusehr ins Kraut schießen sollten. Wenig begeistert machte er sich klar, daß für diese Aufgabe eigentlich nur er selbst in Frage kam.
Hatch blieb noch eine Weile am Klavier sitzen. Wenn er Glück hatte, dann war der alte Bill Banns noch immer Chefredakteur der Lokalzeitung. Mit einem lauten Seufzer stand er auf und ging in die Küche, wo eigentlich eine Dose Nescafé und – falls Doris es nicht vergessen hatte – ein funktionierendes Telefon auf ihn warten sollten.

10

Die Gruppe, die sich am folgenden Vormittag um den alten Ahorntisch im Steuerhaus der »Griffin« versammelt hatte, war in einer ganz anderen Stimmung als die euphorische Menge, die drei Abende zuvor rings um das Schiff in spontane Hochrufe ausgebrochen war. Als Hatch zu dem von Neidelman einberufenen Treffen kam, schienen ihm alle Anwesenden bedrückt, ja teilweise sogar demoralisiert zu sein. Der Unfall steckte allen noch in den Knochen.
Hatch schaute sich in der Kommandozentrale von Neidelmans Boot um. Die in elegantem Schwung rund um das Steuerhaus laufenden Fenster gestatteten einen ungehinderten Blick auf die Insel, das Meer und das Festland. Man hatte das aus brasilianischem Rosenholz und Messing bestehende Steuerhaus mit seiner reich verzierten Intarsiendecke liebevoll restauriert. Neben der Kompaßsäule, die aus einem schwarzen Tropenholz gefertigt war, stand in einem Glaskasten ein Navigationsinstrument, das wie ein holländischer Sextant aus dem

achtzehnten Jahrhundert aussah. Zu beiden Seiten davon befanden sich, diskret in Rosenholzschränkchen eingebaut, zwei Reihen hochmoderner elektronischer Navigationshilfen. Hatch erkannte einen Radar- und einen Loranschirm sowie ein Gerät zur Satellitennavigation. An der Rückwand des Steuerhauses gab es noch weitere elektronische Apparate, deren Zweck Hatch allerdings nicht kannte. Zwischen ihnen befand sich eine niedrige Holztür, die zu Neidelmans Privaträumen führte und aus der er jetzt jeden Moment herauskommen mußte. Über der Tür hing an einem Nagel ein altes Hufeisen, und ein Messingschild verkündete in dezenten, aber gut lesbaren Lettern: PRIVAT. Die einzigen Geräusche im Steuerhaus waren das Knarzen der Takelage und das leise Klatschen der Wellen an den Bootsrumpf.

Hatch nahm am Tisch Platz und betrachtete die Personen, die bereits dort saßen. Einige von ihnen hatte er schon kennengelernt, andere hingegen sah er heute zum erstenmal. Lyle Streeter, der Vorarbeiter, übersah Hatch geflissentlich, obwohl dieser ihn zur Begrüßung freundlich anlächelte. Offenbar war er ein Mann, der eine Zurechtweisung nur schwer ertragen konnte. Hatch nahm sich vor, mit ihm in Zukunft vorsichtiger umzugehen. Obwohl jeder junge Assistenzarzt wußte, daß Schreien, Brüllen und Fluchen bei einem Notfall etwas ganz Normales waren, schien das offenbar dem Rest der Menschheit nicht ganz so geläufig.

Hatch hörte ein Geräusch von unten, und kurz darauf stand Kapitän Neidelman mit gebückter Haltung in der Tür. Während er ans Kopfende des Tisches ging und sich mit beiden Händen aufstützte, richteten sich aller Augen auf ihn. Neidelman blickte den Anwesenden reihum ins Gesicht, und Hatch hatte den Eindruck, als würde allein die Anwesenheit des Kapitäns ihre Spannung lösen und ihnen frische Kraft geben. Als Neidelmans Blick bei ihm angelangt war, fragte er: »Wie geht es Ken?«

»Sein Zustand ist ernst, aber stabil. Es besteht zwar noch die

Gefahr, daß es zu Embolien kommen könnte, aber er steht unter ständiger ärztlicher Aufsicht. Sie wissen ja vermutlich schon, daß man seine Beine nicht mehr bergen konnte.«
»Ja, das ist mir bekannt. Ich möchte mich trotzdem bei Ihnen bedanken, daß Sie ihm das Leben gerettet haben, Dr. Hatch.«
»Ohne die Hilfe von Mr. Streeter und seinen Leuten wäre mir das nicht gelungen.«
Neidelman nickte und schwieg. Nachdem er die Stille eine Weile auf die Anwesenden hatte wirken lassen, fuhr er mit ruhiger und sicherer Stimme fort: »Der Vermessungstrupp hat sich strikt an meine Befehle gehalten und bei seiner Arbeit alle Sicherheitsmaßnahmen getroffen, die ich für notwendig erachtet hatte. Wenn jemanden bei diesem Unfall die Schuld trifft, dann mich allein. Als Konsequenz aus diesem Vorfall haben wir die Richtlinien für die Sicherheit der Teams komplett überarbeitet. Man kann traurig über diesen bedauerlichen Unfall sein, und man kann Mitgefühl für Ken und seine Familie haben, aber eines dürfen wir jetzt nicht tun: uns gegenseitig Vorwürfe machen.«
Neidelman verschränkte die Hände auf dem Rücken. »Tag für Tag«, fuhr er deutlich vernehmbar fort, »gehen wir große Risiken ein. Und zwar alle von uns. Schon morgen kann einer von Ihnen ebenso seine Beine verlieren wie ich selber auch. Wenn es so einfach wäre, einen Zwei-Milliarden-Dollar-Schatz aus seinem Unterwasserversteck zu bergen, dann hätten das andere schon längst geschafft. Und zwar vor über hundert Jahren. Wir sind also genau deshalb hier, *weil* unsere Unternehmung so gefährlich ist. Nun haben wir den ersten Rückschlag erlitten, aber wir dürfen uns davon nicht ins Bockshorn jagen lassen. Kein Schatz ist jemals mit soviel List und Geschick vergraben worden wie dieser, und wir werden deshalb noch mehr List und Geschick brauchen, wenn wir ihn heben wollen.«
Neidelman trat an eines der Fenster und blickte eine Weile hinaus, bevor er sich wieder den Versammelten zuwandte. »Ich denke, daß die meisten von Ihnen inzwischen über die nähe-

ren Umstände des Unfalls Bescheid wissen. Als Ken Field mit seinem Trupp über die Insel ging, brach er in einen mit morschen Brettern abgedeckten Schacht ein, der möglicherweise aus der Mitte des neunzehnten Jahrhunderts stammt. Sein Sicherungsseil verhinderte zwar, daß er bis auf den Grund dieses Schachtes fiel, aber es verfing sich am Ende eines heraussstehenden Balkens, dessen Stützwerk offenbar brüchig geworden war. Kens Gewicht riß den Balken aus der Wand des Schachtes, die daraufhin einstürzte und Ken unter sich begrub. Gleichzeitig wurde dabei eine Verbindung zu einem unter Wasser stehenden Nebenstollen geöffnet.«

Neidelman hielt einen Augenblick inne. »Wir wissen jetzt, welche Lehren wir aus diesem Unglücksfall ziehen müssen. Und ich glaube, wir alle wissen auch, was wir als nächstes zu tun haben. Morgen werden wir mit den Farbstofftests in der Wassergrube beginnen, mit deren Hilfe wir den verborgenen Verbindungstunnel zum offenen Meer finden wollen. Bis dahin müssen wir die primären Computersysteme installiert und zum Laufen gebracht haben. Auch das Festkörpersonar, die Seismometer, die tomographischen Systeme und die Protonenmagnetometer müssen vor Beginn der Arbeiten einsatzbereit werden. Bis fünfzehn Uhr heute nachmittag muß auch die Ausrüstung der Taucher überprüft sein. Und was das Wichtigste ist: Ich möchte, daß die Tandempumpen bis heute abend aufgebaut und fertig für einen Testlauf sind.«

Neidelman sah die Anwesenden noch einmal einen nach dem anderen an. »Sie alle hier gehören zu meinem Kernteam und erhalten anstatt eines Honorars Ihren Anteil am Erlös des Schatzes. Wenn wir Erfolg haben, dann werden Sie sehr reich sein, das wissen Sie. Das klingt nicht schlecht für vier Wochen Arbeit – bis man darüber nachdenkt, was Ken Field zugestoßen ist. Sollte jemand unter Ihnen also aussteigen wollen, dann ist jetzt der Zeitpunkt dafür. Sie erhalten dann das Standardhononar, das Thalassa allen anderen Expeditionsteilnehmern auch zahlt, aber keine Beteiligung am Schatz. Ich werde

Ihnen nicht böse sein und auch keine Fragen stellen. Aber kommen Sie nicht später zu mir und sagen Sie, Sie hätten es sich anders überlegt. Wir werden die Sache durchziehen, ganz gleich, was passiert. Also, hat mir jemand etwas zu sagen?«

Neidelman ging an einen der Schränke, holte eine alte Pfeife hervor und stopfte sie bedächtig mit Dunhill-Tabak. Schließlich zündete er sie mit einem langen Streichholz an. Während er all das mit absichtlich langsamen Bewegungen tat, machte sich am Tisch betretene Stille breit. Draußen war der unvermeidliche Nebel rings um Ragged Island wieder dichter geworden und umhüllte die »Griffin« fast zärtlich mit seinen weißen Schwaden.

Nach einer Weile blickte der Kapitän wieder auf und sagte durch einen Ring aus bläulichem Rauch: »Nun gut. Bevor wir auseinandergehen, möchte ich Ihnen ganz offiziell den neuen Teilnehmer an unserer Expedition vorstellen. Wie die meisten von Ihnen inzwischen wohl wissen dürften, ist dieser Herr hier Dr. Malin Hatch, der Besitzer von Ragged Island, der sich uns als Expeditionsarzt angeschlossen hat.«

Dann wandte Neidelman sich an Hatch. »Dr. Hatch, es tut mir leid, daß Sie meine engsten Mitarbeiter unter so traurigen Umständen kennenlernen müssen. Als erstes möchte ich Ihnen Christopher St. John vorstellen, den Historiker unserer Expedition.« St. John war der Mann mit dem rundlichen Gesicht, der Hatch vor zwei Tagen von dem Motorboot aus gemustert hatte. Auf seinem breiten Schädel hatte er einen dicken Schopf verstruwwelter grauer Haare, und auf seinem verknitterten Anzug konnte man die Spuren mehrerer Mahlzeiten erkennen. »Christopher ist ein Experte auf allen Gebieten der englischen Geschichte des sechzehnten und siebzehnten Jahrhunderts mit enormen Kenntnissen über Piraterie und Geheimschriften. Und hier« – Neidelman deutete auf einen ungepflegt aussehenden Mann in Bermudashorts, der ein Bein über die Armlehne seines Stuhles gelegt hatte und sich mit gelangweiltem Gesichtsausdruck die Fingernägel säuberte –

»haben wir Kerry Wopner, unseren Computerexperten. Kerry ist Programmierer und ein hochkarätiger Spezialist für Netzwerkdesign und Kryptoanalyse.« Seine nächsten Worte richtete Neidelman direkt an die beiden soeben vorgestellten Männer. »Ich brauche ja wohl nicht mehr extra zu betonen, was für eine überragende Bedeutung die Entschlüsselung der zweiten Hälfte von Macallans Tagebuch gerade im Licht der jüngsten Tragödie für uns hat. Wir müssen dem Mann endlich alle seine Geheimnisse entreißen.«

Dann fuhr Neidelman mit der Vorstellung seiner Mitarbeiter fort. »Lyle Streeter, unseren Vorarbeiter, haben Sie ja schon gestern kennengelernt. Er hat mit mir auf dem Mekong gekämpft und ist seitdem nicht von meiner Seite gewichen. Und hier« – er deutete auf eine kleine, streng und verbiestert wirkende und betont praktisch gekleidete Frau – »ist Sandra Magnusen, Thalassas Chefingenieurin, die gleichzeitig eine Spezialistin für Radar und Sonar ist. Am Ende des Tisches haben wir schließlich Roger Rankin, unseren Geologen.« Neidelman deutete auf einen zotteligen Bären von einem Mann, dem der Stuhl, auf dem er gerade saß, um zwei Nummern zu klein zu sein schien. Er sah Hatch in die Augen, und sein brauner Vollbart teilte sich zu einem spontanen Grinsen, während er sich mit zwei Fingern grüßend an die Stirn tippte.

»Dr. Bonterre, unsere Archäologin und Leiterin des Taucherteams, hat sich verspätet und wird erst am Abend hier eintreffen«, fuhr Neidelman fort. »Das wäre von meiner Seite her alles. Falls es keine weiteren Fragen gibt, möchte ich mich bei Ihnen für Ihre Aufmerksamkeit bedanken. Wir treffen uns hier wieder morgen früh.«

Als die Gruppe auseinanderging, kam Neidelman um den Tisch herum auf Hatch zu. »Ich habe eine Arbeitsgruppe auf der Insel gelassen, die die Vermessungsarbeiten abschließen und das Basislager fertigbauen soll. Ihre Praxis dürfte also gegen Abend einsatzbereit sein.«

»Freut mich zu hören«, sagte Hatch.

»Wenn Sie sich etwas näher mit unserem Projekt vertraut machen wollen, wäre heute nachmittag der richtige Zeitpunkt dafür. Wollen Sie vielleicht um vierzehn Uhr hinüber auf die ›Cerberus‹ kommen?« Ein dünnes Lächeln spielte um seine Lippen. »Ab morgen könnte es nämlich ein wenig hektisch werden.«

11

Schlag zwei Uhr nachmittags glitt die »Plain Jane« langsam durch das stille Wasser. Sie löste sich aus dem Dunst rings um Ragged Island und nahm Kurs auf die weißen Umrisse der »Cerberus«, die außerhalb des Nebels vor Anker lag. Bewundernd betrachtete Hatch ihren langgestreckten eleganten Rumpf und sah, daß an der Einstiegsluke knapp oberhalb der Wasserlinie bereits die schlanke Gestalt von Neidelman auf seine Ankunft wartete.

Hatch drosselte den Motor und ging an dem großen Schiff längsseits. Im Schatten der »Cerberus« war es still und kühl.

»Ein hübsches Boot haben Sie da«, rief Hatch, als er neben dem Kapitän zum Stillstand kam. Im Vergleich zur »Cerberus« wirkte die »Plain Jane« wie eine Nußschale.

»Es ist das größte der Thalassa-Flotte«, antwortete Neidelman. »Aber eigentlich ist es eher ein schwimmendes Forschungslabor. Schließlich können wir nicht unsere gesamte Ausrüstung auf die Insel bringen. Schwere Geräte wie die Elektronenmikroskope und die C-14-Partikelbeschleuniger müssen hier an Bord bleiben.«

»Und wozu brauchen Sie die Harpunenkanone am Bug?« fragte Hatch. »Schießen Sie sich damit ab und zu einen Blauwal für die Mannschaftskombüse?«

Neidelman grinste. »Die Kanone, mein Freund, ist ein Relikt

aus der Vergangenheit dieses Schiffes. Kurz nachdem es auf einer norwegischen Werft als hypermoderner Walfänger vom Stapel gelaufen war, trat das internationale Walfangmoratorium in Kraft, und das Schiff war, noch bevor es vollständig ausgerüstet war, für seinen ursprünglichen Verwendungszweck nicht mehr zu gebrauchen. Wir konnten es zu einem extrem günstigen Preis erwerben. Das meiste von der Walfanggerätschaft haben wir entfernen lassen, aber irgendwie sind wir nie dazu gekommen, auch die Harpunenkanone abzuschrauben.« Neidelman deutete über seine Schulter nach hinten. »Aber jetzt kommen Sie doch an Bord, damit ich Ihnen zeigen kann, was meine Leute hier so alles zu tun haben.«

Hatch machte die »Plain Jane« an der »Cerberus« fest und balancierte dann über eine Gangway hinüber auf das andere Schiff. Er folgte Neidelman in einen langen schmalen Gang mit hellgrau gestrichenen Wänden. Nachdem der Kapitän ihn durch mehrere verlassene Labors und einen Speisesaal geführt hatte, blieb er vor einer Tür mit der Aufschrift COMPUTERRAUM stehen.

»Wir verfügen hier an Bord über mehr Rechenleistung als eine kleine Universität«, erklärte Neidelman mit einem Anflug von Stolz in der Stimme. »Aber wir brauchen sie nicht nur zum Entschlüsseln von Macallans Tagebuch, sondern auch für unsere Navigationssysteme und den auf der Basis neuronaler Netze arbeitenden Autopiloten des Schiffes. Zur Not könnte sich die ›Cerberus‹ sogar von allein steuern.«

»Ich hatte mich schon gefragt, wo die ganzen Leute sind«, sagte Hatch.

»Wir haben nur eine Rumpfmannschaft an Bord, wie auf den anderen Schiffen übrigens auch. Thalassa vertritt die Philosophie der flexiblen Ressourcen. Sollte es nötig sein, könnte ich bis morgen früh ein Dutzend Wissenschaftler mobilisieren – oder auch ein Dutzend Männer mit Schaufeln und Pickeln. Ansonsten aber versuchen wir, unser Team so klein und qualifiziert wie möglich zu halten.«

»Darüber wird Ihre Buchhaltung bestimmt sehr glücklich sein«, meinte Hatch scherzhaft.
»Nicht nur die«, antwortete Neidelman ernst. »Das Ganze macht auch unter Sicherheitsaspekten einen Sinn. Man soll das Schicksal schließlich nicht unnötig herausfordern.«
Der Kapitän bog um die Ecke, vorbei an einer schweren Metalltür, die einen Spalt offenstand. Hatch warf einen Blick hinein, und er sah eine Reihe von Schwimmwesten an der Wand hängen. Und daneben war ein Waffenständer mit mehreren Schrotflinten und zwei kleineren Waffen aus glänzendem Metall, die er nicht kannte. »Was sind denn das für Dinger?« fragte er und deutete auf die gedrungenen dickbäuchigen Apparate. »Sie sehen wie Miniatur-Staubsauger aus.«
Neidelman warf einen Blick in den Raum. »Das sind Fléchettes«, erklärte er.
»Wie bitte?«
»Eine Fléchette ist eine Nadelpistole, die kleine, mit Stabilisierungsflossen versehene Stifte aus Tungsten-Karbid-Draht verschießt.«
»Das klingt zwar schmerzhaft, aber nicht sehr gefährlich.«
»Bei fünftausend Schüssen pro Minute und einer Mündungsgeschwindigkeit von neunhundert Metern pro Sekunde können auch kleine Nadeln sehr gefährlich werden«, erwiderte Neidelman dünn lächelnd und schloß die Tür. »Dieser Raum dürfte nicht offenstehen. Ich muß Streeter darauf aufmerksam machen.«
»Wozu brauchen Sie diese Fléchettes eigentlich?« fragte Hatch mit einem Stirnrunzeln.
»Sie dürfen nicht vergessen, daß die ›Cerberus‹ nicht immer in so friedlichen Gewässern wie diesen hier unterwegs ist«, antwortete der Kapitän und geleitete ihn weiter den Korridor entlang. »Wir arbeiten zum Beispiel des öfteren in stark haiverseuchten Gebieten. Und wenn man sich erst einmal einem großen weißen Hai Aug' in Aug' gegenübersieht, dann weiß man so eine Fléchette wirklich sehr zu schätzen. Letztes Jahr

im Korallenmeer hat einer meiner Mitarbeiter damit eines von den Biestern in eineinhalb Sekunden vom Kopf bis zur Schwanzflosse zerfetzt.«

Hatch folgte dem Kapitän ein paar Stufen hinauf zum nächsten Deck. Hier blieb Neidelman vor einer Tür ohne Aufschrift stehen und klopfte nach kurzem Zögern an.

»Ich habe zu tun!« antwortete eine gereizte Stimme.

Neidelman lächelte Hatch wissend zu und öffnete die Tür, die in eine große, schwach erleuchtete Kabine führte. Als Hatch dem Kapitän in den Raum folgte, wäre er fast über einen am Boden liegenden Gegenstand gestolpert. Er blieb einen Moment stehen und wartete blinzelnd, bis sich seine Augen an das trübe Licht gewöhnt hatten. Dann sah er, daß an der Rückwand der Kabine und vor den Bullaugen Metallregale mit allen möglichen elektronischen Geräten standen. Neben Computern und Oszilloskopen gab es eine Menge Apparate, deren Verwendungszweck Hatch vollkommen schleierhaft war. Der Boden war knöcheltief mit zusammengeknüllten Papieren, zerdrückten Cola-Dosen, leeren Verpackungen von Schokoriegeln sowie mit schmutzigen Socken und Unterhosen übersät. Aus einer Koje am Ende des Raumes hing zerwühlte Bettwäsche bis auf den Boden herunter. Ein Geruch nach Ozon und heißgelaufener Elektronik erfüllte die Kabine, die lediglich von mehreren flackernden Bildschirmen beleuchtet wurde.

Mitten in all dem Chaos hockte Kerry Wopner der ungepflegte Mann in geblümtem Hemd und Bermudashorts, und wandte den Besuchern den Rücken zu, während er fieberhaft auf einer Tastatur herumtippte.

»Hätten Sie vielleicht einen Augenblick Zeit für uns, Kerry?« fragte Neidelman höflich. »Ich würde Dr. Hatch gern mit Ihrer Arbeit vertraut machen.«

Wopner wandte sich vom Bildschirm ab und blinzelte erst Neidelman, dann Hatch an. »Wer zahlt, schafft an«, sagte er mit hoher, genervter Stimme. »Aber kommen Sie mir dann bloß nicht wieder an und wollen alles sofort erledigt haben. Am liebsten schon gestern.« Er sprach das Wort »gestern« so breit und gedehnt aus, daß es wie »gestaan« klang. »Ich habe die letzten achtundvierzig Stunden damit verbracht, das Netzwerk aufzubauen, und konnte mich einen Scheißdreck um die Entschlüsselung des Codes kümmern.«

Neidelman lächelte nachsichtig. »Trotzdem bin ich mir sicher, daß Sie und Dr. St. John ein paar Minuten Zeit für den Seniorpartner unserer Expedition erübrigen können.« Zu Hatch gewandt sagte er: »Man sieht es ihm vielleicht nicht an, aber Kerry ist einer der brillantesten Kryptologen außerhalb der großen Geheimdienste.«

»Nun machen Sie mal halblang«, brummte Wopner, aber Hatch bemerkte, daß er sich von Neidelmans Kompliment geschmeichelt fühlte.

»Einen ziemlich beeindruckenden Hardwarepark haben Sie hier«, stellte Hatch fest. »Ist das dort links in der Ecke ein CAT?«

»Sie machen mir Spaß«, erwiderte Wopner, während er seine Brille auf die Nase schob und den Rotz hochzog. »Wenn Sie das hier beeindruckend finden, dann sollten Sie sich mal das Hauptsystem ansehen, das wir gestern auf die Insel geschafft haben. Das ist *wirklich* beeindruckend. Was Sie hier sehen, ist bloß das Reservesystem.«

»Haben Sie die Online-Tests schon beendet?« wollte Neidelman wissen.

»Die letzte Serie läuft gerade«, erwiderte Wopner. Er strich sich seine fettigen Locken aus der Stirn und wandte sich wieder dem Monitor zu.

»Eines unserer Teams macht heute nachmittag das Netzwerk auf der Insel startklar«, erklärte Neidelman an Hatch gewandt. »Wie Kerry schon sagte, ist das System hier an Bord nur als Reserve gedacht, aber es entspricht im wesentlichen dem, das wir auch auf Ragged Island installiert haben. Diese Art zu arbeiten ist zwar ziemlich teuer, aber sie spart auch eine Menge

Zeit. Kerry, zeigen Sie Dr. Hatch doch bitte, was ich damit meine.«

»Stets zu Diensten«, antwortete Wopner sarkastisch und tippte auf der Tastatur herum. Ein bisher dunkel gewesener Monitor erwachte zum Leben, und Hatch sah, wie sich auf ihm ein Drahtmodell von Ragged Island aufbaute und sich langsam um seine Mittelachse zu drehen begann.

»Die Backbone-Router sind alle doppelt vorhanden und über Glasfaserkabel mit dem zentralen Netzwerkknoten verbunden.« Wopner tippte auf eine Taste, und ein Netz von dünnen grünen Linien überzog auf einmal das Modell der Insel.

Neidelman deutete auf den Bildschirm. »Alles auf der Insel – von den Pumpen angefangen über die Turbinen bis hin zu den Kompressoren und den Kränen – wird via Netzwerk über Servomotoren gesteuert. So haben Sie alles auf Ragged Island von der Kommandozentrale aus im Griff. Ein Knopfdruck, und die Pumpen springen an, ein weiterer, und die Winsch bewegt sich. Mit einem dritten knipse ich das Licht in Ihrer Praxis an und so weiter und so fort.«

»Der gute Mann hat recht«, ergänzte Wopner. »Dazu ist das Netz auch noch beliebig erweiterbar, indem ich spezielle Betriebssysteme auf die Remote-Clients spiele. Alles ist total *state-of-the-art*, das können Sie mir glauben. Voll ausbaufähig, mit Betriebssystemebenen auf den Remote-Clients, kompakten Datenpaketen und allem sonstigen Pipapo. Obwohl das Netz mit seinen fast tausend Ports riesengroß ist, gibt es so gut wie keine Verzögerung bei der Datenübertragung. Das soll uns erst mal einer nachmachen.«

»Ich verstehe nur Bahnhof«, erklärte Hatch. »Leider habe ich die Sprache der Computerfreaks nie gelernt. Hey, was ist denn das?« Er deutete auf einen zweiten Bildschirm, der eine mittelalterliche Stadt aus der Vogelperspektive zeigte, in der sich kleine Ritter und Zauberer in den verschiedensten Angriffs- und Verteidigungspositionen gegenüberstanden.

»Das ist ›Sword of Blackthrone‹, ein Rollenspiel, das ich entwickelt habe. Ich bin der Dungeonmaster für drei Online-Spiele«, erklärte Wopner, während er trotzig seine Unterlippe vorstreckte. »Haben Sie was dagegen?«

»Wenn es den Kapitän nicht stört …«, sagte Hatch und blickte hinüber zu Neidelman. Es war klar, daß der Kapitän seinen Mitarbeitern großen persönlichen Freiraum ließ. Außerdem kam es Hatch so vor, als hätte Neidelman seltsamerweise wirklich einen Narren an dem exzentrischen jungen Mann gefressen.

Aus einem Lautsprecher ertönte auf einmal ein lauter Piepton, und über den ersten Bildschirm glitt eine lange Spalte von Zahlenkombinationen.

»Das war's«, sagte Wopner mit einem Blick auf die Daten. »Scylla ist okay.«

»Was ist Scylla?« fragte Hatch.

»Scylla ist das System hier auf dem Schiff. Das andere auf der Insel drüben heißt Charybdis.«

»Wir haben gerade das Netzwerk getestet«, erklärte Neidelman. »Sobald die Installation auf der Insel fertig ist, brauchen wir nur alle Programme von Scylla hinüber auf Charybdis zu laden. Alles wird vor dem Download zur Insel erst einmal hier überprüft.« Er sah auf die Uhr. »Ich muß mich jetzt um ein paar wichtige Dinge kümmern. Kerry, ich weiß, daß Dr. Hatch sich brennend für Ihre und Dr. St. Johns Arbeit an dem Macallan-Code interessiert. Wären Sie vielleicht so freundlich, ihm ein wenig davon zu erzählen? Ich sehe Sie dann oben an Deck, Malin.«

Mit diesen Worten verließ Neidelman die Kabine und zog die Tür hinter sich zu.

Wopner nahm sein manisches Getippe wieder auf, so daß Hatch sich schon fragte, ob der junge Mann ihn komplett ignorieren wollte. Dann aber griff sich Wopner, ohne von seinem Bildschirm aufzublicken, einen auf dem Boden herumliegenden Turnschuh und knallte ihn an ein freies Stück Kabinenwand. Als sich daraufhin nichts tat, warf er dem Schuh ein dickes Paperback mit dem Titel »Das Programmieren von Netzwerk-Subroutinen in C++« hinterher.

»Hey, Chris«, schrie Wopner. »Wir sollen ein paar Kunststückchen vorführen!«

Jetzt wurde Hatch klar, daß Wopner auf eine schmale, in der Kabinenwand eingelassene Tür gezielt hatte. »Darf ich Ihnen behilflich sein?« fragte er. »Ihre Treffgenauigkeit läßt zu wünschen übrig.«

Hatch ging zur Tür und öffnete sie. Dahinter lag eine Kabine, die genau dieselbe Größe wie die von Wopner hatte, aber vollkommen anders aussah. Sie war hell erleuchtet, sauber und nur spärlich möbliert. Christopher St. John, der Engländer, saß an einem Holztisch in der Mitte des Raumes und hackte langsam auf einer altertümlichen Schreibmaschine herum.

»Hallo«, sagte Hatch. »Kapitän Neidelman meinte, Sie würden mir vielleicht ein paar Minuten Ihrer Zeit opfern.«

St. John stand auf und nahm ein paar alte Bücher vom Tisch. Auf seinem glatten glänzenden Gesicht machte sich ein nervöser Ausdruck breit. »Es ist mir ein besonderes Vergnügen, Sie hier begrüßen zu dürfen, Dr. Hatch«, sagte er und gab Hatch die Hand. Trotz seiner höflichen Worte schien er über die Störung nicht allzu erfreut zu sein.

»Sagen Sie doch Malin zu mir.«

St. John machte eine kleine Verbeugung und folgte Hatch in Wopners Kabine.

»Nun holen Sie sich schon einen Stuhl, *Malin*«, meinte Wopner. »Ich will Ihnen mal kurz erklären, woran ich hier die ganze Zeit arbeite, und dann erzählt Ihnen Chris etwas von seinen staubigen alten Folianten, die er da drüben in seiner Kabine ständig hin und her schleppt. Chris und ich sind ein eingespieltes Team. Habe ich nicht recht, alter Kumpel?«

St. John verzog indigniert den Mund. Sogar hier auf dem Wasser hatte Hatch den Eindruck, als wäre der Historiker von Staub und Spinnweben umgeben. Der Mann gehört in ein Antiquariat, nicht auf eine Schatzsuche, dachte er.

Hatch schob mit dem Fuß den am Boden liegenden Müll beiseite und zog sich einen Stuhl heran, den er neben den von Wopner stellte. Dieser deutete auf einen Monitor, der aber im Augenblick noch dunkel war. Nach ein paar rasch eingegebenen Kommandos erschien eine digitalisierte Faksimile-Seite von Macallans mit verschlüsselten Randbemerkungen versehenem Traktat.

»Neidelman glaubt, daß die zweite Hälfte des Tagebuchs wichtige Informationen über den Schatz enthält«, erklärte Wopner. »Deshalb arbeiten wir uns von zwei Seiten an die Entschlüsselung des Codes heran. Ich versuche es mit dem Computer, und Chris hier fährt auf der historischen Schiene.«

»Der Kapitän hat mir erzählt, der Schatz sei zwei Milliarden Dollar wert. Wie kommt er auf eine solche Summe?«

»Nun ja«, hub St. John an und räusperte sich, als wolle er gleich eine Vorlesung halten. »Wie viele andere Piraten auch, verfügte Ockham über eine bunt zusammengewürfelte Flotte von Schiffen, die er irgendwann einmal gekapert hatte: ein paar Galeonen, ein paar Brigantinen, eine schnelle Schaluppe und, wie ich glaube, auch einen großen Ostindienfahrer. Insgesamt waren es neun Schiffe, von denen wir wissen, daß sie gefährlich überladen und kaum mehr manövrierfähig waren. Um die Größe des Schatzes zu bestimmen, braucht man eigentlich nur die Ladekapazität dieser Flottille zusammenzuzählen und mit den Frachtpapieren der Schiffe abzugleichen, die Ockham gekapert hat. So ist uns zum Beispiel bekannt, daß er allein der spanischen Silberflotte vierzehn Tonnen Gold und die zehnfache Menge Silber geraubt hat. Dazu kamen Lapislazuli, Perlen, Bernstein, Diamanten, Rubine, Karneole, Ambra, Jade, Elfenbein und Edelhölzer aus anderen Schiffen. Ganz zu schweigen von den liturgischen Kostbarkeiten, die er bei Überfällen auf spanische Kolonialstädte an der Nordostküste Südamerikas erbeutet hat.« Beim Sprechen bekam St. John ganz leuchtende Augen und nestelte gedankenverloren an seiner Fliege herum.

»Habe ich mich verhört, oder haben Sie wirklich von vierzehn *Tonnen* Gold gesprochen?« fragte Hatch verblüfft.

»Das habe ich«, antwortete St. John.

»Muß ein schwimmendes Fort Knox gewesen sein«, bemerkte Wopner und leckte sich die Lippen.

»Und dann ist da noch das St.-Michaels-Schwert«, fuhr St. John fort. »Ein Kunstwerk, das allein für sich schon einen unschätzbaren Wert darstellt. Wir haben es hier mit dem größten Schatz zu tun, den je ein Pirat zusammengetragen hat. Ockham war ein brillanter Kopf und ein gebildeter Mann, was ihn weitaus gefährlicher als andere Freibeuter machte.« St. John nahm einen Kunststoffordner aus einem der Regale und reichte ihn Hatch. »Das hier ist eine Biographie von Ockham, die einer unserer Mitarbeiter zusammengestellt hat. Wenn Sie sie lesen, werden Sie erkennen, daß die Legende im Fall dieses Mannes kaum übertreibt. Der Ruf, der ihm vorauseilte, war so schrecklich, daß Ockham mit seinem Schiff bloß in einen Hafen einlaufen, die Piratenflagge hissen und eine Breitseite abfeuern mußte, und schon kamen alle Bürger vom Pfarrer bis zum Handwerker und lieferten ihm freiwillig ihre Wertsachen ab.«

»Und was war mit den Jungfrauen?« fragte Wopner mit wollüstigem Interesse. »Was haben die Piraten mit denen gemacht?«

St. John hielt mit halb geschlossenen Augen inne. »Muß das sein, Kerry?«

»Und ob«, erwiderte Wopner mit Engelsmiene. »Ich will es wissen.«

»Sie wissen sehr gut, was mit den Jungfrauen geschehen ist«, fauchte St. John und wandte ich wieder an Hatch. »Ockham hatte neun Schiffe und eine Gefolgschaft von etwa zweitausend Männern. Er brauchte die vielen Leute zur Bedienung der großen Geschütze und zum Kapern der Beuteschiffe. Diesen Männern gab er normalerweise vierundzwanzig Stunden – nun, wie soll ich sagen – Urlaub, damit sie sich in diesen unglücklichen Städten austoben konnten. Das Ergebnis war meistens ziemlich niederschmetternd.«

»Nicht nur die Schiffskanonen hatten ein großes Kaliber, wenn Sie wissen, was ich meine«, sagte Wopner mit einem dreckigen Grinsen.

»Jetzt sehen Sie, was ich tagtäglich erleiden muß«, murmelte St. John an Hatch gewandt.

»Das tut mir ja so schrecklich leid, alter Junge. Ich bin wirklich untröstlich«, höhnte Wopner, wobei er St. Johns englischen Akzent nachäffte. »Manche Leute haben eben keinen Sinn für Humor«, fügte er in Richtung Hatch hinzu.

»Ockhams Erfolg wurde ihm zunehmend zu einer Belastung«, fuhr St. John entschlossen fort. »Er wußte einfach nicht, wo er einen derart riesigen Schatz unterbringen sollte; schließlich handelte es sich nicht bloß um ein paar hundert Pfund Goldmünzen, die man irgendwo unter einem Felsen verbuddeln konnte. Genau an diesem Punkt kommt Macallan ins Spiel und indirekt auch *wir*, denn Macallan hat alles in seinem geheimen Tagebuch festgehalten, das wir jetzt zu entschlüsseln versuchen.«

St. John klopfte auf die Bücher, die er unter dem Arm trug. »Hier habe ich einige wichtige Abhandlungen über Kryptologie«, erklärte er. »Das hier zum Beispiel, ›Polygraphiae‹ von Johannes Trithemius aus dem späten sechzehnten Jahrhundert, war seinerzeit die erste im Westen erschienene Anleitung zum Entschlüsseln von Geheimschriften. Und da haben wir Portas ›De Furtivus Literarum Notis‹, einen Text, den alle Spione zur elisabethanischen Zeit praktisch auswendig kannten. Ich habe noch ein halbes Dutzend weiterer Werke, die sich bis zu Macallans Tagen mit der Kunst der Kryptographie befassen.«

»Die Titel klingen noch schlimmer als die der Lehrbücher im zweiten Jahr meines Medizinstudiums.«

»Aber sie sind bestimmt faszinierender«, entgegnete St. John mit einem Anflug von Enthusiasmus in der Stimme.

»War die Verwendung von Geheimschriften denn damals weit verbreitet?« fragte Hatch.

St. Johns Lachen hörte sich an wie das Bellen eines Seehunds und ließ seine geröteten Wangen erbeben. »Üblich? Geheimschriften waren überall gang und gäbe, wo es um Diplomatie oder Kriegshandwerk ging. Die englische wie die spanische Regierung unterhielten spezielle Abteilungen für das Ersinnen und Entschlüsseln von Geheimcodes. Selbst auf Piratenschiffen gab es bisweilen Burschen, die solche Codes knacken konnten. Schließlich enthielten die Ladepapiere oft verschlüsselte Mitteilungen von großer Bedeutung.«

»Und was waren das für Codes?«

»Normalerweise handelte es sich dabei um sogenannte Nomenklaturen, das sind lange Listen mit Wörtern, die für andere Wörter stehen. So bedeutete in manchen Mitteilungen zum Beispiel das Wort ›Adler‹ den englischen König George, während ›Narzissen‹ Dublonen waren und so weiter. Manchmal gab es auch einfache Ersatzalphabete, bei denen ein Buchstabe, eine Zahl, ein Symbol für einen anderen Buchstaben stand, und zwar immer für denselben.«

»Und was verwendete Macallan für eine Geheimschrift?«

»Der erste Teil des Tagebuchs ist in einem ziemlich cleveren monophonischen Substitutionscode geschrieben, und beim zweiten Teil haben wir die Methode noch nicht herausgefunden.«

»Das ist *meine* Aufgabe«, erklärte Wopner mit einer Mischung aus Stolz und Eifersucht in der Stimme. »Ich habe alles in meinem Computer.« Er drückte auf eine Taste, und auf dem Bildschirm erschien eine lange Reihe unverständlicher Zahlen- und Buchstabenkombinationen:

```
AB3 RQB7 E5OLA W IEW D8P OL QS9MN WX 4JR 2K WN 18 N7
WPODO EKS N2T YX ER9 W DEI FK IE DF9F DFS K DK F6RE
DF3 V3E IE4DI 2F 9GE DF W FEIB5 MLER BLK BV6 FI PET
BOP IBSDF K2LJ BVF EIO PUOER WB13 OPDJK LBL JKF
```

»Das hier ist ein nach dem ersten Code verschlüsselter Text«, sagte er.
»Und wie haben Sie ihn entschlüsselt?«
»Aber ich *bitte* Sie. Das ist doch wirklich einfach. Die Buchstaben des Alphabets kommen im Englischen in unterschiedlicher Häufigkeit vor. E ist zum Beispiel der am meisten verwendete Buchstabe, während X am seltensten gebraucht wird. Auf dieser Basis kann man ein sogenanntes Kontaktdiagramm zwischen den Codesymbolen und den Buchstaben erstellen, und schon hat man, was man will. Den Rest erledigt der Computer.«
St. John machte eine abfällige Handbewegung. »Kerry programmiert den Computer, damit dieser den Code knacken kann, aber ich liefere die historische Grundlage dafür. Ohne die alten Chiffriertabellen wäre der Computer völlig hilflos. Er weiß schließlich auch nur das, was man ihm eingibt.«
Wopner drehte sich in seinem Stuhl herum und schaute St. John durchdringend an. »Hilflos? Daß ich nicht lache! Big Mama hätte diesen Code auch ohne Ihre geliebten Chiffriertabellen geknackt, darauf können Sie Gift nehmen. Es hätte lediglich ein wenig länger gedauert, mehr auch nicht.«
»Ja, so lange wie zwanzig Schimpansen brauchen, um durch zufälliges Herumgetippe auf einer Computertastatur den ›König Lear‹ zu produzieren.« St. John ließ ein weiteres bellendes Lachen hören.
»Sehr witzig. Aber wahrscheinlich wären die immer noch schneller als unser Freund St. John mit seinem Zweifinger-Suchsystem auf seiner vorsintflutlichen Schreibmaschine dort drüben. Mein Gott, Chris, kaufen Sie sich doch endlich einen Laptop.« Wopner wandte sich wieder an Hatch. »Kurz und gut: Schauen Sie sich einfach an, was wir entschlüsselt haben.«
Auf ein paar rasche Tastenkombinationen hin teilte sich der Bildschirm, so daß der verschlüsselte Text auf der einen und übersetzter Klartext auf der anderen Seite zu sehen waren. Hatch fing gespannt an zu lesen:

Der 2te Juni, anno domini 1696. Der Pirat Ockham hat unsere Flotte gekapert, die Schiffe versenkt und jede lebende Seele an Bord abgeschlachtet. Unser Kriegsschiff hat feige die Flagge gestrichen, ohne den Kampf zu wagen, und der Kapitän wimmerte bei seiner Hinrichtung wie ein kleines Kind. Nur ich wurde verschont, in Ketten geschlagen und sofort in Ockhams Kabine gebracht, wo der Unhold mir mit dem Säbel drohte und sagte: »Soll Gott doch seine verdammte Kirche selber bauen, ich habe einen neuen Auftrag für dich.« Und dann legte er mir einen Vertrag vor. Dieses Tagebuch sei mein Zeuge vor Gott, daß ich mich weigerte, ihn zu unterschreiben ...

»Unglaublich«, hauchte Hatch, als er am unteren Rand des Bildschirms angelangt war. »Kann ich noch mehr davon lesen?«

»Ich drucke Ihnen ein Exemplar aus«, erwiderte Wopner und tippte eine Taste.

Irgendwo in der abgedunkelten Kabine begann ein Drucker zu surren.

»Alles in allem«, sagte St. John, »enthält der Teil des Tagebuchs, den wir bisher entschlüsseln konnten, einen Bericht über Macallans Gefangennahme und darüber, wie man ihn unter Todesdrohungen dazu gezwungen hat, die Wassergrube zu entwerfen und eine geeignete Insel dafür zu suchen. Leider hat Macallan an der entscheidenden Stelle den Code gewechselt, aber wir gehen davon aus, daß der Rest des Tagebuchs Informationen über Konstruktion und Bau der Grube enthält. Und natürlich genaue Anweisungen, wie man gefahrlos in die Schatzkammer gelangt.«

»Neidelman hat gesagt, daß in dem Tagebuch auch vom St.-Michaels-Schwert die Rede ist.«

»Wollen Sie die Stelle lesen?« fragte Wopner und drückte ein paar Tasten. Sofort erschien weiterer Text auf dem Bildschirm.

```
Ockham ließ drei seiner Schiffe entladen, um die
Städte an der Küste zu überfallen. Heute wurde
ein langer, mit Gold verzierter Bleisarg an Land
gebracht, zusammen mit einem Dutzend Truhen vol-
ler Geschmeide. Die Piraten sagen, in dem Sarg
sei das St.-Michaels-Schwert, ein unermeßlich
wertvoller Schatz, der von einer spanischen Gale-
one stammt und der dem Kapitän sehr am Herzen
liegt. Der Schurke prahlte in schändlicher Über-
treibung, daß es der wertvollste Schatz ganz
Westindiens sei. Ockham sprach ein strenges Ver-
bot aus, den Sarg zu öffnen, und läßt ihn Tag
und Nacht bewachen. Die Männer belauern sich ei-
fersüchtig und suchen ständig Händel miteinan-
der. Ohne das grausame Regiment des Kapitäns wür-
den sie alle wohl rasch zu einem bösen Ende kom-
men.
```

»Und jetzt zeige ich Ihnen, wie der zweite Code aussieht«, sagte Wopner und brachte eine lange Reihe von Zahlen auf den Schirm:

```
34834590234582394438923492349234092340985690234678
90234905623490839342908639981234901284912340049490
34120895098689073476057835684963240987350782904570
92340458953904562348260256983458757670876450734059
34038909089080564504556034568903459873468907234589
073908759087250872345903569659087302
```

»Das hat der alte Knabe ziemlich schlau angestellt«, meinte Wopner. »Er läßt keine Abstände mehr, so daß wir keine Wortanalyse machen können. Außerdem verwendet er nur noch

Zahlen und keinen einzigen Buchstaben. Was für ein cleveres kleines Arschloch.«

St. John zuckte zusammen. »Müssen Sie denn immer so ordinär sein, Kerry?«

»Ich bin untröstlich, alte Fischhaut, aber das läßt sich leider nicht vermeiden.«

St. John warf Hatch einen um Entschuldigung bittenden Blick zu.

»Bis jetzt«, fuhr Wopner fort, »hat dieses Baby hier allen Entschlüsselungsversuchen widerstanden. Mit Chris' geliebten kleinen Chiffriertabellen ist da nichts auszurichten. Also habe ich mich der Sache angenommen und eine Brachialattacke programmiert. Sie läuft gerade.«

»Was ist denn eine Brachialattacke?« fragte Hatch.

»Nun, ein Algorithmus, der den verschlüsselten Text durchgeht und in der Reihenfolge ihrer Wahrscheinlichkeit nach allen möglichen Mustern durchsucht. Das Ganze ist nur eine Frage der Zeit.«

»Oder eine riesige Zeit*verschwendung*«, maulte St. John. »Ich arbeite gerade eine neue Chiffriertabelle aus, die auf einem holländischen Buch über Kryptographie basiert. Was wir brauchen, ist sorgfältige Forschungsarbeit, nicht mehr Computergespiele. Macallan war ein Kind seiner Zeit und hat sich seinen Code nicht einfach aus den Fingern gesogen. Bestimmt hat er sich an schon vorhandene Verschlüsselungstechniken gehalten. Wir wissen bereits, daß es sich weder um eine Variante des Shakespeare- noch um eine des Rosenkreuzer-Codes handelt, aber ich bin mir sicher, daß uns eine der weniger bekannten Geheimschriften in meinen Büchern auf die richtige Spur bringen wird. Das müßte sogar einem Hohlkopf einleuchten, der ...«

»Ach, halten Sie doch die Klappe«, fauchte Wopner. »Und kapieren Sie endlich, daß man mit Stöbern in alten Schwarten *diesem* Code nicht zu Leibe rücken kann. Mit dem wird nur der Computer fertig.« Wopner tätschelte das Gehäuse des nächsten Rechners. »Wir werden diese hübsche kleine Nuß schon knacken, nicht wahr, Big Mama?« Er wirbelte in seinem Drehstuhl herum und öffnete einen in einem Regal untergebrachten Gefrierschrank, wie man ihn auch in medizinischen Labors zur Aufbewahrung von Gewebeproben findet. »Will sonst noch jemand eines?« fragte er und hielt den anderen ein Eiscreme-Sandwich hin.

»Da würde ich ja noch lieber ein Tandoori zum Mitnehmen aus einer Imbißbude an der M-1 essen«, entgegnete St. John angeekelt.

»Ihr Engländer müßt in puncto Essen ganz still sein«, murmelte Wopner mit vollem Mund. »Was ihr so alles in eure Pasteten packt ...« Er hielt Hatch das Eis direkt vor die Nase. »Das hier ist das perfekte Lebensmittel: Fett, Protein, Zucker und Kohlehydrate. Und Fett, oder habe ich das schon erwähnt? Von diesen Dingern kann man sich sein ganzes Leben lang ernähren.«

»Und genau das tut Kerry auch«, bemerkte St. John an Hatch gewandt. »Sie sollten mal sehen, wie viele Kartons von dem Zeug er im Kühlraum gestapelt hat.«

Wopner runzelte die Stirn. »Soll ich mich vielleicht darauf verlassen, daß ich mein Eis in diesen Küstenkäffern hier kriege? Da sind ja die Bremsspuren in meinen Unterhosen länger als die Hauptstraßen von diesen Nestern.«

»Vielleicht sollten Sie mal einen Proktologen aufsuchen«, bemerkte Hatch, woraufhin St. John in dankbares Gelächter ausbrach. Offenbar war der Engländer froh, einen Verbündeten gefunden zu haben.

»Riskieren Sie doch selber einen Blick, Doc«, erwiderte Wopner, wobei er aufstand und einladend mit dem Hinterteil wackelte. »Tun Sie sich keinen Zwang an.«

»Danke für die Einladung, aber ich habe einen empfindlichen Magen«, sagte Hatch. »Ihnen gefällt es wohl nicht besonders hier im ländlichen Maine?«

»Kerry weigert sich sogar, ein Zimmer an Land zu nehmen«, bemerkte St. John. »Er zieht es vor, hier an Bord zu schlafen.«

»Sie werden es nicht glauben«, sagte Wopner und steckte sich den Rest seines Eiscreme-Sandwichs in den Mund, »aber ich hasse Schiffe fast ebensosehr wie die gottverdammte Provinz. Aber hier an Bord gibt es nun mal ein paar Dinge, die ich brauche. Elektrizität, zum Beispiel, und fließendes Wasser. Und natürlich eine KA. Das ist kurz für Klimaanlage.« Er beugte sich vor, und das anämische Ziegenbärtchen an seinem Kinn zitterte, als würde es jeden Moment abfallen. »Ohne KA läuft bei mir überhaupt nichts.«

Hatch dachte bei sich, daß es vermutlich auch das beste war, wenn Wopner mit seinem Brooklyner Akzent und seinen Hawaii-Hemden sich nicht allzu häufig an Land blicken ließ. In Stormhaven würde er unweigerlich zu einem ähnlichen Objekt der allgemeinen Neugier werden wie das ausgestopfte Kalb mit den zwei Köpfen, das früher Jahr für Jahr auf dem Jahrmarkt ausgestellt wurde. Hatch fand, daß es höchste Zeit war, das Thema zu wechseln. »Ich hoffe, Sie finden meine Frage nicht allzu dumm, aber was genau hat es eigentlich mit diesem St.-Michaels-Schwert auf sich?«

Einen Augenblick lang herrschte in der Kabine betretenes Schweigen.

»Nun wollen wir mal sehen«, setzte St. John an und schürzte die Lippen. »Man geht davon aus, daß sein Heft aus ziseliertem, teilvergoldetem Silber besteht und daß es eine mehrfach gehämmerte Klinge aufweist.«

»Aber warum nennt es Ockham dann den größten Schatz von ganz Westindien?«

St. John wirkte ein wenig verblüfft. »Darüber habe ich eigentlich noch nie nachgedacht. Vielleicht hat es ja eine besondere spirituelle oder mythische Bedeutung. Eine Art spanisches Excalibur.«

»Aber wie Sie schon sagten, besaß Ockham doch auch ohne das Schwert einen immensen Schatz. Weshalb maß er der Waffe denn so außerordentliche Bedeutung bei?«

St. John sah Hatch mit wäßrigen Augen an. »Ich muß Ihnen

leider mitteilen, Dr. Hatch, daß es in meinen Unterlagen keinen Hinweis darauf gibt, was genau das St.-Michaels-Schwert ist. Wir wissen lediglich, daß es scharf bewacht wurde und größte Aufmerksamkeit genoß. So leid es mir tut, aber ich kann Ihnen auf Ihre Frage keine Antwort geben.«

»Ich weiß, was es ist«, sagte Wopner.

»Und was bitte?« fragte St. John, der ihm in die Falle ging.

»Na ja, Sie wissen doch, wie Männer sind, die lange auf See waren und keine Frauen hatten. Da bekommen sie eben ein Schwert, das so lang ist, wie das vom Erzengel Michael ...« Wopner verstummte und grinste obszön, während sich ein Ausdruck schockierten Ekels auf St. Johns Gesicht breitmachte.

12

Hatch öffnete die Tür an der Hinterwand des Schlafzimmers seiner Eltern und ging hinaus auf den kleinen Balkon. Obwohl es erst halb zehn Uhr abends war, schlief Stormhaven bereits tief und fest. Ein angenehm kühler Nachtwind raschelte in den Bäumen hinter dem alten Haus und strich Hatch über Wangen und Hals. Er legte zwei Schnellhefter aus schwarzem Karton auf den wettergebleichten alten Schaukelstuhl und trat vor ans Geländer.

Auf der anderen Seite des Hafens sah er die Lichter der Stadt, deren Straßen und Plätze steil zum Wasser hinunterführten. Es war so still, daß Hatch hören konnte, wie die Kieselsteine in der Brandung hin und her rollten und die Stagen gegen die Masten der an der Pier festgemachten Boote schlugen. Über dem Eingang zu Buds Supermarkt brannte eine einzelne nackte Glühbirne, und auf den Straßen schimmerte das Kopfsteinpflaster im Licht des Mondes. Etwas weiter entfernt ragte die schlanke Silhouette des Leuchtturms am Burnt Head in den Nachthimmel.

Fast hätte sich Hatch nicht mehr an den kleinen Balkon erinnert, der halb verborgen direkt unter dem Giebel des alten Hauses aus der zweiten Hälfte des neunzehnten Jahrhunderts lag. Aber jetzt, als er an dem Holzgeländer stand, überfielen ihn wahre Heerscharen von Erinnerungen. Hier hatte er mit Johnny um Mitternacht Poker gespielt, während seine Eltern auf einem Geburtstagsfest in Bar Harbor gewesen waren. Die beiden Jungen hatten nach den Lichtern des Autos Ausschau gehalten und sich dabei unartig und erwachsen zugleich gefühlt. Jahre später hatte Hatch von demselben Balkon aus hinüber zum Haus der Northcutts gespäht und gehofft, einen Blick auf Claire zu erhaschen, wenn sie an ihr Schlafzimmerfenster trat.

Claire …

Gelächter und leises Stimmengeplapper holten Hatch zurück in die Gegenwart. Angestellte von Thalassa wechselten vor der Tür der einzigen Pension des Ortes gerade noch ein paar Worte. Dann gingen sie hinein, und es kehrte wieder Stille ein.

Hatch ließ seine Blicke langsam an den Fassaden der Häuser entlanggleiten. Das blaue Mondlicht verwandelte die roten Ziegelsteine der Stadtbücherei in ein kühles Rosa und zeichnete bizarre Schattenmuster auf das große Pfarrhaus hoch oben auf dem Hügel, das einzige im *Stick Style* erbaute Gebäude in weitem Umkreis. Gleich darunter stand das windschiefe Haus von Bill Banns, das zu den ältesten in der Stadt zählte.

Hatch blieb noch einen Moment am Geländer stehen und blickte hinaus übers Meer, wo irgendwo in der Dunkelheit Ragged Island lag. Dann ging er leise seufzend zurück zum Schaukelstuhl und nahm die beiden Schnellhefter zur Hand.

Der erste enthielt den Computerausdruck der bereits entschlüsselten Teile von Macallans Tagebuch. Genau wie St. John es gesagt hatte, beschrieb der Text in knappen Worten, wie Ockham den Architekten gefangengenommen und gezwungen hatte, für ihn eine Schatzkammer zu erbauen, aus der nur der Freibeuter selbst das Gold wieder herausholen konnte. Macallans Verachtung für den Kaperkapitän und seine Abneigung gegen dessen barbarische Mannschaft sprachen ebenso aus jedem einzelnen Satz wie seine Bestürzung über die rauhen und ausschweifenden Sitten an Bord der Piratenschiffe. Rasch hatte Hatch das kurze Tagebuch ausgelesen. Als er es beiseite legte, fragte er sich, wie lange Wopner wohl noch zur Entschlüsselung der zweiten Hälfte brauchen würde. Bevor Hatch seine Kabine verlassen hatte, hatte Wopner sich noch bitter über seine Doppelbelastung beklagt. »Dieses verdammte Netzwerk aufzubauen ist eine Arbeit für Klempner und nicht für einen Programmierer wie mich. Aber der Kapitän gibt einfach keine Ruhe, bis Streeter und er den Laden alleine schmeißen können. Sicherheitsbestimmungen, meine Fresse! Sie werden's noch erleben: Sobald das Zeug installiert ist, werden die ganzen Landvermesser und Techniker nach Hause geschickt. Das war's dann für sie.«

»Irgendwie leuchtet mir diese Vorgehensweise ein«, hatte Hatch erwidert. »Wozu sollte Neidelman überflüssiges Personal beschäftigen? Davon abgesehen würde ich lieber einen brandigen Madurafuß behandeln als hier in dieser Kabine zu sitzen und auf einen wirren Haufen von Buchstaben und Zahlen zu starren.«

Hatch erinnerte sich, wie Wopner verächtlich die Lippen geschürzt hatte. »Da kann man mal sehen, wie wenig Ahnung Sie haben. Ihnen mag das ja vielleicht wie ein wirrer Haufen vorkommen, aber ich sehe darin einen Typen, der den ganzen Mist codiert hat und mir über die Jahrhunderte hinweg den Stinkefinger zeigt. So was ist ein echter Wettkampf, verstehen Sie? Wer den Code knackt, kriegt den Schlüssel zu dem verborgenen Schatz. Oder den Zugang zur Datenbank eines Kreditkartenunternehmens, zu den Sicherungscodes für Atomsprengköpfe oder zu den britischen Kronjuwelen. Es gibt

nichts Geileres, als einen Code zu knacken. Kryptoanalyse ist die einzig wahre Beschäftigung für einen wirklich intelligenten Menschen. Und als solcher fühle ich mich in meiner jetzigen Umgebung verdammt einsam, das können Sie mir glauben.«
Hatch seufzte und nahm den zweiten Schnellhefter zur Hand. Er enthielt eine kurze Biographie von Ockham, die St. John für ihn ausgedruckt hatte. Er lehnte sich zurück, so daß das Mondlicht auf die Seiten fiel, und begann zu lesen.

13

ZUSAMMENFASSUNG FOLGT

Dokument Nr.:	T14-A-41298
Spule:	14049
Logische Einheit:	LU-48
Wissenschaftlicher Mitarbeiter:	T. T. Ferrell
Angefordert von:	C. St. John

KOPIE 001 OF 003

Dieses Dokument unterliegt dem Copyright von Thalassa Holdings Inc. und muß als Geschäftsgeheimnis behandelt werden. Seine unbefugte Verwendung gilt als Vergehen im Sinne des Strafgesetzbuches des Staates Virginia.

KOPIEREN VERBOTEN

KURZBIOGRAPHIE VON EDWARD OCKHAM

T. T. Ferrell, Thalassa – Shreveport

Edward Ockham wurde 1662 in Cornwall, England, als Sohn eines Landadeligen geboren. Er ging in Harrow zur Schule und studierte danach zwei Jahre auf dem Balliol College in Oxford, bis er wegen nicht näher bekannter Verfehlungen der Universität verwiesen wurde.

Auf Wunsch seiner Familie schlug Ockham die Marinelaufbahn ein, und 1682 erhielt er sein Offizierspatent und wurde als Leutnant der Mittelmeerflotte unter Admiral Poynton zugeteilt. Er zeichnete sich bei mehreren Gefechten gegen die Spanier aus und wurde rasch befördert. Dennoch verließ er die Marine, um mit einem Kaperbrief der britischen Admiralität Freibeuter zu werden.

Nachdem er einige Schiffe in seinen Besitz gebracht hatte, wollte Ockham seine Beute nicht länger mit der englischen Krone teilen und wandte sich Anfang 1685 dem Sklavenhandel zu. Fast zwei Jahre lang machte er mit Fahrten zwischen Guinea in Afrika und Guadeloupe auf den Kleinen Antillen viel Geld, dann wurde er in einem Hafen von zwei Linienschiffen gestellt. Um seiner Festnahme zu entgehen, zündete Ockham sein Schiff an und floh in einem kleinen Kutter. Zuvor allerdings ließ er fast alle Sklaven an Deck bringen und abschlachten. Diejenigen, die noch im Laderaum festgekettet waren, kamen in den Flammen um. Zeitgenössischen Quellen zufolge geht Ockhams Spitzname »Red Ned« auf dieses blutige Massaker zurück.

Fünf Männer aus Ockhams Mannschaft wurden gefangengenommen, nach London gebracht und auf dem Exekutionsdeck in Wapping gehenkt. Ockham selbst gelang die Flucht nach Port Royal in der Karibik, einem berüchtigten Piratennest. Dort trat er 1687 der »Bruderschaft der Küste« bei. (Vgl. Thalassa-Dokument P6-B19-110292: Vermutete Piratenschätze in Port Royal)

Während der nächsten zehn Jahre erwarb sich Ockham den Ruf des grausamsten, korruptesten und zugleich ehrgeizigsten Piraten in den Gewässern der Neuen Welt. Viele der heute bekannten Piratentechniken wie das Ins-Meer-Treiben der Opfer, die Verwendung der Totenkopfflagge als Einschüchterungsinstrument sowie das Erpressen von Lösegeld für gefangene Zivilisten, lassen sich auf ihn zurückführen. Wann immer ihm ein Schiff oder eine Stadt in die Hände fiel, macht er ohne Skrupel von der Folter Gebrauch, um die Verstecke von Wertsachen herauszufinden. Ockham war sowohl körperlich als auch geistig eine beeindruckende Erscheinung und gilt als einer der wenigen Piratenkapitäne, der sich von der Beute einen größeren Anteil als die Mannschaft nehmen durfte.

Seine glänzenden Siege als Pirat verdankte Ockham einer seltenen Mischung aus Psychologie, Taktik und Rücksichtslosigkeit. So zwang er zum Beispiel bei der Einnahme der stark befestigten spanischen Kolonialstadt Portobello die Nonnen eines nahegelegenen Klosters zum Aufstellen der Belagerungsmaschinen und Sturmleitern. Er hatte sich überlegt, daß die streng katholischen Spanier niemals das Feuer auf Klosterschwestern eröffnen würden. Ockhams beliebteste Waffe war eine kurzläufige Muskete, die eine Menge kleiner Bleikugeln verschoß und auf kurze Entfernung eine vernichtende Wirkung hatte. Oft gab er vor, Übergabeverhandlungen führen zu wollen, und versammelte den Rat einer Stadt oder die Offiziere eines feindlichen Schiffes vor sich. Dann hob er auf einmal zwei dieser tödlichen Waffen, um sie auf seine Gegner abzufeuern.

Im gleichen Maß wie Ockhams Habgier wuchs auch sein Wagemut. Im Jahr 1691 versuchte er sogar, Panama vom

Land her einzunehmen, doch dieses Unternehmen scheiterte. Beim Rückzug über den Fluß Chagres entdeckte Ockham in einer nahegelegenen Bucht eine Galeone, die rasch Segel setzte und aufs offene Meer hinausfuhr. Als Ockham später erfuhr, daß das Schiff, das mit drei Millionen Piastern beladen war, unbeschadet einen spanischen Hafen erreicht hatte, soll er sich geschworen haben, nie wieder eine Galeone entkommen zu lassen.

In den folgenden Jahren konzentrierte sich Ockham in noch stärkerem Maße als zuvor auf das Gold der Spanier. Er überfiel die Städte, in denen es gelagert wurde, und kaperte die Schiffe, die es ins Mutterland brachten. Dabei wußte er über die Zeitpunkte der jeweiligen Transporte bald so genau Bescheid, daß manche Historiker vermuten, es sei ihm gelungen, den Code zu knacken, mit dem die spanischen Kapitäne und Gesandten ihre Geheimbotschaften verschlüsselten (Vgl. Vertrauliches Thalassa-Dokument Nr. Z-A4-050997)

Nach einem Beutezug von nur einem Monat im Herbst des Jahres 1693 gelang es Ockham, in den spanischen Städten so viel Gold zu rauben, daß er jedem seiner achthundert Männer sechshundert Piaster als Anteil auszahlen konnte.

Je mächtiger und gefürchteter Ockham wurde, desto mehr gewannen sadistische Tendenzen bei ihm die Oberhand. Berichte über seine barbarischen Grausamkeiten häuften sich. Mehrmals schnitt er den Offizieren gekaperter Schiffe die Ohren ab und zwang sie, diese mit Salz und Essig zu verspeisen. Anstatt seine Männer bei der Plünderung einer eroberten Stadt in Zaum zu halten, stachelte er sie erst zu lüsterner Wut auf und ließ sie dann zu seinem großen Vergnügen auf die wehrlose Bevölkerung los. Wenn seine Opfer das geforderte Lösegeld nicht aufbringen konnten, befahl er, sie an Holzspießen langsam über einem Feuer zu rösten oder ließ ihnen mit glühenden Bootshaken die Eingeweide aus dem Leib reißen.

Ockhams größer Fang gelang ihm 1695, als er mit seiner kleinen Armada die nach Cádiz segelnde spanische »Flota de plata« kaperte, ausraubte und anschließend versenkte. Selbst vorsichtige Schätzungen beziffern den Wert des dabei erbeuteten, aus Gold- und Silberbarren sowie aus Edelsteinen und ungebohrten Perlen bestehenden Schatzes auf über eine Milliarde Dollar.

Ockhams Ende bleibt bis heute ein Rätsel. Im Jahr 1697 fand man sein Flaggschiff vor den Azoren auf dem offenen Meer treibend. Die gesamte Mannschaft war tot; offenbar hatte eine unbekannte Krankheit sie dahingerafft. Weil man an Bord keinen Schatz fand, vermutete man bereits damals, daß Ockham ihn kurz vor seinem Tod irgendwo an der Küste der Neuen Welt versteckt haben mußte. Obwohl darüber unzählige Spekulationen unterschiedlichster Glaubwürdigkeit angestellt wurden, haben sich die Hinweise auf drei verschiedene Orte verdichtet: die Île à Vache vor Hispaniola, die Isle of Palms in South Carolina und Ragged Island, das siebzig Meilen nördlich von Monhegan entfernt vor der Küste von Maine liegt.

ENDE DES AUSDRUCKS
SPOOLER 001:02
BYTES INSGESAMT 15425

14

Hatch drosselte die Motoren der »Plain Jane« und ging zwanzig Meter vor der dem Wind abgewandten Seite von Ragged Island vor Anker. Es war halb sieben morgens, und die Sonne war gerade über den Horizont gestiegen und tauchte die Insel in ein mildes, goldenes Licht. Zum erstenmal seit Hatchs Rückkehr hatte sich der sichtversperrende Nebelschleier gänzlich verzogen. Hatch kletterte in das Dingi und fuhr hinüber zur Pier am Basislager, die man aus von der U. S. Navy erworbenen Fertigteilen zusammengesetzt hatte. Selbst zu dieser frühen Stunde war die Luft schon warm und feucht, was Hatch als Hinweis auf bevorstehendes schlechtes Wetter deutete.

Hatch blickte hinüber zu dem Basislager und merkte, daß seine alte Angst vor der Insel sich verflüchtigt hatte. In den vergangenen achtundvierzig Stunden hatte sich Ragged Island so positiv verändert, daß Hatch es kaum wiedererkannte. In der kurzen Zeit seit Beginn der Arbeiten hatten die Leute von Thalassa Enormes geleistet – mehr, als Hatch es je für möglich gehalten hatte. Gelbes Plastikband, wie es die Polizei zum Absperren von Tatorten verwendet, markierte jetzt die Stellen der Insel, die man sicheren Fußes betreten konnte, und auf der einsamen Wiese hinter der Pier hatte man eine richtige kleine Stadt aus dem Boden gestampft. Hinter den Wohnwagen und Wellblechbaracken waberten die Dieselabgase einer ganzen Reihe von starken Stromgeneratoren in die sommerliche Luft. Daneben standen zwei große Kraftstofftanks, und mit wetterfesten Schutzhüllen aus weißem PVC versehene Strom- und Datenkabel liefen in dicken Bündeln über den schlammigen Boden. Mitten in dem ganzen Durcheinander befand sich die Kommandzentrale Island One, die aus einem doppelt breiten, mit Computern und Datenübertragungsgeräten vollgestopften Wohnwagen bestand.

Hatch band das Dingi fest und ging über einen hinter der Pier beginnenden Trampelpfad ins Basislager. Dort betrat er eine Wellblechbaracke, auf der mit großen Lettern ARZT geschrieben stand. Er war gespannt, wie seine Praxis aussehen würde, und fand sie etwas spartanisch, aber angenehm. Es roch nach Sperrholz, Äthylalkohol und sonnenbeschienenem Blech. Hatch sah sich um und freute sich, daß Neidelman bei der medizinischen Ausrüstung nicht gespart, sondern stets nur das Beste gekauft hatte. Alles war vorhanden, von einem abschließbaren Lagerraum für Instrumente und Medikamente bis hin zu einem EKG-Gerät. Hatch fand die Ausrüstung schon fast ein wenig zu reichhaltig, denn neben Instrumenten wie einem Kolonoskop und einem Defibrillator gab es in den Schränken sogar einen mit allen Schikanen ausgestatteten Geigerzähler sowie eine Reihe von teuer aussehenden High-Tech-Geräten, deren Verwendungszweck Hatch nicht kannte. Die Wellblechbaracke selbst war größer, als er von außen vermutet hatte. Es gab ein Warte- und ein Sprechzimmer sowie eine kleine Krankenstation mit zwei Betten. Am hinteren Ende der Baracke befand sich sogar ein Privatraum, in dem Hatch bei schlechtem Wetter auf der Insel übernachten konnte.

Hatch verließ seine Praxis und ging hinüber zu Island One, wobei er aufpaßte, nicht in die tiefen Furchen zu treten, die von den für den Aufbau des Basislagers benötigten schweren Baumaschinen stammten. In der Kommandozentrale traf er auf Neidelman, Streeter und die Ingenieurin Sandra Magnusen, die vor einen Bildschirm saß. In dem bläulichen Licht des Monitors kam sie Hatch mit ihrer dicken Brille, in deren Gläsern sich Zahlen und Buchstaben spiegelten, wie ein kleines zähes Insekt vor. Bisher hatte er sie nie anders als zugeknöpft erlebt und war immer mehr zu dem Schluß gekommen, daß sie die meisten Menschen wohl nicht sonderlich mochte – Ärzte mit eingeschlossen.

Neidelman nickte Hatch zu. »Die Datenübertragung von Scylla auf Charybdis ist seit mehreren Stunden beendet«, sagte er. »Jetzt haben wir soeben die Pumpensimulation abgeschlossen.« Mit diesen Worten trat er einen Schritt beiseite, damit Hatch freien Blick auf den Monitor hatte.

```
          SIMULATION BEENDET UM 06:39:45:21
                  ERGEBNISSE FOLGEN

                      DIAGNOSE

STATUS INTERLINK SERVER                          OK
AUB RELAYS                                       OK
SECTOR RELAYS                                    OK
DATENFLUSSANALYSE                                OK
CONTROLLER BASISEINHEIT                          OK
CONTROLLER AUSSENSTELLEN                         OK
PUMPENSTATUS                                     OK
DURCHFLUSS-SENSOREN                              OK
NOTABSCHALTUNG                                   OK
QUEUE SPEICHER                            305385295
VERZOEGERUNG DER DATENUEBERTRAGUNG         0,000045

              CHECKSUMMEN-UEBERPRUEFUNG

CHECKSUMMEN VON AUSSENSTELLEN                    OK
CHECKSUMME ABWEICHUNG                    00,00000 %
ABWEICHUNG VON SCYLLA                     00,1500 %
ABWEICHUNG VON FRUEHEREN TESTS           00,37500 %

                RESULTATE ENDGUELTIG
          SIMULATION ERFOLGREICH BEENDET
```

Magnusen runzelte die Stirn.

»Ist etwas nicht in Ordnung?« wollte Neidelman wissen.

»Doch, schon«, antwortete die Ingenieurin und seufzte. »Oder vielleicht auch nicht. Ich weiß nicht so recht. Der Computer kommt mir heute irgendwie komisch vor.«

»Inwiefern?« fragte Neidelman ruhig.

»Nun ja, er schien mir bei den Tests für die Notabschaltung ein wenig *zu* langsam zu laufen. Und sehen Sie sich einmal die Prozentzahlen für die Abweichungen an. Beim Netzwerk auf der Insel selbst scheint alles in Ordnung zu sein, aber gegenüber der Simulation, die wir mit dem System auf der ›Cerberus‹ gemacht haben, gab es schon ziemliche Unterschiede, die allerdings noch nicht so hoch sind wie die gegenüber unserem ersten Testlauf gestern abend.«

»Aber diese Abweichungen liegen doch noch innerhalb der Toleranzen, oder?«

Magnusen nickte. »Vielleicht handelt es sich ja bloß um eine Anomalie im Abarbeiten der Algorithmen.«

»Was eine höfliche Umschreibung für einen Progammfehler ist.« Neidelman wandte sich an Streeter. »Wo ist Wopner?«

»Auf der ›Cerberus‹. Er schläft.«

»Dann wecken Sie ihn«, sagte Neidelman und blickte hinüber zu Hatch. Ohne ein Wort deutete er auf die Tür. Die beiden traten hinaus ins milchige Sonnenlicht.

15

Ich möchte Ihnen etwas zeigen«, sagte der Kapitän. Ohne eine Antwort abzuwarten, bewegte er sich mit seinen üblichen Riesenschritten durch das hohe Gras. Hatch folgte ihm, den vertrauenerweckenden Geruch von Pfeifenrauch in der Nase. Zweimal wurde Neidelman von einem seiner Mitarbeiter aufgehalten und etwas gefragt, und Hatch kam es so vor, als habe der Kapitän in seiner kühlen präzisen Art sämtliche Aktionen auf der Insel gleichzeitig unter Kontrolle. Als er sich wieder in Bewegung setzte, hatte Hatch Mühe, ihm hinterherzukommen, und fand kaum Zeit, die vielen Veränderungen zu registrierten, die es inzwischen auf der Insel gegeben hatte.

Die beiden folgten einem schmalen Pfad, den die Vermessungstrupps mit gelbem Plastikband als sicher gekennzeichnet hatten. Hier und da mußten sie auf kleinen Brücken aus Aluminium einen alten Schacht oder unterminierte Geländestellen überqueren.
»Schönes Wetter für einen kleinen Morgenspaziergang«, keuchte Hatch.
Neidelman lächelte. »Und wie gefällt Ihnen Ihre Praxis?«
»Alles vom Feinsten und tipptopp in Ordnung, vielen Dank. Ich könnte damit eine komplette Kleinstadt betreuen.«
»In gewisser Weise tun Sie das ja auch«, entgegnete Neidelman.
Der Pfad führte hinauf zu der zentralen Erhebung der Insel, auf der sich die meisten alten Schächte befanden. Über einigen der dunkel gähnenden Löcher hatte man bereits Aluminiumplattformen und etliche kleine Kräne errichtet. Oben gabelte sich der Hauptpfad in mehrere kleine Nebenwege, die sich um die alten Ausschachtungen herumwanden. Neidelman nickte einem einzelnen Arbeiter zu und nahm den mittleren Pfad. Eine Minute später standen er und Hatch am Rand eines tiefen Lochs. Bis auf den Umstand, daß zwei Ingenieure am gegenüberliegenden Rand mit einem Instrument, das Hatch nicht kannte, irgendwelche Messungen vornahmen, unterschied sich dieser Schacht in nichts von den Dutzenden anderer ringsum. Gras und Büsche hingen über seine Ränder und versperrten fast die Sicht auf einige verrottende Balken etwas weiter unten. Hatch beugte sich vorsichtig nach vorn und spähte in den Schacht hinab. Er sah nichts als Dunkelheit und einen mit Metallkupplungen verlängerten Schlauch von enormem Durchmesser, der aus der Tiefe heraufführte. An der Oberfläche lief der Schlauch dann in schlangenartigen Windungen hinüber zur Westküste der Insel.
»Ein schöner Schacht«, sagte Hatch. »Schade, daß wir keinen Picknickkorb dabei haben. Vielleicht wäre auch ein Band mit Gedichten nicht schlecht.«

Neidelman lächelte und zog einen zusammengelegten Computerausdruck aus seiner Hosentasche. Er reichte ihn Hatch, der ihn entfaltete und auf eine lange Reihe von Jahreszahlen starrte, neben denen zweistellige Nummern standen. Eines der Paare war mit gelbem Leuchtstift markiert: 1690 +/– 40.

»Heute früh sind wir im Labor auf der ›Cerberus‹ mit den Kohlenstoff-14-Tests fertig geworden«, sagte Neidelman. »Was Sie hier sehen, sind die Ergebnisse.« Er deutete mit dem Zeigefinger auf das hervorgehobene Datum.

Hatch besah sich die Zahlen noch einmal und gab dann Neidelman den Ausdruck zurück. »Und was bedeutet das?«

»Daß wir hier richtig sind«, antwortete Neidelman ruhig.

Eine Weile sagte keiner der beiden ein Wort. »Sie meinen, das hier ist die Wassergrube?« fragte Hatch schließlich und spürte, daß seine Stimme ungewollt ein wenig ungläubig klang.

Neidelman nickte. »Ganz genau. Das Holz für die Verschalung dieses Schachtes wurde um das Jahr 1690 herum gefällt, während das, welches wir in all den anderen Schächten gefunden haben, aus der Zeit zwischen 1800 und 1930 stammt. Es besteht also nicht der geringste Zweifel daran, daß dies hier die Wassergrube ist, die von Macallan konstruiert und von Ockhams Mannschaft gebaut wurde.« Er deutete auf ein weiteres, beträchtlich kleineres Loch in dreißig Metern Entfernung. »Wenn mich nicht alles täuscht, dürfte das der Boston-Schacht sein, den man einhundertfünfzig Jahre danach gegraben hat. Man kann das daran erkennen, daß er nach einem anfänglich senkrechten Abfall in einem relativ flachen Winkel schräg nach unten führt.«

»Erstaunlich, daß Sie die Wassergrube so schnell gefunden haben«, meinte Hatch verwundert. »Warum ist denn bisher niemand daraufgekommen, die Kohlenstoff-14-Methode anzuwenden?«

»Der letzte Mensch, der hier auf der Insel gegraben hat, war Ihr Großvater – Ende der vierziger Jahre. Die C-14-Methode wurde erst zehn Jahre später entwickelt. Sie ist nur eine aus einer ganzen Reihe von neueren Erfindungen, die wir in den nächsten Tagen hier anwenden werden.« Neidelman machte eine Handbewegung in Richtung Wassergrube. »Heute nachmittag fangen wir mit dem Aufbau des Orthanc an, der bereits in Einzelteilen an der Pier liegt und darauf wartet, wieder zusammengesetzt zu werden.«

»Orthanc?« fragte Hatch und runzelte die Stirn. »Nie gehört.«

Neidelman lachte. »Ach, das ist so ein Ding, das wir letztes Jahr für eine Bergungsaufgabe vor Korfu konstruiert haben. Es ist ein Beobachtungsturm mit Glasboden, der auf das Gestell eines großen Kranes montiert ist. Letztes Jahr hatten wir einen Tolkien-Fan im Team, und der hat dem Turm diesen Spitznamen verpaßt. Der Orthanc ist mit Winschen und Sensoren versehen, die wir in den Schlund der Wassergrube hinablassen, um ihr so mit elektronischen Hilfsmitteln auf den Zahn zu fühlen.«

»Und wofür ist dieser Schlauch?« wollte Hatch wissen.

»Den brauchen wir für den Färbetest, den wir noch heute vormittag durchführen wollen. Der Schlauch führt zu einer Reihe von Pumpen an der Westküste.« Neidelman sah auf die Uhr. »In etwa einer Stunde wird die Flut ihren Höchststand erreicht haben. Dann beginnen wir damit, fünfzigtausend Liter Meerwasser pro Minute durch diesen Schlauch in die Wassergrube zu pumpen. Sobald sich der Wasserdurchsatz stabilisiert hat, geben wir einen überaus intensiven Spezialfarbstoff zu. Wenn dann die Ebbe einsetzt, drücken die Pumpen das Wasser durch Macallans verborgenen Flutstollen hinaus in den Ozean. Weil wir nicht wissen, wo dieser Stollen genau endet, lasse ich die ›Naiad‹ und die ›Grampus‹ auf beiden Seiten der Insel Patrouille fahren. Wenn erst mal klar ist, wo der Farbstoff ins Meer dringt, müssen wir nur noch Taucher hinunterschicken und sie den Ausgang des Stollens durch eine Sprengung verschließen lassen. Gelingt es uns, den Zustrom von frischem Seewasser zu unterbinden, lassen sich die Wassergrube und das mit ihr verbundene Tunnelsystem leerpumpen, was ihr viel von ihrer Gefährlichkeit nimmt. Am Freitag um diese Zeit werden wir dann beide in Ölzeug und Gummistiefeln hinuntersteigen und uns ohne größere Probleme dort umsehen. Und dann können wir in aller Ruhe darangehen, unseren Schatz zu heben.«

Hatch öffnete den Mund, schloß ihn aber gleich wieder und schüttelte den Kopf.

»Was ist?« fragte Neidelman mit einem amüsierten Lächeln auf dem Gesicht. Seine blassen Augen funkelten im Licht der Morgensonne.

»Ach, nichts. Es geht bloß alles so schnell.«

Neidelman holte tief Luft und ließ den Blick über die auf der Insel verteilten Apparaturen gleiten. »Sie haben es ja selbst gesagt«, entgegnete er nach kurzem Zögern. »Wir haben nicht allzuviel Zeit.«

Eine Weile standen die beiden Männer schweigend da.

»Wir sollten lieber zurückgehen«, meinte Neidelman dann. »Ich habe der ›Naiad‹ gesagt, daß sie Sie abholen soll. Vom Schiff aus können Sie den Färbetest viel besser beobachten.«

Die Männer machen sich auf den Rückweg zum Basislager.

»Sie haben sich eine gute Truppe zusammengeholt«, sagte Hatch mit einem Blick auf die Leute, die konzentriert an der Pier arbeiteten.

»Stimmt«, erwiderte Neidelman. »Manche von ihnen sind zwar ziemlich exzentrisch und bisweilen recht schwierig im Umgang, aber es sind alles hervorragende Leute. Ich umgebe mich grundsätzlich nicht mit Jasagern, denn das kann in meinem Metier verdammt gefährlich werden.«

»Dieser Wopner ist wirklich ein seltsamer Kauz. Irgendwie erinnert er mich an einen ungezogenen dreizehnjährigen Jungen. Oder an gewisse Starchirurgen, die ich im Laufe meiner Karriere kennengelernt habe. Ist er denn wirklich so gut, wie er behauptet?«

Neidelman lächelte. »Erinnern Sie sich noch an den Skandal im Jahr 1992, als sämtliche Rentner in einem bestimmten Postleitzahlengebiet zwei Nullen an ihre monatliche Rente angehängt bekamen?«

»Dunkel.«

»Das war Kerry. Man hat ihm dafür drei Jahre in Allenwood aufgebrummt. Aber sprechen Sie ihn bloß nicht darauf an, denn in dieser Hinsicht ist er sehr empfindlich.«

»Großer Gott«, sagte Hatch und pfiff durch die Zähne.

»Kerry ist als Kryptoanalytiker mindestens ebenso gut wie als Hacker. Bis auf diese fürchterlichen Online-Spiele, die er um keinen Preis der Welt sein lassen will, ist er zudem ein echtes Arbeitstier. Lassen Sie sich nicht von seiner schwierigen Persönlichkeit täuschen. Kerry ist ein guter Mann.«

Die beiden näherten sich dem Basislager, und wie auf ein Stichwort hin hörte Hatch Wopners nörgelnde Stimme aus der Tür von Island One dringen. »Und Sie haben mich aufwecken lassen, weil Sie ein komisches *Gefühl* hatten? Ich habe dieses Programm schon hundertmal auf Scylla laufen lassen, und da hat es immer perfekt funktioniert. Und wenn ich perfekt sage, dann meine ich das auch so. Es ist ein einfaches Programm für einfache Menschen. Schließlich muß es ja auch nichts anderes tun, als diese idiotischen Pumpen zu steuern.«

Magnusens Antwort ging im Rumpeln eines Schiffsmotors unter. Die »Naiad« fuhr gerade an den kleinen Liegeplatz am Ende der Pier, und Hatch beeilte sich, seine Bereitschaftstasche aus der Praxis zu holen. Als er an Bord des mit zwei kräftigen Außenbordmotoren versehenen Bootes sprang, sah er, daß hinter der »Naiad« ihr Schwesterschiff, die »Grampus«, gerade Neidelman an Bord nahm. Sie würde auf der anderen Seite der Insel in Position geben.

Irgendwie gefiel es Hatch nicht, daß Streeter, dessen Gesicht so ausdruckslos wie das einer Granitbüste war, am Ruder der »Naiad« stand. Trotzdem schenkte er Neidelmans Vorarbeiter ein Lächeln, von dem er hoffte, daß es freundlich wirkte. Als Antwort erhielt er lediglich ein kurz angebundenes Kopfnicken. Für einen Augenblick fragte sich Hatch, ob er sich

Streeter zum Feind gemacht hatte, aber dann verwarf er diesen Gedanken. Streeter kam ihm vor wie ein Profi, und das war alles, was hier wirklich zählte. Wenn er wegen der Ereignisse während des Notfalles neulich immer noch sauer war, dann war das sein Problem.

In der offenen Kabine des Bootes überprüften zwei Taucher gerade ihre Ausrüstung. Der Farbstoff würde nicht allzu lange an der Wasseroberfläche bleiben, und wenn sie den verborgenen Verbindungsstollen finden wollten, mußten sie schnell machen. Neben Streeter stand der Geologe Rankin. Als er Hatch sah, fing er an zu grinsen, trat auf ihn zu und drückte ihm mit seiner großen, behaarten Pranke so fest die Hand, daß Hatch glaube, ihm würden sämtliche Knöchel zerquetscht.

»Hey, Dr. Hatch!« rief Rankin und ließ seine weißen Zähne aus dem dichten Vollbart hervorblitzen. »Eine faszinierende kleine Insel haben Sie da!«

Hatch hatte diese Bemerkung bereits in mehreren Varianten von den anderen Thalassa-Mitarbeitern vernommen. »Na ja, deshalb sind wir ja schließlich hier«, antwortete er mit einem Lächeln.

»Nein, nein, ich meine das doch in *geologischer* Hinsicht.«

»Tatsächlich? Ich dachte immer, sie wäre genauso wie die anderen Inseln hier auch: ein großer Granitklotz im Ozean«, sagte Hatch.

Rankin kramte in den Taschen seiner Regenjacke herum, holte eine Handvoll Haferflocken daraus hervor und begann genüßlich darauf herumzukauen. »Granit? Unfug«, sagte er. »Die Insel besteht hauptsächlich aus Biotit und Schiefer, der ganz merkwürdig verwittert ist. Als Krönung des Ganzen gibt es obendrauf auch noch einen wundervollen Drumlin. Das ist scharf, Mann, echt scharf.«

»Was ist denn ein Drumlin?«

»Ein von einem Gletscher geformter Hügel, der an beiden Seiten spitz zuläuft. Niemand kann erklären, wie diese Dinger zustande kommen, aber wenn ich es nicht besser wüßte, dann würde ich sagen, daß ...«

»Taucher fertigmachen«, unterbrach Neidelmans Stimme aus dem Funkgerät Rankins Erklärungen. »Alle Stationen melden sich der Reihe nach bei mir.«

»Zentrale, *roger*«, krächzte die Stimme von Magnuson.

»Computer, *roger*«, ließ sich Wopner vernehmen. Selbst über Funk klang seine Stimme verärgert und gelangweilt zugleich.

»Beobachter alpha, *roger*.«

»Beobachter beta, *roger*.«

»Beobachter gamma, *roger*.«

»›Naiad‹, *roger*«, sagte Streeter ins Mikrophon.

»›Grampus‹ bestätigt«, hörte man Neidelmans Stimme. »Alle Einheiten auf Position gehen.«

Als die »Naiad« Fahrt aufnahm, sah Hatch auf die Uhr. Es war acht Uhr zwanzig. Bald würde die Flut ihren höchsten Stand erreicht haben. Während er seine Bereitschaftstasche verstaute, kamen zwei Personen in Taucheranzügen aus der Kabine, die gerade über einen Witz lachten, den einer von ihnen gemacht hatte. Einer war ein großgewachsener schlanker Mann mit einem dunklen Oberlippenbart; er trug einen dünnen Neoprenanzug, der so eng anlag, daß er keinen Raum für Spekulationen über die exakte anatomische Beschaffenheit der Männlichkeit seines Trägers zuließ.

Der andere Taucher war eine Frau. Als sie Hatch sah, wandte sie sich ihm mit einem spielerischen Lächeln auf den Lippen zu. »Hallo! Sie müssen der geheimnisvolle Dr. Hatch sein, von dem mir die anderen schon soviel erzählt haben.«

»Ich wüßte nicht, was an mir geheimnisvoll sein soll«, erwiderte Hatch.

»Aber ist das dort drüben nicht die gefürchtete Insel des Doktor Hatch? *Non?*« fragte sie und deutete lächelnd auf Ragged Island. »Ich hoffe, Sie nehmen es mir nicht übel, wenn ich es vorziehe, auf Ihre medizinischen Dienste zu verzichten.«

»Auch ich hoffe, daß Sie sie nicht in Anspruch werden nehmen müssen«, antwortete Hatch, dem auf die Schnelle nichts Originelleres einfiel. Kleine Wassertropfen glitzerten auf der olivfarbenen Haut der Frau, und in ihren dunkelbraunen Augen funkelte ein goldener Schimmer. Hatch schätzte, daß sie nicht älter als fünfundzwanzig Jahre alt war. Und sie hatte einen französischen Akzent, wie man ihn auf den Antillen sprach.

»Ich bin Isobel Bonterre«, stellte sie sich vor, während sie ihren Neoprenhandschuh auszog und Hatch ihre kühle feuchte Hand reichte. »Ihre Hand ist ja ganz heiß!« rief sie aus.

»Sehr erfreut«, sagte Hatch etwas verspätet.

»Gerard hat mir erzählt, daß Sie ein brillanter Arzt mit einem Harvard-Diplom sind«, meinte sie und blickte Hatch dabei in die Augen. »Er schätzt Sie sehr, wissen Sie das?«

Hatch spürte, wie er errötete. »Freut mich zu hören.« Er hatte sich nie gefragt, ob Neidelman ihn wohl mochte, aber jetzt wurde ihm klar, daß ihm doch einiges daran lag. Aus dem Augenwinkel bemerkte er, daß Streeter ihm einen haßerfüllten Blick zuwarf.

»Ich bin froh, daß Sie an Bord sind. Das erspart mir die Mühe, Sie extra aufzusuchen«, sagte Isobel Bonterre.

Hatch runzelte fragend die Stirn.

»Ich würde gerne das alte Piratenlager suchen und ausgraben«, erklärte Bonterre mit einem vertraulichen Blick. »Ihnen gehört doch diese Insel, *non*? Wo würden Sie Ihr Lager aufschlagen, wenn Sie drei Monate hierbleiben müßten?«

Hatch dachte einen Augenblick nach. »Ursprünglich gab es auf dieser Insel einen dichten Fichten- und Eichenwald. Ich schatze, daß die Piraten an der wetterabgewandten Seite eine Lichtung geschlagen haben, und zwar dort, wo ihre Schiffe vor Anker lagen.«

»Aber hätte das nicht bedeutet, daß man sie an klaren Tagen von der Küste aus sehen konnte?«

»Ja, ich schätze schon. Und 1696 gab es an der Küste bereits einige Ansiedlungen, wenn auch nur ein paar.«

»Außerdem hätten die Piraten an der Windseite der Insel Wachen aufstellen müssen, *n'est-ce pas*? Schließlich könnten von dort ja Schiffe kommen und sie bei ihrer Arbeit überraschen.«

»Ja, das stimmt«, sagte Hatch, der insgeheim pikiert war. Wenn sie eh schon alles weiß, wieso fragt sie mich dann? dachte er. »Hier ging die Hauptschiffahrtsroute vorbei, die zwischen Boston und Halifax quer über den Golf von Maine führte.« Er hielt inne. »Aber wenn die Küste schon besiedelt war, wie konnten die Piraten dann ihre neun Schiffe verbergen?«

»Genau dasselbe habe ich mir auch überlegt. Zwei Meilen oberhalb von hier gibt es an der Küste einen Tiefwasserhafen, der sich noch dazu im Schutz einer Insel befindet.«

»Black Harbor«, sagte Hatch.

»Exactement.«

»Das würde mir einleuchten«, antwortete Hatch. »Black Harbor wurde erst Mitte des achtzehnten Jahrhunderts besiedelt. Also hätten die Arbeitstrupps und Macallan auf der Insel bleiben können, während sich die Schiffe im Hafen von Black Harbor versteckten.«

»Dann muß sich das Piratenlager also auf der Wetterseite befunden haben«, sagte Bonterre. »Sie waren mir eine große Hilfe, Dr. Hatch. Aber jetzt muß ich mich fertigmachen.«

Jeder Rest von Verärgerung schmolz in Hatch dahin, als die Archäologin ihm ein strahlendes Lächeln schenkte. Sie faßte ihre Haare zu einem Knoten zusammen und zog die Kapuze ihres Neoprenanzugs darüber. Schließlich setzte sie ihre Taucherbrille auf und winkte den anderen Taucher herbei. Während dieser ihre Preßluftflaschen kontrollierte, stellte er sich als Sergio Scopatti vor.

Bonterre ließ ihre Blicke anerkennend über den Taucheranzug ihres Kollegen gleiten, als sähe sie ihn zum erstenmal. *»Grande merde du noir«*, flüsterte sie inbrünstig. »Das ist ja die reinste Reizwäsche aus Neopren.«

»Kommt aus Italien«, erwiderte Scopatti lachend. »Wir wissen eben, wie man modische Sachen macht. Und *molto svelta* dazu.«

»Funktioniert meine Videokamera?« rief Bonterre über die Schulter an Streeter gewandt und klopfte an den kleinen Apparat, der an ihrer Taucherbrille befestigt war.

Streeter fuhr mit der Hand über eine Reihe von Schaltern, bis ein in das Armaturenbrett des Bootes eingelassener Monitor auf einmal Scopattis grinsendes Gesicht zeigte.

»Schau bitte woanders hin«, sagte Scopatti zu Bonterre. »Sonst zerspringt dir noch die Linse.«

»Na schön, dann sehe ich eben den Doktor an«, meinte Bonterre, und Hatch bemerkte, wie sein eigenes Gesicht auf dem Bildschirm erschien.

»Da zerspringt nicht nur die Linse«, sagte Hatch und fragte sich, weshalb die Frau ihn ständig aus der Fassung brachte. »Wahrscheinlich brennen auch sämtliche Schaltkreise der Kamera durch.«

»Das nächste Mal kriege *ich* die Kamera!« bettelte Scopatti scherzhaft.

»Niemals«, entgegnete Bonterre. »Schließlich bin ich die berühmte Unterwasserarchäologin, und du bist nichts weiter als ein billiger italienischer Handlanger.«

Scopatti grinste und schien nicht im geringsten verärgert zu sein.

Neidelmans Stimme unterbrach die Frotzelei. »Noch fünf Minuten bis Hochwasser. Ist die ›Naiad‹ auf Position?«

Streeter bestätigte.

»Mr. Wopner, läuft das Programm ordnungsgemäß?«

»Null Problemo, Capitano!« ließ sich die nasale Stimme aus dem Äther vernehmen. »Alles läuft wie geschmiert, jetzt, wo ich hier bin.«

»Verstanden. Und wie sieht es bei Ihnen aus, Dr. Magnusen?«

»Die Pumpen sind einsatzbereit, Kapitän Neidelman, und meine Leute haben die Farbbombe über der Wassergrube in Position gebracht. Die Fernsteuerung ist in Ordnung.«

»Wunderbar. Warten Sie auf mein Kommando, und lassen Sie dann die Bombe fallen, Dr. Magnusen.«

An Bord der »Naiad« breitete sich Schweigen aus. Zwei Lummen flogen dicht über der Wasseroberfläche vorbei. Auf der anderen Seite der Insel konnte Hatch die »Grampus« sehen, die hinter dem Riff auf der sanften Dünung tanzte. Seine Anspannung nahm immer mehr zu.

»Hochwasser«, kam Neidelmans ruhige Stimme aus dem Funkgerät. »Pumpen anwerfen.«

Das Rattern der anspringenden Pumpen tönte über das Wasser, und wie als Antwort darauf begann die Insel unter dem Wechsel der Gezeiten zu ächzen und zu stöhnen. Hatch erschauderte unwillkürlich: Wenn es etwas gab, das in ihm die alten Schrecken wachrief, dann war es dieses Geräusch.

»Pumpen auf Stufe zehn«, ließ Magnusen sich vernehmen.

»Halten Sie sie dort. Wie steht's bei Ihnen, Mr. Wopner?«

»Charybdis reagiert normal, Kapitän. Alle Systeme befinden sich innerhalb der üblichen Toleranzen.«

»Sehr gut«, meinte Neidelman. »Dann wollen wir fortfahren. Ist bei Ihnen alles bereit, ›Naiad‹?«

»Alles klar«, sagte Streeter ins Mikrophon.

»Bleiben Sie auf Position und halten Sie Ausschau nach der Farbe. Sind die Beobachter auf Posten?«

Dreimal kam die Antwort »Ja« über Funk. Hatch sah hinüber zur Insel und entdeckte auf den Klippen mehrere Männer, die sich Ferngläser an die Augen hielten.

»Wer die Farbe als erster entdeckt, bekommt eine Prämie von mir. Okay. Lassen Sie die Farbbombe fallen, Dr. Magnusen.«

Einen Augenblick war es still, dann ließ sich aus der Richtung der Wassergrube ein leises Platschen vernehmen.

»Farbbombe ausgelöst«, meldete Magnusen.

Alle an Bord der »Naiad« starrten nun hinaus auf die sanft bewegte Oberfläche des Ozeans. Das Wasser hatte eine dunkle, fast schwarze Farbe, aber es gab keinen Wind und nur wenig Dünung, ideale Bedingungen für den Test. Trotz der anschwellenden Riptide hielt Streeter das Boot durch geschicktes Laufenlassen der Motoren auf der Stelle. Eine Minute verging, dann eine zweite, während derer die einzigen Geräusche von den Außenbordern und von den Pumpen kamen, die tonnenweise Seewasser in die Wassergrube beförderten und so die Farbe tief ins Innere der Insel und von dort hinaus ins Meer drückten. Am Heck der »Naiad« warteten Bonterre und Scopatti angespannt auf ihren Einsatz.

»Farbe auf zweiundzwanzig Grad!« war plötzlich die aufgeregte Stimme eines der Beobachter auf der Insel zu hören. »Fünfzig Meter vor der Küste!«

»›Naiad‹, das ist Ihr Quadrant«, sagte Neidelman. »Wir kommen mit der ›Grampus‹ rüber und helfen Ihnen. Gut gemacht, Leute!« Aus dem Funkgerät ertönte leiser Jubel.

Das ist genau die Stelle, an der ich den Strudel gesehen habe, dachte Hatch.

Streeter legte das Ruder herum und gab Gas. Einen Augenblick später konnte Hatch etwa dreihundert Meter weiter vorn einen hellen Fleck auf dem Wasser erkennen. Bonterre und Scopatti rückten ihre Masken und die Mundstücke ihrer Regulatoren zurecht. Mit Bolzenkanonen in den Händen und Markierungsbojen am Gürtel standen sie an der Reling, bereit, ins Wasser zu springen.

»Farbe auf zweihundertsiebenundneunzig Grad, dreißig Meter vor der Küste«, kam die Stimme eines weiteren Beobachters aus dem Funkgerät. Der Jubel verstummte.

»Wie bitte?« fragte Neidelman. »Soll das heißen, daß auch an einer *anderen* Stelle Farbe zu sehen ist?«

»Richtig, Sir.«

Einen Augenblick lang herrschte verblüffte Stille. »Sieht ganz so aus, als müßten wir zwei Fluttunnels abdichten«, meinte Neidelman. »Die ›Grampus‹ wird sich um den zweiten kümmern. Los geht's!«

Die »Naiad« kam jetzt dem Strudel aus gelber Farbe immer näher, der knapp innerhalb des Riffs an die Oberfläche des

Ozeans drang. Streeter drosselte die Motoren und zog einen langsamen Kreis um die Stelle, während die Taucher sich über die Bordwand ins Wasser fallen ließen. Hatch blickte Schulter an Schulter mit Rankin gespannt auf den Videomonitor. Zuerst sah man nichts als dichte gelbe Farbwolken, doch dann wurde das Bild klarer. Auf dem dunklen Boden des Riffs erschien ein langer unregelmäßiger Spalt, aus dem wie dichter Rauch der Farbstoff quoll.

»Le voilà!« ließ sich Bonterres Stimme aus einem Lautsprecher neben dem Monitor vernehmen.

Das Bild flimmerte heftig, als sie auf den Spalt zuschwamm. Dort angekommen, schoß sie mit ihrer Bolzenkanone einen kleinen Stahlstift in den Meeresboden und befestigte eine aufblasbare Boje daran, die sich sofort mit Luft füllte und nach oben stieg. Hatch blickte gerade noch rechtzeitig über die Reling, um den kleinen, mit Solarzellen und Funkantenne versehenen Ball neben der »Naiad« auftauchen zu sehen.

»Stelle markiert!« sagte Bonterre. »Wir bringen jetzt die Ladungen an.«

»Sehen Sie sich bloß das an«, hauchte Rankin, der ständig zwischen dem Bildschirm des Sonargeräts und dem Videomonitor hin und her blickte. »Ein sternförmiges Spaltenmuster. Macallan mußte seine Tunnels bloß entlang der ohnehin existierenden Verwerfungen im Meeresboden graben lassen. Trotzdem eine Meisterleistung, wenn man die technischen Möglichkeiten des siebzehnten Jahrhunderts in Betracht zieht.«

»Farbe auf fünf Grad, dreißig Meter vor der Küste«, hörte man aus dem Funkgerät.

»Sind Sie sicher?« In Neidelmans Stimme mischten sich Skepsis und Unsicherheit. »Okay, dann haben wir eben einen dritten Tunnel. ›Naiad‹, den übernehmen Sie. Und die Beobachter an Land behalten die Stelle gut im Auge, für den Fall, daß sich die Farbe verteilt, bevor die ›Naiad‹ dort ist.«

»Noch mehr Farbe! Dreihundertzweiunddreißig Grad, fünf-

undzwanzig Meter vor der Küste«, sagte eine andere Stimme.
»Farbe auf fünfundachtzig Grad«, rief der erste Beobachter. »Ich wiederhole: Farbe auf fünfundachtzig Grad, dreizehn Meter vor der Küste.«
»Wir übernehmen die Dreihundertzweiunddreißig«, sagte Neidelman, dessen Stimme einen merkwürdigen Ton angenommen hatte. »Wie viele Tunnels hat dieser verdammte Architekt denn noch gebaut? Streeter, Sie müssen sich um den anderen kümmern. Lassen Sie Ihre Taucher die Stellen bloß markieren, den Sprengstoff bringen wir später an. Wir haben nur noch fünf Minuten, bevor die Farbe sich zu sehr verteilt hat.«
Einen Augenblick später kamen Bonterre und Scopatti an die Oberfläche und kletterten an Bord. Ohne ein Wort zu verlieren drehte Streeter am Steuerrad und gab Vollgas. Jetzt konnte Hatch eine weitere Stelle ausmachen, an der gelber Farbstoff an die Wasseroberfläche stieg. Das Boot zog einen Kreis um sie herum, während Bonterre und Scopatti wieder nach unten gingen. Bald darauf erschien die Boje, dichtauf gefolgt von den beiden Tauchern. Sofort machte sich die »Naiad« zu der dritten Farbfläche auf. Hier ließen sich Bonterre und Scopatti abermals ins Wasser fallen, und Hatch konzentrierte sich wieder auf das Videobild.
Scopatti, der vorausschwamm, sah in den dicken Farbstoffwolken wie ein Gespenst aus. Diesmal mußten die beiden tiefer hinunter als bei den ersten beiden Tauchgängen, und so dauerte es eine Weile, bis plötzlich die gezackten Felsen am Fuß des Riffs in Sicht kamen, zwischen denen aus einer quadratischen Öffnung, die sehr viel größer als die vorherigen war, die letzten Schwaden des Färbemittels aufstiegen.
»Was ist denn das?« hörte Hatch Bonterre mit ungläubiger Stimme sagen. »Sergio, *attends*!«
Auf einmal war Wopners Stimme über Funk zu hören. »Wir haben hier ein Problem, Käpt'n.«
»Was ist los?« wollte Neidelman wissen.

»Keine Ahnung. Ich kriege jede Menge Fehlermeldungen, aber trotzdem scheint alles ganz normal zu funktionieren.«

»Schalten Sie um auf das Reservesystem.«

»Das tue ich ja gerade, aber … Einen Moment, da stimmt was nicht mit dem Netzwerkknoten … Ach, du Scheiße!«

»Was ist los?« fragte Neidelman scharf.

Im selben Augenblick hörte Hatch, wie das Geräusch der Pumpen auf der Insel schwächer wurde.

»Das System ist abgestürzt«, sagte Wopner.

Aus dem Lautsprecher neben dem Videomonitor kam auf einmal ein gurgelndes Geräusch, und der Bildschirm wurde schwarz. Kurz darauf mischten sich weiße Punkte in diese Schwärze, und dann war alles voll vom Schneegegriesel einer elektrischen Störung.

»Was soll das, verdammt noch mal?« fragte Streeter und drückte wie verrückt auf die Knöpfe unter dem Bildschirm. »Bonterre, können Sie mich hören? Wir haben Ihr Signal verloren. Bonterre!«

Scopatti kam drei Meter neben dem Boot an die Oberfläche und riß sich den Regulator aus dem Mund. »Bonterre wurde in den Tunnel gezogen!« keuchte er.

»Was ist denn los bei euch?« rief Neidelman über Funk.

»Scopatti sagt, daß Bonterre in einen Tunnel gezogen wurde …«, begann Streeter.

»Dann soll er wieder hinunter und sie rausholen, verdammt noch mal«, fauchte Neidelman aus dem Lautsprecher.

»Da unten ist es saugefährlich!« rief Scopatti. »Es gibt einen starken Sog und …«

»Geben Sie dem Mann eine Rettungsleine, Streeter!« rief Neidelman. »Und Sie, Magnusen, umgehen die Computersteuerung und starten die Pumpen von Hand. Ihr Ausfall hat wohl eine Art Rücksog bewirkt.«

»Ja, Sir«, sagte Magnusen. »Aber meine Leute müssen die Pumpen erst von Hand zurücksetzen. Das dauert mindestens fünf Minuten.«

»Beeilen Sie sich«, befahl Neidelman mit bestimmter, aber plötzlich wieder ruhiger Stimme. »Sehen Sie zu, daß Sie es in drei schaffen.«
»Ja, Sir.«
»Und Sie, Wopner, fahren augenblicklich das System wieder hoch.«
»Aber Käpt'n«, begann Wopner, »die Fehlerdiagnose sagt, daß alles ...«
»Halten Sie den Mund und tun Sie, was ich Ihnen sage!« schnitt Neidelman ihm das Wort ab.
Scopatti hatte inzwischen eine Rettungsleine an seinem Gürtel befestigt und sprang wieder ins Wasser.
»Ich brauche mehr Platz«, sagte Hatch zu Streeter und begann, an Deck Handtücher auszulegen, auf denen er die möglicherweise verletzte Bonterre behandeln konnte.
Streeter ließ mit Rankins Hilfe die Rettungsleine ins Wasser gleiten. Auf einmal war an der Leine ein Ruck zu spüren, dann lag ein ständiger Zug auf ihr.
»Wie steht's, Streeter?« fragte Neidelman über Funk.
»Scopatti ist jetzt im Rücksog«, antwortete Streeter. »Ich spüre es an der Leine.«
Hatch starrte auf das graue Geflimmer auf dem Schirm und hatte das Gefühl, so etwas schon einmal erlebt zu haben. Bonterre war so plötzlich verschwunden wie damals ...
Er atmete tief durch und blickte hinaus auf das Wasser. Solange Bonterre nicht wieder im Boot war, konnte er nichts tun. Absolut gar nichts.
Auf einmal hörte er von der Insel her ein lautes Geratter. Die Pumpen waren wieder angesprungen.
»Gut gemacht!« sagte Neidelmans Stimme aus dem Lautsprecher.
»Die Leine lockert sich wieder!« meldete Streeter.
Seinen Worten folgte gespannte Stille. Hatch sah, wie der Wasserschwall, der aus dem Tunnel trat, die letzten Reste der Farbe verteilte. Auf einmal wurde der Bildschirm wieder schwarz,

und aus dem Lautsprecher daneben war ein heiseres Keuchen zu hören. Dann wurde das Schwarz immer heller, bis Hatch zu seiner großen Erleichterung ein Quadrat aus grünlichem Licht auf dem Monitor sah, das rasch größer wurde. Das mußte der Ausgang des Fluttunnels sein.

»Merde«, hörte er Bonterre fluchen, als sie aus der Öffnung ins freie Wasser kam. Die Bilder der Kamera schwankten wie wild. Kurze Zeit später geriet die Wasseroberfläche neben der »Naiad« in Bewegung. Hatch und Rankin rannten los und hoben Bonterre ins Boot. Auch Scopatti kletterte an Bord und nahm ihr die Preßluftflaschen ab. Dann lagerte Hatch die Frau auf die Handtücher.

Er öffnete Bonterre den Mund und kontrollierte ihre Atemwege, die alle frei waren. Dann öffnete er den Reißverschluß ihres Tauchanzugs und horchte ihr mit dem Stethoskop die Brust ab. Ihre Atmung war regelmäßig, nichts deutete darauf hin, daß sie Wasser in der Lunge hatte. Auch ihr Herzschlag war stark und regelmäßig. Dann bemerkte Hatch, daß Bonterres Neoprenanzug am Bauch einen Riß aufwies, durch den ein Stück Haut und eine blutende Wunde zu sehen waren.

»Incroyable!« Bonterre hustete und versuchte, sich aufzusetzen. Sie hielt etwas Graues in der Hand.

»Halten Sie sich ruhig«, sagte Hatch scharf.

»Das ist Zement!« rief Bonterre und hielt das graue Teil hoch. »Dreihundert Jahre alter Zement! Im Riff sind Steine eingelassen, die …«

Hatch tastete rasch Bonterres Hinterkopf ab und suchte nach Anzeichen für eine Gehirnerschütterung oder eine Verletzung der Halswirbelsäule. Zum Glück fand er weder Schwellungen noch Schnitte oder verrenkte Wirbel.

»Ça suffit!« sagte Bonterre und drehte den Kopf weg. »Was sind Sie denn für ein Arzt? Ein *phrénologiste?*«

»Streeter! Berichten Sie!« bellte Neidelman über Funk.

»Beide Taucher wieder an Bord, Sir!« sagte Streeter. »Bonterre scheint soweit in Ordnung zu sein.«

»Ich *bin* in Ordnung«, rief Bonterre und versuchte, sich aus Hatchs Griff zu befreien. »Bis auf diesen aufdringlichen Arzt hier.«

»Einen Augenblick noch, ich muß mir noch Ihren Bauch ansehen«, sagte Hatch und hielt sie sanft zurück.

»Diese Steine schauten so aus, als wären sie eine Art Fundament«, fuhr Bonterre fort, während sie sich wieder hinlegte. »Hast du das auch gesehen, Sergio? Was könnte das bloß sein?«

Mit einer raschen Handbewegung öffnete Hatch den Reißverschluß ihres Tauchanzuges bis zum Bauchnabel.

»Hey!« protestierte Bonterre.

Hatch ignorierte ihre Empörung und untersuchte rasch ihren Bauch. Sie hatte eine Schürfwunde unterhalb der Rippen, die aber zum Glück nur die oberste Hautschicht betraf.

»Das ist doch nur ein Kratzer«, maulte Bonterre und verdrehte den Kopf, um zu sehen, was Hatch mit ihr anstellte.

Hatch zog rasch die Hand von ihrem Bauch weg, weil er spürte, wie ihm ein ausgesprochen unprofessionelles Gefühl in die Lenden stieg. »Vielleicht haben Sie recht«, sagte er in einem sarkastischeren Ton, als er eigentlich beabsichtigt hatte, und suchte in seiner Bereitschaftstasche nach einer desinfizierenden Wundsalbe. »Das nächste Mal lassen Sie *mich* im Wasser herumplanschen, und danach können Sie Onkel Doktor spielen. Aber bis es soweit ist, versorge ich noch rasch Ihre Wunde, damit sie sich nicht infizieren kann. Sie haben vorhin wirklich Glück gehabt.« Mit diesen Worten begann er, Salbe auf die Schürfwunde zu schmieren.

»Das kitzelt«, sagte Bonterre.

Scopatti hatte sich bis zur Hüfte aus einem Anzug geschält und stand nun mit vor der Brust gefalteten Armen neben Hatch. Sein noch nasser, muskulöser Oberkörper glänzte in der Sonne, und um seine Lippen spielte ein zärtliches Lächeln. Auch Rankin, der struppig und gewichtig neben dem Taucher stand, beobachtete Bonterre aus glänzenden Augen.

Die sind ja alle ganz verliebt in die Frau, ging es Hatch durch den Kopf.

»Ich wurde vom Sog in eine große, mit Wasser gefüllte Kaverne gezogen«, erzählte Bonterre. »Eine Zeitlang konnte ich keine Wände ertasten und dachte schon, das wäre das Ende. *Fin.*«

»Eine Kaverne?« fragte Neidelman, der über Funk mitgehört hatte, zweifelnd.

»*Mais oui!* Eine riesige Kaverne. Aber mein Funkgerät war tot. Weshalb bloß?«

»Der Tunnel hat die Radiowellen abgeschirmt.«

»Und wieso gab es diesen Rücksog?« fragte Bonterre weiter. »Das Wasser lief doch ab.«

Neidelman sagte eine Weile gar nichts. »Darauf habe ich auch keine Antwort«, meinte er dann. »Vielleicht erfahren wir mehr darüber, wenn wir die Wassergrube und die Tunnels trockengelegt haben. Zunächst einmal möchte ich einen vollständigen Bericht über alles haben, was Ihnen passiert ist. Aber ruhen Sie sich erst einmal aus. ›Grampus‹ Ende.«

»Markierungen gesetzt. ›Naiad‹ kehrt zur Pier zurück«, sagte Streeter und wendete das Boot.

Die »Naiad« nahm Fahrt auf und glitt rasch durch die sanfte Dünung. Während Hatch seine Instrumente wieder einpackte, lauschte er den Gesprächen aus dem Funkgerät. Neidelman unterhielt sich von der »Grampus« aus mit Island One.

»Ich sage Ihnen, wir haben es mit einem Cybergeist zu tun«, drang Wopners Stimme aus dem Lautsprecher. »Ich habe gerade einen ROM-Dump auf Charybdis gemacht und ihn mit dem von Scylla verglichen. Da herrscht das totale Chaos, was aber eigentlich nicht sein kann, denn der Programmcode ist fest in die ROM-Bausteine eingebrannt. In unserem System spukt es, Käpt'n, das ist die einzige Erklärung, die ich habe. Nicht einmal ein Hacker könnte ROM-Bausteine manipulieren. Da liegt ein Fluch auf der …«

»Erzählen Sie mir bloß nichts von einem Fluch!« unterbrach ihn Neidelman barsch.

Als die »Naiad« an der Pier anlegte, zog Bonterre ihren Taucheranzug aus und hängte ihn in ein Schrankfach an Deck. Dann trocknete sie ihre Haare und wandte sich an Hatch. »Sehen Sie, Doktor, mein Alptraum ist wahr geworden. Jetzt habe ich Ihre Dienste *doch* in Anspruch genommen.«
»Ich habe doch kaum etwas gemacht«, sagte Hatch. Er spürte, wie er dabei rot wurde und war deshalb auf sich selber wütend.
»Mag sein, aber es war sehr schön.«

16

Die Ruinen von Fort Blacklock erhoben sich über der Hafeneinfahrt von Stormhaven auf einer von Weymouth-Kiefern umrahmten Wiese, die weiter hinten allmählich in Viehweiden und einen dichten Hain mit Zuckerahornbäumen überging. Jenseits dieser Wiese hatte man einen großen, gelbweißen Pavillon errichtet, der mit munter in der frischen Brise flatternden Bändern und Wimpeln geschmückt war. An seiner Vorderseite verkündete ein großes, handgeschriebenes Plakat: WILLKOMMEN BEIM 71. STORMHAVENER HUMMERFEST!!!
Als Hatch den grasbewachsenen Hügel hinaufstieg, beschlich ihn ein mulmiges Gefühl. Das Hummerfest war für ihn die erste Gelegenheit, den Menschen aus der Stadt in größerer Anzahl zu begegnen, und er wußte nicht, was für einen Empfang er erwarten durfte. Darüber allerdings, wie die Stormhavener die Expedition beurteilten, an der er teilnahm, hatte er nicht den geringsten Zweifel.
Obwohl die Leute von Thalassa erst gut eine Woche in Stormhaven waren, hatte ihre Gegenwart die kleine Stadt bereits gehörig verändert. Neidelmans Angestellte hatten praktisch jedes Gästebett im Ort gemietet und zahlten Spitzenpreise dafür. Aber nicht nur die kleine Pension profitierte davon, son-

dern auch die beiden Restaurants von Stormhaven; das »Anchors Away« und das »The Landing« waren jeden Abend bis zum letzten Platz voll. Die Tankstelle am Kai verkaufte dreimal soviel Kraftstoff wie sonst, und der Umsatz im Supermarkt hatte – auch wenn Bud das niemals zugeben würde – um das Doppelte zugenommen. In der Stadt waren die Schatzsucher von Ragged Island so willkommen, daß der Bürgermeister die gesamte Thalassa-Mannschaft kurz vor Beginn des Hummerfests zu Ehrengästen erklärt hatte. Daß Neidelman sich auf Hatchs Anraten hin dann unaufdringlich bereit erklärt hatte, die Hälfte der Festkosten zu übernehmen, hatte dem Wohlwollen für die Fremden das Sahnehäubchen aufgesetzt.
Als Hatch sich dem Pavillon näherte, entdeckte er den Tisch für die Ehrengäste, an dem bereits einige Honoratioren der Stadt sowie die Führungsriege von Thalassa Platz genommen hatten. Dahinter war ein kleines Podium mit Mikrofon aufgestellt. Rings um den Pavillon drängten sich Menschen aus der Stadt und Leute von Thalassa, die, Limonade oder Bier trinkend, für ihre Hummer anstanden.
Hatch betrat den Pavillon und wurde sogleich von einer ihm wohlvertrauten nasalen Stimme begrüßt. Kerry Wopner kam auf ihn zu und trug einen Pappteller, der sich unter der Last zweier Hummer, einer Riesenportion Kartoffelsalat sowie eines Maiskolbens gefährlich durchbog. In der anderen Hand hielt der Computerexperte einen großen Krug Bier. Derart beladen konnte sich Wopner nur langsam und vorsichtig fortbewegen, wollte er nicht Gefahr laufen, sein Hawaii-Hemd, seine Bermudashorts oder seine in weißen Socken und schwarzen Turnschuhen steckenden Füße zu bekleckern. »Hey, wie ißt man denn diese Dinger?« herrschte Wopner einen vorbeigehenden Hummerfischer an.
»Wie bitte?« fragte der verdutzt dreinblickende Mann und neigte den Kopf, als habe er Wopners Worte nicht richtig verstanden.
»Dort, wo ich herkomme, gibt es keine Hummer.«

»Was? Keine Hummer?« wiederholte der Fischer, als könne er das kaum glauben.
»Nö. In Brooklyn hatten wir so was nicht. Kennen Sie Brooklyn? Das ist ein Teil von Amerika. Sie sollten sich Ihre Heimat vielleicht einmal näher ansehen, guter Mann. Wie dem auch sei, ich habe nie gelernt, wie man solche Viecher ißt.« Wopners New Yorker Akzent tönte durch den ganzen Pavillon. »Ich meine, wie knackt man denn diesen Panzer?«
Ohne mit der Wimper zu zucken antwortete der Hummerfischer: »Indem man sich mit dem Hintern draufsetzt.«
Ein paar Einheimische in der Nähe brachen in schallendes Gelächter aus.
»Wahnsinnig komisch«, meinte Wopner.
»Na schön«, sagte der Fischer in einem etwas sanfteren Ton, »man benutzt eine Zange dazu.«
»Zangen habe ich jede Menge«, erklärte Wopner und deutete auf die Scheren der beiden Hummer auf seinem Teller.
»Das sind Scheren und keine Zangen. Und außerdem meine ich eine spezielle Hummerzange. Man kann es aber auch mit einem Hammer machen.« Mit diesen Worten zeigte er Wopner einen Bootshammer, an dem Hummersaft, Hummerleber und kleine rosafarbene Panzerstücke klebten.
»Mit so einem schmutzigen Hammer fuhrwerken Sie in Ihrem Essen herum?« rief Wopner entsetzt. »Kein Wunder, daß die Gelbsucht auf dem Vormarsch ist!«
Hatch trat auf die beiden zu. »Ich werde dem Herrn behilflich sein«, sagte er zu dem Hummerfischer, der daraufhin kopfschüttelnd abzog.
Hatch führte Wopner an einen der Tische, ließ ihn sich setzen und gab ihm einen Schnellkurs im Hummeressen – wie man den Panzer aufbrach, was man von dem Tier aß und was nicht. Dann ging er los, um sich selbst etwas zum Essen und einen Krug frisch gezapftes Bier zu holen. Das kühle Getränk kam aus einer kleinen Brauerei im Camden und hatte einen angenehm malzigen Geschmack. Nachdem Hatch ein paar Schluk-

ke davon getrunken hatte, spürte er, wie der Druck, der sich ihm auf die Brust gelegt hatte, langsam wich. Er leerte den Krug und ließ ihn sich noch einmal nachfüllen, bevor er sich in die Schlange vor der Essensausgabe stellte.

Die Hummer und der Mais wurden in großen Ballen aus dampfendem Seetang gegart, die man über brennende Eichenscheiter gehäuft hatte. Aromatischer Rauch stieg in den blauen Himmel, und drei Köche waren damit beschäftigt, die Feuer in Gang zu halten und leuchtendrote Hummer aus dem Tang zu holen und auf große Pappteller zu legen.

»Hallo, Dr. Hatch!« grüßte eine Stimme, und als Hatch sich umdrehte, sah er Doris Bowditch. Sie trug wieder eines ihrer weiten Kleider, das sich im leichten Wind wie ein roter Fallschirm blähte. Ihr Mann, der neben ihr stand, hatte ein vom Rasieren gerötetes Gesicht und sagte kein Wort. »Na, wie habe ich das Haus für Sie hergerichtet?« fragte Doris.

»Wunderbar«, antwortete Hatch mit aufrichtiger Dankbarkeit. »Vielen Dank, daß Sie sogar das Klavier haben stimmen lassen.«

»Keine Ursache. Und es gab hoffentlich auch keine Probleme mit Strom und Wasser, oder? Gut. Wissen Sie, ich überlege mir schon die ganze Zeit, ob Sie sich die Sache mit diesem reizenden Pärchen aus Manchester wohl durch den Kopf haben gehen lassen …«

»Ja«, sagte Hatch rasch und entschlossen. »Ich werde das Haus nicht verkaufen.«

»Ach, wie schade«, meinte Doris und machte ein trauriges Gesicht. »Die beiden habe schon so *fest* damit gerechnet, daß …«

»Das mag sein, Doris, aber es handelt sich immerhin um das Haus, in dem ich aufgewachsen bin«, erklärte Hatch sanft, aber bestimmt.

Die Frau zuckte zusammen, als erinnere sie sich mit einemmal an die Umstände von Hatchs Jugend und seiner Abreise aus der Stadt. »Aber natürlich«, sagte sie und legte ihm, während sie versuchte, ihr Lächeln wieder in Gang zu bekommen, die

Hand auf den Arm. »Das verstehe ich voll und ganz. Es ist immer schwer, sein Elternhaus aufzugeben. Lassen Sie uns die Sache vergessen.« Sie tätschelte Hatch den Arm. »Für den Augenblick zumindest.«

Hatch war inzwischen vorn an der Schlange angelangt und widmete seine Aufmerksamkeit den großen Haufen dampfenden Seetangs. Einer der Köche nahm gerade die obere Schicht weg und deckte so eine Reihe von roten Hummern, mehrere Maiskolben und einige dazwischen verstreute Eier auf. Eines davon nahm er in seine behandschuhte Hand und schlug es mit einem Messer in der Mitte entzwei, um zu sehen, ob es hartgekocht war. Auf diese Weise, erinnerte sich Hatch, stellte man fest, ob die Hummer schon gar waren.

»Perfetto«, sagte der Koch. Die Stimme kam Hatch irgendwie bekannt vor, und mit einem Schlag wurde ihm klar, daß der Mann Donny Truitt war, mit dem er auf der Highschool in dieselbe Klasse gegangen war. Rasch bereitete sich Hatch seelisch auf das Wiedersehen vor.

»Hey, das ist doch Mally Hatch!« sagte Truitt, der ihn auf Anhieb erkannte. »Ich habe mich schon gefragt, wann du mir endlich über den Weg laufen wirst. Verdammt noch mal, wie geht es dir denn?«

»Donny!« rief Hatch und schüttelte dem Koch die Hand. »Mir geht es gut. Und dir?«

»Ebenso. Ich habe vier Kinder und suche mir gerade einen neuen Job, seit ›Martin's Marine‹ Pleite gemacht hat.«

»Vier Kinder?« wiederholte Hatch und pfiff anerkennend durch die Zähne. »Da bist du ja ganz schön fleißig gewesen.«

»Fleißiger, als du denkst. Ich habe nämlich auch schon zwei Scheidungen hinter mir. Aber was soll's. Bist *du* denn fest liiert?«

»Noch nicht«, sagte Hatch.

Donny grinste. »Hast du Claire schon gesehen?«

»Nein«, antwortete Hatch und fühlte sich auf einmal leicht irritiert.

Während Donny ihm einen Hummer auf den Teller legte, betrachtete Hatch seinen alten Klassenkameraden etwas genauer. Er war etwas fülliger geworden und bewegte sich langsamer als früher, aber ansonsten hatte Hatch den Eindruck, als habe er sich in den letzten Jahrzehnten wenig verändert. Der redselige Junge mit dem nicht allzu wachen Verstand und dem großen Herzen war offenbar zu einem ebensolchen Erwachsenen geworden.

Donny sah Hatch erwartungsvoll an.

»Jetzt mach mal halblang, Donny«, sagte Hatch, »Claire und ich waren Freunde, weiter nichts.«

»Freunde. Aber sicher doch. Aber dann erklär mir bitte, wie zwei Leute, die *nur* Freunde sind, im Squeaker's Glen beim Küssen erwischt werden können. Ihr habt euch doch *nur* geküßt, oder, Mal?«

»Das ist schon sehr lange her. So lange, daß ich mich nicht mal mehr an jedes Detail erinnern kann.«

»Es geht eben nichts über die erste Liebe, was, Mal?« fragte Donny kichernd und blinzelte ihn unter einem Schopf karottenfarbenen Haares mit einem seiner Glupschaugen an. »Sie ist heute auch hier, aber du mußt dich zurückhalten, denn Claire ist inzwischen …«

Plötzlich hatte Hatch genug von all dem Gerede. »Ich muß jetzt weiter, sonst halte ich hier noch die ganzen Leute auf«, sagte er.

»Das stimmt. Wir sehen uns dann später.« Donny winkte Hatch mit seiner Gabel zu und grinste. Dann drehte er gekonnt eine weitere Lage Seetang um, unter der mehrere rotglänzende Hummer zum Vorschein kamen.

Donny braucht also einen Job, dachte Hatch, während er zum Tisch für die Ehrengäste zurückging. Es wäre vielleicht nicht mal schlecht, wenn Thalassa ein paar Einheimische einstellen würde.

Hatch fand einen Stuhl zwischen Bill Banns, dem Herausgeber der Lokalzeitung, und Bud Rowell. Zwei Stühle entfernt saß

Kapitän Neidelman zwischen Bürgermeister Jasper Fitzgerald und Reverend Woody Clay, dem Pastor der Kongregationskirche. Clay gegenüber hatte Lyle Streeter Platz genommen.
Hatch beobachtete den Bürgermeister und den Reverend neugierig. Jasper Fitzgeralds Vater war der Besitzer des Beerdigungsinstituts hier gewesen, das der Sohn mit ziemlicher Sicherheit von ihm geerbt haben mußte. Fitzgerald war Anfang Fünfzig, ein rotgesichtiger Mann mit einem gezwirbelten Schnurrbart, bunten Hosenträgern und einer tiefen Stimme, die an einen Kontrabaß erinnerte.
Hatchs Blicke wanderten weiter zu Woody Clay. Der Mann ist ganz offensichtlich ein Außenseiter, dachte er. Der Reverend war in jeder Hinsicht das genaue Gegenteil von Fitzgerald. Das fing an mit seinem dürren asketischen Körperbau und endete bei seinem hohlwangigen, doch vergeistigten Gesicht, das ihm das Aussehen eines Propheten verlieh, der soeben aus der Wüste zurückgekehrt war. Andererseits hatten seine Augen aber auch einen sauertöpfischen, engstirnigen Blick, und Hatch fiel auf, daß sich Clay am Tisch der Ehrengäste alles andere als wohl fühlte. Er war einer von den Leuten, die ständig mit leiser Stimme sprechen, so, als wollten sie nicht, daß ein Außenstehender etwas von dem mitbekam, was sie gerade sagten. Im Moment redete er auf Streeter ein, und Hatch fragte sich, was der Reverend dem Vorarbeiter wohl erzählte, das diesen so betreten dreinblicken ließ.
»Na, hast du heute schon die Zeitung gelesen, Malin?« riß Bill Banns' träge Stimme Hatch aus seinen Gedanken. Seit Banns als junger Mann den Film »Extrablatt« gesehen hatte, glaubte er zu wissen, wie so ein Pressefritze auszuschauen hatte. Selbst an den kältesten Tagen rollte er sich die Hemdsärmel hoch, und er trug so lange schon eine grüne Schirmmütze, daß seine Stirn sonst richtiggehend nackt aussah.
»Nein, leider nicht«, erwiderte Hatch. »Ich wußte nicht, daß sie schon erschienen ist.«
»Doch, heute morgen«, sagte Banns. »Ich denke, sie wird dir

gefallen. Ich habe den Leitartikel selber geschrieben – mit deiner gütigen Mithilfe natürlich.« Er fuhr sich mit dem Finger über die Nase, als wolle er sagen: Halte mich nur schön auf dem laufenden, und ich sorge dafür, daß ihr eine gute Presse habt.

Hatch nahm sich vor, am Abend im Supermarkt eine Ausgabe der Zeitung mitzunehmen.

Auf dem Tisch lagen diverse Instrumente, mit denen man Hummer zerlegen konnte: Hammer aus Metall und Holz, Zangen, Scheren und Messer, an denen glänzende Hummerreste klebten. In zwei großen Schüsseln in der Mitte des Tisches häuften sich die leeren Panzer und aufgebrochenen Scheren. Überall klopften und knackten die Leute an ihren Hummern herum. Hatch blickte sich im Pavillon um, bis er Wopner entdeckte. Der Computerspezialist war an einem Tisch mit Männern der Fischerei-Genossenschaft gelandet, und Hatch hörte, wie seine kratzige Stimme durch die Reihen der Essenden drang: »... eigentlich, daß Hummer, biologisch betrachtet, Insekten sind? Wenn man es genau nimmt, sind sie nichts weiter als große rote Unterwasserschaben ...«

Hatch drehte sich wieder um und trank einen großen Schluck von seinem Bier. Langsam fand er den Aufenthalt hier direkt erträglich, und wenn er ehrlich war, sogar noch ein bißchen mehr als das. Hatch war sich sicher, daß jeder in der Stadt seine Geschichte kannte, und zwar in- und auswendig. Und doch – vielleicht aus Höflichkeit, vielleicht auch nur aus Zurückhaltung – hatte ihn bisher noch niemand darauf angesprochen, wofür Hatch überaus dankbar war.

Er suchte in der Menge nach bekannten Gesichtern und entdeckte an einem der Tische Christopher St. John, der eingeklemmt zwischen zwei übergewichtigen Einheimischen saß und sich offenbar den Kopf darüber zerbrach, wie er seinen Hummer zerlegen sollte, ohne sich dabei zu besudeln. Hatch ließ seinen Blick weiterschweifen, bis er Kai Estenson entdeckte, den Besitzer des Eisenwarengeschäfts, und Tyra Thompson, die über die Freie Bücherei wachte und noch genauso aussah wie an dem Tag, an dem sie Hatch und Johnny aus dem Lesesaal gejagt hatte, weil sie sich Witze erzählt und zu laut darüber gelacht hatten. Essig ist eben ein gutes Konservierungsmittel, dachte Hatch. Dann durchfuhr ihn ein Blitz des Erkennens, als er das weiße Haupt und die gekrümmten Schultern von Dr. Horn sah. Sein alter Biologielehrer stand am Ausgang des Pavillons, als wolle er sich bei dem Hummergemetzel nicht die Hände schmutzig machen. Dr. Horn, der Hatch härter geprüft hatte als jeder Universitätsprofessor, und der ihm gesagt hatte, daß so manches überfahrene Tier besser ausgesehen habe als die von Hatch sezierten Frösche ... dieser Dr. Horn, der ebenso strenge wie wohlwollende Lehrer, war es gewesen, der bei Hatch das Interesse an den Naturwissenschaften und schließlich an der Medizin geweckt hatte. Hatch war erstaunt und erleichtert zugleich, ihn noch immer unter den Lebenden zu finden.

Er wandte die Augen von seinem alten Lehrer und sagte zu Bud, der gerade das Fleisch aus einem Hummerbein saugte: »Wer ist eigentlich dieser Woody Clay?«

»Reverend Clay? Er ist der Pastor hier, aber früher soll er mal ein Hippie gewesen sein. Das habe ich zumindest gehört.«

»Von woher kommt er denn?«

»Aus der Gegend von Boston. Vor zwanzig Jahren kam er in die Stadt, um ein paar Predigten zu halten, und dann ist er hier hängengeblieben. Es heißt, er habe eine große Erbschaft ausgeschlagen und sei statt dessen Priester geworden.«

Bud schnitt gekonnt den Schwanz des Hummers auf und entnahm ihm das Fleisch in einem einzigen Stück. Seine Stimme hatte einen zögerlichen Ton, der Hatch irgendwie irritierte.

»Warum ist er denn geblieben?« fragte Hatch.

»Ach, es hat ihm hier offenbar gefallen«, meinte Bud ausweichend und widmete sich dem Hummerschwanz. »Du weißt ja, wie das so ist.«

Hatch sah hinüber zu Clay, der nun nicht mehr mit Streeter

sprach. Während er neugierig das Gesicht des Pastors betrachtete, schaute dieser plötzlich auf und erwiderte seinen Blick. Hatch sah peinlich berührt zur Seite und wollte etwas zu Bud Rowell sagen, aber der Supermarktbesitzer war inzwischen aufgestanden, um sich einen weiteren Hummer zu holen. Aus dem Augenwinkel bemerkte Hatch, wie der Priester zu ihm herüberkam.

»Malin Hatch?« fragte er und streckte ihm die Hand hin. »Ich bin Reverend Clay.«

»Freut mich, Sie kennenzulernen«, sagte Hatch und ergriff die kühle schlaffe Hand.

Clay zögerte einen Augenblick und deutete dann auf Buds leeren Stuhl. »Darf ich?«

»Solange Bud nichts dagegen hat, soll es mir recht sein«, antwortete Hatch.

Der Reverend ließ seinen knochigen Körper unbeholfen auf den kleinen Stuhl sinken. Als er endlich saß, befanden sich seine Knie fast auf der Höhe der Tischplatte. Clay richtete seine großen, intensiv dreinblickenden Augen auf Hatch. »Ich habe beobachtet, was auf Ragged Island vor sich geht«, begann er mit leiser Stimme. »Und ich habe lautes Hämmern und andere Geräusche gehört. Bei Tag und bei Nacht.«

»Ich schätze, wir sind ein wenig wie die Post«, sagte Hatch scherzhaft. »Bei uns ist niemals Feierabend.« Solange er nicht wußte, worauf Clay hinaus wollte, war es besser, ihn bei Laune zu halten.

Wenn Clay amüsiert war, ließ er es sich nicht anmerken. »Dieses Unternehmen muß eine Menge Geld kosten«, sagte er und hob dabei fragend die Augenbrauen.

»Wir haben zahlungskräftige Investoren«, antwortete Hatch ausweichend.

»Investoren«, wiederholte Clay. »Das ist doch, wenn einem jemand zehn Dollar gibt und hofft, daß er zwanzig wiederbekommt.«

»So könnte man es auch ausdrücken.«

Clay nickte. »Mein Vater liebte das Geld, aber es hat keinen glücklichen Menschen aus ihm gemacht und auch sein Leben nicht um eine einzige Stunde verlängert. Bei seinem Tod erbte ich seine Aktien und Wertpapiere. Der Vermögensverwalter nannte es ein Portfolio. Als ich es mir ansah, fand ich Aktien von Tabakherstellern, Bergbaufirmen, die ganze Berge aufwühlen, und Holzhändlern, die für ihren Profit unberührte Urwälder abholzen lassen.« Während er das sagte, blickte er Hatch unverwandt in die Augen.

»Verstehe«, murmelte Hatch schließlich.

»Mein Vater hatte all diesen Leuten Geld gegeben in der Hoffnung, das Doppelte von ihnen zurückzubekommen. Und genau das ist auch eingetreten. Sie haben ihm sogar das Drei- und Vierfache seines Geldes gegeben. Und als er starb, gehörten all diese moralisch verwerflichen Gewinne mir.«

Hatch nickte.

Clay senkte den Kopf und die Stimme. »Dürfte ich Sie fragen, wieviel Gewinn Sie und Ihre Investoren sich von Ihrer Unternehmung versprechen?«

Die Art, wie der Pastor das Wort »Gewinn« aussprach, ließ Hatch sich noch mehr in acht nehmen. »Nun, es könnte sich durchaus um eine siebenstellige Summe handeln«, antwortete er.

Clay nickte langsam. »Ich bin ein direkter Mensch«, sagte er. »Ich rede ungern um den heißen Brei herum. Weil ich nie gelernt habe, schöne Worte zu machen, spreche ich, wie mir der Schnabel gewachsen ist. Kurz und gut: Diese Schatzsuche gefällt mir nicht.«

»Tut mir leid, das zu hören«, erwiderte Hatch.

Clay blinzelte ihn an. »Es paßt mir nicht, daß all diese Menschen in unsere Stadt kommen und mit Geld um sich werfen.«

Hatch war von Anfang an auf eine solche Reaktion vorbereitet gewesen, und jetzt, als es wirklich soweit war, fühlte er sich seltsam entspannt. »Ich bin mir nicht so sicher, daß die anderen Leute hier in der Stadt das Geld in gleichem Maß verachten wie Sie«, sagte er. »Viele dieser Menschen waren ihr ganzes Leben lang arm. Ihnen war der Luxus einer Entscheidung zwischen Reichtum und Armut nicht so vergönnt wie Ihnen.«

Clays Gesichtszüge spannten sich an, und Hatch konnte sehen, daß er einen Nerv getroffen hatte. »Geld ist nicht das Allheilmittel, für das viele Leute es halten«, fuhr der Pastor fort. »Das wissen Sie so gut wie ich. Die Menschen dieser Stadt haben ihre eigene Würde, und das Geld wird sie ihnen nehmen. Es wird die Hummerfischerei ebenso zerstören wie die Ruhe und alles andere hier. Und die wirklich Armen werden von dem Geld ohnehin nichts sehen. Die werden nämlich von dieser Entwicklung an den Rand gedrängt. Vom Fortschritt, wie das wohl so schön heißt.«

Hatch antwortete nichts. Einerseits verstand er, was Clay meinte. Es wäre jammerschade, wenn Stormhaven sich in so einen überkandidelten, überteuerten Ferienort wie Boothbay Harbor weiter unten an der Küste verwandeln würde. Aber das war nicht sehr wahrscheinlich, ganz egal, ob Thalassa nun Erfolg hatte oder nicht.

»Dazu kann ich nicht viel sagen«, meinte Hatch. »Aber unsere Unternehmung wird ohnehin in ein paar Wochen beendet sein.«

»Wie lange Sie hier sind, ist nebensächlich«, sagte Clay, dessen Ton zunehmend schärfer wurde. »Es geht vielmehr darum, welche Motivation Sie treibt. Bei dieser Schatzsuche ist es die Gier – reine, nackte Gier. Ein Mann hat bereits seine Beine verloren, aber das scheint Sie nicht groß zu stören. Von einem solchen Unterfangen kann nichts Gutes kommen. Diese Insel ist ein böser Ort. Und ein verfluchter dazu, wenn Sie so wollen. Ich selber bin nicht abergläubisch, aber ich weiß, daß Gott diejenigen bestraft, die aus unlauteren Motiven handeln.«

Hatchs Ruhe verflog in einer plötzlichen Aufwallung von Wut. Unsere Stadt? Unlautere Motive? »Wenn Sie in dieser Stadt groß geworden wären, Mr. Clay, dann wüßten Sie, warum ich hier bin«, fauchte er. »Bilden Sie sich also bloß nicht ein, über meine Motive Bescheid zu wissen.«

»Ich bilde mir überhaupt nichts ein«, entgegnete Clay, dessen hagerer Körper sich jetzt wie eine Feder spannte. »Ich *weiß* es. Auch wenn ich nicht in dieser Stadt geboren wurde, so weiß ich doch, was in ihrem Interesse liegt. Alle anderen hier sind doch bloß verblendet von dieser Schatzsuche und der Aussicht auf das schnelle Geld. Aber nicht ich, Gott ist mein Zeuge, nicht ich! Ich werde diese Stadt beschützen. Vor Ihresgleichen und vor sich selbst.«

»Reverend Clay, ich denke, Sie sollten erst einmal in der Bibel nachlesen, bevor Sie derartige Anschuldigungen aussprechen. ›Richtet nicht, auf daß ihr nicht gerichtet werdet‹.«

Hatch bemerkte, daß er vor Wut immer lauter geworden war. Die Leute an den Nebentischen waren auf einmal ganz still geworden und starrten peinlich berührt auf ihre Teller. Hatch erhob sich abrupt und ging an dem schweigenden, ganz blaß gewordenen Clay vorbei aus dem Pavillon und hinüber zu den Ruinen des alten Forts auf der anderen Seite der Wiese.

17

Im Fort war es dunkel, feucht und kühl. Schwalben jagten im Inneren des aus Granitquadern erbauten Turmes in den durch alte Schießscharten hereinfallenden Sonnenstrahlen hin und her.

Nachdem Hatch das Fort durch einen Steinbogen betreten hatte, mußte er erst einmal stehenbleiben und schwer atmend seine Fassung wiedererlangen. Ohne es zu wollen, hatte er sich von dem Reverend provozieren lasse. Die halbe Stadt hatte es mitbekommen, und die andere Hälfte würde es bestimmt bald erfahren.

Hatch setzte sich auf einen Steinsims am Fuß der Mauer und dachte nach. Bestimmt hatte Clay mit seinen Ansichten nicht hinter dem Berg gehalten, aber Hatch bezweifelte, daß außer ein paar Hummerfischern ihm allzu viele Leute zugehört hatten. Die Fischer waren ziemlich abergläubisch und deshalb möglicherweise empfänglich für Clays Gerede von einem Fluch und seine düstere Drohung, daß die Schatzsuche die Hummerfischerei vernichten könnte ... Hatch hoffte nur, daß die Fangergebnisse in diesem Jahr einigermaßen gut sein würden.

Langsam besänftigte die Stille in dem alten Gemäuer Hatchs Wut. Nur leise drangen die Geräusche des Festes jenseits der Wiese an sein Ohr. In Zukunft mußte er sich besser im Griff haben. Dieser Clay war zwar eine selbstgefällige Nervensäge, aber er war es nicht wert, daß man sich so über ihn ereiferte.

Innen im Fort war es friedlich wie im Mutterschoß, und Hatch hätte es noch stundenlang in der angenehmen Kühle ausgehalten. Aber er wußte, daß er zurück zu dem Fest gehen und dort mit nonchalanter Miene alles wieder ins Lot bringen mußte. Auf jeden Fall sollte er dort sein, bevor die obligatorischen Reden begannen. Also stand er auf und wandte sich zum Gehen, als er zu seinem Erstaunen eine gebeugte Gestalt unter dem Steinbogen am Eingang stehen sah.

»Professor Horn!« rief Hatch.

Das kluge Gesicht des alten Lehrers verzog sich vor Freude. »Ich habe mich schon gefragt, wann du mich endlich bemerken würdest«, sagte er, während er auf seinen Stock gestützt näherkam. Horn gab Hatch freundlich die Hand. »Das war ja eine unerfreuliche kleine Szene eben.«

Hatch schüttelte den Kopf. »Ich habe die Fassung verloren wie ein Idiot. Was hat der Mann bloß an sich, daß er bei mir so die Sicherungen durchbrennen läßt?«

»Das ist nicht allzu schwer zu begreifen. Clay ist linkisch, im sozialen Umgang extrem unbeholfen, und zudem hat er ziemlich starre Moralvorstellungen. Aber unter seiner verbitterten Oberfläche schlägt ein Herz, das so groß ist wie der Ozean.

Allerdings wohl auch so ungestüm und unergründlich wie dieser, nehme ich an. Er ist ein vielschichtiger Mann, Malin, unterschätze ihn nicht.« Der Professor legte Hatch die Hand auf die Schulter. »Aber jetzt haben wir lange genug über den Reverend geredet. Großer Gott, Malin, du siehst wirklich gut aus. Und ich bin mächtig stolz auf dich. Studium in Harvard, eine Stelle als Forscher im Mount Auburn – alle Achtung. Aber du warst ja immer schon ein gescheiter Junge. Schade nur, daß das nicht gleichbedeutend mit einem guten Schüler ist.«

»Ich verdanke Ihnen viel«, sagte Hatch. Er erinnerte sich, wie er in seinen letzten Jahren in Stormhaven viele Nachmittage in dem großen viktorianischen Haus des Professors verbracht und sich in dessen Sammlungen von Steinen, Käfern und Schmetterlingen vertieft hatte.

»Unsinn. Ach, übrigens, ich habe immer noch deine Vogelnestersammlung. Ich wußte nicht, wohin ich sie dir nachschicken sollte.«

Hatch spürte, wie ein Schuldgefühl in ihm aufstieg. Es war ihm nie in den Sinn gekommen, daß der erlauchte Professor vielleicht gerne etwas von ihm gehört hätte. »Tatsächlich?« fragte er. »Ich dachte, Sie hätten das Zeug längst weggeworfen.«

»Wenn ich ehrlich bin, handelt es sich um eine ziemlich bemerkenswerte Sammlung«, erklärte Horn. Er ließ seine knochige Hand auf Hatchs Oberarm gleiten und drückte ihn. »Wärst du jetzt vielleicht so freundlich und würdest mich aus dem Fort und über die Wiese geleiten? Ich bin in letzter Zeit leider nicht mehr so gut zu Fuß wie früher.«

»Ich hätte mich schon bei Ihnen gemeldet, wenn nicht ...« begann Hatch, aber er vollendete den Satz nicht.

»Nicht ein einziges Wort, nicht einmal eine Nachsendeadresse«, sagte Horn bitter. »Aber wenigstens habe ich letztes Jahr etwas über dich im ›Globe‹ gelesen.«

Hatch wandte sein Gesicht ab. Er war vor Scham ganz rot geworden.

Der Professor schnaubte bärbeißig. »Ist ja auch egal. Der Statistik nach müßte ich ohnehin schon längst tot sein. Nächsten Donnerstag werde ich nämlich neunundachtzig Jahre alt. Wehe, du bringst mir kein Geschenk vorbei.«

Die beiden traten hinaus auf die sonnenbeschienene Wiese, über die hinweg fröhliche Stimmen und Gelächter an ihre Ohren drangen.

»Sie haben sicher schon gehört, weshalb ich zurückgekommen bin?« fragte Hatch vorsichtig.

»Wer hat das nicht?« kam die beißende Antwort. Mehr hatte der Professor offenbar nicht zu sagen, denn er ging schweigend neben Hatch her.

»Und was halten Sie davon?« wollte Hatch nach einer Weile wissen.

Der alte Mann blieb stehen und sah ihn fragend an.

»Na, von der Schatzsuche«, erklärte Hatch. »Was halten Sie davon?«

Der Professor setzte sich wieder in Bewegung, blieb aber nach ein paar Metern abermals stehen und ließ Malins Arm los. »Aber vergiß nicht, daß *du* es warst, der gefragt hat.«

Hatch nickte.

»Ich denke, daß du ein gottverdammter Idiot bist.«

Einen Augenblick lang schwieg Hatch verdutzt. Auf das, was Clay ihm gesagt hatte, war er vorbereitet gewesen, auf die Worte seines alten Lehrers hingegen nicht. »Warum meinen Sie das?«

»Ausgerechnet du müßtest doch eigentlich wissen, daß ihr das, was auch immer dort unten schlummern mag, niemals ans Tageslicht befördern werdet.«

»Aber Dr. Horn, wir verfügen über technische Möglichkeiten, von denen die Schatzsucher früherer Zeiten nicht einmal zu träumen wagten. Festkörpersonar, Protonenmagnetometer, und wenn es sein muß, können wir uns sogar eine Verbindung zu einem Aufklärungssatelliten herstellen lassen. Wir haben zwanzig Millionen Dollar Kapital und darüber hinaus das geheime Tagebuch des Mannes, der die Wassergrube entworfen hat.« Hatchs Stimme war lauter geworden. Auf einmal wurde ihm klar, wie wichtig es ihm war, daß der Professor sein Unternehmen billigte.

Dr. Horn schüttelte den Kopf. »Fast ein Jahrhundert lang habe ich die Schatzsucher nun schon kommen und gehen sehen, Malin. Und alle hatten sie stets die neueste Ausrüstung und einen Batzen Geld, ganz zu schweigen von irgendeiner entscheidenden Information oder einer brillanten neuen Erkenntnis. Jede Unternehmung sollte ganz anders werden als die vorhergegangenen, und doch endeten alle auf die gleiche Weise: mit Bankrott, Leid, und manchmal sogar mit dem Tod.« Er sah Hatch ins Gesicht. »Habt ihr denn euren Schatz schon gefunden?«

»Noch nicht«, antwortete Hatch. »Es gibt da noch ein kleines Problem. Wir wissen zwar, daß die Grube durch einen Tunnel mit dem Meer verbunden ist und deshalb immer unter Wasser steht, aber als wir einen Test mit Färbemittel machten, stellte sich heraus, daß nicht nur ein solcher Tunnel existiert, sondern fünf und ...«

»Verstehe«, unterbrach ihn Dr. Horn. »Nur ein kleines Problem. Auch das habe ich schon viel zu oft gehört. Vielleicht löst ihr ja euer Problem, aber dann wird das nächste auftauchen und nach diesem wieder eines. So lange, bis auch ihr bankrott seid. Oder tot. Oder beides.«

»Nein, dieses Mal wird es wirklich anders«, rief Hatch. »Sie können mir nicht erzählen, daß es unmöglich ist, den Schatz zu heben. Was Menschen erdacht haben, können Menschen auch bezwingen.«

Mit einer raschen Bewegung packte der Professor Hatch abermals am Arm. Seine trockene sehnige Hand war erstaunlich kräftig und fühlte sich an wie eine knorrige alte Baumwurzel. »Ich habe deinen Großvater gekannt, Malin, und der war dir ziemlich ähnlich: jung, blitzgescheit, mit einer vielversprechenden Karriere vor sich und voll hochfliegendem Enthusiasmus. Was du mir eben gesagt hast, habe ich fast wortwörtlich vor fünfzig Jahren auch aus seinem Mund vernommen.« Dr. Horn wurde so leise, daß seine Stimme nur noch ein scharfes Flüstern war. »Denk dran, was er deiner Familie hinterlassen hat. Du hast mich nach meiner Meinung gefragt, und deshalb gebe ich dir jetzt den guten Rat: Fahr zurück nach Boston, bevor die Geschichte sich wiederholt.«

Mit diesen Worten wandte sich der Professor abrupt ab und humpelte mit durch das hohe Gras stocherndem Stock gereizt davon. Hatch sah ihm nach, bis er über dem Kamm des Hügels verschwunden war.

18

Am nächsten Morgen zog sich Hatch, der einen dicken Kopf von dem am vergangenen Abend getrunkenen Bier hatte, in seine Inselpraxis zurück und erledigte den aufgelaufenen Papierkram. In den vergangenen paar Tagen hatte es eine Reihe kleinerer Verletzungen gegeben, die aber allesamt nichts Ernstes gewesen waren, nur ein paar Kratzer oder eine angebrochene Rippe. Während Hatch die Ausrüstung in den Regalen mit der Inventarliste verglich, hörte er das monotone Zischen der Brandung am nahegelegenen Riff. Vom fast unvermeidlichen Nebel getrübtes Sonnenlicht fiel durch das Fenster in der Wellblechwand herein.

Als Hatch mit der Inventarliste durch war, hängte er das Klemmbrett an einen Nagel neben den Regalen und schaute aus dem Fenster. Draußen konnte er sehen, wie die lange rundschultrige Gestalt von Christopher St. John vorsichtig über den zerfurchten Boden zwischen den Hütten stakste. Umständlich stieg der Engländer über eine in einen dicken PVC-Schlauch verpackte Stromleitung und betrat leicht gebückt Wopners Baracke, wobei sein wirrer grauer Haarschopf fast den Türrahmen berührte. Hatch zögerte einen Moment, dann nahm er die beiden schwarzen Schnellhefter und verließ seine Praxis. Vielleicht ging St. John ja deshalb zu Wopner, weil es beim Entschlüsseln des Codes einen Fortschritt gegeben hatte.

In Wopners Büro im Basislager herrschte – falls das überhaupt möglich war – noch größeres Chaos als in seiner Kabine an Bord der »Cerberus«. Die vielen elektronischen Geräte zum Überwachen und Fernsteuern aller möglichen Einrichtungen auf der Insel ließen in dem ohnehin schon kleinen Raum ein Gefühl von Platzangst aufkommen. Wopner saß auf dem einzigen Stuhl des Büros, der zwischen den mit Computern vollgestopften Metallregalen stand. Trotz der unablässig brummenden Klimaanlage war die Luft in dem Raum stickig und roch nach heißgelaufener Elektronik.

Als Hatch hereinkam, suchte St. John gerade nach einem Haken, an dem er sein Jackett aufhängen konnte. Als er keinen Erfolg hatte, legte er es schließlich vorsichtig auf eine Konsole neben der Tür.

»Unterstehen Sie sich«, sagte Wopner. »Dieser haarige alte Tweedfetzen wird mir noch das ganze System kurzschließen.«

Stirnrunzelnd nahm St. John das Jackett wieder an sich. »Hätten Sie vielleicht einen Augenblick Zeit für mich, Kerry?« fragte er. »Wir müssen das Problem mit dem Code besprechen.«

»Sehe ich etwa so aus, als hätte ich Zeit?« kam die rüde Reaktion. Wopner wandte sich von seinem Monitor ab und blickte den Historiker böse an. »Ich habe soeben das gesamte System hier auf der Insel überprüft. Und zwar bis hinunter zum Quellcode. Das hat über eine Stunde gedauert, obwohl ich die maximale Bandbreite zur Verfügung hatte. Es ist alles in Ordnung: die Pumpen, die Kompressoren, die Servomotoren und was sonst noch hier herumsteht. Keinerlei Probleme oder Abweichungen vom Sollzustand.«

»Das ist ja toll«, mischte sich Hatch ein.

Wopner sah ihn ungläubig an. »Ticken Sie nicht mehr richtig, oder was? Toll soll das sein? Das ist verdammt schrecklich, wenn Sie mich fragen.«
»Wieso denn?«
»Haben Sie denn schon vergessen, daß wir einen Systemabsturz hatten? Diese verfluchten Pumpen haben den Geist aufgegeben. Danach habe ich den Inselcomputer mit Scylla drüben auf der ›Cerberus‹ verglichen, und was meinen Sie, daß ich festgestellt habe? Die ROM-Bausteine hier im Charybdis sind verändert worden. Verändert!« Wopner schlug mit der Faust auf einen der Computer neben seinem Stuhl.
»Und?«
»Und jetzt teste ich den ganzen Mist erneut durch, und plötzlich ist alles wieder in Ordnung. Und nicht nur das, es gibt nicht einmal die geringste Abweichung von den Sollwerten.« Wopner beugte sich vor. »Keinerlei Abweichung. Begreifen Sie endlich? Das ist physikalisch und computertechnisch absolut unmöglich!«
St. John hatte die Hände auf dem Rücken gefaltet und betrachtete die Computer ringsum. »Vielleicht spukt es ja in denen, Kerry«, meinte er mit einem süffisanten Lächeln.
Wopner ignorierte ihn.
»Ich kenne mich zwar mit Computern nicht aus«, fuhr St. John in seinem näselnden Akzent fort, »aber eines weiß sogar ich: Diese Maschinen sind immer nur so gut wie der Mensch, der sie programmiert hat.«
»Aber es liegt nicht am Programm, verdammt noch mal.«
»Verstehe. Menschliches Versagen ist in diesem Fall natürlich vollkommen ausgeschlossen. Aber wenn ich mich richtig erinnere, war es ein falscher Algorithmus in FORTRAN, der die Raumsonde Mariner Eins auf Nimmerwiedersehen in den Tiefen des Weltalls hat verschwinden lassen.«
»Aber jetzt funktioniert doch alles wieder«, meinte Hatch. »Weshalb gehen Sie nicht einfach zur Tagesordnung über?«
»Klar doch, damit so ein Fehler noch einmal passiert. Ich will

wissen, weshalb der ganze Mist ohne Vorwarnung gleichzeitig ausgefallen ist.«

»Jetzt können Sie auch nichts mehr daran ändern«, sagte St. John. »Und inzwischen hinken wir unserem Zeitplan zur Entschlüsselung des Tagebuchs immer weiter hinterher. Von Ihnen kommt nichts, aber ich habe weiter nachgeforscht und bin jetzt der Meinung, daß wir viel zu rasch die Möglichkeit verworfen haben, daß ...«

»Quatsch mit Soße!« fauchte Wopner und rollte mit seinem Drehstuhl auf St. John zu. »Sie wollen mir doch wohl nicht schon wieder mit Ihrem polyalphabetischen Unfug kommen, alter Knabe. Wissen Sie was? Ich werde den Algorithmus meiner Brachialattacke ein wenig ändern und ihr fünfzigprozentige Systempriorität einräumen. Damit bringen wir die Geschichte auf Trab, das garantierte ich Ihnen. Warum ziehen Sie sich nicht in Ihre Bibliothek zurück und kommen am Abend mit einer besseren Idee noch mal vorbei?«

St. John warf Wopner einen kurzen Blick zu, dann zog er sich achselzuckend sein Jackett wieder an und ging durch die niedrige Tür ins Freie.

Hatch folgte ihm hinüber in sein Büro. »Vielen Dank«, sagte er, als er St. John dort die beiden Schnellhefter zurückgab.

»Kerry hat recht«, meinte der Historiker, als er an seinem sauber aufgeräumten Schreibtisch Platz nahm und sich müde seine altertümliche Schreibmaschine griff. »Alles andere habe ich nämlich schon probiert. Ich bin dem Code mit sämtlichen Verschlüsselungstechniken zu Leibe gerückt, die es zu Macallans Zeit gegeben hat, ich habe ihn als arithmetisches Problem betrachtet, als astronomisches oder astrologisches System und sogar als Code in einer Fremdsprache. Nichts hat etwas geholfen.«

»Was ist eigentlich polyalphabetisch?« fragte Hatch.

»Man spricht von polyalphabetischen Geheimschriften. Sie müssen wissen, daß zur Zeit Macallans die meisten Codes auf ziemlich simplen monophonen Substitutionen basierten. Man verwendete dazu zwei Alphabete: ein normales Alphabet und ein Verschlüsselungsalphabet, bei dem die Buchstaben möglichst wild durcheinandergewürfelt waren. Die schrieb man dann untereinander und las für jeden Buchstaben des normalen Alphabets, den man verschlüsseln wollte, sein Pendant im Verschlüsselungsalphabet ab. Wenn zum Beispiel ein S einem Y entsprach, und ein E einem Z, dann las sich das Wort ›See‹ zum Beispiel ›Yzz‹. Im Grunde genommen ist es dasselbe Prinzip, nach dem sich auch die Kryptogramme auf der Rätselseite Ihrer Zeitung lösen lassen.«

»Klingt einleuchtend«, meinte Hatch.

»Das ist es auch, aber leider nicht allzu sicher. Besser ist es da schon, wenn man mehrere *verschiedene* Alphabete zum Verschlüsseln verwendet. Sagen wir mal, Sie nehmen zehn anstatt nur eines. Wenn Sie nun ihr Dokument codieren, gehen Sie diese Alphabete der Reihe nach durch, und wenn Sie beim zehnten angelangt sind, fangen Sie das Ganze wieder von vorne an. So etwas nennt man eine polyphone Geheimschrift. Jetzt wäre ›See‹ nicht mehr ›Yzz‹, denn jeder Buchstabe wäre ja nach einem anderen Alphabet verschlüsselt.«

»Hört sich an, als wäre es ziemlich schwierig zu knacken.«

»Das ist es auch. Aber Kerry steht auf dem Standpunkt, daß zu Macallans Zeiten polyphone Verschlüsselungen nicht angewendet wurden. Man kannte sie zwar, empfand sie aber als zu zeitaufwendig und zu fehlerträchtig.« St. John seufzte. »In unserem Fall hätte Macallan zudem das Problem gehabt, die verschiedenen Alphabete ständig vor den Piraten verstecken zu müssen. Hätte Red Ned Ockham auch nur eines von ihnen zu Gesicht bekommen, wäre alles aufgeflogen. Und selbst ein Genie wie Macallan hätte sich niemals so viele Alphabete auswendig merken können.«

»Aber wenn Sie trotzdem der Auffassung sind, daß ein polyalphabetischer Code verwendet wurde, wieso knacken Sie ihn dann nicht auf eigene Faust?«

St. Johns Lippen verzogen sich zu einer Grimasse, die fast ein

Lächeln hätte sein können. »Wenn ich zwei Monate Zeit hätte, dann würde ich das ja gerne probieren«, erwiderte er. »Aber die habe ich nun mal nicht. Außerdem habe ich keine Ahnung, wie lang der Schlüssel war, den Macallan verwendet hat, oder ob er die Nullen einfach willkürlich eingestreut hat.«

»Die Nullen?«

»*Nihil importantes.* Buchstaben, die keinen Sinn ergeben, aber in den Text eingearbeitet werden, um den Entschlüßler zu verwirren.«

Von draußen drang das tiefe, geheimnisvoll klingende Geräusch einer Schiffssirene herein. Hatch sah auf die Uhr. »Es ist schon zehn. Ich glaube, ich mache mich dann mal auf die Socken. In ein paar Minuten will Neidelman die Fluttunnels abdichten und die Wassergrube leerpumpen. Viel Glück mit Kerry!«

19

Hatch verließ das Basislager und lief den Pfad hinauf zur Wassergrube. Er war gespannt, wie der Orthanc, dieses neue Gebilde, das in den vergangenen achtundvierzig Stunden dort entstanden war, wohl aussehen würde. Noch bevor er den Kamm des Hügels erreicht hatte, sah er bereits den mit großen Fenstern versehenen Beobachtungsturm, um den herum eine schmale Plattform verlief. Als er näher kam, erkannte er die mächtigen Streben, die das Unterteil des Turms gute zwölf Meter über dem sandigen Untergrund hielten. Von seinem Oberteil hingen Stahlseile und Kabel hinunter in die Dunkelheit der Grube. Mein Gott, dachte Hatch, dieses Ungetüm ist so riesig, daß man es bestimmt vom Festland aus sieht. Seine Gedanken wanderten zurück zu dem Hummerfest und dem, was Reverend Clay und sein alter Lehrer ihm gesagt hatten. Von Professor Horn wußte Hatch, daß er seine Meinung für sich behalten würde. Bei Clay allerdings war er sich nicht so sicher. Bisher war die öffentliche Meinung Thalassa gegenüber unglaublich positiv gewesen, und Hatch wollte dafür sorgen, daß das auch weiterhin so blieb. Noch vor dem Ende des Festes hatte er deshalb mit Neidelman wegen eines Jobs für Donny Truitt gesprochen, und der Kapitän hatte Hatchs alten Schulfreund sofort der Arbeitsgruppe zugeteilt, die in der Wassergrube zu graben anfangen sollte, sobald diese leergepumpt war.

Hatch trat auf den Orthanc zu und kletterte an einer Außenleiter nach oben. Der Blick von der Aussichtsplattform war phantastisch. Der heißen Sommersonne gelang es gerade, den Inselnebel in langgezogene Fetzen aufzulösen, so daß Hatch am Horizont die bläulichen Umrisse des Festlandes ausmachen konnte. Das Sonnenlicht glitzerte auf dem Ozean und verlieh ihm die Farbe von gehämmertem Metall, und an den Riffen brach sich die Brandung und umgab Ragged Island mit einem Kranz aus Schaum und Treibgut.

Hatch fielen auf einmal zwei Zeilen aus einem Gedicht von Robert Brooke ein.

Und weißlich netzt der stumpfe Schaum
schrumpfend der Wellen weiten Raum.

Plötzlich hörte Hatch Stimmen. Er hob den Kopf. Auf der anderen Seite der Plattform stand Isobel Bonterre und unterhielt sich mit Neidelman. Ihr Taucheranzug glänzte feucht im Sonnenlicht, und sie beugte sich über das Geländer und wrang sich das Wasser aus ihrem nassen Haar.

Als Hatch auf die beiden zutrat, lächelte sie ihn breit grinsend an. »Da kommt der Mann, der mir das Leben gerettet hat!«

»Wie geht es Ihrer Wunde?« fragte Hatch.

»Schon vergessen, *Monsieur le docteur.* Ich war heute morgen sogar wieder beim Tauchen, während Sie vermutlich noch laut geschnarcht haben. Und Sie werden mir nicht glauben, was ich dabei entdeckt habe!«

Hatch sah hinüber zu Neidelman, der ihm zunickte und zufrieden dreinblickend an seiner Pfeife zog.

»Erinnern Sie sich noch an die Fundamente, die ich neulich auf dem Meeresgrund gesehen habe?« fuhr Bonterre fort. »Sie führen an der Innenseite der Riffe entlang und um die ganze Südspitze der Insel herum. Heute morgen bin ich die Überreste davon abgeschwommen, und denke, daß es für sie eigentlich nur eine Erklärung gibt: Die Fundamente gehörten zu einem alten Kofferdamm.«

»Tatsächlich? Aber warum sollte man um die Südspitze der Insel herum einen Kofferdamm bauen?« Bereits als Hatch die Frage stellte, fiel ihm die Antwort darauf ein. »Gott im Himmel!« hauchte er.

Bonterre grinste. »Die Piraten haben ihren Damm halbkreisförmig am Südriff entlang gezogen. Zuerst haben sie hölzerne Pfähle wie eine Art Palisade ins flache Wasser gerammt, die in einem Bogen vom Strand weg und dann wieder zurückführte. Ich fand Reste von Pech und Werg, mit dem sie wohl die Lücken zwischen den einzelnen Pfählen abgedichtet haben. Als der Damm fertig war, haben sie das Wasser dahinter herausgepumpt, bis der Meeresboden trocken lag, und dann haben sie die fünf Flutstollen gegraben. Als das soweit war, brauchten sie bloß den Kofferdamm wieder einzureißen und das Wasser zurückfließen zu lassen. *Et voilà,* schon war sie fertig, die Falle für künftige Schatzsucher.«

»Eigentlich lag es ja auf der Hand«, fügte Neidelman hinzu, »wenn man richtig darüber nachgedacht hätte. Wie sonst hätten die Piraten ohne Taucherausrüstung die Unterwassertunnels bauen sollen? Außerdem war Macallan nicht nur Architekt, sondern auch Ingenieur. Als solcher hat er auch an der Konstruktion der Old Battersee Bridge mitgewirkt, weshalb er sich bei Bauten im seichten Wasser recht gut ausgekannt haben dürfte. Bestimmt war er es, der sich das alles bis ins kleinste Detail hat einfallen lassen.«

»Aber einen Kofferdamm um die ganze Inselspitze herum zu bauen ist doch ein enorm aufwendiges Unterfangen.«

»Allerdings, aber bedenken Sie, daß Macallan über tausend motivierte Arbeitskräfte zur Verfügung standen. Außerdem konnten die Piraten leistungsfähige Kettenpumpen aus den Bilgen ihrer Schiffe zum Einsatz bringen.« Die Schiffssirene ließ sich ein weiteres Mal vernehmen, und Neidelman sah auf die Uhr. »In fünfzehn Minuten fangen wir an, die Zugänge zu den Flutstollen zu sprengen. Der Nebel scheint sich aufzulösen, also werden wir gute Sicht haben. Kommen Sie doch mit hinein in den Turm.«

Der Kapitän hielt Hatch und Bonterre die Tür auf. Im Inneren von Orthanc sah Hatch eine Reihe von elektronischen Schalttafeln mit waagerecht darin eingelassenen Monitoren. Magnusen und Rankin standen an sich gegenüberliegenden Arbeitsstationen, während ein paar Techniker, die Hatch nicht kannte, Teile der Anlage testeten und sich dazu Notizen machten. Auf weiteren Monitoren waren die Bilder von verschiedenen, auf der Insel aufgestellten Videokameras zu sehen, darunter auch die Kommandozentrale, der Eingang zur Wassergrube und das Innere des Orthanc selbst.

Das ungewöhnlichste Merkmal des Beobachtungsturmes war zweifellos die dicke Glasplatte, die in der Mitte seines Bodens eingelassen war. Hatch trat an sie heran und blickte hinunter in den Abgrund der Wassergrube.

»Jetzt passen Sie mal auf«, sagte Neidelman und betätigte einen Schalter auf einer in der Nähe liegenden Konsole.

Eine starke Quecksilberbogenlampe sprang an und tauchte den Schacht plötzlich in gleißendes Licht. Hatch sah, daß die Grube unter ihm mit Meerwasser gefüllt war, auf dem Fetzen von Seetang trieben. Kleine Shrimps schwammen, vom Lichtschein angelockt, knapp unterhalb der Oberfläche herum. Etwa einen Meter tief in dem trüben Wasser konnte Hatch die mit Muscheln überkrusteten Enden alter Stützbalken erkennen, die sich dann in der Tiefe verloren. Neben dem dicken, mit Metallkupplungen versehenen Pumpenschlauch führte noch ein halbes Dutzend dünnerer Schläuche und Kabel hinunter in die Grube.

»Der Rachen des Ungeheuers«, sagte Neidelman mit grimmiger Zufriedenheit. Dann deutete er auf die Konsolen unter den Fenstern. »Wir haben den Orthanc mit den modernsten Meßapparaturen ausgestattet, die es gibt, darunter auch Bodenradar im L- und X-Band-Bereich, das mit einer synthetischen Blende arbeitet. Alles ist per Standleitung mit dem Computer im Basislager verbunden.«

Neidelman sah noch einmal auf die Uhr. »Dr. Magnusen, ist die Funkstation klar?«

»Ja, Kapitän Neidelman«, bestätigte die Ingenieurin und strich sich die kurzen schwarzen Haare zurück. »Die Übertragung zu allen fünf Bojen ist gut. Wir können jederzeit das Signal zur Sprengung geben.«

»Ist Wopner in Island One?«

»Ich habe ihn vor fünf Minuten angepiepst. Er müßte eigentlich jeden Augenblick eintreffen, wenn er inzwischen nicht schon dort ist.«

Neidelman ging zu einer Konsole und schaltete das Funkgerät ein. »Orthanc an ›Naiad‹ und ›Grampus‹. Hören Sie mich?«

Die Boote meldeten sich.

»Gehen Sie auf Position. In zehn Minuten sprengen wir«, ordnete der Kapitän an.

Hatch trat ans Fenster. Der Nebel hatte sich in einen dünnen Dunstschleier verwandelt, durch den er sehen konnte, wie die beiden Boote von der Pier ablegten und rasch Kurs hinaus aufs Meer nahmen. In einem Halbkreis um das Südende der Insel erkannte er die fünf Funkbojen, die mit ihren in der Sonne blinkenden Antennen die Eingänge zu den Flutstollen markierten. In jedem dieser Tunnels hatten die Taucher mehrere

Kilo Semtex angebracht, die jetzt darauf warteten, per Funkbefehl gezündet zu werden.

»Island One bitte melden«, sprach Neidelman ins Mikrofon des Funkgeräts.

»Hier Wopner. Was gibt's?«

»Sind die Überwachungssysteme online?«

»Ja, alles in bester Ordnung«, antwortete Wopner, aber seine Stimme klang niedergeschlagen.

»Gut. Sagen Sie mir sofort, wenn sich etwas ändert.«

»Kapitän Neidelman, warum muß ich hierbleiben?« quengelte die Stimme. »Der Orthanc ist doch voll vernetzt, und Sie wollen die Pumpen ohnehin von Hand steuern. Alles, was Sie tun müssen, können Sie auch selber machen. Sie brauchen mich nicht, und ich müßte dringend an diesem verdammten Code weiterarbeiten.«

»Ich will keine weiteren Überraschungen erleben«, entgegnete Neidelman. »Erst sprengen wir die Tunnels und pumpen die Wassergrube leer, dann können Sie wieder zu ihrem Tagebuch.«

Unter dem Beobachtungsfenster bewegte sich etwas, und Hatch sah, daß es Streeter war, der zusammen mit einer Arbeitsgruppe am Pumpenschlauch in Position ging. Bonterre trat auf Neidelman zu. Ihre langen, halb trockenen Haare fielen ihr auf die Schultern herab wie ein dunkler Wasserfall.

»Wie lange ist es noch bis zum Beginn des Feuerwerks?« fragte sie.

»Fünf Minuten.«

»Wie aufregend! Ich liebe es, wenn es kracht«, sagte sie und zwinkerte Hatch zu.

»Dr. Magnusen, würden Sie das System bitte noch einmal überprüfen«, bat Neidelman.

»Wird gemacht, Sir.« Sie betätigte ein paar Knöpfe und Schalter. »Alles im grünen Bereich. Funksignale okay. Die Pumpen sind gestartet und befinden sich im Leerlauf.«

Rankin winkte Hatch herbei und deutete auf einen Bildschirm. »Das wird Sie interessieren«, meinte er.

Der Monitor zeigte einen Querschnitt der Wassergrube, die bis zu einer Tiefe von dreißig Metern mit Markierungen im Abstand von jeweils einem Meter versehen war. In der Grube stand eine blaue Säule, die knapp unter dem Rand endete.

»Es ist uns gelungen, einen kleinen Tiefenmesser in die Grube zu schaffen«, erklärte Rankin stolz. »Streeter hat gestern ein paar Taucher hinuntergeschickt, aber sie kamen nicht weiter als bis zur Zehn-Meter-Marke, dann war der Schacht mit Schutt versperrt. Sie glauben ja nicht, was da für ein Gerümpel drin liegt.« Er wandte sich wieder dem Monitor zu und deutete auf die blaue Säule. »Das hier ist der Wasserstand. Auf diesem Bildschirm können wir genau beobachten, wie er sinkt.«

»Achtung, an alle Stationen«, sagte Neidelman. »Wir werden jetzt eine Ladung nach der anderen zünden.«

Im Beobachtungsturm wurde es still.

»Ladung eins bis fünf scharf«, sagte Magnusen mit konzentrierter Stimme, während ihre kurzen Finger eine Reihe von Schaltern umlegten.

»Zehn Sekunden«, murmelte Neidelman.

Die Spannung stieg.

»Ladung eins auslösen.«

Hatch blickte hinaus aufs Meer. Einen Augenblick lang war alles still, dann erhob sich eine gewaltige Fontäne aus dem Ozean, in deren Inneren eine orangefarbene Flammensäule loderte. Einen Augenblick später ließ die Druckwelle die Fenster des Beobachtungsturms erbeben. Der Knall der Explosion lief über das Wasser, und nach dreißig Sekunden antwortete ihm das leise Echo von den Bergen auf dem Festland. Inzwischen hatte sich der Geysir in einer seltsamen Zeitlupe hoch in die Luft geschraubt, gefolgt von einer Wolke aus pulverisiertem Fels, Schlamm und Tang. Als er wieder in sich zusammenfiel, breiteten sich ringsum kreisförmige Wellen aus, die mit der Dünung kollidierten. Die »Naiad«, das nähere der beiden

Boote, schaukelte wie verrückt auf der plötzlich unruhigen See.

»Ladung zwei auslösen«, befahl Neidelman, und eine zweite Explosion erschütterte hundert Meter von der ersten entfernt das Riff. Rasch nacheinander ließ Neidelman nun auch die anderen Ladungen zünden, so daß es Hatch vorkam, als würde rings um die Südküste von Ragged Island ein wilder Sturm das Wasser peitschen. Schade, daß heute nicht Sonntag ist, dachte er. Sonst hätten wir Reverend Clay einen Gefallen getan und die Leute geweckt, die während seiner Predigt eingepennt sind.

Nach der letzten Explosion warteten die Tauchteams auf der »Naiad« und der »Grampus« so lange, bis sich die See wieder beruhigt hatte. Dann gingen sie nach unten und überprüften, ob auch wirklich alle fünf Stollen verschlossen waren. Nachdem sie Neidelman über Funk gemeldet hatten, daß alles in Ordnung sei, wandte sich dieser wieder an Magnusen. »Stellen Sie die Pumpen auf einen Durchsatz von hunderttausend Liter pro Minute ein«, sagte er. »Und Sie, Streeter, machen Ihr Team startklar.«

Mit dem Mikrofon in der Hand wandte er sich an die Gruppe im Beobachtungsturm.

»So, und jetzt wollen wir mal die Wassergrube trockenlegen«, erklärte er.

Ein kräftiges Brummen war von der Südküste her zu vernehmen. Es zeigte an, daß die Pumpen ihre Arbeit aufgenommen hatten. Fast gleichzeitig hörte Hatch ein lautes, widerstrebend klingendes Ächzen aus dem Schacht, wo nun das Wasser abgesaugt wurde. Er sah, wie sich der Schlauch, der es über die Insel zurück in den Ozean leiten sollte, auf einmal prall und fest wurde. Rankin und Bonterre starrten auf den Monitor mit dem Querschnitt der Grube, während Magnusen sämtliche Werte der Pumpen im Auge behielt. Der Turm begann ganz leicht zu vibrieren.

Ein paar Minuten verstrichen.

»Wasserspiegel um zehn Zentimeter gesunken«, verkündete Magnusen.

»Der Tidenhub beträgt hier zwei Meter fünfzig«, sagte Neidelman zu Hatch. »Auch das Wasser in der Grube sinkt nie unter diese Marke. Wenn wir also drei Meter erreicht haben, wissen wir, daß unsere Aktion Erfolg hatte.«

Endlose, gespannte Sekunden vergingen, bis Magnusen von ihren Instrumenten aufblickte.

»Wasser auf drei Meter unter normal gesunken«, erklärte sie ungerührt.

Die Menschen im Orthanc sahen sich an, bis sich auf Neidelmans Gesicht plötzlich ein zufriedenes Grinsen breitmachte. Augenblicklich begannen alle vor Freude verrückt zu spielen. Bonterre ließ gellende Pfiffe ertönen und warf sich dem überraschten Rankin in die Arme, und die Techniker klopften sich gegenseitig auf die Schultern. Selbst Magnusen verzog die Lippen zu etwas, das fast als Lächeln hätte durchgehen können, bevor sie sich wieder mit ernster Miene ihrer Schalttafel zuwandte. Irgendwer zauberte auf einmal eine Flasche Veuve Cliquot und ein paar Plastikbecher hervor.

»Bei Gott, wir haben es geschafft«, sagte Neidelman, der seinen Mitarbeitern reihum die Hände schüttelte. »Heute legen wir die Wassergrube trocken!« Er griff nach der Flasche, öffnete den Verschluß und ließ den Korken knallen. »Dieser Schacht hat seinen Namen nicht umsonst«, meinte er, während er den Champagner ausschenkte. Hatch glaubte, in der Stimme des Kapitäns ein leichtes emotionales Zittern zu vernehmen. »Zweihundert Jahre lang war der größte Feind aller Schatzsucher das Wasser. Solange man das nicht aus der Grube entfernt hatte, kam man auch nicht an den Schatz heran. Ab morgen, meine Freunde, wird sich die Wassergrube einen neuen Namen suchen müssen. Ich danke und gratuliere Ihnen allen von ganzem Herzen.« Als Neidelman seinen Becher hob, war von mehreren anderen Stellen auf der Insel entfernter Jubel zu hören.

»Wasserspiegel um fünf Meter gesunken«, verkündete Magnusen.
Mit seinem Becher in der Hand trat Hatch in die Mitte des Raumes und schaute durch die Glasplatte nach unten. Die Wassergrube bot einen geradezu gespenstischen Anblick. Streeters Leute standen am Rand des Schachtes und beobachteten den Pumpenschlauch. Hunderttausend Liter Wasser – der Inhalt eines halben Swimmingpools – wurden von den mächtigen Pumpen Minute für Minute nach oben ins Meer befördert. Hatch konnte direkt sehen, wie der Wasserspiegel millimeterweise sank. Dabei entblößte er von Seegras überzogene Balken und triefende, muschelüberkrustete Wände. Zu seinem Erstaunen mußte Hatch mit einem perversen Gefühl des Bedauerns kämpfen, denn irgendwie kam es ihm fast enttäuschend vor, daß sie in zwei Wochen all das geschafft hatten, was den Schatzsuchern der letzten zweihundert Jahre trotz ihrer Mühen und Schmerzen und dem Einsatz ihres Lebens verwehrt geblieben war.
Neidelman war wieder am Funkgerät. »Hier spricht Kapitän Neidelman. Ich übe hiermit mein Recht als Leiter dieser Expedition aus und gebe allen Angestellten, die nicht zum Bereitschaftsdienst eingeteilt sind, den heutigen Nachmittag frei.«
Wieder ertönte Jubel auf der Insel und auf den Booten. Hatch sah hinüber zu Magnusen und fragte sich, weshalb sie so intensiv auf ihren Monitor starrte.
»Kapitän Neidelman?« sagte Rankin, der ebenfalls die Augen nicht von seinem Bildschirm wandte. Als Bonterre seinen Gesichtsausdruck sah, blickte sie ihm über die Schulter. »Kapitän Neidelman? Kommen Sie mal, bitte?« wiederholte Rankin lauter als zuvor.
Neidelman, der gerade dabei war, Champagner nachzuschenken, ging hinüber zu dem Geologen.
»Das Wasser fällt nicht mehr«, sagte dieser und deutete auf den Bildschirm.

Mit einemmal verstummten alle Anwesenden und blickten durch die Glasplatte nach unten.
Aus der Grube war ein leises, aber beständiges Zischen zu hören, und Luftblasen, die aus der dunklen Tiefe heraufgestiegen kamen, erzeugten kleine Strudel an der Wasseroberfläche.
Neidelman trat einen Schritt zurück. »Steigern Sie die Pumpenleistung auf hundertfünfzigtausend Liter«, befahl er mit ruhiger Stimme.
»Ja, Sir«, antwortete Magnusen, und das Geratter der Pumpen nahm zu.
Ohne ein Wort stellte sich Hatch neben Bonterre und starrte gemeinsam mit ihr auf Rankins Bildschirm. Die blaue Säule, die den Wasserspiegel symbolisierte, stand jetzt bei der Sechs-Meter-Marke. Sie zitterte ein wenig und begann dann, langsam, aber unerbittlich nach oben zu steigen.
»Wasserspiegel wieder bei fünf Metern«, sagte Magnusen.
»Wie kann das sein?« fragte Hatch. »Die Flutstollen sind doch alle verschlossen. Es kann kein Wasser mehr in die Grube fließen.«
»Streeter«, sagte Neidelman ins Mikrofon, »was geben die Pumpen maximal her?«
»Bei zweihunderttausend Litern pro Minute beginnt der rote Bereich, Sir.«
»Ich will nicht wissen, wann der rote Bereich beginnt, sondern wieviel die Pumpen hergeben.«
»Zweihundertfünfzigtausend Liter, Sir, aber dann ...«
Neidelman wandte sich an Magnusen. *»Los.«*
Draußen nahm das Brüllen der Pumpen eine ohrenbetäubende Lautstärke an. Alle starrten auf die Monitore, und niemand sagte ein Wort. Die blaue Säule blieb stehen, zitterte abermals und schien sogar ein wenig zu fallen. Erst jetzt bemerkte Hatch, daß er den Atem angehalten hatte; er schnaufte vorsichtig durch.
»Grande merde du noir«, flüsterte Bonterre. Voll ungläubigen Staunens sah Hatch, wie der Wasserspiegel wieder anstieg.

»Wir sind wieder bei drei Metern«, erklärte Magnusen ungerührt.
»Gehen Sie mit den Pumpen auf dreihunderttausend«, befahl Neidelman.
»Aber Sir!« krächzte Streeters Stimme aus dem Funkgerät. »Wir können doch nicht …«
»Tun Sie, was ich sage!« schnauzte Neidelman Magnusen an. Seine Stimme klang hart; er hatte den Mund zu einem schmalen weißen Strich zusammengepreßt.
Die Ingenieurin drehte entschlossen an einem Knopf auf ihrer Konsole.
Hatch trat wieder an das Beoachtungsfenster und sah, wie unten in der Wassergrube Streeters Leute zusätzliche Metallverstärkungen am Pumpenschlauch anbrachten, der sich jetzt wie ein lebendiges Wesen wand und zuckte. Hatch dachte mit Schrecken daran, was wohl passieren würde, wenn der Schlauch vor Überbeanspruchung platzte. Der enorme Wasserdruck konnte einen Menschen gut und gerne in Stücke reißen.
Das Brüllen der Pumpen war jetzt in ein lautes Heulen übergegangen, das wie ein Klageschrei klang und Hatch durch Mark und Bein ging. Er spürte, wie die Insel unter seinen Füßen erbebte. Kleine Erdklumpen lösten sich vom Rande der Grube und fielen hinab ins dunkle gurgelnde Wasser.
Die blaue Säule auf dem Monitor blieb stehen, sank jedoch nicht.
»Sir!« rief Streeter. »Die vordere Dichtung gibt nach!«
Neidelman stand reglos da und starrte wie gebannt hinunter in die Wassergrube.
»Sir!« rief Streeter, der Mühe hatte, den Lärm zu übertönen, aus dem Funkgerät, »wenn der Schlauch platzt, könnte er den Orthanc zerstören!«
Hatch öffnete den Mund, um etwas zu sagen, aber Neidelman kam ihm zuvor. »Schalten Sie die Pumpen ab«, befahl er Magnusen.

In der Stille, die bald darauf eintrat, konnte Hatch hören, wie die Wassergrube unter ihnen ächzte und zischte.
»Wasserspiegel wieder auf Ausgangspunkt, Sir«, sagte Magnusen sachlich, ohne die Augen von der Arbeitsstation zu nehmen.
»Was für ein Mist, Mann«, murmelte Rankin, der gerade die Sonarausdrucke durchsah. »Wir haben doch alle fünf Tunnels abgedichtet. Das Problem ist doch größer, als wir alle gedacht hatten.«
Als Neidelman das hörte, drehte er den Kopf, und Hatch konnte sein scharfes Profil und das harte Glänzen in seinen Augen sehen. »Es gibt kein Problem«, sagte der Kapitän mit leiser, seltsam klingender Stimme. »Wir müssen nur dasselbe tun wie Macallan und einen Kofferdamm um die Südspitze der Insel bauen.«

20

Um Viertel vor zehn abends verließ Hatch die »Cerberus« und ging über die Gangway auf sein eigenes Boot. Am Ende eines langen Arbeitstages hatte er das große Schiff aufgesucht, um sich die dort vorhandene Maschine zur Bestimmung des Blutstatus anzusehen. Dabei war er vom Zahlmeister zum Essen eingeladen worden. Nach einer ausgezeichneten Gemüselasagne und einer Tasse Espresso hatte er sich schließlich von dem halben Dutzend freundlicher Mannschaftsmitglieder und Labortechniker verabschiedet und sich auf den Weg zur Gangway gemacht. In einem der weißen Korridore war er auch an Wopners Kabine vorbeigekommen und hatte sich kurz überlegt, ob er dem Programmierer nicht einen Besuch abstatten sollte. Dann aber hatte er angesichts der unfreundlichen Begrüßung, die ihm dort sicherlich zuteil geworden wäre, auf

die neuesten Informationen über den Stand der Entschlüsselung verzichtet.
Jetzt war er wieder auf der »Plain Jane« und warf den Motor an. Er machte die Leinen los, legte von der »Cerberus« ab und steuerte hinaus in die warme Nacht. In der Ferne konnte er die Lichter des Festlands erkennen, und die Nachtbeleuchtung auf Ragged Island schimmerte durch den feinen Dunstschleier. Die Venus, die niedrig über dem westlichen Horizont stand, spiegelte sich im dunklen Wasser als ein zitternder, weißer Lichtfaden. Der Motor stotterte zuerst ein wenig, lief dann aber rund, sobald Hatch mehr Gas gab. Das gurgelnde Kielwasser am Heck des Bootes phosphoreszierte wie eine wirbelnde Spur aus grünlichen Funken. Hatch seufzte zufrieden und freute sich trotz der spätne Stunde auf eine angenehme Heimfahrt.
Auf einmal fing der Motor wieder an zu spucken. Hatch schaltete ihn ab und ließ das Boot treiben. Hört sich an wie Wasser in der Kraftstoffleitung, dachte er und ging mit einem unterdrückten Fluch nach vorn, um eine Taschenlampe und Werkzeug zu holen. Dann klappte er im Cockpit die Bodenplatten hoch, so daß er Zugang zum darunterliegenden Maschinenraum hatte. Mit der Taschenlampe leuchtete er herum, bis er den Wasserabscheider in der Kraftstoffleitung gefunden hatte, und schraubte die untere Hälfte ab. Sie war voller dunkler Flüssigkeit, die Hatch über Bord kippte, bevor er den Abscheider wieder zusammenschraubte.
Zurück im Cockpit hielt er abrupt inne. In der Stille der Nacht hörte Hatch ein merkwürdiges Geräusch, das er erst nach einer Weile einordnen konnte. Es war eine leise melodische Frauenstimme, die eine bezaubernde Arie sang. Hatch stand auf und drehte den Kopf in die Richtung, aus der die Stimme kam. Mit ihrem hinreißenden Anflug von sanftem Leid wollte sie nicht so recht zu dem dunklen, leicht bewegten Meer rings um das Boot passen.
Hatch blieb wie gebannt stehen und lauschte. Der Gesang kam

von der »Griffin«, die mit gelöschten Positionslichtern dalag. Bis auf das Ankerlicht am Mast war auf Neidelmans Schiff nur ein kleiner flackernder Lichtpunkt an der Reling zu sehen. Durch sein Fernglas erkannte Hatch, daß es der Kapitän war, der sich auf dem Vordeck seine Pfeife anzündete.

Hatch klappte die Stahlplatten über dem Maschinenraum wieder zu und betätigte den Startknopf. Bereits bei der zweiten Umdrehung sprang der Motor an und lief sofort wunderschön rund und gleichmäßig. Hatch schob den Gashebel nach vorn und tuckerte, einem Impuls folgend, langsam an die »Griffin« heran.

»Abend«, sagte der Kapitän mit ruhiger, in der Nachtluft ungewöhnlich klar klingender Stimme, als die »Plain Jane« längsseits ging.

»Guten Abend«, antwortete Hatch und schaltete den Motor in den Leerlauf. »Ich würde mein letztes Hemd darauf wetten, daß das von Mozart ist, aber ich weiß nicht, aus welcher Oper. ›Figaros Hochzeit‹ vielleicht?«

Der Kapitän schüttelte den Kopf. »Das ist ›Zeffiretti Lusinghieri‹.«

»Ah, aus ›Idomeneo‹.«

»Ja. Sylvia McNair singt die Arie wirklich wundervoll, finden Sie nicht? Sind Sie auch Opernfan?«

»Meine Mutter war einer. Jeden Samstag nachmittag gab es im Radio ein Opernkonzert, und durch unser Wohnzimmer schallten in voller Lautstärke die Trios und *tuttis*. Ich persönlich bin erst vor fünf Jahren auf den Geschmack gekommen.«

Eine Weile sagte keiner der beiden Männer etwas, dann fragte Neidelman plötzlich: »Hätten Sie vielleicht Lust, einen Sprung an Bord zu kommen?«

Hatch machte die »Plain Jane« an der Reling fest, schaltete den Motor ab und kletterte mit Neidelmans Hilfe hinüber auf die »Griffin«. Der Kapitän zog an seiner Pfeife, und einen Moment lang wurde sein Gesicht von unten rötlich erleuchtet, was die Schatten um seine eingefallenen Wangen und Augenhöh-

len noch tiefer erscheinen ließ. Vom Steuerhaus her sah Hatch ein metallisches Blinken. Es war der Goldspan, der im Mondlicht funkelte.
Nebeneinander standen die beiden an der Reling und lauschten den letzten Akkorden der Arie. Als sie zu Ende war und das Rezitativ begann, atmete Neidelman tief durch und klopfte seine Pfeife an der Bordwand aus. »Warum sagen Sie mir eigentlich nicht, daß ich mit dem Rauchen aufhören soll?« fragte er. »Bisher hat das noch jeder Arzt getan.«
Hatch dachte einen Moment lang nach. »Wozu soll ich mir umsonst den Mund fusselig reden?« fragte er dann.
Neidelman lachte leise. »Dann kennen Sie mich offenbar besser, als ich dachte. Wollen wir nach unten gehen und ein Glas Portwein trinken?«
Hatch warf dem Kapitän einen überraschten Blick zu. Gerade hatte man ihm beim Abendessen auf der »Cerberus« erzählt, daß Neidelman grundsätzlich niemanden in seine Privaträume auf der »Griffin« einlud. Obwohl der Kapitän immer freundlich und fürsorglich zu seiner Mannschaft war, hielt er doch eine gewisse Distanz, und so wußte keiner der Expeditionsteilnehmer, wie es unter Deck der »Griffin« überhaupt aussah.
»Da sehen Sie, wie gut es war, daß ich Ihnen keine Predigt über Laster wie Rauchen und Alkohol gehalten habe«, meinte Hatch. »So kann ich Ihre Einladung dankend annehmen, ohne das Gesicht zu verlieren.«
Er folgte Neidelman ins Steuerhaus und dann die Stufen zu der niedrigen Tür hinunter. Dahinter erwartete ihn eine weitere kurze Metalltreppe, und nachdem Neidelman eine zweite Tür geöffnet hatte, befand er sich in einem großen Raum mit niedriger Decke, in dem er sich staunend umsah. Seine Täfelung bestand aus glänzendem Mahagoni mit Schnitzereien und Perlmuttintarsien aus dem neunzehnten Jahrhundert. Die Bullaugen waren mit bunten Tiffany-Mosaiken verglast, und an den Wänden standen Sofas mit Lederpolstern. In einem Kamin am anderen Ende des Raumes brannte ein Feuer,

das die Kabine mit wohliger Wärme und dem schwachen, doch aromatischen Duft von Birkenholz erfüllte. Auf beiden Seiten des offenen Kamins befanden sich mit Glastüren versehene Bücherschränke, in denen Hatch ledergebundene Buchrücken erkennen konnte. Er trat heran, um die in goldenen Lettern eingeprägten Titel entziffern zu können. Die »Voyages and Discoveries« von Richard Hakluyt waren ebenso darunter wie eine frühe Ausgabe von Newtons »Principia«, und hier und da sah Hatch kostbare illustrierte Handschriften und frühe Wiegendrucke. Er entdeckte auch eine schöne Ausgabe der »Les très Riches Heures du Duc de Berry«. Außerdem gab es ein kleines Regal, in dem Erstausgaben früher Texte über Piraten standen: Lionel Wafers »Batchelor's Delight«, Alexander Esquemelions »Bucaniers of America« und »A General History of the Robberies and Murders of the Most Notorious Pyrates« von Charles Johnson. Diese Sammlung allein mußte schon ein kleines Vermögen gekostet haben. Hatch fragte sich, ob Neidelman das viele Geld für die Ausstattung der »Griffin« wohl aus den Profiten seiner früheren Schatzsuchen hatte.

Neben einem der Bücherschränke hing eine kleine Meerlandschaft in einem vergoldeten Rahmen. Als Hatch es näher betrachtete, atmete er scharf ein. »Großer Gott!« rief er erstaunt. »Das ist ja ein Turner, nicht wahr?«

Neidelman nickte. »Eine Studie zu seinem Gemälde ›Gewitter vor Beachy Head‹ aus dem Jahr 1874.«

»Das hängt doch in der Tate-Galerie?« meinte Hatch. »Als ich vor ein paar Jahren in London war, versuchte ich mehrmals, es abzuzeichnen.«

»Sind Sie denn auch ein Künstler?« fragte Neidelman.

»Ein reiner Hobbymaler. Hauptsächlich Aquarelle.« Hatch trat einen Schritt zurück und sah sich weiter in der Kabine um. Die anderen Bilder, die an der Wand hingen, waren keine Gemälde, sondern herrliche präzise Kupferstiche verschiedener botanischer Spezies: üppige Blumen, seltsame Gräser, exotische Früchte.

Neidelman ging zu einer kleinen, mit Filz bezogenen Anrichte, auf der einige Karaffen und Gläser aus geschliffenem Kristall standen. Er nahm zwei Portweingläser aus ihren mit Samt ausgeschlagenen Halterungen und goß in jedes ein paar Fingerbreit von dem schweren dunkelroten Wein. »Diese Kupferstiche sind von Sir Joseph Banks«, erklärte er, als er Hatchs Interesse an den Drucken bemerkte. »Er war der Botaniker, der Kapitän Cook auf seiner ersten Reise um die Welt begleitete. Sie zeigen Pflanzen, die er kurz nach der Entdeckung Australiens in der Botany Bay gesammelt hat. Wegen des phantastischen Pflanzenreichtums der Bucht hat Banks ihr diesen Namen verliehen.«

»Sie sind wundervoll«, murmelte Hatch, als Neidelman ihm sein Glas reichte.

»Möglicherweise sind es die schönsten Kupferstiche, die jemals gemacht wurden. Was war dieser Banks doch für ein Glückspilz: ein Botaniker, dem ein völlig neuer Kontinent geschenkt wurde.«

»Interessieren Sie sich für Botanik?« fragte Hatch.

»Eher für völlig neue Kontinente«, antwortete Neidelman und blickte ins Feuer. »Aber dafür bin ich ein wenig zu spät auf die Welt gekommen. Die anderen haben sie mir schon alle vor der Nase weggeschnappt.« Er beeilte sich zu lächeln, als wolle er damit den wehmütigen Ausdruck in seinen Augen verscheuchen.

»Aber in der Wassergrube haben Sie jetzt eine Herausforderung, die die Mühe wert ist.«

»Ja«, antwortete Neidelman. »Vielleicht eine der letzten, die es noch gibt. Das ist wohl auch der Grund dafür, warum ich mich von Rückschlägen wie dem von heute vormittag nicht entmutigen lasse. Große Geheimnisse geben sich nun mal nicht im Handumdrehen preis.«

Schweigend trank Hatch seinen Portwein. Den meisten Männern waren lange Pausen in einer Unterhaltung peinlich, aber Neidelman schienen sie nicht zu stören.

»Was ich Sie noch fragen wollte«, sagte Neidelman schließlich. »Wie fanden Sie eigentlich unsere Aufnahme bei der Bevölkerung gestern auf dem Fest?«
»Im großen und ganzen scheinen die Leute es zu begrüßen, daß wir hier sind. Unsere Gegenwart ist auf jeden Fall ein Segen für die Geschäftsleute der Stadt.«
»Stimmt«, sagte Neidelman. »Aber was meinen Sie mit ›im großen und ganzen‹?«
»Nun, es ist eben nicht jeder ein Geschäftsmann.« Hatch beschloß, nicht um den heißen Brei herumzureden. »Offenbar hält der Pastor der Gemeinde unser Tun für verwerflich.«
Neidelman lächelte trocken. »So, so, der Herr Pastor hat moralische Bedenken. Es ist doch erstaunlich, daß diese christlichen Pfarrer auch nach zweitausend Jahren Mord, Inquisition und Intoleranz von seiten der Kirche noch meinen, sie hätten die Moral für sich gepachtet.«
Hatch rutschte ein wenig unbehaglich auf der Bank herum. Dieser redegewandte Neidelman unterschied sich doch ziemlich von dem eiskalten Mann, der vor einigen Stunden ohne mit der Wimper zu zucken sich und seine Leute durch das Hochfahren der Pumpen in höchste Gefahr gebracht hatte.
»Die Kirche hat zu Kolumbus gesagt, daß seine Schiffe über den Rand der Erde stürzen würden. Sie hat Galilei gezwungen, seine umwälzende Entdeckung öffentlich zu widerrufen.«
Neidelman holte die Pfeife aus seiner Jackettasche und stopfte sie sorgfältig. »Mein Vater war auch Pastor«, erzählte er, nachdem er sie angezündet hatte, mit ruhigerer Stimme. »Der hat mir genügend Moralpredigten gehalten.«
»Sie glauben also nicht an Gott?« fragte Hatch.
Neidelman sah ihn schweigend an, bevor der den Kopf senkte und sagte: »Um ehrlich zu sein, ich habe mir oft gewünscht, ich könnte an ihn glauben. Meine Kindheit war so sehr von Religion geprägt, daß ich ohne sie manchmal eine gewisse Leere empfinde. Aber ich bin nun mal ein Mensch, der nur das glaubt, was sich auch beweisen läßt. Ich kann einfach nicht

anders, ich brauche Beweise.« Er trank einen Schluck Portwein. »Aber warum fragen Sie? Sind Sie etwa gläubig?«
Hatch blickte ihn an. »Nun ja, eigentlich schon.«
Neidelman zog an seiner Pfeife und wartete.
»Aber ich rede nicht gerne darüber.«
Ein Lächeln verbreitete sich auf Neidelmans Gesicht. »Wunderbar. Darf ich Ihnen noch einmal nachschenken?«
Hatch reichte ihm sein Glas. »Der Pastor ist übrigens nicht der einzige in der Stadt, der unserem Unternehmen gegenüber kritisch eingestellt ist«, fuhr er fort. »Ein alter Freund von mir, mein früherer Naturkundelehrer, hat mir gesagt, daß wir seiner Meinung nach scheitern werden.«
»Und wie denken Sie darüber?« fragte Neidelman wie nebenbei. Er schien sich ganz auf das Eingießen des Portweins zu konzentrieren und sah Hatch nicht an.
»Wenn ich glauben würde, daß wir scheitern, wäre ich nicht mit von der Partie. Aber ich muß Ihnen ganz ehrlich sagen, daß mir der heutige Fehlschlag schon zu denken gegeben hat.«
»Das kann ich Ihnen nicht verübeln, Malin«, sagte Neidelman fast sanft. »Ich muß zugeben, daß auch ich einen Augenblick lang ziemlich verzweifelt war, als wir das Wasser nicht mehr aus dem Schacht rausbekamen. Aber trotzdem bin ich nach wie vor felsenfest überzeugt, daß wir Erfolg haben werden. Ich weiß jetzt, wo wir einen Fehler gemacht haben.«
»Ich vermute, daß es mehr als fünf Flutstollen gibt«, sagte Hatch. »Oder vielleicht ist es irgendein hydraulischer Trick, mit dem Macallan uns zum Narren hält.«
»Kann durchaus sein. Aber ich habe eben etwas anderes gemeint. Wissen Sie, wir haben unser Augenmerk bisher ausschließlich auf die Wassergrube konzentriert. Jetzt aber ist mir klargeworden, daß sie gar nicht unser eigentlicher Gegner ist.«
Hatch zog fragend die Augenbrauen hoch, und der Kapitän sah ihm, die Pfeife fest in der Hand, mit funkelndem Blick direkt ins Gesicht.

»Nicht die Grube ist unser Gegenspieler, sondern der Mann, der sie entworfen hat. Macallan. Er war uns bisher immer einen Schritt voraus. Er hat alle unsere Aktionen vorausgesehen, ebenso wie die der Schatzsucher, die vor uns kamen.«

Neidelman stellte sein Glas auf den filzbezogenen Tisch, trat an eine der Wände und klappte ein Stück der Vertäfelung auf. Dahinter kam ein kleiner Safe zum Vorschein, dessen Tür sich nach Eingeben einer Nummernkombination öffnen ließ. Neidelman griff hinein und holte etwas heraus, das er vor Hatch auf den Tisch legte. Es war ein ledergebundener Quartband: Macallans Buch »Über den Kirchenbau«. Vorsichtig schlug der Kapitän es auf und strich mit seinen langen Fingern liebevoll über die Seiten.

Am Rand neben dem gedruckten Text sah Hatch in einer sorgfältigen zierlichen Handschrift geschriebene Buchstaben, deren blaßbraune Farbe ihn fast an ein Aquarell erinnerte. Es waren Zeilen um Zeilen von wie zufällig aneinandergereihten Buchstaben, die nur ab und zu durch kleine präzise Skizzen von verschiedenen Holzverbindungen, Bögen, Streben und Trägern aufgelockert wurden.

Neidelman tippte mit dem Finger auf die Seite. »Wenn die Wassergrube Macallans Rüstung ist, dann ist das hier die Schwachstelle, an der man sie mit einem Dolch durchdringen kann. Sehr bald werden wir auch die zweite Hälfte des Tagebuchs entschlüsselt haben, und damit dürfte das Geheimnis des Schatzes gelüftet sein.«

»Weshalb sind Sie so sicher, daß dieses Tagebuch die dazu nötigen Informationen enthält?« fragte Hatch.

»Weil alles andere keinen Sinn ergibt. Warum sollte Macallan denn sonst ein geheimes Tagebuch geführt haben, in das er nicht nur verschlüsselt, sondern auch mit unsichtbarer Tinte schrieb? Erinnern Sie sich, daß Red Ned Ockham von Macallan eine uneinnehmbare Festung für seinen Schatz wollte? Eine Festung, die ihren Plünderern nicht nur widerstehen, sondern diese durch Ertränken, Zerquetschen oder was auch immer zudem physisch vernichten sollte. Aber niemand baut eine Bombe, ohne sich vorher genau zu überlegen, wie er sie auch wieder entschärfen kann. Auch Macallan mußte bei seiner Konstruktion eine Möglichkeit vorsehen, wie Ockham *selber* an seinen Schatz gelangen konnte, wenn er das wollte. Vielleicht hat er dafür einen Geheimstollen entworfen oder einen Trick, die Todesfallen auszuschalten.« Neidelman blickte vom Buch auf und hinüber zu seinem Gast. »Aber dieses Tagebuch enthält mehr als nur den Schlüssel zur Wassergrube. Es gibt uns einen Einblick in das Gehirn des Mannes, den es zu besiegen gilt.« Der Kapitän sprach mit derselben leisen, aber merkwürdig kraftvollen Stimme wie am Vormittag.

Hatch beugte sich über das Buch, das nach verschimmeltem Leder, Staub und Trockenfäule roch. »Eines erstaunt mich aber schon«, sagte er. »Und zwar, daß ein Architekt, der von Piraten entführt und auf einer gottverlassenen Insel von ihnen zur Arbeit gezwungen wird, auch noch den Nerv hat, ein geheimes Tagebuch zu schreiben.«

Neidelman nickte bedächtig. »Macallan war sicherlich alles andere als ein Feigling. Vielleicht wollte er mit seinen Aufzeichnungen ja der Nachwelt seine geniale Konstruktion überliefern. Schwer zu sagen, was ihn wirklich dazu bewegt hat, doch schließlich umgab den Mann schon immer ein Hauch des Geheimnisvollen. Nach Abschluß seines Studiums in Cambridge war er zum Beispiel drei Jahre lang verschwunden, und kein Biograph vermag zu sagen, was er während dieser Zeit getrieben hat. Auch über Macallans Privatleben weiß man so gut wie nichts. Sehen Sie sich bloß diese Widmung an.« Er blätterte vorsichtig bis zur Titelseite des Buchs zurück und schob es Hatch hinüber.

Mit dankbarer Bewunderung
für das Zeygen des rechten Wegs
eignet der Autor dieses bescheydene Werk
respektvollst Eta Onis zu.

»Wir haben überall gesucht, aber wir haben nirgendwo eine Eta Onis finden können«, sagte Neidelman. »War sie Macallans Lehrerin? War sie seine Vertraute? Oder vielleicht seine Geliebte? Wir wissen es nicht.« Behutsam klappte er das Buch wieder zu. »Und ähnlich verhält es sich mit seinem restlichen Privatleben.«

»Es ist mir ja fast peinlich, aber bevor Sie mir von Macallan erzählt haben, hatte ich noch nie von ihm gehört.«

»So geht das den meisten Leuten. Trotzdem war der Mann ein echter Barockmensch und einer der brillantesten Visionäre seiner Zeit. Er wurde 1657 als illegitimer, aber dennoch von seinem Vater unterstützter Sohn eines schottischen Grafen geboren und behauptete von sich, ähnlich wie Milton, jedes damals in Englisch, Latein und Griechisch erschienene Buch gelesen zu haben. In Cambridge studierte er zuerst Jura und sollte eigentlich später einmal Bischof der anglikanischen Kirche werden, aber offenbar muß er irgendwann einmal heimlich zum Katholizismus übergetreten sein. Fortan widmete er sich dem Studium der Künste, der Naturkunde und der Mathematik. Außerdem war er ein körperlich ausgesprochen kräftiger Mann, von dem berichtet wurde, daß er eine Münze so hoch werfen konnte, daß sie ans Deckengewölbe der höchsten von ihm erbauten Kathedrale schlug.«

Neidelman stand auf und legte das wertvolle Buch wieder in den Safe.

»In all seinen Arbeiten läßt sich übrigens ein Interesse an Hydraulik und Wasserbau erkennen. So beschreibt er zum Beispiel in diesem Buch ein geniales System aus Aquädukten und Syphons, durch das er die Kathedrale von Houndsbury mit Wasser versorgt hat. Außerdem hat er hydraulische Schleusen für den Severn-Kanal entworfen, die allerdings nie gebaut wurden. Vermutlich haben Macallans Zeitgenossen sie für eine Verrücktheit gehalten. Magnusen hat so eine Schleuse als Modell nachgebaut und ist der Meinung, daß sie durchaus funktioniert hätte.

»Glauben Sie, daß Ockham sich den Architekten ausgesucht und ihn absichtlich entführt hat?«
Kapitän Neidelman lächelte. »Ein hübsches Gedankenspiel, nicht wahr? Trotzdem ist es ziemlich unwahrscheinlich. Ihr Zusammentreffen war wohl eher einer jener schicksalhaften Zufälle, wie es sie in der Geschichte immer wieder mal gibt.«
Hatch nickte in Richtung Safe. »Wie sind Sie eigentlich an dieses Buch gekommen? War das auch so ein Zufall?«
Neidelmans Lächeln wurde breiter. »Nein, nicht direkt. Als ich begann, mich für den Schatz von Ragged Island zu interessieren, habe ich mich ziemlich intensiv mit Ockham beschäftigt. Sie wissen ja, daß sein Flaggschiff samt toter Mannschaft steuerlos auf dem Meer trieb. Als man es fand, schleppte man es nach Plymouth, wo seine Ladung auf einer öffentlichen Auktion versteigert wurde. Wir haben nach einigem Suchen eine Liste dieser Sachen im Londoner Zentralarchiv aufgestöbert, und darauf befand sich auch eine Kapitänskiste voller Bücher. Weil Ockham ein gebildeter Mann war, vermutete ich, daß es sich dabei um seine Privatbibliothek gehandelt haben dürfte. Ein Werk auf der Liste fiel mir besonders auf: Macallans »Über den Kirchenbau«, das irgendwie nicht so recht zu den Atlanten, den nautischen Schriften und den anzüglichen französischen Romanen zu passen schien, die den Rest der Bibliothek ausmachten. Wir brauchten insgesamt drei Jahre, bis wir den Band im schottischen Glenfarkille aufstöberten, und zwar in der Gruft einer verfallenen Kirche, wo er unter einem Haufen halbvermoderter Bücher lag.«
Neidelman trat näher ans Feuer und sprach mit leiser, fast verträumt anmutender Stimme. »Ich werde nie vergessen, wie ich das Buch zum erstenmal aufschlug und mir klar wurde, daß die Flecken an den Seitenrändern von einer Geheimtinte stammen mußten, die im Laufe der Jahre teilweise sichtbar geworden war. In diesem Augenblick wußte ich genau, daß der Schatz der Wassergrube eines Tages mir gehören würde. Ich *wußte* es.«

Neidelman verstummte und starrte im nur noch schwach flackernden Schein des herunterbrennenden Feuers auf die erkaltete Pfeife in seiner Hand.

21

Kerry Wopner ging flotten Schrittes die kopfsteingepflasterte Straße entlang und pfiff dabei die Titelmusik von »Krieg der Sterne« vor sich hin. Ab und zu blieb er kurz vor einem Schaufenster stehen, schnaubte verächtlich und setzte sich wieder in Bewegung. Nicht zu gebrauchen, das ganze Zeug. Zum Beispiel dieser Coast-to-Coast-Eisenwarenladen: nichts als staubiges Werkzeug und Gartengeräte, die so aussahen, als stammten sie noch aus der Zeit vor der industriellen Revolution. Wopner war sich darüber im klaren, daß es im Umkreis von fünfhundert Kilometern keinen anständigen Computerladen gab, und wenn er frische Bagles wollte, dann mußte er die Grenzen von mindestens zwei Bundesstaaten passieren, bevor er jemanden traf, der überhaupt wußte, was mit dem Wort gemeint war.

Vor einem weißgestrichenen viktorianischen Gebäude blieb Wopner abrupt stehen. Das mußte das Postamt sein, auch wenn es wie ein altes Wohnhaus aussah. Wopner schloß das aus der amerikanischen Flagge über dem Portal und dem Schild mit der Aufschrift STORMHAVEN, ME 04564, das auf dem Rasen vor der Tür stand. Als er die Fliegengittertür öffnete, erkannte Wopner, daß es sich tatsächlich um ein Wohnhaus handelte. Das Postamt befand sich vorn in der Diele, und ein ziemlich starker Essensgeruch deutete darauf hin, daß die Tür zur Küche offenstand.

Wopner sah sich in dem kleinen Raum um und schüttelte den Kopf angesichts der Reihen von uralten Postfächern und der an den Wänden aufgehängten Steckbriefe, von denen keiner unter zehn Jahre alt war. Über einem Schalter aus Holz hing ein Schild mit der Aufschrift ROSA POUNDCOOK, POSTMEISTERIN. Dahinter saß eine grauhaarige Frau und beugte sich über eine Stickerei, die einen Viermastschoner darstellte. Erstaunt stellte Wopner fest, daß er tatsächlich der einzige Kunde im ganzen Postamt war. »'tschuldigung«, sagte er, während er auf den Schalter zutrat. »Das hier ist doch das Postamt, oder?«

»Ja, sicher«, antwortete Rosa, die noch schnell einen Stich festzog, ehe sie den Stickrahmen vorsichtig auf die Armlehne ihres Schaukelstuhls legte. Als sie zu Wopner aufblickte, zuckte sie erschrocken zusammen. »Ach du meine Güte!« hauchte sie und griff sich suchend mit einer Hand ans Kinn, so als wolle sie sich vergewissern, daß Wopners Ziegenbärtchen nicht ansteckend war.

»Ich erwarte ein wichtiges Päckchen, das per Kurier kommt, verstehen Sie?« sagte Wopner und blinzelte die Frau über den Schalter an. »Dieses Nest hier wird wohl noch vom Pony-Expreß beliefert, oder?«

»Ach!« sagte Rosa Poundcook abermals und sprang so rasch auf, daß sie ihren Stickrahmen dabei zu Boden warf. »Sie haben doch einen Namen, ich meine, würden Sie mir bitte Ihren Namen nennen?«

Wopner ließ ein kurzes, nasales Lachen hören. »Wopner«, erwiderte er. »Kerry Wopner.«

Die Frau ging an einen kleinen Karteikasten aus Holz und blätterte die gelben Karten durch. »W-H-O-P-P« buchstabierte sie laut.

»Nein, nein. Wopner ohne H und mit einem P, wenn ich bitten darf«, protestierte Wopner verärgert.

»Verstehe«, sagte Rosa, die ein wenig von ihrer Fassung zurückgewann, als sie die Paketkarte entdeckte. »Einen Moment bitte.« Sie verließ mit einem letzten verwunderten Blick auf den Programmierer den Raum durch eine Tür an der gegenüberliegenden Wand.

Wopner lehnte sich an den Schalter und fing wieder an zu pfeifen, als knarzend die Tür aufging und er einen großen mageren Mann hereinkommen sah. Der Besucher schloß die Tür sorgfältig hinter sich und drehte sich um. Wopner fühlte sich unwillkürlich an Abraham Lincoln erinnert: Der Mann war hager und knochig und hatte tiefe Augenhöhlen. Er trug einen einfachen schwarzen Anzug und einen weißen Pfarrerkragen und hielt ein Bündel Briefe in der Hand. Wopner beeilte sich, woanders hinzusehen, aber es war schon zu spät. Der Mann hatte bereits Augenkontakt mit ihm aufgenommen und kam zu seinem Entsetzen direkt auf ihn zu. Wopner hatte noch nie einen Pastor getroffen, geschweige denn mit einem gesprochen, und hatte auch keine Lust, jetzt damit anzufangen. Eilig griff er in einen Ständer mit Broschüren der Post und vertiefte sich in einen Prospekt über Sondermarken mit Quilt-Motiven der Amish.

»Hallo«, hörte er den Priester sagen und drehte sich widerwillig um. Der Mann stand direkt hinter ihm und streckte ihm mit einem schmallippigen Lächeln auf seinem verkniffenen Gesicht die Hand hin.

»Hi«, grüßte Wopner und schüttelte dem Mann flüchtig die Hand, bevor er sich wieder demonstrativ dem Studium seines Prospekts zuwandte.

»Mein Name ist Woody Clay«, stellte der Pastor sich vor.

»Schon recht«, erwiderte Wopner, ohne ihn anzusehen.

»Und Sie müssen jemand aus der Thalassa-Mannschaft sein«, meinte Pastor Woody Clay und gesellte sich zu Wopner an den Schalter.

»Ja, bin ich«, murmelte Wopner, der verzweifelt weiter in seiner Broschüre blätterte und dabei einen Schritt von dem Fremden weg machte.

»Dürfte ich Ihnen eine Frage stellen?«

»Fragen Sie«, sagte Wopner, ohne mit dem Lesen aufzuhören. Er hatte gar nicht gewußt, daß es so viele unterschiedlich gemusterte Quilt-Decken gab.

»Glauben Sie wirklich, daß Sie einen Goldschatz heben werden?«
Wopner blickte von seinem Prospekt auf. »Nun, ich hoffe, daß er ein bißchen zu schwer sein wird, als daß ich ihn *alleine* heben könnte.« Der Mann fand das überhaupt nicht komisch. »Okay, ich schätze, daß wir den Schatz heben werden. Warum auch nicht?«
»Warum nicht? Sollte die Frage nicht viel eher lauten: Warum?«
Irgend etwas im Ton des Mannes beunruhigte Wopner. »Hey, was soll das? Es geht hier immerhin um zwei Milliarden Dollar, kapiert?«
»Zwei Milliarden Dollar«, wiederholte der Mann, der einen Augenblick lang erstaunt schien. Dann aber nickte er, als habe er soeben die Bestätigung für etwas erhalten, das er ohnehin schon geahnt hatte. »Dann geht es Ihnen also nur um das Geld.«
Wopner lachte. »Sie machen mir Spaß. *Nur* um das Geld? Muß man etwa noch einen weiteren Grund haben? Seien wir doch mal realistisch: Sie sprechen hier nicht mit Mutter Teresa, verdammt noch mal.« Wopner hielt erschrocken inne. Erst jetzt fiel ihm wieder ein, daß der Mann ja ein Pastor war. »Verzeihung«, murmelte er verlegen. »Das habe ich nicht so gemeint. Schließlich sind Sie Priester, und da sollte man nicht ...«
Der Mann lächelte säuerlich. »Ist schon in Ordnung. Ich habe vor Ihnen auch Leute fluchen gehört. Außerdem bin ich kein Priester, sondern Reverend der Kongregationskirche.«
»Ich verstehe«, sagte Wopner. »Das ist so eine Art Sekte, stimmt's?«
»Ist Ihnen das Geld denn *wirklich* so wichtig?« fragte Clay, der den Blick nicht von Wopners Gesicht wandte. »Auch unter diesen Umständen, meine ich.«
Wopner sah nun seinerseits den Pastor an. »Was für Umstände denn?« fragte er. Es war höchste Zeit, daß die dicke Frau wie-

der auftauchte. Oder mußte sie sein verdammtes Paket etwa zu Fuß bis aus Brooklyn holen?

Der Priester beugte sich vor. »Was ist eigentlich Ihr Aufgabenbereich bei Thalassa?«

»Ich bin für die Computer verantwortlich.«

»Aha! Das ist bestimmt sehr interessant.«

Wopner zuckte mit den Achseln. »Wenn die Dinger nicht abstürzen, dann schon.«

Das Gesicht des Pastors nahm einen besorgten Ausdruck an. »Und alles funktioniert zufriedenstellend? Keine Probleme?«

»Nein, keine«, antwortete Wopner zurückhaltend.

»Gut«, sagte Clay und nickte.

Wopner stellte die Broschüre zurück in den Ständer. »Warum fragen Sie?« wollte er mit gespielter Beiläufigkeit wissen.

»Aus keinem bestimmten Grund«, antwortete der Reverend. »Oder sagen wir besser: Aus keinem wichtigen Grund. Obwohl …« Er hielt inne.

Wopner streckte den Kopf ein wenig vor.

»In der Vergangenheit hat diese Insel allen, die sie betreten haben, – nun, sagen wir mal – Schwierigkeiten bereitet. Dampfkessel explodierten. Maschinen fielen aus unerfindlichen Gründen plötzlich aus. Menschen kamen zu Schaden. Menschen kamen *ums Leben.*«

Wopner trat schnaubend einen Schritt zurück. »Sie spielen wohl auf den Inselfluch an«, meinte er. »Von dem Stein des Verderbens und solchem Käse. Seien Sie mir nicht böse, aber für mich ist das alles nichts als ausgemachter Bockmist.«

Clay hob die Augenbrauen. »Ah ja? Da sind aber die Fischer, die viel mehr Erfahrung mit dieser Insel haben als Sie, ganz anderer Meinung. Und was den Stein betrifft, so ist der seit über hundert Jahren in der Krypta meiner Kirche eingeschlossen.«

»Tatsächlich?« fragte Wopner mit offenem Mund.

Clay nickte.

Eine Weile sagte keiner der beiden ein Wort.

Dann beugte sich der Pastor noch weiter vor und fragte mit verschwörerisch leiser Stimme: »Haben Sie sich schon mal überlegt, warum man rings um Ragged Island keine Hummerbojen findet?«

»Sind das diese Körbe, die hier überall im Meer herumschwimmen?«

»Genau.«

»Ist mir nie aufgefallen, daß es an der Insel keine gibt.«

»Dann achten Sie mal darauf, wenn Sie das nächste Mal dort sind.« Clays Stimme wurde noch leiser. »Die Fischer haben einen guten Grund dafür.«

»Tatsächlich?«

»Vor hundert Jahren ist dort nämlich etwas passiert. Soviel ich weiß, hat damals ein Hummerfischer namens Hiram Colcord rings um Ragged Island seine Körbe ausgelegt. Die anderen hatten ihn zwar gewarnt, aber es gab viele Hummer dort, und Colcord scherte sich nicht groß um das Gerede der Leute. An einem Sommertag wie heute verschwand er im Nebel, um seine Hummerkörbe ins Wasser zu lassen. Bei Sonnenuntergang wurde sein Boot von der Flut hinaus aufs Meer gespült. An Bord waren seine Körbe und ein Faß voller lebender Hummer, aber kein Hiram Colcord. Sogar sein nicht ganz aufgegessenes Mittagessen fand man auf dem Boot, zusammen mit einer halbleeren Flasche Bier. Es hatte den Anschein, als wäre er nur kurz aufgestanden.«

»Der Bursche wird wohl über Bord gefallen und ertrunken sein. So was kommt vor.«

»Nein, eben nicht«, widersprach Clay. »Am Abend fuhr nämlich sein Bruder hinüber zur Insel, um nachzusehen, ob Hiram vielleicht dort an Land geschwommen sei. Auch der Bruder kehrte nicht zurück, am nächsten Morgen kam sein Boot mit der Flut aus dem Nebel. Es war leer.«

»Na und?« sagte Wopner. »Dann sind eben beide ins Wasser gefallen und ertrunken.« Trotzdem mußte er schlucken.

»Zwei Wochen später«, fuhr Clay fort, »wurden ihre Leichen

bei Breed's Point an Land gespült. Einer von den Einheimischen, die sie entdeckt hatten, bekam einen solchen Schreck, daß er verrückt wurde. Die restlichen haben keiner Menschenseele ein Wort davon erzählt. Bis zu ihrem Tod nicht.«

»Jetzt hören Sie aber auf«, knurrte Wopner nervös.

»Die Leute behaupten, daß es von da an nicht mehr die Wassergrube allein war, die über den Schatz wachte. Verstehen Sie? Sie haben doch sicher schon mal die schrecklichen Geräusche gehört, die die Insel von sich gibt, wenn die Gezeiten wechseln. Man sagt ...«

Aus dem hinteren Teil des Hauses war auf einmal geschäftiges Treiben zu hören.

»Entschuldigen Sie, daß es so lange gedauert hat«, keuchte Rosa, die mit einem Päckchen unter dem Arm angeschnauft kam. »Es lag unter einer Ladung Vogelhäuschen für die Eisenwarenhandlung, und weil Eustace heute vormittag nicht da ist, mußte ich sie ganz alleine zur Seite räumen.«

»Das macht nichts«, sagte Wopner, der erleichtert nach seiner Sendung griff und sich schleunigst auf den Weg zur Tür machte.

»Einen Moment, Mister«, rief die Postmeisterin.

Wopner blieb stehen und drehte sich widerwillig um, das Päckchen fest an die Brust gepreßt.

Die Frau hielt die gelbe Paketkarte hoch. »Sie müssen noch unterschreiben.«

Ohne ein Wort ging Wopner zurück zum Schalter und kritzelte hastig seinen Namen auf das Stück Papier. Dann machte er wieder kehrt und verließ rasch die Diele, wobei er die Tür hinter sich zuwarf.

Draußen atmete er tief durch. »Zum Teufel mit dem Gequatsche«, murmelte er. Reverend hin oder her, er würde erst dann auf die »Cerberus« zurückkehren, wenn er sicher war, daß man ihm nicht schon wieder die falschen Sachen geschickt hatte. Er zog am Klebestreifen des Päckchens, der so plötzlich abriß, daß ein Dutzend Plastikfiguren aus dem Kar-

ton auf das Kopfsteinpflaster purzelten. Es waren Ritter und Zauberer, die er für sein Rollenspiel brauchte, gefolgt von einem ganzen Packen Zauberkarten, auf denen Pentagramme, magische Symbole und Hexenzeichen abgebildet waren. Mit einem lauten Fluch bückte sich Wopner, um seine Schätze aufzusammeln.
In diesem Augenblick verließ auch Clay das Postamt und schloß sorgfältig die Tür. Als er hinaus auf die Straße trat, blickte er einen Moment lang auf die Figuren und die Karten, bevor er ohne ein weiteres Wort raschen Schrittes die Straße entlangging und verschwand.

22

Am folgenden Tag war das Wetter feucht und kühl, aber am späten Nachmittag hatte der Sprühregen aufgehört, und die tiefliegenden Wolken trieben in langen Fetzen über einen langsam wieder blauer werdenden Himmel. Morgen wird es bestimmt klar und windig, dachte Hatch, während er dem schmalen, mit gelbem Plastikband markierten Pfad hinter dem Orthanc folgte. Der tägliche Spaziergang zum höchsten Punkt der Insel war für ihn inzwischen zu einem abendlichen Ritual geworden. Wenn er oben war, ging er am Rand der südlichen Klippen entlang, bis er einen guten Blick auf Streeters Leute hatte, die gerade ihre tägliche Arbeit am vor der Küste entstehenden Kofferdamm beendeten.
Wie üblich hatte Neidelman sich einen einfachen, aber durchaus eleganten Plan zurechtgelegt. Während das Versorgungsschiff in Richtung Portland unterwegs war, um Zement und andere Baumaterialien zu holen, hatte Bonterre den Verlauf des alten Piratendammes genau vermessen. Dabei hatte sie auch etliche Fundstücke zur späteren archäologischen Begut-

achtung aus dem Meer geholt. Danach hatten Taucher über die Reste des alten Dammes ein neues Betonfundament gegossen, in das nun mächtige Doppel-T-Träger eingelassen wurden. Hatch blickte hinab auf die Reihe vertikaler Stahlpfähle, die in einem engen Bogen um die Südspitze der Insel herumliefen. Von seinem Beobachtungspunkt aus konnte er Streeter im Führerhaus des Schwimmkrans sehen, der knapp außerhalb der Trägerreihe an einem der Lastkähne vertäut war. Am Ausleger des Krans hing eine große Platte aus Stahlbeton, die Streeter vorsichtig zwischen zwei der Doppel-T-Träger einpaßte. Als sie sicher an Ort und Stelle war, lösten zwei Taucher die Stahlseile, über die sie mit dem Kran verbunden gewesen war, und Streeter schwenkte den Ausleger hinüber zu dem Lastkahn, auf dem noch zwei weitere Betonplatten lagen.

Hatch blickte hinunter auf den Kahn und entdeckte unter den Arbeitern Donny Truitt, dessen roter Haarschopf unverkennbar war. Neidelman hatte ihn also doch eingestellt, obwohl sich die Arbeit in der Wassergrube verzögert hatte. Zu seiner Erleichterung sah Hatch, daß Donny sich recht geschickt anstellte.

Der Motor des Schwimmkrans ratterte lauter, als Streeter den Balken mit einer weiteren Betonplatte zu den nächsten beiden Doppel-T-Trägern schwenkte.

Wenn der Kofferdamm fertig war, würde er die ganze Südspitze der Insel und damit auch sämtliche bereits gefundenen und noch verborgenen Flutstollen mit einschließen, so daß die Wassergrube und das mit ihr verbundene unterirdische Tunnelsystem endlich trockengelegt werden konnten. Genauso waren auch die Piraten vor dreihundert Jahren verfahren, als sie die Konstruktion angelegt hatten.

Ein lautes Pfeifsignal verkündete das Ende des Arbeitstages. Die Leute auf dem Lastkahn sicherten die noch nicht verbaute Betonplatte mit starken Seilen, während der Schlepper aus der Nebelbank vor der Insel erschien, um den Kran wieder zur

Pier zurückzubringen. Hatch sah sich noch einmal um und machte sich dann auf den Rückweg zum Basislager. Dort holte er seine Tasche aus der Praxis und ging zur Pier. Er hatte vor, sich zu Hause ein einfaches Abendessen zu richten und dann Bill Banns einen Besuch abzustatten. Bald würde die nächste Ausgabe der »Stormhaven Gazette« erscheinen, und Hatch wollte dafür sorgen, daß der alte Journalist auch genügend Material für eine Titelgeschichte hatte, in der Thalassa und ihre Aktivitäten gut wegkämen.

Hatch ging an Bord der »Plain Jane«, die jetzt an der Pier einen festen Liegeplatz hatte, und wollte gerade den Motor starten, als er von hinten eine Stimme hörte. »Ahoi, *Monsieur le docteur*!« Er blickte auf und sah, wie Bonterre, die eine blaue Latzhose und ein rotes Halstuch trug, die Pier entlang auf ihn zu kam. Kleidung, Hände und Gesicht der Französin waren voller Schlammspritzer. Kurz vor dem Boot blieb sie stehen und deutete wie eine Anhalterin mit dem Daumen in Richtung Festland, wobei sie scherzhaft ein Bein ihrer Arbeitshose nach oben zog und zwei Handbreit ihres sonnengebräunten Unterschenkels entblößte.

»Soll ich Sie ein Stück mitnehmen?« fragte Hatch.

»Wie haben Sie das bloß erraten?« erwiderte Bonterre, während sie schon ihre Tasche ins Boot warf und dann selbst an Bord sprang. »Für heute habe ich genug von Ihrer häßlichen alten Insel.«

Hatch legte ab, wendete die »Plain Jane« und steuerte sie vorsichtig auf die schmale Einfahrt zwischen den Riffen zu. »Was macht Ihre Wunde?«

»Geht so. Hoffentlich bleibt keine häßliche Narbe auf meinem sonst so hübschen Bauch zurück.«

»Nur keine Sorge, der Kratzer wird vollständig verheilen.« Hatch musterte Bonterres schmutzige Latzhose. »Na, haben Sie heute Sandkuchen gebacken?«

Bonterre runzelte die Stirn. »Sand … kuchen?«

»Na ja, was Kinder so machen, wenn sie im Sand spielen.«

Bonterre lachte laut auf. »Verstehe. In so was sind wir Archäologen die wahren Weltmeister.«
»Hat ganz den Anschein.« Das Boot erreichte jetzt den dünnen Nebelring, und Hatch drosselte das Tempo, bis die Sicht wieder besser wurde. »Ich habe Sie heute gar nicht bei den anderen Tauchern gesehen.«
Bonterre lachte abermals. »Ich bin in erster Linie Archäologin und erst dann Taucherin. Mit dem Vermessen des alten Kofferdamms habe ich den wichtigsten Teil der Aufgabe erledigt, die Dreckarbeit überlasse ich jetzt Sergio und seinen Freunden.«
»Das werde ich ihm sagen.« Hatch hatte das Boot durch den Old-Hump-Kanal gesteuert und fuhr jetzt um Hermit Island herum. Am Horizont kamen schon die weißen Häuser und grünen Bäume von Stormhaven in Sicht, die sich wie ein heller Streifen vom dunklen Blau des Ozeans abhoben. Bonterre stellte sich an die Heckreling und schüttelte ihre Haare aus, die ihr wie eine glänzende schwarze Kaskade auf die Schultern fielen.
»Und was kann man in diesem Kuhkaff abends so unternehmen?« fragte sie und nickte in Richtung Festland.
»Nicht viel.«
»Keine Disco, die bis drei Uhr früh aufhat? *Merde*, was soll man dann als alleinstehende Frau dort anfangen?«
»Das kann ich Ihnen leider auch nicht sagen«, erwiderte Hatch und widerstand dem Impuls, auf ihr Spielchen einzugehen. Diese Frau wird dich bloß in Schwierigkeiten bringen, schoß es ihm durch den Kopf.
Bonterre sah ihn mit einem verschmitzten Lächeln an. »Nun, ich könnte beispielsweise mit einem Arzt zu Abend essen.«
»Eine gute Idee!« entgegnete Hatch mit gespielter Begeisterung. »Da wird sich Dr. Frazier aber freuen. Er ist zwar über sechzig, aber noch immer ein rüstiger alter Knabe.«
»Sie sind mir vielleicht einer! Ich meinte doch *diesen* Arzt«, lachte Bonterre und tippte Hatch schelmisch auf die Brust.

Hatch sah sie an. Warum nicht? dachte er. Was für Schwierigkeiten können schon aus einem harmlosen Abendessen entstehen? »Aber es gibt nur zwei Restaurants in der Stadt«, sagte er. »Beide sind natürlich Fischrestaurants, obwohl man in einem auch ein halbwegs vernünftiges Steak bekommt.«

»Das ist mein Lokal! Ich bin eine strikte Fleischfresserin. Grünzeug ist was für Schweine oder Affen, und was Fisch anbelangt ...« Bonterre tat so, als würde sie über die Reling kotzen.

»Ich dachte, Sie stammen aus der Karibik.«

»Stimmt. Und mein Vater war Fischer, so daß es bei uns jahrein, jahraus nichts als Fisch zu futtern gab. Nur an Weihnachten kochte meine Mutter *chèvre.*«

»Ist das Ziege?« fragte Hatch.

»Ja. Ich liebe Ziege. Wir schmoren sie acht Stunden lang in einem Sandloch, und wenn wir sie essen, trinken wir selbstgebrautes Ponlac-Bier dazu.«

»Klingt gut«, sagte Hatch und lachte. »Haben Sie ein Zimmer in der Stadt bekommen?«

»Ja. Die Pension war schon ausgebucht, also habe ich einen Aushang im Postamt gemacht. Als die Frau hinter dem Schalter den gesehen hat, bot sie mir ein Zimmer an.«

»Im Haus der Poundcooks?«

»Naturellement.«

»Die Postmeisterin und ihr Mann sind nette ruhige Leute, nicht wahr?«

»Sie sagen es. Manchmal sind sie so ruhig, daß ich mich frage, ob sie überhaupt noch am Leben sind.«

Dann paß mal auf, was passiert, wenn du einen Mann mit aufs Zimmer nehmen willst, dachte Hatch bei sich. Oder wenn du nach elf Uhr nachts heimkommst ...

Inzwischen hatten sie den Hafen erreicht, und Hatch steuerte das Boot langsam auf seinen Liegeplatz zu. »Ich muß mich aber erst umziehen«, sagte Bonterre, während sie ins Dingi kletterte. »Und Sie wollen sich sicherlich auch etwas anderes anziehen als diesen langweiligen alten Blazer.«

»Aber ich liebe dieses Jackett«, protestierte Hatch.
»Amerikanische Männer wissen einfach nicht, wie man sich kleidet. Was Ihnen gut stehen würde, wäre ein italienischer Leinenanzug.«
»Ich hasse Leinen«, erklärte Hatch. »Es ist ständig verknittert.«
»Aber darum geht es gerade«, lachte Bonterre. »Was haben Sie für eine Konfektionsgröße? Vierundfünfzig«
»Woher wissen Sie das?«
»Ich kann Männer eben gut einschätzen.«

23

Hatch holte Bonterre vor dem Postamt ab und ging mit ihr die steile Kopfsteinpflasterstraße hinunter zum »The Landing«. Es war ein herrlicher, angenehm kühler Abend. Die Wolken hatten sich verzogen, und ein grandioser Sternenhimmel wölbte sich über dem Hafen. In dieser klaren Nacht erschien Hatch die Stadt mit ihren gemütlichen gelben Lichtern in den Fenstern und über den Hauseingängen wie ein Ort einer vergangenen, aber glücklichen Zeit.
»Ein hübsches Städtchen«, bemerkte Bonterre und hakte sich bei Hatch unter. »Auch Saint Pierre auf Martinique, wo ich aufgewachsen bin, ist hübsch, aber ganz anders! Viel bunter als hier, wo alles so schwarzweiß ist. Und außerdem kann man dort abends eine Menge unternehmen. Da gibt es Nachtclubs, in denen man es richtig krachen lassen kann.«
»Ich mag keine Nachtclubs.«
»Wie langweilig«, meinte Bonterre gutgelaunt.
Als sie das Restaurant betraten, erkannte der Ober Hatch und führte die beiden sofort an einen schönen Tisch. Es war ein gemütliches Lokal mit zwei großen Gästezimmern und einer Bar, die mit Netzen, hölzernen Hummerfallen und grünen

Glaskugeln dekoriert war. Nachdem er und Bonterre Platz genommen hatten, blickte Hatch sich um. Ein gutes Drittel der Gäste waren Angestellte von Thalassa.

»Que de Monde!« flüsterte Bonterre. »Es gibt kein Entkommen vor den lieben Kollegen. Ich kann es kaum erwarten, daß Gerard sie alle nach Hause schickt.«

»In einer Kleinstadt ist das nun mal so. Wenn man hier den Leuten entrinnen will, kann man eigentlich nur aufs Meer hinausfahren. Und selbst dann gibt es bestimmt noch jemanden, der einen mit einem Teleskop beobachtet.«

»Dann ist Sex an Deck tabu«, stellte Bonterre fest.

»Stimmt«, meinte Hatch. »Hier in New England geht man für so was in die Kajüte.« Er sah ihr zu, wie sie amüsiert lächelte, und fragte sich, wie viele Herzen von Neidelmans männlichen Mitarbeitern sie wohl schon gebrochen hatte und wie viele sie noch brechen würde. »Aber nun erzählen Sie mir doch endlich, wobei Sie sich heute nachmittag so schmutzig gemacht haben.«

»Wieso sind Sie nur so auf Schmutz fixiert?« fragte Bonterre mit einem Stirnrunzeln. »Dreck ist der beste Freund des Archäologen.« Sie beugte sich über den Tisch. »Ehrlich gesagt habe ich auf Ihrer schmutzigen kleinen Insel eine Entdeckung gemacht.«

»Und was für eine?«

Bonterre nahm einen Schluck aus ihrem Wasserglas. »Wir haben das Lager der Piraten gefunden.«

Hatch sah sie an. »Machen Sie Witze?«

»Mais non! Heute vormittag haben wir die Wetterseite der Insel untersucht. Kennen Sie die vereinzelte Klippe, die sich etwa zehn Meter von den anderen Felsen entfernt befindet?«

»Sicher.«

»An einer Seite dieser Klippe stießen wir auf einen vertikalen Abbruch, der uns ein perfektes Bodenprofil lieferte. So etwas ist für uns Archäologen geradezu ideal. Dort fand ich eine dünne Holzkohlenschicht, die auf Überreste eines alten Feuers schließen läßt. Wir haben die Stelle vor der Klippe daraufhin mit dem Metalldetektor abgesucht und entdeckten dabei eine Menge interessanter Dinge: Bleischrot, eine Musketenkugel und mehrere Hufnägel.« Bonterre zählte die einzelnen Fundstücke an den Fingern auf.

»Hufnägel?«

»Ja. Die Piraten haben Pferde für die schwere Arbeit eingesetzt.«

»Und wo hatten sie die her?«

»Sind Sie denn wirklich so unbeleckt in Seefahrtsgeschichte, *Monsieur le docteur*? Es war damals durchaus üblich, daß man alle möglichen Tiere auf den Schiffen mitführte: Pferde, Ziegen, Hühner, Schweine.«

Der Ober brachte das Essen – Hummer und Muscheln für Hatch und ein blutiges Lendensteak für Bonterre. Die Archäologin machte sich mit beunruhigender Schnelligkeit hochkonzentriert darüber her, und Hatch beobachtete amüsiert, wie ihr dabei der Fleischsaft übers Kinn lief.

»Wie dem auch sei«, fuhr sie fort, während sie ein großes Stück von dem Steak abschnitt und mit der Gabel zum Mund führte, »nach diesen Funden zogen wir einen Sondierungsgraben am Rand der Klippen entlang. Und was, glauben Sie, haben wir entdeckt? Noch mehr Holzkohle, den Abdruck eines runden Zelts und ein paar Wild- und Truthahnknochen. Rankin hat so seltsame Sensoren, mit denen er morgen noch einmal über die Stelle gehen will, für den Fall, daß wir etwas übersehen haben. Wir anderen werden den Lagerplatz mit einem Gitternetz abstecken und fangen dann ganz systematisch mit der Ausgrabung an. Mein kleiner Christophe wird langsam zu einem ganz ausgezeichneten Schaufler.«

»St. John? Ist das Ihr Ernst?«

»Und ob. Ich habe ihn dazu gebracht, seine schrecklichen Schuhe und das fürchterliche Tweedjackett abzulegen. Als er endlich gewillt war, sich seine Hände schmutzig zu machen, hat er sich zu einem meiner besten Männer gemausert. Er

folgt mir überallhin und kommt sofort, wenn ich nach ihm pfeife.« Bonterre ließ ein freundliches Lachen ertönen.
»Seien Sie nicht zu hart zu dem Armen.«
»*Au contraire*, ich tue ihm etwas Gutes! Er braucht Bewegung und frische Luft, sonst bleibt er immer so blaß und fett, wie er es jetzt ist. Passen Sie nur auf, bis ich mit ihm fertig bin, ist er so schlank und drahtig wie der *petit homme.*«
»Wie wer?«
»Na, wie der kleine Mann«, antwortete Bonterre mit koboldhaft nach unten gezogenen Mundwinkeln. »Streeter.«
»Ach so.« An der Art, wie Bonterre den Spitznamen ausgesprochen hatte, schloß er, daß sie den Vorarbeiter nicht besonders mochte. »Was hat es eigentlich mit Streeter auf sich?«
Bonterre zuckte mit den Schultern. »Man hört so dies und das über ihn. Schwer zu sagen, was davon wahr ist und was nicht. Er hat unter Neidelman in Vietnam gedient – das sagt man doch so, *non*? Jemand hat mir mal erzählt, daß Neidelman ihm im Kampf das Leben gerettet hat, und diese Geschichte scheint mir glaubhaft zu sein. Haben Sie bemerkt, wie ergeben Streeter dem Kapitän ist? Wie ein Hund seinem Herrn. Er ist der einzige, dem Neidelman wirklich vertraut.« Sie blickte Hatch in die Augen. »Bis auf Sie, natürlich.«
Hatch runzelte die Stirn. »Nun, ich denke, es ist gut, daß der Kapitän ein Herz für Streeter hat. Schließlich ist der Bursche nicht gerade das, was man eine starke Persönlichkeit nennen würde.«
Bonterre hob die Augenbrauen. »*Certainement pas.* Ich habe übrigens gehört, daß Sie ihm neulich auf den Schlips gestiegen sind.«
»Auf den Schlips getreten«, korrigierte Hatch.
»Was auch immer. Aber Sie täuschen sich, wenn Sie meinen, daß Neidelman ein Herz für Streeter hat. Der Kapitän hat nur eines am Herzen, und das befindet sich da draußen.« Sie nickte in Richtung Fenster, hinter dem das Meer und damit auch Ragged Island lag. »Er spricht nicht viel darüber, aber selbst

ein *imbécile* kann erkennen, was in ihm vorgeht. Wissen Sie, daß Gerard, seit ich ihn kenne, ein kleines Bild von Ihrer Insel vor sich auf dem Schreibtisch stehen hat?«

»Nein, das wußte ich nicht«, erwiderte Hatch und dachte daran, wie er zum erstenmal mit Neidelman zu Ragged Island hinausgefahren war. Was hatte der Kapitän ihm damals doch gleich gesagt? ›Ich wollte Ragged Island erst dann sehen, wenn eine realistische Möglichkeit bestand, den Schatz auch zu heben.‹

Irgend etwas mußte Bonterre die Laune verdorben haben, denn das Lächeln verschwand plötzlich aus ihrem Gesicht. Als Hatch das Thema wechseln wollte, hatte er auf einmal ein merkwürdiges Gefühl. Er blickte auf und sah, daß Claire den Gastraum betreten hatte und direkt auf ihn zu kam. Der Satz, den er eben zu Bonterre sagen wollte, erstarb ihm auf den Lippen.

Claire war genau so, wie er sich vorgestellt hatte, daß sie jetzt aussehen würde: groß und schlank, mit Sommersprossen rings um ihre Stupsnase. Als sie ihn sah, blieb sie abrupt stehen und zog erstaunt ihre Stirn kraus. Genau wie früher.

»Hallo, Claire«, sagte Hatch mit bemüht neutraler Stimme und stand unbeholfen auf.

Sie trat auf ihn zu. »Hallo«, grüßte sie und schüttelte ihm die Hand. Als ihre Haut die seine berührte, erschien eine leichte Röte auf ihren Wangen. »Ich habe schon gehört, daß du wieder im Lande bist«, sagte sie mit einem selbstkritischen Lächeln. »Aber das haben ja alle hier. War ja auch kaum zu vermeiden, bei allem, was da draußen so vor sich geht.« Sie machte eine vage Geste nach hinten, wo Ragged Island lag.

»Gut siehst du aus«, stellte Hatch fest. Das tat sie tatsächlich: Mit den Jahren war sie schlanker geworden, ihre Augen, die früher dunkelblau gewesen waren, hatten ein durchdringendes Grau angenommen, und das schelmische Lächeln, das ihr ständig um die Lippen gespielt hatte, war einem ernsteren, mehr nach innen gewandten Ausdruck gewichen. Als sie Hatchs Blicke auf sich spürte, strich sich Claire nervös ihren Faltenrock glatt.

Aus dem Augenwinkel bemerkte Hatch, wie Reverend Woody Clay das Restaurant betrat. Er schaute sich suchend um, und als er Hatch entdeckte, lief ein unbehagliches Zucken über sein Gesicht. Dann setzte er sich in Bewegung und kam schnurstracks auf ihn zu. Nicht hier, dachte Hatch und bereitete sich auf eine weitere Predigt über die Gier und die Verwerflichkeit seiner Schatzsuche vor. Vor Hatchs Tisch angekommen, blieb der Reverend stehen und blickte zwischen Hatch und Bonterre hin und her. Hatch fragte sich, ob der Mann es tatsächlich wagen würde, sie beim Abendessen zu stören.

»Oh«, sagte Claire und strich sich über ihr langes blondes Haar. Dann wandte sie sich an den Reverend. »Woody, darf ich dir Malin Hatch vorstellen?«

»Wir sind uns bereits begegnet«, erwiderte Clay und nickte.

Erleichtert dachte Hatch, daß der Pastor angesichts der beiden Frauen wohl kaum zu einer weiteren Strafpredigt ansetzen würde.

»Ich würde Ihnen gerne Dr. Isobel Bonterre vorstellen, Reverend«, sagte er. »Isobel, das sind Claire Northcut und …«

»Wir sind Reverend und Mrs. Woodruff Clay«, unterbrach Clay ihn scharf und streckte Bonterre die Hand hin.

Hatch war sprachlos, und zunächst weigerte sich sein Gehirn, das soeben Gehörte zu glauben.

Bonterre tupfte sich die Lippen mit ihrer Serviette ab. Dann stand sie langsam auf und entblößte, während sie Claire und Woody Clay die Hand drückte, zwei Reihen makellos weißer Zähne. Es folgte ein Augenblick betretenen Schweigens, bis Clay seine Frau mit einem knappen Nicken zu Hatch hinüber vom Tisch der beiden wegführte.

Bonterre blickte Claire hinterher und fragte: »Eine alte Freundin von Ihnen?«

»Wie bitte?« Hatch starrte auf Clays linke Hand, die er Claire besitzergreifend auf den Rücken gelegt hatte.
Ein Grinsen machte sich auf Bonterres Gesicht breit. »Halt, ich habe mich getäuscht«, sagte sie und beugte sich vor. »Eine frühere Geliebte. So ein Wiedersehen kann peinlich sein. Und doch so süß.«
»Sie haben einen scharfen Blick«, murmelte Hatch, der von der unverhofften Begegnung – und der darauffolgenden Enthüllung – immer noch zu sehr durcheinander war, um Bonterres Mutmaßung abzustreiten.
»Aber der Ehemann der Dame ist ganz bestimmt kein Freund von Ihnen. Im Gegenteil, es kam mir so vor, als würde er Sie überhaupt nicht mögen. Dieses geschmerzte Lächeln, die schweren Tränensäcke – der Mann sieht fast so aus, als hätte er eine *nuit blanche* hinter sich.«
»Eine was?«
»Eine *nuit blanche.* Eine – wie sagt man bei Ihnen? – eine schlaflose Nacht. Ganz gleich, aus welchem Grund«, fügte sie mit einem schalkhaften Lächeln hinzu.
Anstatt einer Antwort griff Hatch zur Gabel und versuchte, sich wieder seinem Hummer zu widmen.
»Wie ich sehe, läßt die Frau Sie noch immer nicht kalt«, schnurrte Bonterre mit fröhlicher Stimme. »Irgendwann einmal müssen Sie mir von ihr erzählen. Aber zuerst will ich mehr über *Sie* erfahren. Gerard hat schon angedeutet, daß Sie viel gereist sind. Ich möchte, daß Sie mir alles über Ihre Abenteuer in Surinam erzählen.«

Fast zwei Stunden später zwang sich Hatch endlich aufzustehen, um zusammen mit Bonterre das Restaurant zu verlassen. Er hatte geradezu obszön viel gegessen: Seinem Hummer waren zwei Nachspeisen, zwei Kannen Kaffee und mehrere Gläser Brandy gefolgt. Obwohl Bonterre bei dieser Völlerei begeistert mitgehalten hatte, schien sie genauso fit wie vor dem Essen zu sein. Als sie draußen im kühlen Nachtwind stand, breitete sie ihre Arme aus. »Herrlich erfrischend, diese Luft!« rief sie. »Langsam wird mir diese Stadt noch richtig sympathisch.«

»Warten Sie nur ab«, meinte Hatch, »in zwei Wochen werden Sie gar nicht mehr wegwollen. Diese Gegend kann süchtig machen.«

»Und Sie werden es in zwei Wochen nicht mehr schaffen, mir aus dem Weg zu gehen, *Monsieur le docteur.*« Sie warf ihm einen taxierenden Blick zu. »Und was machen wir jetzt?«

Hatch zögerte einen Augenblick. Er hatte sich nie richtig überlegt, was nach dem Abendessen geschehen würde. Als er Bonterres Blick erwiderte, ließen sich in seinem Kopf abermals leise Alarmglocken vernehmen.

Im gelblichen Licht der Straßenlaterne sah die Archäologin mit ihrer braunen Haut und ihren mandelförmigen, in einer Kleinstadt in Maine zauberhaft exotisch wirkenden Augen betörend schön aus. Sei vorsichtig, meldete sich Hatchs innere Stimme.

»Ich denke, wir sollten uns jetzt verabschieden«, meinte er. »Wir haben morgen einen harten Tag vor uns.«

Bonterres Augenbrauen hoben sich zu einem übertriebenen Stirnrunzeln. *»C'est tout!«* schmollte sie. »Ihr Yankees habt einfach kein Mark mehr in den Knochen. Ich hätte doch lieber mit Sergio ausgehen sollen, der hat wenigstens Feuer im Leib, selbst wenn sein Körpergeruch eine Ziege umhaut.« Sie sah Hatch mit zusammengekniffenen Augen an. »Und wie verabschiedet man sich im Stormhaven, Mr. Hatch?«

»So«, antwortete Hatch, während er auf sie zutrat und ihr die Hand schüttelte.

»Aha«, sagte Bonterre und nickte langsam, als würde sie verstehen, was Hatch damit meinte. »Kapiert.« Dann packte sie plötzlich sein Gesicht mit beiden Händen, zog es an sich heran und berührte seine Lippen mit den ihren. Bevor sie ihn einen Augenblick später wieder losließ, spürte Hatch den Bruchteil einer Sekunde lang die Spitze ihrer Zunge in seinem Mund.

»Und so verabschiedet man sich auf Martinique«, murmelte sie, während sie sich umdrehte und, ohne ihn noch einmal anzublicken, in Richtung Postamt davonstolzierte.

24

Am Nachmittag des folgenden Tages folgte Hatch, nachdem er an der Pier den verrenkten Handknöchel eines Tauchers verarztet hatte, dem Pfad zu seiner Inselpraxis, als er aus der Richtung von Wopners Baracke einen lauten Schlag hörte. Hatch rannte ins Basislager und befürchtete schon das Schlimmste, aber als er die Tür aufriß, lag der Programmierer nicht etwa unter einem umgestürzten Stahlregal begraben, sondern saß mit verärgertem Gesicht in seinem Stuhl und aß ein Eiscreme-Sandwich. Zu seinen Füßen lag ein zerschmetterter Computer.

»Ist alles in Ordnung, Kerry?«

»Nein«, murmelte Wopner mit vollem Mund.

»Was ist denn passiert?«

Wopner sah Hatch mit seinen großen traurigen Augen an. »Der Computer und mein Fuß hatten einen Zusammenstoß.«

Hatch blickte sich nach einem zweiten Stuhl um, bevor er sich daran erinnerte, daß es einen solchen bei Wopner ja gar nicht gab. Also lehnte er sich in den Türrahmen und sagte: »Erzählen Sie mir doch, was los ist.«

Der Programmierer steckte das letzte Stück von seinem Eis in den Mund und ließ das Einwickelpapier achtlos auf den Boden fallen. »Alles ist im Eimer.«

»Was ist im Eimer?«

»Charybdis. Das Netzwerk auf Ragged Island.« Wopner deutete mit dem Daumen in Richtung Island One.

»Wie das?«

»Ich habe mein Brachialprogramm auf die gottverdammte zweite Hälfte von Macallans Code losgelassen. Selbst nachdem ich ihm höchste Priorität zugewiesen hatte, lief das Programm nur zäh wie Honig. Und dann bekam ich ständig Fehlermeldungen und merkwürdig verstümmelte Daten. Also habe ich dieselben Routinen über das Netz auf Scylla, den Computer der ›Cerberus‹, laufen lassen. Dort funktionierte alles absolut perfekt und ohne jegliche Macken.« Wopner lachte höhnisch auf.

»Haben Sie eine Idee, wo das Problem liegt?«

»Ja, die habe ich allerdings. Ich habe ein Diagnose-Programm laufen lassen, und das hat herausgefunden, daß der Programmcode in den ROM-Bausteinen verändert wurde. Dasselbe ist schon einmal passiert, als die Pumpen verrückt spielten. Die ROMs wurden in Zufallsmustern überschrieben, die einer Fourierschen Reihe ähnelten.«

»Ich verstehe nur Bahnhof.«

»So etwas ist schlichtweg *unmöglich*! Verstehen Sie wenigstens das? Es gibt kein bekanntes Phänomen, das ROM-Bausteine auf diese Weise verändern kann. Erstens ist es unmöglich, sie zu überschreiben, und zweitens schon gar nicht mit so einem regelmäßigen mathematischen Datenmuster.« Wopner stand auf, öffnete eine Tür, die aussah, als gehöre sie zu einem Leichenkühlschrank, und nahm ein weiteres Eiscreme-Sandwich heraus. »Dasselbe ist auch mit meinen Festplatten und magneto-optischen Laufwerken passiert. Aber es geschieht nur *hier*. Nicht auf der ›Cerberus‹ und auch nicht in Brooklyn. Nur hier auf dieser Insel.«

»Sie können mir doch nicht erzählen, daß so etwas unmöglich ist. Schließlich ist es schon ein paarmal passiert. Sie wissen bloß nicht, warum.«

»O doch, ich weiß, warum. Es ist wegen dieses verdammten Fluchs von Ragged Island.«

Hatch lachte, aber dann merkte er, daß es Wopner vollkommen ernst war.

Der Programmierer riß die Verpackung der Eiscreme auf und biß herzhaft in das Sandwich hinein. »Ja, ja, ich weiß. Aber nennen Sie mir einen anderen plausiblen Grund, und ich will sofort daran glauben. Tatsache ist, daß bisher jeder, der auf diese verdammte Insel kam, mit unerklärlichen Defekten konfrontiert wurde. Wenn Sie es genau betrachten, dann geht es uns auch nicht anders. Wir haben nur moderneres Spielzeug als die anderen, das ist alles.«

Hatch hatte Wopner noch nie so sprechen gehört. »Was ist denn bloß in Sie gefahren?« fragte er.

»Nichts ist in mich gefahren. Der Reverend hat mir alles erklärt. Ich habe ihn gestern auf dem Postamt getroffen.«

Jetzt verspritzt Clay sein Gift schon unter den Angestellten von Thalassa, dachte Hatch, der sich darüber wunderte, wie wütend ihn diese Erkenntnis machte.

Seine Gedanken wurden durch St. John unterbrochen, der gerade hereinkam. »Ach hier sind Sie«, sagte er zu Hatch.

Hatch starrte den Historiker an, dessen Kleidung eine bizarre Mischung aus schlammbespritzten Gummistiefeln, altem Tweed und dem für die Küste von Maine so typischen Ölzeug war. St. John atmete schwer vor Anstrengung.

»Was ist denn los?« fragte Hatch, der unwillkürlich befürchtete, es habe sich ein neuerlicher Unfall ereignet.

»Nichts Ernstes«, erwiderte St. John, wobei er verlegen den vorderen Teil seines Südwesters zurückklappte. »Isobel schickt mich zu Ihnen. Sie will, daß Sie zu unserer Ausgrabung kommen.«

»Zu *Ihrer* Ausgrabung?«

»Ja. Wie Sie vielleicht wissen, helfe ich Isobel beim Freilegen des Piratenlagers.«

Isobel hier, Isobel da. Hatch merkte, daß ihm die vertrauliche Art, in der St. John von Bonterre sprach, nicht besonders gefiel.

St. John wandte sich an Wopner: »Ist das Programm denn jetzt auf dem Computer der ›Cerberus‹ durchgelaufen?«

Wopner nickte. »Keine Fehler. Aber auch kein Ergebnis.«
»Dann haben wir keine andere Wahl, Kerry, wir müssen …«
»Nein! Ich schreibe das Programm nicht für Ihr blödes Polyalphabet um!« rief Wopner und trat in kindischem Zorn noch einmal nach dem kaputten Computer. »Das ist zuviel Aufwand dafür, daß dann doch nichts herauskommt. Die Zeit ist auch so schon viel zu knapp!«
»Einen Augenblick, bitte«, sagte Hatch und versuchte, den drohenden Streit zu entschärfen. »Christopher hat mir von dem polyalphabetischen Code erzählt.«
»Die Mühe hätte er sich sparen können«, erwiderte Wopner. »Diese Verschlüsselungstechnik fand erst gegen Ende des neunzehnten Jahrhunderts weitere Verbreitung. Zuvor hielt man sie für zu fehlerträchtig und zu langsam. Und wo hätte Macallan bitteschön die dazu benötigten Codetabellen verstecken sollen? Er konnte schließlich nicht Hunderte von Buchstabenkombinationen auswendig lernen.«
Hatch seufzte. »Ich verstehe zwar nicht viel von Codes, aber dafür ein wenig von der menschlichen Natur. Nach dem zu schließen, was mir Kapitän Neidelman über Macallan erzählt hat, war er ein wirklicher Visionär. Es ist uns bekannt, daß er mitten in seinem Tagebuch den Code gewechselt hat, um sein Geheimnis besser zu wahren …«
»Und wenn man den Code wechselt, dann verwendet man meist einen komplizierteren als den vorher«, unterbrach St. John.
»Das wissen wir doch längst alles, Sie Schlaumeier«, keifte Wopner. »Was meinen Sie denn, was wir in den vergangenen zwei Wochen hier gemacht haben?«
»Seien Sie doch bitte mal eine Minute lang still«, bat Hatch. »Es ist uns auch bekannt, daß Macallan als zweiten Code einen verwendete, der nur aus Zahlen besteht.«
»Na und?«
»Macallan war nicht nur ein Visionär, sondern auch ein Pragmatiker. Sie haben den Code bisher als rein technisches Pro-

blem betrachtet. Aber vielleicht ist er ja mehr als nur das. Vielleicht gab es einen zwingenden Grund, *ausschließlich* Zahlen zu verwenden.«

Mit einemmal war es still in der Baracke, während der Historiker und der Computerspezialist über das Gehörte nachdachten.

»Nein!« sagte Wopner schließlich.

»Doch!« rief St. John und schnippte mit den Fingern. »Er hat die Zahlen gebraucht, um seine Codetabellen zu verbergen!«

»Wovon redet der Mann?« brummte Wopner.

»Passen Sie auf: Macallan war seiner Zeit weit voraus. Er wußte, daß polyalphabetische Codes die effizienteste Verschlüsselungstechnik darstellten, die es gab. Aber um einen solchen Code verwenden zu können, brauchte er mehrere Alphabete, nicht nur eines. Und die konnte er nicht einfach herumliegen lassen, sonst hätten die Piraten sie entdeckt. Genau aus diesem Grund verwendete er Zahlen statt Buchstaben! Schließlich war er Architekt und Ingenieur und hatte es als solcher ja ständig mit Zahlen zu tun. Das erwartete man geradezu von ihm. Mathematische Zahlentafeln, hydraulische Gleichungen – überall ließ sich ein Verschlüsselungsalphabet verstecken, solange es nur aus Zahlen bestand!«

St. Johns Stimme klang klar und aufgeregt zugleich, und sein Gesicht lief rot an, wie Hatch es noch nie zuvor gesehen hatte. Auch Wopner bemerkte es. Er beugte sich in seinem Stuhl nach vorn und starrte den Historiker so fasziniert an, daß das Eiscreme-Sandwich in seiner Hand schmolz und auf den Schreibtisch tropfte, wo es eine braunweiße Pfütze hinterließ.

»Da haben Sie möglicherweise mal einen Treffer gelandet, alter Knabe«, murmelte er. »Ich sage nicht, daß es so ist, aber denkbar wäre es.« Er zog die Tastatur heran. »Wissen Sie was? Ich werde den Computer auf ›Cerberus‹ umprogrammieren und ihn dann einen Angriff auf ein ausgewähltes Stück codierten Text machen lassen. Und jetzt laßt mich in Ruhe, Jungs, okay? Ich habe zu tun.«

Hatch begleitete St. John hinaus in den Sprühregen, der über dem Basislager niederging. Es war einer jener typischen Regentage in Neuengland, an denen die Luft selbst aus Feuchtigkeit zu bestehen schien.
»Ich muß mich bei Ihnen bedanken«, sagte der Historiker und zog den Südwester tiefer in sein rundliches Gesicht. »Sie haben da eine wirklich gute Idee gehabt. Außerdem hätte Wopner nie auf mich alleine gehört. Ich hatte schon vor, den Kapitän um Hilfe zu bitten.«
»Ich weiß zwar nicht, was ich getan habe, aber es ist trotzdem gern geschehen«, meinte Hatch und hielt inne. »Aber haben Sie vorhin nicht gesagt, daß Isobel mich sehen wollte?«
St. John nickte. »Sie sagte, sie habe am anderen Ende der Insel einen Patienten für Sie.«
Hatch zuckte zusammen. »Und das sagen Sie mir erst jetzt?«
»Es ist kein dringender Fall«, erklärte St. John mit einem wissenden Lächeln. »Nein, das kann man beim besten Willen nicht behaupten.«

25

Während sie gemeinsam den Hügel hinaufstiegen, blickte Hatch nach Süden. Der Kofferdamm war inzwischen fertiggestellt, und Streeters Leute arbeiteten an den starken Pumpen, die an der Westküste aufgestellt waren. Nach der Überbeanspruchung von neulich mußten sie für das am nächsten Tag beginnende Auspumpen der eingedämmten Wasserfläche komplett durchgesehen und neu eingestellt werden. Der Orthanc stand grau an der höchsten Stelle des Hügels, seine von Neonröhren erhellten Fenster schimmerten grünlich durch den Regenschleier. Hinter den Scheiben konnte Hatch undeutlich dunkle Schatten hin- und herhuschen sehen.

Hatch und St. John gingen an dem Beobachtungsturm vorbei und folgten einem schlammigen Pfad, der sich durch ein von besonders vielen alten Schächten durchlöchertes Gebiet den Hügel hinab wand. Bonterres Ausgrabung befand sich auf einer Wiese hinter den Steilklippen an der Ostküste, deren Gras von unzähligen Stiefeln bereits plattgetrampelt war. Das eigentliche Ausgrabungsgebiet wurde durch weiße, an Pflöcke gespannte Schnüre in Quadrate von jeweils einem Meter Kantenlänge unterteilt. Am Rand lagen mehrere große Segeltuchplanen in einem unordentlichen Haufen übereinander. Ein paar Sektoren waren bereits freigelegt worden, was Hatch an der rötlichen eisenhaltigen Erde erkennen konnte, die einen Farbkontrast zum nassen Grün der Wiese bildete. Bonterre und einige ihrer Grabungsarbeiter drängten sich im feuchtglänzenden Regenzeug auf einem Erdrain neben einem dieser Sektoren, während ein weiterer Arbeiter die Grasnarbe von dem Quadrat daneben entfernte. In der Erde steckten einige große orangefarbene Markierungstafeln. Das hier ist der ideale Ort für ein Piratenlager, dachte Hatch. Diese Stelle ist weder vom Festland noch von See her einsehbar.

Hundert Meter neben der Ausgrabung stand ein kleines Geländefahrzeug mit einem grauen Anhänger, hinter dem mehrere technische Geräte auf dreirädrigen Handwagen zu sehen waren. Neben einem davon kniete Rankin und hängte gerade ein Seil ein, mit dem er es wieder auf den Anhänger ziehen wollte.

»Wo kommt denn dieses Spielzeug her?« fragte Hatch und deutete auf die Geräte.

Rankin grinste. »Na, von der ›Cerberus‹, woher denn sonst? Das sind tomographische Bodendetektoren.«

»Wie bitte?«

Das Grinsen verbreiterte sich. »Na, Sie wissen schon. Sensoren, die unter die Erde schauen können.« Er deutete auf die drei Handwagen. »Der erste Apparat ist ein Bodenradar. Damit kann man – abhängig von der Wellenlänge – bis in etwa vier

Meter Tiefe feste Körper oder Hohlräume wie zum Beispiel Stollen erkennen. Der nächste ist ein Infrarotsensor, der gut bei sandigen Böden einsetzbar ist, aber keine hohe Auflösung bringt. Und das dritte Gerät schließlich ...«

»Okay, okay, das genügt«, sagte Hatch lachend. »Sie brauchen die Apparate, um nichtmetallische Gegenstände aufzuspüren, stimmt's?«

»Sie haben's erfaßt. Ich dachte nicht, daß ich sie bei dieser Expedition zum Einsatz bringen würde. Und so wie es aussieht, hat Isobel mir ohnehin die Schau gestohlen.« Er deutete auf die orangefarbenen Markierungen. »Ich habe zwar ein paar Kleinigkeiten finden können, aber auf die wirkliche Sensation ist sie ohne meine Hilfe gestoßen.«

Hatch winkte Rankin zum Abschied zu und beeilte sich, St. John zu folgen, der schon fast an der Ausgrabungsstelle angelangt war. Als Bonterre die beiden kommen sah, löste sie sich aus der Gruppe der anderen. Dabei steckte sie einen kleinen Handpickel in eine Schlaufe an ihrem Gürtel und wischte sich die Hände am Hinterteil ihrer Latzhose ab. Ihre Haare hatte sie nach hinten gebunden, und ihr Gesicht war, ebenso wie ihre Hände, schlammverschmiert.

»Ich habe Dr. Hatch gefunden«, sagte St. John unnötigerweise und lächelte Bonterre schüchtern an.

»Vielen Dank, *Christophe.*«

Hatch bemerkte St. Johns Grinsen und fragte sich, ob der Historiker wohl das neueste Opfer von Bonterres Charme war. Nichts anderes, das wurde ihm auf einmal klar, hätte St. John von seinen Büchern weglocken und dazu bringen können, hier in der nassen Erde herumzubuddeln.

»Kommen Sie.« Bonterre nahm Hatchs Hand und zog ihn an den Rand des freigelegten Sektors. »Nun tretet mal schön zur Seite«, befahl sie freundlich ihren Arbeitern. »Der Onkel Doktor ist da.«

»Was ist denn das?« fragte Hatch erstaunt und blickte hinab auf einen schmutzigen braunen Totenschädel, der neben ei-

nem kleinen Haufen ebenfalls bräunlicher Knochen lag. Hatch konnte deutlich zwei skelettierte Füße erkennen.
»Das Grab eines Piraten«, erklärte Bonterre triumphierend. »Steigen Sie nur hinunter, aber zertrampeln Sie nichts.«
»Das ist also der Patient«, murmelte Hatch, während er in das freigelegte Planquadrat kletterte. Er untersuchte interessiert den Totenschädel, bevor er sich den anderen Knochen widmete. »Aber eigentlich müßte ich von *den* Patienten sprechen.«
»Pardon?«
Hatch blickte auf. »Ich schätze, wir haben es hier mit zwei Skeletten zu tun, denn ich glaube kaum, daß Ihr Pirat zwei rechte Füße gehabt hat.«
»Zwei Skelette? Das ist ja *vachement bien!*« rief Bonterre erstaunt aus und klatschte in die Hände.
»Wurden sie ermordet?« fragte Hatch.
»Das festzustellen dürfte wohl eher in Ihre Zuständigkeit fallen, *Monsieur le docteur.*«
Hatch ging in die Hocke und untersuchte die Knochen ein wenig genauer. Auf einem Beckenknochen lag eine Gürtelschnalle aus Messing, und etliche Knöpfe aus demselben Metall fanden sich unter den Überresten eines Brustkorbs, zusammen mit einem aufgedröselten Stück Goldschnur. Hatch tippte leicht auf den Totenschädel und achtete darauf, daß er ihn dabei nicht aus dem umgebenden Erdreich herauslöste. Der Schädel lag mit weit aufgerissenem Mund auf der Seite. Auf den ersten Blick waren keinerlei Hinweise auf Gewalteinwirkung zu erkennen, weder Einschußlöcher noch Schnitt- oder Bruchspuren. Solange die Knochen in der Erde lagen, konnte Hatch nicht sagen, woran die Piraten gestorben waren. Es war allerdings eindeutig, daß man sie hastig ins Grab geworfen hatte: Die Arme waren verdreht, die Beine geknickt, und der Kopf war schiefgeneigt. Hatch fragte sich gerade, ob sich der Rest des zweite Skeletts wohl unter dem ersten befand, als ihm auffiel, daß in der Nähe der Füße etwas Goldenes glitzerte. »Was ist denn das?« fragte er und bemerkte beim näheren

Hinsehen, daß neben dem Schienbein ein Häufchen Goldmünzen und ein großer, kunstvoll bearbeiteter Edelstein lagen. Jemand hatte die Erde darüber entfernt, die Fundstücke aber *in situ* gelassen.

Von oben hörte er Bonterres amüsiertes Lachen. »Ich habe schon darauf gewartet, daß Sie das endlich entdecken würden. Ich vermute, daß der gute Mann eine Geldtasche in einem seiner Stiefel hatte. *Christophe* und ich haben die Münzen bereits identifiziert. Es handelt sich um einen goldenen Mohur aus Indien, zwei englische Guineen, einen französischen Louisdor und vier portugiesische Cruzados. Alle stammen aus der Zeit vor 1694. Der Edelstein ist ein Smaragd, den jemand in Form eines Jaguarkopfs geschnitten hat, vermutlich von den Inkas in Peru. Er hat dem Piraten bestimmt eine hübsche Wasserblase beschert.«

»Dann haben wir hier endlich den ersten kleinen Teil von Edward Ockhams Schatz«, hauchte Hatch.

»Ja«, antwortete Bonterre sehr viel nüchterner. »Jetzt wissen wir, daß es ihn gibt.«

Während Hatch die Goldmünzen betrachtete, die allein schon ein kleines numismatisches Vermögen darstellten, spürte er, wie ein seltsames Kribbeln in seinem Magen begann. Was ihm bisher immer eher theoretisch, ja sogar akademisch vorgekommen war, schien plötzlich Wirklichkeit geworden. »Weiß der Kapitän schon davon?« fragte er.

»Noch nicht. Aber kommen Sie, es gibt noch mehr zu sehen.«

Hatch konnte den Blick noch immer nicht von dem frischen, satten Glanz des Metalls wenden. Was macht seinen Anblick bloß so unwiderstehlich? überlegte er sich. In der Art, wie Menschen auf Gold reagierten, war eindeutig etwas Atavistisches.

Hatch schüttelte den Kopf und kletterte aus dem Ausgrabungssektor. »Und jetzt müssen Sie sich das eigentliche Lager ansehen!« sagte Bonterre und hakte sich bei Hatch unter. »Das ist nämlich noch seltsamer als dieses Grab.«

Hatch ließ sich von Bonterre zu einer anderen Stelle der Ausgrabung führen, die ein paar Dutzend Meter von dem Grab entfernt lag. Er sah nicht besonders spektakulär aus: Auf einer Fläche von etwa hundert Quadratmetern hatte man hier die Grasnarbe und die obere Bodenschicht entfernt und rotbraune, dichtgepackte Erde freigelegt. Hatch sah mehrere schwarze Flecken, wo früher Feuerstellen gewesen waren, und etliche kreisrunde Vertiefungen, die in unregelmäßigen Abständen in den Boden gegraben waren. Überall steckten kleine Plastikfähnchen, mit schwarzem Marker durchnumeriert.

»Hier standen früher wohl einmal die Zelte, in denen die an der Wassergrube arbeitenden Piraten lebten. Sehen Sie sich bloß einmal an, wie viele Artefakte zurückgeblieben sind. Jedes Fähnchen steht für ein Fundstück, und dabei graben wir hier erst den zweiten Tag.« Bonterre führte Hatch auf die andere Seite des Lagerschuppens, wo ein großes Stück Segeltuch am Boden lag. Sie schlug es zurück, und Hatch sah zu seinem Erstaunen eine Menge fein säuberlich aufgereihter und mit numerierten Zettelchen versehener Gegenstände.

»Zwei Steinschloßpistolen«, sagte Bonterre und deutete mit dem Finger darauf. »Dann drei Dolche, zwei Enterbeile, ein Krummsäbel und eine Donnerbüchse. Des weiteren ein Faß mit Schrot, mehrere Säcke mit Musketenkugeln sowie ein Dutzend Goldpiaster, mehrere Teile eines Silberbestecks, ein Jakobsstab und ein Dutzend fünfundzwanzig Zentimeter lange Handspaken.«

Bonterre blickte auf. »Ich habe noch nie in so kurzer Zeit so viele Artefakte gefunden. Und dann ist da auch noch das hier.« Sie hob eine Goldmünze auf und gab sie Hatch. »Selbst wenn man noch so reich ist, wirft man eine Dublone wie diese doch nicht einfach weg.«

Hatch wog die Münze in seiner Hand. Es war eine große spanische Dublone, die sich kühl und wunderbar schwer anfühlte. Ihr Gold schimmerte so hell, als wäre sie erst vor einer Woche geprägt worden. Das Kreuz von Jerusalem war zusammen mit dem Löwen und dem Kastell, die León und Kastilien symbolisierten, nicht ganz mittig aufgeprägt und wurde von der Inschrift PHILIPPVS + IV + DEI + GRAT umgeben. Das Gold erwärmte sich rasch in Hatchs Hand, und obwohl er sich dagegen sträubte, begann sein Herz schneller zu schlagen.

»Diese Funde hier geben uns noch ein weiteres Rätsel auf«, sagte Bonterre. »Im siebzehnten Jahrhundert hat man Seeleute nie angezogen begraben. Schließlich waren Kleidungsstücke an Bord von Schiffen sehr begehrt. Und selbst wenn man jemand völlig bekleidet beerdigt, dann durchsucht man doch vorher seine Taschen, oder etwa nicht? Die Goldmünzen im Stiefel stellten selbst für einen Piraten ein ziemliches Vermögen dar. Und wieso hat man alle diese Dinge hiergelassen? Pistolen, Säbel, die kleine Kanone, Handspaken – das alles war doch das Handwerkszeug des Piraten, an dem sein Herz hing. Und was ist mit dem Jakobsstab, einem Navigationsinstrument, das man dringend benötigte, um den Heimweg zu finden? Solche Dinge läßt man doch nicht freiwillig auf einer Insel zurück.«

St. John trat auf die beiden zu. »Es sind neue Knochen zum Vorschein gekommen, Isobel«, sagte er und berührte sie sanft am Ellenbogen.

»Neue Knochen? In einem anderen Planquadrat? Wie aufregend, *Christophe*!«

Hatch folgte den beiden zurück zur Ausgrabung. Die Arbeiter hatten inzwischen das Planquadrat neben dem mit dem Schädel fertig freigelegt und widmeten sich bereits dem nächsten. Als Hatch hinunterblickte, wich sein Interesse einer seltsamen Beunruhigung. Im zweiten Sektor lagen drei Schädel inmitten eines wild durcheinandergewürfelten Knochenhaufens. Er schaute hinüber zum dritten Planquadrat und sah, wie dort gerade die Arbeiter mit kleinen Bürsten vorsichtig die feuchte Erde von zwei weiteren Totenköpfen entfernten. Vor Hatchs Augen gab der Boden einen Unterschenkelknochen und dann das Sprung- und das Fersenbein eines Fußes frei. Die Stellung der Knochen legte den Schluß nahe, daß man die dazugehörige Leiche mit dem Gesicht nach unten in das Grab geworfen hatte.

»Die Zähne fest ins Erdreich geschlagen«, murmelte Hatch.

»Wie bitte?« fragte St. John verblüfft.

»Ach nichts. Nur ein Vers aus der ›Ilias‹.«

Ein Massengrab, dachte Hatch, in das man die Leichen mehr schlecht als recht hineingeworfen hat. Man beerdigt niemanden mit dem Gesicht nach unten, zumindest nicht ehrenhaft. Der Anblick erinnerte ihn an ein anderes Massengrab, das er einmal in Mittelamerika zu begutachten gehabt hatte. Es war voller toter Bauern gewesen, die einer Todesschwadron des dortigen Militärs zum Opfer gefallen waren.

Selbst Bonterre hatte es die Sprache verschlagen, und ihre Hochstimmung verflog rasch. »Was ist hier bloß passiert?« fragte sie schließlich leise.

»Keine Ahnung«, erwiderte Hatch, der plötzlich ein merkwürdiges, eiskaltes Gefühl in der Magengrube verspürte.

»An den Knochen sind keine Anzeichen von Gewalt zu erkennen.«

»Gewaltanwendung hinterläßt oft nur ganz subtile Spuren«, entgegnete Hatch. »Aber vielleicht sind die Piraten ja auch an einer Seuche gestorben oder verhungert. Wir sollten die Knochen forensisch untersuchen, dann erfahren wir vielleicht mehr.« Er besah sich noch einmal den grausigen Fund. Immer mehr Knochen kamen jetzt ans Tageslicht und wurden vom leichten Regen abgespült. Manchmal lagen die bräunlichen Skelette sogar in drei Schichten übereinander.

»Könnten Sie so eine Untersuchung durchführen?« fragte Bonterre.

Hatch blieb am Rand des Massengrabs stehen und sagte eine Weile nichts. Der Regen, der Dunst und die langsam einsetzende Dämmerung trugen zusammen mit dem traurigen Murmeln der Brandung dazu bei, daß ihm auf einmal alles grau und leblos erschien, so, als habe irgend etwas sämtliches Le-

ben aus der Landschaft gesogen. »Ja«, antwortete er mit Verzögerung.
Wieder folgte eine lange Pause.
»Was ist hier bloß passiert?« wiederholte Bonterre schließlich flüsternd ihre eigenen Worte.

26

In der Morgendämmerung des nächsten Tages kam die Führungsriege der Expedition im Steuerhaus der »Griffin« zusammen. Die Atmosphäre dieser Besprechung war ganz anders als die gedämpfte, demoralisierte Stimmung bei der Konferenz nach Ken Fields Unfall. Heute schien die Luft elektrisch geladen zu sein, und ein Gefühl gespannter Erwartung hatte alle Teilnehmer erfaßt. An einem Ende des Tisches sprach Bonterre mit Streeter über den Transport der bei ihrer Ausgrabung zutage geförderten Gegenstände ins Basislager, wobei der Vorarbeiter ihr schweigend zuhörte. Ihnen gegenüber hockte ein ausgesprochen zerzauster und ungekämmter Wopner, der Christopher St. John aufgeregt und von wilden Handbewegungen begleitet etwas zuflüsterte. Neidelman war noch nicht da. Wie üblich blieb er in seinen Privatgemächern, bis alle anderen sich versammelt hatten. Hatch holte sich eine Tasse heißen Kaffee und einen großen, fettig glänzenden Doughnut, bevor er auf dem Stuhl neben Rankin Platz nahm. Schließlich öffnete sich die Tür am Ende des Steuerhauses, und Neidelman kam aus seiner Kabine herauf. Hatch erkannte sofort, daß er in ebenso guter Stimmung war wie alle anderen Anwesenden. An der Tür blieb er stehen und winkte Hatch herbei. »Ich möchte Ihnen etwas schenken, Malin«, sagte er mit leiser Stimme und drückte ihm ein schweres Stück Metall in die Hand.

Zu seinem Erstaunen erkannte Hatch die große Golddublone, die Bonterre tags zuvor gefunden hatte. Er sah den Kapitän fragend an.

»Verglichen mit dem, was Sie am Ende bekommen werden, ist das natürlich unbedeutend«, meinte Neidelman lächelnd. »Aber es ist die erste Frucht unserer gemeinsamen Anstrengungen. Ich wollte sie Ihnen als Zeichen unserer Dankbarkeit überreichen. Dafür, daß Sie eine schwierige Entscheidung in unserem Sinne getroffen haben.«

Hatch murmelte ein Dankeschön und ließ die Münze in seine Hosentasche gleiten. Als er zurück zum Tisch ging, fühlte er sich ein wenig unwohl. Irgendwie schien es ihm nicht richtig zu sein, diese Dublone einfach von der Insel mitzunehmen, bevor nicht auch der Rest des Schatzes gehoben war. Vielleicht bedeutete so etwas ja Unglück. Werde ich jetzt am Ende auch noch abergläubisch? fragte Hatch sich halb im Scherz und nahm sich vor, die Münze in seiner Inselpraxis aufzubewahren.

Neidelman trat ans Kopfende des Tisches und betrachtete stumm seine Führungsmannschaft, wobei eine außergewöhnliche, angespannte Energie von ihm ausging. Wie immer sah er sehr gepflegt aus: frisch geduscht, frisch rasiert und mit frisch gebügelter, khakifarbener Hose bekleidet. Seine Haut spannte sich straff und glatt über seine Knochen, und seine grauen Augen wirkten im warmen Licht des Sonnenaufgangs fast weiß.

»Ich denke, daß es heute morgen eine Menge zu berichten gibt«, sagte er, während er reihum in die Runde blickte. »Fangen wir doch mit Ihnen an, Dr. Magnusen.«

»Die Pumpen sind durchgesehen und einsatzbereit, Sir«, meldete die Ingenieurin. »Außerdem habe wir zusätzliche Sensoren zur Messung des Wasserspiegels in einigen Nebenschächten und innerhalb des Kofferdamms angebracht. So können wir das Leerpumpen des eingedämmten Gebiets besser überwachen.«

Neidelman nickte und ließ seine scharfen, hungrigen Augen einen Platz weiterwandern. »Mr. Streeter?«

»Der Kofferdamm ist fertig und hat sämtliche Tests auf Stabilität und Dichtigkeit bestanden. Der Greifhaken ist bereit, und die Arbeitsgruppe zum Ausschachten der Wassergrube erwartet auf der ›Cerberus‹ weitere Instruktionen.«

»Ausgezeichnet«, sagte Neidelman und sah hinüber zu St. John und Wopner. »Sie, meine Herren, haben ebenfalls gute Neuigkeiten für uns, wenn ich mich nicht irre?«

»Die habe wir in der Tat«, begann St. John. »Die ...«

»Lassen Sie mich das machen, alter Kumpel«, unterbrach ihn Wopner. »Wir haben den zweiten Code geknackt.«

Rings um den Tisch war heftiges Durchatmen zu hören. Hatchs Finger krallten sich unwillkürlich um die Armlehnen seines Stuhls. Gespannt beugte er sich vor.

»Und was steht nun in dem Tagebuch?« platzte Bonterre heraus.

Wopner hob abwehrend die Hände. »Ich habe nur gesagt, daß wir den Code *geknackt* haben, aber das bedeutet noch lange nicht, daß damit der Text bereits dechiffriert ist. Wir haben einige sich wiederholende Buchstabensequenzen gefunden, eine elektronische Codeliste angelegt und genügend einzelne, im ersten Teil des Tagebuchs ebenfalls enthaltene Wörter entschlüsselt, um zu wissen, daß wir auf dem richtigen Weg sind.«

»Ist das alles?« fragte Bonterre enttäuscht und ließ sich zurück in den Stuhl sinken.

»Hey, was soll das heißen?« protestierte Wopner mit einem ungläubigen Ausdruck im Gesicht. »Die Geschichte ist damit schon so gut wie gegessen! Es steht jetzt fest, daß wir es mit einem polyalphabetischen Code zu tun haben, der zwischen fünf und fünfzehn verschiedene Alphabete benutzt. Wenn wir erst einmal wissen, wie viele es genau sind, erledigt der Computer den Rest. Mit einer Wortwahrscheinlichkeitsanalyse dürften wir in ein paar Stunden soweit sein.«

»Also doch ein polyalphabetischer Code!« meinte Hatch. »Dann hat Christopher also die ganze Zeit über recht gehabt.« Für diesen Einwurf erntete er einen dankbaren Blick von St. John und einen bösen von Wopner.

Neidelman nickte. »Und wie sieht es mit den Programmen für die Leiterkonstruktion aus?«

»Ich habe die Simulation gestern abend auf dem Computer der ›Cerberus‹ getestet«, erklärte Wopner und strich sich eine schlaffe Locke aus der Stirn. »Läuft wie Butter. Aber natürlich ist die Leiter noch nicht in der Wassergrube«, fügte er bedeutungsschwanger hinzu.

»Wunderbar«, sagte Neidelman und stand auf. Er ging an die geschwungene Fensterfront des Steuerhauses, drehte sich um und wandte sich abermals an die Versammelten. »Ich denke, ich muß dem Gehörten nicht mehr viel hinzufügen. Alles ist bereit, so daß wir um Punkt zehn Uhr die Pumpen anwerfen und mit dem Trockenlegen der Wassergrube beginnen können. Mr. Streeter, Sie lassen den Kofferdamm nicht aus den Augen. Sollte es das kleinste Problem damit geben, informieren Sie mich sofort. Und halten Sie für den Fall des Falles die ›Naiad‹ und die ›Grampus‹ in Bereitschaft. Mr. Wopner, Sie überwachen die ganze Aktion von Island One aus und testen dort noch einmal die Leiterkonstruktion. Dr. Magnusen kümmert sich vom Orthanc aus um die Pumpen und alles, was dazugehört.«

Neidelman trat einen Schritt auf den Tisch zu. »Wenn alles nach Plan läuft, dann müßte die Wassergrube morgen um die Mittagszeit trocken sein. Wir überwachen sie so lange mit Sensoren, bis sie sich stabilisiert hat, und schicken erst dann eine Arbeitsgruppe hinunter, die den gröbsten Schutt herausräumen und die Leiterkonstruktion anbringen soll. Dies müßte eigentlich noch im Laufe des morgigen Nachmittags machbar sein, so daß wir übermorgen vormittag zum erstenmal hinabsteigen können.«

Neidelman hielt inne und blickte in die Runde. »Ich muß Sie

wohl nicht extra daran erinnern, daß die Wassergrube, wenn sie erst einmal trockengelegt ist, extrem einsturzgefährdet sein wird. Ohne das Wasser lastet nämlich ein sehr viel höherer Druck auf den alten Verstrebungen. Bis wir die alten Holzbalken durch Titanstreben entlastet haben, kann es durchaus sein, daß Teile des Schachtes in sich zusammenfallen. Deshalb wird zuerst ein kleines Team hinuntergehen und an den kritischen Stellen piezoelektrische Drucksensoren anbringen, die Kerry von Island One aus kalibrieren wird. Sollte der Druck auf die Balken plötzlich ansteigen, was vor einem Einsturz der Fall wäre, würden uns die Sensoren rechtzeitig warnen. Wir verbinden sie über Funk mit dem Netzwerk, so daß wir ständig auf dem laufenden sind. Erst wenn dieses Frühwarnsystem steht, werden wir ein Team zum gründlichen Erkunden der Wassergrube losschicken.«

Neidelman stützte sich mit beiden Händen auf den Tisch. »Ich habe lange darüber nachgedacht, aus wem diese allererste Gruppe bestehen soll, aber letztendlich gab es doch keinen Zweifel an ihrer Zusammensetzung. Es werden drei Leute sein: Dr. Bonterre, Dr. Hatch und ich. Bei dieser ersten Begutachtung brauchen wir Dr. Bonterres Wissen über Archäologie, Bodenkunde und Piratenbauweise, und Dr. Hatch muß mit runter, falls bei unserem Ausflug ärztliche Hilfe vonnöten sein sollte. Ich persönlich wiederum nehme mein Recht als Leiter der Expedition wahr, den ersten Blick auf die Wassergrube werfen zu dürfen.«

Ein erwartungsvolles Glitzern flackerte einen Moment lang in Neidelmans Augen auf.

»Ich weiß, daß die meisten, wenn nicht gar alle von Ihnen, ebenfalls darauf brennen, die Wassergrube zu begutachten. Das kann ich voll und ganz verstehen. Und ich versichere Ihnen, daß in den folgenden Tagen jeder von Ihnen die Möglichkeit bekommen wird, sich mit Macallans Schöpfung ausgiebig vertraut zu machen.«

Er richtete sich auf. »Gibt es noch Fragen?«

Im Steuerhaus war es still.
Neidelman nickte. »Wenn das so ist, dann lassen Sie uns an die Arbeit gehen.«

27

Am Nachmittag des darauffolgenden Tages verließ Hatch die Insel in bester Stimmung. Die Pumpen hatten den ganzen Vortag und die Nacht hindurch gearbeitet und Millionen Liter braunen Meerwassers aus der Grube geholt und quer über die Insel zurück in den Ozean transportiert. Nach dreißig Stunden schließlich hatte das Rohr am Grund der Wassergrube in dreiundvierzig Metern Tiefe nur noch Schlamm angesaugt.
Danach hatte Hatch gespannt in seiner Inselpraxis gewartet, aber schließlich hatte man ihn davon in Kenntnis gesetzt, daß der höchste Stand der Flut vorübergegangen sei, ohne daß Meerwasser einen Weg zurück in die Grube gefunden hätte. Neidelman und seine Leute hatten besorgt beobachtet, wie die dicken alten Holzverstrebungen unter der auf einmal sehr viel stärkeren Last geächzt und geknackt hatten, und die seismographischen Sensoren hatten ein paar kleinere Wandbrüche in den angrenzenden Seitenstollen registriert, aber der Hauptschacht hatte gehalten. Nach ein paar Stunden schienen die Verstrebungen sich gesetzt zu haben, und da auch der Kofferdamm weiterhin dicht hielt, konnte nun eine Arbeitsgruppe mit einem magnetischen Greifarm den Schrott aus der Grube holen, der im Lauf der Jahrhunderte dort hineingefallen war und sich an den Balken verfangen hatte.
Nachdem Hatch sein Boot in Stormhaven festgemacht hatte, ging er zur Fischerkooperative und kaufte sich ein Lachsfilet. Danach fuhr er, einem Impuls folgend, in die dreizehn Kilo-

meter südlich gelegene Stadt Southport. Von der Route 1A, der alten Küstenstraße, aus sah er fahlgelbes Wetterleuchten am Horizont. Gewaltige, amboßförmige Gewitterwolken standen im Süden von Monhegan Island am rosa gefärbten Abendhimmel. Die Wolken reichten fast zehntausend Meter hinauf in die Atmosphäre, und ihr stahlblaues Inneres blitzte vor elektrischer Spannung. Ein typisches Sommergewitter braute sich da zusammen, das Blitz und Donner und heftigen Regen bringen würde, aber doch nicht die Kraft besaß, um für gefährlichen Seegang zu sorgen.

Obwohl der Supermarkt in Southport, am Standard von Cambridge gemessen, ziemlich dürftig bestückt war, bot er doch eine ganze Reihe von Artikeln, die man in Buds Laden vergeblich suchte. Bevor Hatch aus seinem Jaguar stieg, blickte er sich vorsichtig um. Er wollte nicht, daß jemand aus Stormhaven ihn hier sah und Bud von seinem Verrat erzählte. Hatch grinste vor sich hin, als ihm plötzlich bewußt wurde, wie seltsam dieses Kleinstadtverhalten doch einem Bürger von Boston erscheinen würde.

Als er wieder zu Hause war, kochte sich Hatch eine Kanne Kaffee und bereitete den Lachs mit Zitronensaft, Dill und Spargel zu. Während der Fisch vor sich hinköchelte, machte er eine Soße aus Meerrettichmayonnaise, die er mit Curry abschmeckte. Weil der Großteil des Eßtisches mit einer grünen Plane abgedeckt war, räumte er sich am unteren Ende einen Platz für seinen Teller frei und aß den Lachs, wobei er die »Stormhaven Gazette« las. Er fand es enttäuschend und beruhigend zugleich, daß die Schatzsuche auf Ragged Island von der ersten Seite auf die zweite gewandert war. Das Hummerfest und ein Elch, der in den Lagerraum von Kai Estensons Eisenwarenhandlung eingedrungen und dort Amok gelaufen war, bis ihn staatliche Wildhüter mit einem Betäubungsgewehr ruhiggestellt hatten, waren offenbar würdigere Aufmacherthemen gewesen. Der Artikel über die Schatzsuche sprach von »exzellenten Fortschritten trotz einiger kleiner Rückschläge«

und erwähnte, daß der Mann, der in der vergangenen Woche einen Unfall erlitten hatte, inzwischen aus dem Krankenhaus entlassen worden sei und sich nun zu Hause erhole. Auf Hatchs ausdrücklichen Wunsch wurde sein eigener Name in dem Artikel nicht erwähnt.

Als er mit seiner Mahlzeit fertig war, stellte Hatch das schmutzige Geschirr ins Spülbecken und ging wieder zurück ins Eßzimmer. Nachdem er sich eine frische Tasse Kaffee eingeschenkt hatte, zog er die grüne Plane vom Tisch, unter der auf einem Tuch zwei der Skelette lagen, die Bonterre tags zuvor ausgegraben hatte. Hatch hatte sich die beiden am besten erhaltenen aus dem erschreckend gut gefüllten Massengrab herausgesucht und sie hierher in sein Haus geschafft, wo er sie in aller Ruhe untersuchen konnte.

Die Knochen waren sauber und hart und hatten von dem eisenhaltigen Boden der Insel eine hellbraune Färbung angenommen. In der trockenen Luft des Hauses rochen sie nur schwach nach Erde und Moder. Hatch trat mit in die Seite gestemmten Armen einen Schritt zurück und betrachtete die Skelette und die paar rostigen Metallknöpfe, Gürtelschnallen und Schuhnägel, die man neben ihnen gefunden hatte. Eines der Skelette hatte sogar einen goldenen Ring getragen, der mit seinem minderwertigen Granat mehr historischen als materiellen Wert besaß. Hatch nahm den Ring, probierte ihn an seinem kleinen Finger, und als er paßte, ließ er ihn dran. Irgendwie gefiel ihm die Verbindung, die er auf diese Weise zu dem toten Piraten herstellen konnte.

Sommerliches Zwielicht lag auf der Wiese vor dem offenen Fenster, und die Frösche aus dem Mühlteich unterhalb des Grundstückes stimmten ihr abendliches Gequake an. Hatch griff nach einem kleinen Notizbuch, schlug es auf und schrieb »Pirat A« auf die linke und »Pirat B« auf die rechte Hälfte der ersten Seite. Gleich darauf strich er die Bezeichnungen aber wieder aus, um sie durch »Blackbeard« und »Kapitän Kidd« zu ersetzen. Das machte die Skelette irgendwie menschlicher. Un-

ter diesen Überschriften begann Hatch nun seine Beobachtungen zu notieren.
Zuerst einmal stellte er das Geschlecht der beiden Skelette fest, denn er wußte, daß es im siebzehnten Jahrhundert mehr weibliche Piraten gegeben hatte, als man landläufig annahm. Diese beiden waren allerdings männlich und darüber hinaus so gut wie zahnlos – ein Schicksal, das sie mit fast allen Skeletten in dem Massengrab teilten. Hatch nahm einen der Unterkieferknochen und betrachtete ihn unter der Lupe. Entlang des Mandibularbogens entdeckte er kleinere Knochenveränderungen, die wohl von Zahnfleischerkrankungen herrührten, und Stellen, an denen der Knochen geradezu angefressen war. Die wenigen noch vorhandenen Zähne sahen schlimm aus – die Odontoblastschicht hatte sich fast vollständig vom Dentin gelöst. Hatch legte den Unterkiefer wieder zurück auf den Tisch und fragte sich, ob der Grund für den schlechten Zustand von Knochen und Zähnen Krankheit, Hunger oder ganz einfach mangelnde Mundhygiene gewesen war.
Er nahm den Schädel des Piraten, den er Blackbeard genannt hatte, in die Hände wie Hamlet den von Yorick und betrachtete ihn eingehend. Blackbeards letzter noch vorhandener oberer Schneidezahn war erkennbar schaufelförmig, was auf eine entweder ostasiatische oder indianische Herkunft schließen ließ. Dann legte Hatch den Schädel wieder hin und fuhr mit seiner Untersuchung fort. Kidd, der andere Pirat, hatte einen Beinbruch erlitten, der nicht besonders gut verheilt war: Der Knochen an der Bruchstelle war abgeschürft und kalzifiziert, und die beiden Enden waren nicht sauber zusammengewachsen. Möglicherweise hatte Kidd nur hinkend und unter großen Schmerzen gehen können. Wahrscheinlich war dem Piraten nicht besonders wohl zumute gewesen, denn auch am Schlüsselbein fand Hatch eine alte Wunde, einen tiefen Einschnitt im Knochen mit Ausläufern an beiden Stellen. Ob der wohl vom Hieb eines Entermessers herrührt? fragte sich Hatch.
Die beiden Piraten schienen nicht älter als vierzig geworden zu

sein. Im Gegensatz zu Blackbeard war Kidd möglicherweise ein Weißer europäischer Herkunft gewesen. Hatch nahm sich vor, St. John bei nächster Gelegenheit nach der ethnischen Zusammensetzung von Ockhams Mannschaft zu fragen.

Hatch ging nachdenklich um den Tisch herum, bis er schließlich einen Oberschenkelknochen zur Hand nahm. Er kam ihm merkwürdig leicht und brüchig vor, und als er ihn ein wenig bog, zerbrach er zu seinem Erstaunen wie ein trockener Zweig. Hatch betrachtete sich die Bruchenden. Es handelte sich hier um einen schweren Fall von Osteoporose, Knochenschwund, nicht etwa um eine nachträgliche Zersetzung des Knochens im Grab. Daraufhin sah er sich auch das andere Skelett genauer an und entdeckte dieselben Symptome.

Weil die Piraten viel zu jung für eine geriatrisch bedingte Erkrankung waren, ging auch sie vermutlich auf schlechte Ernährung oder andere Mangelerscheinungen zurück. Hatch kramte sein diagnostisches Wissen zusammen und überlegte sich mehrere mögliche Szenarien, bis er plötzlich grinste.

Er trat an das Regal, in dem er seine medizinische Fachliteratur verstaut hatte, und zog ein abgegriffenes Exemplar von Harrisons »Grundlagen der inneren Medizin« heraus. Er sah im Index nach und blätterte dann rasch auf die dort angegebene Seite. »Skorbut«, stand dort, »Scorbutus (Vitamin-C-Mangel).« Hier waren sie genau beschrieben, die Symptome, die Hatch an den beiden Skeletten entdeckt hatte: Zahnausfall, Osteoporose, Stillstand des Heilungsprozesses, ja sogar das Wiederaufplatzen alter Wunden.

Hatch klappte das Buch zu und stellte es zurück ins Regal. Das Rätsel war gelöst. Heutzutage kam Skorbut nur noch selten vor. Selbst die ärmsten Entwicklungsländer konnten ihre Bevölkerung mit frischen Früchten und Gemüse versorgen, und so war Hatch trotz seiner jahrelangen Arbeit in der Dritten Welt nicht ein einziger Fall dieser Krankheit untergekommen. Bis jetzt. Hatch war außergewöhnlich zufrieden mit sich.

Während er noch nachdenklich die beiden Skelette betrachtete, läutete es an der Tür. Verdammt, dachte Hatch und schlug hastig die grüne Plane über die Knochen, bevor er aufmachen ging. Es zählte zu den eher lästigen Aspekten des Kleinstadtlebens, daß es niemand für nötig fand, seinen Besuch telefonisch anzukündigen. In Stormhaven, dessen war Hatch sich klar, schickte es sich jedenfalls bestimmt nicht, Skelette anstatt des Tafelsilbers auf dem Eßtisch auszulegen.

Hatch warf einen Blick aus dem Fenster und erkannte zu seinem Erstaunen Professor Orville Horn, der auf seinen Stock gestützt vor der Eingangstür wartete. Seine weißen Haare standen ihm vom Kopf ab, als habe man sie mit einem Van-de-Graaf-Generator aufgeladen.

»Ah, der schreckliche Dr. Hatch!« sagte der Professor gutgelaunt, als Malin ihm die Tür öffnete. »Ich bin gerade hier vorbeigekommen und habe in deinem alten Mausoleum hier noch Licht gesehen.« Während er sprach, wanderten seine kleinen Augen rastlos hin und her. »Ich dachte, daß du vielleicht gerade unten im Kerker Leichen zerschneidest. In jüngster Zeit werden nämlich ein paar Mädchen aus der Stadt vermißt, und die Bevölkerung wird langsam unruhig.« Erst jetzt fiel sein Blick auf den mit grüner Plane abgedeckten Haufen auf dem Tisch. »Hoppla! Was haben wir denn da?«

»Piratenskelette«, antwortete Hatch grinsend. »Sie wollten doch ein Geschenk, nicht wahr? Nun denn: Alles Gute zum Geburtstag, Herr Professor!«

Professor Horns Augen leuchteten erfreut auf, während er unaufgefordert ins Zimmer trat. »Wunderbar!« rief er aus. »Wie ich sehe, war mein Verdacht wohlbegründet. Wo hast du die Skelette denn her?«

»Die Archäologin von Thalassa hat vor ein paar Tagen das Piratenlager auf Ragged Island entdeckt«, erwiderte Hatch und geleitete den alten Mann hinüber zum Tisch. »Dort hat sie auch ein Massengrab gefunden, und ich habe mir ein paar Knochen daraus mitgenommen und versuche nun, die Todesursache der dort Begrabenen herauszufinden.«

Der Professor zog die struppigen Augenbrauen hoch. Hatch schlug die Plane zurück, und sein Gast beugte sich interessiert über die Knochen. Er betrachtete sie eingehend und drehte den einen oder anderen mit der Spitze seines Stockes um.
»Ich glaube, ich weiß jetzt, woran die beiden gestorben sind«, verkündete Hatch.
Der Professor hob die Hand. »Psst. Sag nichts. Laß mich selbst mein Glück versuchen.«
Hatch lächelte. Er erinnerte sich noch an die Vorliebe des Professors für wissenschaftliches Rätselraten. Dieses Spiel hatten die beiden früher ganze Nachmittage lang gespielt; Hatch hatte bei Dr. Horn bizarre Fundstücke identifizieren oder knifflige naturkundliche Fragen lösen müssen.
Dr. Horn nahm Blackbeards Schädel, drehte ihn um und besah sich den einzigen Zahn im Oberkiefer. »Ostasiatisch«, konstatierte er, während er den Totenkopf wieder auf den Tisch legte.
»Sehr gut.«
»Nicht allzu überraschend«, entgegnete der Professor. »Piraten waren die ersten Arbeitgeber, die keine Rassenschranken kannten. Ich könnte mir vorstellen, daß dieser Bursche hier aus Burma oder Borneo kam. Vielleicht war er auch ein Laskar.«
»Ich bin beeindruckt«, sagte Hatch.
»Wie rasch man doch vergißt«, murmelte der Professor und ging um den Tisch mit den Skeletten herum. Das Funkeln in seinen kleinen Augen erinnerte Hatch an eine Katze, die einer Maus nachstellt. Schließlich nahm er den Oberschenkelknochen in die Hand, den Hatch gerade zerbrochen hatte. »Osteoporose«, erklärte er und warf Hatch einen kurzen Blick zu.
Hatch lächelte und schwieg.
Dr. Horn griff sich einen Unterkiefer. »Von Zahnseide haben diese Piraten wohl nicht allzuviel gehalten«, sagte er, während er die Zähne untersuchte. Dann strich er sich nachdenklich

übers Gesicht. »Alle Anzeichen deuten auf Skorbut hin«, meinte er dann.

Ohne es zu wollen, machte Hatch ein langes Gesicht. »Sie haben das sehr viel schneller herausgefunden als ich.«

»Skorbut war auf den Segelschiffen früherer Zeiten weit verbreitet«, erklärte der Professor. »Tut mir leid, aber das dürfte ja allgemein bekannt sein.«

»Na schön, vielleicht lag es ja wirklich auf der Hand«, murmelte Hatch ein wenig niedergeschlagen.

Der Professor warf ihm einen scharfen Blick zu, sagte aber nichts.

»Nun kommen Sie schon mit ins Wohnzimmer«, sagte Hatch. »Ich bringe Ihnen eine Tasse Kaffee.«

Als er ein paar Minuten später mit einem Tablett aus der Küche zurückkehrte, hatte sich der Professor in einem Sessel niedergelassen und blätterte gerade in einem der alten Kriminalromane herum, die Hatchs Mutter so geliebt hatte. Sie hatte etwa dreißig Stück im Regal stehen gehabt und immer erzählt, daß diese ihr voll und ganz genügten. Wenn sie nämlich mit dem letzten zu Ende sei, hätte sie den Inhalt des ersten wieder vergessen und könne ihn dann ein weiteres Mal lesen. Als Hatch den Professor, der ihn durch seine Kindheit und Jugend begleitet hatte, so im Wohnzimmer sitzen und in einem Buch seiner Mutter blättern sah, überkam ihn auf einmal bittersüße Wehmut. Heftiger als beabsichtigt stellte er das Tablett auf dem kleinen Couchtisch ab und reichte dem Professor seine Tasse. Dann saßen die beiden eine Weile schweigend da und tranken ihren Kaffee.

»Malin«, sagte der alte Mann schließlich, nachdem er sich geräuspert hatte, »ich möchte mich bei dir entschuldigen.«

»Aber nicht doch«, erwiderte Hatch. »Ich finde es gut, daß Sie so offen zu mir waren.«

»Zum Teufel mit der Offenheit. Ich habe neulich vorschnell geurteilt. Ich denke zwar noch immer, daß Stormhaven ohne diese gottverdammte Schatzinsel besser dran wäre, aber daran läßt sich nun mal nichts ändern. Und ich habe kein Recht, deine Motive zu verurteilen. Du tust, was du tun mußt.«

»Danke, Professor Horn.«

»Als kleine Entschädigung habe ich dir etwas mitgebracht, das du mir identifizieren sollst«, sagte er mit dem alten Funkeln in dem Augen, das Hatch nur zu vertraut war. Er holte eine kleine Schachtel aus seiner Jackettasche und öffnete sie. Darin befand sich der Panzer eines seltsamen doppelrümpfigen Meerestiers, das ein kompliziertes Muster aus Punkten und Streifen aufwies. »Was ist das? Du hast fünf Minuten Zeit.«

»Ein siamesischer Seeigel«, antwortete Hatch und reiche dem Professor den Panzer zurück. »Hübsches Exemplar übrigens.«

»Verdammt. Wenn du dich schon partout nicht vorführen lassen willst, dann erkläre mir wenigstens alles, was *damit* etwas zu tun hat.« Dabei deutete Horn mit dem Daumen nach hinten ins Eßzimmer, wo auf dem Tisch noch immer die beiden Skelette lagen. »Ich will alle Einzelheiten wissen, auch wenn sie dir noch so banal erscheinen mögen. Wage es ja nicht, etwas auszulassen!«

Hatch schlug die Beine übereinander und erzählte Horn, wie Bonterre das Piratenlager gefunden und begonnen hatte, es auszugraben; er erzählte von der Entdeckung des Massengrabs, des Goldes und der vielen Artefakte und auch davon, daß die Skelette kreuz und quer in dem Grab gelegen hatten. Der Professor hörte interessiert zu, nickte manchmal energisch und zog bei jeder neuen Information die Augenbrauen in die Höhe.

»Was mich am meisten erstaunt hat«, schloß Hatch seinen Bericht, »ist die große Anzahl der Toten. Bis heute nachmittag haben die Archäologen *achtzig* Skelette gefunden, und dabei ist das Grab noch nicht einmal vollständig freigelegt.«

»Das sind wirklich viele«, bestätigte der Professor und verfiel in nachdenkliches Schweigen. Er saß mit einem ins Leere gehenden Blick eine Weile da, bis er schließlich seine Tasse abstellte, sich mit einer merkwürdig sanften Bewegung den Jackettkragen glattstrich und aufstand. »Skorbut«, sagte er wie zu sich selbst und ließ dann ein verächtliches Schnauben hören. »Bringst du mich noch zur Tür, Malin? Ich habe dir für heute genug von deiner wertvollen Zeit gestohlen.«

An der Tür blieb der Professor noch einmal stehen, drehte sich um und wandte sich an Hatch. Mit einem Blick nur mühsam verborgenen Interesses sah er seinen ehemaligen Schüler an. »Malin, sag mir doch mal, was für Pflanzen hauptsächlich auf Ragged Island wachsen. Ich war nämlich selbst noch nie auf der Insel.«

»Nun ja«, antwortete Hatch, »die Flora ist dort dieselbe wie auf den anderen Inseln auch. Es gibt praktisch keine Bäume, dafür viel Riedgras, Vogelkirschensträucher, Kletten und Teerosen.«

»Vogelkirschenkuchen ist köstlich. Und hast du jemals Hagebuttentee von Teerosen getrunken?«

»Natürlich«, bestätigte Hatch. »Meine Mutter hat ihn oft gemacht. Sie sagte, er sei gut für die Gesundheit. Ich habe das Zeug aber eigentlich nie so gemocht.«

Der Professor hüstelte hinter vorgehaltener Hand, und Hatch fiel ein, daß er so früher immer seinem Mißfallen an Äußerungen seiner Schüler Ausdruck verliehen hatte. »Was ist los?« fragte er deshalb abwehrend.

»Vogelkirschen und Hagebutten«, erklärte der Professor, »gehören seit Jahrhunderten zu den hier an dieser Küste gebräuchlichen Nahrungsmitteln. Beide sind sehr gesund, und zwar hauptsächlich wegen ihres hohen Gehalts an Vitamin C.«

»Ach so«, sagte Hatch nach einer kurzen Pause. »Jetzt verstehe ich, worauf Sie hinauswollen.«

»Im siebzehnten Jahrhundert wußten die Matrosen vielleicht nicht, was für Skorbut verantwortlich war, aber daß man die Krankheit durch den Genuß frischer Beeren, Früchte oder Gemüse kurieren konnte, war ihnen sehr wohl bekannt.« Professor Horn sah Malin prüfend an. »Und außerdem stimmt noch etwas anderes nicht bei deiner voreiligen Diagnose.«

»Und was wäre das?«

»Die *Art und Weise*, wie diese Toten begraben wurden«, erwiderte der alte Mann und unterstrich seine Worte, indem er mit seinem Stock auf den Boden klopfte. »Malin, so schnell sterben keine achtzig Menschen an Skorbut, daß man sie Hals über Kopf in ein Massengrab werfen müßte und dabei auch noch so hastig vorgeht, daß man ihnen vorher nicht mal ihr Geld und ihren Schmuck abnimmt.«

Am südlichen Horizont zuckte ein Blitz über den Himmel, gefolgt von einem gedämpften Donnerschlag.

»Bei was für einer Krankheit würde man das denn Ihrer Meinung nach tun?« fragte Hatch.

Anstatt einer Antwort klopfte Dr. Horn seinem ehemaligen Schüler freundlich auf die Schulter. Dann drehte er sich um, kletterte schwerfällig die Stufen der Veranda hinab und humpelte über die Ocean Lane davon. Auch als Dr. Horns gebeugte Gestalt schon längst von der Dunkelheit der lauen Sommernacht verschluckt worden war, konnte Hatch noch eine Weile das Tappen seines Stocks auf dem Kopfsteinpflaster hören.

28

Früh am nächsten Morgen betrat Hatch Island One und fand in dem kleinen Kontrollzentrum eine ungewöhnlich große Anzahl von Menschen vor. Bonterre, Kerry Wopner und St. John redeten alle durcheinander, während Magnusen und Kapitän Neidelman schwiegen. Magnusen blickte konzentriert auf einen Monitor, und Neidelman stand in der Mitte des Raumes, zündete sich seine Pfeife an und wirkte so ruhig wie das Auge eines Hurrikans.

»Seid ihr jetzt alle verrückt geworden?« fragte Wopner. »Ich habe keine Zeit für euren Quatsch hier, auf der ›Cerberus‹

wartet der zweite Teil des Tagebuchs auf mich, der dringend decodiert werden muß. Schließlich bin ich Programmierer und kein Kanalarbeiter.«

»Es gibt leider keine andere Möglichkeit«, sagte Neidelman. Er nahm die Pfeife aus dem Mund und blickte Wopner an. »Sie haben die Zahlen ja selbst gesehen.«

»Okay, okay. Aber was haben Sie denn erwartet? Auf dieser verfluchten Insel funktioniert nichts, wie es soll.«

»Habe ich was verpaßt?« fragte Hatch beim Hereinkommen.

»Guten Morgen, Malin«, sagte Neidelman mit einem knappen Lächeln. »Es ist nichts Ernstes. Wir hatten nur ein paar elektronische Probleme bei der Leiterkonstruktion.«

»Ein paar ist gut!« schnaubte Wopner.

»Wie dem auch sei, jedenfalls werden wir Kerry bei unserer ersten Erkundung der Wassergrube mitnehmen.«

»So ein Mist«, brummte Wopner gereizt. »Gerade jetzt, wo der Code so gut wie geknackt ist. Das letzte Problem ist gelöst, und ich kann Scylla das Tagebuch in ein paar Stunden decodieren lassen.«

»Wenn das letzte Problem wirklich gelöst ist, dann kann sich Christopher auch alleine um eine Entzifferung kümmern«, erklärte Neidelman in etwas schärferem Ton.

»Das stimmt«, meinte St. John mit stolzgeschwellter Brust. »Man muß sich nur den Ausdruck vornehmen und ein paar Buchstaben gegen andere austauschen.«

Wopner ließ seinen Blick zwischen St. John und Neidelman hin- und herschweifen und schob schmollend die Unterlippe vor.

»Die Frage ist doch, wo Sie am meisten gebraucht werden, Kerry«, sagte Neidelman. »Und das ist nun mal in der Wassergrube.« Er wandte sich an Hatch. »Es ist absolut wichtig, daß wir überall in der Grube diese piezoelektrischen Sensoren anbringen. Wenn Sie erst einmal mit dem Computernetzwerk verbunden sind, haben wir ein Frühwarnsystem, das uns rechtzeitig auf alle möglichen Statikprobleme im Untergrund aufmerksam machen wird. Aber bislang ist es Kerry noch nicht gelungen, die Sensoren von Island One aus zu kalibrieren.« Er blickte hinüber zu Wopner. »Wenn es über das Netzwerk nicht klappt, muß er eben mit uns kommen und die Sensoren mit einem kleinen Palmtop-Computer einzeln von Hand programmieren. Wenn er dann alle Daten hat, kann er sie auf den großen Computer überspielen. Das ist zwar lästig, aber uns bleibt keine andere Wahl.«

»Lästig?« wiederholte Wopner. »Die Sache geht mir total auf den Sack, wenn Sie es genau wissen wollen.«

»Die meisten von uns würden die Hälfte ihres Anteils dafür hergeben, wenn sie beim ersten Einstieg in die Grube dabeisein dürften«, sagte St. John.

»Ich scheiße auf den ersten Einstieg«, murmelte Wopner und drehte sich beleidigt um. Bonterre kicherte amüsiert.

Neidelman wandte sich an den Historiker. »Erzählen Sie doch Dr. Hatch von dem Satz, den Sie in der zweiten Hälfte des Journals bereits entziffern konnten, Christopher.«

St. John räusperte sich wichtigtuerisch. »Es ist eigentlich gar kein ganzer Satz«, setzte er an, »eher das Fragment eines Satzes: ›Ihr, die Ihr nach dem Schlüssel zu‹ – hier kommt ein Wort, das wir noch nicht dekodieren konnten – ›verlangt, werdet statt dessen den Schlüssel ins‹ – nochmal ein Wort, das unverständlich bleibt – ›finden‹.«

Hatch sah den Kapitän erstaunt an. »Das heißt ja, daß es tatsächlich einen Schlüssel zu der Wassergrube gibt.«

Neidelman lächelte und rieb sich erwartungsvoll die Hände. »Es ist fast acht«, sagte er. »Holen Sie Ihre Ausrüstung und machen Sie sich fertig.«

Hatch ging in seine Praxis, um seine Bereitschaftstasche mitzunehmen. Dann schloß er sich den anderen an, die den Hügel hinauf zum Orthanc stiegen.

»*Merde*, ist das kalt«, sagte Bonterre, die sich in die Hände blies und mit den Fäusten auf die Brust klopfte. »Und so was nennt ihr hier einen Sommermorgen.«

»Genießen Sie ihn«, antwortete Hatch. »Die Kälte ist gut für die Brustbehaarung.«
»Für so etwas habe ich leider überhaupt keine Verwendung, *Monsieur le docteur.*« Damit es ihr wärmer wurde, schlug Bonterre einen rascheren Schritt an, und als Hatch ihr folgte, merkte er, daß auch er ein wenig zitterte. Allerdings war er sich nicht sicher, ob das von der Kälte kam oder von der Angst, die er vor der Wassergrube hatte. Am Himmel zeichneten sich die dunklen, hoch aufgetürmten Gewitterwolken einer Schlechtwetterfront ab.
Als er den höchsten Punkt der Insel erreicht hatte, sah Hatch den Orthanc vor sich, von dessen stählernem Unterleib aus dicke Stränge farbiger Kabel in den Schlund der Wassergrube führten. Eigentlich stimmt dieser Name ja jetzt nicht mehr, dachte Hatch, denn die Grube war nun trockengelegt und wartete darauf, begangen zu werden und ihre Geheimnisse preiszugeben.
Hatch fröstelte abermals ein wenig und setzte sich wieder in Bewegung. Von hier oben aus konnte man die graue Sichel des Kofferdamms sehen, die in einem Bogen um die Südspitze der Insel führte. Es war ein bizarrer Anblick, der sich ihm da bot: Auf der einen Seite des Damms lag die blaue Fläche des Ozeans, die schon bald im die Insel umgebenden Nebel verschwand, auf der anderen Seite der felsige Meeresgrund, der Hatch in seiner Nacktheit fast schon obszön vorkam. Nur in ein paar Tümpeln und Pfützen war noch etwas Wasser verblieben. Hier und da konnte Hatch die orangefarbigen Markierungen erkennen, mit denen man die gesprengten Öffnungen der Flutstollen gekennzeichnet hatte. Später sollten diese wieder freigelegt und genauer untersucht werden. An der Küste hinter dem Kofferdamm fanden sich mehrere Haufen von verrostetem Eisenschrott, fauligem Holz und anderem Schutt, den die Bergungsmannschaft aus dem Hauptschacht der Wassergrube entfernt hatte, um sie überhaupt begehbar zu machen.

Streeter und seine Leute standen auf einer Plattform neben der Schachtöffnung und waren gerade damit beschäftigt, weitere Kabel zu verlegen. Als er näher kam, sah Hatch das Ende einer massiven Leiter über den Grubenrand ragen. Die Seitenteile bestanden aus dicken glänzenden Metallrohren, zwischen denen sich in regelmäßigen Abständen mit rutschfestem Gummi überzogene Doppelsprossen befanden. Hatch wußte, daß Streeters Arbeitsgruppe die halbe Nacht damit verbracht hatte, die Einzelteile dieser Leiter zusammenzuschrauben und in den Schacht hinabzulassen, was wegen der vielen alten Querbalken, an denen immer noch Reste von irgendwelchem Schrott hingen, kein leichtes Unterfangen gewesen war.
»Sieht fast so aus wie eine Steroidleiter«, sagte Hatch und pfiff bewundernd durch die Zähne.
»Das ist mehr als bloß eine Leiter«, erklärte Neidelman. »Es ist eine Leiterkonstruktion, die das Rückgrat unseres Grubenausbaus bildet. Die Seitenteile sind aus einer Titanlegierung von extrem hoher Belastbarkeit, und nach und nach wollen wir daran weitere Titanstreben befestigen, die die Wände des Schachtes zuverlässig abstützen sollen. Wenn wir dann wirklich zu graben anfangen, kann nichts mehr einbrechen. Außerdem wollen wir einen kleinen Plattform-Lift an der Leiter anbringen, mit dem man bequem Menschen und Material transportieren kann.«
Er deutete auf eines der Seitenteile. »In jedem dieser Rohre laufen Glasfiber-, Koaxial- und Elektrokabel, und jede der Sprossen hat kleine Lampen zur Beleuchtung des Schachtes eingebaut. Sobald alles installiert ist, können wir die gesamte Konstruktion bis hin zu den automatischen Videokameras per Computer überwachen. Bisher ist es Freund Wopner allerdings noch nicht gelungen, das System mit all seinen Komponenten zu aktivieren, und das ist auch einer der Gründe, warum wir ihn auf unseren kleinen Ausflug heute mitnehmen.«
Neidelman trat mit dem Fuß gegen den oberen Teil der Leiter. »Dieses Ding hat uns alles in allem fast zweihunderttausend

Dollar gekostet und wurde extra für die Wassergrube gefertigt.«
Wopner, der die letzten Worte mitbekommen hatte, kam grinsend auf Neidelman zu. »Hey, Käpt'n«, sagte er, »ich weiß, wo man ganz tolle Klobrillen für sechshundert Dollar das Stück kaufen kann. Wo Sie doch so auf Qualität stehen ...«
Neidelman lächelte. »Freut mich, daß sich Ihre Laune wieder gebessert hat, Mr. Wopner. Und jetzt lassen Sie uns an die Arbeit gehen.«
Er wandte sich an die Gruppe. »Unsere wichtigste Aufgabe für heute ist das Anbringen der piezoelektrischen Sensoren an den Holzbalken und Verstrebungen der Grube.« Er nahm einen der Sensoren aus seiner Tasche und ließ ihn herumgehen. Er bestand aus einem kleinen Metallstreifen, auf dem in der Mitte ein in harten, durchsichtigen Kunststoff eingegossener Computerchip befestigt war. An beiden Enden des Streifens stand in rechtem Winkel ein etwa ein Zentimeter langer Nagel ab. »Schlagen oder drücken Sie diese Nägel ins Holz der Balken«, sagte Neidelman. »Mr. Wopner wird sie dann mit seinem Palmtop-Computer kalibrieren und betriebsbereit machen.«
Während Neidelmans Erklärungen war einer von Streeters Männern an Hatch herangetreten und hatte ihm einen Klettergurt angelegt. Nun reichte er ihm einen Helm und zeigte ihm, wie die daran angebrachte Sprechanlage und die Halogenlampe funktionierten. Schließlich bekam er noch eine Umhängetasche mit den piezoelektrischen Sensoren.
Hatch hängte sich seine Bereitschaftstasche über die andere Schulter. Er sah, wie Neidelman ihn an das Geländer vor dem Schacht winkte. »Magnusen, schalten Sie die Stromversorgung der Leiter wieder an«, sagte Neidelman über die Sprechanlage.
Kurz darauf flammten die Lampen an den Sprossen der Leiter auf und tauchten die gesamte Wassergrube bis hinab in die Tiefe in ein gleißendes gelbes Licht. Hatch mutete diese metal-

lisch glänzende Leiter mit den Leuchtsprossen wie der Einstieg zur Hölle an.

Zum erstenmal konnte Hatch sehen, wie die Wassergrube wirklich ausschaute: Ihr Querschnitt war ein unregelmäßiges Quadrat, dessen Diagonale etwa drei Meter maß. Alle vier Wände waren mit schweren Brettern verschalt, die an den Ecken in dicken, vertikalen Holzpfosten verzapft waren. Alle drei Höhenmeter wurden die Schachtwände von etwas weniger massiven, sich in seiner Mitte kreuzenden horizontalen Balken gegeneinander abgestützt. Hatch fiel auf, wie sorgfältig die ganze Konstruktion ausgeklügelt war. Macallan schien sie für die Ewigkeit entworfen zu haben und nicht bloß für die paar Jahre, bis Ockham zurückkommen und seinen Schatz wieder herausholen wollte.

Während er auf die nach unten verschwindenden Lichter starrte, konnte Hatch es fast körperlich spüren, wie tief dieser Schacht war. Aufgrund der perspektivischen Verzerrung schienen seine Wände in einem einzigen schwarzen Punkt zusammenzulaufen, in dem die Lichter der Leiter so klein wie leuchtende Stecknadelköpfe wurden. Und aus der Tiefe drangen knackende, tickende und tropfende Geräusche herauf, die zusammen mit einem unidentifizierbarem Flüstern und Stöhnen fast den Eindruck erweckten, als wäre der Schacht lebendig.

Ein aus der Ferne kommendes Donnergrollen rollte über die Insel, und eine plötzliche Bö drückte das Riedgras rings um den Orthanc zu Boden. Gleich darauf begann ein starker Regen auf die Natur und die von Menschenhand geschaffenen Einrichtungen niederzuprasseln. Hatch stand halb geschützt unter dem Bauch des Orthanc und dachte daran, daß er in ein paar Minuten wie selbstverständlich über diese Leiter hinunter in die Grube steigen würde. Abermals überkam ihn das perverse Gefühl, daß das alles irgendwie viel zu einfach war. Aus der Grube wehte ihm ein eisiger Windstoß entgegen, der nach Salzwasser, Schimmel und eiternden Wunden roch, vermischt mit den Verwesungsgasen toter Fische und dem Gestank faulenden Seetangs. Ein schrecklicher Gedanke schoß Hatch plötzlich durch den Kopf: Irgendwo in den Tunnels da unten liegt mein toter Bruder! Einerseits hoffte er von ganzem Herzen, daß sie Johnnys Leiche finden würden, andererseits hatte er furchtbare Angst davor.

Ein Techniker reichte Neidelman ein kleines Gaswarngerät, das sich dieser an einer Schnur um den Hals hängte. »Denken Sie stets daran, daß das keine Vergnügungstour ist«, sagte der Kapitän zu seiner Gruppe. »Sie müssen sich stets mit dem Klettergurt an der Leiter einhängen und dürfen sich nur losmachen, wenn es zum Anbringen eines Sensors unabdingbar ist. Sobald alle gesetzt und kalibriert sind, verlassen wir auf dem schnellsten Weg die Grube. Solange wir allerdings unten sind, möchte ich, daß Sie sich alles genauestens ansehen. Den Zustand der alten Grubenhölzer, die Anzahl und Größe der Seitenstollen und was Ihnen sonst noch wichtig erscheint. Die Sohle des Schachtes ist immer noch dick mit Schlamm bedeckt; wir konzentrieren uns deshalb diesmal ausschließlich auf die Wände und die Eingänge zu den Nebentunnels.« Er hielt inne und rückte seinen Helm zurecht. »Okay. Und jetzt befestigen Sie Ihre Sicherungsseile an den Klettergurten. Es geht los.«

Während jeder der Gruppe ein kurzes Seil einklickte, ging Neidelman von einem zum anderen und überprüfte, ob auch alle Karabiner richtig eingehakt waren.

»Ich komme mir vor wie ein gottverdammter Telefonreparateur«, maulte Wopner.

Hatch musterte den Programmierer, dem neben seiner Tasche mit piezoelektrischen Sensoren auch zwei Palmtop-Computer am Gürtel baumelten.

»Also ich finde, Sie sehen zum erstenmal wie ein richtiger *Mann* aus«, meinte Bonterre neckisch.

Inzwischen hatten sich fast alle auf der Insel beschäftigten Mitarbeiter von Thalassa am Geländer um den Schacht versammelt. Als Neidelman sich in Bewegung setzte, brachen sie in

Hochrufe aus. Als Hatch die freudig erregten Gesichter sah, wußte er, daß der entscheidende Augenblick, auf den sie alle – ihn selbst mit eingeschlossen – gewartet hatten, jetzt gekommen war. Bonterre hatte ein breites Grinsen auf dem Gesicht, und selbst Wopner schien von der wachsenden Begeisterung erfaßt worden zu sein, denn er hakte mit einer selbstgefälligen Geste die Daumen in die Brustgurte seines Sicherheitsgeschirrs.

Neidelman sah sich noch einmal um und winkte den Leuten auf der Plattform zu. Dann trat er an den Rand der Grube, hängte seine Sicherungsleine an der Leiter fest und begann mit dem Abstieg.

29

Hatch stieg als letzter der Gruppe in den Schacht ein. Er sah, daß sich die anderen bereits auf einer Strecke von etwa sieben Höhenmetern unter ihm auf der Leiter verteilt hatten. Die Strahlen ihrer Helmlampen tanzten über die Schachtwände, während sie Sprosse für Sprosse nach unten kletterten. Nach einigen Metern verspürte Hatch einen leichten Anflug von Höhenangst und blickte nach oben, wobei er sich fest an die Leiter klammerte. Die Konstruktion, das wußte er, war bombenfest verankert, und selbst wenn er den Halt verlieren sollte, würde ihn sein Sicherungsseil vor einem Absturz bewahren.

Als die Gruppe langsam in der Tiefe verschwand, senkte sich ein gespanntes Schweigen über sie und die Mannschaft im und um den Orthanc, die das Unternehmen per Video mitverfolgte. Das unaufhörliche Knistern und Knarzen aus dem sich setzenden Schacht hörte sich fast so an, als krabbelte auf dem Boden der Grube unsichtbares Meeresgetier herum. Hatch

kam an der ersten Reihe von Elektro- und Netzwerksteckdosen vorbei, die in Abständen von drei Metern an der Leiter befestigt waren.
»Alles in Ordnung?« fragte Neidelman über die Gegensprechanlage, was von allen Teilnehmern des Erkundungstrupps bejaht wurde.
»Wie sieht es bei Ihnen aus, Dr. Magnusen?« wollte Neidelman wissen.
»Alle Anzeigen reagieren normal«, ließ sich die Stimme der Ingenieurin, die am Kontrollpult im Orthanc saß, vernehmen. »Sämtliche Werte im grünen Bereich.«
»Dr. Rankin?«
»Kein Ausschlag auf meinen Geräten, Sir. Weder seismische Störungen noch magnetische Anomalien feststellbar.«
»Mr. Streeter?«
»Alle Funktionen der Leiterkonstruktion normal«, lautete die lakonische Antwort.
»Sehr gut«, sagte Neidelman, wieder an die Gruppe gewandt. »Wir steigen jetzt bis zur Fünfzehn-Meter-Plattform hinunter, wo wir eine kurze Pause einlegen werden. Auf dem Weg dorthin setzen wir die nötigen Sensoren. Achten Sie darauf, daß Sie sich mit Ihren Sicherungsseilen nicht in den Querbalken verfangen. Und halten Sie die Augen offen. Wenn Sie irgend etwas Seltsames bemerken, verständigen Sie mich sofort.«
»Machen Sie Witze?« fragte Wopner. »Dieser ganze Schacht ist seltsam.«
Während er den anderen folgte, hatte Hatch das Gefühl, als sinke er langsam in tiefes, brackiges Wasser hinab. Die Luft war klamm und kalt und erfüllt von einem penetranten Modergestank. Sein Atem bildete dichte Dampfwolken, die sich in der feuchten Luft nur langsam auflösten. Hatch leuchtete mit dem Strahl seiner Helmlampe die Wände der Grube ab. Er befand sich jetzt in der Zone, in der bis vor kurzem noch zweimal täglich das Wasser im Rhythmus der Gezeiten gestiegen und gefallen war, und fand zu seinem Erstaunen dieselben Pflan-

zen und Tiere vor, die er schon unzählige Male an Felsen und in Fluttümpeln gesehen hatte: Erst kam ein Streifen mit Muscheln, dann einer mit Seetang, gefolgt von weiteren Muscheln und Napfschnecken. Als nächstes sah Hatch Streifen mit Seesternen, Seegurken, Uferschnecken, Seesternen und Seeanemonen. Die letzte Zone schließlich bestand aus Korallen. Hunderte von Wellhornschnecken hingen traurig an Wänden und Balken und warteten vergeblich auf die Rückkehr des Wassers. Ab und zu gab eine von ihnen auf und stürzte nach unten in den gähnenden Abgrund.

Obwohl die Arbeiter bereits jede Menge Schutt aus der leergepumpten Grube entfernt hatten, war immer noch genügend vorhanden, um den Abstieg zu einer Art Hindernisklettern zu machen. Streeters Leute hatten die Leiter geschickt an faulenden Balken, verbeulten Blechstücken und Resten alten Bohrgestänges vorbei verlegt. Hatch mußte anhalten, weil Neidelman einen Sensor in einer kleinen Öffnung befestigte, die sich in der holzverschalten Wand des Schachtes auftat. Während Wopner den Sensor kalibrierte, spürte Hatch, wie sich seine Stimmung in der fauligen Atmosphäre der Grube rapide verdüsterte. Er fragte sich, ob es den anderen wohl ähnlich ging, oder ob er einfach unter dem Wissen litt, daß irgendwo in diesem kalten, tropfenden Labyrinth die Leiche seines Bruders lag.

»Mann, das ist vielleicht ein *Gestank*«, fluchte Wopner, während er auf seinem kleinen Computer etwas eintippte.

»Die Luft ist in Ordnung«, sagte Neidelman nach einem Blick auf sein Gaswarngerät. »Aber wir werden trotzdem in den nächsten Tagen ein Belüftungssystem installieren.«

Je weiter sie nach unten stiegen, desto weniger waren die alten Balken mit Seegras bewachsen. Nur noch vereinzelte Tangfetzen hingen an ihnen fest. Von oben war ein gedämpftes Rumpeln zu hören, das Hatch als den Donner des herannahenden Gewitters identifizierte. Er blickte hinauf und sah durch die Öffnung des Schachtes ein kleines Stück Himmel und die dunkel aufragende Silhouette des Orthanc. Der Himmel war jetzt von dunklen Wolken überzogen, die ihm eine stahlgraue Farbe verliehen. Das bläuliche Licht eines herabzuckenden Blitzes erhellte einen Augenblick gespenstisch die Wände der Grube.

Auf einmal blieb die Gruppe unter Hatch abermals stehen. Er blickte nach unten und sah, wie Neidelman mit seiner Helmlampe zwei unregelmäßige Öffnungen in der Schachtwand ableuchtete. Es handelte sich offenbar um Tunnels, die sich nach links und rechts in der Dunkelheit verloren.

»Was halten Sie davon?« fragte Neidelman, während er einen weiteren Sensor anbrachte.

»Dieser Stollen stammt nicht von den Piraten«, meinte Bonterre, die sich gerade in einen der Tunnels hineinbeugte, um einen Sensor anzubringen. »Schauen Sie sich doch den Ausbau an: Hier wurden dünnere Hölzer verwendet, die mit der Säge bearbeitet wurden, nicht mit dem Beil. Könnte sein, daß ihn die Parkhurst-Expedition von 1830 angelegt hat.«

Sie kam aus dem Stollen und streckte sich. Dann blickte sie nach oben zu Hatch, wobei der Strahl ihrer Helmlampe dessen Beine beleuchtete. »Ich kann Ihnen unter den Rock gucken«, sagte sie mit einem dreckigen Grinsen.

»Vielleicht sollten wir die Plätze tauschen«, entgegnete Hatch.

Die Gruppe setzte sich wieder in Bewegung und stieg weiter die Leiter hinab. In regelmäßigen Abständen wurden Balken und Schachtwände mit Sensoren versehen, bis Neidelman die Plattform in fünfzehn Metern Tiefe erreicht hatte. Im Licht der Helmlampen konnte Hatch erkennen, daß Neidelmans Gesicht vor Aufregung ganz blaß war. Trotz der Kälte im Schacht glänzte es vor Schweiß.

Von oben war abermals das Zucken eines Blitzes zu sehen, gefolgt von dumpfem Donnergrollen. Die kleinen Rinnsale an der Schachtwand flossen jetzt stärker, woraus Hatch schloß, daß ein heftiger Regenguß auf die Insel herniederging. Er blickte hinauf, aber die vielen Querverstrebungen, an denen sie vorbeigekommen waren, versperrten ihm jetzt fast vollständig die Sicht nach oben. Wassertropfen fielen durch den Strahl seiner Helmlampe. Er fragte sich, ob wohl die Dünung stärker geworden war und ob der Kofferdamm dem zusätzlichen Druck standhalten würde. Einen Augenblick lang drängte sich ihm das Bild des berstenden Damms auf, durch den das Wasser zurück in die Grube schoß und sie alle binnen weniger Sekunden ertränkte.

»Mir ist kalt«, beschwerte sich Wopner. »Wieso hat mir keiner gesagt, daß ich eine Heizdecke mitnehmen soll? Und der Gestank ist auch zum Kotzen.«

»Wir haben zwar leicht erhöhte Methan- und Kohlendioxidwerte«, sagte Neidelman mit Blick auf sein Gerät, »aber es besteht kein Grund zur Besorgnis.«

»Trotzdem hat Kerry recht«, meinte Bonterre und rückte die Feldflasche an ihrem Gürtel zurecht. »Es ist wirklich kalt.«

»Achteinhalb Grad über Null«, erklärte Neidelman knapp. »Sonst noch irgendwelche Beobachtungen?«

Niemand sagte ein Wort.

»Dann lassen Sie uns weitergehen. Von jetzt an werden wir wohl auf noch mehr Seitenstollen stoßen, deshalb schlage ich vor, daß wir uns beim Setzen der Sensoren abwechseln. Da Mr. Wopner alle kalibrieren muß, wird er nun das Schlußlicht bilden. Wir warten dann auf der Dreißig-Meter-Plattform auf ihn.«

Hier unten hatte sich an den Querbalken eine unglaubliche Menge Müll verfangen: alte Kabel, Ketten, Transmissionsriemen, Schläuche, ja sogar verrottete Lederhandschuhe. Die Gruppe kam an mehreren Öffnungen in der Holzverschalung des Schachtes vorbei, die den Eingang zu weiteren Seitenstollen markierten. Neidelman krabbelte in den ersten hinein, um fünf Meter weit drinnen einen Sensor anzubringen. Den nächsten übernahm Bonterre, und dann war Hatch an der Reihe.

Vorsichtig gab er sich ein paar Meter mehr Sicherungsseil, bevor er von der Leiter in den Tunnel trat, wo seine Füße sofort im Schlamm versanken. Der Stollen, der in einem steilen Winkel nach oben führte, wies grobbehauene Wände auf und war bei weitem nicht so sorgfältig ausgepölzt wie der Hauptschacht. Vermutlich war er auch jüngeren Datums als dieser. Gebückt ging Hatch ein paar Meter in den engen, niedrigen Tunnel hinein und blieb dann stehen. Er nahm einen piezoelektrischen Sensor aus seiner Umhängetasche und schlug ihn mit einem kleinen Hammer in die von Kalk überkrustete Erdwand. Dann tastete er sich zum Hauptschacht zurück, wo er eine kleine, fluoreszierende Markierung für Wopner anbrachte.

Als Hatch wieder auf die Leiter stieg, hörte er ein lautes Ächzen von einem der Querbalken in der Nähe, dem eine ganze Serie von weiteren Knackgeräuschen folgte.

»Das ist nichts«, hörte er Neidelmans Stimme über seinen Helmkopfhörer. »Die Grube setzt sich bloß.« Der Kapitän hatte gerade einen weiteren Sensor angebracht und stieg hinunter zum nächsten Seitentunnel. Er war noch nicht weit gekommen, als erneut ein Geräusch – scharf und irgendwie menschlich klingend – aus einem anderen Stollen drang.

»Was, zum Teufel, war denn das?« fragte Wopner, der inzwischen zurückgefallen war.

»Dasselbe wie vorher«, antwortete Neidelman. »Das alte Holz muß erst wieder zur Ruhe kommen.«

Es folgte ein Laut, der sich wie ein unterdrückter Schrei anhörte, gefolgt von leisem Wimmern.

»Das ist kein Holz, verdammt noch mal!« sagte Wopner. »Das klingt wie etwas Lebendiges.«

Hatch sah hinauf zu dem Programmierer, der ein paar Meter über ihm stand und beim Kalibrieren eines Sensors innegehalten hatte. Wie versteinert stand er da, seinen Minicomputer in der einen Hand und den Zeigefinger der anderen über der Tastatur in der Luft schwebend, als deute er auf seine eigene Handfläche.

»Leuchten Sie mir mit Ihrer Lampe nicht in die Augen!« zischte Wopner. »Je schneller ich diese Mistdinger hier kalibriert habe, desto rascher komme ich aus diesem Scheißloch wieder raus.«

»Sie wollen doch bloß zurück zum Schiff, damit *Christophe* ihnen beim Entschlüsseln des Tagebuchs nicht die Schau stiehlt«, ließ sich Bonterres gutgelaunte Stimme aus der Sprechanlage vernehmen. Sie trat gerade aus einem Seitenstollen heraus und stieg auf der Leiter weiter nach unten.

Kurz vor der Dreißig-Meter-Plattform hielt Neidelman an und zeigte auf den Eingang eines Nebentunnels. Waren die bisher gefundenen Stollen nur schlecht ausgebaut und manchmal sogar halb eingefallen gewesen, so ließ dieser dieselbe konstruktive Sorgfalt erkennen, mit der auch der Hauptschacht der Grube gebaut war.

Bonterre leuchtete in die quadratische Öffnung. »Dieser Tunnel ist mit Sicherheit ein Teil der ursprünglichen Wassergrube«, erklärte sie.

»Und wozu hat er gedient?« fragte Neidelman, während er einen Sensor aus seiner Umhängetasche nahm.

Bonterre beugte sich in den Tunnel hinein. »Das ist schwer zu sagen, aber man kann genau erkennen, daß Macallan eine natürliche Spalte im Fels für seine Konstruktion verwendet hat.«

»Mr. Wopner?« fragte Neidelman und sah nach oben.

Es dauerte eine Weile, bis der Computerexperte antwortete: »Was gibt's?« Seine Stimme klang ungewöhnlich leise und gedämpft. Er stand etwa sieben Meter oberhalb von Hatch und kalibrierte gerade den Sensor, den dieser zuletzt gesetzt hatte. Seine langen Haare klebten feucht an seinem Gesicht, und sogar aus der Entfernung konnte man noch sehen, daß der Programmierer am ganzen Körper zitterte.

»Ist alles in Ordnung, Kerry?« fragte Hatch.

»Ja, ja. Mir geht es gut.«

Neidelman sah erst Bonterre und dann Hatch mit einem merkwürdig ratlosen Blick an. »Er wird noch eine ganze Weile brauchen, bis er mit allen Sensoren soweit ist«, meinte er. »Warum nutzen wir nicht die Zeit und schauen uns inzwischen diesen Seitenstollen etwas näher an?«

Der Kapitän stieg über den gähnenden Schacht hinweg in den Eingang des Stollens und half dann den anderen herüber. Sie befanden sich in einem langen, schmalen Tunnel, der etwa einen Meter sechzig hoch und einen Meter breit und auf dieselbe Art ausgebaut war wie die Wassergrube selbst. Neidelman nahm ein kleines Messer aus der Tasche und stach es in einen der dicken Stützpfeiler. »Einen Zentimeter weich, dann fest«, konstatierte er, während er das Messer wieder aus dem Holz zog. »Ich schätze, der Stollen ist sicher.«

Gebückt tasteten sich die drei vorsichtig in den Tunnel hinein, wobei Neidelman öfter stehenblieb, um die Festigkeit der Balken zu prüfen. Nachdem sie so etwa fünfzig Meter zurückgelegt hatten, pfiff Neidelman durch die Zähne.

Hatch sah, daß sie eine merkwürdige, in den Fels gehauene Kammer erreicht hatten, die einen Durchmesser von etwas mehr als drei Metern aufwies. Die im Achteck angeordneten Wände liefen nach oben zu einem perfekten Kreuzgewölbe zusammen. In den Boden war in der Mitte ein stark verrostetes Eisengitter eingelassen, unter dem ein Loch gähnte, dessen Tiefe sich nicht feststellen ließ. Bonterre und die beiden Männer blieben am Eingang zu der Kammer stehen, in der die Luft spürbar schlechter war als im Hauptschacht. Hatch verspürte eine merkwürdige Benommenheit und dachte, daß das Kohlendioxid aus ihren Lungen das Gasgemisch in der Kammer bestimmt nicht besser machte. Aus dem Loch unter dem Gitter waren leise Geräusche zu vernehmen, die entweder von tropfendem Wasser oder von sich setzender Erde herrührten.

Bonterre leuchtete die Decke der Kammer ab. *»Mon dieu«*, hauchte sie. »Das sieht aus wie ein Bauwerk des Englischen Barock. Ein bißchen grob vielleicht, aber trotzdem unverkennbar.«

Auch Neidelman blickte nach oben. »Stimmt«, sagte er. »Man erkennt hier ganz deutlich die Hand von Sir William. Sehen Sie sich bloß die Zwischen- und die Strebrippen an. Beeindruckend.«

»Besonders beeindruckend finde ich, daß das Ganze sich dreißig Meter unter der Erde befindet«, meinte Hatch. »Die Frage ist bloß, wofür diese Kammer gut ist.«

»Ich würde mal sagen, daß sie irgendeine hydraulische Funktion hatte«, erklärte Bonterre und blies eine langgezogene Atemwolke in die Mitte des Raumes. Gespannt beobachteten die drei, wie sie in die Nähe des Gitters trieb und dort auf einmal nach unten gesogen wurde.

»Wir kümmern uns um diese Kammer, sobald wir die Grube vollständig vermessen haben«, sagte Neidelman. »Zunächst setzen wir bloß zwei Sensoren, und zwar hier und hier.« Er drückte die Sensoren an zwei gegenüberliegenden Seiten in die Fugen zwischen den Steinen und schaute dann auf sein Gasmeßgerät. »Der Kohlendioxidgehalt der Luft wird langsam kritisch«, stellte er fest. »Ich denke, wir sollten diesen Abstecher jetzt besser abbrechen.«

Sie gingen zurück zum Hauptschacht, wo Wopner gerade den letzten Sensor kalibrierte. »Am Ende dieses Tunnels ist ein Raum, in dem ich zwei Sensoren angebracht habe«, sagte Neidelman zu ihm, während er den Eingang des Stollens mit zwei Markierungen versah.

Der Programmierer, der ihnen den Rücken zuwandte, murmelte etwas Unverständliches und tippte auf der Tastatur seines Palmtop-Computers herum. Hatch bemerkte, daß sich sein Atem zu einer kleinen Nebelwolke um seinen Kopf verdichtete, die ihm die Sicht verschleierte, wenn er zu lange an einer Stelle blieb.

»Dr. Magnusen«, sagte Neidelman ins Mikrofon der Sprechanlage. »Wie ist die Lage?«

»Dr. Rankin hat ein paar seismische Unregelmäßigkeiten entdeckt, die aber nichts Ernstes zu sein scheinen. Möglicherweise haben sie etwas mit dem Gewitter zu tun.« Wie auf ein Stichwort war von oben leises Donnergrollen zu hören.

»Verstanden«, sagte Neidelman und wandte sich an Bonterre und Hatch. »Lassen Sie uns hinuntersteigen und noch die restlichen Sensoren anbringen.«

Abermals setzten sie ihren Abstieg fort, und als Hatch sich an der Dreißig-Meter-Plattform vorbei dem Boden der Grube näherte, stellte er fest, daß seine Arme und Beine vor Anstrengung und Kälte zitterten.

»Sehen Sie sich das hier an.« Neidelman leuchtete in einen weiteren Seitenstollen. »Da haben wir schon wieder einen perfekt ausgebauten Tunnel, der sich direkt unterhalb des ersten befindet. Ganz ohne Zweifel gehörte auch er zur ursprünglichen Konstruktion der Grube.«

Bonterre befestigte noch rasch einen Sensor an einem Querträger und kletterte dann zu Neidelman hinunter.

Auf einmal hörte Hatch, der ihr auf dem Fuß folgte, wie Bonterre tief Luft holte und einen französischen Fluch ausstieß. Er warf einen Blick nach unten, und sofort schlug ihm das Herz bis zum Hals.

Unter ihnen lag, inmitten von altem, verrottetem Unrat, eine teilweise skelettierte Leiche, an deren Schultern und Hüften noch die Fetzen alter Kleidung hingen. Ihr Unterkiefer stand offen, als lache sie gerade über einen albernen Witz; in ihren leeren Augenhöhlen ließ das Licht von Bonterres Helmlampe unstete Schatten umherhuschen. Hatch hatte plötzlich das Gefühl, der ganzen Szenerie seltsam entrückt zu sein, und obwohl sein Verstand ihm sagte, daß das Skelett viel zu groß war, um das seines Bruders zu sein, wandte er die Augen von dem grausigen Anblick und klammerte sich mit beiden Händen an der Leiter fest. Er schnappte nach Luft und hatte große Mühe, seinen Herzschlag unter Kontrolle zu kriegen.

»Malin!« hörte er Bonterres Stimme, die einen dringlichen Ton hatte. »*Malin!* Dieses Skelett ist sehr alt. *Comprends?* Mindestens hundert Jahre.«

Hatch atmete noch ein paarmal konzentriert durch, bevor er ihr antworten konnte. »Verstehe«, stieß er hervor. Dann löste er ganz langsam eine Hand von der Leiter und stieg wie in Zeitlupe die letzten beiden Sprossen hinunter, bis er neben Bonterre und Neidelman stand.

Fasziniert ließ der Kapitän, der Hatchs Reaktion offenbar nicht bemerkt hatte, den Strahl seiner Helmlampe über das Skelett gleiten. »Sehen Sie sich bloß mal dieses Hemd an«, sagte er. »Handgewebter Stoff, Raglan-Schnitt – das typische Gewand eines Fischers am Anfang des neunzehnten Jahrhunderts. Ich denke, wir haben soeben die Leiche von Simon Rutter gefunden, dem ersten Opfer der Wassergrube.« Gedankenverloren starrten die drei hinab auf das Skelett, bis ein erneutes Donnergrollen sie zurück in die Gegenwart holte.

Ohne ein Wort zu sagen richtete Neidelman das Licht seiner Lampe an den eigenen Füßen vorbei nach unten, wo Hatch das Ziel ihres Ausflugs erkennen konnte: den Boden der Wassergrube. Etwa drei Meter unter ihnen lag dort im Schlamm und Schlick ein wildes Durcheinander von zersplitterten Balken, verrosteten Eisenteilen, abgerissenen Schläuchen und allen möglichen Maschinen und Werkzeugen. Direkt darüber entdeckte Hatch die Eingänge von mehreren Seitenstollen, die hier auf den Hauptschacht stießen. Aus ihren Öffnungen hingen dampfende Bärte aus feuchtem Seegras und Tang. Neidelman beleuchtete noch eine Weile dieses wilde Durcheinander, bevor er sich wieder an Hatch und Bonterre wandte. Seine schlanke Gestalt wurde vom eisigen Nebel seines Atems umgeben wie von einem weißlichen Heiligenschein. »Etwa fünfzehn Meter tief unter diesem Schutt«, flüsterte er, »liegt ein Zwei-Milliarden-Dollar-Schatz vergraben.« Obwohl seine Augen zwischen Hatch und Bonterre hin- und herwanderten, schienen sie in weite Ferne zu blicken. Auf einmal ließ er ein leises, sanftes und irgendwie wunderliches Lachen hören. »Nur fünfzehn Meter«, wiederholte er. »Und alles, was wir jetzt noch tun müssen, ist *graben.*«

Auf einmal war Streeters Stimme über die Sprechanlage zu vernehmen. Hatch fand, daß sie bei all ihrer Trockenheit einen dringlichen Ton an sich hatte. »Kapitän Neidelman, hier Streeter. Wir haben hier ein Problem.«
»Was?« fragte Neidelman, der vorhin fast verträumt geklungen hatte, plötzlich mit scharfer Stimme.
Nach einer kurzen Pause fuhr Streeter fort. »Sir, wir – einen Augenblick bitte – wir raten Ihnen, daß Sie Ihre Mission abbrechen und augenblicklich wieder nach oben kommen.«
»Aber warum denn das?« fragte Neidelman. »Ist es ein technisches Problem?«
»Nein, nichts dergleichen.« Streeter schien nicht genau zu wissen, wie er sich ausdrücken sollte. »Ich stelle Sie zu St. John durch, der wird Ihnen alles erklären.«
Neidelman warf Bonterre einen raschen, fragenden Blick zu. Die Archäologin zuckte mit den Achseln.
Kurz darauf drang die Stimme des Engländers aus den Kopfhörern der Sprechanlage. »Kapitän Neidelman, hier spricht Christopher St. John. Ich bin auf der ›Cerberus‹. Scylla hat gerade mehrere Passagen des zweiten Tagebuchteils entziffert.«
»Wunderbar«, sagte Neidelman. »Aber ist das wirklich so dringend?«
»Es geht um den Inhalt dieser Passagen. Ich werde sie Ihnen vorlesen.«
Hatch, auf den Sprossen der High-Tech-Leiter im finsteren feuchten Herzen der Wassergrube, kam es so vor, als dringe die Stimme des Engländers, die nun ruhig aus Macallans Tagebuch zu zitieren begann, aus einer gänzlich anderen Welt zu ihnen herab:

Sieben Tage lang finde ich nun schon keinen Seelenfrieden. Ich weiß, daß es Ockhams Ansinnen ist, mich dereinst, wenn ich ihm bei seinem schändlichen Unterfangen nicht mehr von Nutzen sein kann, ins Jenseits zu befördern, wie er es leichten Herzens mit vielen anderen vor mir auch schon getan hat. Und so habe ich mir in den dunklen Stunden langer Nächte das Gehirn zermartert und mir meinen eigenen Plan zurechtgelegt. Dieser Schatz ist ebenso schlecht wie der Pirat Ockham selbst und hat nicht nur zahllose Elende, denen er geraubt wurde, das Leben gekostet, sondern auch viel zu unserem Unglück auf diesem vermaledeiten Eiland beigetragen. Es ist der Schatz des Teufels selbst, und als solchen will ich ihn behandeln ...«

St. John hielt inne, und aus den Kopfhörern war das Rascheln von Papier zu vernehmen.
»Und *deshalb* sollen wir unsere Mission abbrechen?« Die Verärgerung in Neidelmans Stimme war unverkennbar.
»Hören Sie zu, Kapitän Neidelman, es geht noch weiter:

Jetzt, da die Schatzgrube fast fertiggestellt ist, läuft meine Zeit langsam ab. Meine Seele ist rein, denn unter meiner Anleitung haben der Pirat Ockham und seine Bande, ohne es zu wissen, ihren schändlich durch Raub und Mord erworbenen Reichtümern ein ewiges Grab bereitet. Niemals wird dieser Hort des Bösen wieder in menschliche Hände gelangen, dafür habe ich mit viel List und Trugwerk gesorgt. Nun ist der Schatz endlich so verborgen, daß es weder Ockham selbst noch irgendeinem anderen Menschen gelingen wird, ihn wieder aus seinem Versteck zu holen. Die Grube ist unbezwingbar, und niemand wird ihren Mechanismus besiegen. Ockham aber glaubt, er habe den Schlüssel dazu, und für diesen Glauben wird er eines Tages sterben. Ihr, die ihr dereinst diese

Zeilen entziffern werdet, beherzigt meine Warnung: Die Grube zu betreten bedeutet große Gefahr für Leib und Leben, das Bergen des Schatzes aber den sicheren Tod. Ihr, die Ihr nach dem Schlüssel zu der Schatzgrube verlangt, werdet statt dessen den Schlüssel ins Jenseits finden, und Eure Gebeine werden auf halbem Weg zur Hölle verrotten, in der Eure Seelen schon lange im Feuer schmoren.«

St. John hörte auf zu sprechen, und auch die drei unten in der Grube schwiegen eine Weile. Hatch blickte Neidelman an. Sein Unterkiefer hatte leicht zu zittern begonnen, und seine Augen waren zu schmalen Schlitzen verengt.
»Verstehen Sie?« meldete sich St. John wieder zu Wort. »Es sieht so aus, als läge der wahre Schlüssel zum Geheimnis der Wassergrube in der Tatsache, daß es eben keinen solchen Schlüssel gibt. Offenbar hat sich Macallan an den Piraten gerächt, ohne daß diese es wußten: Er hat ihren Schatz so gut versteckt, daß er nie wieder gehoben werden kann. Weder von Ockham noch von irgend jemand sonst.«
»Mir erscheint es wichtig«, mischte sich Streeter ein, »daß die Grube nicht sicher ist, bis wir nicht auch den Rest des Tagebuchs dekodiert haben. Es hat den Anschein, als habe Macallan eine tödliche Falle konstruiert, die …«
»Unsinn!« schnitt Neidelman ihm das Wort ab. »Die Gefahr, von der er spricht, ist der Mechanismus, der vor zweihundert Jahren Simon Rutter getötet und die Grube unter Wasser gesetzt hat.«
Wieder waren alle eine ganze Weile still. Hatch blickte zuerst zu Bonterre und dann zu Neidelman. Das Gesicht des Kapitäns mit seinen fest aufeinandergepreßten Lippen schien wie versteinert.
»Sir«, war Streeters Stimme wieder zu hören, »St. John sieht das etwas anders …«

»Das sind doch bloß Hypothesen«, fauchte der Kapitän. »Und außerdem haben wir unsere Arbeit hier unten schon fast geschafft. Wir setzen und kalibrieren noch rasch die letzten Sensoren und kommen dann wieder nach oben.«
»Ich finde, daß St. John recht hat«, meinte Hatch. »Wir sollten die Mission sofort abbrechen und herausfinden, was Macallan mit seiner Warnung gemeint hat.«
»Das denke ich auch«, sagte Bonterre.
Neidelman ließ seinen Blick zwischen den beiden hin- und herschweifen. »Nein, da mache ich nicht mit«, sagte er dann brüsk, während er seine Umhängetasche schloß. »Mr. Wopner?«
Der Programmierer war oben auf der Leiter nicht zu sehen, und auch über die Sprechanlage kam keine Antwort. »Er ist wohl in einem der Gänge und kalibriert die Sensoren dort«, meinte Bonterre.
»Dann lassen Sie ihn uns zurückrufen«, sagte Neidelman. »Verdammt, er hat wahrscheinlich seine Sprechanlage ausgeschaltet.« Der Kapitän begann so rasch die Leiter hinaufzusteigen, daß sie unter seinem Gewicht leicht zu vibrieren begann.
Moment mal, dachte Hatch. Da stimmt doch was nicht! Die Leiter hat bisher noch nie gewackelt!
Aber da war es wieder, dieses leichte, kaum merkliche Vibrieren in seinen Fingerspitzen und unter seinen Füßen. Hatch blickte fragend hinüber zu Bonterre und sah es ihr am Gesicht an, daß auch sie das Zittern gespürt hatte.
»Dr. Magnusen, was ist da oben los?« fragte der Kapitän scharf.
»Alles völlig normal«, antwortete die Ingenieurin.
»Rankin?« bellte Neidelman.
»Ich habe da eine seismische Bewegung, die aber noch unterhalb des Grenzwertes liegt und keinesfalls eine Gefahr darstellt. Gibt es bei Ihnen denn ein Problem?«
»Wir spüren hier ein ...«, setzte der Kapitän an, als plötzlich

ein so starkes Schütteln die Leiter erfaßte, daß es Hatch fast die Hände von den Sprossen riß. Einer seiner Füße rutschte ab, und er konnte sich nur mit Mühe festhalten. Aus dem Augenwinkel sah er, daß auch Bonterre sich verzweifelt an die Leiter klammerte. Es gab einen weiteren Ruck und schließlich noch einen. Hatch hörte ein bröselndes Geräusch, das wie ein entfernter Erdrutsch klang, gefolgt von einem leisen, kaum hörbaren Rumpeln.

»Was ist los, verdammt noch mal?« schrie Neidelman ins Mikrofon.

»Ganz in Ihrer Nähe scheint die Erde in Bewegung geraten zu sein, Sir!« antwortete Magnusen.

»Okay. Sie haben gewonnen. Sobald wir Wopner gefunden haben, verschwinden wir von hier.«

Rasch kletterten die drei zur Dreißig-Meter-Plattform zurück und zum Eingang des von Macallan entworfenen Stollens, der Hatch jetzt wie ein riesiger Schlund aus faulendem Holz vorkam. Neidelman leuchtete mit seiner Helmlampe in die Dunkelheit hinein. »Wopner, beeilen Sie sich!« rief er. »Wir brechen unsere Mission ab!«

Anstatt einer Antwort kam nur ein schwacher, eisiger Windhauch aus dem Stollen.

Neidelman starrte noch eine Weile in den Tunnel, dann sah er Bonterre und Hatch an. Seine Augen verengten sich.

Dann, als ob ihnen gleichzeitig derselbe Gedanke gekommen wäre, hakten alle drei ihre Karabiner los und hasteten in den Tunnel hinein. Hatch hatte den niedrigen Gang irgendwie nicht so eng und dunkel in Erinnerung, wie er ihm jetzt vorkam. Sogar die Luft schien irgendwie anders.

Schließlich erweiterte sich der Stollen zu der Steinkammer, in der sie an zwei gegenüberliegenden Wänden die Sensoren befestigt hatten. Neben dem einen lag Wopners Minicomputer, dessen Datenübertragungsantenne seltsam verbogen war. Langgezogene Nebelschwaden schwebten, vom Licht der Helmlampen angestrahlt, quer durch den Raum.

»Wopner!« rief Neidelman und leuchtete die Wände ab. »Wo, zum Teufel, ist der Bursche bloß abgeblieben?«

Hatch machte einen Schritt an Neidelman vorbei und sah etwas, das ihm einen kalten Schauder durch den ganzen Körper jagte. Einer der massiven Deckensteine war irgendwie nach unten gegen die Kammerwand geklappt, so daß oben in der Decke jetzt ein dunkles, wie eine Zahnlücke aussehendes Loch klaffte. Feuchte, braune Erde rieselte herab. Unten, wo sich zwischen Boden und dem Ende des heruntergeklappten Steines ein schmaler Spalt befand, entdeckte Hatch etwas Schwarzweißes, das er nach kurzem Überlegen als die Spitzen von Wopners Turnschuhen identifizierte. Sie lugten zwischen Boden und Steinplatte hervor. Hatch rannte hinüber und leuchtete mit seiner Lampe den Bereich ab.

»O mein Gott«, hörte er Neidelman hinter sich stöhnen.

Durch den Spalt zwischen der Steinplatte und der Wand konnte Hatch erkennen, daß Wopner eingeklemmt war. Ein Arm wurde ihm an den Körper gedrückt, während der andere in einem unmöglichen Winkel nach oben stand. Sein vom Helm geschützter Kopf war zur Seite gedreht, so daß er Hatch mit weit aufgerissenen, tränenerfüllten Augen direkt ins Gesicht sah.

Wopners Mund versuchte etwas zu sagen, bekam aber keinen Ton heraus. Hatch konnte an seinen Lippen ablesen, daß sie das Wort »Bitte« formten.

»Bleiben Sie ruhig, Kerry«, bat Hatch und leuchtete die ganze Länge des schmalen Spalts ab, in dem Wopner steckte. Es ist ein Wunder, daß er noch am Leben ist, dachte er. Dann sprach er ins Mikrofon seiner Sprechanlage: »Streeter! Wopner wurde von einer schweren Steinplatte eingeklemmt. Schicken Sie mir sofort zwei hydraulische Hebeböcke herunter. Außerdem brauche ich Sauerstoff, Plasma und Kochsalzinfusion.«

Dann wandte er sich wieder Wopner zu. »Kerry, wir werden diese Steine mit Hebeböcken auseinanderspreizen und Sie dann herausholen. Sie müssen mir nur sagen, wo es Ihnen weh tut.«

Die Lippen bewegten sich wieder, bis sie mit Mühe herausbrachten: »Weiß ich nicht.« Es klang wie ein hohes, pfeifendes Ausatmen. »Ich fühle mich ... in mir ist alles zerbrochen.«

Hatch fragte sich, weshalb Wopners Stimme so merkwürdig undeutlich klang, bis ihm auffiel, daß der Programmierer nicht genügend Platz hatte, um den Unterkiefer zu bewegen. Er trat einen Schritt zurück, öffnete seine Bereitschaftstasche und nahm eine Spritze heraus, in die er etwas Morphium aufzog. Dann schob er die Hand in die Spalte zwischen den beiden roh behauenen Steinen, bis er die Nadel in Wopners Schulter stechen konnte. Der Programmierer zeigte keine Reaktion. Kein Zusammenzucken, keinen Laut, nichts.

»Wie geht es ihm?« wollte Neidelman von hinten wissen. Der Dampf seines Atems drang in den Spalt.

»Gehen Sie weg hier, verdammt noch mal!« fauchte Hatch. »Sie nehmen ihm doch den Sauerstoff!« Er spürte, wie er selbst immer rascher und flacher atmete und hatte das Gefühl, nicht genügend Luft zu bekommen.

»Seien Sie vorsichtig«, hörte er Bonterre sagen. »Vielleicht gibt es hier noch mehr Fallen.«

Eine Falle? schoß es Hatch durch den Kopf. Auf den Gedanken war er bisher noch nicht gekommen. Aber was sollte es sonst sein? Wie sollte ein riesiger Deckenstein wie dieser sonst so sauber nach unten klappen? Er tastete nach Wopners Hand, um ihm den Puls zu fühlen, reichte aber nicht an sie heran.

»Die Hebeböcke und die anderen Sachen sind schon auf dem Weg nach unten!« meldete sich Streeter über die Sprechanlage.

»Gut. Lassen Sie eine klappbare Krankentrage zur Dreißig-Meter-Plattform bringen.«

»Wasser ...« hauchte Wopner.

Bonterre gab Hatch eine Feldflasche. Hatch hielt sie in den Spalt und ließ einen dünnen Wasserstrahl auf Wopners Helm herunterrieseln. Als der Programmierer die Tropfen begierig aufleckte, sah Hatch, daß seine Zunge schwärzlich blau und voll von kleinen Bluttropfen war. Verdammt noch mal, wo bleiben bloß die Hebeböcke? dachte er.

»Helft mir, bitte!« schnaufte Wopner und hustete leise. Auch an seinem Kinn erschienen einige Tropfen Blut.

Perforierte Lunge, dachte Hatch. »Halten Sie durch, Kerry! Ein paar Minuten noch, dann holen wir Sie hier raus«, sagte er so besänftigend, wie er nur konnte. Dann wandte er sich ab und zischte in die Sprechanlage: »Himmelherrgott, Streeter, die Hebeböcke! Wo bleiben denn diese gottverdammten Hebeböcke?« Er verspürte einen leichten Schwindelanfall und schnappte nach Luft.

»Die Luftqualität ist im roten Bereich«, erklärte Neidelman ruhig.

»Die Sachen sind unterwegs«, meldete Streeter.

Hatch wandte sich an Neidelman, aber der war schon losgegangen, um das Material am Hauptschacht in Empfang zu nehmen. »Können Sie Ihre Arme und Beine spüren?« fragte er Wopner.

»Ich weiß nicht«, keuchte der Programmierer und rang nach Luft. »Ein Bein spüre ich. Es fühlt sich an, als wäre der Knochen durch die Haut gedrungen.«

Hatch leuchtete mit seiner Lampe nach unten, konnte aber in dem engen Spalt nur ein Stück von Wopners Hose erkennen. Der Jeansstoff war dunkelrot vom vollgesogenen Blut. »Kerry, ich sehe Ihre linke Hand. Versuchen Sie doch, die Finger zu bewegen.«

Die Hand, die blau und geschwollen wirkte, bewegte sich erst lange nicht, dann zuckten Zeige- und Mittelfinger ein wenig. Hatch verspürte einen Anflug von Erleichterung. Das zentrale Nervensystem ist noch funktionsfähig, dachte er. Wenn wir ihn in den nächsten paar Minuten unter dem Stein herauskriegen, dann hat er vielleicht noch eine Chance. Hatch schüttelte den Kopf, um seine Benommenheit zu vertreiben.

Unter seinen Füßen bebte der Boden erneut, und gleichzeitig rieselte von der Decke etwas Erde herab. Wopner heulte vor Schmerz auf. Es war ein hoher, kaum menschlich klingender Laut.

»*Mon dieu,* was war denn das?« fragte Bonterre und blickte hinauf zur Decke.

»Sie sollten jetzt besser gehen«, sagte Hatch ruhig.

»Auf keinen Fall«, entgegnete Bonterre.

»Kerry?« Hatch lugte wieder in den Spalt. »Hören Sie mich, Kerry?«

Wopner starrte ihn an und ließ ein heiseres Stöhnen hören. Sein Atem ging pfeifend und gurgelnd.

Hatch vernahm, wie Neidelman mit dem Transportbehälter, den Streeter herabgelassen hatte, den Tunnel entlangkam. Er holte verzweifelt Luft und bemerkte, wie in seinem Kopf ein leises Brummen begann.

»Krieg keine Luft!« brachte Wopner mühsam hervor. Seine Augen waren blaß und glasig.

»Kerry? Sie schaffen es. Halten Sie durch!«

Wopner keuchte und hustete abermals. Ein dünnes Rinnsal Blut rann ihm aus dem Mund übers Kinn.

Raschen Schrittes kam Neidelman in den Raum zurück. Er warf zwei hydraulische Hebeböcke und eine kleine Sauerstoffflasche auf den Boden. Hatch nahm die dazugehörige Atemmaske und schraubte ihren Schlauch in den Regulator. Dann öffnete er das Ventil der Flasche und hörte gleich darauf das erlösende Zischen des ausströmenden Sauerstoffs.

Neidelman und Bonterre rissen fieberhaft die Plastikfolie um die Hebeböcke auf und setzten die Teile zusammen. Wieder erbebte die Wand, und Hatch spürte, wie die Steinplatte unter seiner Hand unaufhaltsam ein weiteres Stück näher heranrückte.

»Beeilung!« schrie er, während in seinem Kopf alles zu wirbeln begann. Er drehte das Ventil voll auf und drückte die Sauerstoffmaske in den schmaler gewordenen Spalt zwischen Steinplatte und Wand. »Kerry«, sagte er, »ich werde Ihnen jetzt diese Maske ans Gesicht halten.« Er keuchte und schnappte nach Luft, um weitersprechen zu können. »Ich möchte, daß Sie kurz und flach atmen. Okay? In ein paar Sekunden werden wir die Steinplatte von Ihnen weghebeln.«

Er preßte Kerry die Plastikmaske aufs Gesicht, wobei er sie stark biegen mußte, damit sie überhaupt unter den deformierten Helm paßte. Erst jetzt wurde ihm bewußt, wie stark der Mann eingeklemmt war. Wopners feuchte angsterfüllte Augen starrten ihn hilfesuchend an.

Neidelman und Bonterre sagten kein Wort; sie bauten konzentriert die Hebeböcke zusammen.

Hatch verdrehte den Hals, um besser in den Spalt hineinsehen zu können. Wopners Gesicht war jetzt beängstigend schmal, und die Ränder des Helms hatten sich schon so tief in seine Schläfen geschnitten, daß ihm das Blut über die Wangen lief. Das enorme Gewicht der Steinplatte hatte ihm den Unterkiefer so weit abgespreizt, daß er weder sprechen noch schreien konnte. Seine linke Hand zuckte wie in Krämpfen und strich mit purpurroten Fingerspitzen über die rauhe Oberfläche des Steins. Aus Mund und Nase drang das leise Geräusch ausströmender Luft. Hatch wußte, daß der Druck des Steins ihm jetzt die Atmung praktisch unmöglich machte.

»Hier!« sagte Neidelman und reichte Hatch einen Hebebock. Hatch versuchte vergeblich, ihn in den schmalen Spalt zu pressen.

»Zu breit!« keuchte er und gab den Bock zurück. »Drehen Sie ihn zurück.«

Dann wandte er sich wieder an Wopner. »Kerry, ich möchte, daß Sie genau das tun, was ich Ihnen sage. Ich zähle jetzt Ihre Atemzüge für Sie, okay? Eins ... zwei ...«

Unter seinen Füßen verspürte Hatch ein starkes Beben, und mit einem scharfen, kratzenden Geräusch rückte die Steinplatte plötzlich so nahe an die Wand, daß sogar seine Hand eingeklemmt wurde. Wopner zitterte heftig und ließ ein feuchtes

Keuchen hören. Im Licht seiner Helmlampe sah der entsetzte Hatch mit erbarmungsloser Klarheit, wie dem Programmierer die Augen aus den Höhlen gedrückt wurden und erst rosa, dann rot und schließlich fast schwarz wurden. Mit einem Knall zerbarst der Helm entlang seiner Nahtstelle in zwei Teile, und frisches hellrotes Blut mischte sich mit dem Schweiß auf Wopners Nase und Stirn. Blut ergoß sich auch aus Ohren und Fingerspitzen. Die Steinplatte rückte noch weiter an die Wand heran. Wopner wurde der Unterkiefer zur Seite gequetscht, so daß seine nach vorn quellende Zunge fast die durchsichtige Plastikmaske ausfüllte.

»Der Stein bewegt sich immer noch!« schrie Hatch. »So tut doch endlich was ...«

Noch während er das sagte, spürte er, wie ganz nahe an seiner Hand Wopners Schädel zerplatzte. Der noch immer in die Maske strömende Sauerstoff erzeugte gurgelnde, blubbernde Geräusche, weil Blut und Gehirnflüssigkeit den Schlauch verstopften. Hatch spürte auf einmal etwas Zuckendes an seiner Hand und erkannte entsetzt, daß es Wopners Zunge war, deren Nerven ihre sterbenden Muskeln noch einmal erzittern ließen.

»Nein!« schrie Hatch verzweifelt. »Bitte, lieber Gott! *Nicht!*«

Plötzlich begannen ihm schwarze Flecken vor den Augen zu tanzen, und er mußte sich an die Wand lehnen, um nicht zusammenzuklappen. Während er keuchend nach Luft rang, versuchte er mit aller Kraft, seinen Arm aus dem immer enger werdenden Spalt zu ziehen.

»Weg da, Dr. Hatch!« rief Neidelman.

»Malin!« brüllte Bonterre.

»Hey, Mal!« hörte Hatch auf einmal seinen Bruder Johnny aus der sich rasch um ihn verbreitenden Dunkelheit flüstern. »Hey, Mal! Komm rüber zu mir!«

Dann wurde es Hatch vollständig schwarz vor Augen, und er verlor das Bewußtsein.

30

Gegen Mitternacht wurde der Ozean von einer langsamen, fast ölig wirkenden Dünung bewegt, wie man sie nach einem Sommergewitter häufig findet. Hatch stand von seinem Schreibtisch auf und schritt durch die dunkle Praxis vorsichtig ans Fenster der Wellblechhütte. An den dunklen Baracken des Basislagers vorbei blickte er hinaus und suchte das Meer nach den Lichtern eines Bootes ab. Der Leichenbeschauer, der schon seit Stunden erwartet wurde, war noch immer nicht eingetroffen.

Der Sturm hatte den Nebel von der Insel fortgeblasen, so daß sich das Festland als ein schwach phosphoreszierender Lichtstreifen unter dem klaren Sternenhimmel abzeichnete. Heller Schaum trieb in langen, gespenstischen Fetzen über das schwarze Wasser.

Mit einem leisen Seufzer wandte sich Hatch vom Fenster ab und rieb sich unwillkürlich seine verbundene linke Hand. Seit dem Einbruch der Nacht hatte er allein an seinem Schreibtisch gesessen und war nicht einmal aufgestanden, um das Licht anzuschalten. Irgendwie war es ihm in der Dunkelheit leichter gefallen, die Gegenwart der unregelmäßigen Form zu ertragen, die neben seinem Schreibtisch unter einem weißen Laken auf der Rollbahre lag. Nur mit Mühe war es ihm gelungen, all die Gedanken und Fragen abzuwehren, die sich ihm beständig ins Bewußtsein drängten.

Hatch hörte ein leises Klopfen an der Tür, die gleich darauf geöffnet wurde. Neidelman stand draußen im Mondlicht und trat ohne ein Wort in die Praxis. Er setzte sich auf einen Stuhl, und kurze Zeit später hörte Hatch ein kratzendes Geräusch, gefolgt vom gelblichen Licht eines brennenden Streichholzes. Hatch hörte das leise Knistern des Pfeifentabaks, und dann stieg ihm das würzige Aroma des türkischen Latakia in die Nase.

»Der Leichenbeschauer war wohl immer noch nicht da«, bemerkte Neidelman.

Hatch sagte nichts. Eigentlich hatten sie Wopners Leiche zum Festland bringen wollen, aber der Leichenbeschauer, ein ebenso mißtrauischer wie umständlicher Mann, der extra von Machiasport herunterkam, hatte darauf bestanden, daß der Tote sowenig wie möglich bewegt wurde.

Der Kapitän rauchte einige Minuten lang still vor sich hin. Das einzige Zeichen seiner Anwesenheit war das regelmäßige Aufglühen seiner Pfeife. Schließlich legte er sie beiseite und räusperte sich.

»Malin?« fragte er leise.

»Ja«, antwortete Hatch, dem seine eigene Stimme seltsam heiser und fremd vorkam.

»Dieser Unfall ist eine schreckliche Tragödie. Für uns alle. Ich mochte Kerry sehr gern.«

»Ja«, sagte Hatch abermals.

»Ich habe einmal eine Expedition geleitet«, erzählte Neidelman, »die im tiefen Wasser vor Sable Island einen Goldschatz aus einem deutschen U-Boot heben sollte. Dieses Gebiet nennt man auch den ›Friedhof des Atlantiks‹. Wir hatten gerade sechs Taucher in der Druckkammer, als deren Dichtung kaputtging.« Hatch hörte, wie Neidelman auf seinem Stuhl herumrutschte. »Sie können sich sicher vorstellen, was das zur Folge hatte. Die Taucher bekamen massive Embolien; sie ließen ihnen erst den Schädel zerspringen und riefen dann einen Herzstillstand hervor.«

Hatch sagte nichts.

»Einer der jungen Taucher war mein Sohn.«

Hatch blickte zu der dunklen Gestalt hinüber. »Das tut mir sehr leid, ich wußte gar nicht, daß Sie …« Dann hielt er mitten im Satz inne. Ich wußte gar nicht, daß Sie Kinder haben, hatte er sagen wollen. Oder daß Sie verheiratet sind. Auf einmal wurde ihm klar, daß ihm so gut wie nichts über Neidelmans Privatleben bekannt war.

»Jeff war unser einziges Kind. Sein Tod traf mich und meine Frau Adelaine sehr schwer. Sie hat mir nie richtig vergeben.«
Hatch dachte an das unbewegte Gesicht seiner Mutter, mit dem sie damals an diesem düsteren Novembernachmittag die Nachricht vom Tod seines Vaters aufgenommen hatte. Sie hatte einen Kerzenleuchter aus Porzellan vom Kaminsims genommen und ihn geistesabwesend saubergewischt. Dann hatte sie ihn zurückgestellt, aber gleich wieder in die Hand genommen und ihn mit einem Gesicht, das so fahl wie der graue Himmel gewesen war, abermals poliert. Unwillkürlich überlegte sich Hatch, was Kerry Wopners Mutter in diesem Augenblick wohl tat.
»Mein Gott, bin ich müde«, sagte Neidelman und rutschte so heftig, als wolle er sich auf diese Weise wachmachen, auf seinem Stuhl herum. »Solche Dinge sind in unserem Geschäft nun mal unvermeidbar.«
»Unvermeidbar«, wiederholte Hatch.
»Damit möchte ich nichts entschuldigen. Aber Kerry wußte, welches Risiko er einging, und er hat sich aus freien Stücken dafür entschieden. So wie wir alle.«
Ohne daß er es wollte, wanderten Hatchs Augen zu dem entstellten Körper unter dem Leintuch. Die dunklen Flecken, an denen Wopners Blut den weißen Stoff durchtränkt hatte, sahen im Mondlicht wie unregelmäßige, schwarze Löcher aus. Er fragte sich, ob Wopner sich wirklich aus freien Stücken dazu entschieden hatte, mit hinunter in den Schacht zu steigen.
»Wichtig ist doch nur eines«, sagte der Kapitän und senkte bedeutungsvoll die Stimme: »Wir dürfen uns von dieser Insel nicht unterkriegen lassen.«
Nur mit Mühe konnte Hatch seinen Blick von dem Toten wenden. Er seufzte tief. »Ich denke, da stimme ich Ihnen zu. Jetzt, wo wir so weit gekommen sind, würde Kerrys Tod nur noch sinnloser werden, wenn wir das ganze Projekt aufgeben würden. Natürlich müssen wir eine Pause machen, um unsere Sicherheitsmaßnahmen zu überprüfen, aber dann …«

Neidelman rutschte in seinem Stuhl nach vorn. »Wie bitte? Eine Pause machen? Sie haben mich offenbar nicht richtig verstanden, Malin. Die Arbeiten müssen bereits *morgen* weitergehen.«

Hatch verzog das Gesicht. »Wie können wir das tun, nach all dem, was passiert ist? Außerdem ist die Moral der Leute auf dem Nullpunkt. Heute nachmittag habe ich gehört, wie zwei Arbeiter vor meinem Fenster sagten, auf der ganzen Unternehmung läge ein Fluch und niemand werde den Schatz je heben können.«

»Aber genau deshalb *müssen* wir weitermachen«, sagte Neidelman mit eindringlicher Stimme. »Die Leute dürfen keine Zeit zum Grübeln haben, sie sollen in ihrer Arbeit aufgehen. Es wundert mich nicht, daß viele so durcheinander sind. Was soll man nach einer solchen Tragödie auch anderes erwarten? Trotzdem ist dieses Gerede von einem Fluch und anderem übernatürlichen Quatsch vernichtend für die Moral, so verführerisch es für den einen oder anderen auch sein mag.«

Er rutschte mit seinem Stuhl näher an den von Hatch heran. »Und denken Sie bloß an all die Probleme, die wir mit unserer Ausrüstung hatten! Dabei funktionierten alle Geräte zufriedenstellend, bis sie auf die Insel kamen und plötzlich von unerklärlichen Defekten heimgesucht wurden. Das hat uns jede Menge Probleme und Mehrkosten verursacht, ganz zu schweigen von dem negativen Effekt auf meine Mannschaft.« Er griff nach seiner Pfeife. »Haben Sie schon mal über eine mögliche Erklärung für all diese Vorfälle nachgedacht?«

»Nicht wirklich. Ich kenne mich mit Computern nur am Rande aus; nicht einmal Kerry verstand, was da los war, sogar er glaubte, daß hier irgendeine bösartige Kraft am Werk sei.«

Neidelman lachte leise. »Sogar er! Ein abergläubischer Computerexperte ist schon etwas seltsam.« Hatch spürte, wie Neidelman ihn in der Dunkelheit anstarrte. »Nun, ich für meinen Teil habe über die Sache ebenfalls nachgedacht und bin zu dem Schluß gekommen, daß wir es hier keinesfalls mit einem Fluch zu tun haben.«

»Und womit dann?«

Ein rötlicher Schein erhellte das Gesicht des Kapitäns, als er seine Pfeife wieder anzündete. »Mit Sabotage«, erwiderte er.

»Sabotage?« fragte Hatch ungläubig. »Aber wer sollte so etwas tun? Und weshalb?«

»Das weiß ich nicht. Noch nicht. Aber es muß jemand sein, der unserem engsten Kreis angehört. Jemand, der vollständigen Zugang zum Computersystem und zu den technischen Geräten hat. Damit kommen Rankin, Magnusen, St. John und Bonterre in Frage. Vielleicht sogar Wopner, der dann seinen eigenen Machenschaften zum Opfer gefallen wäre.«

Hatch wunderte sich insgeheim, wie Neidelman so über Wopner sprechen konnte, wo doch sein zermalmter Körper keine zwei Meter neben ihm lag. »Und was ist mit Streeter?« fragte er.

Der Kapitän schüttelte den Kopf. »Streeter und ich arbeiten schon zusammen, seit wir gemeinsam in Vietnam waren. Er war Unteroffizier auf meinem Kanonenboot. Ich weiß, daß Sie und er sich nicht ganz grün sind, und ich weiß auch, daß er manchmal ein ziemlich seltsamer Kauz ist, aber ein Saboteur ist er ganz gewiß nicht. Nie im Leben. Er hat seinen gesamten Besitz in dieses Unternehmen investiert, aber die Sache geht noch tiefer als das. Ich habe ihm damals in Vietnam das Leben gerettet. Zwischen Männern, die Seite an Seite gekämpft haben, gibt es keine Lüge mehr.«

»Na schön«, sagte Hatch. »Aber auch bei allen anderen kann ich mir keinen Grund vorstellen, aus dem sie die Ausgrabung sabotieren sollten.«

»Ich mir schon«, erwiderte Neidelman. »Einer davon wäre zum Beispiel Industriespionage. Thalassa ist nämlich nicht die einzige Schatzsucherfirma der Welt. Wenn wir scheitern oder bankrott gehen, machen wir den Platz für jemand anderen frei.«

»Aber ohne meine Zustimmung läuft hier gar nichts.«
»Das wissen die anderen doch nicht.« Neidelman hielt inne. »Und außerdem könnten sie immer noch versuchen, Sie umzustimmen.«
»Ich weiß nicht recht«, sagte Hatch. »Es fällt mir schwer zu glauben, daß irgendwer aus der Truppe ...« Er ließ den Satz unvollendet, weil ihm eine Begegnung in den Sinn kam, die er tags zuvor mit Magnusen im Lagerraum für die ausgegrabenen Artefakte gehabt hatte. Sie hatte die Dublone, die Bonterre gefunden hatte, in der Hand gehalten. Hatch hatte es überrascht, daß die Ingenieurin, die sonst immer so unpersönlich und kontrolliert gewirkt hatte, die Münze mit einem Gesichtsausdruck reiner, nackter Gier angestarrt hatte. Als Hatch unvermutet in den Raum gekommen war, hatte sie das Goldstück mit einer verstohlenen, fast schuldbewußten Geste zurückgelegt.
»Bedenken Sie immer, daß es hier um einen Schatz im Wert von zwei Milliarden Dollar geht«, sagte der Kapitän. »Es gibt eine Menge Menschen, die einen Schnapsladenbesitzer für zwanzig Dollar umbringen. Wie viele mehr würden jede Art von Verbrechen begehen – Mord eingeschlossen –, wenn sie dafür zwei Milliarden Dollar bekämen?«
Die Frage blieb unbeantwortet. Neidelman stand auf, ging ruhelos vor dem Fenster hin und her und zog dabei fest an seiner Pfeife. »Jetzt, wo die Grube trockengelegt ist, können wir unser Personal auf die Hälfte reduzieren, was unsere Aufgabe unter Sicherheitsaspekten etwas erleichtern dürfte. Den Lastkahn und den Schwimmkran habe ich bereits nach Portland zurückgeschickt. Über eines sollten wir uns allerdings nichts vormachen: Selbst wenn wir einen Saboteur unter uns hätten, der durch eine Manipulation an den Computern dafür gesorgt hat, daß Kerry heute morgen mit uns in die Grube mußte, so war es doch *Macallan,* der ihn umgebracht hat. Genauso wie Ihren Bruder, Malin.« Neidelman wandte sich vom Fenster ab. »Der Mann schafft es immer wieder, über eine Zeitspanne von

drei Jahrhunderten hinweg tödliche Schläge auszuteilen. Verdammt noch mal, wir dürfen es nicht zulassen, daß er uns jetzt besiegt. Wir werden uns seiner Grube bemächtigen und uns das Gold holen. *Und* das Schwert.«

Hatch saß in der Dunkelheit und spürte, wie eine Unzahl einander widersprechender Gefühle in ihm aufwallte. Auch wenn er die Wassergrube noch nie unter diesem Gesichtspunkt betrachtet hatte, so hatte das, was Neidelman sagte, doch Hand und Fuß: Auf eine gewisse Weise war Macallan tatsächlich schuld am Tod seines Bruders, wie er es jetzt auch am Tod von Kerry Wopner war. Im Grunde genommen war die Wassergrube nichts weiter als eine grausame, kaltblütig entworfene Todesmaschine.

»Von einem Saboteur weiß ich nichts«, sagte er langsam. »Aber im Hinblick auf Macallan haben Sie recht. Denken Sie nur an den Tagebucheintrag, den St. John heute entschlüsselt hat. Er hat die Wassergrube so konstruiert, daß sie jeden Eindringling tötet. Um so wichtiger ist es, daß wir uns jetzt eine Ruhepause gönnen, das Tagebuch genau studieren und unseren Plan noch einmal durchdenken. Wir sind bisher zu schnell vorgegangen. Viel zu schnell.«

»Aber das wäre genau das Falsche, Malin.« Neidelmans Stimme dröhnte in dem kleinen Praxisraum auf einmal sehr laut. »Ist Ihnen denn nicht klar, daß wir damit einem Saboteur genau in die Hände spielen würden? Wir müssen im Gegenteil so rasch wie möglich weitermachen, das Innere der Grube vermessen und unsere Stützkonstruktionen anbringen. Jeder Tag, den wir ungenutzt verstreichen lassen, kann uns neue Komplikationen und Hindernisse bescheren. Es ist nur eine Frage der Zeit, bis die Presse Wind von der Sache bekommt. Außerdem zahlt Thalassa Lloyds ohnehin schon dreihunderttausend Dollar pro Woche an Versicherungsprämie. Nach diesem Unfall werden sie auf das Doppelte steigen. Dabei haben wir unser Budget bereits überzogen, was unsere Investoren bestimmt nicht gerade glücklich macht. Wir sind so nahe am

Ziel, Malin. Wie können Sie jetzt verlangen, daß wir den Schongang einlegen?«
»Eigentlich wollte ich sogar vorschlagen, die Unternehmung ganz abzublasen und erst nächstes Frühjahr weiterzumachen.«
Neidelman atmete scharf ein. »Großer Gott, was reden Sie denn da? Dann müßten wir ja den Kofferdamm entfernen, die Grube wieder unter Wasser setzen, den Orthanc und Island One abbauen – das kann doch nicht Ihr Ernst sein!«
»Schauen Sie«, sagte Hatch. »Wir haben die ganze Zeit vermutet, daß es eine Art Schlüssel gibt, der uns Zugang zur Schatzkammer verschafft. Jetzt wissen wir, daß ein solcher nicht existiert und daß es gefährlich ist, sich dem Schatz nur zu nähern. Außerdem sind wir schon drei Wochen hier auf der Insel, und der August ist bald vorbei. Jeder Tag, den wir länger bleiben, bringt uns zudem den Herbststürmen näher, die in dieser Gegend absolut unberechenbar sein können.«
Neidelman winkte ab. »Wir haben hier kein Kinderspielzeug aus Blech aufgestellt, Malin. Unsere Installationen können jeden Sturm abschmettern, wenn es sein muß, selbst einen Hurrikan.«
»Ich spreche aber nicht von einem Hurrikan oder einem normalen Südwest-Sturm. Diese Unwetter treffen einen nicht unvorbereitet, meistens wird man schon drei bis vier Tage im voraus vor ihnen gewarnt und hat genügend Zeit, um die Insel zu evakuieren. Wovor ich Angst habe, ist ein Nordost-Sturm. Der fegt so schnell die Küste entlang, daß man froh sein kann, wenn man die Schiffe gerade noch rechtzeitig in den Hafen bekommt.«
Neidelman verzog das Gesicht. »Ich weiß, was ein Nordost-Sturm ist.«
»Dann ist Ihnen ja auch bekannt, daß er oft von Seitenwinden und gewaltigem Seegang begleitet ist, der noch schlimmer ist als bei einem Hurrikan. Egal, wie stark Ihr Kofferdamm ist, diese See wird ihn kleinhämmern wie ein Kinderspielzeug.«
Neidelman schob trotzig den Unterkiefer vor, und Hatch war

klar, daß keines seiner Argumente den Kapitän überzeugt hatte. »Überlegen Sie doch mal«, fuhr er deshalb in einem möglichst vernünftigen Tonfall fort, »wir haben zwar einen Rückschlag erlitten, aber das bedeutet noch lange nicht, daß damit die ganze Unternehmung gestorben ist. Der Blinddarm ist zwar entzündet, aber noch nicht durchgebrochen. Alles, was ich damit sagen will, ist folgendes: Wir sollten uns die Zeit nehmen, die Grube in aller Ruhe zu erforschen und vielleicht anhand von Macallans anderen Bauwerken herauszufinden, wie sein Gehirn wirklich funktioniert hat. Jetzt einfach blind drauflos zu graben ist einfach zu gefährlich.«

»Und ich sage Ihnen noch einmal, daß wir möglicherweise einen Saboteur unter uns haben und es uns deshalb nicht leisten können, unnötig Zeit zu verlieren. Ist das denn so schwer zu begreifen?« entgegnete Neidelman gereizt. »Was Sie vorschlagen, ist genau das verzagte Verhalten, das Macallan von uns erwartet. Er will, daß wir uns Zeit lassen, alles tausendmal hin und her überlegen und bloß nichts riskieren, bis all unser Geld verbraucht ist und wir unverrichteter Dinge wieder abziehen müssen. Nein, Malin. Exaktes wissenschaftliches Arbeiten in allen Ehren, aber ...« Die Stimme des Kapitäns klang plötzlich sehr leise, dafür aber um so bestimmter, »jetzt ist nicht die Zeit zum Zaudern. Jetzt müssen wir diesem Mistkerl Macallan direkt an die Gurgel gehen.«

Noch niemand hatte Hatch bisher verzagt genannt – eigentlich kannte er das Wort überhaupt nur aus Büchern –, und er fühlte sich in der Rolle des Zauderers nicht sonderlich wohl. Er spürte eine altbekannte, heiße Wut in sich aufsteigen, die er nur mit großer Willensanstrengung unterdrücken konnte. Wenn du jetzt durchdrehst, wirst du alles kaputtmachen, sagte er sich. Vielleicht hat Neidelman ja recht, vielleicht hat Wopners Tod mich zu sehr aufgewühlt. Und außerdem sind wir wahrhaftig weit gekommen und tatsächlich kurz vor dem Ziel.

In der angespannten Stille hörte er plötzlich das leise Säuseln eines sich nähernden Außenbordmotors.

»Das muß der Leichenbeschauer sein«, meinte Neidelman, der wieder ans Fenster getreten war, so daß Hatch sein Gesicht nicht mehr sehen konnte. »Ich denke, ich werde Sie alleine mit ihm verhandeln lassen.« Mit diesen Worten drehte er sich um und ging zur Tür.

»Noch eine Frage, Kapitän Neidelman«, sagte Hatch.

Der Kapitän blieb stehen und sah sich, die Hand bereits am Türknauf, noch einmal um. Obwohl Hatch sein Gesicht in der Dunkelheit nicht erkennen konnte, spürte er die durchdringende Kraft von Neidelmans fragendem Blick auf sich.

»Es geht um dieses U-Boot mit dem Nazi-Gold an Bord«, fuhr Hatch fort. »Was haben Sie nach dem Tod Ihres Sohnes damit gemacht?«

»Nun, wir haben die Bergungsaktion natürlich fortgesetzt«, antwortete Neidelman entschieden. »Jeff hätte es nicht anders gewollt.«

Dann ging er hinaus und hinterließ Hatch nur den schwachen Duft seines würzigen Pfeifentabaks.

31

Bud Rowell war noch nie ein eifriger Kirchgänger gewesen, und seit Woody Clay der Pastor von Stormhaven war, hatte sich dieses Verhalten bei ihm noch verstärkt. Die bei Geistlichen der Kongregationskirche eher selten anzutreffende Art des Reverends, in seinen Predigten Hölle und Fegefeuer zu verheißen und seine Schäflein zu einem streng vergeistigten Leben aufzurufen, gefiel dem Supermarktbesitzer nicht im geringsten. Auf der anderen Seite verlangte man von Bud als professionellem Klatschverbreiter, daß er über wichtige Vorkommnisse in Stormhaven informiert war. Und mit einem derartigen Ereignis, so munkelte man, sollte sich die Predigt beschäftigen, die der Reverend für den kommenden Sonntag vorbereitet hatte. Angeblich wollte er mit einer interessanten Neuigkeit aufwarten.

Als Bud Rowell zehn Minuten vor Beginn der Messe die kleine Kirche betrat, war sie bereits gut besetzt. Nachdem er vergeblich einen Platz hinter einer Säule gesucht hatte, von dem aus er sich nach der Predigt unbemerkt hätte davonschleichen können, zwängte der Ladenbesitzer seinen fülligen Leib widerwillig in eine der Holzbänke, deren harte Sitzfläche ihm schon jetzt extrem unbequem vorkam.

Langsam blickte er sich unter den Versammelten um und nickte dabei seinen diversen Kunden zu. Vorn in der ersten Reihe entdeckte er Bürgermeister Jasper Fitzgerald, der gerade leutselig mit dem Vorsitzenden des Stadtrats schwatzte. Bill Banns, der Chefredakteur des Lokalblatts, saß ein paar Reihen hinter ihm. Selbst in der Kirche trug er die grüne Schirmmütze auf seiner Stirn, als wäre sie dort festgewachsen. Claire Clay, die auf ihrem üblichen Platz in der Mitte der zweiten Reihe saß, sah mit ihrem traurigen Lächeln und dem einsamen Blick in den Augen wieder einmal wie eine typische Pfarrersfrau aus. Weiter hinten in der Kirche entdeckte Bud Rowell auch ein paar unbekannte Gesichter, Arbeiter von Thalassa vermutlich. Das war ungewöhnlich, denn bisher hatte sich noch keiner der bei der Ausgrabung Beschäftigten je in der Kirche blicken lassen. Vielleicht hatte ja das Unglück, das sich auf der Insel ereignet hatte, einige von ihnen aufgerüttelt.

Nachdem Rowell sich unter der Gemeinde umgesehen hatte, fiel sein Blick auf einen kleinen Tisch neben der Kanzel, auf dem sich ein mit einem gestärkten Leintuch verhülltes, etwa einen halben Meter hohes Objekt befand. Bisher, so dachte Bud befremdet, waren die Pfarrer von Stormhaven bei ihren Gottesdiensten ohne irgendwelche Requisiten ausgekommen. Allerdings hatten sie auch nicht, wie Reverend Clay es regelmäßig zu tun pflegte, bei der Predigt mit der Faust auf die

Bibel geschlagen oder mit den Händen in der Luft herumgefuchtelt.
Als Mrs. Fanning, die Organistin, sich schließlich mit affektierten Bewegungen auf der Bank vor ihrem Instrument niederließ und »Eine feste Burg ist unser Gott« intonierte, waren in der Kirche nur noch Stehplätze zu ergattern. Nach den wöchentlichen Ansagen und den Gebeten der Gemeinde trat Clay, dessen weite schwarze Robe viel zu groß für seinen mageren Körper zu sein schien, an die Kanzel und blickte mit einem humorlosen und wildentschlossenen Gesichtsausdruck auf die Versammelten herab.
»Manche Menschen«, begann er, »sind der Meinung, daß es die Aufgabe eines Priesters ist, Trost zu spenden und für das Wohlergehen seiner Gemeinde zu sorgen. Ich bin heute jedoch nicht wegen eures Wohlergehens hier, und es ist weder mein Ansinnen noch meine Berufung, euch mit tröstlichen Platitüden oder beschwichtigenden Halbwahrheiten die Augen zu verschließen. Ich war schon immer ein Mann klarer Worte, und was ich jetzt sagen werde, wird einigen von euch bestimmt nicht gefallen. Aber wie es schon in der Bibel steht: ›Du ließest Deinem Volk Hartes widerfahren‹.«
Wieder schweifte sein Blick über die Gemeinde, bevor er den Kopf senkte, um schweigend zu beten. Dann griff er zur Bibel, schlug sie auf und begann mit seiner Predigt.
»Und der fünfte Engel blies seine Posaune«, begann er mit seiner starken, sonoren Stimme, »... *da sah ich einen Stern, der vom Himmel auf die Erde gefallen war; ihm ward der Schlüssel zum Brunnen des Abgrunds gegeben. Und er schloß den Brunnen des Abgrunds auf; da drang Rauch aus dem Brunnen wie der Rauch eines großen Ofens, und es ward verfinstert die Sonne und die Luft von dem Rauch des Brunnens. Und sie hatten einen König über sich, den Engel des Abgrunds; der Name heißt auf hebräisch Abaddon. Und wenn sie ihr Zeugnis vollendet haben werden, wird das Tier, das aus dem Abgrund heraufsteigt, Krieg mit ihnen führen und wird sie besiegen und sie töten. Und ihr Leichnam wird auf der Straße der großen Stadt*

liegen. Und die übrigen Menschen, die nicht getötet wurden von diesen Plagen, taten nicht Buße für die Werke ihrer Hände, daß sie nicht mehr anbeten die Dämonen und die goldenen und die silbernen Götzenbilder.«

Clay hob den Kopf und klappte langsam die Bibel zu. »Aus der Offenbarung des Johannes«, sagte er. Betretenes Schweigen machte sich in der Kirche breit.

Nach einer Weile fuhr Clay mit leiserer Stimme fort: »Vor ein paar Wochen kam eine große Firma hierher und begann einen weiteren, zum Scheitern verurteilten Versuch, den Schatz von Ragged Island zu heben. Ihr alle habt die Sprengungen gehört, die Tag und Nacht laufenden Maschinen, die Sirenen und die Hubschrauber. Ihr habt gesehen, daß die Insel nachts erhellt war wie eine Bohrinsel. Manche von euch arbeiten für die Firma, haben Zimmer an ihre Angestellten vermietet oder profitieren auf eine andere Weise finanziell von der Schatzsuche.«

Clays Blicke wanderten durch die Kirche und ruhten einen Augenblick lang auf Bud, der unruhig auf seiner Bank herumrutschte und verlegen in Richtung Tür schaute.

»Diejenigen unter euch, die sich Sorgen um die Umwelt machen, fragen vielleicht, was für Folgen all das Hin-und-her-Gepumpe von schlammigem Wasser auf das Ökosystem unserer Bucht haben könnte, ganz zu schweigen von dem verschütteten Benzin und Öl, den Sprengungen und den ständigen Aktivitäten rings um die Insel. Und die Fischer und Hummerfischer unter euch werden vielleicht nach einem Zusammenhang zwischen den Vorgängen auf Ragged Island und dem zwanzigprozentigen Rückgang der Hummer- und Makrelenfänge suchen.«

Der Reverend hielt inne. Bud wußte wie alle anderen Einwohner von Stormhaven auch, daß dieser Rückgang ein schleichender Prozeß gewesen war, der sich kontinuierlich über die vergangenen beiden Jahrzehnte hingezogen hatte und mit den Grabungsarbeiten auf Ragged Island nicht das geringste

zu tun hatte. Dennoch rutschten viele der zahlreich anwesenden Fischer unruhig in ihren Bänken herum.
»Trotz allem gilt meine Sorge heute nicht in erster Linie dem Lärm, der Umweltverschmutzung, dem Niedergang der Fischerei oder der Verschandelung unserer schönen Bucht. Diese weltlichen Angelegenheiten fallen schließlich in die Zuständigkeit des Bürgermeisters, der gut daran täte, endlich sein Augenmerk darauf zu richten.« Clay warf Jaspar Fitzgerald einen herausfordernden Blick zu, woraufhin dieser peinlich berührt grinste und sich mit einer Hand seinen prächtigen Schnurrbart glattstrich.
»Meine Sorge als Pfarrer dieser Gemeinde gilt dem *seelischen* Schaden, den diese Schatzsuche anrichtet«, fuhr Clay fort und trat einen Schritt von der Kanzel zurück. »Die Bibel sagt es sehr deutlich: ›Die Liebe zum Gold ist die Wurzel allen Übels.‹ Und nur die Armen kommen in den Himmel. Hier gibt es keinen Spielraum für Interpretationen und Zweideutigkeiten. Auch wenn manche von uns es nicht gerne hören werden, steht es doch so geschrieben. Und hat nicht Jesus von dem Reichen, der ihm folgen wollte, gefordert, daß er zuerst all seinen Besitz hergeben solle? Jener aber wollte das nicht tun. Erinnert ihr euch an Lazarus, den Bettler, der vor der Tür eines Reichen starb und gleich in Abrahams Schoß Aufnahme fand? Der Reiche aber, der hinter dem Tor lebte, kam in die Hölle, wo er vergeblich um einen Tropfen Wasser bettelte, um seine ausgedörrte Zunge zu benetzen. Jesus hätte es nicht klarer sagen können: ›Es ist leichter, daß ein Kamel durch ein Nadelöhr gehe, als daß ein Reicher ins Reich Gottes kommt.‹«
Reverend Clay hielt inne und sah sich um. »Vielleicht habt ihr das alles bislang für die Probleme anderer Leute gehalten. Schließlich sind die meisten Menschen in dieser Stadt nicht gerade reich. Aber diese Schatzsuche hat vieles verändert. Habt ihr euch eigentlich schon einmal überlegt, was passieren würde, wenn die Unternehmung Erfolg haben sollte? Nun, ich will es euch sagen: Stormhaven wird eine der größten Touri-

stenattraktionen gleich nach Disneyland werden, im Vergleich dazu werden Bar Harbor und Freetown geradezu wie Geisterstädte dastehen. Wenn ihr glaubt, daß es jetzt um die Fischerei schlecht bestellt ist, dann wartet erst einmal ab, bis Hunderte von Touristenbooten diese Gewässer unsicher machen und überall an der Küste Hotels und Ferienbungalows aus dem Boden schießen. Was das für einen Verkehr geben wird! Und dann denkt an die Spekulanten und Goldsucher, die zu Wasser und zu Land eure Gegend heimsuchen werden. Überall werden sie herumbuddeln und ihren Dreck hinterlassen, bis das Land zerstört ist und die Fischgründe vernichtet sind. Sicher, einige von euch werden an all dem eine Menge Geld verdienen. Aber wird es ihnen letztendlich nicht genau.so ergehen wie dem Reichen im Gleichnis von Lazarus? Und die Ärmsten unter euch – diejenigen, die ihren Lebensunterhalt aus dem Meer bestreiten – werden die großen Verlierer dieser Entwicklung sein. Ihnen wird nur die Wahl zwischen zwei Möglichkeiten bleiben: Entweder sie müssen Sozialhilfe beantragen oder sich in Boston nach einem Job umsehen.« Bei der Erwähnung der beiden in Stormhaven am meisten verachteten Alternativen – Boston und Sozialhilfe – zog ein unbehagliches Murmeln durch die Gemeinde.

Clay hielt sich mit beiden Händen an der Kanzel fest und neigte den Oberkörper nach hinten. »›Und das Tier wird aus dem Abgrund aufsteigen und Verderben bringen, und sein Name ist Abaddon‹«, donnerte er. »Wißt ihr, was Abaddon auf hebräisch heißt? Der Zerstörer!«

Der Reverend musterte ernst seine Gemeinde. »Und jetzt möchte ich euch etwas zeigen.« Er verließ die Kanzel und trat hinüber zu dem kleinen Tisch, auf dem das mit dem Leintuch verhüllte Etwas lag. Im Kirchenraum herrschte atemlose Stille, und Bud reckte den Kopf nach vorne, um besser sehen zu können.

Clay ließ sich einen Augenblick Zeit, bevor er mit einem Ruck das Leintuch wegzog. Darunter kam ein flacher schwarzer

Stein zum Vorschein, der etwa dreißig auf fünfundvierzig Zentimeter groß war und unregelmäßig behauene Ränder hatte. Clay hatte ihn an eine alte Holzkiste gelehnt, so daß man seine dreizeilige, aus dünnen, mit gelber Kreide krude hervorgehobenen Buchstaben bestehende Inschrift lesen konnte.
Clay stieg wieder in die Kanzel und verkündete mit lauter, leicht bebender Stimme, was auf dem Stein stand:

Mit Lügen begonnen
In Schmerzen zerronnen
Den Tod nur gewonnen

Er ließ einen Augenblick verstreichen, bevor er mit eindringlicher Stimme fortfuhr: »Diesen Stein fand man, als man zum erstenmal versuchte, in die Wassergrube einzudringen, und es ist kein Zufall, daß seine Entfernung das erste einer langen Reihe von Todesopfern forderte. Seitdem hat sich die Prophezeiung auf diesem Stein des Verderbens immer wieder bewahrheitet. Und deshalb sollten sich alle unter euch, die den falschen Götzen von Gold und Silber nachlaufen – ganz gleich, ob nun als aktive Schatzsucher oder solche, die von diesem Unterfangen indirekt profitieren –, diese Warnung sehr zu Herzen nehmen. ›Mit Lügen begonnen‹ steht in der ersten Zeile, und das bedeutet nichts anderes, als daß die Gier nach Reichtum von Anfang an die edlen Instinkte des Menschen verdirbt.«
Clay hob mit einem Ruck den Kopf. »Beim Hummerfest hat mir Malin Hatch höchstpersönlich erzählt, daß der Schatz eine siebenstellige Summe wert sei. Später aber habe ich erfahren, daß der wahre Wert bei etwa zwei Milliarden Dollar liegen dürfte. Bei zwei *Milliarden.* Einer *zehn*stelligen Summe also. Warum hat Malin Hatch gelogen? Ich will es euch sagen: Der Götze des Goldes hat ihn dazu gebracht. ›Mit Lügen begonnen‹ … Wie wahr!«
Der Reverend senkte die Stimme. »Und nun laßt uns die zweite

Zeile betrachten: ›In Schmerzen zerronnen‹. Auch das traf auf alle bisherigen Schatzsucher zu. Und wer nicht glaubt, daß es noch immer gilt, braucht nur den Mann zu fragen, der in der Wassergrube seine beiden Beine verloren hat. Und wie lautet die dritte und letzte Zeile dieses düsteren Fluchs? ›Den Tod nur gewonnen‹.«

Clays stechender Blick wanderte durch die Reihen seiner Gemeinde. »Heute würden viele von euch bestimmt gerne einen symbolischen Stein anheben, um an den Götzen Mammon zu gelangen, den ihr darunter verborgen glaubt. Dasselbe hat auch Simon Rutter vor zweihundert Jahren versucht. Denkt daran, was mit ihm geschehen ist.«

Clay stützte sich schwer auf die Kanzel. »Es ist noch nicht einmal eine Woche her, da habe ich noch mit dem Mann gesprochen, der vor ein paar Tagen in der Wassergrube ums Leben kam. Er hat seine Gier nach dem Gold unverblümt zugegeben und meinte in seiner unverschämten Art, er sei schließlich keine Mutter Teresa. Bald darauf ist dieser Mann eines schrecklichen Todes gestorben – ein riesiger Stein hat ihn zerquetscht, ›Den Tod nur gewonnen‹ – grausiger hätte der dritte Teil der Prophezeiung kaum Wirklichkeit werden können. ›Wahrlich, ich sage euch, er hat seinen gerechten Lohn erhalten‹.«

Clay verstummte und schöpfte Atem. Bud sah sich in der Gemeinde um; er bemerkte, wie die Fischer leise miteinander tuschelten. Claire Clay starrte auf ihre gefalteten Hände und vermied es, ihren Mann anzuschauen.

»Und was ist mit all den anderen, die wegen dieses vermaledeiten Schatzes ihr Leben, ihre Gesundheit oder ihren Besitz verloren haben? Die Jagd nach diesem Gold ist die Inkarnation des Bösen, und alle, die direkt oder indirekt davon profitieren, müssen damit rechnen, daß auch sie eines Tages zur Rechenschaft gezogen werden. Ihr werdet sehen, daß es am Ende völlig egal ist, ob auf der Insel ein Schatz gefunden wird oder nicht. Bereits die *Suche* danach ist schon eine gotteslästerliche

Sünde. Und je mehr Menschen aus Stormhaven sich an diesem Unternehmen beteiligen, desto schlimmer wird Gottes Strafe für die Gemeinde sein. Sie wird bitter dafür bezahlen müssen – mit Arbeitslosigkeit, dem Rückgang der Fischerei und schließlich mit dem Leben ihrer Bürger.«

Er räusperte sich. »In der Vergangenheit hat man viel über den Fluch von Ragged Island geredet, aber heutzutage glauben die wenigsten Menschen noch daran. Auch von euch sind viele der Meinung, daß nur ignorante, ungebildete Leute diesem Aberglauben auf den Leim gehen.« Clay machte eine kurze Pause und deutete mit einer theatralischen Geste auf den Stein. »Aber sagt das einmal Simon Rutter. Sagt es Ezekiel Harris. Sagt es *John Hatch*!«

Clays Stimme wurde so leise, daß sie kaum mehr als ein Flüstern war. »Es sind ein paar sehr seltsame Dinge auf der Insel geschehen. Dinge, die Thalassa uns nicht mitteilen will. Maschinen sind aus unerfindlichen Gründen kaputtgegangen, Zeitpläne konnten nicht eingehalten werden, und vor ein paar Tagen hat man ein Massengrab gefunden, in dem achtzig, vielleicht sogar hundert Piraten in Hast und Eile verscharrt wurden. An den Skeletten waren keinerlei Spuren von Gewaltanwendung zu entdecken, und niemand kann sagen, woran sie gestorben sind. ›Und das Tier, das aus dem Abgrund heraufsteigt, wird Krieg mit ihnen führen und wird sie besiegen und sie töten. Und ihr Leichnam wird auf der Straße der großen Stadt liegen!‹«

Clay machte abermals eine Pause, um seine Worte wirken zu lassen.

»Wie also sind diese Piraten gestorben?« schrie er dann von der Kanzel herunter. »Durch die Hand Gottes! Denn außer ihrem Tod haben sie noch etwas anderes gefunden. Und wißt ihr, was das war?«

In der Kirche war es auf einmal so still, daß Bud einen Zweig außen an die Fensterscheibe kratzen hörte.

»*Gold*«, zischte Clay mit rauher Stimme.

32

Als Expeditionsarzt fiel Hatch die Aufgabe zu, den mit Wopners Tod verbundenen Papierkram zu erledigen. Deshalb engagierte er eine Krankenschwester, die sich in seiner Abwesenheit um die Inselpraxis kümmern sollte, sperrte das große Haus in der Ocean Lane zu und fuhr nach Machiasport, wo die offizielle Untersuchung des Todesfalles stattfand. Bis er alles erledigt hatte und wieder zurück nach Stormhaven kam, waren drei Arbeitstage verstrichen.

Als er noch am Nachmittag seiner Ankunft hinaus zur Insel fuhr, war er froh, daß er Neidelmans Entscheidung, die Arbeiten sofort wieder aufzunehmen, nicht in Frage gestellt hatte. Obwohl der Kapitän während Hatchs Abwesenheit seine Leute noch mehr angetrieben hatte als sonst, schienen die verstärkten Anstrengungen – zusammen mit den drastisch verschärften Sicherheitsvorschriften, denen die Arbeiten seit Wopners Tod unterlagen – viel von der niedergedrückten Stimmung vertrieben zu haben, die noch vor ein paar Tagen auf der Insel geherrscht hatte. Dennoch hatte das verschärfte Arbeitstempo seinen Preis gefordert: Gleich nach seiner Ankunft mußte sich Hatch um ein halbes Dutzend kleinerer Verletzungen kümmern, die alle an diesem Nachmittag passiert waren. Außerdem informierte ihn die Krankenschwester, daß drei Arbeiter erkrankt seien, ein ziemlich hoher Prozentsatz, wenn man bedachte, daß Neidelman inzwischen die Anzahl der auf der Insel Beschäftigten halbiert hatte. Einer der Kranken klagte über Antriebslosigkeit und Unwohlsein, während der zweite unter einer seltenen bakteriellen Infektion litt, die Hatch bisher nur aus Büchern bekannt gewesen war. Der dritte Kranke schließlich hatte eine unspezifische Virusinfektion, die zwar nicht allzu ernst war, aber mit relativ hohem Fieber einherging. Zumindest kann Neidelman ihn nicht als Simulanten bezeichnen, dachte Hatch, während er dem Mann

Blut für eine spätere Untersuchung auf der »Cerberus« abnahm.

Am nächsten Morgen in aller Frühe wanderte Hatch den Pfad zur Wassergrube hinauf. Das Arbeitstempo, das dort herrschte, war so enorm, daß selbst Bonterre, die mit einem tragbaren Laser-Entfernungsmesser aus dem Schacht heraufkam, ihn zur Begrüßung flüchtig anlächelte und sich sofort einer neuen Aufgabe zuwandte. In den paar Tagen, die Hatch auf dem Festland verbracht hatte, war bemerkenswert viel geschehen: So war, wie ein Techniker Hatch erzählte, die Vermessung des Grubeninneren so gut wie abgeschlossen, und an der Leiterkonstruktion, die nun auf voller Länge mit den Wänden des Schachtes verstrebt war, hatte man inzwischen den kleinen Aufzug angebracht, mit dem man rasch und bequem in die Tiefe hinabfahren konnte. Neidelman war nirgends zu sehen, aber der Techniker erklärte, daß der Kapitän den Orthanc drei Tage lang nicht verlassen und rund um die Uhr die Ausbauarbeiten geleitet habe.

Es war nicht allzu überraschend, daß der Kapitän sich nach Wopners Tod in die Arbeit gestürzt hatte. Jetzt aber waren so gut wie alle Vorbereitungen abgeschlossen: Die Leiterkonstruktion war voll installiert, die Grube fast vollständig vermessen. Hatch fragte sich, was Neidelman wohl als nächstes anordnen würde. Eigentlich blieb nicht mehr viel anderes zu tun, als am Boden des Schachtes mit größter Vorsicht nach dem Schatz zu graben.

Hatch blieb eine Weile schweigend am Rand der Wassergrube stehen und ließ sich durch den Kopf gehen, was er mit seinem Anteil an dem Erlös machen wollte. Eine Milliarde Dollar war eine so atemberaubende Summe, daß man sogar in Schwierigkeiten geriet, wenn man sie *verschenken* wollte. Aber er mußte ja nicht das ganze Geld in die Johnny-Hatch-Stiftung stecken. Ein neues Boot für seinen Liegeplatz in Lynn wäre auch nicht schlecht, und dann gab es noch so ein wunderschönes Anwesen in der Brattle Street ganz nahe beim Krankenhaus, das ihm schon immer gefallen hatte und gerade zum Verkauf stand. Außerdem durfte Hatch nicht außer acht lassen, daß er eines Tages Kinder haben wollte. Hatte er das Recht, sie um ihr Erbe zu bringen? Je länger er darüber nachdachte, desto sinnvoller erschien es ihm, ein paar Millionen für sich zu behalten. Fünf wären nicht schlecht. Oder vielleicht zehn, als Polster für alle Eventualitäten. Dagegen war doch eigentlich nichts einzuwenden.

Hatch starrte noch ein paar Minuten in den Schacht und fragte sich, ob wohl sein alter Freund Donny Truitt zu einem der Teams gehörte, die jetzt da unten an der Arbeit waren. Dann drehte er um und ging den Pfad zurück ins Basislager.

In Island One saß Magnusen mit zu einem schmalen Strich zusammengekniffenen Lippen an einem Computer und tippte mißmutig auf der Tastatur herum. Die zusammengeknüllten Einwickelpapiere von Eiscreme-Sandwiches waren in dem kleinen Raum ebenso verschwunden wie die defekten Leiterplatinen, die Wopner achtlos auf den Boden geworfen hatte, und sogar die unzähligen Kabel, die zu den vielen Rechnern und elektronischen Geräten führten, hatte jemand zu ordentlichen Strängen zusammengefaßt und fein säuberlich aufgerollt. Irgendwie beschlich Hatch das – vielleicht unbegründete – Gefühl, daß die hier vonstatten gegangene Aufräumaktion eine Geringschätzung für das Andenken des toten Programmierers zum Ausdruck brachte. Wie üblich fuhr Magnusen mit ihrer Tätigkeit fort, ohne Hatch auch nur eines Blickes zu würdigen.

Er schaute sich noch eine Weile um, dann sagte er in ziemlich rüdem Ton: »Entschuldigung« und verspürte eine verstohlene Freude daran, daß Magnusen erschreckt zusammenzuckte. »Ich wollte mir nur rasch einen Ausdruck des entschlüsselten Tagebuchs holen«, erklärte er, als Magnusen mit ihrem Getippe aufhörte und ihn mit einem merkwürdig leeren Gesichtsausdruck ansah.

»Ach so«, sagte sie ungerührt und machte keinerlei Anstalten aufzustehen.
»Und?«
»Wo ist die Genehmigung?« fragte Magnusen zurück.
»Welche Genehmigung?« Hatch war verwirrt.
Ein flüchtiger Ausdruck stillen Triumphes huschte über Magnusens Gesicht, bevor es sich wieder in die übliche ausdruckslose Maske verwandelte. »Na, die schriftliche Genehmigung von Kapitän Neidelman. Haben Sie denn keine?«
Hatchs erstauntes Gesicht war ihr Antwort genug. »Das ist jetzt Vorschrift«, fuhr sie fort. »Es gibt nur einen Ausdruck des Tagebuchs, und der darf nur gegen Vorlage einer von Kapitän Neidelman persönlich unterschriebenen Genehmigung herausgegeben werden.«
Einen Moment lang wußte Hatch nicht, was er antworten sollte. »Dr. Magnusen«, sagte er dann so ruhig wie möglich, »diese Anordnung kann nicht für mich gelten.«
»Der Kapitän hat nichts von einer Ausnahme gesagt.«
Ohne ein weiteres Wort trat Hatch ans Telefon, wählte die Nummer des Orthanc und verlangte, den Kapitän zu sprechen.
»Malin!« vernahm er kurz darauf Neidelmans kräftige Stimme. »Ich wollte schon bei Ihnen vorbeischauen und Sie fragen, wie es Ihnen auf dem Festland ergangen ist.«
»Kapitän Neidelman, ich bin hier in Island One bei Dr. Magnusen. Sie behauptet, ich bräuchte eine Genehmigung, um die entschlüsselte Version von Macallans Tagebuch einsehen zu dürfen. Ist das korrekt?«
»Das ist nichts weiter als eine Formalität«, antwortete Neidelman beruhigend. »So behalten wir einen Überblick darüber, wo sich die entschlüsselte Version gerade befindet. Sie haben mir doch selbst gesagt, daß Sie für schärfere Sicherheitsbestimmungen sind. Nehmen Sie es nicht persönlich.«
»Doch, das tue ich.«
»Malin, selbst *ich* unterschreibe, wenn ich mir den Text

hole. Diese Prozedur liegt in Thalassas und somit letztendlich auch in Ihrem Interesse. Und jetzt geben Sie mir bitte Sandra, damit ich ihr sagen kann, daß sie Ihnen den Text aushändigen soll.«

Hatch reichte weiter an Magnusen, die sich mit unbewegtem Gesicht anhörte, was Neidelman ihr mitzuteilen hatte. Dann legte sie ohne ein weiteres Wort auf, griff in eine Schublade und reichte Hatch einen kleinen gelben Zettel. »Den geben Sie dem Wachmann im Lagerraum«, sagte sie. »Der trägt dann Ihren Namen, das Datum und die genaue Uhrzeit in ein Buch ein und läßt Sie den Erhalt des Manuskripts quittieren.«

Hatch steckte den Zettel in die Hosentasche und fragte sich, weshalb Neidelman ausgerechnet Magnusen zur Hüterin des Tagebuchs gemacht hatte. Immerhin hatte er auch sie noch vor ein paar Tagen der Sabotage für fähig gehalten.

Objektiv betrachtet kam Hatch diese ganze Sabotagegeschichte doch ziemlich konstruiert vor. Schließlich bezogen alle, die jetzt noch auf der Insel arbeiteten, ein enorm hohes Gehalt, wenn sie nicht gar mit millionenschweren Anteilen direkt am Erlös des Schatzes beteiligt waren. Es war sehr zweifelhaft, daß ein Saboteur dieses viele Geld aufs Spiel setzen würde, bloß weil er von einer anderen Firma, die womöglich niemals die Genehmigung erhalten würde, nach dem Schatz zu graben, noch mehr angeboten bekam. Wer würde ein solches Risiko denn eingehen? Und wozu?

Die Tür der Kommandozentrale ging auf, und die große, etwas vornübergebeugte Gestalt von Christopher St. John kam herein. »Guten Morgen«, sagte der Historiker und nickte Hatch zu.

Hatch grüßte zurück und bemerkte erstaunt, wie sehr sich St. John seit Wopners Tod verändert hatte. Sein vorher stets fröhliches und selbstzufriedenes Gesicht sah jetzt mit seinen Hängebacken und dicken Tränensäcken abgezehrt und sogar ein wenig mürrisch aus. Selbst St. Johns unvermeidliches Tweedjackett wirkte verknitterter als sonst.

Der Engländer sah Magnusen aus rotgeränderten Augen an. »Sind Sie jetzt fertig?« fragte er.
»So gut wie«, antwortete Magnusen. »Wir warten noch auf ein paar letzte Daten. Ihr Freund Wopner hat ein ziemliches Chaos im System hinterlassen, und es hat einige Zeit gedauert, alles wieder in Ordnung zu bringen.«
Ein mißvergnügter, fast schon schmerzlicher Ausdruck huschte über St. Johns Gesicht.
Magnusen deutete auf den Monitor. »Ich gleiche gerade die Meßergebnisse unserer Teams mit den neuesten Satellitenbildern ab.«
Hatch warf einen Blick auf den großen Bildschirm, vor dem Magnusen saß. Er war voll von miteinander verbundener Linien in verschiedenen Längen und Farben. Am unteren Rand des Monitors standen folgende Zeilen zu lesen:

```
ANGEFORDERTE VIDEODATEN
BEGINN DER UEBERTRAGUNG 11:23 EDT VON TELSTAR 704
TRANSPONDER 8Z (KU BAND)
DOWNLINK FREQUENZ 14,044 MHZ
DATEN WERDEN EMPFANGEN UND EINGEARBEITET
```

Der Bildschirm wurde schwarz, und dann baute sich das komplexe Liniennetz vollkommen neu auf. St. John starrte gebannt auf den Monitor. »Ich würde mit diesen Daten gern ein wenig arbeiten«, sagte er schließlich.
Magnusen nickte.
»Und zwar ungestört, wenn es Ihnen recht ist.«
Magnusen stand auf. »Mit dieser Dreitastenmaus können Sie das Bild um seine drei Achsen drehen. Wenn Sie …«
»Danke, aber ich kenne mich mit dem Programm aus.«
Ohne ein weiteres Wort verließ Magnusen den Raum und schloß geräuschvoll die Tür. Während St. John sich seufzend auf dem Stuhl vor dem Computer niederließ, wandte auch Hatch sich zum Gehen.

»Sie habe ich nicht gemeint«, sagte St. John, »nur Magnusen. Ich kann diese Frau nicht ausstehen!« Der Historiker schüttelte angewidert den Kopf und wandte sich wieder dem Monitor zu. »Haben Sie das hier schon gesehen? Es ist wirklich bemerkenswert.«

»Nein«, erwiderte Hatch. »Was ist das?«

»Das ist die Wassergrube mit allen ihren Nebenstollen, soweit wir sie schon vermessen haben.«

Hatch betrachtete den Bildschirm. Was ihm vorher wie ein ungeordnetes Durcheinander von farbigen Linien vorgekommen war, erkannte er jetzt als das dreidimensionale Drahtgittermodell der Wassergrube mit Tiefenabstufungen. Als St. John eine Taste drückte, begann sich der ganze Grubenkomplex mit seinen Seitentunnels und Nebenschächten langsam vor dem tiefen Schwarz des Monitors um seine eigene Achse zu drehen.

»Mein Gott!« hauchte Hatch. »Ich hatte ja keine Ahnung, wie weitverzweigt diese Grube ist.«

»Die Vermessungstrupps haben zweimal täglich ihre Ergebnisse in den Computer eingespeichert, bis dieses umfangreiche Bild entstand. Meine Aufgabe ist es nun, mir die Konstruktion auf etwaige Parallelen zu historischen Bauwerken anzusehen. Sollte ich wirklich Ähnlichkeiten finden – am besten natürlich mit Gebäuden, die Macallan selbst entworfen hat –, würde uns das vielleicht helfen, die restlichen Todesfallen zu finden und zu entschärfen. Die Aufgabe ist allerdings nicht leicht, denn die Grube ist wirklich enorm komplex. Dazu kommt, daß ich mich, im Gegensatz zu dem, was ich vorhin Magnusen gesagt habe, mit diesem Programm eigentlich kaum auskenne. Aber lieber lasse ich mich aufhängen, als diese Frau um Hilfe zu bitten.«

Er drückte ein paar Tasten. »Wollen mal sehen, ob es uns gelingt, alles bis auf Macallans Originalkonstruktion vom Bildschirm zu verbannen.« Die meisten der farbigen Linien verschwanden; nur noch das in Rot gezeichnete Gitternetz blieb sichtbar. Dieses Diagramm kam Hatch schon etwas vertrauter vor: Er konnte ganz klar den großen Zentralschacht erkennen, der tief in die Erde hinabreichte. Von der Dreißig-Meter-Plattform führte ein Tunnel in den großen Raum, in dem Wopner ums Leben gekommen war. Etwas tiefer, kurz vor dem Ende des Schachtes, zweigten sechs schmalere, radial angeordnete Stollen ab, darüber verlief ein langer, stark angewinkelter Tunnel hinauf zur Oberfläche. Am Grund der Grube sah Hatch einen weiteren engen Tunnel sowie einige kleinere Nebenräume.

St. John deutete auf den unteren Teil des Schachtes. »Diese sechs Tunnels sind wohl die Flutstollen.«

»Wieso sechs?«

»Nun, die fünf, die wir gefunden haben, plus der verborgene Tunnel, der sich bei unserem Farbtest nicht zu erkennen gegeben hat. Magnusen sagte etwas von einen cleveren hydrologischen Rückflußsystem, aber wenn ich ehrlich bin, habe ich nicht mal die Hälfte davon kapiert.« Er runzelte die Stirn. »Hmm. Der Tunnel, der genau nach oben führt, müßte der Boston-Schacht sein, der viel später angelegt wurde. Er sollte bei dieser Darstellung eigentlich gar nicht gezeigt werden.« St. John tippte etwas ein, und der beanstandete Tunnel verschwand vom Bildschirm.

Der Historiker warf einen Anerkennung heischenden Blick auf Hatch und widmete sich dann wieder dem Monitor. »Und jetzt zu diesem Tunnel hier, der vom Schacht zur Küste führt …« Er schluckte. »Er gehört nicht zum zentralen Teil der Grube und wird wohl nicht so rasch erkundet werden. Zuerst hielt ich ihn für den von Macallan angelegten Hintereingang zur Wassergrube, aber es hat den Anschein, als wäre er etwa auf halbem Weg unterbrochen. Möglicherweise hat das ja mit der Falle zu tun, in der Ihr Bruder …« St. John verstummte mitten im Satz, als habe er einen Fauxpas begangen.

»Verstehe«, brachte Hatch mit Mühe hervor, wobei ihm seine eigene Stimme brüchig und unnatürlich dünn vorkam. Er atmete tief durch. »Aber es werden doch alle Anstrengungen unternommen, den Stollen zu erkunden, oder?«

»Natürlich.« St. John starrte auf den Monitor. »Wissen Sie, noch vor drei Tagen habe ich Macallan enorm bewundert, aber jetzt sehe ich ihn in einem anderen Licht. Natürlich ist seine Konstruktion nach wie vor brillant, und ich kann es ihm auch kaum verübeln, daß er sich an dem Piraten rächen wollte, der ihn entführt und gedemütigt hat. Trotzdem wußte er ganz genau, daß die von ihm entworfene Grube Schuldigen wie auch Unschuldigen das Leben kosten würde.«

Er drehte das Drahtgittermodell ein Stück weiter. »Ich weiß, daß Macallan die Fallen in erster Linie für Ockham selbst gebaut hat. Er konnte schließlich nicht wissen, daß sein Peiniger kurz nach Fertigstellung der Grube sterben und nie wieder zu ihr zurückkehren würde, um seinen Schatz zu holen. Aber deshalb hätte er seine Konstruktion nicht so anlegen müssen, daß sie eine halbe Ewigkeit hält und noch nach Jahrhunderten eine tödliche Gefahr darstellt.«

Er drückte eine weitere Taste, und auf einmal erschien ein Gewirr von grünen Linien auf dem Bildschirm. »Hier sehen Sie alle Verschalungen und Stützbalken, die Macallan im Hauptschacht anbringen ließ. Dafür wurden beste Eichenbalken in einer Gesamtlänge von einhundertfünfundzwanzigtausend Metern verbraucht – genügend Holz, um zwei Fregatten daraus zu bauen. Weshalb hat Macallan wohl seine Todesmaschine so haltbar gemacht? Nun, lassen Sie mich die Grube in diese Richtung drehen, dann ...« St. John tippte eine Taste, dann eine zweite und eine dritte. »Verdammt«, murmelte er, als das Gittermodell wie wild um die horizontale Achse zu kreisen begann.

»Wenn Sie so weitermachen, brennt Ihnen noch der Videochip durch«, meinte Rankin, der eben in den Raum kam. Seine große, bärenhafte Gestalt füllte fast den ganzen Türrahmen aus, sein bärtiges Gesicht war zu einem schiefen Grinsen verzogen. »Lassen Sie lieber mich mal ran, sonst stürzt Ihnen womöglich noch das ganze System ab«, sagte er scherzhaft und schloß die Tür. Er trat an den Computer und drückte eine Taste. Sofort hörte das Bild auf, sich zu drehen. »Haben Sie schon was herausgefunden?« fragte er St. John.

Der Engländer schüttelte den Kopf. »Noch habe ich kein überzeugendes Muster erkennen können. Ab und zu entdecke ich zwar gewisse Parallelen zu Macallans anderen hydraulischen Konstruktionen, aber das ist auch schon alles.«

»Ich finde, wir sollten das Drahtgittermodell sich langsam um die Z-Achse drehen lassen und mal schauen, ob uns dabei irgendwelche Ideen kommen«, schlug Rankin vor. Er tippte etwas auf der Tastatur ein, woraufhin die Darstellung der Wassergrube wieder zu rotieren begann. Rankin lehnte sich in seinem Stuhl zurück und verschränkte die Hände hinter dem Kopf. »Ich habe übrigens inzwischen herausgekriegt, daß jemand unserem guten alten Macallan beim Buddeln geholfen hat«, sagte er und sah Hatch dabei an.

»Wer denn?«

»Mutter Natur«, erwiderte Rankin mit einem Augenzwinkern. »Meine neuesten Tomographien lassen den Schluß zu, daß viel von der Wassergrube bereits vorhanden war, bevor die Piraten überhaupt den ersten Spatenstich taten, und zwar in Form von Spalten im Gestein. Möglicherweise ist das sogar der Grund, weshalb Ockham und Macallan sich für Ragged Island entschieden haben. Im Fels unter der Insel gibt es nämlich starke Verwerfungen und Verschiebungen.«

»Ich verstehe nur Bahnhof«, meinte Hatch.

»Direkt unter der Insel treffen zwei geologische Bruchflächen aufeinander, zwischen denen sich ein schmaler Spalt gebildet hat.«

»Dann gab es hier also schon immer so eine Art Höhlensystem?« fragte Hatch.

Rankin nickte. »Ein ziemlich ausgedehntes sogar. Unser Freund Macallan brauchte nur ein paar vorhandene Spalten zu erweitern. Eine Frage beschäftigt mich aber noch immer:

Weshalb finden sich diese Spalten nur unter Ragged Island? Normalerweise erstrecken sich solche geologischen Phänomene über einen sehr viel größeren Raum, hier aber beschränken sie sich ausschließlich auf diese eine Insel.«

Ihr Gespräch wurde unterbrochen, als Neidelman die Kommandozentrale betrat. Während er die drei Männer der Reihe nach anblickte, zuckte der Anflug eines Lächelns über sein Gesicht. »Nun, Malin, hat Sandra Ihnen den Zettel gegeben?«

»Ja, vielen Dank«, antwortete Hatch.

Neidelman wandte sich an Rankin. »Lassen Sie sich von mir nur nicht stören.«

»Ich habe gerade Christopher mit dem 3-D-Modell der Grube geholfen«, sagte der Geologe.

Hatch blickte verwundert zwischen den beiden Männern hin und her. Der sonst so umgängliche Rankin kam ihm auf einmal ziemlich förmlich und gereizt vor. Ob zwischen ihm und Neidelman etwas vorgefallen ist? Aber dann bemerkte er, daß etwas Merkwürdiges in der Art war, wie Neidelman auch ihn und St. John ansah. Auch er verspürte plötzlich das unerklärliche Bedürfnis, sich bei dem Expeditionsleiter für das zu rechtfertigen, was er und die anderen beiden hier taten. »Verstehe«, sagte Neidelman. »In diesem Fall habe ich eine gute Nachricht für Sie. Die letzten Messungen sind soeben ins Netzwerk eingegeben worden.«

»Super«, meinte Rankin und begann zu tippen. »Da sind sie ja. Ich werde sie gleich in unser Modell einbringen.«

Hatch sah, wie mit atemberaubender Geschwindigkeit dem Drahtgittermodell weitere kleine Segmente hinzugefügt wurden. Das Bild wurde dadurch zwar nicht grundlegend anders, wirkte aber irgendwie geschlossener als zuvor.

St. John, der dem Geologen über die Schulter blickte, seufzte tief, als Rankin das Modell wieder langsam um seine horizontale Achse rotieren ließ. »Nehmen Sie alles weg, was nicht zur ursprünglichen Konstruktion der Grube gehört«, schlug St. John vor.

Rankin tippte einen Befehl ein, und unzählige dünne Linien verschwanden auf dem Monitor.
»Die Fallen, die die Grube unter Wasser setzten, hat man offenbar erst am Schluß eingebaut«, sagte Neidelman. »Aber das wußten wir ja bereits.«
»Können Sie jetzt eine Parallele zu Macallans anderen Bauten erkennen?« fragte Rankin den Historiker. »Oder vielleicht etwas, das wie eine weitere Falle aussieht?«
St. John schüttelte den Kopf. »Nehmen Sie doch bitte mal alles bis auf den Holzbalken weg«, bat er. Nach ein paar Tastenkombinationen erschien ein seltsames skelettartiges Bild auf dem Monitor.
Der Historiker sog mit einem scharfen Geräusch den Atem ein.
»Ist was?« fragte Neidelman rasch.
St. John überlegte eine Weile, dann schüttelte er den Kopf. »Ich weiß nicht so recht«, antwortete er und deutete auf zwei Stellen, an denen sich mehrere Linien trafen. »Irgendwas kommt mir an diesen Verbindungen bekannt vor, aber ich kann nicht genau sagen, was.«
Die vier Männer standen im Halbkreis um den Bildschirm herum und schwiegen.
»Vielleicht ist es ja ein Schuß in den Ofen«, meinte St. John, »aber ich überlege mir gerade, welches andere Bauwerk einen Durchmesser von drei Metern hat und dabei mehr als dreißig Meter tief beziehungsweise hoch ist ...«
»Der schiefe Turm von Pisa vielleicht«, schlug Hatch vor.
»Einen Augenblick!« unterbrach ihn St. John scharf und blickte noch eingehender auf den Bildschirm. »Sehen Sie sich doch mal diese symmetrischen Linien auf der linken Seite an – und diese bogenförmigen Teile hier drüben. Wenn ich es nicht besser wüßte, würde ich sagen, daß wir es hier mit Traversen zu tun haben.« Er hielt kurz inne und fragte dann Neidelman: »Wußten Sie, daß sich die Grube in ihrer Mitte etwas verengt?«

Der Kapitän nickte. »Ja. In einer Tiefe von zwanzig Metern geht der Durchmesser von vier auf drei Meter zurück.«
Der Historiker begann, die Knotenpunkte auf dem Drahtgittermodell mit dem Finger nachzufahren. »Ja«, flüsterte er. »Das wäre das Ende einer auf dem Kopf stehenden Säule. Und das hier könnte die Basis eines Innenpfeilers sein, während dieser Bogen da die Gewichtverteilung auf einen Punkt konzentriert. Das wäre dann genau das Gegenteil eines normalen Bogens ...«
»Würden Sie mir bitte sagen, wovon Sie sprechen?« verlangte Neidelman. Seine Stimme war ruhig, aber in seinem Blick konnte Hatch ein brennendes Interesse erkennen.
St. John trat mit einem Ausdruck des Erstaunens im Gesicht einen Schritt von dem Monitor zurück. »Jetzt verstehe ich erst ... Tief und schlank wie ein ... Macallan hat nicht umsonst so viele Kirchen entworfen ...« Er verstummte.
»Was ist denn los, Mann?« zischte Neidelman ihn an. »Nun reden Sie schon!«
St. John sah Rankin mit seinen großen runden Kuhaugen an. »Drehen Sie das Modell doch bitte mal hundertachtzig Grad um die Y-Achse«, bat er.
Rankin tat, worum St. John ihn gebeten hatte, und stellte mit einem Tastendruck das Drahtgittermodell der Grube auf den Kopf, so daß das leuchtendrote Linienskelett des Hauptschachtes anstatt in die Tiefe auf einmal in die Höhe ragte.
Neidelman pfiff durch die Zähne.
»Mein Gott«, hauchte er, »das sieht ja aus wie ein Kirchturm.«
Der Historiker nickte triumphierend »Macallan hat sich bei der Konstruktion der Grube an das gehalten, was er am besten beherrschte. Der Schacht ist nichts anderes als der umgedrehte Turm einer gottverdammten Kathedrale im Negativ.«

33

Der Speicher sah noch immer mehr oder weniger so aus, wie Hatch ihn in Erinnerung hatte: staubig, groß und vollgestopft mit all dem materiellen Treibgut, das sich im Laufe von Jahrzehnten in einer Familie nun mal so ansammelt. Die kleinen Dachfenster ließen nur wenig vom hellen Licht des Nachmittags herein, und auch dieses bißchen verlor sich rasch zwischen den düsteren Schränken und Bettgestellen, Hutständern, Kisten und aufeinandergestapelten Stühlen. Als Hatch von der obersten Treppenstufe auf die abgenutzten Holzbohlen trat, stiegen in der heißen, vom Geruch nach Mottenkugeln gesättigten Luft sofort ganz deutliche Erinnerungen an seine Jugend in ihm auf. Wie oft hatte er hier oben unter den dicken Balken mit seinem Bruder Verstecken gespielt und dabei dem lauten Prasseln des Regens auf den Dachschindeln gelauscht.

Hatch atmete tief durch und setzte sich vorsichtig in Bewegung. Er fürchtete sich davor, etwas umzuwerfen oder ein lautes Geräusch zu verursachen, denn irgendwie kam ihm dieses Lagerhaus der Erinnerungen wie ein heiliger Ort vor, den er mit seiner Anwesenheit entweihte.

Jetzt, da die Wassergrube vollständig vermessen war, mußte ein Gutachter der Versicherung den Schacht inspizieren, und so hatte Neidelman wohl oder übel die Arbeiten einen halben Tag lang einstellen müssen. Hatch hatte die Gelegenheit beim Schopf gepackt und war zum Mittagessen nach Hause gefahren, um sich ein wenig mehr über die Bedeutung von St. Johns neuester Entdeckung kundig zu machen. Es war ihm nämlich eingefallen, daß seine Tante ihm einmal einen großformatigen Bildband mit dem Titel »Die großen europäischen Kathedralen« geschenkt hatte. Wenn er Glück hatte, würde er ihn in einer der Bücherkisten auf dem Speicher finden.

Hatch schlängelte sich durch die kreuz und quer herumstehenden Gegenstände, wobei er sich das Schienbein an einem abgewetzten Billardtisch anschlug und um ein Haar ein verstaubtes Grammophon umgestoßen hätte, das gefährlich kippelig auf einem Stapel alter Schellackplatten balancierte. Während er den Apparat vorsichtig zur Seite stellte, warf er einen Blick auf die alten Schallplatten mit Titeln wie »Putting On The Ritz«, »The Varsity Drag«, »Let's Misbehave« oder »Is You Is Or Is You Aint't My Baby«, die allesamt von Interpreten aus den dreißiger und vierziger Jahren wie Bing Crosby oder den Andrew Sisters gesungen wurden. Soweit er sich erinnern konnte, waren die Platten so verkratzt, daß man manche Stücke vor lauter Rauschen kaum mehr hören konnte. Aber das war seinem Vater egal gewesen, der das Grammophon oft an lauen Sommerabenden hinaus in den Garten geschleppt hatte, wo der krächzende Klapperkasten dann altmodische Tanzmusik über den Rasen und den Kiesstrand dahinter geschmettert hatte.

Als nächstes entdeckte Hatch in einer dunklen Ecke des Speichers das große geschnitzte Kopfstück des Familienbetts, das einst sein Urgroßvater seiner Urgroßmutter zu ihrer Hochzeit verehrt hatte. Interessantes Geschenk, dachte Hatch.

Neben dem Bett befand sich ein alter Kleiderschrank, hinter dem er undeutlich die Bücherkisten erkennen konnte, die noch genauso säuberlich aufeinander standen, wie er und Johnny sie auf Geheiß ihrer Mutter hatten hinstellen müssen.

Hatch ging hinüber zu dem Kleiderschrank und versuchte, ihn zur Seite zu schieben, aber er ließ sich nur wenige Zentimeter bewegen. Er trat einen Schritt zurück, um das kopflastige Überbleibsel aus viktorianischer Zeit zu betrachten, das ebenso massiv wie häßlich war. Dann stemmte er sich mit der Schulter dagegen und drückte mit aller Kraft, so daß der Schrank zwar eine bedenkliche Schieflage bekam, sich aber auf dem rauhen Boden nicht einen Millimeter verrücken ließ. Dafür, daß das Holz fast hundert Jahre Zeit gehabt hatte, um morsch zu werden, war der Schrank immer noch verdammt schwer. Hatch vermutete, daß noch etwas drinnen war und wischte sich seufzend den Schweiß von der Stirn.

Die Türen des Schrankes waren nicht abgesperrt und Hatch sah, daß sein modrig riechendes Inneres leer war. Als nächstes zog Hatch die Schubladen unter den Türen auf, in denen lediglich ein altes T-Shirt mit Led-Zeppelin-Logo lag. Hatch hielt es eine Weile in den Händen und dachte an den Tag, an dem Claire es ihm auf einem Highschool-Ausflug nach Bar Harbor geschenkt hatte. Jetzt war es nichts weiter als ein über zwei Jahrzehnte alter Fetzen, den er achtlos beiseite legte. Claire hatte ihr Glück gefunden – oder verloren, je nachdem, wie man es betrachtete.

Ein letzter Versuch. Hatch packte den Schrank, um ihn mit aller Gewalt zur Seite zu wuchten, aber das schwere Möbel bekam auf einmal das Übergewicht und kippte nach vorn, so daß Hatch sich nur mit einem beherzten Sprung vor dem Monstrum in Sicherheit bringen konnte. Nachdem sich die aufgewirbelte Staubwolke verzogen hatte, sah er, daß die Rückwand des Schrankes auseinandergebrochen war.

Neugierig trat Hatch näher. Hinter der Wand befand sich ein schmaler Hohlraum, aus dem vergilbte alte Zeitungsausschnitte und ein paar Seiten brüchiges, mit einer geschwungenen, ältlich wirkenden Handschrift beschriebenes Papier hervorlugten.

34

Die langgezogene Spitze ockerfarbenen Landes mit dem Namen Burnt Head ragte südlich von Stormhaven wie der knochige Finger eines Riesen weit ins Meer hinaus. Auf der von der Stadt abgewandten Seite gab es unterhalb des

Leuchtturms eine einsame Bucht, Squeaker's Cove, in der Millionen von Muschelschalen, vom Rhythmus der Wellen sanft bewegt, ein beständiges leises Rascheln erzeugten. Das von verschlungenen Pfaden durchzogene, dichtbewaldete Tal darüber hieß Squeaker's Glen, und in dieser verschwiegenen Idylle haben viele Jungen und Mädchen aus Stormhaven ihre Unschuld verloren.

Einer von ihnen war auch Malin Hatch gewesen, der jetzt, nach mehr als zwanzig Jahren, wieder den schmalen Pfaden zwischen den Bäumen folgte und nicht genau wußte, weshalb er seinem spontanen Entschluß nachgegeben und an diesen erinnerungsträchtigen Ort gekommen war. Vorhin, auf dem Speicher des alten Hauses, hatte er die Handschrift auf den im Schrank gefundenen Blättern nach einigem Überlegen als die seines Großvaters identifiziert. Weil er die alten Blätter nicht an Ort und Stelle hatte lesen wollen, war er aus dem Haus gegangen und den Strand entlangspaziert. Irgendwie hatten ihn dann seine Füße wie von selbst quer über die Wiesen bei Fort Blacklock hinüber nach Burnt Head getragen.

In Squeaker's Glen angekommen, folgte Hatch einem Trampelpfad, der sich in vielen Windungen durch das dichtbewachsene Gelände nach unten schlängelte. Bald erreichte er einen kleinen Talkessel, der an drei Seiten von steilen, mit Moos und Schlingpflanzen bewachsenen Felswänden umgeben war.

Dort, wo sich das Tal zum Meer hin öffnete, versperrten dichtbelaubte Bäume und Büsche die Sicht. Nur das eigentümliche Geräusch der von den Wellen bewegten Muschelschalen wies auf die Nähe des Ozeans hin. Armdicke Lichtstrahlen fielen schräg durch das Blätterdach und zeichneten helle Flecken auf das spärliche Gras am Boden des Tales. Hatch mußte unwillkürlich grinsen, als ihm ein Gedicht von Emily Dickinson in den Sinn kam: »Es ist ein Licht von schrägem Fall«.

Winternachmittags –
Drückt uns nieder, wie die Wucht eines Domchorals –

Beim Anblick des kleinen Tales strömte eine Fülle von Erinnerungen auf ihn ein. Vor allem ein bestimmter Nachmittag im Mai, ein halbes Jahr vor seiner Abreise nach Boston, kam ihm in den Sinn, ein Nachmittag voller zaghafter unsicherer Berührungen und dem exotischen Gefühl, damit in eine neue, unbekannte und bisher nur den Erwachsenen vorbehaltene Welt einzutreten. Jetzt wunderte sich Hatch, wie etwas, das schon so lange der Vergangenheit angehörte, noch so erregend wirken konnte, und schob die Erinnerung mit einem leisen Seufzer beiseite. Claire war damals die einzige gewesen, die verstanden hatte, wie er sich fühlte; was es bedeutete, Malin Hatch zu sein, der Junge, der seine halbe Familie verloren hatte.

Hier hat sich anscheinend nicht viel verändert, dachte Hatch, als sein Blick auf eine verbeulte Bierdose am Fuß eines Felsens fiel. Ganz offenbar war Squeaker's Glen auch heute noch bei den Jugendlichen beliebt.

Hatch ließ sich im würzig duftenden Gras nieder und genoß es, daß ihm an diesem herrlichen Spätnachmittag das kleine Tal ganz allein gehörte.

Aber er hatte sich getäuscht, denn auf einmal hörte er, wie auf dem Pfad hinter ihm die Blätter raschelten. Er drehte sich um und sah zu seinem Erstaunen, wie Claire den Pfad entlang auf ihn zu kam.

Als sie ihn sah, blieb sie abrupt stehen und wurde ganz rot im Gesicht. Sie trug ein tief ausgeschnittenes, bunt bedrucktes Sommerkleid und hatte ihr langes goldblondes Haar zu einem Pferdeschwanz zusammengebunden, der ihr auf den mit Sommersprossen übersäten Rücken fiel. Claire zögerte einen Augenblick, setzte sich dann aber entschlossen wieder in Bewegung.

»Hallo, Claire«, sagte Hatch und sprang auf. »Schön, dich zu sehen. Und noch dazu an einem so herrlichen Tag.« Hatch versuchte, den Ton seiner Stimme so leicht und locker wie möglich klingen zu lassen. Er fragte sich, ob er ihr die Hand

schütteln oder sie auf die Wange küssen sollte, aber während er noch darüber nachdachte, hatte er den Zeitpunkt dafür längst verpaßt.
Claire lächelte knapp und nickte ihm zu.
»Hast du gut zu Mittag gegessen?« Noch während Hatch der Satz über die Lippen kam, erschien ihm die Frage schrecklich banal.
»Ja. Danke der Nachfrage.«
Es entstand eine peinliche Pause.
»Entschuldige bitte«, sagte Claire schließlich. »Ich will dich nicht stören.« Sie schickte sich an zu gehen.
»Warte!« rief Hatch lauter, als er vorhatte. »Du mußt nicht gehen, meine ich. Ich vertrete mir nur ein bißchen hier draußen die Beine. Und außerdem würde ich gern wissen, wie es dir in der Zwischenzeit ergangen ist.«
Claire blickte sich ein wenig nervös um. »Du weißt ja, wie das in einer Kleinstadt ist. Wenn irgend jemand uns hier zusammen sieht, dann ...«
»Aber hier in Squeaker's Glen findet uns doch niemand«, sagte er. »Hast du das schon vergessen?« Er setzte sich wieder hin und klopfte mit der flachen Hand auf das Gras neben sich.
Claire trat auf ihn zu und strich sich ihr Kleid mit einer verlegenen Geste glatt, an die er sich noch gut erinnern konnte.
»Seltsam, daß wir ausgerechnet hier aufeinandertreffen«, meinte Hatch.
Sie nickte. »Ich weiß noch, wie du dir Eichenblätter hinter die Ohren gesteckt hast und auf den Stein da drüben geklettert bist, um mir den ganzen ›Lycidas‹ vorzutragen.«
Hatch widerstand der Versuchung, seinerseits ein paar Erinnerungen zu erwähnen. »Jetzt, wo ich ein alter Quacksalber geworden bin, werfe ich eher mit medizinischen Fachausdrücken um mich als mit obskurer Poesie.«
»Wie lange ist das nun her? Fünfundzwanzig Jahre?«
»Mindestens.« Hatch hielt verlegen einen Augenblick inne. »Und was hast du in der Zwischenzeit so alles getrieben?«

»Nichts Besonderes. Nach dem Abschluß der Highschool wollte ich eigentlich nach Orono auf die Universität gehen, aber statt dessen habe ich Woody kennengelernt und ihn geheiratet. Kinder haben wir keine.« Sie zuckte mit den Achseln, setzte sich auf einen Stein in der Nähe und schlang die Arme um die Knie. »Das war's auch schon.«

»Keine Kinder?« fragte Hatch. Bereits auf der Highschool hatte Claire ihm erzählt, daß sie später einmal Mutter werden wollte.

»Nein«, sagte sie trocken. »Zu niedrige Spermienzahl.«

Zu seinem Entsetzen verspürte Hatch eine ebenso unerklärliche wie unwiderstehliche Heiterkeit, die ihn erst unterdrückt losprusten und dann in ein so ungehemmtes Gelächter ausbrechen ließ, daß ihm die Brust weh tat und die Tränen in die Augen stiegen.

Nur undeutlich nahm er wahr, daß Claire neben ihm genauso lachte wie er.

»O Gott«, sagte sie schließlich und wischte sich die Augen. »Wie gut das doch tut, einfach mal wieder so richtig herzhaft zu lachen. Malin, du kannst dir gar nicht vorstellen, was für ein schreckliches Tabu dieses Thema bei uns zu Hause ist. Zu niedrige Spermienzahl!«

Wie auf ein Stichwort brachen beide wieder in schallendes Gelächter aus.

Langsam verebbte ihr Lachen. Es war, als wären auf einmal all die Jahre, die seit ihrer gemeinsamen Zeit vergangen waren, und die daraus resultierende Befangenheit wie ausgelöscht. Hatch ergötzte Claire mit Geschichten aus seiner Studentenzeit, in der er während der Anatomiestunden seinen Professoren grausige Streiche gespielt hatte, und Erzählungen über seine Tätigkeit als Arzt in Surinam und Sierra Leone. Claire wiederum erzählte ihm, was aus ihren gemeinsamen Schulfreunden geworden war. Die meisten von ihnen waren inzwischen nach Bangor, Portland oder Manchester gezogen.

»Jetzt muß ich dir aber etwas gestehen, Malin«, sagte sie dann nach einer kurzen Pause. »Unser Zusammentreffen hier war nicht ganz zufällig.«

Hatch nickte.

»Ich habe dich vorhin an Fort Blacklock vorbeiwandern sehen und mir gedacht, daß du vielleicht hierher gehst. Also habe ich einfach mein Glück versucht.«

»Und dein Glück hat dich nicht im Stich gelassen.«

Sie sah ihn an. »Ich wollte mich bei dir in Woodys Namen entschuldigen und dir sagen, daß ich seine Gefühle im Hinblick auf das, was du hier tust, nicht teile. Ich weiß, daß es dir nicht ums Geld geht, und das wollte ich dir persönlich sagen. Ich hoffe, daß du mit deiner Suche Erfolg hast.«

»Du brauchst dich nicht bei mir zu entschuldigen, Claire.« Hatch hielt kurz inne. »Wie bist du eigentlich daraufgekommen, Woody Clay zu heiraten?«

Claire seufzte und blickte zur Seite. »Muß ich dir das wirklich erzählen?«

»Ja.«

»Ach, Malin, ich war so ... Ich weiß auch nicht. Du warst einfach fort und hast mir nie geschrieben. Nein, nein«, fügte sie rasch hinzu, »ich will dir keinen Vorwurf machen. Ich weiß, daß ich es war, die mit dir Schluß gemacht hatte.«

»Stimmt. Und zwar wegen Richard Moe, dem Baseballstar. Wie geht es Dick eigentlich?«

»Keine Ahnung. Ich habe ihm drei Wochen, nachdem du Stormhaven verlassen hattest, den Laufpaß gegeben. Eigentlich habe ich mir nie sonderlich viel aus ihm gemacht. Ich war damals wütend auf dich, das war alles. Es gab in dir immer etwas, an das ich nicht herankam, einen versteckten Ort in deiner Seele, den du mir nicht offenbaren wolltest. Bevor du tatsächlich aus Stormhaven weggingst, hattest du uns hier innerlich längst vergessen. Verstehst du, wie ich das meine? Das wurde mir auf die Dauer einfach zuviel.« Sie zuckte mit den Achseln. »Ich hatte immer gehofft, daß du zu mir kämst und mich Dick wieder ausspannst. Aber dann warst du auf einmal verschwunden.«

»Ja, nach Boston. Du hast recht, ich war damals wohl wirklich ein ziemlich düsterer Bursche.«

»Als du fort warst, gab es hier nur noch all die Typen, die ich schon seit meiner Kindheit kannte. Mein Gott, haben die mich gelangweilt! Ich sehnte mich danach, endlich auf die Universität zu gehen, aber dann kam dieser junge Reverend nach Stormhaven. Er war in Woodstock gewesen, und bei den 68er Krawallen in Chicago hat ihn die Polizei mit Tränengas beschossen. Er war so fortschrittlich und so leidenschaftlich von seiner Sache besessen. Woody hat von seinem Vater, einem reichen Margarinefabrikanten, viele Millionen geerbt und sie bis auf den letzten Cent für wohltätige Zwecke gespendet. Ich wünschte, du hättest ihn damals gekannt, Malin. Er war so anders als heute. Er war ein Mann, der ganz große Ziele hatte und wirklich dachte, er könne die Welt verändern. Er war so intensiv. Ich konnte kaum glauben, daß er sich ausgerechnet für *mich* interessierte. Und weißt du, er hat auch nie versucht, mich zu bekehren, sondern lediglich nach Gottes Vorbild leben wollen. Ich weiß noch gut, wie arg es ihm war, daß ich seinetwegen auf mein Studium verzichtet habe. Er bestand darauf, daß ich mich wenigstens an der Volkshochschule weiterbildete. Woody ist der einzige Mensch, der meines Wissens noch nie in seinem Leben zu einer Lüge gegriffen hat, selbst wenn die Wahrheit noch so schmerzlich für ihn war.«

»Und warum ist er heute nicht mehr so wie früher?«

Claire seufzte und legte ihr Kinn auf die Knie. »Das weiß ich nicht genau. Im Lauf der Jahre ist er irgendwie kleiner geworden. Kleinstädte können tödlich sein, Malin, besonders für Menschen wie Woody. Du kennst das ja. Stormhaven ist eine eigene Welt. Hier interessiert man sich nicht für weltpolitische Themen wie Nuklearwaffen oder verhungernde Kinder in Biafra. Ich habe Woody schon oft gebeten, von hier fortzugehen, aber er ist nun mal stur. Er kam hierher, um die Menschen in dieser Stadt zu verändern, und er wird so lange bleiben, bis er das auch geschafft hat. Ach, die Leute hier haben nichts gegen ihn. Sie tolerieren ihn und nehmen alle seine Aktivitäten und Spendenaufrufe mit amüsiertem Interesse zur Kenntnis. Bisher hat sich noch niemand über seine liberale Einstellung aufgeregt, aber im großen und ganzen läßt man ihn einfach ins Leere laufen. Und so wurde er immer ...« Sie hielt inne und suchte nach dem richtigen Wort. »Ich weiß nicht so recht, wie ich es ausdrücken soll ... immer starrer und moralinsaurer. Selbst bei uns zu Hause. Woody hat nie gelernt, mal etwas auf die leichte Schulter zu nehmen, und die Tatsache, daß er nicht über den geringsten Sinn für Humor verfügt, hat für ihn alles nur noch schwerer gemacht.«

»Na ja, an den Humor hier in Maine muß man sich erst mal gewöhnen«, sagte Hatch so milde, wie er nur konnte.

»Nein, Malin, ich habe das wörtlich gemeint. Woody lacht nie. Er findet auch nie etwas lustig und versteht keinen Witz, den man ihm erzählt. Ich weiß nicht, ob das mit seiner Erziehung zu tun hat oder ob es vielleicht in seinen Genen liegt. Wir sprechen nicht darüber. Aber sicher ist das auch einer der Gründe für seine Inbrunst – oder für seine Sturheit bei allem, was er für wichtig hält.« Sie zögerte. »Und jetzt hat er endlich etwas, von dem er glaubt, daß es jeden in Stormhaven etwas angeht. In diesem Kreuzzug gegen eure Schatzsuche hat er die Aufgabe gefunden, nach der er schon lange gesucht hat.«

»Was hat er eigentlich dagegen, daß wir nach diesem Schatz graben?« fragte Hatch. »Oder geht es ihm in Wirklichkeit vielleicht um etwas ganz anderes? Weiß er denn, daß wir beide früher zusammen waren?«

Sie sah ihn wieder an. »Natürlich weiß er es. Er hat von Anfang an verlangt, daß ich ehrlich zu ihm bin, und so habe ich ihm alles erzählt. Es war ja schließlich nicht allzu viel.« Sie lachte kurz auf.

Geschieht mir recht. Wieso mußte ich sie auch fragen? dachte

Hatch. »Nun, dann sag deinem Mann doch, daß er sich so rasch wie möglich nach einer anderen Aufgabe umsehen soll. Wir sind nämlich mit unserer Arbeit schon fast fertig.«

»Tatsächlich? Wieso seid ihr euch da so sicher?«

»Unser Historiker hat heute vormittag eine wichtige Entdeckung gemacht. Er hat herausgefunden, daß Macallan, der Erbauer der Wassergrube, sie wie den Turm einer Kathedrale konstruiert hat.«

Claire runzelte die Stirn. »Wie einen Kirchturm? Aber auf Ragged Island gibt es doch nichts dergleichen.«

»Natürlich nicht. Ich meinte ja auch einen *umgedrehten* Turm. Zuerst kam mir das auch verrückt vor, aber je länger ich darüber nachdenke, desto plausibler erscheint es mir. Er hat es mir genau erklärt.« Es tat Hatch gut, über alles zu sprechen. Er wußte, daß er Claire vertrauen konnte und daß sie das Gehörte für sich behalten würde. »Weißt du, Red Ned Ockham hat diesen Macallan dazu gezwungen, ihm eine Schatzkammer für seine Reichtümer zu entwerfen. Eines Tages wollte er zurückkommen und sie sich wiederholen.«

»Und wie wollte er das machen, wo doch die Wassergrube so gefährlich ist?«

»Vermutlich durch eine geheime Hintertür. Aber Macallan machte ihm einen Strich durch die Rechnung. Aus Rache dafür, daß Ockham ihn entführt hatte, konstruierte er die Grube so, daß niemand, nicht einmal Red Ned selbst, mehr an den Schatz herankommen konnte. Er sorgte dafür, daß Ockham schon bei dem Versuch, den Schatz zu holen, ums Leben kommen mußte. Allerdings starb der Pirat, noch bevor er einen derartigen Versuch überhaupt unternehmen konnte, und seitdem hat die Grube allen widerstanden, die den Schatz heben wollten. Bis wir kamen und Technologien anwendeten, von denen Macallan nicht einmal hatte träumen können. Jetzt, da kein Wasser mehr in der Grube ist, können wir genau berechnen, wie er sie konstruiert hat. Als Architekt hat Macallan hauptsächlich Kirchen entworfen, und wie du sicher weißt, gibt es bei Kirchen ein ausgeklügeltes System von Innen- und Außenpfeilern, das dafür sorgt, daß sie nicht einstürzen. Macallan hat dieses Prinzip nun einfach umgedreht und es auf die Grube angewandt. Er hat sie so abgestützt, daß sie bei ihrem Bau und als der Schatz versteckt wurde, nicht in sich zusammenfiel, hat dann aber, ohne daß die Piraten wußten, was es damit auf sich hatte, die wichtigsten Stützstreben wieder entfernen lassen. Wäre Ockham je nach Ragged Island zurückgekehrt, dann hätte er den Kofferdamm wieder errichtet, um die Fluttunnels außer Funktion zu setzen und, falls nötig, auch die Grube leergepumpt. Wenn er dann aber darangegangen wäre, seinen Schatz zu holen, hätte er die Grube damit unweigerlich zum Einsturz gebracht. Das war Ockhams Falle. Wir jedoch können, indem wir das Stützpfeilersystem nach dem Vorbild einer Kathedrale rekonstruieren, die Grube wieder so weit stabilisieren, daß wir den Schatz ohne Lebensgefahr bergen können.«

»Das ist ja unglaublich«, meinte Claire.

»Stimmt, das ist es allerdings.«

»Und warum zeigst du dann nicht mehr Begeisterung?«

Hatch hielt inne. »Liegt das nicht auf der Hand?« fragte er und ließ ein leises Lachen hören. »Trotz allem, was passiert ist, habe ich manchmal doch noch recht ambivalente Gefühle dem Projekt gegenüber. Gold – oder auch nur der Lockruf des Goldes – hat manchmal einen recht seltsamen Effekt auf die Menschen. Ich mache da keine Ausnahme. Zwar sage ich mir immer wieder, daß ich das alles bloß tue, um herauszufinden, was damals mit Johnny passiert ist, aber ab und zu ertappe ich mich dann doch bei Überlegungen, was ich mit dem vielen Geld alles anfangen könnte.«

»Aber das ist doch ganz normal, Malin.«

»Kann schon sein. Aber ich fühle mich trotzdem nicht besser. Dein Reverend hat schließlich auch sein ganzes Geld verschenkt.« Er seufzte. »Vielleicht hat er ja doch ein wenig recht mit dem, was er über mich sagt. Zum Glück hat er mit seiner

Ablehnung unseres Projekts noch nicht allzuviel Schaden angerichtet.«

»Du täuschst dich«, erwiderte Claire und sah ihn an. »Bist du darüber informiert, was er in seiner Predigt am letzten Sonntag gesagt hat?«

»Teilweise.«

»Er hat ein Stück aus der Offenbarung des Johannes vorgelesen und damit die Fischer schwer beeindruckt. Und dann hat er auch noch den Stein vorgezeigt, dessen Entfernung Simon Rutter das Leben gekostet hat. Man sagt, es läge ein Fluch darauf.«

Hatch verzog das Gesicht. »Unsinn.«

»Schließlich hat Woody noch gesagt, daß der Schatz einen Wert von zwei Milliarden Dollar habe und behauptet, du hättest ihn belogen und ihm eine viel niedrigere Summe genannt. Stimmt das? Hast du ihn angelogen, Malin?«

»Ich ...« Hatch hielt inne und wußte nicht, ob er sich mehr über Clay oder über sich selbst ärgern sollte. »Er hat mich auf dem Hummerfest in die Enge getrieben, und da habe ich die Summe heruntergespielt, um ihm nicht noch mehr Munition für seinen Kreuzzug gegen uns zu liefern.«

»Nun, Munition hat er jetzt jedenfalls genügend. Dummerweise war der Fisch- und Hummerfang dieses Jahr nämlich wirklich außerordentlich schlecht, und Woody hat dafür eure Grabung verantwortlich gemacht. Damit hat er die Stadt in zwei Lager gespalten und glaubt nun, endlich die Aufgabe gefunden zu haben, nach der er in Stormhaven zwanzig Jahre lang vergeblich gesucht hatte.«

»Claire, der Fischfang ist schon seit vielen Jahren rückläufig, was bei der Überfischung, die hier seit einem halben Jahrhundert betrieben wird, auch kein Wunder ist.«

»Du weißt das, Malin, und ich weiß das auch. Aber den Fischern ist das egal, denn nun haben sie endlich einen Sündenbock. Sie sollen sogar eine Protestaktion gegen euch planen.«

Hatch sah sie an.
»Einzelheiten sind mir nicht bekannt, aber Woody steckt seit zwei Tagen ständig mit den Anführern der Fischer zusammen. Ich glaube, sie planen eine größere Sache.«
»Könntest du nicht mehr darüber herausfinden?«
Claire verstummte und starrte auf den Boden. »Ich habe dir ohnehin schon viel zuviel erzählt«, erwiderte sie nach einer Weile. »Erwarte bitte nicht von mir, daß ich meinen Gatten ausspioniere.«
»Entschuldige«, sagte Hatch. »So war das nicht gemeint. Das würde ich niemals von dir verlangen.«
Auf einmal verbarg Claire ihr Gesicht in den Händen. »Du verstehst mich nicht«, schluchzte sie. »Ach, Malin, wenn ich doch nur ...« Der Rest des Satzes ging in einem heftigen Weinkrampf unter.
Malin setzte sich neben sie und zog sanft ihren Kopf an seine Brust. »Es tut mir so leid«, schluchzte Claire. »Ich benehme mich wie ein kleines Kind.«
»Pst«, flüsterte Malin und streichelte ihr die Schultern. Als ihre Tränen versiegten, bemerkte er, daß ihre Haare nach frischen Äpfeln dufteten und spürte durch den Stoff seines Hemds hindurch ihren feuchten, warmen Atem. Claires Wange preßte sich auf einmal an die seine, und Hatch, der ihr beruhigende Worte ins Ohr flüstern wollte, spürte eine heiße, salzige Träne auf seinen Lippen. Als er sie mit seiner Zunge ablecken wollte, näherte sich Claires Mund dem seinen, und Malin zog rasch den Kopf zurück, so daß sich ihre Lippen nur flüchtig berührten. Dann küßte er sie ganz sanft, wobei er die glatten Linien ihrer Lippen spürte, küßte sie zögernd ein zweites Mal, und schließlich preßten sich ihre Münder leidenschaftlich aufeinander, während Claires Finger sich in Malins Haare wühlten. Das seltsame Geräusch der Brandung und die Wärme des Nachmittags schienen sich plötzlich ins nichts aufzulösen, als habe die Welt außerhalb ihrer beiden Körper aufgehört zu existieren. Hatchs Herz klopfte wie wild, als er seine Zunge in

Claires Mund gleiten ließ und Claire daran zu saugen begann. Ihre Fingernägel gruben sich durch den Stoff des Hemdes hindurch in seine Schultern. Dunkel erinnerte er sich daran, daß sie sich damals, in ihrer Jugend, nie so leidenschaftlich geküßt hatten. War es nur deshalb gewesen, weil wir nicht gewußt hatten, wie man das macht? Gierig drückte Hatch seinen Körper an den von Claire und streichelte ihr mit einer Hand sanft über den zarten Flaum an ihrem Nacken, während er die andere, fast ohne es zu wollen, an ihrem Kleid entlang nach unten zwischen ihre sich bereitwillig öffnenden Beine wandern ließ. Ein leises Stöhnen entwich Claires Lippen, und Hatch spürte den dünnen Schweißfilm an den Innenseiten ihrer Oberschenkel. In den Geruch nach frischen Äpfeln mischte sich nun ein zarter Hauch von Moschus.

Mit einemmal befreite sich Claire aus seiner Umarmung. »Nein, Malin«, sagte sie mit heiserer Stimme, während sie sich aufrappelte und ihr Kleid glattstrich.

»Claire …« begann er und streckte eine Hand nach ihr aus, aber sie hatte sich bereits von ihm abgewandt.

Er sah ihr hinterher, wie sie den Pfad entlanghastete und fast augenblicklich hinter der grünen Mauer aus Blättern verschwand. Sein Herz hämmerte, und eine unangenehme Mischung aus Lust, Schuldgefühlen und Adrenalin brandete durch seine Adern. Eine Affäre mit der Frau des Reverends wäre ein Skandal, den man in Stormhaven niemals verzeihen würde. Hatch hatte gerade eine der größten Dummheiten seines Lebens begangen, gepaart mit einer krassen Fehleinschätzung der Situation – und dennoch, als er aufstand und langsam einem anderen Pfad folgte, malte sich seine entfesselte Vorstellungskraft immer wieder aus, was wohl passiert wäre, wenn Claire sich nicht aus seinen Armen gelöst hätte.

35

Am nächsten Morgen in aller Früh ging Hatch von der Pier hinauf zum Basislager und öffnete die Tür von St. Johns Büro. Zu seinem Erstaunen saß der Historiker bereits am Schreibtisch; er hatte die altertümliche Schreibmaschine beiseite geschoben und ein halbes Dutzend Bücher vor sich aufgetürmt.

Hatch betrat das Büro.

»Ich dachte nicht, daß ich Sie schon so zeitig hier antreffen würde«, grüßte Hatch. »Eigentlich wollte ich Ihnen nur eine Nachricht hinterlassen und Sie bitten, bei mir in der Praxis vorbeizuschauen.«

Der Engländer lehnte sich in seinem Stuhl zurück und rieb sich mit seinen plumpen Fingern die Augen. »Das trifft sich gut, denn ich wollte auch mit Ihnen reden. Ich habe nämlich eine interessante Entdeckung gemacht.«

»Genau wie ich«, erwiderte Hatch und reichte dem Historiker ohne ein weiteres Wort einen Packen vergilbter Papiere. St. John schaffte Platz auf seinem überfüllten Schreibtisch und breitete die Seiten vor sich aus. Als er sich eines der alten Pergamente näher besah, verschwand der müde Ausdruck aus seinem Gesicht.

»Wo haben Sie diese Schriftstücke her?« fragte er.

»Sie waren in einem alten Schrank auf meinem Speicher versteckt. Offenbar sind sie das Ergebnis von Forschungen, die mein Großvater angestellt hat, denn auf einigen Papieren habe ich seine Handschrift erkannt. Er war vollkommen besessen von dem Schatz, müssen Sie wissen, und diese Besessenheit hat ihn in den finanziellen Ruin getrieben. Nach seinem Tod hat mein Vater die meisten seiner Aufzeichnungen verbrannt, aber die hier müssen ihm wohl entgangen sein.«

St. John wandte sich wieder den Pergamenten zu. »Wirklich bemerkenswert«, murmelte er. »Das ist ja mehr, als unsere

Rechercheure in den *Archivos de los Indios* in Sevilla gefunden haben.«

»Mein Spanisch ist ein wenig eingerostet, und so konnte ich nicht alles übersetzen. Aber diese Sache hier fand ich am interessantesten.« Er deutete auf einen Umschlag mit der Aufschrift ARCHIVOS DE LA CUIDAD DE CADIZ. Darin befand sich ein unterbelichtetes, unscharfes Foto von einem alten Manuskript, dem man es ansah, daß es schon durch viele Hände gegangen war.

»Lassen Sie mich mal sehen«, sagte St. John und begann zu übersetzen: »›Aufzeichnungen des Gerichts von Cádiz, 1661 bis 1700. Octavo 16. Während der Regierungszeit des Heiligen Römischen Kaisers Carolus II.‹ – gemeint ist Karl II. – ›hatten wir viel unter Piraterie zu leiden. Im Jahr 1690 wurde die königliche Silberflotte‹ – die übrigens auch eine Menge Gold transportierte, weshalb der Name irreführend ist. Wußten Sie, daß …«

»Machen Sie doch bitte weiter«, unterbrach Hatch den Historiker.

»… ›von dem schändlichen Piraten Edward Ockham aufgebracht, was die Krone eine Summe von neunzig Millionen Reales gekostet hat. Dieser unchristliche Schurke wurde zu unserer schlimmsten Plage, zur Pestilenz, die der Teufel höchst persönlich geschickt hat. Nach langen Beratungen erlaubte uns der Kronrat, das St.-Michaels-Schwert zum Einsatz zu bringen, unseren größten, geheimsten und fürchterlichsten Schatz. In nomine patri, möge Gott deshalb unseren armen Seelen gnädig sein.‹«

St. John legte die Fotografie beiseite und hob interessiert die Augenbrauen. »Was meinen die wohl mit ›unserem größten, geheimsten und fürchterlichsten Schatz‹?«

»Keine Ahnung. Vielleicht dachten sie, das Schwert habe magische Kräfte, mit denen sie Ockham von ihrer Schatzflotte abschrecken können. Möglicherweise hielten sie es für eine Art spanisches Excalibur.«

»Das glaube ich kaum. Bedenken Sie, daß man sich damals an der Schwelle zum Zeitalter der Aufklärung befand und Spanien eine der fortschrittlichsten Nationen Europas war. Sicherlich hätte der Kronrat sich nicht auf einen mittelalterlichen Aberglauben verlassen; besonders dann nicht, wenn es um eine Angelegenheit von solcher Bedeutung ging.«

»Aber es könnte doch sein, daß das Schwert wirklich magische Kräfte hat«, sagte Hatch scherzhaft und rollte dramatisch mit den Augen.

St. John lächelte nicht. »Haben Sie diese Papiere schon Kapitän Neidelman gezeigt?«

»Nein. Ich habe mir überlegt, ob ich sie nicht abtippen und der Marquesa Hermione Concha de Hohenzollern e-mailen soll, einer alten Freundin von mir, die in Cádiz lebt.«

»Eine Marquesa?« fragte St. John.

Hatch lächelte. »Man sieht es ihr nicht an, aber sie liebt es, einen mit dem endlosen Herunterbeten ihres ebenso langen wie illustren Stammbaums zu langweilen. Ich habe die Marquesa über meine Aktivitäten bei den ›Médecins sans Frontières‹ kennengelernt. Sie ist sehr exzentrisch, und obwohl sie bald achtzig Jahre alt wird, ist sie immer noch eine phantastische Wissenschaftlerin, die sämtliche europäischen Sprachen fließend beherrscht, inklusive sämtlicher Dialekte und veralteter Formen, versteht sich.«

»Vielleicht haben Sie ja recht, wenn Sie sich Hilfe von außen holen«, meinte St. John. »Der Kapitän ist so sehr mit der Wassergrube beschäftigt, daß er wohl kaum die Zeit haben wird, sich diese Sachen gründlich anzuschauen. Gestern, als der Prüfer von der Versicherung gegangen war, kam er noch einmal zu mir und bat mich, die Tiefe und den Durchmesser der Grube mit den Türmen verschiedener Kathedralen zu vergleichen. Sollte ich einen ähnlichen finden, will er anhand seines Bauplans die von Macallan entfernten Verstrebungen ersetzen und auf diese Weise die Grube für das Heben des Schatzes sichern.«

»Ich verstehe. Das hört sich nach viel Arbeit an.«

»Ja, aber nicht für Neidelman, sondern für mich.« Er deutete auf die Bücherstapel. »Ich habe den Rest des gestrigen Tages und die ganze Nacht gebraucht, um mir wenigstens einen groben Überblick zu verschaffen.«

»Dann sollten Sie sich eine Weile aufs Ohr hauen. Ich werde mir jetzt den zweiten Teil von Macallans Tagebuch aus dem Magazin holen. Vielen Dank für Ihre Hilfe bei der Übersetzung.« Hatch nahm seine Ordner und machte sich auf den Weg zur Tür.

»Warten Sie!« rief St. John.

Als Hatch sich umdrehte, stand der Engländer auf und kam um den Schreibtisch herum auf ihn zu. »Ich habe Ihnen doch gesagt, daß ich eine Entdeckung gemacht habe.«

»Ja, stimmt.«

»Sie hat etwas mit Macallan zu tun«, erklärte St. John und nestelte verlegen an seinem Krawattenknoten herum. »Allerdings nur indirekt. Sehen Sie sich einmal das ein.« Er nahm ein Blatt Papier vom Schreibtisch und reichte es Hatch. Dieser las die einzige Zeile, die darauf stand:

ETAONISRHLDCUFPMXYBGKQXYZ

»Schaut aus wie unverständliches Kauderwelsch«, meinte Hatch.

»Sehen Sie sich doch die ersten sieben Buchstaben einmal genauer an.«

Hatch begann, sie laut vorzulesen: »E, T, A, O, … Hey, Moment mal! Das heißt ja Eta Onis! War das nicht die Person, der Macallan sein Buch über Architektur gewidmet hat?« Er hielt inne und blickte wieder auf das Blatt Papier.

»Was Sie da vor sich haben, ist die Häufigkeitsverteilung der Buchstaben im englischen Alphabet«, erklärte St. John. »Kryptoanalytiker verwenden sie beim Entschlüsseln codierter Texte.«

Hatch pfiff durch die Zähne. »Wann ist Ihnen das denn aufgefallen?«

St. John schien noch verlegener als zuvor. »Erst am Tag nach Kerrys Tod. Bisher habe ich niemandem davon erzählt, denn ich kam mir so dumm vor. Wenn ich daran denke, daß ich es die ganze Zeit vor Augen hatte ... Außerdem habe ich die ganze Tragweite dieser Entdeckung erst nach und nach verstanden. Macallan war vermutlich mehr als bloß ein Architekt. Die Tatsache, daß er mit dieser Häufigkeitstabelle vertraut war, legt die Vermutung nahe, daß er etwas mit den Londoner Spionagekreisen oder zumindest mit einer der damals weit verbreiteten Geheimgesellschaften zu tun hatte. Ich habe deshalb weitere Nachforschungen angestellt und bin dabei auf Informationen gestoßen, die einfach zu gut ins Bild passen, um reiner Zufall zu sein. Ich bin mir jetzt ziemlich sicher, daß Macallan in den Jahren, aus denen nichts über ihn bekannt ist, für die Black Chamber gearbeitet hat.«

»Für was?«

»Es ist wirklich faszinierend. Sie müssen wissen ...« St. John hielt abrupt inne und warf einen Blick über seine Schulter. Hatch erkannte mit einer raschen Aufwallung von Sympathie für den Engländer, daß St. John zur Verbindungstür zu Wopners Büro geschaut hatte, als erwarte er aus dieser Richtung eine der ätzenden Bemerkungen, mit denen der Programmierer alles bedacht hatte, was der verstaubte alte Historiker faszinierend gefunden hatte.

»Kommen Sie mit«, sagte Hatch. »Sie können mir die Geschichte auf dem Weg zum Lagerraum erzählen.«

»Die Black Chamber«, fuhr St. John fort, während sie hinaus in den Morgennebel traten, »war eine Geheimabteilung der englischen Post, deren Aufgabe darin bestand, versiegelte Briefe zu öffnen, ihren Inhalt zu kopieren und sie dann mit einem gefälschten Siegel wieder zu verschließen. Wenn die Briefe codiert waren, wurden sie an eine Stelle weitergegeben, die für die Entschlüsselung solcher Nachrichten zuständig war. Hatte man sie dechiffriert, wurden sie, je nach Inhalt, an den König oder bestimmte hohe Minister weitergeleitet.«

»Hat es im England der Stuarts denn tatsächlich schon Geheimdienste gegeben?«

»Natürlich! Und nicht nur in England. In allen anderen Staaten Europas gab es ähnliches. Solche Abteilungen des Staatsdienstes boten hochintelligenten jungen Aristokraten ein ideales Betätigungsfeld. Wer ein guter Kryptoanalytiker war, konnte mit ordentlicher Bezahlung und einer späteren Stellung bei Hofe rechnen.«

Hatch schüttelte den Kopf. »Das habe ich nicht gewußt.«

»Aber Macallan hat nicht nur für die Black Chamber gearbeitet. Wenn man in alten Berichten des Hofes zwischen den Zeilen zu lesen weiß, könnte man sogar zu dem Schluß kommen, daß er eine Art Doppelagent war. Ich jedenfalls glaube, daß er insgeheim für die Spanier gearbeitet hat, denn er hegte große Sympathien für die katholischen Rebellen in Irland. Aber er wurde wohl enttarnt, und das war meiner Meinung nach der wirkliche Grund, weshalb er England verlassen hat. Er wollte seine Haut retten. Vielleicht haben ihn die Spanier ja nicht nur zum Bau einer Kathedrale nach Amerika entsandt, sondern auch aus anderen, geheimdienstlich motivierten Gründen.«

»Und Ockham hat diese Pläne durchkreuzt.«

»Richtig. Aber mit Macallan hat er sich jemand ganz anderen eingehandelt, als er dachte.«

Hatch nickte. »Ihre Theorie würde auch erklären, weshalb Macallan sich so gut mit Verschlüsselung und Geheimtinten auskannte.«

»Und auch, weshalb sein zweiter Code so teuflisch schwer zu knacken war. Außerdem dürfte es nicht viele Leute geben, die ein so perfektes Doppelspiel austüfteln können, wie es Macallan bei der Konstruktion der Wassergrube getan hat.« St. John hielt einen Augenblick inne. »Ich habe Neidelman davon erzählt, als wir gestern nachmittag miteinander sprachen.«

»Und?«
»Er fand es interessant und meinte, daß wir uns irgendwann einmal genauer damit befassen sollten. Im Moment sei es aber viel wichtiger, die Grube zu stabilisieren und das Gold herauszuholen.« Ein schwaches Lächeln huschte über St. Johns Gesicht. »Sehen Sie jetzt, daß es wenig Sinn hat, dem Kapitän die Dokumente zu zeigen, die Sie auf Ihrem Speicher gefunden haben? Er ist einfach zu sehr mit der Ausgrabung beschäftigt, um sich für irgend etwas zu interessieren, das nicht in unmittelbarem Zusammenhang damit steht.«
Inzwischen waren sie am Lagerschuppen angelangt, der seit den ersten Funden im Piratenlager von einem Provisorium zu einer festen Baracke ausgebaut worden war. Sogar die Fenster waren mittlerweile mit Gitterstäben versehen, und der Eingang wurde ständig durch einen Angestellten von Thalassa bewacht, bei dem sich jeder, der in den Schuppen wollte, in ein Buch eintragen mußte.
»Tut mir leid wegen der Umstände«, sagte St. John mit einem entschuldigenden Grinsen, als Hatch dem Wachmann Neidelmans Genehmigungsschein zeigte. »Ich hätte Ihnen liebend gerne eine Kopie des Tagebuchs ausgedruckt, aber das ging nicht, weil Streeter vor ein paar Tagen sich die Dateien auf Disketten heruntergeladen und sämtliche Kopien auf dem Server gelöscht hat. Wenn ich mehr von Computern verstünde, hätte ich vielleicht ...«
Ein Freudenschrei aus dem Inneren der Baracke unterbrach seinen Redefluß. Einen Augenblick später kam Bonterre mit einem Klemmbrett in der einen und einem merkwürdigen Objekt in der anderen Hand heraus. »Das ist ja wunderbar!« rief sie mit einem breiten Grinsen im Gesicht. »Gleich zwei meiner Lieblingsmänner auf einen Haufen.«
St. John, der irgendwie peinlich berührt schien, antwortete nichts.
»Na, wie stehen die Dinge in Piratenhausen?« fragte Hatch.
»Die Arbeiten sind fast abgeschlossen«, erwiderte Bonterre.

»Heute vormittag haben wir das letzte Planquadrat ausgegraben. Aber mit der Archäologie ist es manchmal so wie mit der Liebe: Die besten Dinge kommen ganz zum Schluß. Sehen Sie nur, was meine Leute gestern gefunden haben.«
Ihr Grinsen wurde noch breiter, als sie Hatch das Objekt in ihrer Hand direkt vor die Nase hielt.
Hatch sah, daß es eine fein gearbeitete Bronzescheibe war, an deren Rand verschnörkelte Ziffern eingraviert waren. An einer Achse in ihrer Mitte waren zwei längliche Metallstücke befestigt, die Hatch an die Zeiger einer Uhr erinnerten. »Was ist das?« wollte er wissen.
»Ein Astrolabium. Damit kann man aus dem Stand der Sonne die geographische Breite bestimmen. Zur Zeit von Red Ned war es zehnmal sein Gewicht in Gold wert, und doch hat man es einfach hiergelassen.« Bonterre fuhr mit ihren Fingern zärtlich über die Oberfläche des Instruments. »Je mehr Artefakte ich finde, desto mysteriöser erscheint mir das, was auf dieser Insel vorgefallen sein muß.«
Auf einmal hörten sie ganz in der Nähe einen lauten Schrei.
»Was war das?« fragte St. John.
»Klang so, als hätte sich jemand weh getan«, meinte Hatch.
Bonterre zeigte ins Basislager. »Ich glaube, das kam aus der Hütte des *géologue.*«
Die drei rannten hinüber zu Rankins Büro. Zu Hatchs Verwunderung wand sich der blonde Bär von einem Mann nicht in Schmerzen auf dem Boden, sondern saß auf seinem Stuhl und blickte zwischen einem Monitor und einem langen Computerausdruck hin und her.
»Was ist denn los?« rief Hatch.
Ohne die drei anzusehen brachte Rankin Hatch mit erhobener Hand zum Schweigen. Er schaute auf den Ausdruck und bewegte die Lippen, als würde er etwas zählen. »Es geht beide Male auf«, erklärte er und ließ den Ausdruck auf den Boden fallen. »Diesmal kann es kein Fehler sein.«
»Ist der Mann jetzt *complétement fou?*« fragte Bonterre.

Rankin wandte sich seinen Besuchern zu. »Es stimmt«, sagte er aufgeregt. »Das muß es sein. Neidelman hat mich ständig dazu angetrieben, doch endlich Daten über das zu beschaffen, was sich unter dem Boden der Grube befindet. Als das verdammte Ding endlich leergepumpt war, dachte ich, daß sich vielleicht jetzt die seltsamen Meßergebnisse verändern würden, die ich bis dahin erhalten hatte, aber das taten sie nicht. Egal, was ich versucht habe, ich habe bei jeder Messung andere Daten bekommen. Aber jetzt ist das anders. Sehen Sie sich das hier mal an.«

Er hielt den Ausdruck hoch, der eine unregelmäßige Ansammlung von Flecken und dunklen Linien zeigte, die sich an einem Punkt zu einem unscharfen, schwarzen Dreieck verdichteten.

»Was ist denn das?« fragte Hatch. »Ein abstraktes Gemälde?«

»Nein, Mann, das ist ein eiserner Würfel mit etwa drei Metern Kantenlänge, der fünfzehn Meter unterhalb des jetzigen Schachtbodens liegt. Es sieht nicht so aus, als wäre Wasser in diese Kammer eingedrungen. Jetzt gerade ist es mir gelungen, ihren Inhalt näher zu bestimmen. Unter anderem befinden sich darin etwa fünfzehn bis zwanzig Tonnen eines dichten Nicht-Eisenmetalls mit einer spezifischen Dichte von etwas über neunzehn.«

»Moment mal«, sagte Hatch. »Es gibt eigentlich nur ein Metall, das diese spezifische Dichte aufweist.«

»Ganz genau. Und eines kann ich Ihnen verraten: Um Blei handelt es sich dabei nicht.«

Es folgte eine kurze, spannungsgeladene Stille. Dann stieß Bonterre einen Ruf des Entzückens aus und stürzte sich in Hatchs Arme, während Rankin wieder einen seiner Urschreie ausstieß und St. John auf den Rücken klopfte. Lachend und jubelnd taumelten die vier aus der Baracke.

Die unbändige Freude der kleinen Gruppe fiel rasch anderen im Basislager auf, und so verbreitete sich die Kunde von Rankins Entdeckung wie ein Lauffeuer. Von überall her kamen die

Angestellten von Thalassa, die noch auf der Insel verblieben waren, herbeigeströmt und stimmten in den spontanen Jubel mit ein. Die bedrückende Niedergeschlagenheit nach Wopners tragischem Tod, die fortwährenden Rückschläge und die extrem harte Arbeit der letzten Tage waren mit einemmal vergessen und machten einem wilden, fast schon hysterischen Freudentaumel Platz. Scopatti sprang mit seinem Tauchermesser zwischen den Zähnen wie entfesselt herum und schleuderte seine Bootsschuhe hoch in die Luft. Bonterre rannte zurück in den Lagerschuppen und holte ein altes Entermesser, das man in dem Piratenlager ausgegraben hatte. Damit schnitt sie einen Streifen Jeansstoff von ihren Shorts ab und band ihn sich wie eine Augenklappe um den Kopf. Dann stülpte sie die Hosentaschen nach außen und machte sich einen langen Riß in die Bluse, der bedenklich viel von ihrer Brust sehen ließ. Dergestalt als Pirat verkleidet, stolzierte sie entermesserschwingend zwischen ihren Kollegen umher und starrte jedem provozierend ins Gesicht.

Hatch war ein wenig erstaunt über sich selbst, als auch er plötzlich irgendwelche Techniker umarmte, die er kaum kannte, und wie ein Verrückter umhersprang, bloß weil sie nun endlich den Beweis dafür hatten, daß sich unter dem Boden des Schachtes tatsächlich Gold befand.

Trotz seiner Skepsis war ihm klar, daß dies die befreiende Nachricht gewesen war, auf die sie alle schon so lange gewartet hatten. Aber es geht gar nicht nur um das Gold, dachte er, es geht darum, daß wir uns von dieser verdammten Insel nicht unterkriegen lassen.

Das Jubelgeschrei erstarb, als Kapitän Neidelman raschen Schrittes ins Basislager kam. Mit kalten, müden Augen sah er die Feiernden an. »Was zum Teufel ist hier los?« fragte er mit einer von unterdrücktem Zorn bebenden Stimme.

»Kapitän Neidelman!« rief Rankin. »Fünfzehn Meter unter dem Boden der Grube befindet sich Gold! Und zwar mindestens fünfzehn Tonnen!«

»Was haben Sie denn gedacht?« fauchte Neidelman. »Meinen Sie etwa, wir haben die ganze Grabung hier nur veranstaltet, um etwas für unsere Gesundheit zu tun?« Er musterte seine betreten dastehenden Mitarbeiter mit einem eiskalten Blick. »Im übrigen ist das hier kein Kindergartenausflug, sondern eine Arbeitsexpedition. Ich erwarte, daß Sie sich auch dementsprechend benehmen.« Dann wandte er sich an den Historiker. »Dr. St. John, sind Sie mit Ihrer Analyse fertig?«

St. John nickte.

»Lassen Sie uns die Ergebnisse in den Computer auf der ›Cerberus‹ eingeben. Und der Rest von Ihnen sollte bedenken, daß wir einen verdammt knappen Zeitplan haben. Machen Sie sich also gefälligst wieder an die Arbeit.«

Er drehte sich um und ging mit so großen und schnellen Schritten hinunter zur Pier, daß St. John ihm nur mit Mühe folgen konnte.

36

Obwohl der nächste Tag ein Samstag war, gingen die Arbeiten auf Ragged Island ohne Unterbrechung weiter. Hatch, der verschlafen hatte, rannte um neun Uhr aus seinem Haus an der Ocean Lane und nahm auf dem Weg hinunter zum Hafen im Vorbeigehen noch rasch die Freitagspost aus dem Briefkasten, den er am Abend zuvor zu leeren vergessen hatte.

Während er die »Plain Jane« durch den Old Hump Channel steuerte, warf er einen skeptischen Blick hinauf zum bleigrauen Himmel. Der Wetterbericht im Radio hatte etwas von einer Störung gemeldet, die sich über den Great Banks zusammenbraute. Hatch wunderte das nicht, denn schließlich waren es

nur noch wenige Tage, bis der September begann, in dem das Wetter sich erfahrungsgemäß drastisch verschlechterte.
Wegen der vielen technischen Pannen hinkten die Arbeiten noch immer dem Zeitplan weit hinterher. Dazu kam, daß sich eine ungewöhnlich hohe Anzahl Arbeiter krank gemeldet hatte. Auch als Hatch um Viertel vor zehn in seine Praxis auf der Insel kam, warteten dort bereits zwei Männer auf ihn, denen es alles andere als gut ging. Der eine von ihnen hatte eine schlimme Zahnfleischentzündung, deren genaue Ursache sich erst durch ein Blutbild würde feststellen lassen, während der andere zu Hatchs Entsetzen unter einer virusbedingten Lungenentzündung litt.
Nachdem Hatch dafür gesorgt hatte, daß der zweite Patient in eine Klinik auf dem Festland gebracht wurde, nahm er dem ersten Blut ab, das er im Labor auf der »Cerberus« untersuchen wollte. Er war damit noch nicht ganz fertig, als ein dritter Arbeiter hereinkam, der sich das Schienbein an einem Servomotor der Ventilationspumpe aufgerissen hatte. Erst gegen Mittag kam Hatch soweit zur Ruhe, daß er seinen Computer starten und die E-Mail an die Marquesa in Cádiz schreiben konnte. Nachdem er ihr in ein paar Sätzen die Umstände für seine Anfrage geschildert hatte, hängte er der Nachricht die Abschriften der rätselhaften Dokumente aus dem Fund auf dem Speicher an und fragte seine alte Freundin, ob sie ihm noch mehr Material über das St.-Michaels-Schwert besorgen könne.
Dann beendete er das E-Mail-Programm und wandte sich seiner Post zu, die er am Morgen aus dem Briefkasten geholt hatte. Sie bestand aus der Septemberausgabe der Ärztezeitung, einem Werbezettel, der zu einem Spaghetti-Essen im Restaurant am Leuchtturm einlud, dem neuesten Exemplar der »Gazette« und einem kleinen eierschalenfarbenen Umschlag, der weder Adresse noch Briefmarke trug.
Hatch öffnete den Umschlag und entnahm ihm einen Brief, dessen Handschrift er sofort erkannte.

Lieber Malin,
es fällt mir schwer, die passenden Worte für diesen Brief zu finden, und deshalb schreibe ich jetzt so, wie es mir gerade einfällt. Ich habe beschlossen, meinen Mann zu verlassen. Ich kann diese Entscheidung nicht mehr vor mir herschieben, kann nicht noch länger hierbleiben, wo ich Tag für Tag verbitterter werde und sich immer mehr Groll in mir anstaut. Davon haben weder Woody noch ich etwas. Ich werde es ihm sagen, sobald seine Protestaktion beendet ist. Vielleicht wird er dann ja besser damit fertig, aber trotzdem wird es ihm furchtbar weh tun. Aber es muß sein, es ist das einzig Richtige.
Ich bin mir vollauf bewußt, daß wir beide – Du und ich – nicht füreinander bestimmt sind. Ich habe zwar wunderschöne Erinnerungen an Dich und hoffe, daß Du solche auch an mich hast, aber das, was wir gestern fast getan hätten, wäre doch nur ein Aufwärmen alter Gefühle gewesen. Am Ende hätten wir nur uns beide verletzt.
Das, was in Squeaker's Glen fast passiert wäre – was ich fast zugelassen hätte, daß es passiert –, hat mich zutiefst erschreckt, aber es hat mir auch Klarheit über eine Menge nebulöser Vorstellungen und Gefühle verschafft, die mir seit langem im Kopf herumgingen. Dafür möchte ich Dir danken.
Ich schätze, ich sollte Dir noch sagen, was ich jetzt vorhabe. Ich werde nach New York gehen. Gestern habe ich eine Freundin von der Volkshochschule angerufen, die dort inzwischen ein kleines Architekturbüro eröffnet hat. Sie hat mir einen Job als Sekretärin angeboten und versprochen, mich zur technischen Zeichnerin auszubilden. Ich werde also einen Neuanfang in einer Stadt wagen, in der ich schon immer einmal leben wollte.
Bitte antworte mir nicht auf diesen Brief und versuche nicht, mich umzustimmen. Laß uns die Erinnerung an unsere Vergangenheit nicht durch eine Dummheit zerstören, die wir in der Gegenwart begehen.

Alles Liebe
Claire

Das Inseltelefon klingelte, und Hatch nahm langsam wie in Trance den Hörer ab.
»Hier Streeter«, sagte eine barsche Stimme.
»Was gibt's?« fragte Hatch, dem der Schock des Briefes noch zutiefst in den Knochen saß.
»Der Kapitän möchte, daß Sie zu ihm in den Orthanc kommen. Und zwar sofort!«
»Sagen Sie ihm, daß ...«
Aber Streeter hatte am anderen Ende bereits aufgelegt, und die Leitung war tot.

37

Über eine schmale Metallbrücke betrat Hatch den unteren Teil des Orthanc. Aus der Grube kamen jetzt drei dicke Schläuche des neu installierten Ventilationssystems heraus, durch die verbrauchte Luft aus der Tiefe gesaugt und in den Himmel geblasen wurde, wo sie zugleich zu dichten Nebelschwaden kondensierte.
Hatch stieg die Leiter zu der rings um den Turm verlaufenden Beobachtungsplattform hinauf.
Im Kontrollraum befand sich nur Magnusen, die vor einem Schaltbrett mit langen Reihen grüner Lämpchen saß, die jeweils einen der an den tragenden Elementen der Grube angebrachten Sensoren symbolisierten. Falls die Belastung auf einen der alten Balken über einen Grenzwert hinaus ansteigen sollte, würde statt des grünen ein rotes Lämpchen aufleuchten und zusätzlich lauter Alarm ertönen. Je mehr zusätzliche Verstrebungen in die Grube eingebaut wurden, desto seltener war das jedoch der Fall. Selbst die unerklärlichen Computerfehler, die das Netzwerk auf der Insel von Anfang an heimgesucht hatten, schien es bei diesem Sensorwarnsystem, bei dessen In-

stallation Kerry Wopner ums Leben gekommen war, nicht zu geben.

Hatch trat in die Mitte des Kontrollraums und blickte durch den Glasboden hinab in die Grube. Viele der zahlreichen Nebenstollen waren noch immer mit gelbem Signalband als extrem gefährlich markiert und durften nur von speziellen Vermessungstrupps betreten werden.

Ein Windstoß blies die Nebelfetzen von der Grubenöffnung, so daß Hatch ein freies Blickfeld hatte. Die Leiterkonstruktion hatte inzwischen ein paar neue Plattformen hinzubekommen. Außerdem spannte sich zwischen Leiter und Schachtwänden jetzt ein dichtes Netz von spiegelblanken Titanstreben, die im Licht der Lampen an den Leitersprossen atemberaubend schön funkelten und tausendfach das verzerrte Bild der bemoosten Schachtwände zurückwarfen.

Die Verstrebungen folgten einem ausgeklügelten Plan, der jetzt noch einmal komplizierter wurde, seit am Vormittag Neidelmans Arbeitstrupp unter St. Johns Anleitung die von Macallan entfernten Stützbalken seiner Originalkonstruktion durch solche aus Titan ersetzte. Zusätzliche Verstrebungen hatte der Computer an Bord der »Cerberus« anhand der von den Vermessungstrupps gewonnenen Daten errechnet. Wenn alles so lief wie geplant, konnte man möglicherweise noch am Abend damit beginnen, die letzten fünfzehn Meter bis zur eigentlichen Schatzkammer hinunter zu graben.

Auch als Hatch hinunter in die funkelnde Tiefe starrte, wollte ihm Claires Brief noch immer nicht aus dem Kopf gehen. Dann aber nahm er eine Bewegung im Schacht wahr. Neidelman kam mit dem Lift nach oben gefahren. Neben ihm stand Bonterre, die sich die Arme um die Schultern geschlungen hatte und so wirkte, als wäre ihr kalt. Im gelblichen Licht der Natriumdampflampen schimmerten die sandfarbenen Haare des Kapitäns wie pures Gold.

Hatch fragte sich, weshalb der Kapitän ihn wohl zur Grube bestellt hatte. Vielleicht hat er ja ein offenes Geschwür, dachte er bitter. Tatsächlich wäre er kaum verwundert gewesen, wenn Neidelman Probleme mit seiner Gesundheit gehabt hätte. Noch nie hatte er einen Mann gesehen, der so hart gearbeitet und sich gleichzeitig so wenig Schlaf gegönnt hatte wie der Kapitän in den letzten paar Tagen.

Neidelman stieg von der Plattform des Aufzugs und kletterte die Leiter in den Kontrollraum hinauf, wo seine Schuhe Schlammspuren auf dem Metallboden hinterließen. Ohne ein Wort zu sagen, starrte er Hatch an. Inzwischen war auch Bonterre heraufgekommen, und als Hatch den Ausdruck in ihrem Gesicht sah, zuckte er erschrocken zusammen. Die Stille der beiden hatte etwas sehr Merkwürdiges.

Neidelman wandte sich an Magnusen. »Könnten Sie uns bitte einen Augenblick allein lassen, Sandra?«

Die Ingenieurin stand auf, ging hinaus auf die Aussichtsplattform und schloß die Tür hinter sich.

Neidelman holte tief Luft, bevor er Hatch mit seinen grauen Augen fixierte. »Machen Sie sich auf etwas gefaßt.«

Bonterre sagte nichts und sah Hatch an.

»Malin, wir haben Ihren Bruder gefunden.«

Hatch hatte auf einmal das Gefühl, als würde er aus der ihn umgebenden Welt an einen entfernten, dunklen Ort gerissen.

»Wo?« brachte er mit Mühe hervor.

»In einem Stollen unterhalb des Raumes mit der gewölbten Decke.«

»Und Sie sind sicher, daß Sie sich nicht irren?« flüsterte Hatch.

»Es ist das Skelett eines zwölf bis dreizehn Jahre alten Kindes mit kurzen blauen Kattunhosen, einer Baseballmütze und ...«

»Ja«, hauchte Hatch, dem auf einmal so schwindelig wurde, daß er sich setzen mußte. »Ja, das ist er.« Ihm wurde ganz weich in den Knien, und in seinem Kopf verspürte er eine seltsame Leere.

Eine ganze Minute lang war es in dem Kontrollraum vollkommen still.

»Ich will ihn mit eigenen Augen sehen«, sagte Hatch schließlich.
»Das ist uns klar«, meinte Bonterre und half Hatch sanft beim Aufstehen. »Kommen Sie.«
»Wir müssen einen Schacht hinunterklettern«, erklärte Neidelman. »Außerdem ist der Stollen noch nicht völlig abgestützt. Es könnte also durchaus gefährlich werden.«
Hatch winkte ab.
Er zog sich Ölzeug an und stieg zusammen mit den anderen auf die Plattform des kleinen elektrischen Lifts, der sie leise summend nach unten brachte. Die nächsten Minuten vergingen für ihn wie in einem trüben Nebel. Sogar seine Finger, mit denen er sich an das Geländer der Liftplattform krallte, kamen ihm im gelblichen Licht der Grube grau und leblos vor. Neidelman und Bonterre hatten ihn in ihre Mitte genommen, und ein paar Arbeiter sahen ihnen von den oberen Plattformen aus zu, wie sie immer tiefer in die Grube hineinfuhren.
An der Dreißig-Meter-Plattform stoppte Neidelman den Lift und ging voran in die dunkle Öffnung des Tunnels, an dessen Ende die achteckige Kammer lag. Hatch zögerte.
»Das ist der einzige Weg«, sagte Neidelman.
Hatch folgte ihm in den Tunnel, an dessen Eingang jetzt ein großer Luftfilterkasten stand. Drinnen wurde die Decke in gewissen Abständen von Titanstreben mit breiten Metallplatten an den oberen Enden stabilisiert. Nach ein paar alptraumhaften Schritten erreichte Hatch die Kammer, in der Wopner gestorben war. Die große Steinplatte, die sich noch immer dicht an der Wand befand, kam ihm wie ein schauriges Denkmal für den toten Programmierer und die Maschinerie des Todes vor, die ihn auf dem Gewissen hatte. Zwei Hebeböcke spreizten die Platte, deren Innenseite einen im Licht der hellen Lampen rostfarben schimmernden Fleck aufwies, immer noch so ab, wie es für die Entfernung von Wopners Leiche nötig gewesen war. Hatch konnte nicht hinsehen.

»Wollen Sie immer noch hinunter?« fragte Neidelman.

Unter Aufbietung all seiner Willenskraft zwang sich Hatch dazu, an dem Stein mit dem rostroten Fleck vorbei in die Mitte des Raumes zu gehen.

Das Eisengitter im Boden war entfernt worden, und eine Strickleiter hing in das Loch hinab, das es früher einmal bedeckt hatte.

»Unser Vermessungsteam, das sich erst seit gestern richtig um die Nebenschächte und -tunnels kümmern kann, hat berechnet, daß sich dieser Schacht eigentlich mit dem Stollen schneiden müßte, der hinüber zum Strand läuft und den Sie als Junge entdeckt haben«, erklärte Neidelman. »Also entfernten wir das Gitter und schickten jemanden hinab, um sich dort umzusehen. Nachdem der Mann einen wasserdichten Verschluß durchbrochen hatte, erreichte er tatsächlich den Stollen.« Neidelman trat an das Loch. »Ich gehe als erster. Warten Sie hier.«

Der Kapitän verschwand auf der Strickleiter in der dunklen Tiefe, und Hatch blieb oben stehen und konnte an nichts anderes denken als den eisigen Hauch, der aus der Finsternis zu ihm aufstieg. Ohne ein Wort zu sagen nahm Bonterre seine Hand in die ihre.

Als sie Neidelman nach ein paar Minuten rufen hörten, ließ Hatch sich in das Loch hinab und ergriff die Sprossen der Strickleiter.

Der Schacht war nur etwa einen Meter breit und wand sich nach ein paar Metern um einen großen Felsblock herum. Als Hatch am Boden angelangt war, versanken seine Schuhe in weichem fauligem Schlamm. Er sah sich um und spürte ein Grauen in sich aufsteigen, das alles andere auszulöschen drohte.

Er befand sich in einer kleinen, aus hartem, dicht gepacktem Geschiebelehm gehauenen Kammer, bei deren Anblick er unwillkürlich an einen Kerker denken mußte. Dann aber entdeckte er, daß eine der Wände nicht ganz bis zum Boden hinabreichte. In Wirklichkeit war es gar keine Wand, sondern eine große, roh behauene Felsplatte. Neidelman, der in der kleinen Kammer auf Hatch gewartet hatte, leuchtete mit einer Taschenlampe in den Spalt unter der Platte, aus dem etwas Weißes hervorschaute.

Hatch, dem das Herz bis zum Hals schlug, trat einen Schritt vor und bückte sich. Dann hakte er seine Taschenlampe vom Gürtel und schaltete sie ein.

Unter der Steinplatte lag ein Skelett eingeklemmt, auf dessen Schädel sich noch immer eine Baseballmütze mit dem Emblem der Red Sox befand. Darunter quollen Büschel von braunen Haaren hervor, und am Brustkorb hingen die Fetzen eines Hemdes. Darunter entdeckte Hatch eine Kattunhose, die ein Gürtel an den Beckenknochen hielt. Aus einem der kurzen Hosenbeine ragte ein knöchernes Knie. Der rechte Fuß des Skeletts steckte in einem roten Baseballstiefel, während der linke sich direkt unter der Steinplatte befand, die Schuh und Fuß zu einem Durcheinander aus Knochen und gummiertem Leinen zerbrochen hatte.

Als würde seine Wahrnehmung gar nicht zu ihm gehören, bemerkte Hatch, daß Arme und Beine des Skeletts massive Frakturen aufwiesen. Außerdem hatte die Steinplatte die Rippen aus der Brustplatte gepreßt und den Schädel zerquetscht. Sein Bruder – denn es konnte sich bei dem Skelett ja nur um Johnny handeln – war in eine ähnliche Todesfalle geraten wie Kerry Wopner vor wenigen Tagen. Im Gegensatz zu dem Computerexperten hatte Johnny allerdings keinen Helm aufgehabt und war deshalb wohl sehr viel schneller gestorben als dieser. Zumindest konnte Hatch sich das einreden.

Er ging in die Hocke, streckte die Hand aus und fuhr damit zärtlich über den Schirm der Baseballmütze. Johnny hatte sie am liebsten gemocht, weil Jim Lonbog sie persönlich signiert hatte. Ihr Vater hatte sie an dem Tag, an dem die Red Sox die Meisterschaft gewonnen hatten, auf einer Reise nach Boston für Johnny gekauft. Hatchs Finger wanderten von der Mütze

zu einer Haarlocke, strichen über den Unterkieferknochen hinunter auf den zerquetschten Brustkorb und dann die Armknochen entlang bis zu Johnnys skelettierter Hand. Dabei nahm er alle Einzelheiten mit großer Distanz, dennoch aber mit jener merkwürdigen Intensität wahr, wie er sie sonst nur aus Träumen kannte und die jedes Detail mit unerbittlicher Klarheit in sein Gedächtnis brannte.
Noch lange blieb Hatch in der feuchten Grabkammer sitzen und ließ die kalten, vogelähnlichen Fingerknochen seines Bruders nicht aus seiner Hand. Reglos lauschte er der Stille, die ihn und Johnny umgab.

38

Im Dingi der »Plain Jane« umrundete Hatch Cranberry Neck und steuerte auf die Mündung des Passabec River zu. Während er das kleine Boot näher an die Küste heranlenkte, warf er einen Blick über die Schulter auf Burnt Head, das drei Meilen hinter ihm wie ein rötlicher Streifen am südlichen Horizont lag. Die Kühle der frühmorgendlichen Spätsommerluft barg bereits einen herbstlichen Hauch.
Hatch ließ den Außenbordmotor auf Vollgas laufen und bemühte sich, an nichts anderes zu denken als die Bootsfahrt.
Nach einer Weile wurde der Fluß schmäler und war nicht mehr dem Wechsel von Ebbe und Flut unterworfen. Bald tauchte eine Reihe von Häusern mit Türmchen und spitzen Giebeln aus dem neunzehnten Jahrhundert am Ufer auf, die man in Hatchs Jugend die »Millionärssiedlung« genannt hatte. Ein kleines Mädchen, das mit seinem Schürzenkleidchen und gelben Sonnenschirm gut aus der Entstehungszeit der Häuser hätte stammen können, winkte ihm von einer Schaukel aus zu. Je weiter Hatch auf dem getragen dahinfließenden grünen

Fluß ins Inland kam, desto sanfter wurde die Landschaft. Die steilen Felsklippen der Küste machten langgezogenen Kiesbänken Platz, und statt Fichten standen jetzt moosbewachsene Eichen und kleine Birkenhaine am Ufer. Hatch fuhr an einem verfallenen Steg und an einer auf Stelzen gebauten Fischerhütte vorbei und wußte, daß es jetzt nicht mehr weit bis zu seinem Ziel war. Hinter der nächsten Flußbiegung mußte er sein, der kleine Strand mit den meterhohen Haufen leerer Austernschalen. Hatch wußte genau, daß er dort ganz allein sein würde, denn die meisten Bewohner von Stormhaven oder Black Harbor machten sich nichts aus prähistorischen Indianerlagern und ihren Hinterlassenschaften. Die meisten, aber nicht alle: Schließlich war es Professor Horn gewesen, der Hatch und seinen Bruder einst an einem warmen sonnigen Nachmittag zu dieser interessanten Stelle gebracht hatte. Es war genau einen Tag vor Johnnys Tod gewesen.

Hatch zog das Dingi den Strand hinauf und holte seinen alten Malkasten und einen Klappstuhl aus dem kleinen Stauraum am Bug. Er sah sich einen Moment lang um und entschied sich dann für ein schattiges Plätzchen unter den Zweigen einer Birke. Hier war die Hitze noch am ehesten zu ertragen, und auch seine Aquarellfarben würden nicht sofort trocknen, kaum daß er sie aufs Papier gebracht hatte. Nachdem Hatch Stuhl und Malkasten abgestellt hatte, ging er zurück zum Boot, um seine Zeichenmappe und eine zusammenklappbare Staffelei zu holen.

Er baute alles auf, setzte sich in den Stuhl und sah sich um, bevor er sich für ein Motiv entschied. Dieses betrachtete er dann mit zusammengekniffenen Augen durch einen kleinen Papprahmen, um ein besseres Gefühl für die Verteilung der Farben zu bekommen. Das helle Grau der Austernschalen bot einen guten Kontrast zu der rötlichen, vom Dunst verschleierten Masse des Mount Lovell im Hintergrund. Die Linien waren so einfach, daß Hatch keine Bleistiftskizze anzufertigen brauchte, sondern gleich mit dem Aquarell beginnen konnte.

Er öffnete die Zeichenmappe und entnahm ihr ein großes Stück teures, grob strukturiertes Aquarellpapier. Nachdem er es auf der Staffelei befestigt hatte, strich er mit den Fingern erwartungsvoll über die rauhe Oberfläche. Dieses Papier war jeden Cent wert, den er dafür bezahlt hatte. Seine Struktur würde die Farbe hervorragend aufnehmen, was bei der Naß-in-Naß-Technik, die Hatch bevorzugte, besonders wichtig war.
Er nahm die Schutzkappen von den Spitzen seiner Pinsel und besah sich, was er dabeihatte: einen Flachpinsel aus Rinder- und ein paar runde aus Marderhaar sowie einen Verwaschpinsel aus Dachshaar und einen kräftigen, einen halben Zentimeter breiten Borstenpinsel, mit dem man die Wolken trockentupfen konnte. Als nächstes füllte Hatch ein Töpfchen auf der Palette mit Wasser und nahm sich aus dem Malkasten eine Tube Coelinblau. Er drückte etwas Farbe in das Töpfchen und rührte um, wobei er sich kurz darüber ärgerte, daß seine verletzte Hand nicht so rasch heilte, wie er es gern gehabt hätte. Dann feuchtete er das Papier mit einem Baumwolltupfer an und blickte lange hinaus in die Landschaft. Schließlich holte er tief Luft, tauchte einen Pinsel in das Töpfchen und färbte die oberen zwei Drittel des Bildes gleichmäßig hellblau.
Während der Pinsel mit breiten Strichen übers Papier glitt, spürte Hatch, wie sich die Verkrampfung in seinem Inneren langsam zu lösen begann. Aber diese Landschaft zu malen war nicht nur eine Art Therapie für ihn, es gab ihm auch das Gefühl, endlich heimgekehrt zu sein. In all den Jahren nach Johnnys Tod hatte er es nie über sich gebracht, zu diesen prähistorischen Muschelhaufen zurückzukehren. Und jetzt, als er nach einem Vierteljahrhundert wieder nach Stormhaven gekommen war, spürte er, wie sich eine große Wende in seinem Leben ankündigte. Nun, da er die Leiche seines toten Bruders gefunden hatte, wurde ihm langsam klar, daß auch der schlimmste Schmerz einmal ein Ende hatte. Vielleicht würde er, wenn er sich für eine passende Grabstätte entschieden hatte, Johnnys Knochen aus der Erde holen lassen, unter der sie

so lange gelegen hatten. Vielleicht würde er sogar herauskriegen, welcher teuflische Mechanismus seinen Bruder das Leben gekostet hatte. Aber selbst das war jetzt nicht so wichtig. Entscheidend war, daß er nun endlich dieses Kapitel seines Lebens abschließen und einen neuen Weg einschlagen konnte.

Hatch wandte sich wieder seinem Aquarell zu. Jetzt war es an der Zeit, sich dem Vordergrund zu widmen. Das helle Ockergelb aus seinem Malkasten paßte fast perfekt zur Farbe des Kiesstrandes, und wenn er es mit ein wenig Paynesgrau mischte, konnte er damit sogar die Austernschalen malen.

Als er nach einem anderen Pinsel griff, hörte er, wie sich stromaufwärts das Tuckern eines Innenbordmotors näherte. Er sah eine bekannte Gestalt mit dunkler Haut und einem breitkrempigen Strohhut, die von einem Ufer zum anderen blickte, als suche sie etwas. Es war Bonterre. Als sie ihn entdeckte, winkte sie ihm lächelnd zu und lenkte das Thalassa-Boot in seine Richtung. Sie schaltete den Motor ab und ließ den Bug sanft auf den Strand auflaufen.

»Isobel!« rief Hatch.

Sie machte das Boot fest und kam auf ihn zu, wobei sie den Hut vom Kopf nahm und ihre langen schwarzen Haare schüttelte. »Ich habe Sie vom Postamt aus beobachtet. Dort gibt es nämlich ein nettes altmodisches Teleskop. Ich habe gesehen, wie Sie Ihr Boot flußaufwärts gesteuert haben und bin ganz einfach neugierig geworden.«

So macht sie es also, dachte er erleichtert. Sie tut so, als wäre nichts gewesen, und erspart mir auf diese Weise tränenfeuchte Anteilnahme und peinliche Gespräche über das, was gestern passiert ist.

Bonterre deutete mit dem Daumen hinter sich. »Das sind ja ziemlich beeindruckende Häuser da hinten.«

»Die haben reiche New Yorker gebaut, die ihre Sommerferien in Black Harbor verbracht haben«, erklärte Hatch. »FDR höchstpersönlich war auf der sechzehn Kilometer nördlich

von hier gelegenen Insel Campobello Island häufig in der Sommerfrische.«
»Wer ist FDR?« fragte Bonterre stirnrunzelnd.
»Franklin D. Roosevelt, der Präsident.«
Sie nickte. »Stimmt. Ich habe ganz vergessen, daß ihr Amerikaner es liebt, die Namen eurer Präsidenten abzukürzen. JFK, LBJ und so weiter.« Sie riß erstaunt die Augen auf. »Aber was sehe ich denn da? Sie malen ja! Soviel künstlerischen Tiefgang hatte ich gar nicht bei Ihnen vermutet, *Monsieur le docteur.*«
»Sie sollten sich Ihr Urteil besser aufheben, bis Sie das fertige Produkt gesehen haben«, erwiderte Hatch und tupfte mit kurzen Pinselstrichen den Kiesstrand aufs Blatt. »Ich beschäftige mich seit meinem Studium ein wenig mit der Malerei, bei der ich mich schon immer gut entspannen konnte. Aber erst nach und nach habe ich herausgefunden, daß mir Aquarelle am meisten liegen. Besonders, wenn man Landschaften wie diese hier malen kann.«
»Da haben Sie recht«, sagte Bonterre bewundernd und deutete auf die Muschelhaufen. »*Mon dieu*, sind die gewaltig!«
»Stimmt. Die untersten dieser Austernschalen sollen an die dreitausend Jahre alt sein, wogegen die obersten aus dem frühen siebzehnten Jahrhundert stammen, als die Indianer von hier vertrieben wurden.« Hatch deutete flußaufwärts. »Es gibt an diesem Fluß noch eine ganze Reihe weiterer prähistorischer Indianerlager. Und auf Rackitash Island finden sich recht sehenswerte Überreste des Micmac-Stammes.«
Bonterre ging hinüber zum nächsten Muschelhaufen und untersuchte dessen unterste Schicht. »Aber wieso haben die Indianer die Schalen denn immer auf denselben Haufen geworfen?« fragte sie Hatch.
»Das weiß man nicht. Es hat ihnen bestimmt eine Menge Mühe bereitet. Irgendwo habe ich mal gelesen, daß sie einen religiösen Grund dafür gehabt haben sollen.«
Bonterre brach in Lachen aus. »Aha. Einen *religiösen* Grund.

Das behaupten wir Archäologen immer, wenn wir etwas nicht erklären können.«

Hatch nahm einen anderen Pinsel zur Hand. »Sagen Sie mir doch bitte eines, Isobel«, bat er. »Was verschafft mir die Ehre Ihres Besuchs? Sie haben doch bestimmt etwas Besseres an einem Sonntagnachmittag zu tun, als einem alternden Junggesellen wie mir hinterherzufahren.«

Bonterre grinste spitzbübisch. »Ich wollte herausfinden, weshalb Sie mich nicht um ein zweites Rendezvous gebeten haben.«

»Das ist ganz einfach. Ich dachte, daß Sie mich seit dem letzten Mal für ein Weichei halten. Erinnern Sie sich noch daran, wie Sie gesagt haben, daß wir Yankees kein Mark mehr in den Knochen hätten?«

»Das stimmt allerdings, aber deshalb halte ich Sie noch lange nicht für ein Weichei, was immer das sein soll. Ich würde Sie eher für ein Überraschungsei halten, das auf die richtige Frau wartet, um es auszupacken.« Sie nahm eine Austernschale und warf sie in hohem Bogen ins Wasser. »Die Frage ist nur, was für eine Überraschung sich darinnen verbirgt.«

Hatch widmete sich wieder seinem Bild. Bei dieser Art von verbalem Schlagabtausch würde Bonterre immer als Siegerin hervorgehen.

Sie wandte sich von den Muschelhaufen ab und kam wieder auf Hatch zu. »Außerdem wollte ich herausfinden, ob Sie sich hier mit dieser anderen Frau treffen.«

Hatch sah sie fragend an.

»Na, Sie wissen schon. Mit der Frau des Reverends. Ihrer guten alten Freundin.«

»Das ist sie tatsächlich; und mehr auch nicht«, entgegnete Hatch barscher, als er eigentlich vorgehabt hatte. Bonterre musterte ihn fragend, und er seufzte leise. »Das hat sie mir erst neulich unmißverständlich klargemacht.«

Bonterre hob die Augenbrauen. »Und jetzt sind Sie enttäuscht.«

Hatch ließ den Pinsel sinken. »Um ehrlich zu sein, ich wußte nicht, was mich erwartete, als ich nach Stormhaven zurückkam. Aber sie hat mir klipp und klar gesagt, daß unsere Beziehung der Vergangenheit angehört. Sie hat mir sogar einen Brief geschrieben. Das hat ziemlich weh getan. Aber wissen Sie was? Sie hat vollkommen recht.«

Bonterre sah ihn an und fing langsam an zu lächeln.

»Weshalb grinsen Sie?« fragte Hatch. »Über den Onkel Doktor und seinen Liebeskummer? Mit so was haben Sie doch bestimmt Erfahrung.«

Bonterre lachte laut auf und weigerte sich, den Köder zu schlucken. »Ich lächle, weil ich erleichtert bin, *Monsieur.* Sie haben mich offenbar von Anfang an falsch verstanden.« Sie fuhr Hatch mit dem Zeigefinger über den Handrücken. »Ich spiele nun einmal gerne mit den Männern, *comprendez vous*? Aber nur dem richtigen gestatte ich es, mich zu fangen. Schließlich habe ich eine stockkatholische Erziehung genossen.«

Hatch sah sie einen Moment lang erstaunt an, bevor er den Pinsel wieder zur Hand nahm. »Ich hatte eigentlich gedacht, Sie würden sich heute mit Neidelman im Orthanc einschließen und über Plänen und Diagrammen brüten.«

Als Hatch dieses Thema anschnitt, verfinsterte sich Bonterres Gesicht. »Nein«, sagte sie, und ihre gute Laune schien mit einemmal verflogen. »Der Kapitän hat keine Zeit mehr für sorgfältige Archäologie. Er treibt jetzt nur noch. *Vite vite.* Ihn interessiert ausschließlich der Schatz, und alles andere kann zum Teufel gehen. Er ist momentan unten in der Grube und bereitet die Bergung des Schatzes vor. Und zwar ohne Bodenproben zu nehmen oder auf eventuell vorhandene Artefakte zu achten. Ich kann es nicht mit ansehen.«

Hatch sah sie erstaunt an. »Er arbeitet wirklich heute am Sonntag?« Das war gegen die Vorschriften, weil nämlich kein Arzt auf der Insel war.

Bonterre nickte. »Seit *Christophe* das mit dem umgedrehten Kathedralenturm herausgefunden hat, ist er wie besessen. Ich glaube, er hat eine ganze Woche lang nicht geschlafen und nur gearbeitet. Aber trotz aller Eile hat er zwei Tage gebraucht, bis er meinen guten *Christophe* um Hilfe gebeten hat. Dabei habe ich ihm immer wieder erzählt, daß nur er mit seinem profunden Wissen über Architektur die fehlenden Streben rekonstruieren kann. Aber Gerard wollte einfach nicht auf mich hören.« Sie schüttelte den Kopf. »Ich habe ihn nie richtig verstanden, aber jetzt werde ich überhaupt nicht mehr schlau aus ihm.«

Einen Augenblick lang überlegte Hatch, ob er Bonterre von Neidelmans Befürchtungen in Hinblick auf einen Saboteur oder von den Dokumenten erzählen sollte, die er auf seinem Speicher gefunden hatte, aber dann entschied er sich doch dagegen. Das konnte alles warten. Sollte sich doch Neidelman am Sonntag krumm und bucklig arbeiten, wenn er es nicht anders wollte. Hatch jedenfalls hatte frei und freute sich, den Nachmittag mit Malen zu verbringen. »Jetzt wird es Zeit für den Mount Lovell«, sagte er und deutete auf den dunklen Umriß in der Ferne. Bonterre sah zu, wie er das Grau mit etwas Kobaltblau mischte und damit eine dicke nasse Linie an den Horizont des Bildes malte. Dann nahm er das Aquarell von der Staffelei, drehte es um und wartete, bis die feuchte Farbe in den Himmel hineingeflossen war. Anschließend stellte er es richtig herum wieder auf die Staffelei.

»*Mon dieu*! Wo haben Sie denn das gelernt?«

»Es gibt eben in jedem Metier gewisse Kunstkniffe« meinte Hatch, während er die Pinsel säuberte und zusammen mit den Farbtuben zurück in den Malkasten legte. Dann stand er auf. »Das Bild muß jetzt eine Weile trocknen. Warum machen wir in der Zwischenzeit nicht eine kleine Kletterpartie?«

Austernschalen zerbröselten knirschend unter ihren Schritten, als sie nebeneinander den größten der Muschelhaufen erklommen. Oben angelangt, ließ Hatch seinen Blick an ihren beiden Booten vorbei über den Fluß schweifen. Vögel raschelten im dichten Laub der Eichen, und die Luft war warm und klar. Wenn sich ein Sturm zusammenbraute, dann war zumindest hier nichts davon zu spüren. Flußaufwärts sah man keinerlei Anzeichen menschlicher Besiedelung, nur die blauen Wasserschleifen und ausgedehnte Wälder, die hier und da von Wiesen unterbrochen wurden.

»*Magnifique*«, hauchte Bonterre. »Ein wahrhaft magischer Ort.«

»Ich war einmal mit meinem Bruder Johnny hier. Ein Lehrer von der Highschool zeigte uns diese Stelle einen Tag vor seinem Tod.«

»Erzählen Sie mir von Johnny«, bat Bonterre.

Schweigend setzte sich Hatch auf die Austernschalen, die unter seinem Gewicht knirschten und knackten. »Er hatte mich ganz schön unter der Fuchtel«, sagte er. »In Stormhaven gab es nicht so viele Kinder, und deshalb mußten wir ziemlich viel zu zweit unternehmen. Johnny und ich waren die besten Freunde – zumindest solange er mich nicht vermöbelt hat.«

Bonterre lachte.

»Er mochte alles, was mit Naturwissenschaften zu tun hatte – mehr noch als ich. Johnny hatte unglaublich umfangreiche Sammlungen von Schmetterlingen, Mineralien und Fossilien. Außerdem kannte er die Namen sämtlicher Sternbilder und hat sich sogar ein Teleskop gebaut.«

Hatch stützte sich auf die Ellenbogen und schaute durch das Laub der Bäume hinunter auf den Fluß. »Johnny hätte in seinem Leben bestimmt etwas ganz Großes erreicht. Manchmal denke ich, daß einer der Gründe, weshalb ich das Medizinstudium in Harvard geschafft habe, der war, daß ich das, was ihm zugestoßen ist, ungeschehen machen wollte.«

»Was genau wollten Sie denn ungeschehen machen?« fragte Bonterre sanft.

»Ich war es, der vorgeschlagen hat, an jenem Tag nach Ragged Island zu fahren«, antwortete Hatch.

Abermals war er Bonterre dafür dankbar, daß sie ihm die in solchen Situationen üblichen Platitüden ersparte. Er atmete zweimal tief durch und hatte den Eindruck, als könne er sich damit von dem Gift befreien, das sich jahrelang in ihm angestaut hatte.

»Nachdem Johnny in dem Stollen verschwunden war, brauchte ich eine ganze Weile, bis ich wieder nach draußen gefunden hatte. Ich weiß nicht mehr genau, wie lange das dauerte. Überhaupt erinnere ich mich nur noch bruchstückhaft an das, was damals passiert ist. Ich habe es versucht, aber es gibt da eine große Lücke in meinem Gedächtnis. Ich weiß zwar noch, daß wir uns den Tunnel entlangtasteten und Johnny ein Streichholz anzündete, aber meine nächste klare Erinnerung ist die, wie ich mit dem Boot am Steg meiner Eltern ankomme. Sie waren gerade von einem Mittagessen bei Freunden zurückgekehrt und fuhren so schnell sie konnten nach Ragged Island hinüber, und zwar mit der halben Stadt im Schlepptau. Ich werde niemals das Gesicht meines Vaters vergessen, als er aus dem Tunnel zurückkam. Seine Kleidung war voll von Johnnys Blut. Er weinte und schrie und schlug mit den Fäusten auf die Stollenwand ein.«

Hatch hielt einen Augenblick inne und ließ die traurige Szene noch einmal Revue passieren. »Obwohl man den Stollen von vorne bis hinten absuchte und sogar Löcher in die Wände und Decken schlug, war Johnnys Leiche nicht aufzufinden; obwohl selbst die Küstenwache bei der Suche mithalf, ebenso wie ein Bergwerksingenieur mit einem speziellen Horchgerät. Sie haben sogar einen schweren Schaufelbagger auf die Insel gebracht, aber der Boden war zu instabil, um ihn zum Einsatz zu bringen.«

Bonterre hörte Hatch schweigend zu.

»Den ganzen Tag lang und die Nacht hindurch und den folgenden Tag haben sie nach Johnny gesucht. Dann, als gegen Ende des zweiten Tages langsam immer klarer wurde, daß Johnny unmöglich noch am Leben sein konnte, gaben die ersten Helfer auf. Obwohl mehrere Ärzte sagten, daß man aufgrund der Menge des im Tunnel gefundenen Blutes mit Sicherheit davon ausgehen könne, daß Johnny tot sei, blieb Dad auf der Insel und suchte weiter. Er blieb auch noch dort, als nach einer Woche alle anderen, darunter selbst Mom, aufs Festland zurückkehrten. Die Tragödie hatte etwas in seinem Kopf verändert. Er wanderte ziellos umher, kletterte in Schächte hinab, grub Löcher mit Schaufel und Hacke und rief Johnnys Namen so lange, bis er vor Heiserkeit kein Wort mehr herausbrachte. Man glaubt es kaum, aber er war wochenlang dort draußen. Meine Mom flehte ihn an, doch nach Hause zu kommen, aber Dad weigerte sich, Ragged Island zu verlassen. Dann, eines Tages, fuhr sie auf die Insel, um ihm etwas zu essen zu bringen, aber er war nirgends zu finden. Wieder wurde eine großangelegte Suchaktion veranstaltet, und diese führte schließlich zu einem Ergebnis: Man fand Dad ertrunken in einem mit Wasser gefüllten Schacht. Zwar sprach niemand offen mit uns darüber, aber bald wurde in der Stadt gemunkelt, daß er in seiner Verzweiflung Selbstmord begangen haben könnte.«

Hatch starrte hinab auf das Blättermeer unter dem blauen Himmel. Er hatte diese Geschichte bisher noch niemandem in dieser Ausführlichkeit erzählt und hatte sich nicht vorstellen können, was für eine enorme Erleichterung es war, sie sich von der Seele zu reden. Es war, als würde ihm eine schwere Last von den Schultern genommen, die er bereits so lange mit sich herumgeschleppt hatte, daß er ihr Vorhandensein schier vergessen hatte.

»Danach blieben wir noch sechs Jahre in Stormhaven. Ich glaube, Mom hat immer darauf gehofft, daß die Leute eines Tages aufhören würden, über uns zu reden. Aber das taten sie nicht, denn eine Kleinstadt wie diese vergißt nichts. Dabei waren alle so ... nett zu uns. Und trotzdem zerrissen sie sich hinter unserem Rücken das Maul. Ich hörte zwar nicht viel von dem Klatsch, aber ich wußte trotzdem, daß es ihn gab. Und es ging immer weiter. Vermutlich war es der Umstand, daß Johnnys Leiche nie gefunden wurde, der die Leute nicht zur

Ruhe kommen ließ. Außerdem gab es immer ein paar Fischer, die an den Fluch von Ragged Island glaubten. Erst später erfuhr ich, daß manche Eltern ihren Kindern regelrecht verboten hatten, mit mir zu spielen. Als ich sechzehn Jahre alt war, hielt es meine Mutter nicht mehr aus und fuhr über den Sommer mit mir nach Boston. Zuerst wollten wir nur für die Ferien dort bleiben, aber als es September wurde, schulte meine Mutter mich in Boston ein, und so verging ein Jahr und dann noch ein zweites, und dann war es soweit, daß ich aufs College kam. Und so bin ich nie wieder hierher zurückgekehrt. Bis jetzt.«

Ein großer Graureiher flog majestätisch den Fluß entlang und ließ sich auf einem abgestorbenen Ast nieder.

»Und was kam dann?«

»Medizinstudium, Friedenskorps, ›Medécins sans Frontières‹ und schließlich das Mount-Auburn-Hospital. Und dort spazierte eines Tages Ihr Kapitän in mein Büro und unterbreitete mir seinen verrückten Plan. So, jetzt wissen Sie alles über mich.« Hatch hielt inne. »Als die Grube leergepumpt war und man den Stollen gefunden hatte, der zum Strand führt, habe ich nichts gesagt. Ich bestand nicht darauf, daß man dort auf der Stelle nach den Überresten meines Bruders suchte. Eigentlich hatte ich gedacht, daß ich es nicht würde erwarten können, aber als es dann wirklich soweit war, bekam ich es mit der Angst zu tun. Ich war mir nicht sicher, ob ich wirklich wissen wollte, was Johnny genau zugestoßen ist.«

»Dann haben Sie es wohl inzwischen bedauert, daß Sie Neidelmans Vertrag unterschrieben haben?«

»Eigentlich hat er ja meinen Vertrag unterschrieben«, sagte Hatch mit einem Anflug von Lächeln. »Aber um Ihnen auf Ihre Frage zu antworten: Ich habe es nicht bedauert, und selbst wenn dem so wäre, dann hätte das Erlebnis von gestern alles wieder aufgewogen.«

»Und in ein, zwei Wochen können Sie als einer der reichsten Männer Amerikas Ihren Job an den Nagel hängen.«

Hatch lachte. »Ich habe beschlossen, mit dem Geld eine Stiftung zu gründen und sie nach meinem Bruder zu benennen.«

»Mit dem ganzen Geld?«

»Ja«, sagte Hatch und fügte nach kurzem Zögern an: »Das habe ich zumindest vor.«

Bonterre lehnte sich zurück und blinzelte Hatch skeptisch an. »Ich halte mich für eine ziemlich gute Menschenkennerin, *Monsieur le docteur.* Es kann gut sein, daß Sie den größten Teil des Geldes in die Stiftung stecken, aber ich lasse mir bei lebendigem Leib die Haut abziehen, wenn Sie nicht ein hübsches Sümmchen davon behalten. Andernfalls wären Sie ein Übermensch, und dann würde ich Sie wohl nicht so gerne mögen, wie ich es tue.«

Hatch öffnete automatisch den Mund, um zu protestieren, entspannte sich aber gleich wieder.

»Sie sind auch noch so eine Art Heiliger. Ich jedenfalls habe mit meinem Anteil sehr viel schnödere Dinge vor. Zum Beispiel will ich mir einen unverschämt schnellen Wagen kaufen – aber auch eine größere Summe meiner Familie in Martinique schicken.« Sie blickte hinüber zu Hatch, der zu seinem Erstaunen den Eindruck hatte, sie suche nach seinem Einverständnis.

»Nur zu«, sagte er. »Für Sie ist das eine rein berufliche Angelegenheit, für mich aber eine zutiefst persönliche.«

»Da sind Sie wie Gerard Neidelman«, meinte Bonterre. »Aber während Sie sich Ihre Dämonen ausgetrieben haben, ruft er seine erst herbei, *n'est-ce pas*? Dieser Schatz von Ragged Island hat auf ihn immer schon eine ganz besondere Faszination ausgeübt. Aber diese Besessenheit mit Macallan, *c'est incroyable*! Mir kommt sie wie eine persönliche Herausforderung vor, wie ein Kampf zwischen den beiden. Ich glaube, Gerard wird erst dann Ruhe geben, wenn er dem alten Architekten den Hals verdreht hat.«

»Umge*dreht*«, korrigierte sie Hatch.

»Und wenn schon.« Bonterre rutschte unruhig auf den harten

Austernschalen herum. »Von mir aus können sie alle beide zum Teufel gehen.«

Hatch sagte nichts darauf, und die beiden legten sich auf den Rücken und genossen die Sonne des Spätvormittags. Ein Eichhörnchen hüpfte auf einem Ast über ihren Köpfen herum und gab leise, schnatternde Geräusche von sich. Hatch schloß die Augen. Vage dachte er daran, daß er Bill Banns von der Entdeckung von Johnnys Leiche berichten müsse. Bonterre sagte etwas, aber er war zu müde, um richtig zuzuhören. Schließlich glitt er sanft hinüber in einen ebenso friedlichen wie traumlosen Schlaf.

39

Am folgenden Nachmittag erhielt Hatch Nachricht von der Marquesa.

Zunächst hatte sein Internetzugang nicht so recht klappen wollen, und er hatte erst mit der »Plain Jane« von der Insel ablegen und bis hinter die Nebelbank fahren müssen, um per Handy Verbindung mit dem E-Mail-Server aufnehmen zu können. Was ist auf dieser Insel bloß ständig mit den Computern los?, fragte er sich, während sein Laptop draußen auf dem Wasser die Nachrichten problemlos aus dem Netz lud.

Hatch warf den Motor wieder an und fuhr zurück nach Ragged Island. Der Bug der »Plain Jane« glitt durch das glasklare, nur leicht von einer Dünung bewegte Wasser und schreckte dabei einen Kormoran auf, der sofort untertauchte. Nach einer Weile kam der Vogel zwanzig Meter vom Boot entfernt wieder zum Vorschein und paddelte beleidigt von dannen.

Im Radio des Bootes hörte Hatch den Seewetterbericht: Die Störung über den Great Banks hatte sich zu einem kräftigen Tiefdrucksystem entwickelt, das sich auf die Küste von Nord-

Maine zubewegte. Wenn das Unwetter seinen bisherigen Kurs beibehielt, würde es gegen Mittag des nächsten Tages eine Sturmwarnung für kleinere Fahrzeuge geben. Ein klassischer Nordost-Sturm, ging es Hatch durch den Kopf.
Am Horizont sah er mehr Hummerboote als gewöhnlich ihre Fallen aus dem Wasser ziehen. Vielleicht bereiteten sich die Fischer ja schon auf den Sturm vor, vielleicht hatten sie aber auch einen anderen Grund. Obwohl er Claire seit ihrem Erlebnis in Squeaker's Cove nicht mehr gesehen hatte, wußte er, daß ihr Mann seine Protestaktion für den einunddreißigsten August geplant hatte. Bill Banns hatte es ihm am Sonntagabend telefonisch mitgeteilt.
Als Hatch wieder in seiner Praxis war, trank er den Rest Kaffee und schaltete den Laptop ein. Er war gespannt, was die Marquesa ihm geschrieben hatte. Wie es so ihre Art war, informierte ihn die schlitzohrige alte Dame erst einmal über ihre neueste Eroberung:

Er ist schrecklich schüchtern, aber furchtbar süß und wahnsinnig aufmerksam. Ich bin ganz vernarrt in ihn. Er hat dunkelbraunes lockiges Haar, das ihm in die Stirn fällt und ganz schwarz wirkt, wenn er verschwitzt vom Sport kommt. Alles, was er tut, ist voll von jugendlichem Enthusiasmus. Gibt es etwas Schöneres?

Sie fuhr fort, indem sie Vergleiche zwischen verflossenen Liebhabern und Gatten zog, wobei sie recht detailliert auf gewisse Punkte der männlichen Anatomie einging. Die Marquesa betrachtete E-Mails ganz offensichtlich als ein Medium für weitschweifige Geständnisse. Normalerweise wäre sie als nächstes auf ihre chronische Geldknappheit zu sprechen gekommen sowie auf den illustren Stammbaum ihrer Familie, der sich quer durchs Heilige Römische Reich bis zu Alarich, dem Westgoten, zurückverfolgen ließ. Diesmal aber kam sie ungewohnt rasch zu den Informationen, die sie in den Archiven der Kathe-

drale von Cádiz ausgegraben hatte. Als Hatch sie las, lief ihm ein eiskalter Schauder über den Rücken.
Beim zweiten Durchlesen der E-Mail klopfte es an der Tür. »Herein«, sagte Hatch, während er dem Laptop Befehl gab, die Mitteilung der Marquesa auszudrucken. Er blickte auf, sah einen Arbeiter vor sich stehen und erschrak.
»Großer Gott«, hauchte er und erhob sich rasch. »Was ist denn mit Ihnen passiert?«

40

Fünfzig Minuten später stieg Hatch raschen Schrittes den Pfad zur Wassergrube hinauf. Die Strahlen der sinkenden Sonne tauchten die Nebelbank vor der Insel in ein feuriges Orange.
Der Orthanc war leer bis auf Magnusen und einen Techniker, der die Winde bediente, die gerade einen großen, an einem Stahlseil befestigten Behälter aus der Grube heraufzog. Durch den Glasboden des Kontrollraums konnte Hatch sehen, wie Arbeiter am Rand der Grube den Behälter zur Seite drückten und in einen aufgelassenen Schacht gleich neben der Wassergrube entleerten. Mit einem lauten, schmatzenden Geräusch ergossen sich unzählige Liter flüssigen Schlamms in die Tiefe. Die Arbeiter richteten den geleerten Behälter wieder gerade und schwenkten ihn zurück über die Wassergrube, wo er gleich darauf wieder nach unten gelassen wurde.
»Wo ist Gerard?« fragte Hatch.
Magnusen, die ein Drahtgittermodell der Grube auf ihrem Monitor hatte, sah kurz zu Hatch hinüber. »Unten«, sagte sie kurz angebunden.
An der Wand neben dem Bedienungspult der Winde befanden sich sechs rote Telefone, die mit verschiedenen Punkten

auf der Insel verbunden waren. Hatch hob eines davon ab, auf dem WASSERGRUBE, UNTERSTE EBENE stand.
Nachdem es dreimal im Hörer getutet hatte, antwortete Hatch Neidelmans Stimme. »Ja?« Im Hintergrund war lautes Hämmern zu hören.
»Ich muß mit Ihnen sprechen«, sagte Hatch.
»Kann das nicht warten?« fragte Neidelman. Seine Stimme klang verärgert.
»Nein, leider nicht. Ich habe neue Informationen über das St.-Michaels-Schwert.«
Es entstand eine Pause, während der das Hämmern noch lauter wurde. »Wenn es wirklich sein muß, dann kommen Sie zu mir herunter«, meinte Neidelman schließlich. »Aber ich habe nicht viel Zeit. Wir sind gerade damit beschäftigt, ein paar wichtige Streben zu setzen.«
Hatch legte auf, griff sich einen Klettergurt und einen Helm und kletterte außen am Turm zur Plattform hinab. In der einbrechenden Abenddämmerung sah die hell erleuchtete Grube, die einen gelblichen Lichtschein in den Dunst über dem Orthanc schickte, noch beeindruckender aus als sonst. Einer der Arbeiter am Eingang half ihm auf den elektrischen Lift. Dort drückte Hatch einen Knopf, und nach einem kurzen Ruck begann sich die kleine Plattform nach unten zu bewegen.
Hatch glitt durch ein Netz von Titanverstrebungen und Kabeln und war erstaunt, wie perfekt die Grube mittlerweile ausgebaut war. Der Lift fuhr an ein paar Arbeitern vorbei, die auf der Zehn-Meter-Plattform gerade die Streben kontrollierten. Nach etwa neunzig Sekunden kam dann der Boden des Schachtes in Sicht. Hier war in den letzten Tagen besonders viel geschehen: Schlamm und Schlick waren verschwunden, und im Licht einer ganzen Batterie starker Lampen sah Hatch, daß Neidelman und seine Leute am Boden der Hauptgrube bereits einen kleineren Schacht nach unten gegraben und nach allen Seiten verschalt hatten. Mehrere kleine Meßinstrumente, die vermutlich Magnusen oder Rankin angebracht hat-

ten, hingen an dünnen Kabeln in die Tiefe. In der Mitte lief das Drahtseil der Winde, und an einer Wand war eine Leiter aus Titan angebracht. Diese kletterte Hatch, nachdem er von der Liftplattform gestiegen war, nach unten. In dem kleinen Schacht mischten sich Hämmern und Schaufelgeräusche mit dem Zischen einer starken Entlüftungsanlage.

Nach zehn Metern erreichte Hatch die Sohle der Ausschachtung. Unter dem Auge einer Videokamera schaufelten hier Arbeiter nasses Erdreich in den mit dem Windenseil verbundenen Transportbehälter, während andere mit dicken Schläuchen Schlamm und Wasser absaugten. Neidelman stand, einen Bauarbeiterhelm auf dem Kopf, in einer Ecke und zeigte den Arbeitern, wo sie neue Streben anbringen sollten. Neben ihm studierte Streeter einen Computerausdruck.

Der Kapitän nickte Hatch zu. »Es überrascht mich, daß Sie nicht schon früher hierhergekommen sind, um sich umzusehen«, meinte er. »Jetzt, wo wir die Grube stabilisiert haben, können wir mit Vollkraft zum Schatz vorstoßen.«

Es entstand eine Pause, in der Hatch kein Wort von sich gab.

Neidelman sah ihn mit seinen blassen Augen an. »Sie wissen, daß wir unter Zeitdruck stehen«, sagte er. »Ich hoffe, daß Sie mir etwas Wichtiges mitzuteilen haben.«

In der Woche, die nun seit Wopners Tod vergangen war, hatte sich der Kapitän stark verändert. Der selbstsichere, ruhige Gleichmut, der ihn bisher wie ein Schutzschild umgeben hatte, war offensichtlich verschwunden und hatte einer Ausstrahlung Platz gemacht, die Hatch nur als eine Art wilde Entschlossenheit beschreiben konnte, die schon fast an Besessenheit grenzte.

»Es ist wichtig«, sagte Hatch. »Aber ich muß mit Ihnen unter vier Augen sprechen.«

Neidelman sah ihn einen Moment lang an. Dann schaute er auf die Uhr und wandte sich an die Arbeiter. »Alle mal herhören! Eure Schicht endet zwar erst in sieben Minuten, aber ich möchte, daß ihr schon jetzt mit der Arbeit aufhört, nach oben fahrt und die nächste Mannschaft herunterschickt. Sagt den Leuten, daß sie ein bißchen früher anfangen müssen.«

Die Arbeiter stellten ihre Werkzeuge beiseite und stiegen die Leiter hinauf zum Lift. Streeter blieb neben Neidelman stehen und sagte nichts. Das Geräusch der Absaugschläuche erstarb, und der Transportbehälter wurde halb voll und ein wenig schwankend an einem starken Drahtseil nach oben gezogen.

Neidelman wandte sich an Hatch. »Sie haben fünf Minuten Zeit. Beeilen Sie sich.«

»Vor ein paar Tagen«, begann Hatch, »fielen mir einige Dokumente in die Hand, die mein Großvater über die Wassergrube und Ockhams Schatz zusammengetragen hatte. Sie waren auf dem Speicher unseres Hauses versteckt, wo sie wohl der Vernichtungsaktion meines Vaters entgangen sind. In einigen der Dokumente wird das St.-Michaels-Schwert erwähnt, und zwar als eine schreckliche Waffe, welche die spanische Regierung gegen Red Ned Ockham einzusetzen gedachte. Weil es in den Papieren noch einige weitere beunruhigende Hinweise gab, habe ich eine Bekannte gebeten, sich in Cádiz eingehend über die Geschichte des Schwertes zu informieren.«

Neidelman blickte auf den schlammigen Boden vor seinen Füßen und schürzte die Lippen. »Diese Dokumente könnten möglicherweise wichtige Informationen enthalten, die nicht an die Öffentlichkeit gelangen dürfen. Es überrascht mich, daß Sie diesen Schritt nicht vorher mit mir abgesprochen haben.«

»Meine Bekannte hat das hier gefunden.« Hatch zog aus seinem Jackett ein Blatt Papier heraus, das er Neidelman reichte.

Der Kapitän warf einen raschen Blick darauf. »Das ist altes Spanisch«, meinte er stirnrunzelnd.

»Darunter finden Sie die Übersetzung meiner Bekannten.«

Neidelman gab Hatch das Blatt zurück. »Erzählen Sie mir, was drinsteht«, sagte er schroff.

»Es handelt sich um das Fragment eines Dokuments, das

die ursprüngliche Entdeckung des St.-Michaels-Schwerts beschreibt.«

Neidelman hob die Augenbrauen. »Tatsächlich?«

»In einer Zeit, als die Pest in Spanien wütete, verließ ein Kaufmann aus Cádiz mit seiner Familie seine Heimat und segelte quer über das Mittelmeer an die nordafrikanische Berberküste, wo er in einer unbewohnten Gegend an Land ging. Auf den Ruinen einer alten römischen Siedlung errichtete er ein Lager, in dem er leben wollte, bis die Pest in seinem Heimatland zum Erliegen gekommen sein würde. Ein paar Berber, mit denen die Spanier sich angefreundet hatten, warnten die Fremden davor, sich einer Tempelruine zu nähern, die sich auf einem etwas entfernten Hügel befand und auf der angeblich ein Fluch lastete. Die Berber wiederholten ihre Warnung mehrmals, aber gegen Ende seines Aufenthalts, als die Pest in Spanien langsam abzuflauen begann, beschloß der Kaufmann, dem Tempel doch noch einen Besuch abzustatten. Vielleicht dachte er, daß die Berber dort etwas Wertvolles vor ihm versteckt hielten, und er wollte nicht fahren, ohne sich dort wenigstens einmal umgesehen zu haben. Wie es scheint, hat er in der Ruine einen Altar gefunden, hinter dem eine Marmorplatte in den Boden eingelassen war. Darunter befand sich ein alter versiegelter Metallbehälter mit einer lateinischen Inschrift, die besagte, daß darin ein Schwert enthalten sei – die tödlichste aller Waffen. Selbst sein Anblick bedeute bereits den sicheren Tod. Der Kaufmann ließ den Behälter zu seinem Schiff bringen, aber als er ihn öffnen wollte, weigerten sich die Berber, ihm dabei zu helfen, und vertrieben ihn von ihrer Küste.«

Neidelman starrte weiterhin auf den Boden.

»Ein paar Wochen später fand man am 29. September – am Michaelstag also – das Schiff des Kaufmanns steuerlos auf dem Mittelmeer treibend. In den Rahen hockten die Geier, und alle an Bord waren tot. Der Behälter war verschlossen, das bleierne Siegel jedoch erbrochen. Man brachte das Schiff zurück nach Cádiz, wo der Behälter in ein Kloster kam. Die Mönche lasen seine Inschrift und das Logbuch des Kaufmanns und kamen zu dem Schluß, daß es sich bei dem Behälter um ein Ding handelte, das – und jetzt zitiere ich aus der Übersetzung meiner Bekannten –, ›die Hölle selber ausgespuckt hat‹. Sie versahen ihn mit frischen Siegeln und verwahrten ihn in den Katakomben unter der Kathedrale der Stadt. Das Dokument endet mit der Feststellung, daß die Mönche, die den Behälter angefaßt hatten, bald darauf erkrankten und starben.«

Jetzt erst blickte Neidelman auf und sah Hatch in die Augen. »Und was hat das mit unserer momentanen Arbeit zu tun?«

»Sehr viel«, antwortete Hatch.

»Dann klären Sie mich gefälligst darüber auf!«

»Wo auch immer das St.-Michaels-Schwert bisher aufgetaucht ist, sind Menschen gestorben. Erst die Familie des Kaufmanns, dann die Mönche. Und als Ockham es in seinen Besitz brachte, starben achtzig seiner Piraten hier auf dieser Insel, und sechs Monate später wurde sein Schiff voller Toter auf dem Meer treibend gefunden, genauso wie das des Kaufmanns aus Cádiz Jahrhunderte zuvor.«

»Eine interessante Geschichte, das gebe ich zu«, sagte Neidelman, »aber ich finde nicht, daß sie es wert war, ihretwegen unsere Arbeit zu unterbrechen. Wir befinden uns schließlich im zwanzigsten Jahrhundert, wo solcher fauler Zauber keine Bedeutung mehr hat.«

»Da täuschen Sie sich. Ist Ihnen denn nicht aufgefallen, wie viele Ihrer Männer in letzter Zeit erkrankt sind?«

Neidelman zuckte mit den Achseln. »Wo hart gearbeitet wird, kommt so etwas eben vor. Besonders dann, wenn die Arbeit auch noch gefährlich ist.«

»Wir sprechen hier nicht von Simulanten, Kapitän Neidelman. Ich habe das Blut der Männer untersucht und herausgefunden, daß bei allen die Anzahl der weißen Blutkörperchen alarmierend niedrig ist. Und heute nachmittag kam einer Ihrer Arbeiter von hier unten zu mir in die Praxis, und zwar mit einem Ausschlag, der mir in meiner langjährigen Praxis noch nie untergekommen ist. Dazu hatte er starke Schwellungen an Armen und Oberschenkeln sowie im Schritt.«

»Und was hat dieser Mann für eine Krankheit?« fragte Neidelman.

»Das weiß ich nicht. Ich habe alle meine Fachbücher konsultiert und kann trotzdem noch keine spezifische Diagnose stellen. Wenn es nicht völlig ausgeschlossen wäre, würde ich sagen, daß er an der Beulenpest leidet.«

Neidelman sah Hatch erstaunt an. »Wie bitte? Beulenpest? Der Schwarze Tod hier in Maine? Und das im zwanzigsten Jahrhundert?«

»Wie schon gesagt, ich kann noch keine sichere Diagnose stellen.«

Neidelman runzelte die Stirn. »Wenn das so ist, wozu dann die ganze Aufregung?«

Hatch atmete tief durch und zwang sich zur Ruhe. »Gerard, ich weiß nicht genau, was es mit diesem St.-Michaels-Schwert auf sich hat, aber eines steht fest: Es ist sehr gefährlich, und wo immer es bisher aufgetaucht ist, hat es eine Spur des Todes hinterlassen. Ich frage mich, was die Spanier wohl wirklich damit gemeint haben, als sie schrieben, daß sie das Schwert gegen Ockham zum Einsatz bringen wollten. Vielleicht haben sie ja *gewollt*, daß es ihm in die Hände fiel.«

»Ach so«, sagte Neidelman mit einem Anflug von Sarkasmus in der Stimme. »Vielleicht liegt ja der Fluch auf dem Schwert und nicht auf der Insel.« Streeter neben ihm kicherte beflissen.

»Sie wissen genau, daß ich ebensowenig an einen Fluch glaube wie Sie«, fauchte Hatch. »Aber das heißt noch lange nicht, daß es keinen rational erklärbaren Grund für diese Geschichten gibt. Ich denke dabei zum Beispiel an eine Seuche. Das Schwert könnte möglicherweise ein Ansteckungsherd sein.«

»Und das soll eine Erklärung dafür sein, daß einige unserer Leute an bakteriellen Infektionen leiden, während ein anderer eine virusbedingte Lungenentzündung hat und wieder ein

anderer eine Zahnfleischinfektion. Auf was für eine Seuche wollen Sie das denn zurückführen, Herr Doktor?«
Hatch blickte Neidelman in sein schmales Gesicht. »Ich weiß, daß die Vielfalt der Erkrankungen verwirrend ist. Aber dennoch ist das Schwert gefährlich, und ich finde, wir sollten herausfinden, *wie* und *weshalb*, bevor wir weitergraben und es aus der Erde holen.«
Neidelman nickte, ein entrücktes Lächeln auf dem Gesicht. »Verstehe. Sie wissen zwar nicht, weshalb meine Leute krank sind, aber daß das Schwert dafür verantwortlich ist, das steht für Sie fest.«
»Aber es sind ja nicht die Erkrankungen allein«, konterte Hatch. »Sie wissen genau, daß sich da draußen ein Nordost-Sturm zusammenbraut. Wenn er sich weiter in unsere Richtung bewegt, dann können wir uns auf etwas gefaßt machen, gegen das der Sturm von neulich ein laues Frühlingswindchen war. Allein deshalb wäre es verrückt, die Arbeiten fortzusetzen.«
»Verrückt ist das also«, wiederholte Neidelman. »Und wie wollen Sie erreichen, daß ich die Grabung abbreche?«
Hatch ließ Neidelmans Worte erst einmal auf sich wirken, bevor er antwortete. »Indem ich an Ihren gesunden Menschenverstand appelliere«, sagte er so ruhig wie möglich.
Es folgte gespanntes Schweigen. »Nein«, erklärte Neidelman schließlich bestimmt. »Die Grabung wird fortgesetzt.«
»Dann muß ich wohl selbst dafür sorgen, daß die Arbeiten für dieses Jahr beendet werden. Und zwar sofort. Ihre Sturheit läßt mir keine andere Wahl.«
»Und wie soll das gehen?«
»Indem ich mich auf Paragraph neunzehn unseres Vertrags berufe.«
Niemand sagte ein Wort.
»Erinnern Sie sich an die Klausel, die mir das Recht einräumt, die Arbeiten sofort zu stoppen, sobald ich den Eindruck gewinne, daß sie zu gefährlich werden?« fragte Hatch.

Langsam holte Neidelman seine Pfeife aus der Tasche und stopfte sie mit Tabak. »Es ist schon komisch«, sagte er mit eiskalter Stimme zu Streeter. »Sehr komisch sogar, finden Sie nicht, Mr. Streeter? Jetzt, wo wir die Schatzkammer in dreißig Arbeitsstunden erreichen können, will Dr. Hatch die ganze Unternehmung stoppen.«

»In dreißig Stunden kann der Sturm direkt über der Insel toben, und dann ...«

»Irgendwie«, unterbrach ihn der Kapitän, »glaube ich nicht recht daran, daß Sie sich wirklich so große Sorgen um das Schwert und den Sturm machen. Diese alten Papiere sind doch nichts als mittelalterlicher Humbug – wenn sie überhaupt echt sind –, und der Sturm kann genausogut an uns vorüberziehen. Ich verstehe nicht ganz, weshalb Sie ...« Er hielt inne, weil ihm etwas zu dämmern schien. »Aber natürlich. Jetzt weiß ich, warum Sie das tun. Da steckt in Wahrheit ein ganz anderes Motiv dahinter, habe ich nicht recht?«

»Wovon reden Sie überhaupt?«

»Wenn wir jetzt aufhören, dann geht Thalassa das gesamte investierte Kapital verloren. Sie wissen genau, daß unsere Geldgeber bereits eine zehnprozentige Kostenüberschreitung in Kauf nehmen mußten. Sie werden nicht noch mal zwanzig Millionen ausspucken, damit wir die Arbeiten nächstes Jahr wieder aufnehmen können. Aber genau das ist es ja, was Sie wollen, nicht wahr?«

»Lassen Sie mich doch mit Ihren paranoiden Phantasien in Ruhe«, sagte Hatch ärgerlich.

»Es sind aber keine Phantasien, und das wissen Sie genau«, erwiderte Neidelman mit gedämpfter Stimme. »Jetzt, wo Sie von Thalassa alle Informationen bekommen haben, die Sie brauchen, würden Sie nichts lieber sehen, als daß wir so rasch wie möglich bankrott gingen. Schließlich haben wir Ihnen ja jetzt die Tür zum Schatz geöffnet. Sie brauchen nur noch hineinspazieren und ihn herausholen, und dann gehört er Ihnen ganz allein. Und, was noch viel wichtiger ist: das St.-Michaels-

Schwert auch.« Seine Augen funkelten vor Mißtrauen. »Ja, so ergibt alles einen Sinn. Es erklärt zum Beispiel auch, weshalb Sie unbedingt diesen Paragraph neunzehn in Ihrem Vertrag haben wollten. Oder die merkwürdigen Computerprobleme und die endlosen Verzögerungen. Jetzt ist mir klar, weshalb auf der ›Cerberus‹ alles funktioniert hat, aber nicht hier auf Ihrer Insel. Sie haben das alles von Anfang an geplant!« Neidelman schüttelte verbittert den Kopf. »Und ich habe Ihnen vertraut! Und dann bin ich auch noch mit meinen Befürchtungen wegen eines Saboteurs im Team ausgerechnet zu *Ihnen* gegangen!«

»Aber ich will Sie doch gar nicht um Ihren Anteil bringen, Gerard. Sie wissen genau, daß mir der Schatz scheißegal ist. Worum es mir geht, ist die Sicherheit Ihrer Leute.«

»Die Sicherheit meiner Leute!« wiederholte Neidelman höhnisch. Er fischte eine Schachtel Streichhölzer aus der Tasche und riß eines davon an. Anstatt die Flamme aber zum Anzünden seiner Pfeife zu verwenden. hielt er sie mit einer plötzlichen Bewegung ganz nahe an Hatchs Gesicht. Dieser wich einen Schritt zurück.

»Ich möchte, daß wir uns über eines im klaren sind«, fuhr Neidelman leise fort und schüttelte das Streichholz, bis es erlosch. »In dreißig Stunden gehört dieser Schatz mir. Ich weiß jetzt, was für ein Spiel Sie spielen, Hatch, und ich weigere mich, dabei mitzumachen. Sollten Sie dennoch versuchen, mich an meiner Arbeit zu hindern, werde ich Gewalt gegen Sie anwenden. Haben Sie mich verstanden?«

Hatch sah Neidelman prüfend an und versuchte herauszufinden, was hinter dieser eiskalten Fassade wohl vor sich ging. »Gewalt?« wiederholte er. »Soll das etwa eine Drohung sein?«

»So kann man es durchaus auffassen«, erwiderte Neidelman nach einer längeren Pause mit noch leiserer Stimme als zuvor.

Hatch richtete sich auf. »Wenn Sie morgen bei Sonnenaufgang nicht von meiner Insel verschwunden sind, dann werde ich Sie von der Polizei entfernen lassen. Und ich verspreche

Ihnen, daß ich Sie, sollte jemand zu Schaden oder gar ums Leben kommen, wegen Körperverletzung mit Todesfolge anzeigen werde.«

Neidelman drehte sich um. »Mr. Streeter?«

Streeter trat einen Schritt vor.

»Begleiten Sie Dr. Hatch zur Pier.«

Streeters schmales Gesicht verzog sich zu einem hämischen Grinsen.

»Dazu haben Sie kein Recht«, protestierte Hatch. »Sie befinden sich nämlich auf meiner Insel.«

Streeter packte Hatch am Arm, aber dieser trat einen Schritt zur Seite, ballte die rechte Hand zur Faust und schlug dem Mann damit genau auf den Solarplexus. Es war kein fester Schlag, dafür aber mit solch anatomischer Genauigkeit plaziert, daß Streeter auf die Knie fiel und mit aufgerissenem Mund nach Luft schnappte.

»Wenn Sie mich noch einmal anfassen«, sagte Hatch zu dem keuchenden Mann, »dann können Sie Ihre Eier fortan in einer Tasse mit sich herumtragen.«

Streeter rappelte sich auf und starrte Hatch rachsüchtig an.

»Ich glaube nicht, daß hier Gewaltanwendung vonnöten ist, Mr. Streeter«, sagte Neidelman scharf, als der Vorarbeiter Hatch abermals bedrohlich nahe rückte. »Dr. Hatch wird sich aus freien Stücken zu seinem Boot begeben. Jetzt, wo wir seinen Plan enttarnt haben, ist ihm sicherlich klar, daß er uns mit nichts mehr aufhalten kann. Und ich glaube auch, daß er nicht so dumm sein wird, es trotzdem zu versuchen.«

Danach wandte er sich wieder an Hatch. »Ich bin ein fairer Mann, Dr. Hatch. Sie haben es versucht, mich übers Ohr zu hauen, und sind damit gescheitert. Deshalb ist Ihre Anwesenheit auf Ragged Island nicht mehr erwünscht. Wenn Sie jetzt gehen und mich weitermachen lassen, dann werde ich Ihnen wie geplant Ihren Anteil am Erlös des Schatzes zukommen lassen. Falls Sie aber versuchen sollten, mich weiter an meiner Arbeit zu hindern, dann …« Er stemmte die Hände in die

Hüften und schob dabei seine Öljacke so weit nach hinten, daß Hatch den Revolver sehen konnte, der in seinem Gürtel steckte.
»Mit Ihrer Waffe können Sie mich nicht beeindrucken«, sagte Hatch.
»Los, Abmarsch!« raunzte Streeter und trat vor.
»Ich finde schon alleine raus«, entgegnete Hatch. Er ging zur gegenüberliegenden Wand und begann – ohne den Blick von Neidelman zu wenden – die Leiter hinauf zum Lift zu steigen, der gerade mit den ersten Arbeitern der nächsten Schicht nach unten gekommen war.

41

Die aufgehende Sonne löste sich von einer Wolkenbank am Horizont und warf einen glitzernden Lichtstreifen über den Ozean und die Armada von Booten, die den kleinen Hafen von Stormhaven fast vollständig füllte.
Ein kleines Fischerboot mit Woody Clay am Steuer tuckerte langsam mitten durch die Flottille hindurch, nahm Kurs aufs offene Meer und rammte dabei fast die Boje an der Hafenausfahrt. Als Seemann war Clay offenbar nicht allzu aufmerksam. Vor dem Hafen wendete er das Boot und schaltete den Motor ab. Dann hob er ein verbeultes Megaphon an den Mund und rief den versammelten Fischern ein paar Instruktionen zu, wobei seine Stimme trotz der Verzerrung durch den altersschwachen Verstärker des Megaphons noch viel von ihrer Überzeugungskraft behielt. Beantwortet wurden seine Worte von einem vielfachen Husten und Stottern, mit dem die Diesel der versammelten Fischerboote angeworfen wurden. Wenig später legten die Schiffe ab, verließen den Hafen und nahmen rasch Fahrt auf. Es waren so viele, daß bald die ganze Bucht vom

Kielwasser der Flotte durchzogen war, die sich in Richtung Ragged Island in Marsch gesetzt hatte.

Drei Stunden später und sechs Meilen weiter südöstlich kämpfte sich die späte Vormittagssonne durch den Nebel, der über der Wassergrube mit ihrem weitläufigen feuchten Labyrinth aus Schächten, Stollen und Verstrebungen lag. Bis hinunter in die Grube selbst freilich drang das Licht nicht. Hier, über fünfzig Meter unter der Erdoberfläche, hatten Tag und Nacht keine Bedeutung mehr.

Gerard Neidelman stand auf einer kleinen Plattform und sah seinen Männern zu, die unter ihm fieberhaft an der Sohle des Schachtes arbeiteten. Es war ein paar Minuten vor zwölf Uhr mittags, und durch das Heulen der Entlüftungsanlage und das Geräusch der Winde konnte Neidelman das Tuten von Nebelhörnern und das Abfeuern einer Signalkanone hören.

Er lauschte eine Weile in den Schacht hinauf, bevor er zu seinem tragbaren Telefon griff. »Streeter?«

»Jawohl, Sir«, antwortete der Vorarbeiter aus dem Kontrollraum des Orthanc, der sich fast sechzig Meter über Neidelman befand. Wegen der schlechten Verbindung klang die Stimme verzerrt und kratzig.

»Was ist los da oben?«

»Hier sind etwa zwei Dutzend Boote, Sir, die einen Ring um die ›Cerberus‹ gebildet haben und sie zu blockieren versuchen. Sie glauben wahrscheinlich, wir würden uns alle an Bord befinden.« Aus dem Hörer war ein Knistern zu hören, das Neidelman als Lachen interpretierte. »Aber es ist nur Rogerson dort, und der muß sich jetzt ihre Parolen anhören. Den Rest der Wissenschaftler habe ich gestern abend an Land geschickt.«

»Irgendwelche Anzeichen von Sabotage oder Übergriffen?«

»Nein, Sir. Sie sind relativ zahm. Schlagen zwar viel Krach, aber ansonsten brauchen wir uns keine Sorgen um sie zu machen.«

»Gibt es sonst noch was?«
»Magnusen hat gerade erhöhte Werte vom Sensor auf der Zweiundzwanzig-Meter-Ebene empfangen. Aber es handelt sich vermutlich nur um eine Meßstörung, denn auf dem Backup-Netz ist alles in Ordnung.«
»Ich werde trotzdem mal nach dem Rechten sehen«, sagte Neidelman. »Ach, Mr. Streeter«, fügte er nach kurzem Nachdenken an, »kommen Sie doch zu mir herunter auf die Zwanzig-Meter-Plattform.«
»Aye, aye, Sir.«
Neidelman kletterte hinauf bis zur unteren Liftstation. Trotz des beständigen Schlafmangels waren seine Bewegungen geschmeidig und kraftvoll. Er fuhr mit dem Lift hinauf zur Zwanzig-Meter-Plattform und stieg dann die Leiter hinunter zu dem Sensor, den Streeter ihm genannt hatte. Nachdem er sich davon überzeugt hatte, daß er funktionierte, kehrte er zur Plattform zurück und stieß dort auf Streeter, der gerade von oben herunterkam.
»Gibt es Probleme?« fragte Streeter.
»Nicht mit dem Sensor«, antwortete Neidelman und schaltete Streeters Sprechanlage ab, mit der dieser Kontakt zum Kontrollraum hatte. »Aber ich habe über Hatch nachgedacht.«
Die beiden hörten von oben das Knirschen von Zahnrädern sowie ein mechanisches Ächzen aus der Tiefe der Grube, und kurz darauf zog die starke Winde eine weitere Ladung Erde und Schlamm nach oben. Neidelman und Streeter hielten inne, bis der Behälter, an dessen Außenwand die Feuchtigkeit in glitzernden Tropfen kondensierte, an ihnen vorbei war.
»Nur noch zweieinhalb Meter bis zur Schatzkammer«, murmelte Neidelman, während er dem Behälter hinterherblickte, der dem kleinen Lichtkreis am Ausgang der Grube entgegenschwebte. »Zweihundertsechsundvierzig Zentimeter, um genau zu sein.«
Er wandte sich wieder an Streeter. »Ich möchte, daß sämtliche Leute, die wir nicht unbedingt brauchen, die Insel verlassen.

Und zwar ausnahmslos. Sagen Sie ihnen, was Sie wollen. Meinetwegen nehmen Sie den Sturm oder die Demonstration oder beides zum Vorwand. Wenn wir den entscheidenden Vorstoß machen, kann ich keine überflüssigen Gaffer gebrauchen. Deshalb möchte ich auch, daß Sie beim Schichtwechsel um zwei Uhr die abgelösten Arbeiter aufs Festland schicken. Den Rest schaffen wir mit einer Schicht. Dann ziehen wir den Schatz mit dem Behälter nach oben; das Schwert trage ich selber hinauf. Wir müssen die Sachen so rasch wie möglich rausholen. Kann man Rogerson eigentlich vertrauen?«

»Er tut, was ich ihm sage, Sir.«

Neidelman nickte. »Bringen Sie die ›Cerberus‹ und die ›Griffin‹ näher an die Insel heran, aber lassen Sie sie noch außerhalb des Riffs. Wir bringen den Schatz mit den Booten hinaus und verteilen ihn vorsichtshalber gleichmäßig auf die beiden Schiffe.« Er schwieg einen Augenblick und starrte ins Leere. »Und was diesen Hatch betrifft, so sind wir noch lange nicht fertig mit ihm«, sagte er dann unvermittelt mit leiser Stimme, als hätte er die ganze Zeit über an nichts anderes als den Arzt gedacht. »Ich habe den Mann von Anfang an unterschätzt, und vermutlich tue ich das auch jetzt noch. Wenn er erst einmal zu Hause ist, wird er sich alles noch einmal durch den Kopf gehen lassen und zu dem Schluß kommen, daß es Tage, vielleicht sogar Wochen dauern wird, bis er einen Gerichtsbeschluß gegen uns erwirkt hat. Er kann auf seinen Paragraphen neunzehn pochen, bis er schwarz wird – wenn wir erst einmal den Schatz haben, ist das ohnehin nur noch von rein akademischem Interesse.«

Neidelman strich Streeter über den Kragen seiner Jacke. »Wer hätte gedacht, daß sich dieser gierige Bastard mit einer Milliarde Dollar nicht zufriedengeben wird? Ich bin mir sicher, daß er jetzt einen Plan ausheckt. Ich würde zu gern wissen, was das für ein Plan ist, und ihn durchkreuzen, bevor er uns gefährlich werden kann. Uns trennen jetzt nur noch ein paar Stunden von Ockhams Schatz, und ich möchte weiß Gott keine böse

Überraschung mehr erleben.« Auf einmal packte er Streeter am Kragen und zog ihn zu sich heran. »Sie sind mir dafür verantwortlich, daß Hatch bis dahin keinen Fuß mehr auf diese Insel setzt. Er könnte hier eine Menge Schaden anrichten.«
Streeter sah den Kapitän leidenschaftslos an. »Haben Sie eine bestimmte Vorstellung davon, was ich mit ihm anstellen soll?«
Neidelman ließ Streeters Kragen los und trat einen Schritt zurück. »Ich habe Sie bisher immer für einen kreativen und einfallsreichen Seemann gehalten, Mr. Streeter. Deshalb überlasse ich diese Angelegenheit Ihrem Gutdünken.«
Streeter hob die Augenbrauen, was sowohl ein Ausdruck seines Erstaunens als auch seiner Vorfreude sein konnte. »Aye, aye, Sir«, sagte er.
Neidelman griff an Streeters Helm und schaltete die Sprechanlage wieder ein. »Halten Sie mich auf dem laufenden, Mr. Streeter.«
Dann trat er auf die Liftplattform und fuhr wieder hinunter in die Grube, während Streeter auf der Leiter nach oben stieg. Kurze Zeit später war auch er verschwunden.

42

Hatch stand auf der großen alten Veranda des Hauses in der Ocean Lane und blickte hinauf zum Himmel. Was einen Tag zuvor noch eine bloße Sturmwarnung des Wetteramtes gewesen war, wurde nun rasch Wirklichkeit. Von Osten her rollte eine schwere Dünung heran, die an den Riffen vor Breed's Point für eine unterbrochene Linie weißer Brecher sorgte. Auf der anderen Seite des Hafens, jenseits der Bojen, die das Fahrwasser markierten, warf sich die Brandung wieder und immer wieder gegen die Granitklippen unterhalb des Leuchtturms am Burnt Head. Das Geräusch rollte wie ein dumpfer, rhythmischer Donner über die ganze Bucht. Am Himmel trieben dicht über dem Wasser die düsteren Wolken einer massiven Schlechtwetterfront dahin mit vom Wind wild verwirbelten Strudeln. Um den Old Hump, einen weiter draußen vor der Küste gelegenen Felsen, schäumte ein gefährlicher Brandungskranz. Als Hatch sah, daß so mancher Brecher den Old Hump bereits überspülte, schüttelte er den Kopf. Es würde ein verdammt schlimmer Sturm werden.

Er blickte hinunter auf den Hafen und bemerkte, daß die ersten Fahrzeuge der Protestflottille bereits zurückkehrten. Es waren hauptsächlich kleinere Boote, aber auch ein paar große Trawler; die Kapitäne wollten ihre millionenteuren Schiffe wohl nicht unnötig in Gefahr bringen.

Eine Bewegung in Hatchs näherer Umgebung erregte seine Aufmerksamkeit. Er sah, wie die vertraute gedrungene Silhouette eines Lieferwagens von Federal Express über das alte Kopfsteinpflaster der Straße auf ihn zu rumpelte. Der Wagen hielt direkt vor dem Haus an, und Hatch ging dem Fahrer entgegen, um sein Paket, auf das er schon lange ungeduldig gewartet hatte, in Empfang zu nehmen.

Als er wieder im Haus war, riß er es auf und entnahm ihm seinen in dicke Plastikfolie verpackten Inhalt. Professor Horn und Bonterre, die neben dem Tisch mit den Piratenskeletten standen, unterbrachen ihr Gespräch, als sie das Päckchen sahen.

»Direkt aus dem Anthropologischen Labor des Smithsonian Institute«, sagte Hatch, während er die Plastikfolie öffnete. Er entnahm ihr ein dickes Bündel Computerausdrucke und fing an, sie durchzublättern. Eine gespannte Stille senkte sich über die drei, die sich neugierig über die Ausdrucke beugten. Nach einigen Minuten des Lesens war die Enttäuschung geradezu mit Händen greifbar. Hatch seufzte und ließ sich auf das Sofa sinken.

Der Professor schlurfte herbei und setzte sich in den Sessel gegenüber. Das Kinn auf seinen Stock gestützt, sah er Hatch

nachdenklich an. »Ist wohl nicht das, was du erwartet hast, oder?« fragte er.
»Nein«, antwortete Hatch mit einem Kopfschütteln. »Überhaupt nicht.«
Der Professor zog die Augenbrauen hoch. »Vorsicht, Malin, du hast schon als Junge gerne die Flinte viel zu früh ins Korn geworfen.«
Bonterre nahm die Ausdrucke und blätterte sie selber durch. »Bei diesem medizinischen Fachchinesisch verstehe ich nur Bahnhof«, meinte sie. »Was sind das für Krankheiten mit diesen schrecklich klingenden Namen?«
Hatch seufzte. »Vor ein paar Tagen habe ich einige Knochenteile der beiden Skelette an das Smithsonian geschickt, zusammen mit ein paar Gebeinen anderer Skelette, die Sie ausgegraben haben.«
»Und du hast sie auf mögliche Krankheiten untersuchen lassen«, ergänzte Professor Horn.
»Ja. Als nämlich immer mehr Arbeiter von Thalassa krank wurden, habe ich mir Gedanken über das Massengrab gemacht und dachte, daß man vielleicht anhand der Knochen irgendeine Erkenntnis für eine Diagnose gewinnen könnte. Wenn jemand an einer Krankheit stirbt, trägt er ja meistens eine ganze Menge Antikörper gegen diese Krankheit in seinem Körper.«
»Oder in *ihrem* Körper«, warf Bonterre ein. »Denken Sie dran, daß wir immerhin drei Frauen in dem Grab gefunden haben.«
»Große Labors wie das im Smithsonian können alte Knochen auf kleine Reste dieser Antikörper untersuchen und auf diese Weise bestimmen, an welcher Krankheit der Mensch gestorben ist.« Hatch hielt inne. »Irgend etwas auf Ragged Island macht die Menschen krank – damals wie heute. Der heißeste Kandidat dafür schien mir das St.-Michaels-Schwert zu sein. Ich dachte, daß es vielleicht irgendwelche Erreger übertragen könnte. Wo immer es bisher aufgetaucht ist, sind bald darauf Menschen gestorben.« Er nahm den Ausdruck

noch einmal zur Hand. »Aber diesen Testergebnissen zufolge haben keine zwei Piraten an derselben Krankheit gelitten. Wir haben es vielmehr mit einer Vielzahl von Erkrankungen zu tun, von denen manche extrem selten sind: Klebsiella-Infektion, Bruniersche Krankheit, dentritische Mykose, Tahitanisches Zeckenfieber. Und bei der Hälfte der untersuchten Proben konnte überhaupt keine Todesursache festgestellt werden.«

Hatch nahm einen Stapel Papiere vom Couchtisch. »Das ist genauso mysteriös wie die Blutbilder, die ich von meinen Patienten während der letzten paar Tage gemacht habe.« Er reichte eine der Seiten an Professor Horn weiter.

BLUTSTATUS

TEST	ERGEBNISSE		EINHEITEN
	ANORMAL	NORMAL	
LKZ	2.50		TAUSEND/CMM
ETZ		4.02	MILL/CMM
HB		14.4	GM/DL
HK		41.2	PROZENT
MCV		81.2	FL
MCH		34.1	PG
MCHC		30	PROZENT
RDW		14.7	PROZENT
MPV		8	FL
THROMBOZYTEN	75		TAUSENDE/CMM
DIFFERENTIALBLUTSENKUNG			
POLY	900		CMM
LYMPH	600		CMM
MONO	10		CMM
EOS		0.30	CCM
BASO		0.30	CCM

»Alle untersuchten Patienten weisen ein abnormales Blutbild auf«, erklärte Hatch, »aber keine zwei dasselbe. Allen gemeinsam ist nur der alarmierend niedrige Prozentsatz an weißen Blutkörperchen. Sehen Sie sich nur mal das hier an: Zweieinhalbtausend Zellen pro Kubikmillimeter. Normal wäre hier eine Zahl zwischen fünf- und zehntausend. Ähnlich gering ist die Anzahl der Lymphozyten, der Monozyten und der Granulozyten. Großer Gott!«

Er legte die restlichen Blätter wieder zurück auf den Tisch und stand mit einem bitteren Seufzer auf. »Das war meine letzte Chance, Neidelman zu stoppen. Wenn es den offensichtlichen Ausbruch einer Krankheit gegeben hätte, irgendein Virus zum Beispiel, das auf Ragged Island wütet, dann hätte ich ihn vielleicht doch noch zu überzeugen vermocht oder vielleicht sogar aufgrund meiner Beziehungen zu den Gesundheitsbehörden die Insel unter Quarantäne stellen lassen können. Aber es gibt nun mal keine Gemeinsamkeiten zwischen den Krankheiten der Piraten, genausowenig wie zwischen denen meiner Patienten heute.«

Einige Minuten lang sagte niemand ein Wort. »Und wenn Sie es mit dem Rechtsweg versuchen?« schlug Bonterre schließlich vor.

»Ich habe meinen Anwalt angerufen, und der meinte, daß wir es hier mit einem simplen Vertragsbruch zu tun haben. Wenn ich Neidelman aufhalten will, muß ich vor Gericht eine einstweilige Verfügung gegen ihn erwirken, und das kann Wochen dauern. Diese Zeit haben wir aber nicht mehr.« Hatch blickte auf die Uhr. »Wenn Neidelman so weitergräbt, dann bleiben uns nur noch ein paar Stunden.«

»Kann man ihn denn nicht wegen unbefugten Betretens der Insel festnehmen lassen?« fragte Bonterre.

»Rein juristisch ist er nicht unbefugt. Laut Vertrag darf Thalassa sich auf Ragged Island aufhalten.«

»Ich teile deine Befürchtungen, Malin«, sagte der Professor, »aber nicht die Schlüsse, die du aus deinen Erkenntnissen ziehst. Worin könnte die Gefahr, die von dem Schwert ausgeht, denn bestehen? Einmal abgesehen davon, daß man jemanden mit seiner Klinge ersticht oder erschlägt.«

Hatch sah ihn an. »Das läßt sich schwer sagen. Um auf der Basis unseres jetzigen Wissensstands eine Diagnose zu stellen, müßte man schon über einen sechsten Sinn verfügen. Ich kann es förmlich *spüren*, daß das Schwert für alle diese Krankheiten verantwortlich ist, aber ich kann nicht sagen, wie. Wenn ich dazu in der Lage wäre, hätte ich vielleicht sogar eine rationale Erklärung für den Fluch von Ragged Island.«

»Und warum hast du die Idee verworfen, daß es sich um einen wirklichen Fluch handeln könnte?«

Hatch sah ihn ungläubig an. »Soll das ein Witz sein?«

»Wir leben in einer seltsamen Welt, Malin.«

»Aber so seltsam nun auch wieder nicht.«

»Ich will doch nur, daß du auch das Unvorstellbare in deine Überlegungen mit einbeziehst. Suche nach einer möglichen Verbindung zwischen allen diesen Krankheitsfällen.«

Hatch trat ans Wohnzimmerfenster. Der Wind peitschte die Blätter der Eiche auf der Wiese, und einzelne Regentropfen begannen zu fallen. Immer mehr Boote strömten jetzt in den Hafen, und einige kleine Schiffe warteten vor den Slipanlagen darauf, daß sie aus dem Wasser gezogen wurden. So weit das Auge reichte, war die Bucht mit Schaumkronen übersät, und seit die Flut eingesetzt hatte, bauten sich zusätzlich gefährliche Kreuzseen auf.

Bald würde der Sturm losbrechen.

Hatch seufzte und drehte sich wieder um. »Aber ich kann einfach keine Verbindung entdecken. Was sollte denn eine von Streptokokken verursachte Lungenentzündung mit – nur zum Beispiel – einer Candidamykose zu tun haben?«

Der Professor schürzte die Lippen. »Eine ganze ähnliche Frage haben sich Anfang der achtziger Jahre auch die Epidemiologen der staatlichen Gesundheitsbehörden gestellt.«

»Und was war das für eine Frage?«

»Was das Kaposi-Sarkom mit Pneumocystis carinii zu tun haben könnte.«
Hatch trat einen Schritt auf den Professor zu. »Aber Aids ist in diesem Fall völlig ausgeschlossen«, meinte er; doch dann erkannte er, noch bevor Horn zu einer seiner scharfen Bemerkungen ansetzen konnte, was der Professor mit seinem Hinweis wirklich hatte sagen wollen. »An Aids selber stirbt man nicht«, dachte Hatch laut vor sich hin. »Aber daran, daß es das menschliche Immunsystem zerstört und damit einer ganzen Reihe von Erkrankungen die Tür öffnet.«
»Genau. Du mußt also herausfinden, was hinter all den verschiedenen Krankheiten steckt.«
»Dann sollten wir also nach etwas suchen, was das menschliche Immunsystem angreift.«
»Ich wußte gar nicht, daß so viele Arbeiter im Krankenstand sind«, bemerkte Bonterre. »Meine Leute sind alle gesund.«
»Wirklich alle?« fragte Hatch.
Bonterre nickte.
»Siehst du? Da hast du schon einen Anhaltspunkt«, sagte Dr. Horn und klopfte mit seinem Stock auf den Boden. »Du hast nach einer gemeinsamen Spur gefragt. Jetzt hast du sogar mehrere.«
Er stand auf und gab Bonterre die Hand. »Es war mir ein Vergnügen, Sie kennenzulernen, *Mademoiselle,* und ich wünschte wirklich, ich könnte noch ein wenig bleiben. Aber da draußen braut sich ein Sturm zusammen, und den möchte ich gerne zu Hause überstehen, bei meinem Sherry, meinen Pantoffeln, meinem Hund und meinem Kaminfeuer.«
Als der Professor nach seinem Mantel griff, polterten schwere Schritte über die Veranda.
Die Tür wurde aufgerissen, und Donny Truitt stolperte, begleitet von einem heftigen Windstoß, herein. Seine Öljacke stand offen, und Regenwasser lief ihm in dicken Tropfen übers Gesicht.

Ein Blitz zuckte über den Himmel, und gleich darauf rollte ein lauter Donnerschlag über die Bucht.

»Donny? Was ist denn los?« fragte Hatch.

Truitt griff sich mit beiden Händen an die Brust und riß sein feuchtes Hemd auf. Hatch hörte, wie der Professor scharf einatmete.

»Grande merde du noir«, flüsterte Bonterre.

Die Haut unter Truitts Achseln war von großen, offenen Geschwüren übersät. Das Regenwasser, das an ihnen entlanglief, hatte eine schmutzigrote Farbe. Donnys Augen waren entzündet und seine dunklen Tränensäcke dick geschwollen. Wieder blitzte es, und als der Donner langsam verklang, stieß Truitt einen lauten verzweifelten Schrei aus und riß sich den Südwester vom Kopf.

Einen Augenblick lang waren alle wie gelähmt. Dann packten Hatch und Bonterre Donny an den Armen und geleiteten ihn zum Sofa im Wohnzimmer.

»Hilf mir, Malin«, bat Truitt und griff sich mit den Händen an den Kopf. »Noch nie in meinem Leben war ich auch nur einen Tag krank.«

»Natürlich helfe ich dir«, sagte Hatch. »Aber dazu mußt du jetzt stilliegen und mich deine Brust untersuchen lassen.«

»Aber es geht doch gar nicht um meine Brust«, keuchte Donny. »Ich rede *davon*!«

Mit diesen Worten drehte er mit einer raschen Bewegung den Kopf zur Seite, und Hatch erkannte entsetzt, daß sein alter Jugendfreund ein dickes Büschel seines kräftigen karottenfarbenen Haares in den Händen hielt.

43

Woody Clay stand an der Heckreling seines kleinen Fischerbootes und blickte auf die sechs weiteren Kutter, die im Windschatten des größten Thalassa-Schiffes, das sie eigentlich hatten blockieren wollen, noch ausharrten. Das Megaphon hatte er längst im Steuerhaus abgestellt – ein überschwappende Brecher hatte es kurzgeschlossen und damit nutzlos gemacht.

Auch Clay war bis auf die Knochen durchnäßt, aber schlimmer als das war das Gefühl, eine bittere und totale Niederlage erlitten zu haben. Die »Cerberus« war entweder so gut wie leer gewesen, oder die Menschen an Bord hatten Befehl gehabt, trotz der laut tutenden Nebelhörner und des Geschreis der Protestierenden nicht an Deck zu kommen. Vielleicht war es ein Fehler gewesen, dachte Clay unglücklich, sich das größte Schiff der Schatzsucher als Ziel der Demonstration auszusuchen. Vielleicht hätten sie eher die Insel selbst ins Visier nehmen und die Pier blockieren sollen. Von dort hatten jedenfalls vor gut zwei Stunden einige Boote abgelegt und an der Protestflottille vorbei mit hoher Geschwindigkeit direkten Kurs auf Stormhaven genommen.

Noch einmal ließ Clay die Blicke über das traurige Häuflein von Booten schweifen, die ihm von seiner Armada noch geblieben waren.

Als sie am Morgen ausgelaufen waren, hatte Clay sich so mächtig und stark gefühlt wie seit seiner Studentenzeit nicht mehr. Er war von seiner Sache überzeugt gewesen und hatte ganz sicher geglaubt, daß sich im Verhältnis zwischen ihm und der Stadt etwas Entscheidendes verändert hatte. Nach so vielen Jahren konnte er endlich etwas tun, was diese Menschen wirklich bewegte. Jetzt aber, beim Anblick der sechs sturmgepeitschten Boote, die auf den Wellen hin und her tanzten, mußte er vor sich selbst zugeben, daß die Protestaktion der

Fischer ebenso gescheitert war wie alles andere, das er bisher in Stormhaven auf die Beine gestellt hatte.
Lemuel Smith, der Chef der Hummerfischer-Genossenschaft, hängte ein paar Fender über die Bordwand seines Kutters und brachte ihn längsseits zu Clays Boot. Die See hob die beiden Schiffe hoch und preßte sie fest aneinander. Clay lehnte sich an den Schandeckel und schaute durch den erbarmungslos herabprasselnden Regen hinüber zu Smith. Die Nässe hatte dem Reverend die Haare an den eckigen Schädel geklatscht und seinem ohnehin schon strengen Gesicht das Aussehen einer Totenmaske verliehen.
»Wird Zeit, daß wir Schutz im Hafen suchen, Reverend«, rief der Hummerfischer ihm zu. »Das wird ein mörderischer Sturm. Vielleicht könnten wir es noch einmal versuchen, wenn die Makrelensaison vorbei ist.«
»Dann ist es zu spät!« schrie Clay durch den Wind und den Regen.
»Aber wir haben unsere Interessen kundgetan«, brüllte Smith.
»Es geht nicht darum, unsere Interessen kundzutun, Lem«, erwiderte Clay. »Ich bin genauso naß und durchgefroren wie Sie, aber dieses Opfer müssen wir bringen. Wir müssen diese Leute *aufhalten.*«
Der Hummerfischer schüttelte den Kopf. »Bei einem solchen Wetter wird da nichts draus, Reverend. Aber wer weiß, vielleicht erledigt ja dieser Nordost-Sturm die Angelegenheit auch ohne unser Zutun.« Smith blickte prüfend zum Himmel hinauf und dann hinüber zum Festland, das sich nur noch als schwacher bläulicher Streifen hinter den dichten Regenschleiern abzeichnete. »Ich jedenfalls kann es mir nicht leisten, mein Boot zu verlieren.«
Clay verstummte. Ich kann es mir nicht leisten, mein Boot zu verlieren. Das brachte es genau auf den Punkt. Diese Leute konnten einfach nicht einsehen, daß es wichtigere Dinge gab als ihre Boote und ihr Geld. Wahrscheinlich würden sie das ja niemals begreifen. Clay spürte, daß sich die Haut um seine

Augen anspannte, und bemerkte wie nebenbei, daß er weinte. Aber was machte das schon, es waren ja nur ein paar Tränen mehr im Ozean. »Ich möchte nicht, daß irgend jemand meinetwegen sein Boot verliert«, brachte er gerade noch heraus, bevor er sich abwenden mußte. »Fahren Sie nur nach Hause, Lem. Ich bleibe hier.«

Der Hummerfischer zögerte. »Es wäre mit aber lieber, Sie würden mitkommen. Den Kampf gegen diese Leute können Sie ein andermal fortführen, aber den Kampf gegen den Sturm werden Sie verlieren.«

Clay winkte ab. »Vielleicht lande ich auf der Insel und spreche mit Neidelman persönlich ...« Dann drehte er sich abrupt um und tat so, als habe er etwas an Deck zu tun.

Smith blickte noch eine Weile besorgt zu ihm hinüber. Clay war nicht gerade ein erfahrener Seemann. Aber einem Mann zu sagen, was er mit seinem Boot zu tun hatte, stellte in den Augen des Hummerfischers eine unverzeihliche Beleidigung dar. Außerdem bemerkte Smith in Clays Miene eine verwegene Entschlossenheit, gegen die jedes seiner Argumente sowieso nutzlos gewesen wäre. Also schlug er mit der Hand auf den Schandeckel von Clays Boot. »Dann werden wir jetzt mal von hier verschwinden. Ich bin auf Kanal 10,5 empfangsbereit, für den Fall, daß Sie Hilfe brauchen.«

Clay blieb im Windschatten der »Cerberus« und ließ den Motor seines Bootes im Leerlauf tuckern. Durch den Regen sah er, wie die anderen Boote hinaus in die schwere See stachen und hörte das vom Heulen des Windes überlagerte Brummen ihrer Diesel. Er hüllte sich fester in seine Öljacke und suchte einen festen Stand an Deck. Zwanzig Meter von ihm entfernt erhob sich der geschwungene weiße Rumpf der »Cerberus« wie ein schützender Fels aus den Wogen, die fast lautlos an ihr entlangglitten.

Clay überprüfte die Funktionen seines Bootes. Die Pumpen arbeiteten fehlerfrei und beförderten das übergenommene

Wasser in dünnen Strahlen über Bord. Auch der Motor lief bislang vertrauenerweckend rund, und Diesel war noch reichlich an Bord. Jetzt, da er nur noch den Allmächtigen als Bundesgenossen hatte, erfüllte ihn ein merkwürdiges Gefühl der Genugtuung. Vielleicht hatte er ja die Sünde der Vermessenheit begangen und zuviel von den Menschen aus Stormhaven erwartet. Auf sie konnte er sich nicht verlassen, wohl aber auf sich selbst.

Clay beschloß, noch eine Weile zu warten und dann hinüber nach Ragged Island zu fahren. Er hatte ein Boot und genügend Zeit. Alle Zeit der Welt.

Die Arme fest ums Steuerrad geschlungen, sah er dem Rest der Protestflotte hinterher, der langsam den Hafen von Stormhaven ansteuerte. Bald waren die Boote nur noch weitentfernte, geisterhafte Gebilde vor einem naßgrauen Hintergrund.

So kam es, daß Clay das Thalassa-Schiff nicht sah, das von der Pier auf der Insel ablegte und sich stampfend und schlingernd der »Cerberus« näherte. Sobald es den Kamm einer Welle erklommen hatte, drehte sich die Schraube seines Außenbordmotors einen kurzen Augenblick frei in der Luft, bis das Boot wieder in einem Wellental verschwand. Auf diese Weise arbeitete es sich mühsam auf die Einstiegsluke an der Clay gegenüberliegenden Bordwand des Forschungsschiffes zu.

44

Donny Truitt lag auf dem Sofa und atmete jetzt, nachdem Hatch ihm intramuskulär ein starkes Beruhigungsmittel gespritzt hatte, merklich langsamer. Teilnahmslos starrte er zur Decke, während Hatch ihn gründlich untersuchte. Bonterre und der Professor hatten sich in die Küche zurückgezogen und sprachen dort leise miteinander.

»Donny, hör mir jetzt gut zu«, sagte Hatch. »Wann hast du die ersten Symptome bemerkt?«

»Vor einer Woche etwa«, antwortete Truitt niedergeschlagen. »Zuerst habe ich nicht viel darauf gegeben. Aber jeden Morgen nach dem Aufwachen war mir schlecht. So schlecht, daß ich manchmal sogar mein Frühstück wieder erbrochen habe. Und dann begann dieser Ausschlag auf meiner Brust.«

»Wie sah er aus?«

»Erst waren es nur rote Flecken, die irgendwann mal zu kleinen Beulen wurden. Außerdem hatte ich Schmerzen an beiden Seiten des Halses. Und ich bemerkte beim Kämmen, daß mir die Haare ausfielen. Anfangs waren es nur wenige, aber bald konnte ich sie mir büschelweise ausreißen. Dabei hat es in meiner Familie nicht einen einzigen Kahlkopf gegeben, alle meine Verwandten hatten bis zu ihrem Tod volles Haar. Ehrlich gesagt, Mal, ich weiß nicht, ob meine Frau es verkraften würde, wenn ich eine Glatze bekäme.«

»Mach dir darüber jetzt keine Sorgen. Das ist nicht der normale Haarausfall bei Männern. Wenn wir erst herausgefunden haben, was dir fehlt, werden deine Haare schon wieder zu sprießen beginnen.«

»Das möchte ich hoffen«, sagte Truitt. »Gestern bin ich gleich nach der Mitternachtsschicht nach Hause gefahren und habe mich schlafen gelegt, aber heute morgen fühlte ich mich wie gerädert. Ich war noch nie in meinem Leben bei einem Arzt, aber ich dachte, du bist doch mein Freund, oder? Das ist etwas anderes, als wenn man in eine Klinik geht oder so.«

»Gibt es sonst noch etwas, das ich wissen sollte?« fragte Hatch.

Donny wirkte auf einmal peinlich berührt. »Na ja, mein … mein Hinterteil tut mir ziemlich weh. Da scheinen auch wunde Stellen zu sein.«

»Dann dreh dich mal zur Seite und laß mich nachsehen«, sagte Hatch.

Ein paar Minuten später saß Hatch allein im Eßzimmer und dachte nach. Der Krankenwagen, der Donny in die nächstgelegene Klinik bringen sollte, würde mindestens noch eine Viertelstunde auf sich warten lassen. Und dann war da immer noch das Problem, wie man Donny überhaupt dazu bringen sollte, ins Krankenhaus zu gehen. Als waschechter Landbewohner aus Maine wurde seine tiefsitzende Angst vor Ärzten nur noch von seinem Grauen vor Krankenhäusern übertroffen.

Einige von Donnys Symptomen wie Apathie und Übelkeit ähnelten denen, über die auch andere Arbeiter von Thalassa klagten, aber die meisten traten nur bei ihm auf. Es ist zum Verrücktwerden, dachte Hatch, während er seine abgegriffene Ausgabe von Mercks »Lexikon der Medizin« zur Hand nahm und innerhalb weniger Minuten eine deprimierend einfache Arbeitsdiagnose erstellte: Donny litt unter einer schweren Granulozytenleukämie. Die großflächigen Granulome der Haut, die suppurativen Lymphknoten und die extrem auffälligen und schmerzhaften perianalen Abszesse ließen eigentlich keinen anderen Schluß zu. Aber Granulozytenleukämie ist doch eine Erbkrankheit, dachte Hatch, die Unfähigkeit weißer Blutkörperchen, Bakterien zu vernichten. Warum sollte sie erst jetzt bei Donny auftreten?

Er legte das Buch beiseite und ging langsam zurück ins Wohnzimmer.

»Donny«, sagte er, »ich möchte noch einmal deine Kopfhaut untersuchen. Ich will wissen, ob dir die Haare wirklich in Büscheln ausfallen.«

»Darauf kannst du Gift nehmen. Wenn das so weitergeht, sehe ich bald aus wie Yul Brynner.« Als er sich mit der Hand vorsichtig über den Kopf strich, bemerkte Hatch an deren Innenseite einen tiefen Schnitt, der ihm bisher entgangen war.

»Zeig mir doch bitte mal deine Hand, Donny«, bat Hatch. Er rollte seinem Freund den Hemdsärmel hoch und untersuchte dessen Handgelenk. »Was ist denn das?«

»Ach, das ist nichts. Nur ein Kratzer, den ich mir in der Grube geholt habe.«

»Die Wunde muß gesäubert werden«, sagte Hatch und holte seine Bereitschaftstasche. Nachdem er den Schnitt gereinigt und desinfiziert hatte, bestrich er ihn mit einer antibakteriell wirkenden Salbe. »Wie ist denn das passiert?« fragte er.

»Da habe ich mich an einer scharfen Kante geschnitten, als wir diese Titanleiter am Boden der Grube angebracht haben.«

Hatch sah ihn erschreckt an. »Aber das war ja vor über einer Woche, und die Wunde sieht immer noch ganz frisch aus.«

»Keine Ahnung, weshalb das so ist, aber das verdammte Ding platzt immer wieder auf, obwohl meine Frau mir jeden Abend Salbe draufgeschmiert hat.«

Hatch besah sich die Wunde genauer. »Entzündet ist sie nicht«, stellte er fest. »Wie steht es eigentlich mit deinen Zähnen, Donny?«

»Komisch, daß du danach fragst. Erst gestern habe ich bemerkt, daß einer meiner Schneidezähne ein wenig locker geworden ist. Vermutlich werde ich langsam alt.«

Zahnausfall und Stillstand des Heilungsprozesses – genau wie bei den Piraten, schoß es Hatch durch den Kopf. Auch die Piraten hatten die unterschiedlichsten Krankheiten gehabt, aber diese beiden Symptome waren ihnen allen gemeinsam gewesen. Und jetzt traten sie auch bei einigen Arbeitern auf, die Jahrhunderte später in der Wassergrube zu tun hatten.

Hatch schüttelte den Kopf. Diese Symptome waren eigentlich die klassischen Anzeichen für Skorbut; doch die anderen, exotischeren Krankheitsbilder schlossen diese Erkrankung aus. Trotzdem kam ihm das alles irgendwie bekannt vor. Wie hat Professor Horn gleich noch mal gesagt? Du mußt herausfinden, was hinter all diesen Krankheiten steckt. Also sollten wir nach gemeinsamen Symptomen suchen. Und die wären nun mal eine abnorm erhöhte Anzahl von weißen Blutkörperchen, Haar- und Zahnausfall, verlangsamter Heilungsprozeß, Übelkeit, Schwäche, Apathie …

Auf einmal sah Hatch die Lösung mit überwältigender Klarheit vor sich. Er stand rasch auf. »Großer Gott …«, stammelte er.

Je mehr Puzzle-Steinchen sich nun zu einem Gesamtbild fügten, desto grauenhafter erschienen ihm die Konsequenzen aus seiner Erkenntnis. Wie vom Donner gerührt blieb er eine ganze Weile mitten im Wohnzimmer stehen.

»Ach, entschuldige mich bitte einen Augenblick«, sagte er schließlich zu Truitt und zog seinem alten Schulfreund die Wolldecke bis an die Schultern hoch. Dann wandte er sich ab und schaute auf die Uhr. Es war fast sieben. Nur noch ein paar Stunden, dann würde Neidelman die Schatzkammer erreicht haben.

Hatch atmete einige Male tief durch und wartete, bis seine Knie aufhörten zu zittern. Dann ging er zum Telefon und wählte die Nummer der Zentrale auf Ragged Island.

Er bekam keine Antwort.

»Mist«, murmelte er und holte aus seiner Bereitschaftstasche das tragbare Funkgerät, das er für den Notfall immer bei sich hatte. Auf sämtlichen Kanälen von Thalassa waren nur Störgeräusche zu vernehmen.

Hatch hielt einen Augenblick inne und dachte rasch über die Möglichkeiten nach, die ihm jetzt noch blieben. Ebenso rasch wurde ihm dann klar, daß er eigentlich keine Wahl hatte.

Er trat in die Küche, wo der Professor gerade ein Dutzend Pfeilspitzen auf dem Tisch ausgelegt hatte und Bonterre von den Ausgrabungen alter Indianersiedlungen an der Küste von Maine erzählte. Sie hatte einen begeisterten Ausdruck im Gesicht, der aber sofort verschwand, als sie Hatch sah.

»Isobel«, sagte er. »Ich muß zurück auf die Insel. Könnten Sie sich vielleicht darum kümmern, daß Donny umgehend in ein Krankenhaus eingeliefert wird?«

»Wieso auf die Insel?« rief Bonterre entgeistert. »Sind Sie denn verrückt geworden?«

»Keine Zeit für Erklärungen«, erwiderte Hatch und trat an den

Schrank im Flur. Er hörte, wie Bonterre und der Professor ihre Stühle zurückschoben und aufstanden. Schnell öffnete er den Schrank, holte zwei Wollpullover heraus und zog sie sich über.

»Malin ...«

»Tut mir leid, Isobel. Ich werde Ihnen alles später erklären.«

»Ich komme mit.«

»Kommt nicht in Frage.« lehnte Hatch ab. »Viel zu gefährlich. Außerdem müssen Sie hierbleiben und dafür sorgen, daß Donny in ein Krankenhaus kommt.«

»Ich gehe in kein Krankenhaus«, ließ sich Truitt vom Sofa aus vernehmen.

»Verstehen Sie, was ich meine?« fragte Hatch, während er in seine Öljacke schlüpfte und einen Südwester in die Tasche stopfte.

»Ja, aber ich komme trotzdem mit. Ich kenne mich auf dem Meer aus. Alleine schaffen Sie es bei diesem Wetter niemals bis zur Insel hinaus. Das wissen Sie genau.« Bonterre griff in den Schrank und holte einen dicken Pullover und die alte Öljacke von Hatchs Vater heraus.

»Lassen Sie das«, sagte Hatch, während er seine Gummistiefel anzog. Dann spürte er, wie sich eine Hand auf seinen Arm legte.

»Die junge Dame hat recht«, meinte der Professor. »Ich weiß zwar nicht, was das alles zu bedeuten hat, aber es stimmt, daß du bei diesem Wetter nicht alleine dein Boot steuern und sicher anlanden kannst. Laß mich dafür sorgen, daß Donny ins Krankenhaus kommt.«

»Habt ihr mich denn nicht verstanden?« rief Donny aus dem Wohnzimmer. »Ich steige in keinen gottverdammten Krankenwagen.«

Der Professor trat an die Tür und warf ihm einen strengen Blick zu. »Wenn du jetzt nicht sofort den Mund hältst, dann werde ich dich wie einen Verrückten auf eine Trage schnallen lassen, Donald Truitt. Du kommst ins Krankenhaus – so oder so.«

Donny schwieg eine Weile, dann sagte er kleinlaut. »Ja, Sir.«
Der Professor wandte sich wieder an Hatch und zwinkerte ihm zu.
Hatch holte sich eine Taschenlampe und schaute hinüber zu Bonterre, deren dunkle Augen entschlossen unter einem für ihren Kopf viel zu großen Südwester herauslugten.
»Sie ist für diese Aufgabe genauso geeignet wie du«, erklärte der Professor. »Vielleicht sogar etwas mehr, wenn ich ehrlich sein soll.«
»Warum tun Sie das?« fragte Hatch die Archäologin.
Bevor Bonterre ihm antwortete, faßte sie ihn sanft am Ellenbogen. »Weil Sie mir wichtig sind, *Monsieur le docteur*. Sehr wichtig sogar. Ich würde es mir nie verzeihen, wenn Ihnen etwas zustoßen würde und ich Sie nicht wenigstens begleitet hätte.«

Nachdem Hatch dem Professor noch rasch zugeflüstert hatte, was für eine Behandlung Donny Truitt im Krankenhaus zuteil werden sollte, hetzten er und Bonterre hinaus in den strömenden Regen. In der vergangenen Stunde hatte der Sturm dramatisch an Stärke zugenommen, so daß Hatch trotz des in den Baumkronen heulenden Windes die schweren, vom Atlantik herankommenden Brecher gegen die Küste donnern hörte. Es war ein so tiefes und machtvolles Geräusch, daß er es mit seinem gesamten Körper, nicht bloß mit den Ohren wahrnahm.
Vorbei an Häusern mit geschlossenen Fensterläden rannten Hatch und Bonterre durch die überfluteten Straßen, in denen es schon so dunkel war, daß man die Straßenlaternen eingeschaltet hatte. Trotz seines Ölzeugs war Hatch in Minutenschnelle durchnäßt. Als sie sich der Pier näherten, zuckte ein bläulich-greller Blitz aus den Wolken, dem unmittelbar danach ein dröhnender Donnerschlag folgte. Dieser war noch nicht ganz verklungen, als mit einem zischenden Geräusch der Transformator oben am Hafen ausfiel und die Stadt augenblicklich in ein düsteres Halbdunkel tauchte.
Vorsichtig tasteten sich Hatch und Bonterre die Pier entlang

und traten über eine glitschige, regennasse Planke hinüber auf das Schwimmdock, wo die Dingis festgezurrt waren. Hatch nahm sein Taschenmesser heraus und schnitt die Befestigungsleinen des Beiboots der »Plain Jane« durch, bevor er es mit Bonterres Hilfe ins Wasser ließ.

»Kann sein, daß es uns mit zwei Personen absäuft«, meinte Hatch, während er ins Boot kletterte. »Ich fahre deshalb alleine hinaus und hole Sie dann mit der ›Plain Jane‹ ab.«

»Wehe, Sie lassen mich sitzen«, drohte Bonterre, die in den für sie viel zu großen Klamotten ziemlich komisch aussah.

Hatch versuchte erst gar nicht, den Außenborder des Dingis zu starten, sondern steckte gleich die Ruder in ihre Dollen und pullte hinaus zur »Plain Jane«. Obwohl das Wasser im Hafen noch relativ ruhig war, sorgte der Wind schon für ziemlichen Seegang. Das kleine Boot wurde von den Wogen nach oben gewirbelt, bevor es beim Hinuntergleiten in das Wellental gefährlich ins Schwanken geriet. Hatch kehrte beim Rudern dem offenen Meer den Rücken zu und blickte auf die schwarze Silhouette der Stadt, die sich nur undeutlich vom düstergrauen Himmel abhob. Neben der Kirche, deren Turm wie ein hölzerner Finger in die tiefliegenden Wolken stach, sah er die dunklen Umrisse des Pfarrhauses, wo er im Aufzucken eines Blitzes für Sekundenbruchteile Claires schlanke Gestalt zu erkennen glaubte, die in einem gelben Kleid an der offenen Tür stand und direkt in seine Richtung aufs Meer hinausstarrte.

Mit einem dumpfen Schlag ging das Dingi an der Bordwand der »Plain Jane« längsseits. Hatch machte es am Heck fest und kletterte an Bord. Er glühte den Diesel vor, sprach ein kurzes Stoßgebet und drückte dann den Starterknopf. Der Motor sprang sofort an. Während Hatch den Anker lichtete, war er ein weiteres Mal froh, daß er sich so ein zuverlässiges und sturmsicheres Boot zugelegt hatte.

Hatch gab Gas und fuhr langsam an der Pier entlang, wo Bonterre auf ihn wartete. Zu seiner großen Erleichterung sprang sie trotz ihrer dicken Bekleidung behende und sicher an Bord.

Nachdem sie eine Schwimmweste übergezogen hatte, stopfte sie ihre Haare unter den Südwester. Hatch blickte auf den Kompaß und steuerte die »Plain Jane« auf die Hafenausfahrt zu, die von zwei Leuchtbojen sowie einer Glockenboje markiert wurde.

»Sobald wir draußen auf dem Ozean sind, werde ich mit halber Kraft diagonal zu den Wellen fahren«, erklärte er Bonterre. »Halten Sie sich gut fest, denn es wird uns höllisch herumwerfen. Und bleiben Sie in meiner Nähe, denn vielleicht müssen Sie mir am Ruder helfen.«

»Behandeln Sie mich nicht wie ein kleines Kind«, fauchte Bonterre, deren gute Laune einer gereizten Nervosität gewichen war. »Stürme gibt es auch anderswo, nicht nur vor der Küste von Maine. Und jetzt will ich endlich wissen, was es mit diesem verrückten Unterfangen überhaupt auf sich hat.«

»Das erzähle ich Ihnen gleich«, antwortete Hatch und starrte hinaus auf das düstere Meer. »Aber es wird Ihnen bestimmt nicht gefallen.«

45

Clay, der mit schmerzenden Armen das Ruder hielt, spähte durch die Dunkelheit und den heulenden Sturm. Jedesmal, wenn das Boot mit dem Bug in eine riesige Welle tauchte, erzitterte sein Rumpf vom Anprall der Wassermassen. Der Sturm peitschte die weiße Gischt von den Kämmen der Wogen und klatschte sie gegen die Fenster des Steuerhauses, bevor das Boot erneut seinen Abstieg in die Tiefe eines Wellentales begann. Unten angelangt, umgab Clay einen Augenblick lang eine trügerische Ruhe, bevor das Boot wie von unsichtbaren Händen wieder emporgehoben wurde und das Spiel von neuem begann.

Als Clay vor zehn Minuten versucht hatte, den vorderen Suchscheinwerfer einzuschalten, war ihm aufgefallen, daß eine ganze Reihe von Sicherungen durchgebrannt und damit ein Großteil der elektrischen Anlage seines Bootes nicht mehr funktionstüchtig war. Auch die Reservebatterien waren leer. Jetzt rächte es sich, daß Clay es versäumt hatte, das Boot vor Abfahrt von der Insel noch einmal gründlich zu überprüfen. Aber er hatte viel zu viele andere Dinge zu tun gehabt, als die »Cerberus« plötzlich ohne Vorwarnung die Anker gelichtet und ohne auf seine Schiffshupe zu achten einfach losgefahren war. So hatte Clay hilflos mit ansehen müssen, wie sich in der dunklen See der große weiße Rumpf immer weiter von ihm entfernt hatte. Ohne den Windschatten der »Cerberus« hatte sein Boot wie wild auf den Wellen zu tanzen begonnen, und Clay, der sich auf einmal einsam und verlassen vorgekommen war, hatte noch eine Weile versucht, dem Forschungsschiff hinterherzufahren. Aber niemand an Bord hatte auf sein wildes Geschrei reagiert, und bald war die »Cerberus« in der sturmgepeitschten Dunkelheit verschwunden gewesen.
Jetzt sah Clay sich im Steuerhaus um und dachte über seine Lage nach. Langsam wurde ihm klar, daß es ein schwerer Fehler gewesen war, der »Cerberus« zu folgen. Wenn man ihn vorher nicht beachtet hatte, würde man wohl kaum jetzt seinetwegen beidrehen. Hinzu kam, daß das Meer hier, außerhalb des Schutzes von Ragged Island, buchstäblich kochte: Die Ost-Strömung kollidierte mit der ablaufenden Flut und türmte sich zu gefährlich hohen Kreuzseen auf. Weil das elektronische Navigationssystem nicht mehr funktionierte, mußte Clay, der selbst unter guten Bedingungen ein lausiger Navigator war, seinen Kurs mit dem Kompaß im Steuerhaus bestimmen. Nun war dort auch noch das Licht ausgefallen, so daß der Reverend die Kompaßnadel nur im Schein der rings um das Boot herniederzuckenden Blitze erkennen konnte. Zwar hätte er eine Taschenlampe in seiner Jacke gehabt, aber er brauchte beide Hände, um das Steuerrad festzuhalten.

Das Licht des Leuchtturms von Burnt Head wurde von dichten Wolken verschluckt, und das Heulen des Windes und das Tosen der Brandung waren so laut, daß Clay die Glockenboje an der Hafeneinfahrt nur dann hören würde, wenn er sie praktisch schon gerammt hatte. Er stemmte sich noch fester gegen das Steuerrad und dachte verzweifelt nach. Zurück zur Insel war es zwar nur eine halbe Meile, aber Clay wußte, daß bei diesem Wetter selbst ein exzellenter Seemann seine liebe Mühe damit hätte, das Boot unbeschadet durch die Riffe zur Pier von Thalassa zu steuern. Aber auch wenn seine wilde Entschlossenheit, auf der Insel anzulanden, inzwischen verflogen war, erachtete er es als noch viel schwieriger, die sechs Meilen nach Stormhaven hinter sich zu bringen.

Zweimal glaubte Clay, durch den Sturm die Motoren der »Cerberus« zu hören, aber das ergab keinen Sinn: Zuerst schien sich das Geräusch nach Osten, dann nach Westen zu bewegen, als würde das Schiff etwas suchen – oder auf etwas warten. Im Licht eines Blitzes sah er auf den Kompaß und änderte, während das Boot schon in ein weiteres Wellental hinabsauste, den Kurs. Jetzt, wo das kleine Schiff die Wogen in einem Winkel von neunzig Grad anging, erzitterte es in allen Fugen. Vor dem Bug baute sich eine schwarzgraue Wasserwand auf, die immer höher und höher wurde. Im letzten Augenblick erkannte Clay, daß die Kursänderung ein Fehler gewesen war, aber da brach sich auch schon die Welle direkt über dem Steuerhaus und drückte das Boot einer Riesenfaust gleich unter Wasser. Unter dem enormen Druck ging eines der Fenster zu Bruch, und ein Schwall kalten Salzwassers ergoß sich über Clay. Er schaffte es gerade noch, sich mit den Füßen einzustemmen und sich mit aller Kraft am Steuerrad festzukrallen. Das Boot erbebte und tauchte immer tiefer in die brodelnde See ein, und gerade in dem Moment, als Clay dachte, es würde endgültig kentern, spürte er zu seiner Erleichterung, wie es wieder Auftrieb bekam. Das Wasser teilte sich über dem Deck und floß nach beiden Seiten ab. Im Licht eines Blitzes sah Clay vom Kamm einer weiteren Welle aus den schäumenden, sturmzerwühlten Ozean. Dann wurde ihm klar, daß sich das Boot gedreht haben mußte. Vor ihm lagen auf einmal wieder die etwas ruhigeren Gewässer im Windschatten von Ragged Island.

Clay blickte hinauf zum schwarzen Himmel und murmelte: »O Herr, wenn es denn Dein Wille ist …« und drehte mit einem entschlossenen Ruck am Steuerrad den Bug vollends in Richtung auf die Insel. Ein weiterer Wasserschwall stürzte durch das zerborstene Fenster herein, während das Boot erneut in ein Wellental glitt. Clay spürte, daß sich die Wogen ringsum zumindest etwas beruhigt hatten, wenn auch nur im Vergleich zu dem Sturm, der weiter draußen auf dem Meer tobte. Auch vor der Insel war die See noch unruhig genug, aber wenigstens gehorchte das Boot hier wieder dem Ruder, so daß Clay direkt auf die Pier zusteuern konnte. Er gab etwas mehr Gas und hörte, wie das Geräusch des Dieselmotors lauter wurde.

Durch die erhöhte Geschwindigkeit schien das Boot etwas stabiler im Wasser zu liegen. Es pflügte in gerader Linie durch die Wogen, erklomm einen Wellenkamm und glitt dann wieder nach unten. Ohne den Suchscheinwerfer war es schwierig, die Riffe zu orten. Clay fragte sich, ob er den Motor nicht vielleicht doch etwas drosseln sollte, für den Fall, daß …

Es war zu spät. Mit einem gewaltigen Knall schlug der Boden des Bootes gegen das Riff. Die Wucht des Aufpralls schleuderte Clay nach vorn gegen das Steuerrad, wo er sich das Nasenbein brach, und dann an die Wand. Die Brandung über dem Riff drehte das Boot, so daß der nächste Brecher es voll von der Breitseite erwischte. Clay kämpfte sich durch das Steuerhaus ins Freie. Seine Nase blutete heftig, und er hatte Mühe, einen klaren Gedanken zu fassen. Dann packte eine dritte Welle das Boot und spülte den Reverend vom Deck hinab in ein brodelndes Chaos aus Wasser und Wind.

46

Während Hatch den Bug der »Plain Jane« in die Fahrrinne lenkte, hörte er hinter sich das Geklapper der Taue an den Masten der heftig an ihren Liegeplätzen schwankenden Boote. Der Wind war eiskalt, und die mit Wasser gesättigte Luft schmeckte nach Salz. Als Kind hatte Hatch zum letztenmal einen derartigen Sturm miterlebt, aber damals war er nicht so verrückt gewesen, sich mit einem Boot in die brodelnde See zu stürzen.

Er sah noch einmal kurz zurück zur Küste, bevor er den Blick nach vorn wandte und Gas gab. Die schwimmenden Verbotsschilder zu beiden Seiten des Fahrwassers, auf denen WELLENSCHLAG VERMEIDEN – HÖCHSTGESCHWINDIGKEIT 5 KNOTEN stand, wurden vom Sturm seitlich ins Wasser gedrückt, so daß man ihre Aufschrift kaum lesen konnte.

Bonterre trat neben Hatch. Sie mußte sich mit beiden Händen an der Instrumentenkonsole festhalten. »Und?« rief sie Hatch ins Ohr.

»Ich war ein Idiot, Isobel!« rief er zurück. »Ich habe diese Symptome schon tausendmal gesehen, und trotzdem habe ich sie nicht erkannt, selbst als ich sie direkt vor Augen hatte. Jeder, der eine Strahlenbehandlung gegen Krebs hinter sich hat, weiß, wovon ich rede.«

»Strahlenbehandlung?«

»Ja. Was geschieht mit diesen Patienten? Ihnen ist schlecht. Sie haben keine Energie mehr. Verlieren die Haare. Die Anzahl der weißen Blutkörperchen sinkt drastisch ab. Genau diese Symptome waren allen Erkrankten gemeinsam, die ich in der letzten Woche untersucht habe.«

Bonterre sah ihn trotz der salzigen Gischt, die der Sturm ins offene Steuerhaus der »Plain Jane« peitschte, mit großen Augen an.

»Das St.-Michaels-Schwert ist *radioaktiv*. Setzt man sich längere

Zeit starker radioaktiver Strahlung aus, sterben die Knochenmarkszellen ab, und die Zellteilung kommt praktisch zum Stillstand. Außerdem wird das Immunsystem geschädigt, so daß man zu einem potentiellen Opfer für alle möglichen exotischen Infektionen wird, wie sie auch die erkrankten Thalassa-Leute aufwiesen. Dadurch, daß sich die Zellen nicht mehr teilen, fallen einem die Haare aus, und der Heilungsprozeß wird verlangsamt. Deshalb hat zum Beispiel auch die Wunde an meiner Hand so lange gebraucht, bis sie verheilt war. Steigt die Strahlenbelastung noch weiter an, beginnt man, an Osteoporose zu leiden und verliert die Zähne – ganz ähnlich wie bei Skorbut.«

»Die Radioaktivität könnte übrigens auch die seltsamen Computerprobleme erklären.«

»Wie das?«

»Weil Strahlung die Mikroelektronik verrückt spielen läßt«, erwiderte Bonterre und blinzelte durch das Regen- und Salzwasser, das ihr übers Gesicht lief, hinüber zu Hatch. »Aber weshalb müssen wir in diesem mörderischen Sturm hinaus nach Ragged Island fahren?«

»Uns ist jetzt zwar bekannt, daß das Schwert radioaktiv ist, aber weiter auch nichts. Außer, daß es sich in einer Bleikiste befindet und in den vergangenen siebenhundert Jahren jeden getötet hat, der ihm zu nahe gekommen ist. Gott allein weiß, was passiert, wenn Neidelman es aus seinem Behälter herausnimmt. Das dürfen wir nicht zulassen.«

Als das Boot den Schutz von Burnt Head verließ, warfen sich die Wellen mit brutaler Gewalt gegen seinen Rumpf. Hatch hörte auf zu reden und drehte am Steuerrad, um den Bug auf einen Diagonalkurs zu den Wogen zu bringen. Die Luft rings um die »Plain Jane« war ganz trüb vom Wasserdampf. Hatch sah auf den Kompaß, machte eine Kurskorrektur und überprüfte sie am Loran, dem elektronischen Navigationssystem.

Bonterre hielt sich mit beiden Händen fest und zog den Kopf

ein. Der Regen prasselte ihr direkt ins Gesicht. »Aber was hat es mit dem Schwert denn nun genau auf sich?« fragte sie.
»Das weiß der Himmel. Aber was immer es auch sein mag, es muß höllisch radioaktiv sein. Ich jedenfalls möchte nicht ...«
Hatch verstummte und starrte nach vorn. Ein weißer Streifen leuchtete hoch über der »Plain Jane« aus der Dunkelheit. Einen Augenblick überlegte Hatch, ob da wohl ein großes Schiff ihren Weg kreuzte. »Großer Gott«, murmelte er und wunderte sich ein wenig über den ruhigen Ton seiner eigenen Stimme. »Sehen Sie sich das an!«
Der weiße Streifen war kein Schiff, sondern der Schaumkamm einer sich brechenden Riesenwelle. »Helfen Sie mir am Steuerrad!« schrie Hatch.
Bonterre packte das Rad mit beiden Händen, und Hatch griff zum Gashebel. Während das Boot langsam den fast senkrechten Wellenberg hinaufstieg, gab Hatch vorsichtig etwas mehr Gas, damit es besser dem Ruder gehorchte. Als sich die Welle schließlich mit einem gewaltigen, hohl klingenden Donnern über ihnen brach, kam es ihm wie eine Explosion aus weißem Schaum vor. Hatch holte noch einmal tief Luft und bereitete sich auf den Ansturm der Wassermassen vor.
Einen Augenblick lang schien es so, als würde das Boot im Inneren der Welle schweben, bevor es sich auf einmal losriß und in einer raschen, korkenzieherartigen Bewegung über den Kamm taumelte. Obwohl Hatch das Gas zurücknahm, sauste die »Plain Jane« mit beängstigend hoher Geschwindigkeit wieder nach unten. Im Wellental, wo sie kurzzeitig vor dem Sturm geschützt waren, umgab Hatch und Bonterre eine unheimliche, fast unwirklich anmutende Ruhe. Dann baute sich auch schon der nächste Berg aus schwarzgrünem Wasser und brodelnder Gischt vor ihnen auf.
»Hinter Wreck Island wird es wohl noch schlimmer werden«, rief Hatch.
Bonterre machte sich gar keine Mühe mehr, ihm darauf zu antworten, sondern klammerte sich ans Steuerrad, während

das Boot mit einem donnernden Krachen von einem weiteren Brecher getroffen wurde.
Hatch sah auf den Monitor des elektronischen Navigationssystems: Sie wurden von einer starken Riptide mit einer Geschwindigkeit von vier Knoten nach Südosten abgetrieben. Mit einer Hand am Steuerrad und der anderen am Gashebel korrigierte er den Kurs, um die Abdrift zu kompensieren, während Bonterre ihm dabei half, das Ruder stabil zu halten.
»Der Professor hatte recht«, rief Hatch. »Ohne Sie würde ich das niemals schaffen.«
Der Sturm hatte Bonterres langes Haar unter dem Südwester hervorgezerrt und blies es nach hinten, was ihr das Aussehen einer hinreißenden Furie verlieh. Ihr Gesicht war stark gerötet – ob vor Angst oder Aufregung, konnte Hatch nicht sagen. Da schlug eine weitere Woge über der »Plain Jane« zusammen.
»Wie wollen Sie denn Neidelman davon überzeugen, daß das Schwert radioaktiv ist?« brüllte Bonterre.
»Thalassa war so freundlich, meine Praxis mit jeder Menge verrückter Instrumente auszustatten. Darunter ist auch ein High-Tech-Geigerzähler. Ich habe das verdammte Ding noch nicht ein einziges Mal eingeschaltet.« Hatch schüttelte den Kopf, während die »Plain Jane« in ein weiteres Wellental hinabsauste. »Wenn ich das bloß mal getan hätte – der Geigerzähler hätte vermutlich durchgedreht. Bestimmt haben die kranken Arbeiter eine Menge radioaktiven Staub in meine Praxis getragen. Ganz egal, wie versessen Neidelman auf dieses Schwert ist, der Geigerzähler wird ihn schon überzeugen.«
Durch das Heulen des Windes und sein eigenes Gebrüll konnte Hatch ganz leise das entfernte Brechen von Brandung hören. Sie passierten gerade Wreck Island, und als sie seinen Windschatten verließen, nahm der Sturm noch einmal an Heftigkeit zu. Wie auf ein Stichwort hin baute sich auch schon eine Welle vor der »Plain Jane« auf, noch gewaltiger als alle zuvor. Mit einem Kamm aus zischender Gischt dräute sie über ihren Köpfen, während das Boot langsam aus einem stillen

Wellental nach oben stieg. Hatch, dem das Herz bis zum Hals schlug, beschleunigte die »Plain Jane« in genau dem Augenblick, als er spürte, wie das Boot von der Welle angehoben wurde.

»Halten Sie sich fest!« schrie er, als der Wellenkamm sich vor ihnen brach. Er gab Vollgas und steuerte das Boot direkt in die brodelnden Wassermassen hinein. Die »Plain Jane« bekam einen gewaltigen Schlag und tauchte in ein seltsames Halbdunkel, in dem sowohl das Meer als auch die Luft aus Wasser zu bestehen schienen. Dann waren sie durch die Woge hindurch und begannen einen steilen Absturz den gischtbedeckten Hinterhang der Welle hinab, bei dem die Schiffsschraube aus dem Wasser kam und leer durchdrehte. Hatch sah, wie sich schon der nächste weißschäumende Wellenkamm einem wild geifernden Seeungeheuer gleich auf sie zu wälzte.

Hatch kämpfte gegen die in ihm aufsteigende Panik an, als ihm klar wurde, daß die letzte Welle nur ein Vorgeschmack auf das gewesen war, was sie auf den nächsten drei Meilen erwarten würde.

Auf einmal bemerkte er bei jedem Gieren des Bootes ein merkwürdiges Zittern und Ziehen am Steuerrad. Die »Plain Jane« fühlte sich irgendwie schwer und beladen an. Durch den strömenden Regen warf Hatch einen Blick nach hinten. Leider hatte das alte Boot keine Anzeige für den Wasserstand in seiner Bilge, so daß Hatch, der die Lenzpumpen seit der Abfahrt von Stormhaven mit voller Kraft laufen ließ, vom Steuerhaus aus nicht feststellen konnte, wie tief das Wasser dort schon stand.

»Isobel!« schrie er, während er sich mit den Füßen gegen die Wände des Steuerhauses stemmte und die Hände fest ums Steuerrad klammerte. »Gehen Sie nach vorn und öffnen Sie die Metalluke im Boden. Sehen Sie nach, wieviel Wasser in der Bilge ist.«

Bonterre nickte zum Zeichen, daß sie verstanden hatte. Hatch sah ihr zu, wie sie nach vorn kroch, die Luke aufschraubte und

nach unten verschwand. Kurz darauf kam sie wieder herauf. »Etwa zu einem Viertel voll!« rief sie.
Hatch fluchte laut. Sie mußten auf ein Stück Treibgut gelaufen sein, das ein Loch in den Rumpf geschlagen hatte. Bei dem Donnern der Wogen hatte er das nicht mal bemerkt. Wieder blickte er auf die Anzeige des Lorans. Sie hatten mehr als die halbe Strecke nach Ragged Island geschafft, das aber trotzdem noch zweieinhalb Meilen entfernt lag; möglicherweise zu weit, um die Insel sicher zu erreichen.
»Übernehmen Sie das Ruder!« rief er. »Ich sehe nach dem Dingi.«
Im heulenden Sturm kroch Hatch ans Heck, krallte sich mit beiden Händen am Schandeckel fest und spähte nach hinten. Das Dingi war noch da und tanzte wie ein Korken am Ende seiner Leine. Weil der Rumpf der »Plain Jane« es vor den schlimmsten Wellen bewahrt hatte, war es nicht übermäßig vollgeschlagen. Trotzdem hoffte Hatch inständig, daß er und Bonterre nicht in dieses kleine Fahrzeug würden klettern müssen.
Er kämpfte sich wieder nach vorn, löste Bonterre am Steuer ab und spürte sofort, daß die »Plain Jane« inzwischen schon wieder schwerer geworden war. Sie brauchte merklich länger als vorher, um sich aus den sie nach unten drückenden Wassermassen zu befreien.
»Geht es Ihnen gut?« rief Bonterre.
»Soweit schon«, antwortete Hatch. »Und Ihnen?«
»Ich habe Angst.«
Das Boot sank abermals in die unheimliche Stille eines Wellentals hinab, und Hatch bereitete sich mit der Hand am Gashebel auf den Aufstieg vor. Aber der kam nicht.
Hatch wartete. Dann, endlich, begann die »Plain Jane« quälend langsam zu steigen. Einen trügerischen Moment lang hoffte Hatch, daß das Loran vielleicht defekt sei und sie sich bereits im Windschatten der Insel befänden, aber dann hörte er ein seltsames Grollen.

Hoch über ihnen baute sich glatt, dunkel und gefährlich ein wahrer Himalaja aus Wasser auf. Auf seinem Kamm gurgelte eine langgestreckte Schaumkrone, als wäre sie ein lebendiges, gefährliches Untier.

Bonterre legte den Kopf in den Nacken und blickte nach oben. Weder sie noch Hatch sagten ein Wort.

Das Boot brauchte eine halbe Ewigkeit, bis es die Woge emporgestiegen war, deren Getöse nun dem eines Wasserfalls glich. Mit einem berstenden Knall krachte der Kamm der Welle gegen den Bug der »Plain Jane« und schleuderte sie so hoch, daß ihr Deck fast senkrecht stand. Hatch spürte, wie ihm der Boden unter den Füßen weggerissen wurde, und hielt sich verzweifelt fest. Unten in der Bilge schwappte das Wasser auf eine Seite und ließ das Boot stark krängen.

Dann spürte Hatch auf einmal keinen Zug mehr am Ruder, und als die Welle ablief, stand fest, daß die »Plain Jane« vollgeschlagen war. Sie bekam starke Schlagseite und begann schnell zu sinken, weil das Wasser in ihrem Rumpf verhinderte, daß sie sich wieder aufrichten konnte. Hatch sah nach hinten. Auch das Dingi hatte ziemlich viel Wasser abbekommen, war aber immer noch schwimmfähig.

Bonterre folgte Hatchs Blick und nickte. Sich an der Reling festhaltend, kämpften sie sich durch das hüfthohe Wasser nach hinten zum Heck. Hatch wußte, daß einer besonders hohen Welle meistens eine Reihe etwas niedrigerer folgten. Damit blieben ihnen zwei, höchstens drei Minuten, um in das Dingi zu klettern und von der sinkenden »Plain Jane« abzulegen.

Hatch klammerte sich an die Reling und ließ erst eine, dann eine weitere Welle über sich hinwegrollen. Als er endlich das Heck erreicht hatte, war der Augbolzen, an dem die Leine des Dingis festgemacht war, schon zu weit unter Wasser, als daß er ihn noch hätte erreichen können. In der eiskalten See tastete er nach der Leine des Beiboots und zog es an die »Plain Jane« heran. Dabei mußte er die Reling loslassen und sich verzweifelt gegen den Sog des Wasser stemmen. Schließlich spürte er den Bug des Dingis und krabbelte hinüber, wobei er unbeholfen zu Boden fiel. Er erhob sich rasch und sah hinüber zu Bonterre.

Die klammerte sich noch an das Heck der schon fast vollständig in den Wogen verschwundenen »Plain Jane«. Hatch griff nach der Leine und zog das Dingi abermals an das Boot heran. Eine weitere Riesenwelle hob ihn hoch in die Luft und überschüttete ihn mit salzigem Schaum. Hatch beugte sich vor, ergriff Bonterre unter den Armen und hievte sie zu sich ins Beiboot. Als die Welle unter ihnen durchgerauscht war, kenterte die »Plain Jane« vollends und begann in einem Schwall von Luftblasen zu sinken.

»Wir müssen uns losschneiden!« schrie Hatch, holte sein Messer aus der Tasche und fing an, verzweifelt an der Leine herumzusäbeln. Kaum hatte er sie durchgeschnitten, da hob die »Plain Jane« auch schon ihr Heck in den schwarzen Himmel und verschwand in die Tiefe, während die Luft mit einem letzten Seufzer aus ihrem Rumpf wich.

Ohne zu zögern ergriff Bonterre das Ösfaß und begann, so rasch sie konnte, das Wasser aus dem Dingi zu schöpfen. Hatch kroch unterdessen nach hinten und zog an der Starterleine des Außenborders. Nach zwei vergeblichen Versuchen hustete der kleine Motor und sprang schließlich schnaubend an. Sein blechernes Geratter war durch das Toben der Elemente kaum zu hören. Hatch ließ die Maschine im Leerlauf vor sich hin tuckern und nahm das zweite Ösfaß, um soviel Wasser wie nur möglich aus dem kleinen Schiffchen zu schöpfen. Aber es war vergebens, denn jetzt, da die »Plain Jane« ihm keinen Windschutz mehr bot, bekam das Dingi die volle Wucht des Sturmes zu spüren. Es nahm mehr Wasser über, als Bonterre und er ausschöpfen konnten.

»Wir müssen die Wellen im rechten Winkel nehmen!« rief Bonterre. »Sie ösen, und ich kümmere mich um das Boot.«

»Aber ich ...«

»Tun Sie, was ich sage!«

Bonterre krabbelte nach hinten. Sie gab Gas und schwenkte gleichzeitig das Boot so, daß es den Wellen die Breitseite bot.

»Um Himmels willen, was tun Sie denn da?« schrie Hatch entsetzt.

»Ösen Sie!« brüllte Bonterre zurück. Das Boot sackte nach hinten, so daß das Wasser in sein Heck floß. Erst als eine große Welle sich über ihnen zu brechen drohte, drehte Bonterre das Gas voll auf und surfte fast parallel zum Seegang den Hinterhang der Woge entlang. Diese Aktion stand in direktem Gegensatz zu allem, was Hatch je über Boote gehört hatte. Vor Schreck ließ er das Ösfaß fallen und klammerte sich an der Bordwand fest. Das Dingi nahm rasant an Fahrt zu.

»Ösen Sie weiter!« befahl Bonterre. Sie griff nach hinten und öffnete die Lenzklappe im Heck. Während das Boot noch schneller wurde, lief das Wasser aus dem Rumpf.

»Sie werden uns umbringen!« schrie Hatch.

»Ich weiß, was ich tue!« rief Bonterre. »Als Kind bin ich viel gesurft.«

»Aber nicht auf solchen Wellen.«

Das Dingi raste das Wellental hinunter und begann, den Hang der nächsten Welle hinaufzusteigen, wobei die Schraube aus dem Wasser kam und der Motor schrill aufheulte. Hatch, der jetzt auf dem Boden saß und sich an beiden Bordwänden festklammerte, schätzte ihre Geschwindigkeit auf mindestens zwanzig Knoten.

»Festhalten!« brüllte Bonterre, als das kleine Boot seitlich über den Wellenkamm rutschte. Mit einer Mischung aus Angst und Verblüffung spürte Hatch, wie das Dingi einen entsetzlichen Augenblick lang durch die Luft flog, bevor es unsanft auf der anderen Seite der Welle aufsetzte. Rasch richtete es sich aus seiner Schräglage wieder auf und schoß in das Wellental hinab.

»Müssen Sie denn so schnell fahren?«

»Das geht nur, wenn man schnell ist. Das Boot muß gleiten!«

Hatch blickte nach vorn.
»Aber wir fahren in die falsche Richtung!«
»Keine Bange. In ein paar Minuten wechsle ich den Kurs.«
Hatch krabbelte zum Bug. Langsam wurde ihm Bonterres Vorgehensweise klar. Sie blieb so lange wie möglich in den Wellentälern, wo sie vor Wind und Gischt geschützt waren, selbst wenn sie dabei die seemännische Kardinalregel verletzte, niemals ein Boot parallel zu den Wellen zu bringen. Einzig die hohe Geschwindigkeit hinderte das Dingi am Kippen, während Bonterre schon nach einer geeigneten Stelle suchte, um den nächsten Wellenkamm zu überwinden.
Wieder baute sich ein Brecher vor ihnen auf, und Bonterre riß mit einer entschlossenen Bewegung das Boot herum. Es schoß über den schäumenden Wellenkamm, drehte sich dabei halb um die eigene Achse und rauschte auf der anderen Seite hinunter ins Tal.
»Gott im Himmel!« schrie Hatch und umschlang den Bugsitz mit beiden Armen.
Als sie in den Windschatten der Insel kamen, ließ der Sturm etwas nach. Dafür kamen die Wellen nicht mehr aus einer Richtung, was es sehr viel schwieriger machte, das kleine Boot auf Kurs zu halten.
»Drehen Sie um!« rief Hatch. »Die Riptide spült uns sonst an der Insel vorbei.«
Bonterre wollte etwas erwidern, hielt aber inne. »Da ist ein Licht!« brüllte sie.
Aus der aufgewühlten See tauchte in einer Entfernung von dreihundert Metern plötzlich die »Cerberus« auf, die wie eine weiße Erscheinung direkt auf sie zu kam. Hatch konnte die starken Lampen auf Brücke und Vordeck erkennen. Im Chaos des Sturms kam ihm das Schiff wie ein rettender Engel vor. Vielleicht haben sie uns ja schon entdeckt, dachte er. Bestimmt haben sie auf dem Radarschirm das Sinken der »Plain Jane« mitbekommen und suchen nun nach Überlebenden.
»Hierher!« schrie Bonterre und winkte mit den Armen.

Die »Cerberus« verlangsamte ihre Fahrt und drehte, so daß sie dem Dingi ihre Steuerbordseite zuwandte. Bonterre ging an dem gewaltigen Rumpf, der ihnen Schutz vor Wind und Wellen bot, längsseits.

»Nehmen Sie uns an Bord!« rief Hatch.

Das Dingi tanzte neben dem Schiff auf den Wellen, aber auf der »Cerberus« tat sich nichts.

»Vas-y, vas-y!« rief Bonterre ungeduldig. »Uns ist kalt!«

Hatch hörte das Surren eines Elektromotors und blickte an dem weißen Rumpf hinauf zur Einstiegstür. Die aber blieb verschlossen und bewegte sich nicht.

Ein weitverzweigter Blitz zuckte über den Himmel. In seinem Licht konnte Hatch eine einzelne Gestalt erkennen, die von der Brücke zu ihnen herabblickte.

Das Surren des Elektromotors hielt an. Hatch suchte nach der Geräuschquelle. Schließlich wurde ihm klar, daß es von der Harpunenkanone am Bug kam, die sich langsam in ihre Richtung drehte.

Auch Bonterre hatte das bemerkt und war ebenso verblüfft wie er. *»Grande merde du noir«,* murmelte sie.

»Wenden Sie das Boot!« schrie Hatch.

Bonterre schob den Hebel des Außenborders hart nach Steuerbord und gab Vollgas. Das Dingi wirbelte herum. Von oben sah Hatch etwas Bläuliches aufblitzen und hörte ein zischendes Geräusch, gefolgt von einem lauten Platschen unmittelbar vor ihnen. Es folgte ein tief dröhnendes »Wumm«, und sieben Meter backbord voraus stieg eine hohe Fontäne aus dem Wasser auf, deren unterer Teil in häßlichem Orange aufglühte.

»Die schießen mit Sprengharpunen!« brüllte Hatch.

Es folgten ein weiteres Platschen und eine weitere Explosion, die schon so nahe am Dingi lagen, daß das kleine Boot gefährlich ins Schlingern geriet. Bonterre steuerte es aus dem Windschatten der »Cerberus« hinaus in die sturmgepeitschte See. Kurz vor seinem Bug explodierte wieder eine Harpune im Wasser und schleuderte es so vehement nach hinten, daß es beinahe gekentert wäre. Ein Wasserschwall klatschte Hatch ins Gesicht.

Ohne ein Wort riß Bonterre das Dingi wieder herum. Sie gab Gas und steuerte mit voller Geschwindigkeit direkt auf die »Cerberus« zu. Hatch wollte schon losschreien, aber dann wurde ihm klar, was sie beabsichtigte. Kurz vor der »Cerberus« zog sie eine scharfe Kurve, so daß das Boot mit seiner Breitseite lautstark gegen die Bordwand schlug. So nahe am Rumpf konnte die Harpunenkanone sie nicht mehr treffen.

»Wir fahren um ihr Heck herum und hauen dann ab!« rief Bonterre.

Als Hatch sich nach vorn beugte, um nach dem Ösfaß zu greifen, bemerkte er etwas Seltsames: Auf einem schmalen Streifen unmittelbar vor ihm schien das Wasser zu zischen und zu brodeln, und dieser Streifen bewegte sich direkt auf das Dingi zu. Während Hatch das Phänomen interessiert beobachtete, erreichte der Streifen den Bug des Beiboots, der augenblicklich in einer Wolke aus Sägespänen und Rauch verschwand. Hatch warf sich nach hinten und sah, wie sich über ihnen Streeter über die Reling der »Cerberus« beugte, eine gräßliche Waffe in der Hand. Hatch erkannte sofort, daß es die Fléchette war, die ihm Neidelman damals gezeigt hatte. Die Nadelpistole war direkt auf ihn und Bonterre gerichtet.

Bevor er noch seine Begleiterin warnen konnte, hatte diese das Boot schon wieder in Bewegung gesetzt und raste mit voller Geschwindigkeit davon. Hatch hörte ein Geräusch, das wie das Rattern einer dämonischen Nähmaschine klang, und sah, wie dort, wo noch vor einer Sekunde das Dingi gewesen war, die Nadeln der Fléchette das Wasser zum Brodeln brachten. Das Dingi schoß am Heck der »Cerberus« vorbei und warf sich in die stürmische See. Es tanzte wie eine Nußschale und nahm an seinem zerschossenen Bug viel Wasser über. Mit aufbrüllenden Dieselmotoren schwang die »Cerberus« herum. Bonterre legte das Dingi so hart nach backbord, daß sie es fast umwarf, und hielt direkt auf die Pier von Ragged Island zu.

In der sturmgepeitschten See hatte der kleine Außenborder des Bootes natürlich keine Chance gegen die mächtigen Maschinen der »Cerberus«, und so sah Hatch, wie das Schiff ihnen immer näher kam. Bald würde es ihnen den Weg zu dem kleinen Kanal abschneiden, der die einzige Durchfahrt durch die Riffe darstellte.

»Halten Sie aufs Riff zu!« rief Hatch. »Wenn Sie eine hohe Welle abpassen, trägt sie uns vielleicht darüber hinweg. Dieses Dingi hat kaum dreißig Zentimeter Tiefgang!«

Bonterre riß das Boot herum und ging auf den neuen Kurs. Die »Cerberus« gab ihre Verfolgung jedoch nicht auf und kam durch das aufgewühlte Wasser unaufhaltsam näher.

»Tun Sie so, als würden Sie vor dem Riff abdrehen!« rief Hatch.

Bonterre tat, was er sagte, und steuerte das Dingi knapp außerhalb der brodelnden Brandung am Riff entlang.

»Jetzt glaubt er bestimmt, daß er uns in der Falle hat«, sagte Hatch, als er sah, daß die »Cerberus« ebenfalls herumschwenkte. Da erschütterte eine krachende Explosion das Beiboot, und einen Augenblick lang atmete Hatch nichts als Salzwasser ein. Als sie wieder aus der Gischt auftauchten, sah er, daß die Harpune an Backbord die halbe Bordwand weggerissen hatte.

»Lassen Sie sich von der nächsten Welle übers Riff spülen!« schrie er. »Das ist unsere letzte Chance!«

Einen quälend langen Augenblick dümpelten sie vor dem Riff dahin, dann brüllte Hatch: »Jetzt!«

Als Bonterre das schwer beschädigte Dingi in die schäumende Wasserhölle steuerte, explodierte in unmittelbarer Nähe die nächste Harpune. Hatch hörte ein seltsam knirschendes Geräusch und wurde gleich darauf hoch in die Luft geschleudert. Dann war rings um ihn nichts als brodelndes Wasser, in dem die Wrackteile des Dingis tanzten, und das Geräusch der sich am Riff brechenden Welle. Er spürte, wie ihn etwas nach unten zog, tiefer und immer tiefer, und nach einem kurzen Moment der Panik wurde alles auf einmal ganz still und friedlich.

47

Woody Clay rutschte auf einem Flecken Seegras aus und schlug sich so schmerzhaft das Schienbein an, daß er fast den Namen des Herrn verunglimpft hätte. Die Felsen am Strand waren mit glitschigen Algen bedeckt, weshalb Clay beschloß, daß es besser war, sich auf allen vieren fortzubewegen. Jeder einzelne Körperteil tat ihm weh, seine Kleidung war zerrissen und die Schmerzen in seiner Nase waren kaum auszuhalten. Außerdem fror er so sehr, daß seine Glieder sich taub anfühlten. Dennoch empfand er eine Lebendigkeit wie seit vielen, vielen Jahren nicht. Fast hatte er schon vergessen, wie schön diese wilde Erregung des Geistes war. Die gescheiterte Protestaktion hatte keine Bedeutung mehr für ihn, und wenn er es genau nahm, dann war sie ja eigentlich auch gar nicht gescheitert, denn immerhin hatte sie ihn auf diese Insel gebracht. Gottes Wille nahm oft seltsame Wege, und Clay war klar, daß der Herr ihn aus einem ganz bestimmten Grund hierher nach Ragged Island geschickt hatte. Bestimmt hatte er hier eine Aufgabe von enormer Wichtigkeit zu erfüllen. Woraus diese Aufgabe genau bestand, wußte Clay zwar nicht, aber er war zuversichtlich, daß ihm das zu gegebener Zeit mitgeteilt werden würde.

Er krabbelte über die Hochwasserlinie hinweg, stand auf und hustete den Rest von Salzwasser aus seinen Bronchien. Mit jedem Husten schoß ein schlimmer Schmerz durch seine zertrümmerte Nase, aber Clay schenkte ihm keine Beachtung. Was hatte der heilige Lorenz, erfüllt vom Feuer der göttlichen Liebe, dem römischen Statthalter gesagt, als dieser ihn über glühenden Kohlen braten ließ? »Jetzt kannst du mich umwenden lassen, mein Leib ist auf dieser Seite genug gebraten.«

Als Clay ein Junge gewesen war und seine Schulkameraden Hardy-Boys-Romane oder die Biographien von berühmten Baseballstars gelesen hatten, war seine Lieblingslektüre »Das

Große Buch der Märtyrer« gewesen. Selbst heute, als Pfarrer der Kongregationskirche, sah er nichts Falsches darin, in seinen Predigten häufig auf das Leben katholischer Heiliger Bezug zu nehmen – und noch häufiger auf ihren Tod. Diese Menschen hatte Gott mit Visionen ebenso gesegnet wie mit dem Mut, zu diesen Visionen zu stehen – ganz gleich, um welchen Preis. Clay war sich ziemlich sicher, daß auch er diesen Mut aufbringen würde, wenn der Herr es von ihm verlangte. An Visionen allerdings hatte es ihm in den letzten Jahren gefehlt.

Jetzt mußte er erst einmal einen geschützten Platz finden, an dem er sich aufwärmen konnte, und dann würde er darum beten, daß Gott ihm seine Aufgabe kundtat.

Clay ließ seinen Blick über den Strand schweifen, der sich grau vom schwarzen Himmel abhob. Der Wind heulte über die Felsen, und der Regen prasselte gnadenlos auf die Insel herab. In der Dunkelheit rechts von sich konnte Clay undeutlich ein paar große Felsen erkennen, von denen er wußte, daß die Fischer sie die Walbuckel nannten. Daneben sah er die künstliche, trockengelegte Lagune, die hinter dem von Thalassa errichteten Kofferdamm lag. Ganz so trocken war sie allerdings schon nicht mehr. Mit tiefer Befriedigung beobachtete Clay, wie die Wogen gnadenlos gegen den Damm anstürmten. Mehrere Stützpfeiler waren schon verbogen, so daß eine der massiven Stahlbetonplatten ein kleines Stück aus ihrer Verankerung gerutscht war. Jede neue Welle, die sich an dem Damm brach, schickte große Wolken Gischt über seine Krone.

Clay ging die felsige Küste entlang und suchte Schutz unter ein paar Baumwurzeln, die aus der steilen Uferböschung herausragten. Aber selbst hier war er vor diesem sintflutartigen Regen nicht sicher, und sobald er sich nicht mehr bewegte, begann er vor Kälte zu schlottern. Er stand also wieder auf, ging am Rand der Böschung entlang und hielt nach einer windgeschützten Stelle Ausschau. Weit und breit wies nichts darauf hin, daß sich Menschen auf Ragged Island befanden. Viel-

leicht war die Insel ja verlassen, dachte Clay, vielleicht hatte der Sturm die Plünderer von der Insel gejagt wie Jesus die Geldverleiher aus dem Tempel von Jerusalem.
Clay erreichte eine Landspitze, hinter der die dem offenen Meer zugewandte Seite der Insel lag. Als er die Klippen umrundete, wurde das Tosen der Brandung lauter. Er bemerkte ein Stück gelbes Absperrband, mit dem normalerweise die Polizei einen Tatort sicherte. Ein Ende davon hatte sich losgerissen und flatterte wie wild im Sturm. Clay trat näher und sah, daß sich hinter dem Band eine dunkle, höhlenartige Öffnung in der Klippe befand, die von drei glänzenden Metallstreben gestützt wurde. Er kroch unter dem Absperrband hindurch und trat in die Öffnung, die so niedrig war, daß er nur gebückt darin stehen konnte.
Hier drinnen war die Brandung nur noch gedämpft zu hören, außerdem war es angenehm trocken und wenigstens etwas wärmer als draußen in Regen und Sturm. Clay griff in die Tasche seiner Jacke und holte seine kleine Notausrüstung heraus: eine Taschenlampe, einen wasserdichten Behälter mit Streichhölzern und einen winzigen Erste-Hilfe-Kasten. Mit der Taschenlampe leuchtete er Wände und Decke der Höhle ab. Er befand sich in einer kleinen Kammer, an deren hinterem Ende ein Stollen ins Innere der Klippe führte.
Clay fand seine Entdeckung interessant und befriedigend zugleich. Gott hatte ihn zu diesem Tunnel geführt, von dem Clay annahm, daß er irgendwie mit dem Labyrinth von Gängen und Schächten in Verbindung stand, das angeblich die ganze Insel durchzog. Weil er immer noch am ganzen Körper zitterte, beschloß er, zunächst einmal Feuer zu machen und sich zu trocknen und aufzuwärmen.
Clay sammelte ein paar kleinere Stücke Treibholz zusammen, die das Meer in die Kammer gespült hatte. Dann schraubte er die kleine Plastikdose auf und stülpte sie um. Als ein einziges trockenes Streichholz in seine Handfläche fiel, konnte Clay sich ein triumphierendes Lächeln nicht verkneifen. Seit er in

Stormhaven war, hatte er diesen Streichholzbehälter auf jeden Bootsausflug mitgenommen, zu dem man ihn eingeladen hatte. Claire hatte ihn des öfteren damit aufgezogen, und obwohl das immer gutmütig und liebevoll gemeint gewesen war, hatte es ihm tief in seinem Herzen doch jedesmal einen Stich versetzt. Wenn Claire jetzt hier wäre, würde sie sich nicht mehr über ihn lustig machen, denn jetzt würde dieser kleine Streichholzbehälter eine entscheidende Rolle in Clays Schicksal spielen.

Und so warf kurze Zeit später ein munter brennendes Feuerchen seine flackernde Schatten auf die Wände der Kammer. Draußen heulte der Sturm, aber drinnen in Clays kleinem Nest war nichts davon zu spüren. Sogar der Schmerz in seiner Nase hatte sich in ein dumpfes, erträgliches Pochen verwandelt.

Clay trat näher an sein Feuer heran und wärmte sich die Hände. Bald – sehr bald sogar – würde ihm Gott die besondere Aufgabe, für die er ihn auserwählt hatte, zu erkennen geben.

48

Mit zusammengekniffenen Augen schaute sich Isobel Bonterre an der sturmgepeitschten Küste um. An vielen Stellen entdeckte sie dunkle, undefinierbare Umrisse im Sand, die wie ein menschlicher Körper wirkten, doch jedesmal, wenn sie einen dieser Umrisse näher untersuchte, stellte sie fest, daß es sich dabei doch nur um längliche Felsen handelte und nicht, wie sie gehofft hatte, um den angeschwemmten Malin Hatch.

Bonterre blickte hinaus aufs Meer, wo die »Griffin«, mit zwei Ankern gesichert, knapp außerhalb des Riffs dem Sturm trotzte. Weiter draußen konnte sie gerade noch die Lichter der »Cerberus« erkennen. Eine riesige Welle hatte das Schiff, das bei der Verfolgung des Dingis auf ein Riff aufgelaufen war, wieder flottgemacht, und jetzt wurde es, durch die Havarie wohl manövrierunfähig geworden, von der Riptide hinaus aufs offene Meer getrieben. Weil es eine leichte Schlagseite hatte, vermutete Bonterre, daß eine oder sogar mehrere Spundwände leckgeschlagen waren. Vor ein paar Minuten hatte sie mitbekommen, wie ein kleines Boot von der »Cerberus« abgelegt und sich mühsam zur Insel durchgekämpft hatte. Dort hatte es die Landzunge umrundet, hinter der sich die Pier des Basislagers befand.

Ob in dem Boot Streeter oder jemand anderer gewesen war, hatte Bonterre nicht erkennen können. Eines aber war ihr klar: So hochtechnisiert das Forschungsschiff auch war, ein einzelner Mann hätte niemals die Harpune abfeuern und gleichzeitig das Ruder bedienen können. Und das bedeutete, daß der Angriff vorhin nicht das Werk eines einzelnen Verrückten gewesen sein konnte. Jemand mußte Streeter geholfen haben.

Bonterre zitterte vor Kälte und verkroch sich tiefer in ihre nasse Öljacke. Von Hatch fehlte noch immer jede Spur. Sollte er die Zerstörung des Dingis überlebt haben, dann hätte ihn die See eigentlich irgendwo in der Nähe an den Strand spülen müssen. Aber das war nicht der Fall, davon hatte sie sich inzwischen überzeugt. Und der Rest der Küste war schroff und felsig und dem Sturm fast ungeschützt ausgesetzt …

Sie schüttelte das schreckliche Gefühl der Verzweiflung ab, das sich ihrer zu bemächtigen drohte. Was auch immer geschehen sein mochte, sie mußte nun zu Ende bringen, was sie und Hatch begonnen hatten.

Also brach sie zum Basislager auf. Dazu wählte sie nicht den direkten Weg über die Insel, sondern den längeren am Strand entlang, auf dem man sie nicht so leicht entdecken konnte. Der Sturm hatte sogar noch an Heftigkeit zugenommen und wirbelte die Gischt, die er von den Wellenkämmen fetzte, weit ins Innere der Insel hinein. Das Brüllen der Brandung an den Klippen war so laut und beständig, daß Bonterre kaum die grollenden Donnerschläge wahrnahm, die immer wieder über die Insel hinwegrollten. Langsam näherte sie sich den Hütten des Basislagers. Vom Funkturm hatte der Sturm eines der Mikrowellen-Signalhörner abgerissen und wirbelte es an seinem Kabel hin und her. Einer der beiden Generatoren war ausgefallen und stand still auf seiner Stahlplattform, während der andere stark vibrierte und schrill heulend dagegen protestierte, daß man ihm die doppelte Last aufgebürdet hatte. Bonterre schlich zwischen den ausgefallenen Generator und die Dieseltanks und spähte hinüber zu den Hütten. Die meisten von ihnen waren dunkel, nur hinter den Fenstern von Island One brannte Licht.

Vorsichtig tastete sie sich weiter vor und achtete darauf, sich dabei immer in den Schatten zwischen den Hütten zu halten. Als sie Island One erreicht hatte, lugte sie vorsichtig in eines der Fenster. In der Kommandozentrale war niemand.

Rasch huschte Bonterre auf dem aufgeweichten Pfad hinüber zu Hatchs Inselpraxis. Auch sie schien leer zu sein. Bonterre probierte es an der Tür, fluchte leise, als sie diese abgesperrt fand und schlich zur hinteren Wand der Baracke. Dort nahm sie einen Stein und schlug damit das kleine rückwärtige Fenster ein. Niemand würde bei diesem Sturm das Klirren hören. Vorsichtig streckte sie eine Hand durch die Glassplitter und öffnete das Fenster von innen.

Behutsam stieg Bonterre in den kleinen Raum, den Hatch sich zum Übernachten eingerichtet hatte. Die schmale Pritsche, auf der noch nie jemand geschlafen hatte, war genauso frisch und ordentlich wie an dem Tag, an dem man sie aufgestellt hatte. Rasch durchsuchte Bonterre den kleinen Schrank daneben in der Hoffnung, eine Pistole, ein Messer oder irgendeine andere Waffe zu finden. Schließlich mußte sie sich jedoch mit einer langen, schweren Taschenlampe begnügen; sie schaltete sie ein und richtete ihren Strahl auf den Boden der Kammer. Dann ging sie durch die Tür in einen kleinen Flur, von dem aus man auf der einen Seite in die Praxis, auf der anderen ins

Wartezimmer kam. An der dritten Wand befand sich eine Tür mit der Aufschrift LAGERRAUM. Wie erwartet war sie versperrt, doch sie war so windig, daß Bonterre sie mit zwei wohlgezielten Tritten eintreten konnte.

In dem kleinen Raum standen an drei Wänden mit Glastüren versehene Metallschränke, in denen oben Medikamente und unten medizinische Geräte aufbewahrt wurden. Bonterre hatte zwar keine Ahnung, wie ein Geigerzähler aussah, aber sie wußte von Hatch, daß das Gerät von der Firma Radmetrics war. Schnell entschlossen schlug sie mit der Taschenlampe die Glastür eines der Schränke ein und besah sich die Gegenstände in den unteren Regalen. Nichts. Sie drehte sich um und trat auch die Tür des gegenüberliegenden Schrankes ein, doch auch dort suchte sie vergeblich. Erst im dritten Schrank lag ein kleines schwarzes Nylontäschchen mit einem Tragegurt und dem Logo der Firma Radmetrics, in dem sich ein seltsam aussehendes Instrument mit einem beleuchtbaren Display und einem kleinen Tastenfeld befand. An seiner Vorderseite ragte eine kleine Halbkugel heraus, die Bonterre an ein Mikrofon erinnerte. Bonterre suchte nach einem Schalter und knipste das Gerät an, wobei sie darum betete, daß die Batterien noch halbwegs frisch waren. Sie hörte ein leises Piepsen und sah, wie eine Nachricht auf dem Display erschien:

RADMETRICS SYSTEMS INC.
SYSTEM ZUR MESSUNG UND ORTUNG VON RADIOAKTIVITAET
SOFTWARE RADMETRICS VERSION 3.0.2 (a)
BRAUCHEN SIE HILFE (J/N)

»Soviel ich nur kriegen kann«, murmelte Bonterre und drückte auf die J-Taste. Auf dem Bildschirm erschienen Instruktionen, die knapp, aber präzise die Bedienung des Geigerzählers erklärten. Bonterre überflog sie, schaltete das Gerät aber gleich wieder aus. Sie hatte keine Zeit, sich das alles durchzulesen. Außerdem waren die Batterien zwar noch in Ordnung,

aber es gab keine Anzeige dafür, wie lange sie noch durchhalten würden.
Bonterre steckte den Geigerzähler in seine Tasche zurück und machte sich auf den Rückweg zu Hatchs Schlafzimmer. Plötzlich hielt sie inne und blieb wie erstarrt stehen. Durch das Heulen des Sturms hatte sie ein Geräusch gehört, das keine natürliche Ursache haben konnte: einen Schuß.
Bonterre hängte sich die Tasche mit dem Geigerzähler über die Schulter und rannte zu dem Fenster, das sie vor wenigen Minuten eingeschlagen hatte.

49

Hatch lag erschöpft auf den Felsen am Strand und ließ sich zufrieden das Wasser um die Brust spülen. Eine Hälfte seines Bewußtseins sehnte sich zurück nach der Umarmung des Meeres, aber die andere Hälfte, die langsam Oberhand gewann, war entsetzt darüber, daß er solche Gedanken hegte. Er war am Leben, soviel stand fest. Das spürte er schon daran, daß ihm sein ganzer Körper weh tat, besonders die Schultern, die Schienbeine und die Knie. Je mehr er an die Schmerzen dachte, desto stärker wurden sie. Seine Hände und Füße waren steif vor Kälte, und sein Kopf fühlte sich an, als wäre er voller Wasser. Die zweite Hälfte seines Bewußtseins, die Hälfte, die ihm sagte, daß es gut war, am Leben zu sein, befahl ihm jetzt, sich endlich aufzuraffen und den Strand hinaufzukriechen.
Als Hatch mühsam einatmete, drang frisches Salzwasser in seine Bronchien, und er wurde von einem heftigen Hustenanfall geschüttelt. Er versuchte sich hinzuknien, aber er war so kraftlos, daß er gleich wieder zusammensackte. Erst nach mehreren vergeblichen Versuchen gelang es ihm, auf allen vieren ein

paar Meter den Strand hinaufzukrabbeln. Dort legte er sich auf einen großen flachen Granitfelsen, dessen nasse Oberfläche sich unter seiner Wange glatt und kühl anfühlte.

Als Hatchs Kopf langsam wieder klarer wurde, kam nach und nach auch seine Erinnerung wieder zurück. Er dachte an Neidelman und das Schwert und wußte auf einmal wieder, weshalb er nach Ragged Island gekommen war. Und dann erinnerte er sich an die Fahrt mit der »Plain Jane« und wie sie gesunken war, an das Dingi und an Streeter …

Streeter.

Hatch setzte sich auf.

Isobel war mit im Dingi gewesen.

Schwankend kam Hatch auf die Beine, fiel wieder hin und versuchte es erneut. Als das Dingi gesunken war, war er vom Bug in die brodelnde See geschleudert worden und von der Riptide um die Spitze der Insel herum an diesen Felsstrand gespült worden. Über ihm ragten die niedrigen Klippen, die vor dreihundert Jahren dem Piratenlager Schutz geboten hatten, tiefschwarz in den dunklen Himmel. Bonterre hatte es vermutlich an einen anderen Strand gespült. Falls sie überhaupt noch am Leben war.

Plötzlich spürte er, daß ihm der Gedanke an ihren Tod unerträglich war.

Taumelnd lief er ein paar Schritte und krächzte Bonterres Namen. Nach einer Weile blieb er stehen und blickte sich um. In seiner Verwirrung war er vom Strand weg in Richtung Klippen gegangen. Mühsam machte er kehrt und stolperte zurück zum Wasser. Von Bonterre oder Trümmern des Dingis war nichts zu sehen. Seitlich von ihm drosch die See erbarmungslos auf den Kofferdamm ein, und bei jeder neuen Welle drang das Wasser mit hohem Druck durch eine ganze Reihe von Rissen in den Betonplatten.

Auf einmal sah Hatch einen Lichtstrahl den Strand entlanghuschen, der gleich darauf wieder verschwand. Vielleicht war es ja nur die Reflektion eines Blitzes auf den nassen Felsen

gewesen. Hatch machte abermals kehrt und kämpfte sich den Strand hinauf zu den Klippen.
Auf einmal war der Lichtstrahl wieder da. Diesmal wanderte er ganz in Hatchs Nähe den Strand entlang, bevor er nach oben in den Himmel schwenkte. Dann senkte er sich wieder und leuchtete abermals die Wasserlinie ab, um dann direkt an Hatch vorbei ins Inselinnere zu wandern. Instinktiv stolperte Hatch weiter auf die Klippen zu.
Und dann schien ihm auf einmal grelles Halogenlicht mitten ins Gesicht und blendete ihn. Hatch lief los, fiel hin und krabbelte auf allen vieren den Abhang vor den Klippen hinauf. Das Licht huschte neben ihm über den Boden. Dann schien es ihm wieder direkt ins Gesicht, und als er sich umdrehte, sah er, wie sein Schatten hinter ihm auf die Klippen geworfen wurde. Man hatte ihn entdeckt.
Auf einmal drang das seltsam stotternde Geräusch der Fléchette durch das Brüllen der Brandung und das Heulen des Sturms. Rechts von ihm zerfetzten Tausende von kleinen Stahlnadeln die nasse Erde. Irgendwo in der Dunkelheit mußte Streeter sein und auf ihn schießen.
Hatch warf sich nach links, und gleich darauf riß ein weiterer Hagel von Nadeln die Erde an der Stelle auf, an der er gerade noch gelegen hatte.
In panischer Angst krabbelte Hatch die Klippe hinauf und ließ sich auf der anderen Seite hinunterrollen. Dort rappelte er sich auf und fing an zu rennen, rutschte aber im nassen Gras aus und schlug der Länge nach hin. Wieder kam er auf die Beine und sah sich um. Vor ihm lag die langgestreckte Wiese, die sanft ansteigend hinüber zum Orthanc führte. Nirgends war auch nur ein Baum, hinter dem er sich hätte verstecken können, aber vor sich sah er den kleinen Schuppen, in dem Bonterre ihre Ausrüstung aufbewahrte, und daneben ein exakt in die Erde geschnittenes Rechteck: das Massengrab der Piraten.
Hatch blickte hinüber zu dem Schuppen. Vielleicht hätte er

sich darin ja verstecken könne, aber es war klar, daß Streeter dort als erstes nach ihm suchen würde.
Eine weitere Sekunde zögerte Hatch, dann rannte er über die Wiese und sprang hinab in das Grab.
Es war einen Meter tief, und Hatch hatte Mühe, nach der Landung auf den Beinen zu bleiben. Ein Blitz züngelte aus dem Himmel und beleuchtete einen Augenblick lang die Grube rings um ihn her. Auch wenn Bonterre einige der Piratenskelette zur Untersuchung herausgenommen hatte, so waren die meisten doch *in situ* verblieben und lediglich mit ein paar Segeltuchplanen abgedeckt worden. Es war geplant, die Ausgrabung in einer Woche wieder mit Erde aufzufüllen.
Ein gewaltiger Donnerschlag trieb Hatch zur Eile an. Er hob eine der Planen und krabbelte rasch darunter. Dabei stieß er auf etwas Hartes. Es war ein Stück einer zertrümmerten Hirnschale. Hatch warf es beiseite, legte sich auf den Rücken und wartete bewegungslos auf Streeter.
Unter der Plane war die Erde fast trocken. Geschützt vor Wind und Regen, spürte Hatch, wie die Wärme in seine durchfrorenen Glieder zurückkehrte.
Auf einmal hörte er das Geräusch eines Fußes, der schmatzend aus dem Schlamm gezogen wurde. Hatch hielt den Atem an. Das schrille Quietschen von Metall sagte ihm, daß die Tür des Schuppens aufgerissen wurde. Danach war alles still.
Nach einer Weile waren Schritte zu hören, die langsam näher kamen. Tiefes, regelmäßiges Atmen, nur wenige Meter entfernt. Hatch hörte das metallische Klicken, mit dem eine Waffe entsichert wurde, und wußte, daß Streeter sich nicht hinters Licht hatte führen lassen.
Die Fléchette bellte los und verwandelte den Boden des Grabes in eine Wolke aus Erde, Sand und winzigen Knochensplittern. Aus dem Augenwinkel konnte Hatch sehen, wie die Plane neben ihm sich unter dem Ansturm der unzähligen kleinen Nadeln wellte und wand. Die Knochen darunter wurden pulverisiert und zusammen mit der trockenen Erde in die Luft ge-

schleudert. Unaufhaltsam näherte sich ihm diese Spur des Todes, und Hatch wußte, daß ihm noch eine, höchstens zwei Sekunden blieben, um etwas zu unternehmen. Falls es überhaupt noch etwas zu unternehmen gab.

Die Waffe begann zu stottern und verstummte. Hatch hörte das Klappern von Metall. Mit dem Mut der Verzweiflung sprang Hatch, die Plane zwischen seinen Armen wie ein Segel gespannt, in die Höhe und stürzte sich in die Richtung, aus der das Geräusch gekommen war. Er prallte auf Streeter und warf ihn um. Die Fléchette, ein frischer Munitionsbehälter und die Taschenlampe fielen ins Gras. Streeter zappelte unter der Plane wild mit Armen und Beinen, und Hatch rammte sein Knie mit aller Kraft dorthin, wo er den Schritt des Vorarbeiters vermutete. Offenbar hatte er gut gezielt, denn Streeter stieß einen lauten Schmerzensschrei aus.

»Dreckskerl!« rief Hatch. Er warf sich mit dem ganzen Gewicht seines großen Körpers auf die unter der Plane zappelnde Gestalt und drosch mit beiden Fäusten auf sie ein. »Verfluchter, mieser Dreckskerl!«

Auf einmal erhielt Hatch einen Schlag ans Kinn, daß seine Zähne knirschten. Er torkelte rückwärts und spürte, daß sich in seinem Kopf alles drehte. Streeter mußte ihn mit seinem Schädel einen Stoß verpaßt haben. Er sprang wieder auf die Plane, aber Streeter, der drahtig und für seine Größe ausgesprochen stark war, gelang es, sich freizukämpfen. Rasch griff Hatch nach dem Behälter mit der Reservemunition und schleuderte ihn in die Dunkelheit. Als er gerade die Taschenlampe aufheben wollte, war Streeter bereits auf den Beinen und streifte die nasse Plane ab. Er griff an seinen Gürtel und zog eine kleine Pistole hervor. Hatch zögerte keinen Augenblick und trat mit dem Absatz auf die Taschenlampe.

Das Licht ging aus; Sekundenbruchteile später feuerte Streeter. Hatch rannte los in die Dunkelheit und überquerte Haken schlagend die Wiese in Richtung auf die zentrale Erhebung der Insel mit ihrem Labyrinth aus Schächten und Pfaden. Als wieder ein Blitz aus den Wolken fuhr, drehte er sich um: Streeter war hundert Meter hinter ihm! Als der Vorarbeiter ihn sah, fing er an zu rennen. Hatch lief auf den Kamm des Hügels zu, wobei er mit den Händen nach dem Absperrband tastete, um nicht plötzlich in einen verborgenen Schacht zu fallen. Hinter sich konnte er das Geräusch von Streeters Schritten und seinen schweren Atem hören.

Oben auf dem Hügel angelangt, sah er durch den Regen die Lichter des Orthanc. Erst wollte er darauf zusteuern, doch dann überlegte er es sich anders: Wenn er auch nur in die Nähe des Lichtes käme, würde er Streeter eine gute Zielscheibe bieten.

Hatch dachte fieberhaft darüber nach, wie er Streeter abschütteln könnte. Wenn er hinunter zum Basislager lief und sich zwischen den Hütten versteckte, bestand die Gefahr, daß er in eine Falle geriet. Aber im offenen Gelände hatte er überhaupt keine Chance, dem Vorarbeiter zu entkommen. Es blieb ihm also nur eines: Er mußte in den Untergrund.

Hatch wußte, daß er sich ganz in der Nähe des Boston-Schachtes befand, der irgendwo in großer Tiefe auf die Wassergrube stieß. Neidelman hatte es ihm an jenem Morgen erklärt, an dem die Wassergrube zweifelsfrei identifiziert worden war. Es war unfaßbar, daß das erst ein paar Wochen zurücklag.

Die Zeit wurde knapp. Hatch orientierte sich an der Lage des Orthanc. Er folgte einem der Pfade, die den Hügel hinabführten, und bald sah er ein schwarzes, mit Plastikband gesichertes und von Stauden umwuchertes Loch vor sich.

Er schlüpfte unter der Absperrung hindurch und blieb am Eingang des Boston-Schachtes stehen. Er war sehr finster, außerdem blies der Sturm Hatch in die Augen. Der Schacht geht ja senkrecht in die Erde hinein, dachte Hatch, der eigentlich in Erinnerung gehabt hatte, daß der Boston-Schacht in einem relativ flachen Winkel auf die Wassergrube zulaufen sollte. Zögernd spähte er hinunter, als er das Klappern von Schritten hörte, die über eine Metallbrücke gingen. Er packte den schlanken Stamm eines Vogelkirschenbusches, schwang sich daran über die Öffnung des Schachtes und suchte mit den Füßen Halt an dessen glitschigen Wänden. Er fand keinen. Dann rissen plötzlich die Wurzeln des Busches aus, und Hatch stürzte ins Leere.

Nach einem kurzen, schrecklichen Augenblick des freien Falls prallte er unsanft auf den schlammigen Schachtboden. Erschrocken, aber unverletzt rappelte er sich auf. Über sich sah er bloß ein winziges, quadratisches Stück Nachthimmel, das nur ein wenig heller war als die schwarzen Wände des Schachtes ringsum. Undeutlich sah er eine Gestalt um den Rand des Loches schleichen – oder zumindest glaubte er, sie zu sehen …

Ein ohrenbetäubender Knall gellte durch den Schacht, zusammen mit einem grellen Lichtblitz. Dem ersten Knall folgte sofort ein zweiter, und Hatch spürte, wie etwas nur wenige Zentimeter von seinem Kopf entfernt in die weiche Wand schlug.

Hatch hastete in den Tunnel, der sich am Fuß des Schachtes auftat. Er wußte genau, was für eine Taktik Streeter angewendet hatte: Er hatte das Mündungsfeuer seines ersten Schusses dazu benutzt, um sein Ziel für den zweiten zu erkennen.

Der Tunnel führte so steil nach unten, daß Hatch Mühe hatte, nicht auszurutschen. Im Laufen verlor er des öfteren das Gleichgewicht und glaubte ein paar angsterfüllte Sekunden lang, daß er beim nächsten Schritt ins Straucheln geraten und kopfüber in die völlige Dunkelheit stürzen würde. Dann endlich wurde der Winkel, in dem der Stollen in die Erde führte, so flach, daß Hatch langsamer werden und schließlich anhalten konnte.

Schwer atmend blieb er in der kaltfeuchten Luft des Tunnels stehen und lauschte in die Dunkelheit. Blindlings weiterzulaufen wäre reiner Selbstmord gewesen, denn schließlich konnte niemand garantieren, daß sich nicht auf einmal im Boden des Stollens ein weiterer Schacht auftat …

Plötzlich hörte Hatch weit hinter sich einen gedämpften Aufprall und das Geräusch von Schritten, die im Schlamm des Tunnels platschend näher kamen. Hatch tastete nach der Stollenwand und hielt sich an den glitschigen Pfeilern der alten Grubenhölzer fest, während er so rasch, wie er es verantworten konnte, weiter hinein in den Tunnel ging. Dabei versuchte er, einen klaren Kopf zu bewahren. Ohne Zweifel würde Streeter wieder auf ihn zielen. Vermutlich würde er wieder mit dem Mündungsfeuer des ersten Schusses arbeiten, und diese Chance mußte Hatch sich zunutze machen und sich in dem kurzen Lichtblitz den weiteren Verlauf des Stollens einprägen.

Erst der zweite Schuß war die wirkliche Gefahr.

Wie als Bestätigung seiner Gedanken hörte er auch schon einen Knall, der von den Wänden des Tunnels ohrenbetäubend widerhallte. Hatch warf sich in den Schlamm am Boden. Der zweite Schuß schlug in einen Stützpfeiler direkt hinter ihm.

Im Licht des Mündungsfeuers sah er, daß der Tunnel ohne gefährliche Löcher im Boden weiter schräg nach unten führte. Hatch rappelte sich auf und rannte mit nach vorn gestreckten Armen rutschend und stolpernd weiter hinein in die Dunkelheit. Dann hielt er inne. Abermals tastete er nach der Tunnelwand und lauschte. Streeter war zweifelsohne noch immer hinter ihm her, aber er würde sich vorsichtiger und damit langsamer fortbewegen als er. Wenn es Hatch nur irgendwie gelänge, ihn abzuschütteln, könnte er bis zu der Stelle gelangen, wo der Boston-Schacht auf die Wassergrube traf. Dort würde er Neidelman finden, der bestimmt nicht wußte, was sein Vorarbeiter tat. Streeter mußte völlig ausgerastet sein, alles andere ergab keinen Sinn. Wenn Hatch nur irgendwie den Hauptschacht erreichen könnte …

Ein weiterer Schuß gellte durch den Tunnel, und das Mündungsfeuer war plötzlich sehr viel näher, als Hatch gedacht hatte. Verzweifelt warf er sich zur Seite, und die zweite Kugel pfiff haarscharf an ihm vorbei. Vor sich sah er, wie der Tunnel sich gabelte. Ein schmaler Gang zweigte nach links ab und

endete nach ein paar Metern in einem gähnenden Loch im Boden. Hatch hörte einen dritten und vierten Schuß und verspürte plötzlich einen Schmerz im linken Ohr.
Ein Streifschuß hatte ihm die Ohrmuschel zerfetzt. Hatch preßte die Hand auf die blutende Wunde und hetzte in die schmale Abzweigung hinein. Nach ein paar Metern traute er sich nicht mehr weiterzugehen. Er blieb stehen und drückte sich mit dem Rücken an die Stollenwand. Dort wartete er angespannt in der tiefen Dunkelheit. Beim nächsten Mündungsblitz wollte er zurück in den Hauptstollen rennen und sich auf Streeter stürzen. Vielleicht rannte dieser in seiner Eile ja auch bis in die Abzweigung hinein.
In der rabenschwarzen Stille vernahm Hatch ein leises Tappen, das kaum lauter als das Schlagen seines eigenen Herzens war. Streeter tastete sich an der Tunnelwand entlang. Jetzt konnte Hatch sogar seinen Atem hören. Streeter wollte offenbar Munition sparen, von der er vermutlich nur einen begrenzten Vorrat dabeihatte. Vielleicht mußte er sogar …
Plötzlich sah Hatch wieder einen Blitz und hörte einen Schuß gellen. Bevor Streeter erneut abdrücken konnte, warf sich Hatch mit dem Mut der Verzweiflung nach vorn, erhielt aber einen gewaltigen Schlag auf den Kopf. Auf einmal sah er ein grelles Licht, das alles andere rings um ihn auslöschte.

50

Vorsichtig stieg Bonterre den schmalen Weg vom Basislager zum Orthanc hinauf und hielt sich dabei, so gut es ging, im Schutz der Felsen. Alle paar Minuten blieb sie stehen und lauschte in die Dunkelheit, die außerhalb des Lagers so absolut war, daß sie manchmal mit den Händen nach dem Plastikband tasten mußte, mit dem der Pfad markiert war. An manchen Stellen hatte der Sturm es zerrissen, und seine Enden flatterten im Wind. Der schlammige Weg führte erst ein Stück nach oben, dann fiel er wieder ab. Bonterre war bis auf die Knochen durchnäßt, der Regen rann ihr in breiten Rinnsalen von Kinn, Ellbogen und Händen.

Mehrere hundert Meter weiter vorn konnte Bonterre den Orthanc mit seinen hell erleuchteten Fenstern und den drei Blinklichtern an der Spitze ausmachen. Davor stand ein kleines Geländefahrzeug, dessen dicke Reifen vom Regen glänzten; im Schlepptau hatte es zwei große Metallcontainer. Unterhalb des Turmes schimmerte ein gespenstisches Licht aus der Wassergrube herauf, und durch das Heulen des Sturmes konnte Bonterre das Klappern von Maschinen und das Rumpeln der Entlüftungspumpen hören.

Hinter den Fenstern des Orthanc bewegte sich langsam eine dunkle Gestalt.

Bonterre schlich sich, das hohe Gras als Deckung nutzend, langsam an den Turm heran. Dreißig Meter davor blieb sie stehen und versteckte sich hinter einem Teerosenbusch. Von hier aus hatte sie eine gute Sicht. Bonterre wartete, bis die Gestalt im Orthanc, die ihr den Rücken zudrehte, etwas mehr ins Licht geriet. Sie erkannte die breiten Schultern und das lange schmutzigblonde Haar von Rankin, der sich allein im Kontrollraum aufzuhalten schien.

Bonterre dachte nach. Möglicherweise wußte ja Rankin, wie man den Geigerzähler, den sie unter ihrem Ölzeug, so gut es ging, vor dem Regen schützte, bedienen mußte. Zumindest würde er mehr Ahnung davon haben als sie. Aber konnte sie den Geologen ins Vertrauen ziehen?

Streeter hatte versucht, sie und Hatch zu töten, und Bonterre fragte sich immer noch, weshalb. Gut, er hatte Hatch von Anfang an gehaßt, aber das war noch lange kein Grund für ein derartiges Verhalten. Außerdem war ihr Streeter bisher nicht wie ein Mann vorgekommen, der zu Kurzschlußreaktionen neigte.

Vielleicht handelte der Vorarbeiter ja im Auftrag von jemand anderem, denn Hatch hatte immerhin gedroht, die Schatzsuche abbrechen zu lassen.
Trotzdem konnte sich Bonterre einfach nicht vorstellen, daß auch der gutmütige, offenherzige Rankin in ein Mordkomplott verwickelt sein sollte. Was Neidelman anbetraf ... Sie gestattete es sich nicht, diesen Gedanken zu Ende zu denken.
Ein Blitz fuhr aus dem Himmel, und der gleich darauf folgende Donnerschlag ließ Bonterre zusammenzucken. Aus der Richtung des Basislagers hörte sie ein scharfes Knistern und wußte sofort, daß nun auch der zweite Generator ausgefallen war. Die Lichter an der Spitze des Orthanc hörten einen Augenblick lang auf zu blinken, und kurze Zeit später wurde der Turm ins orangefarbene Licht der Notbeleuchtung getaucht.
Bonterre drückte den Geigerzähler fest an ihren Körper. Sie konnte nicht mehr länger warten. So oder so, sie mußte jetzt eine Entscheidung fällen.

51

Als Hatch in dem finsteren Tunnel wieder zu sich kam, lag er mit dem Gesicht im Schlamm. Sein Kopf tat höllisch weh von dem Schlag, den Streeter ihm verpaßt hatte, etwas Schweres drückte erbarmungslos seinen Rücken nach unten, und ein kaltes, stählernes Etwas, von dem Hatch wußte, daß es der Lauf der Pistole sein mußte, bohrte sich an sein zerfetztes Ohr.
Benebelt machte Hatch sich klar, daß es kein Schuß, sondern ein Schlag auf den Kopf gewesen war, der ihm das Bewußtsein genommen hatte.
»Hör mir gut zu, Hatch«, flüsterte Streeter. »Das war eine hübsche kleine Verfolgungsjagd, aber jetzt ist das Spiel aus.« Der

Lauf fuhrwerkte an seinem Ohr herum. »Und zwar für dich. Verstanden?«
Hatch versuchte zu nicken, als Streeter ihm den Kopf brutal an den Haaren nach hinten riß. »Hast du verstanden? Ja oder nein?«
»Ja«, krächzte Hatch mit Schlamm im Mund.
»Du machst keinen Mucks. Nicht mal das kleinste Zucken will ich von dir spüren. Wenn du auch nur niest, ohne daß ich es dir erlaubt habe, puste ich dir auf der Stelle das Hirn aus dem Schädel. Ist das klar?«
»Ja«, keuchte Hatch abermals und versuchte, etwas Kraft zu schöpfen. Ihm war eiskalt. Er fühlte sich halb tot und noch dazu wie ein Vollidiot, daß er Streeter in die Falle gegangen war.
»So, und jetzt stehen wir ganz langsam und ruhig auf«, befahl der Vorarbeiter. »Und denk dran: Du brauchst bloß auszurutschen, und schon bist du ein toter Mann.«
Der Druck wurde von seinem Rücken genommen, und Hatch erhob sich langsam erst auf die Knie, bevor er vollends aufstand. Der dröhnende Schmerz, den er dabei in seinem Kopf spürte, war kaum auszuhalten.
»Ich sage dir jetzt, was wir tun werden«, hörte er Streeters Stimme. »Wir gehen jetzt zusammen zurück zu der Abzweigung und dann den Boston-Schacht weiter zur Wassergrube. Und jetzt Abmarsch. Aber langsam.«
Hatch setzte so vorsichtig wie möglich einen Fuß vor den anderen, um nur ja nicht ins Straucheln zu kommen. Nach einer Weile erreichten sie die Abzweigung und tasteten sich den Hauptstollen entlang.
Eigentlich müßte es in dieser Finsternis doch möglich sein zu entkommen, dachte Hatch. Er mußte sich nur irgendwie von Streeter losreißen. Aber wie? Sein Brummschädel war nicht in der Lage, einen klaren Gedanken zu fassen, und die Pistolenmündung, die Streeter an sein linkes Ohr preßte, half ihm auch nicht gerade dabei, gründlich zu überlegen. Hatch über-

legte, weshalb Streeter ihn nicht auf der Stelle umgebracht hatte.

Während sie langsam durch die Dunkelheit gingen, fragte sich Hatch, wie gut sich Streeter wohl im Boston-Schacht auskannte. Es gab nur wenige horizontal verlaufende Tunnels auf der Insel, und fast alle wurden wiederholt von vertikalen Schächten durchschnitten. »Gibt es hier denn keine Löcher im Boden?« fragte er den Vorarbeiter.

Ein gemeines Lachen kam als Antwort. »Mach dir da mal keine Sorgen. Du wirst der erste sein, der das herausfindet.«

Nach nicht enden wollendem, alptraumhaftem Vorwärtstasten sah Hatch, der ständig Angst hatte, sein nächster Schritt könnte ins Leere gehen, endlich weit voraus einen schwachen Lichtschein. Er drang durch ein unregelmäßiges, etwa mannshohes Loch am Ende des Stollens, aus dem bald auch das Brummen von Maschinen zu hören war. Streeter trieb Hatch zu einer schnelleren Gangart an.

An der Stelle, wo der Stollen in die Wassergrube mündete, blieb Hatch stehen. Weil ihm das Licht nach dem langen Marsch durch die Dunkelheit geradezu grell vorkam, bemerkte er erst nach einigen Sekunden, daß lediglich die Notbeleuchtung an der Leiterkonstruktion brannte. Streeter rammte ihm die Mündung der Waffe schmerzhaft in sein verwundetes Ohr und zwang ihn auf den metallenen Laufsteg, der den Boston-Schacht mit der Leiterkonstruktion verband. Hinter Hatch drückte er eine Taste auf einem an der Leiter befestigten Steuerpult. Von unten war ein summendes Geräusch zu vernehmen, und ein paar Augenblicke später kam der Lift herauf und hielt direkt vor ihnen an. Streeter drängte Hatch auf die Plattform und stellte sich dann dicht hinter ihn.

Während sie nach unten fuhren, bemerkte Hatch, daß sich in den faulig-verrotteten Gestank der Wassergrube etwas Neues gemischt hatte: der beißende Geruch von Rauch und heißem Metall.

Dort, wo die Leiterkonstruktion am Boden der ursprünglichen

Wassergrube endete, war die Luft trotz des Ventilationssystems merklich dicker. Hier führte ein schmaler, frisch in die Erde gegrabener Schacht hinunter zur eigentlichen Schatzkammer. Streeter bedeutete Hatch, auf die aus dem Loch ragende Leiter zu steigen. Hatch packte die Sprossen und kletterte an einem komplexen Geflecht von Titanstützen und -streben vorbei nach unten. Aus der Tiefe drangen das grellblaue Licht und bruzzelnde Geräusch eines Schneidbrenners empor.
Als Hatch am Boden des Schachtes angelangt war, hatte er das Gefühl, sich mitten im Herzen der Insel zu befinden. Mit weichen Knien stieg er von der Leiter, dichtauf gefolgt von Streeter. Direkt vor sich sah Hatch eine große verrostete Eisenplatte am Boden. Auf ihr kniete Gerard Neidelman, der mit dem Schneidbrenner ein Stück von etwa einem Quadratmeter aus der Platte herausgeschnitten hatte, das nur über wenige Zentimeter noch mit ihr verbunden war. In der Mitte war ein Rundbolzen angeschweißt, an dem ein Stahlseil befestigt war. Dieses wiederum hing an dem Transportbehälter, der sich mit der Winde nach oben ziehen ließ. An einer Wand des Schachtes stand Magnusen. Sie hatte die Arme vor der Brust verschränkt und starrte Hatch verächtlich und haßerfüllt an.
Neidelman schaltete den Schneidbrenner ab. Als die Flamme mit einem wütenden Zischen erlosch, legte er das Gerät beiseite, klappte seinen Gesichtsschutz hoch und musterte Hatch mit ausdrucksloser Miene. »Sie sehen gottserbärmlich aus«, stellte er sachlich fest. Dann wandte er sich an Streeter. »Wo haben Sie ihn gefunden?«
»Er und Bonterre haben versucht, mit einem Boot auf der Insel zu landen, Sir. Ich habe ihn im Boston-Tunnel erwischt.«
»Und was ist mit Bonterre?«
»Das Dingi der beiden ist am Riff zerschellt. Ich glaube, daß sie ertrunken ist, aber es besteht rein theoretisch natürlich die Möglichkeit, daß sie noch lebt.«
»Verstehe. Schade, daß sie sich auf so etwas eingelassen hat. Auf jeden Fall haben Sie Ihre Sache gut gemacht, Streeter.«

Streeter wurde ob dieses Kompliments richtiggehend rot. »Könnte ich mir vielleicht einen Moment Ihre Waffe borgen, Sir?«

Neidelman nahm seine Pistole aus ihrem Halfter und reichte sie Streeter mit einem fragenden Blick.

Der Vorarbeiter richtete die Waffe auf Hatch und gab seine eigene Neidelman. »Wären Sie bitte so nett und würden sie für mich nachladen, Sir? Ich habe nämlich keine Munition mehr.« Dabei grinste er Hatch unverschämt an. »Tut mir leid, ›Herr Doktor‹, du hast deine Chance verpaßt. Eine zweite wird es nicht geben.«

Hatch wandte sich an Neidelman. »Kapitän, bitte, hören Sie mich an.«

Der Kapitän schob ein frisches Magazin in Streeters Pistole und steckte sie in seinen Halfter.

»Ich soll Sie anhören? Aber das tue ich doch schon seit Wochen, und langsam fängt es an, mir auf die Nerven zu gehen.« Er zog den Schutzschild von seinem Kopf und reichte ihn Magnusen. »Sandra, übernehmen Sie bitte den Schneidbrenner. Die Notbatterien halten nur noch zwei, drei Stunden, und wir dürfen keine Zeit verlieren.«

»Aber Sie müssen mir zuhören«, drängte Hatch. »Das St.-Michaels-Schwert ist radioaktiv. Es wäre Selbstmord, den Behälter zu öffnen.«

Neidelman wandte sich mit müdem Gesicht wieder Hatch zu. »Sie geben wohl nie auf? War Ihnen eine Milliarde Dollar denn nicht genug?«

»Vergessen Sie einen Augenblick lang den Schatz und denken Sie über das nach, was auf dieser Insel geschehen ist«, verlangte Hatch in eindringlichem Ton. »Die Radioaktivität würde alles erklären – bis hin zu den Problemen bei den Computern und den mysteriösen Pannen mit unserer Ausrüstung. Die Strahlung von der Schatzkammer hat die Veränderungen in den ROM-Bausteinen der Computer verursacht, die Wopner so viele Rätsel aufgegeben haben. Und sie ist auch für die

Häufung merkwürdiger Krankheiten verantwortlich, die unsere Leute befallen haben. Strahlung schädigt das Immunsystem, vermindert die Anzahl der weißen Blutkörperchen und läßt eine Reihe von Krankheitserregern in den Körper eindringen. Ich bin mir sicher, daß diejenigen, die am schlimmsten erkrankt sind, Tag für Tag hier unten gegraben oder Stützen eingezogen haben.«

Der Kapitän starrte ihn mit undurchdringlicher Miene an.

»Starke Strahlenbelastung führt zu Haarausfall und Zahnverlust, so wie wir es auch bei den Piratenskeletten beobachten konnten. Woran sollten Ockhams Leute denn sonst gestorben sein? Schließlich haben wir an den Skeletten keinerlei Anzeichen von Gewalteinwirkung entdeckt. Und weshalb hätten die restlichen Piraten die Insel in solcher Eile verlassen sollen? Sie liefen vor einer unsichtbaren Gefahr davon, die sie nicht begreifen konnten. Schließlich fand man Ockhams Schiff führerlos treibend auf dem Meer. Die Menschen an Bord waren alle tot, weil sie hier auf der Insel im Lauf der Zeit eine tödliche Strahlendosis abbekommen hatten. Und diese Strahlung trat aus dem Behälter mit dem Schwert aus, sehen Sie das doch endlich ein!«

Obwohl Streeter abermals den Lauf der Pistole brutal an sein verwundetes Ohr drückte, ließ Hatch sich nicht beirren. »Verstehen Sie denn nicht, Gerard? Gott allein weiß, wie radioaktiv dieses Schwert ist, aber eines ist sonnenklar: Es ist höllisch gefährlich, sich in seiner Nähe aufzuhalten. Wenn Sie es aus seinem Behälter nehmen, werden Sie nicht nur sich selbst töten, sondern wer weiß wie viele andere Menschen auch. Sie …«

»Das reicht!« sagte Neidelman mit ruhiger Stimme und sah Hatch abschätzig an. »Komisch, ich hätte nie gedacht, daß Sie der Verräter sind. Als ich die Idee für diese Schatzsuche unseren Geldgebern schmackhaft machte und mit allen möglichen Risikoanalysen herumjonglierte, waren Sie der einzig sichere Faktor in dieser ganzen Gleichung. Sie haßten den

Schatz. Sie hatten bisher niemandem gestattet, daß er auf Ihrer Insel herumgrub. Verdammt, Sie sind sogar in all den vielen Jahren nicht ein einziges Mal nach Stormhaven zurückgekehrt. Von Ihnen hätte ich als letztem erwartet, daß er aus Gier zum Verräter wird.« Er schüttelte den Kopf. »Der Gedanke, wie sehr ich mich in Ihnen getäuscht habe, tut mir richtiggehend weh.«

Der Schneidbrenner fauchte ein letztes Mal, dann stand Magnusen auf. »Ich bin fertig, Sir«, sagte sie, während sie den Schutzschild abnahm und nach dem Steuerkästchen für die Winde griff. Mit einem surrenden Geräusch straffte sich das Kabel, und das herausgeschnittene Stück wurde quietschend aus der Eisenplatte gehievt. Magnusen fuhr es in eine Ecke des Schachtes, ließ es zu Boden und löste das Kabel von der Unterseite des Behälters. Ohne daß Hatch es wollte, wanderten seine Blicke zu dem rechteckigen Loch, das da in der Eisenplatte klaffte. Aus der dunklen Öffnung zur Schatzkammer stieg ein Duft nach Ambra, Weihrauch und Sandelholz auf.

»Laßt ein Licht hinunter«, befahl Neidelman.

Magnusens schwerer Körper zitterte vor unterdrückter Erregung, während sie eine Handlampe von der Leiter löste und in das Loch hineinhängte. Neidelman ging auf alle viere und blickte langsam und vorsichtig in die Tiefe.

Lange Zeit sagte niemand ein Wort. Die einzigen Geräusche waren das Tropfen von Wasser, das leise Zischen der Ventilation und das ferne Grollen des Donners. Schließlich stand Neidelman auf. Er stolperte ein paar Schritte, bevor er sich wieder unter Kontrolle hatte. Sein blasses Gesicht war starr wie eine Maske; er sah aus, als kämpfe er mit unterdrückten Gefühlen. Langsam wischte er sich mit einem Taschentuch den Schweiß vom Gesicht und nickte Magnusen zu.

Die Ingenieurin ließ sich rasch auf Hände und Knie herab und steckte ihren Kopf in das Loch. Hatch hörte, wie das Echo eines unwillkürlich ausgestoßenen Seufzers merkwürdig hohl aus der Kammer unter ihr hallte. Etliche Minuten kauerte sie

in unbeweglicher Haltung vor dem Loch, bis sie schließlich aufstand und zur Seite trat.
Neidelman wandte sich daraufhin an Hatch. »Jetzt sind Sie dran.«
»Wie bitte?«
»Sie können sich jetzt den Schatz ansehen. Ich bin schließlich kein Unmensch. Immerhin hätte das alles ja zur Hälfte Ihnen gehört. Und außerdem bin ich Ihnen trotz Ihres Verrats nach wie vor dankbar dafür, daß Sie uns gestattet haben, hier zu graben. Sicher wollen Sie sehen, wofür wir so hart gearbeitet haben.«
Hatch atmete tief durch. »Kapitän Neidelman, ich habe in meiner Praxis einen Geigerzähler. Ich erwarte nicht, daß Sie mir Glauben schenken, ohne sich selbst überzeugt zu haben ...«
Neidelman hob die Faust und verpaßte Hatch einen Kinnhaken, der zwar nicht allzu fest war, aber Hatch dennoch vor Schmerz in die Knie zwang. Wie durch einen Schleier nahm er wahr, daß Neidelmans Gesicht purpurrot angelaufen und zu einer wütenden Fratze verzerrt war.
Ohne ein weiteres Wort deutete der Kapitän auf die Eisenplatte. Streeter packte Hatch bei den Haaren und zerrte seinen Kopf vor das Loch.
Hatch mußte ein paarmal blinzeln, bevor er begriff, was er da sah. Die Lampe in der Grube schwang hin und her und zeichnete huschende Schatten an die Wände. Hatch blickte in eine Metallkammer mit einem Grundriß von drei Metern im Quadrat, deren eiserne Wände zwar mit Rost bedeckt, aber ansonsten noch völlig intakt waren. Während er hinabblickte, vergaß er die Schmerzen in seinem Kopf, vergaß er Streeters Hand, die ihn sadistisch an den Haaren zog, vergaß er Neidelman, vergaß er alles.
Als Junge hatte Hatch einmal ein Foto vom Vorraum zu Tutanchamuns Grabkammer gesehen. Als er jetzt hinab auf die Säcke, Kisten, Truhen, Körbe und Fässer starrte, die hier in der

Schatzkammer aufgetürmt waren, mußte er immer wieder an dieses Foto denken.

Auf den ersten Blick erkannte er, daß der Schatz dereinst von Ockham und seinen Leuten sorgfältig verpackt und in der Kammer verstaut worden war. Inzwischen allerdings hatte die Zeit ihren Tribut gefordert: Die ledernen Säcke waren teilweise verrottet und aufgeplatzt, so daß sich ihr Inhalt – Gold- und Silbermünzen – auf den Boden der Kammer ergossen hatte. Zwischen den von Würmern zerfressenen Zweigen großer Weidenkörbe quollen große ungeschliffene Smaragde und Rubine hervor, die Rubine waren so dunkelrot wie Schweineblut. Auch Saphire blitzten im schwachen Licht der Lampe, ebenso Topase, Amethyste und Perlen. Dazwischen glitzerten überall wie kleine Regenbögen die Diamanten: geschliffene und ungeschliffene, große und kleine. An einer Wand sah Hatch vergilbte Elefantenstoßzähne, die Hörner von Narwalen sowie Keilerzähne, und an einer anderen Ballen eines Materials, das früher einmal wohl Seide gewesen sein mußte, jetzt aber zu einer krümelnden schwarzen Masse verrottet war, in der sich noch immer ein paar Goldfäden erkennen ließen.

An einer Wand entlang waren viele kleine Holzkisten aufeinandergestapelt. Von ein paar der oberen Kisten waren die Seitenteile abgefallen, so daß Hatch die Schmalseiten unzähliger Goldbarren sehen konnte. Es mußten Hunderte, wenn nicht gar Tausende sein. An der vierten Wand schließlich standen Körbe und Säcke in unterschiedlichen Formen und Größen. Einige waren umgefallen und aufgebrochen und gaben den Blick auf mit Perlen und Edelsteinen verzierte, fein ziselierte Meßkelche und andere sakrale Kunstgegenstände frei. Aus einem geplatzten Ledersack daneben quoll ein ganzes Bündel von goldenen Epauletten, die Ockham wohl den unglücklichen Kapitänen der von ihm gekaperten Schiffe abgeknöpft hatte.

Etwa in der Mitte dieses phantastischen Schatzes befand sich ein großer, sargförmiger Behälter aus Blei. Er hatte mit Gold

verzierte Kanten und war mit dicken Eisenbändern am Boden der Kammer befestigt. Oben auf dem Behälter sah Hatch ein massives Messingschloß, das teilweise ein in seinen Deckel eingraviertes Bild eines Schwertes verdeckte.
Während er noch nach unten starrte und sich kaum zu atmen traute, hörte Hatch auf einmal ein metallisches Klicken und dann ein Geräusch wie von zerreißendem Stoff. Vor seinen Augen platzte ein verrotteter Sack auf, und ein Strom von Gold-Dublonen ergoß sich zwischen die aufgehäuften Schätze. Streeter riß Hatchs Kopf an den Haaren brutal hoch – und der Anblick der Schatzkammer war verschwunden.
»Macht oben alles klar«, sagte Neidelman. »Sandra wird den Schatz mit dem Förderkorb hinaufschicken. Das Geländefahrzeug steht doch mit zwei Anhängern bereit, oder? Ich schätze, daß wir mit fünf, sechs Fuhren den Schatz auf der ›Griffin‹ haben dürften.«
»Und was machen wir mit *ihm*?« fragte Streeter und deutete auf Hatch.
Neidelmans Antwort war ein stummes Nicken. Streeter begann zu grinsen und hob die Hand mit der Pistole an Hatchs Kopf.
»Nicht hier«, murmelte Neidelman. Seine Wut war verflogen, und er war so ruhig wie sonst auch. Mit einem abwesenden Ausdruck im Gesicht blickte er hinunter in die Schatzkammer. »Und nicht erschießen. Ich möchte nicht, daß irgendwann einmal seine Leiche mit einem Loch in der Stirn irgendwo angetrieben wird. Bringen Sie ihn in einen Seitenstollen – oder halt, mir fällt da was Besseres ein. Bringen Sie ihn zu seinem Bruder«, sagte er und warf Streeter einen wissenden Blick zu, bevor seine Augen wieder zu dem Loch in der Eisenplatte wanderten. »Ach, noch was, Mr. Streeter ...«
Streeter, der Hatch gerade in Bewegung setzen wollte, drehte sich noch einmal um.
»Sie haben gesagt, daß Isobel möglicherweise noch am Leben ist. Tragen Sie doch bitte Sorge dafür, daß diese Möglichkeit definitiv nicht mehr besteht.«

52

Rankin bemerkte Bonterre, als sie vorsichtig und ständig bereit, sofort wieder kehrtzumachen, die Leiter zum Orthanc hinaufstieg. Sein bärtiges Gesicht hinter dem Fenster verzog sich zu einem breiten Grinsen, aber als er Bonterre näher betrachtete, fielen seine Mundwinkel so rasch wieder nach unten, daß es fast komisch wirkte. »Isobel!« rief er und stürzte hinaus auf die Beobachtungsplattform. »Sie sind ja vollkommen durchnäßt. Und Ihr Gesicht ist ganz blutig!«

»Kümmern Sie sich nicht drum«, sagte Bonterre. Sie legte die Öljacke ab, schlüpfte aus den nassen Pullovern und wrang sie aus.

»Was ist denn geschehen?«

Bonterre sah ihn an und fragte sich, wieviel sie ihm sagen konnte. »Unser Boot ist untergegangen«, erwiderte sie schließlich.

»Großer Gott. Wie ist denn das passiert? Hätte denn nicht ...«

»Das erkläre ich Ihnen später«, unterbrach sie ihn und zog sich die nassen Sachen wieder über. »Haben Sie Malin gesehen?«

»Dr. Hatch?« fragte Rankin. »Nein.« Von einer der Arbeitsstationen war ein leises, piepsendes Geräusch zu hören, und Rankin eilte zurück in den Kontrollraum. Bonterre folgte ihm. »Hier geschehen in letzter Zeit ziemlich merkwürdige Dinge«, meinte er. »Das Team unten im Schacht hat kurz vor sieben Uhr die Eisenplatte über der Schatzkammer freigelegt, und dann hat Neidelman die Arbeiter wegen des Sturmes von der Insel geschickt. Ich mußte bleiben, um Magnusen bei der Überwachung des Hauptsystems abzulösen. Dabei funktioniert so gut wie nichts mehr: Die Generatoren sind kaputt, und die Batterien können nicht die gesamte Stromversorgung aufrechterhalten. Seit auch noch ein Blitz in den Netzwerkverteiler eingeschlagen hat, sind fast alle Nachrichtenverbindungen ausgefallen. Man kann die Leute unten im Schacht nicht mehr erreichen.«

Bonterre trat in die Mitte des Kontrollraums und blickte durch das Glasfenster im Boden nach unten. Die Wassergrube war dunkel bis auf die Notbeleuchtung an der Leiterkonstruktion und einen schwachen Lichtschein, der von tief unten heraufdrang. »Wer ist denn jetzt in der Grube?« fragte sie.

»Nur Neidelman und Magnusen, soviel ich weiß. Solange die Monitore noch funktionierten, habe ich jedenfalls niemand anderen bei ihnen gesehen. Seit die Generatoren nicht mehr laufen, haben auch die Überwachungskameras den Geist aufgegeben.« Er deutete auf ein paar dunkle Bildschirme.

Bonterre starrte noch immer hinab auf das fahle Licht am Boden der Grube. »Und wo ist Streeter?«

»Seit der Demonstration heute nachmittag habe ich ihn nicht mehr gesehen.«

Bonterre trat einen Schritt zurück. »Hat Neidelman die Schatzkammer schon ausgeräumt?«

»Wie ich schon sagte, ich bekomme seit geraumer Zeit keine Videobilder mehr. Alles, was mir bleibt, sind die Instrumente. Zumindest das Festkörpersonar liefert jetzt, da der ganze Schlamm aus dem Schacht geräumt wurde, sehr viel klarere Signale. Ich versuche gerade, einen Querschnitt ...« Er verstummte.

Bonterre verspürte eine leichte, kaum wahrnehmbare Vibration. Eine seltsame Angst stieg auf einmal in ihr hoch. Rasch lief sie zum Fenster und schaute hinaus zum Kofferdamm, der zwar arg ramponiert aussah, aber die stürmische See noch immer zurückhielt.

»Was ist denn das?« flüsterte Rankin und starrte auf den Bildschirm des Sonars.

»Spüren Sie auch dieses Zittern?« fragte Bonterre.

»Spüren? Ich kann es auf dem Monitor *sehen.*«

»Und was ist das?«

»Keine Ahnung. Für ein Erdbeben sind die Ausschläge zu gering.« Er tippte etwas auf der Tastatur ein. »Da, jetzt hat es wieder aufgehört. Ich würde sagen, daß irgendwo ein Stollen eingestürzt ist.«

»Roger, ich brauche Ihre Hilfe«, sagte Bonterre und holte den Geigerzähler aus seinem Nylonbeutel. »Kennen Sie sich mit so einem Gerät aus?«

Rankin wandte den Blick nur kurz von seinem Monitor. »Was ist das?«

»Ein Geigerzähler. Man braucht ihn für ...«

»Moment mal. Ein Geigerzähler? Natürlich weiß ich, wozu man so ein Ding braucht. Das hier ist ein ziemlich komfortabel ausgestattetes Gerät. Hat sicher eine Stange Geld gekostet. Wo haben Sie es denn her?«

»Wissen Sie, wie man damit umgeht?«

»Mehr oder weniger schon. Ich habe mal für eine Bergwerksgesellschaft gearbeitet, und da hatten wir es mit radioaktiver Pechblende zu tun. Die Geigerzähler, die wir damals zur Verfügung hatten, waren allerdings bei weitem nicht so luxuriös wie dieser.«

Er nahm das Gerät, schaltete es an und tippte ein paar Zahlen auf der Tastatur ein. Ein dreidimensionales Gitternetz erschien auf dem Bildschirm. »Dieser Detektor hier« – er deutete auf den mikrofonartigen Teil des Geräts – »mißt die Radioaktivität. Auf dem Bildschirm sehen Sie dann eine dreidimensionale Darstellung der Strahlungsquelle. Die Intensität wird dabei durch Farben gekennzeichnet. Blau und grün stehen für niedrige Radioaktivität, und dann geht es quer durchs Farbspektrum nach oben. Die stärkste Strahlung wird weiß dargestellt. Dieses Ding muß allerdings erst kalibriert werden.«

Der Monitor zeigte blaue Striche und Punkte.

Rankin tippte ein paar weitere Tasten. »Verdammt, da ist ein extrem hohes Hintergrundrauschen. Das gute Maschinchen ist möglicherweise hinüber. So wie das meiste andere Zeug hier auch.«

»Nein, der Geigerzähler funktioniert«, erwiderte Bonterre mit

ruhiger Stimme. »Er registriert die Strahlung, die vom St.-Michaels-Schwert ausgeht.«
Rankin blinzelte sie ungläubig an. »Was haben Sie da gerade gesagt?«
»Das Schwert ist radioaktiv.«
Der Geologe ließ sie nicht aus den Augen. »Wollen Sie mich auf den Arm nehmen?«
»Nein, das ist nicht meine Absicht. Die Radioaktivität ist die Ursache für alle unsere Probleme.« Bonterre erklärte Rankin, der sie immer noch anstarrte, die Zusammenhänge. Der Geologe bewegte dabei langsam die Lippen unter seinem dichten Bart. Als Bonterre zu Ende war, bereitete sie sich auf eine Auseinandersetzung mit Rankin vor, die aber nicht kam.
Der Geologe blickte sie lediglich perplex an, bevor er auf einmal so heftig nickte, daß sein langer Bart ins Schwingen geriet. »Verdammt, das erklärt tatsächlich alles. Ich frage mich, ob ...«
»Wir haben jetzt keine Zeit für Spekulationen«, unterbrach ihn Bonterre. »Neidelman darf das Schwert nicht aus seinem Behältnis nehmen.«
»Stimmt«, sagte Rankin, der noch immer nachzudenken schien, langsam. »Sie haben recht. Das Ding muß radioaktiv wie die Seuche selber sein, wenn seine Strahlung bis hier heraufdringt. Mist, mit dem Schwert kann er uns alle verstrahlen. Kein Wunder, daß unsere Ausrüstung verrückt spielt. Seltsam, daß das Sonar zumindest ...« Die Worte erstarben auf seinen Lippen, als er hinüber zu den Monitoren an der Schalttafel blickte. »Heiliger Bimbam«, murmelte er erstaunt.

53

Neidelman stand bewegungslos am Boden der Wassergrube. Über seinem Kopf summte der Lift, der Streeter und Hatch nach oben brachte, aber Neidelman hörte das Geräusch nicht.

Er blickte hinunter zu Magnusen, die flach atmend vor dem Loch in der Eisenplatte kauerte. Wortlos schob er sie beiseite – Magnusen bewegte sich träge, als wäre sie vollkommen erschöpft oder schon halb eingeschlafen –, hakte seine Sicherungsleine an der Leiter ein und begann, in das Loch hinabzusteigen.

Unten angekommen, stieß er aus Versehen gegen einen der morschen Säcke und trat eine kleine Lawine von Edelmetall los. Aber Neidelman hatte nur Augen für den Behälter mit dem Schwert; er nahm die phantastischen Reichtümer ringsum überhaupt nicht mehr wahr. Mit einem verklärten Ausdruck im Gesicht ging er auf die Knie und tastete mit seinen Blicken jedes einzelne Detail des Behälters ab.

Er war etwa einen Meter fünfzig lang und einen halben Meter breit und bestand aus Blei, das an den Kanten mit Silber und fein ziseliertem Gold eingefaßt war. Vier über Kreuz laufende Eisenbänder, die wie ein primitiver Käfig wirkten, hielten ihn am Boden der Schatzkammer fest. Neidelman betrachtete die Truhe noch etwas genauer und stellte fest, daß ihre Füße die Form von Adlerkrallen aufwiesen, die je eine Kugel umklammert hielten. Diese Verzierung hatte man offenbar im Barock dem Behälter hinzugefügt, der ohnehin ein ziemliches Durcheinander verschiedener Stile zwischen dem dreizehnten und dem frühen siebzehnten Jahrhundert darstellte.

Neidelman streckte die Hand aus und ließ sie über die feinen Metallverzierungen gleiten. Dabei wunderte er sich, daß sich der Behälter fast warm anfühlte.

Viele Jahre lang hatte er tagtäglich diesen Augenblick herbeigesehnt. Oft hatte er sich vorgestellt, wie es wohl sein würde, vor dieser Truhe zu stehen, sie zu berühren, sie zu öffnen – und schließlich, als Krönung des Ganzen, ihren Inhalt herauszunehmen.

Unzählige Stunden hatte Neidelman damit verbracht, sich auszumalen, wie das Schwert wohl aussah. Manchmal hatte er dabei an ein großes, römisches Schwert aus gehämmertem Elektrum gedacht – möglicherweise sogar das sagenumwobene Damoklesschwert. Dann wieder hatte er es als barbarisches Sarazenenschwert mit einem Heft aus ziseliertem Gold und einer Klinge aus purem Silber gesehen oder als juwelengeschmücktes byzantinisches Breitschwert, das so schwer war, daß man es kaum hochheben konnte. Zeitweilig hatte er sogar schon spekuliert, daß es sich dabei um das Schwert des Sultans Saladin handeln könnte, das ein Kreuzfahrer mit nach Europa gebracht hatte – eine Waffe aus feinstem Damaszenerstahl, verziert mit Gold und Diamanten aus den Bergwerken des Königs Salomon.

All diese Gedankenspiele erfüllten Neidelman jetzt mit einem Gefühl, das intensiver und überwältigender war als alles, was er bisher erlebt hatte. So muß es sein, wenn man ins Antlitz Gottes blickt, ging es ihm durch den Kopf.

Dann wurde ihm bewußt, daß er nicht mehr viel Zeit hatte. Er löste seine Hände von dem glatten Metall der Truhe und tastete statt dessen die Eisenbänder ab, die sie am Boden festhielten. Erst vorsichtig, dann mit aller Kraft zog er an einem der Bänder, aber es ließ sich nicht einmal einen Millimeter bewegen. Merkwürdig, dachte er, daß die Bänder durch Schlitze im Boden liefen und erst darunter an etwas befestigt zu sein schienen. Diese außergewöhnlichen Sicherheitsmaßnahmen waren ein weiterer Hinweis auf den unschätzbaren Wert des Schwertes.

Neidelman holte ein Taschenmesser aus der Hosentasche und kratzte damit an einem der Bänder herum. Nachdem er eine dünne Rostschicht entfernt hatte, stieß er auf blanken Stahl.

Wenn er an den Behälter herankommen wollte, mußte er die Bänder mit dem Schneidbrenner durchtrennen.
Das Geräusch lauten Atmens riß ihn aus seinen Überlegungen. Er warf einen Blick nach oben. Magnusen sah gerade durch die Öffnung zu ihm herab. Im Licht der hin und her schwingenden Lampe wirkten ihre Augen dunkel und fiebrig.
»Bringen Sie mir den Schneidbrenner«, befahl er. »Ich möchte den Behälter losschneiden.«
In nicht einmal einer Minute ließ Magnusen den Brenner durch das Loch herab und kam danach selbst herunter in die Schatzkammer. Hier vergaß sie den Schneidbrenner, fiel auf die Knie und starrte auf die rings um sie aufgehäuften Reichtümer. Mit beiden Händen griff sie in die Dublonen und Louisdors und ließ sich die schweren Goldmünzen durch die Finger rieseln, immer und immer wieder, bis sie mit dem Ellbogen einen kleinen Korb umstieß, aus dem Diamanten und andere Edelsteine auf den Boden purzelten. In einem Anflug von Panik hob sie die glitzernden Steine auf und stopfte sie sich in die Taschen, wobei sie in ihrer Hektik mehrere andere Körbe beschädigte. Schließlich ließ sie sich mit gespreizten Beinen zu Boden sinken, vergrub die Arme bis zu den Ellbogen in den Goldmünzen und gab einen Laut von sich, der ein Mittelding zwischen Lachen und Weinen war.
Neidelman, der gerade das Ventil der Acetylenflasche aufschraubte, hielt einen Moment inne und sah Magnusen an. Seiner Meinung nach war es höchste Zeit, daß sie den Transportkorb herunterließ und damit anfing, den Schatz nach oben zu schaffen. Dann aber wandte er sich wieder dem Behälter mit dem Schwert zu und vergaß die Ingenieurin augenblicklich.
Er griff nach dem dicken Messingschloß und betrachtete es eingehend. Es war ein dickes, häßliches Ding, das mit mehreren altertümlichen Siegeln versehen war, von denen Neidelman eines als aus dem vierzehnten Jahrhundert stammend identifizierte. Die Siegel waren unversehrt. Seltsam, dachte

Neidelman, dann hat Ockham seinen größten Schatz ja niemals gesehen.
Diese Ehre blieb somit ihm vorbehalten.
Neidelman steckte die Klinge seines Taschenmessers in den Schlitz zwischen Deckel und Behälter und hebelte ihn etwa einen Millimeter hoch. Dann zog er das Messer wieder heraus, ließ den Deckel sinken und suchte die Metallbänder nach Stellen ab, an denen er sie möglichst einfach durchtrennen konnte.
Schließlich zündete er den Schneidbrenner an. Mit einem leisen »Plopp« erschien eine weißliche Flamme an der Spitze der Düse. Neidelman kam es so vor, als geschehe das alles in Zeitlupe, und er war dankbar dafür. Jeder Augenblick, jede Bewegung bedeutete ihm einen exquisiten Genuß. Nun würde es noch fünfzehn, höchstens zwanzig Minuten dauern, bis er den Behälter von den Bändern befreit hatte und endlich das Schwert in den Händen hielt. Er wußte, daß er sich an jede Sekunde bis an sein Lebensende erinnern würde.
Vorsichtig mischte er dem Acetylen aus einer zweiten Flasche etwas Sauerstoff bei und hielt sie an das Metall.

54

Hatch lag halb bewußtlos auf dem Boden eines engen Schachtes mit Wänden aus Stein und hatte das Gefühl, aus einem schlimmen Alptraum zu erwachen. Undeutlich hörte er, wie Streeter eine zusammenklappbare Leiter nach oben aus dem Schacht zog. Der trübe Strahl seiner Taschenlampe huschte dabei zwölf Meter über seinem Kopf über die gewölbte Decke des Raumes, in dem Wopner gestorben war. Dann entfernten sich die Tritte von Streeters schweren Stiefeln in Richtung Hauptschacht. Mit dem Geräusch verschwand auch das Licht, so daß Hatch sich in tiefer Stille und ebenso tiefer Finsternis befand.

Mehrere Minuten lang blieb er auf dem kalten, feuchten Steinboden liegen. Vielleicht war das alles ja wirklich nur ein Traum, einer von jenen schrecklichen klaustrophobischen Alpträumen, aus denen man mit unendlicher Erleichterung erwacht. Dann aber setzte Hatch sich auf und schlug sich den Kopf an einem niedrigen Überstand an. In die pechschwarze Dunkelheit rings um ihn drang nicht der winzigste Lichtschimmer.

Hatch legte sich wieder hin. Streeter hatte sich nicht einmal die Mühe gemacht, ihn zu fesseln. Vermutlich sollte sein Tod wie ein Unfall aussehen. Aber Hatch hatte sowieso keine Chance zu entkommen, denn ohne Hilfsmittel konnte er unmöglich die glitschigen Wände des Schachtes hinauf zu dem Raum mit der gewölbten Decke klettern. In zwei, höchstens drei Stunden würde Neidelman den Schatz nach oben geschafft und an Bord der »Griffin« verstaut haben. Dann brauchte er bloß noch den ohnehin schon baufälligen Kofferdamm einzureißen, und das Wasser würde wieder in die Grube zurückfließen und alle Tunnels und Schächte überfluten. Darunter auch diesen …

Auf einmal spürte Hatch, wie sich seine Muskeln verkrampften, und er mußte mit allen Mitteln gegen die aufsteigende Panik ankämpfen. Die Anstrengung erschöpfte ihn so sehr, daß er eine ganze Weile schwer keuchend dalag und versuchte, sein wild klopfendes Herz zu beruhigen. Die Luft in dem Schacht wurde von Minute zu Minute schlechter.

Er schob sich unter dem Überstand heraus in den Teil des Schachtes, der nach oben führte. Hier setzte er sich auf und lehnte sich mit dem Rücken an die kalte Wand. Aufmerksam starrte er in die Dunkelheit und suchte vergeblich nach einem wenn auch noch so schwachen Lichtschimmer. Eigentlich wollte er aufstehen, aber allein der Gedanke daran war ihm schon zu anstrengend, so daß er sich wieder niederlegte. Dabei glitt seine Hand in einen schmalen Hohlraum unter einer schweren Steinplatte und bekam auf einmal etwas Hartes zu fassen.

Als Hatch das kalte feuchte Etwas berührte, wurde er plötzlich hellwach. Auf einen Schlag erkannte er das ganze Grauen seiner Situation und zog laut aufschluchzend die Finger von Johnnys Knochen zurück. Die Luft am Boden des Schachtes war so kalt, daß sie Hatch wie ein Messer durch seine durchnäßten Kleider schnitt und sich in seiner Kehle kompakt und rauh anfühlte. Hatch erinnerte sich daran, daß schwerere Gase wie Kohlendioxid nach unten sanken. Vielleicht war die Luft ja besser, wenn er aufstand.

Mühsam rappelte er sich hoch, wobei er sich mit den Händen an den Wänden des Schachtes abstützen mußte. Das Brummen in seinem Kopf begann langsam abzuklingen, und Hatch versuchte sich einzureden, daß man die Hoffnung nie aufgeben dürfe. Hier in dieser Kammer war sein Bruder das Opfer von Macallans teuflischer Todesmaschine geworden, und das bedeutete, daß sich hinter einer dieser Wände der Tunnel verbergen mußte, der hinauf zum Strand führte. Wenn er herauskriegen konnte, wie Macallans Falle funktionierte, dann würde es ihm vielleicht auch gelingen, sich aus diesem Gefängnis zu befreien. Als erstes mußte er jeden Zentimeter des Schachtes abtasten, um einen eventuell dort verborgenen Mechanismus zu finden.

Hatch preßte sein Gesicht an die schleimige Wand des Schachtes und streckte die Hände, so weit es ging, nach oben. Hier würde er anfangen und sich dann systematisch Wand für Wand nach unten tasten. Wie ein Blinder ließ er seine Fingerspitzen über jede Spalte, jeden Vorsprung in der Mauer gleiten. Er drückte und kratzte und versuchte, durch Klopfen mögliche Hohlräume auszumachen.

Die erste Wand schien aus nichts anderem als aus sorgfältig aufeinandergesetzten, massiven Steinen zu bestehen. Bevor er sich die nächste vornahm, rieb Hatch erst seine eiskalten Hände. Zwanzig Minuten später hatte er sämtliche Wände abgetastet und suchte nun auf allen vieren auf dem Boden des Schachtes nach irgendeiner Vorrichtung, um Macallans Falle zu betätigen.

Als er sich schließlich erschöpft wieder hinsetzte, hatte Hatch fast jeden erreichbaren Fleck des Schachtes überprüft und nichts gefunden, was ihn seiner Befreiung auch nur einen winzigen Schritt nähergebracht hätte. Das einzige, was ihm noch zu untersuchen blieb, war die kleine Vertiefung am Fuß der Felsplatte, die eine Wand seines Gefängnisses bildete und unter der die Knochen seines toten Bruders lagen.

Schwer atmend sog Hatch die verbrauchte Luft in seine Lungen und schob seine Hände vorsichtig unter die massive Platte. Als er den verrottenden Stoff von Johnnys Baseballmütze spürte, zog er sie mit wild klopfendem Herzen schnell wieder zurück.

Abermals stand er auf, richtete das Gesicht nach oben und versuchte, etwas sauerstoffreichere Luft einzuatmen. Johnny hätte von ihm erwartet, daß er alles nur Menschenmögliche unternahm, um am Leben zu bleiben.

Dann fing er an, um Hilfe zu rufen. Zögerlich zuerst, dann immer lauter. Er versuchte zu vergessen, wie verlassen die Insel war, versuchte zu vergessen, daß Neidelman daran arbeitete, den Behälter um das Schwert zu öffnen, versuchte alles zu vergessen – außer seinen eigenen Hilferufen.

Während er so aus Leibeskräften schrie und nur ab und zu eine Pause machte, um Atem zu schöpfen, löste sich eine letzte Blockade in ihm. Die schlechte Luft, die Dunkelheit, der merkwürdige Geruch des Schachtes und vor allem die Nähe seines toten Bruders – das alles hatte einen Anteil daran, daß sich auf einmal auch der letzte Schleier lüftete, der Hatchs Erinnerungen an jenen schrecklichen Tag vor einunddreißig Jahren noch umgeben hatte.

Er sah sich wieder mit einem flackernden Streichholz in der Hand in einem engen Schacht knien und hörte noch einmal

das seltsame, schleifende Geräusch, mit dem Johnny für immer aus seinem Leben verschwunden war.
Mit einemmal verwandelten sich Hatchs Schreie in der undurchdringlichen Finsternis in ein verzweifeltes, hemmungsloses Schluchzen.

55

Was ist los?« fragte Bonterre, die noch immer auf den Geigerzähler starrte.
Rankin hob die Hand, um sie zum Schweigen zu bringen. »Einen Augenblick, bitte. Ich möchte nur den Einfluß der natürlichen Radioaktivität aus meinem Sonarbild herausrechnen.«
Das Licht des Monitors vor ihm tauchte sein Gesicht in einen gelblichen Schein. »Großer Gott«, sagte er leise. »Da haben wir die Strahlung. Kein Fehler möglich, beide Systeme zeigen dasselbe an.«
»Roger …«
Rankin schob sich in seinem Drehstuhl von der Arbeitsstation weg und strich sich die Haare aus der Stirn. »Schauen Sie sich mal das an.«
Bonterre blickte auf den Bildschirm, der ein wirres Muster kreuz und quer durcheinanderlaufender Linien zeigte, unter denen ein langer schwarzer Strich zu sehen war.
Rankin wandte sich an Bonterre: »Der schwarze Strich bedeutet ein Loch unter der Wassergrube.«
»Ein Loch?«
»Ja, eine Kluft, die möglicherweise mit Wasser gefüllt ist. Gott allein weiß, wie tief sie ist.«
»Aber …«
»Ich konnte zuerst keine exakte Messung vornehmen, weil ja die ganze Grube unter Wasser stand. Und als wir sie trockenge-

legt hatten, gelang es mir nicht, die Sensoren in Serie zu schalten. Erst jetzt habe ich das endlich geschafft.«

Bonterre runzelte die Stirn.

»Verstehen Sie denn nicht? Ich spreche von einer *Höhle!* Wir haben uns bisher noch nie gefragt, was unter der Wassergrube ist. Die Schatzkammer, die Grube – und wir auch, verdammt noch mal –, das alles sitzt auf einem riesigen, unterirdischen Hohlraum. Das hätte ich mir bei den seltsamen Verwerfungen, die ich hier festgestellt habe, eigentlich denken können.«

»Ist dieser Hohlraum auch wieder eine von Macallans teuflischen Erfindungen?«

»Nein, er ist etwas ganz Natürliches. Aber Macallan hat die Höhle, die durch eine Verschiebung der Erdkruste entstanden ist, für seine Zwecke verwendet.« Er legte die Hände aneinander, als würde er beten, und ließ dann eine nach oben weggleiten. »Wenn sich zwei Gesteinsschichten gegeneinander verschieben, entsteht ein weitverzweigtes Netz von Spannungsbrüchen, die sich zu vertikalen Spalten – einer Art natürlichen Schächten – erweitern können. Solche Klüfte reichen oft bis zu mehrere hundert Meter tief in die Erde hinein. Die P-Wellen, die ich vorhin empfangen habe, deuten darauf hin, daß sich irgend etwas in der Kluft unter der Wassergrube bewegt hat. Die Spalte ist bestimmt Bestandteil eines ganzen Systems von natürlichen Felstunnels, die Macallan für sein ...«

Bonterre zuckte plötzlich zusammen, als der Geigerzähler in ihrer Hand zu ticken begann. Sie blickte auf den Monitor: Das Blau hatte sich in Gelb verwandelt.

»Lassen Sie mich mal sehen«, sagte Rankin und drückte ein paar Tasten auf dem Gerät, das in seinen großen Händen wie ein Spielzeug wirkte. Die obere Hälfte des Bildschirms wurde gelöscht, und dann erschien in schwarzen Buchstaben folgende Nachricht:

GEFAEHRLICHE STRAHLENWERTE
WAEHLEN SIE GEWUENSCHTE EINHEIT
(IONISATIONEN / JOULE / RAD)
PRO
(SEKUNDEN / MINUTEN / STUNDEN)

Rankin drückte ein paar weitere Tasten.

240,8 RAD / STUNDE
RASCHER NEUTRONENFLUSS
ALLGEMEINE RADIOAKTIVE VERSEUCHUNG MOEGLICH
EMPFEHLUNG: SOFORTIGE EVAKUIERUNG

»*Merde.* Es ist zu spät.«
»Wie meinen Sie das?«
»Neidelman hat den Behälter mit dem Schwert geöffnet.«
Auf dem Display des Geigerzählers veränderte sich die Anzeige:

33,144 RAD / STUNDE
ERHOEHTE GRUNDRADIOAKTIVITAET
EMPFEHLUNG: NORMALE SCHUTZVORKEHRUNGEN

»Was ist passiert?« fragte Rankin.
»Keine Ahnung. Vielleicht hat er ihn wieder zugemacht«, sagte Bonterre.
»Schauen wir mal, ob ich die Quelle der Radioaktivität feststellen kann.« Der Geologe tippte wieder ein paar Tasten auf dem Geigerzähler. Dann stand er auf und ging mit dem kleinen Gerät im Kontrollraum umher. »Großer Gott«, murmelte er. »Das ist ja kaum zu glauben!«
Ein Geräusch von draußen ließ ihn aufblicken, und kurz darauf wurde die Tür zur Beobachtungsplattform aufgerissen, und Streeter stürzte herein. »Hey, Lyle, wir haben gerade eine sensationelle Entdeckung gemacht«, sagte Rankin, bevor er die Pistole in der Hand des Vorarbeiters bemerkte.

Streeter blickte von Rankin zu Bonterre und wieder zurück. »Los, raus hier«, befahl er, während er mit der Pistole in Richtung Tür gestikulierte.

»Hey, was soll das?« fragte Rankin erstaunt. »Und wozu brauchen Sie die Waffe?«

»Wir drei werden jetzt zusammen einen kleinen Ausflug unternehmen«, erwiderte Streeter und nickte in Richtung auf das Beobachtungsfenster im Boden.

Bonterre steckte unbemerkt den Geigerzähler unter ihren Pullover.

»Doch nicht in die Wassergrube?« fragte Rankin ungläubig. »Da unten ist es saugefährlich. Die Schatzkammer befindet sich nämlich direkt über einer ...«

Wortlos richtete Streeter die Pistole auf den Rücken von Rankins rechter Hand und drückte ab.

Bevor der Schuß durch den Kontrollraum gellte, schloß Bonterre instinktiv die Augen. Als sie sie wieder öffnete, sah sie, daß Rankin auf die Knie gesunken war und sich mit ungläubigem Staunen die rechte Hand hielt. Blut tropfte in einem dünnen Rinnsal auf den Metallboden.

»Jetzt hast du nur noch eine Hand zum Festhalten«, sagte Streeter. »Und wenn die heil bleiben soll, dann halte gefälligst deine haarige Klappe, kapiert?«

Ein weiteres Mal deutete er mit der Pistole in Richtung Ausgang. Stöhnend vor Schmerz rappelte Rankin sich auf und begab sich mit einem Seitenblick auf Streeters Revolver zur Tür.

»Und jetzt du«, herrschte Streeter Bonterre an.

Langsam stand sie auf und folgte Rankin, wobei sie darauf achtete, daß der Geigerzähler unter ihrem Pullover nicht verrutschte.

»Sei vorsichtig«, knurrte Streeter und strich mit einer Hand über den Lauf der Pistole. »Bis ganz unten ist es ein weiter Weg.«

56

Hatch lehnte sich erschöpft an die Wand der Kammer. Seine Angst, die er sich mit seinen lauten Hilferufen aus dem Leib geschrien hatte, war ebenso verflogen wie seine Hoffnung auf Rettung. Sein Hals fühlte sich heiser und kratzig an. Klar wie nie zuvor erinnerte er sich an jede Einzelheit, die sich vor über drei Jahrzehnten an diesem Ort zugetragen hatte, aber er war viel zu ausgelaugt, um lange darüber nachzudenken. Die faulige Luft lag wie eine schwere, alles erstickende Decke über ihm, und im Inneren seines Schädels glaubte Hatch, Johnnys Stimme zu hören, die gedämpft und leise nach ihm rief: »Hallo! Hallo!«

Er stöhnte und sank auf die Knie, schüttelte den Kopf und rieb mit der Wange an der rauhen Steinmauer entlang, um die Stimme aus seinen Gedanken zu verbannen. Aber sie verschwand nicht. »Hallo?« rief Hatch schließlich zögernd zurück.

»Wo sind Sie?« antwortete die Stimme.

Hatch drehte sich um und tastete sich an den Wänden entlang. Die Stimme schien hinter dem Stein hervorzukommen, unter dem die Gebeine seines Bruders lagen.

»Ist alles in Ordnung?« fragte die Stimme.

»Nein!« schrie Hatch. »Nein! Ich bin eingeschlossen!«

Die Stimme schien lauter und wieder leiser zu werden. Vielleicht, dachte Hatch, lag das daran, daß er kurz davor war, wegen des Sauerstoffmangels das Bewußtsein zu verlieren.

»Wie kann ich Ihnen helfen?« hörte er die Stimme fragen.

Hatch schnappte verzweifelt nach Luft und überlegte sich, was er antworten sollte. »Wo sind Sie?« fragte er schließlich. Der durch die Stimme ausgelöste Adrenalinstoß hatte in seinen Gedanken für eine gewisse Klarheit gesorgt, die aber nicht lange anhalten würde.

»In einem Tunnel«, antwortete die Stimme.

»Was für ein Tunnel?«
»Das weiß ich nicht. Er führt hinunter zum Strand. Mein Boot ist untergegangen, aber ich wurde wie durch ein Wunder gerettet.«
Hatch ruhte sich einen Augenblick aus und versuchte, soviel wie möglich von dem wenigen Sauerstoff, der noch übrig war, in seine Lungen zu kriegen. Es konnte sich bei dem Tunnel nur um den Stollen handeln, den Johnny und er entdeckt hatten.
»Wo stecken Sie denn?« fuhr die Stimme fort.
»Warten Sie!« schrie Hatch. Schwer atmend zwang er sich dazu, seine alten Erinnerungen vor seinem geistigen Auge Revue passieren zu lassen. Was hatte er damals gesehen?
... Da war eine Tür gewesen, eine Tür mit einem Siegel. Johnny hatte das Siegel erbrochen und war durch die Tür getreten. Aus dem Tunnel dahinter war ein Luftzug gekommen, der das Streichholz ausgeblasen hatte ... Johnny hatte vor Schreck und Schmerz aufgeschrien ... Und dann war da dieses seltsame, schleifende Geräusch gewesen ... Malin hatte ein neues Streichholz aus der Schachtel gefummelt, es angezündet – aber nur noch eine nackte Steinplatte vor sich gesehen. Eine dicke Blutlache war aus dem Spalt unterhalb der Platte und links an der Wand gequollen und hatte um seine Knie und Turnschuhe eine dunkelrote Pfütze gebildet ...
Überwältigt von diesen peinigenden Erinnerungen fuhr sich Hatch mit seiner zittrigen Hand übers Gesicht.
Als Johnny damals die Tür geöffnet hatte, hatte Hatch einen Luftzug aus einem Gang gespürt, der sich dahinter befand, aber als er das nächste Streichholz angerissen hatte, war vor ihm nichts als eine glatte Steinwand gewesen – keine Spur von seinem Bruder. Die Steinplatte mußte also irgendwie aus der Wand gefahren sein und den Tunnel versperrt haben. Das Öffnen der Tür oder das Erbrechen des Siegels hatten Macallans Falle zuschnappen lassen, und die schwere Platte

hatte Johnnys Körper zusammengequetscht und gleichzeitig den Tunnel wasserdicht verschlossen. Es gab keine andere Erklärung. Der Schacht und die Kammer, in der Hatch jetzt eingeschlossen war, gehörten zusammen mit dem gewölbten Raum über ihm zu der von Macallan konstruierten Falle. Damit niemand diesen Mechanismus von oben außer Kraft setzen konnte, hatte Macallan den Zugang zu dem Gewölberaum mit einem ähnlichen Mechanismus gesichert, dem schließlich Wopner zum Opfer gefallen war.

»Sind Sie noch da?« fragte die Stimme.

»Bitte, warten Sie«, keuchte Hatch und versuchte, einen Schluß aus seinen Gedanken zu ziehen. Bei dem Tunnel, den er und Johnny damals entdeckt hatten, mußte es sich um Ockhams geheimen Zugang zur Schatzkammer gehandelt haben, den Macallan extra für ihn entworfen hatte. Für den Fall, daß ein Schatzsucher zufällig diesen Stollen fand, mußte es einen Mechanismus geben, der ihn aufhielt: eine gewaltige Steinplatte, die in den Gang schwenkte und jeden Eindringling zermalmte, der nicht wußte, wie man die Falle entschärfte. Die Oberfläche dieser Platte war so geschickt bearbeitet, daß sie, wenn sie erst einmal an Ort und Stelle war, wie das natürliche Ende des Stollens aussah, was weitere Nachforschungen verhinderte.

Nur unter enormen Anstrengungen gelang es Hatch, einen klaren Gedanken zu fassen.

Damit Ockham auch dann noch an seinen Schatz herankam, wenn ein Eindringling in der Zwischenzeit den Mechanismus ausgelöst hatte, mußte es irgendeine Möglichkeit geben, den Stein wieder aus dem Weg zu räumen und dadurch den Stollen zu öffnen. Auch wenn Macallan Ockham in der Grube selbst eine noch viel monströsere Falle gestellt hatte, mußte er den Piraten dennoch in dem Glauben belassen, daß es eine sichere Hintertür gab, durch die er jederzeit an seinen Schatz gelangen konnte.

Hatch vermutete, daß die Steinplatte so perfekt ausbalanciert war, daß sie auch eine relativ geringe Kraft in Bewegung setzen konnte. Das Gewicht eines Kinderkörpers zum Beispiel …

… Aber weshalb war dann die Falle nicht von allein wieder zurückgesprungen, als so viele Menschen vor einunddreißig Jahren auf der verzweifelten Suche nach Johnny durch den Stollen gelaufen waren?

»Hallo!« rief Hatch auf einmal. »Sind Sie noch da?«

»Ja. Wie kann ich Ihnen helfen?«

»Haben Sie eine Lampe dabei?« rief Hatch.

»Ja, eine Taschenlampe.«

»Schauen Sie sich um und sagen Sie mir, was Sie sehen.«

Eine Weile war es still. »Ich bin am Ende eines Tunnels. An drei Wänden sehe ich nichts als massiven Fels.«

Hatch öffnete den Mund, hustete und zwang sich, ganz flach zu atmen. »Wie sieht der Fels aus?«

»Ziemlich glatt.«

»An allen drei Seiten?«

»Ja.«

»Gibt es Vorsprünge oder Einkerbungen. Irgendwas in der Art?«

»Nein, nichts.«

Hatch versuchte nachzudenken. »Was ist mit der Decke?« fragte er.

»Da sind ein paar alte Eichenbalken.«

»Untersuchen Sie die Balken. Lassen sie sich bewegen?«

»Nein.«

Hatch rang nach Luft. »Wie sieht der Boden aus?«

»Der ist voller Schlamm. Ich kann nicht viel erkennen.«

»Entfernen Sie den Schlamm.«

Hatch wartete, inständig bemüht, nicht ohnmächtig zu werden.

»Da sind Steinplatten«, ließ sich die Stimme vernehmen.

Ein ganz schwacher Hoffnungsschimmer glomm in Hatch auf

»Kleine Steinplatten?«

»Ja.«

Der Hoffnungsschimmer verstärkte sich. »Sehen Sie sie sich genau an. Ist eine davon vielleicht irgendwie anders?«
»Nein.«
Die Hoffnung schwand wieder. Hatch hielt den Kopf in den Händen und atmete mit weit geöffnetem Mund.
»Einen Augenblick«, hörte er die Stimme. »Da ist etwas. Hier in der Mitte ist ein Stein, der nicht ganz gerade ist. Er verjüngt sich ein wenig an zwei Seiten. Zumindest scheint es mir so. Der Unterschied ist ziemlich gering.«
Hatch hob den Kopf. »Können Sie den Stein vielleicht herausziehen?«
»Ich will es probieren.« Es entstand eine kurze Pause. »Nein, er ist ganz fest eingeklemmt.«
»Haben Sie ein Messer?«
»Nein. Aber warten Sie, ich werde etwas anderes versuchen.«
Hatch glaubte, ein ganz leises Kratzen zu hören.
»Okay«, sagte die Stimme, der man ihre Aufregung selbst durch den Fels hindurch anhörte. »Ich ziehe jetzt den Stein heraus.« Es folgte eine kurze Pause. »Unter dem Stein ist ein Hohlraum mit einem Holzstock, der mir wie ein Hebel vorkommt.«
Das muß der Mechanismus für den Stein sein, dachte Hatch benommen. »Können Sie dran ziehen? Oder drücken?«
»Nein«, antwortete nach einer Weile die Stimme. »Er läßt sich nicht bewegen.«
»Versuchen Sie es noch einmal!« rief Hatch mit der letzten Luft in seinen Lungen. In der Stille, die folgte, wurde das Brummen in seinen Ohren lauter und lauter, und er mußte sich an der kalten Steinwand abstützen, um nicht zu Boden zu fallen. Dann wurde ihm auf einmal schwarz vor Augen, und er sank in eine tiefe Bewußtlosigkeit.

... Dann sah Hatch ein Licht, vernahm eine Stimme und hatte das Gefühl, von irgendwo weit weg wiederzukehren. Er richtete sich auf, griff nach dem Licht, sank aber sofort nach hinten auf die Knochen seines toten Bruders. Gierig sog er die Luft ein, die nicht mehr stickig und verbraucht war, sondern ein wenig nach Meer roch. Die Steinplatte, die seinen Bruder zermalmt hatte, war ebenso verschwunden wie die ihr gegenüberliegende Wand seines Gefängnisses, so daß nun wieder ein durchgehender Tunnel von der Küste bis zum Hauptschacht der Wassergrube führte.

Hatch versuchte, etwas zu sagen, aber er brachte nur ein Krächzen heraus. Wieder starrte er in das Licht und bemühte sich, seine tränenden Augen auf das zu fokussieren, was sich dahinter befand. Mühsam hob er den Kopf und erkannte blinzelnd, daß es Reverend Clay war, der ihn mit einer Taschenlampe in der Hand ungläubig anstarrte. Das Gesicht des Reverends war blutverschmiert.

»Sie!« rief Clay mit unverhohlener Enttäuschung in der Stimme. Er hatte ein großes flaches Kreuz aus glänzendem Metall in der Hand, mit dem er wohl den Stein am Boden des Stollens gelockert hatte.

Obwohl die frische Luft, die Hatch nun in tiefen Zügen in seine Lungen saugte, ihm ein wenig von seiner Kraft zurückgab, war er noch immer zu schwach zum Sprechen.

Clay hängte sich das Kreuz wieder um den Hals und trat einen Schritt auf Hatch zu. »Ich hatte am Eingang des Stollens Schutz vor dem Sturm gesucht und hörte Ihre Hilferufe«, berichtete der Reverend. »Erst beim dritten Versuch ist es mir gelungen, den Hebel zu bewegen, so daß die Rückwand des Tunnels zur Seite glitt. Wo sind wir eigentlich? Was tun Sie hier?« Er leuchtete mit der Taschenlampe auf dem Boden herum. »Und was sind denn das für Knochen?«

Anstatt einer Antwort hob Hatch die Hand. Clay zögerte einen Augenblick, dann ergriff er sie und zog den immer noch ziemlich kraftlosen Hatch auf die Füße.

»Vielen Dank«, keuchte Hatch. »Sie haben mir das Leben gerettet.«

Clay winkte irritiert ab.

»Wir befinden uns in dem Tunnel, in dem vor drei Jahrzehnten mein Bruder ums Leben gekommen ist. Was Sie hier sehen, sind seine Knochen.«

Clay bekam ganz große Augen. »Oh«, sagte er und leuchtete rasch woanders hin. »Das tut mir aber leid.«

»Haben Sie außer mir noch jemanden auf der Insel gesehen?« fragte Hatch. »Eine junge Frau in Ölzeug vielleicht? Mit dunklen Haaren?«

Clay schüttelte den Kopf.

Hatch schloß rasch die Augen und holte tief Luft. Dann deutete er in den Tunnel hinter sich. »Dieser Stollen führt zur Sohle der Wassergrube. Kapitän Neidelman hat dort gerade die Schatzkammer erreicht. Wir müssen ihn aufhalten.«

Clay runzelte die Stirn. »Wieso sollen wir ihn aufhalten? Was tut er denn?«

»Er will den Behälter öffnen, in dem sich das St.-Michaels-Schwert befindet.«

Ein mißtrauischer Ausdruck huschte über Clays Gesicht, während Hatch von einem Hustenanfall geschüttelt wurde.

»Ich habe herausgefunden, daß das Schwert eine tödliche Gefahr darstellt. Es ist stark radioaktiv.«

Clay verschränkte die Arme über der Brust.

»Wenn Neidelman es aus dem Behälter nimmt, ist es womöglich imstande, uns alle zu töten und die halbe Bevölkerung von Stormhaven dazu.«

Clay erwiderte noch immer nichts und starrte Hatch nur an.

»Hören Sie«, sagte Hatch und schluckte schwer. »Sie hatten recht. Wir hätten nie nach diesem Schatz graben dürfen; aber jetzt ist es zu spät. Ich kann Neidelman nicht alleine aufhalten.«

Ein anderer Ausdruck, auf den sich Hatch keinen Reim machen konnte, erschien auf einmal auf dem Gesicht des Reverends. Er wirkte, als wäre er von einem inneren Licht beseelt. »Ich glaube, ich fange an zu verstehen«, meinte Clay, mehr zu sich selbst als zu Hatch.

»Neidelman wollte mich von einem seiner Männer umbringen lassen«, erzählte Hatch. »Er ist völlig durchgedreht.«
»Ja«, sagte Clay mit plötzlicher Inbrunst. »Das ist er sehr wohl.«
»Wir können nur hoffen, daß es nicht schon zu spät ist.« Vorsichtig trat Hatch über die Knochen seines Bruders. »Ruhe in Frieden, Johnny«, murmelte er kaum hörbar. Dann ging er voran in den schmalen, nach unten führenden Tunnel. Woody Clay folgte ihm auf dem Fuß.

Gerard Neidelman kniete nun schon eine Weile bewegungslos vor der Truhe mit dem Schwert. Die Eisenbänder, mit denen sie am Boden der Schatzkammer befestigt gewesen war, hatte er sorgfältig eines nach dem anderen mit der grellweißen Flamme des Schneidbrenners durchtrennt; dann waren die Bänder durch die Schlitze im Metallboden verschwunden. Nur eines, das er bereits durchschnitten hatte, war außen an dem Behälter festgerostet.
Auch das Schloß des Behälters hatte Neidelman mit dem Schneidbrenner zerstört. Die Siegel waren verschwunden, und das Schwert wartete darauf, daß er sich seiner bemächtigte.
Trotz seiner kaum zu bändigenden Vorfreude hielt Neidelman noch eine Weile inne. Seine sämtlichen Sinne waren bis aufs Äußerste geschärft, und er fühlte sich einerseits zutiefst befriedigt, andererseits auf eine Art und Weise lebendig, wie er es nie zu träumen gewagt hätte. Sein ganzes bisheriges Leben kam ihm im Rückblick wie eine eintönig graue Ödnis vor, die er durchschreiten hatte müssen, um diesen Augenblick erleben zu dürfen.
Langsam atmete er zwei-, dreimal hintereinander ein. Ein leises Zittern – das vielleicht vom unregelmäßigen Schlagen seines Herzens herrührte – lief durch seinen Körper. Und dann begann er andächtig, langsam den Deckel zu heben.
Der Inhalt des Behälters lag im Schatten, aber Neidelman konnte das Funkeln von Juwelen sehen. Aus der so lange ver-

schlossenen Truhe stieg ihm ein warmer, würziger Geruch nach Myrrhe entgegen.
Das Schwert selbst lag auf einem parfümierten Samtkissen. Neidelman ergriff sein Heft mit beiden Händen und ließ die Finger über den Griff und die Parierstange aus purem Gold gleiten. Die Klinge des Schwertes steckte in einer wunderschön gearbeiteten, mit Edelsteinen verzierten Scheide, die ebenfalls aus Gold war.
Vorsichtig nahm Neidelman das Schwert von dem Kissen, das dabei in eine Wolke aus rötlichem Staub zerfiel.
Er hob es langsam ans Licht der Lampe und begutachtete es von allen Seiten.
Heft und Scheide waren aus schwerem Gold und ein gutes Beispiel für die byzantinische Handwerkskunst des achten oder neunten Jahrhunderts. Das Schwert hatte eine sehr seltene dolchähnliche Form, und die Verzierungen waren erstaunlich filigran ins Metall getrieben. Neidelman, der schon viele alte Waffen begutachtet hatte, war noch nie eine schönere Arbeit untergekommen.
Er drehte das Schwert, um das Licht noch besser darauf fallen zu lassen, und wurde mit einem Anblick belohnt, der ihm fast das Herz stillstehen ließ. Die Breitseiten der Scheide waren dicht an dicht mit mugelig geschliffenen Saphiren besetzt, deren Größe, Farbe und Reinheit einfach unglaublich waren. Neidelman fragte sich, wie ein irdischer Edelsteinschleifer einem Saphir solch ein Feuer verleihen konnte.
Als nächstes betrachtete er das Heft des Schwertes. Auf der Parierstange und dem Griff befanden sich vier Rubine, von denen es jeder einzelne mit dem berühmten De Long Star hätte aufnehmen können, der vielen als der schönste Edelstein der Welt galt. Aber damit noch nicht genug, denn das Ende des Schwertknaufs zierte ein weiterer, in doppelter Sternform geschliffener Rubin, der den De Long an Größe, Farbe und Reinheit bei weitem in den Schatten stellte. Dieser Stein, dachte Neidelman, während er das Schwert langsam un-

ter dem Licht drehte, hatte nichts, was ihm auf Erden ebenbürtig war. Überhaupt nichts.

Zwischen diesen außergewöhnlichen Juwelen hatten die Schöpfer des Schwertes ein wahres Feuerwerk von Saphiren in allen möglichen Farben angebracht, die von Schwarz über Orange, Dunkelblau, Weiß, Grün, Rosa bis hin zu Gelb reichten. Jeder hatte einen perfekten Doppelstern-Schliff, und abermals mußte Neidelman feststellen, daß er noch nie so intensiv leuchtende Edelsteine gesehen hatte. Jeder für sich genommen war bereits umwerfend; sie alle aber in dieser herrlichen byzantinischen Goldschmiedearbeit vereint zu sehen, war ein Anblick, der kaum faßbar war. Ein Objekt von solcher Schönheit hatte es auf der ganzen Welt bisher noch nie gegeben und würde es auch in Zukunft nicht mehr geben. Dieses Schwert suchte wirklich seinesgleichen.

Mit absoluter Klarheit sah Neidelman, daß seine Erwartungen an das Schwert nicht zu hoch geschraubt gewesen waren. Im Gegenteil, er hatte es sogar noch unterschätzt. Dies war ein Kunstwerk, das die Welt verändern würde.

Nun war es jedoch endlich an der Zeit, das St.-Michaels-Schwert zu ziehen. Wie lange er auf diesen Augenblick gewartet hatte! Waren Heft und Scheide schon so außergewöhnlich, mußte die Klinge schier unglaublich sein. Neidelman umklammerte das Heft mit der Rechten und begann, das Schwert langsam und genüßlich aus der Scheide zu ziehen.

Während er das tat, verwandelte sich Neidelmans Gefühl höchster Glückseligkeit zuerst in Erstaunen, dann in Verwunderung und schließlich in blankes Entsetzen. Was da nach und nach zum Vorschein kam, war nichts weiter als ein pockennarbiges, deformiertes Stück schuppiges Metall, das häßliche Flecken und Einschlüsse einer weißlichen Substanz aufwies und eine seltsame violett-schwarze Farbe hatte. Entgeistert starrte er auf die häßliche Klinge und fragte sich, was das wohl zu bedeuten habe. Lange Jahre hatte er im Geiste wieder und immer wieder dieses Schwert gezogen, hatte sich Hunderte,

vielleicht sogar Tausende Male vorgestellt, wie es wohl aussehen würde. In seiner Phantasie war es dabei immer unterschiedlich gewesen, aber nie hatte es so ausgesehen wie dieses hier.
Neidelman fuhr mit den Fingern über das rauhe Metall und wunderte sich, daß es sich merkwürdig warm anfühlte. Vielleicht war das Schwert ja in ein Feuer geraten und geschmolzen und später mit einem neuen Heft versehen worden. Aber was für ein Feuer konnte eine Klinge so deformieren? Und aus was für einem Metall bestand sie überhaupt? Bestimmt nicht aus Eisen, denn dann hätte sie Rost angesetzt, aber auch nicht aus Silber, das durch Oxidation schwarz geworden wäre. Platin und Gold kamen auch nicht in Frage, denn diese Stoffe liefen überhaupt nicht an. Und für Zinn oder ein anderes unedles Metall war es viel zu schwer.
Welches Metall wurde violett, wenn es oxidierte?
Langsam drehte er das Schwert im Licht und dachte dabei an die Legende vom Erzengel Michael.
Und dann kam ihm eine Idee.
Schon oft hatte er sich spät in der Nacht ausgemalt, daß das Schwert am Boden der Wassergrube tatsächlich das Schwert aus der Bibel sei: das Schwert des Erzengels Michael, des Bezwingers des Satans. In seinen Träumen hatte Neidelman beim Anblick des Schwertes jedesmal eine grundlegende Wandlung erfahren, so wie der heilige Paulus auf dem Weg nach Damaskus. Irgendwie war es Neidelman seltsam tröstlich erschienen, daß seine sonst so überbordende Phantasie an diesem Punkt regelmäßig versagt hatte. Nichts, was er sich je hätte vorstellen können, wäre der Verehrung und Furcht gerecht geworden, mit denen in alten Dokumenten das Schwert beschrieben wurde.
Aber wenn der Erzengel Michael wirklich mit diesem Schwert den Teufel besiegt hatte, dann war es gut möglich, daß die Klinge seiner Waffe bei dieser Auseinandersetzung verglüht und geschmolzen war. Es lag auf der Hand, daß ein solches Schwert anders aussehen würde als alle anderen.

So wie das Ding, das er jetzt in der Hand hielt.
Neidelman besah sich das Schwert noch einmal genauer und verspürte dabei eine Mischung aus Erstaunen, Angst und Unsicherheit. Wenn es wirklich ein derartiges Schwert war – und welche andere Erklärung sollte es geben? –, dann war es ein unwiderlegbarer Beweis dafür, daß jenseits dieser materiellen Welt noch eine andere existierte. Das Wiederauffinden eines solchen Schwertes war das sensationellste Ereignis der gesamten Menschheitsgeschichte.
Ja! dachte Neidelman und nickte mehrmals hintereinander. Mit einem solchen Schwert konnte er die Welt säubern, ihren spirituellen Niedergang umkehren und all den zerfallenden Religionen mit ihren korrupten Priestern den Todesstoß versetzen. Mit diesem Schwert konnte er einen neuen Glauben für ein neues Jahrtausend schaffen. Daß ausgerechnet er dieses Schwert jetzt in den Händen hielt, war kein Zufall. Er hatte sein Leben lang auf diesen Augenblick hingearbeitet, hatte sich mit seinem Schweiß und seinem Blut des Schwertes würdig erwiesen. Er hatte es verdient, daß er es nun als seinen ganz persönlichen Schatz betrachten konnte, der ihm mehr bedeutete als alles andere auf Erden.
Weil sein Arm zu zittern begann, legte Neidelman das Schwert auf dem umgedrehten Deckel des Behälters ab. Noch einmal wunderte er sich über den Kontrast zwischen der fast übernatürlichen Schönheit des Hefts und der Häßlichkeit der Klinge, aber jetzt hatte diese Häßlichkeit für ihn etwas Wunderbares, ja Heiliges.
Das Schwert gehörte nun ihm. Und er hatte alle Zeit der Welt, um seine seltsame und schreckliche Schönheit zu studieren und sie eines fernen Tages vielleicht sogar zu begreifen.
Vorsichtig schob er das Schwert in seine Scheide zurück und warf einen Blick auf den Behälter. Auch diesen würde er nach oben bringen, denn er war untrennbar mit der Geschichte des Schwertes verbunden. Zufrieden stellte er fest, daß Magnusen inzwischen den Transportkorb in die Schatzkammer herabge-

lassen hatte und anfing, ihn mit fast automatenhaften Bewegungen mit Säcken voller Goldmünzen zu beladen.
Er wandte seine Aufmerksamkeit wieder dem Behälter zu, an dessen einer Seite noch immer das festgerostete Eisenband hing. Diese Bänder waren schon eine merkwürdige Art gewesen, so eine Truhe am Boden zu befestigen. Es wäre doch viel einfacher gewesen, sie am Boden der Schatzkammer festzunieten, als durch Schlitze in der Metallplatte nach unten zu führen. Womit sie wohl verbunden waren?
Mit einem wohlgezielten Tritt löste Neidelman das letzte Band von dem Behälter. Es glitt so erstaunlich rasch durch den Schlitz im Boden, als würde ein schweres Gewicht dranhängen. Kaum war es verschwunden, da verspürte Neidelman auf einmal ein Zittern, das durch den Boden lief, und dann machte die Schatzkammer auf einmal einen gewaltigen Ruck. Sie kippte auf der rechten Seite ein ganzes Stück nach unten und hing nun so schief wie ein Flugzeug, das eine scharfe Kurve fliegt. Links an der Wand stürzten Kisten, Leinensäcke und Fäßchen herab, die beim Aufprall zu Bruch gingen und wahre Kaskaden aus Edelsteinen, Goldstaub und Perlen über den Boden der Kammer ergossen. Ein großer Stapel Goldbarren bekam gefährliche Schlagseite und stürzte dann mit lautem Getöse in sich zusammen. Magnusen schrie erschrocken auf, und Neidelman, den der Ruck gegen den Bleibehälter geschleudert hatte, riß mit einer raschen Bewegung das Schwert an sich.

58

Mit leise surrendem Elektromotor sank der Lift hinab in die Grube. Streeter stand in einer Ecke der Plattform und zwang Rankin und Bonterre mit vorgehaltener Pistole in die andere.

»Lyle, Sie müssen mir zuhören«, flehte Bonterre. »Roger sagt, daß es unter der Grube eine riesige Höhle gibt. Er hat alles auf dem Sonarschirm gesehen. Die Grube und die Schatzkammer befinden sich auf einer …«

»Das kannst du alles deinem Freund Hatch erzählen, du billiges Franzosenflittchen«, sagte Streeter. »Wenn er noch am Leben ist.«

»Was haben Sie mit ihm gemacht?«

Streeter hob den Lauf der Pistole. »Spar dir dein Gequatsche. ich weiß genau, was du vorhast.«

»*Mon dieu,* Sie sind ja paranoid …«

»Halt den Mund. Mir war dieser Hatch von Anfang an verdächtig, aber der Kapitän neigt nun mal dazu, seinen Leuten zu sehr zu vertrauen. Er ist eben ein herzensguter Mensch, und deshalb braucht er mich, um ihn vor Typen wie Hatch zu schützen. Ich habe ihn genau beobachtet, und schließlich hat sich mein Mißtrauen gegen ihn voll bestätigt. Und was dich betrifft, Flittchen, so hast du dich wohl auf die falsche Seite geschlagen. Und du auch, Waldschrat.« Streeter richtete seine Waffe auf Rankin.

Der Geologe stand am Rand der Plattform, wo er sich mit seiner heilen Hand am Geländer festhielt. Die verletzte Hand hatte er sich fest unter die Achsel geklemmt. »Sie sind ja komplett verrückt«, sagte er.

Bonterre sah Rankin an. Der Bär von einem Mann, der sonst so gutmütig und freundlich war, kochte innerlich vor Wut. So hatte sie den Geologen noch nie gesehen.

»Haben Sie denn nicht kapiert, Streeter?« fauchte Rankin.

»Der Schatz hat sich über Hunderte von Jahren mit Radioaktivität vollgesogen. Den können Sie abschreiben.«
»Wenn du so weiterredest, stopf ich dir das Maul«, drohte Streeter.
»Es ist mir egal, was Sie tun«, erwiderte Rankin. »Die Strahlung aus dem Schwert wird uns sowieso alle töten.«
»Unfug.«
»Das ist kein Unfug. Ich habe die Anzeige des Geigerzählers gesehen. Die Radioaktivität, die jetzt bereits von dem Behälter ausgeht, ist unglaublich hoch. Wenn Neidelman das Schwert auch noch herausnimmt, sind wir alle tot.«
Der Lift fuhr an der Fünfzehn-Meter-Plattform vorbei, deren Streben im schwachen Licht der Notbeleuchtung metallisch schimmerten.
»Ihr haltet mich wohl für einen Vollidioten«, meinte Streeter. »Oder ihr seid so verzweifelt, daß ihr alles mögliche daherredet, bloß um eure Haut zu retten. Das Schwert ist mindestens fünfhundert Jahre alt. Damals existierten noch keine Kernkraftwerke, und nirgendwo auf der Erde gibt es eine natürliche Radioaktivität, die so stark ist, wie ihr behauptet.«
»Auf der Erde nicht«, erwiderte Rankin ruhig und beugte sich vor, so daß sein struppiger Bart in der Luft hing. »Aber im Weltraum. Das Schwert wurde aus einem gottverdammten Meteoriten gemacht.«
»Was?« hauchte Bonterre.
Streeter ließ ein bellendes Lachen hören und schüttelte den Kopf.
»Der Geigerzähler hat das Strahlungsbild von Iridium 80 empfangen. Das ist ein schweres Isotop des Iridiums und radioaktiv wie die Hölle.« Er spuckte über das Geländer nach unten. »Iridium kommt auf der Erde relativ selten vor, wird aber bisweilen in Nickel-Eisen-Meteoriten gefunden.«
»Streeter, Sie müssen uns mit dem Kapitän sprechen lassen«, bat Bonterre.
»Daraus wird nichts. Der Kapitän hat sein Leben lang nach

diesem Schatz gesucht. Er redet sogar im Schlaf davon. Der Schatz gehört ihm, und kein haariger Geologe, der erst seit drei Monaten bei der Firma ist, wird ihn mit seinem Geschwätz um die Früchte seiner Arbeit bringen. Und eine französische Nutte schon gleich gar nicht. Der Schatz gehört ihm, und zwar ganz.«

Ungezügelte Wut loderte in Rankins Augen auf. »Kommen Sie doch endlich zur Besinnung, Sie elender Mistkerl...!« schrie er.

Streeters Lippen preßten sich zu einem dünnen weißen Strich zusammen, doch er reagierte nicht.

»Wissen Sie was?« fragte Rankin. »Der Kapitän interessiert sich einen Scheißdreck für Sie. Sie sind für ihn hier sogar noch entbehrlicher, als Sie es in Vietnam schon waren. Glauben Sie denn, er würde Ihnen jetzt das Leben retten? Das können Sie getrost vergessen. Alles, was ihn interessiert, ist der verdammte Schatz. Sie bedeuten ihm einen feuchten Kehricht!«

Streeter rammte Rankin die Mündung der Pistole direkt zwischen die Augen.

»Na los, schießen Sie doch«, rief Rankin. »Entweder Sie drücken jetzt ab oder Sie werfen die Waffe weg und kämpfen Mann gegen Mann mit mir. Ich werde Ihnen noch mit einer Hand Ihren kümmerlichen Arsch versohlen.«

Streeter nahm die Pistole aus Rankins Gesicht, senkte sie und feuerte. Bonterre sah, wie Blut gegen die Schachtwand spritzte und der Geologe seine linke Hand vom Geländer nahm, auf die Knie fiel und vor Schmerz und Wut aufheulte. Zeige- und Mittelfinger der linken Hand hingen an ein paar Hautfetzen lose herunter. Als Streeter anfing, Rankin mit dem Stiefelabsatz ins Gesicht zu treten, stürzte sich Bonterre mit einem Schrei auf den Vorarbeiter.

Auf einmal drang ein lautes Rumpeln aus der Tiefe des Schachtes, dem Sekundenbruchteile später ein gewaltiger Ruck folgte, der Streeter und Bonterre auf den Boden der Liftplattform warf. Rankin, der sich mit seinen zerschossenen

Händen nirgends festhalten konnte, flog gegen eine der Streben des Geländers, und Bonterre konnte mit einem beherzten Griff nach seinem Hemdkragen gerade noch verhindern, daß der Geologe in die Tiefe stürzte. Als Bonterre sich wieder aufrappelte, stand Streeter bereits wieder am Geländer und hielt die Waffe auf sie und Rankin gerichtet. Die ganze Leiterkonstruktion schwankte so stark, daß die Titanstreben laut zu ächzen begannen. Von unten drang das unheilverheißende Geräusch gurgelnden Wassers herauf.

Der Lift hielt mit einem lauten Knirschen an.

»Keine Bewegung!« befahl Streeter.

Ein weiterer Ruck erschütterte den Lift, und die Notbeleuchtung begann zu flackern. Ein Bolzen kam von oben herabgeflogen, prallte mit einem lauten Knall von der Plattform ab und verschwand wild wirbelnd in der Dunkelheit.

»Es geht schon los!« rief Rankin mit heiserer Stimme, der auf dem Boden des Lifts kauerte und sich seine blutigen Hände an die Brust drückte.

»Was geht los?« brüllte Bonterre.

»Die Grube stürzt in die Höhle hinab. Absolut tolles Timing!«

»Halt's Maul und spring auf die Plattform!« schrie Streeter und deutete mit der Pistole nach unten auf die Dreißig-Meter-Ebene, die sich zwei Meter weiter unten befand.

Wieder erschütterte ein heftiger Stoß den Lift, der daraufhin noch mehr Schlagseite bekam. Aus der Tiefe wehte ein eisiger Windstoß herauf.

»Das ist kein Zufall«, rief Bonterre. »Es ist die geheime Falle, die Macallan Ockham gebaut hat!«

»Maul halten, habe ich gesagt!« Streeter stieß Bonterre aus dem Lift, so daß sie hinab auf die Dreißig-Meter-Plattform fiel. Benommen, aber unverletzt sah sie, wie Streeter Rankin immer wieder in den Unterleib trat und damit an den Rand des Lifts beförderte. Rankin fiel wie ein nasser Sack nach unten und schlug direkt neben Bonterre auf der Plattform auf. Sie wollte dem Geologen helfen, aber Streeter war inzwischen mit

katzenartig geschmeidigen Bewegungen zu ihnen herabgeklettert.
»Rühr ihn nicht an«, befahl er und fuchtelte drohend mit der Pistole herum. »Wir gehen jetzt da hinein.«
Bonterre schaute zur Wand des Schachtes. Die Brücke von der Leiterkonstruktion hinüber in den Wopner-Tunnel schwankte bedenklich. Dann bewegte sich die Leiter ein weiteres Mal. Die Notbeleuchtung fiel aus, und plötzlich herrschte rings um die drei tiefe Dunkelheit.
»Bewegung!« zischte Streeter Bonterre ins Ohr. Dann blieb er unvermittelt stehen. Bonterre konnte seine Anspannung spüren. Und dann sah auch sie es: Von unten bewegte sich ein schwaches Licht rasch zu ihnen herauf.
»Kapitän Neidelman?« fragte Streeter. Er bekam keine Antwort.
»Sind Sie das, Sir?« rief er noch einmal etwas lauter, damit seine Stimme das Brüllen des Wassers, das nun den Schacht heraufdrang, auch übertönte.
Das Licht kam immer näher. Die Gestalt, die es hielt, war nur als undeutlicher Schatten zu erkennen.
»Hey, da unten!« schrie Streeter. »Zeigen Sie mir auf der Stelle Ihr Gesicht oder ich schieße!«
Eine gedämpfte Stimme sagte etwas, das Streeter wegen des Lärms im Schacht nicht verstehen konnte.
»Sir?«
Als das Licht etwa fünf Meter unter ihnen war, wurde es plötzlich ausgeschaltet.
»Verdammt!« fluchte Streeter und stemmte sich mit gespreizten Beinen an der schwankenden Plattform ein. Mit beiden Händen hielt er die Pistole und zielte nach unten. »Wer immer auch da unten ist«, brüllte er, »ich werde jetzt …«
Weiter kam er nicht, denn von der anderen Seite der Plattform sprang plötzlich aus der Dunkelheit eine Gestalt auf ihn zu. Streeter wirbelte herum und schoß, und im Licht des Mündungsblitzes konnte Bonterre Hatch erkennen, der seine Faust mit aller Kraft Streeter in die Magengrube rammte.

Unterhalb der Plattform wurde die Taschenlampe wieder angeknipst. Hatch schickte dem Magenschwinger einen geraden Kinnhaken hinterher. Streeter taumelte ein paar Schritte zurück, aber Hatch ließ nicht locker. Er packte den Vorarbeiter am Hemd und schlug ihm zweimal hintereinander mit voller Wucht ins Gesicht. Beim zweitenmal hörte er ein leises knakkendes Geräusch, mit dem Streeters Nasenbein brach, und spürte, wie ihm Schleim und feuchtwarmes Blut die Handknöchel hinunterrannen.

Streeter stöhnte und sackte zusammen. Als Hatch sein Hemd losließ, rammte Streeter auf einmal sein Knie in den Schritt des Arztes. Hatch schrie laut auf und taumelte nach hinten, während Streeter am Boden der Plattform nach seiner Pistole tastete, die ihm bei dem Überraschungsangriff aus der Hand gefallen war.

Noch bevor Hatch etwas tun konnte, hatte der Vorarbeiter die Waffe gefunden und abgedrückt. Der Schuß gellte durch den Schacht, und die Kugel prallte funkensprühend an einer Titanstrebe unmittelbar neben Hatchs Kopf ab. Hatch hechtete hinüber auf die Leiterkonstruktion und schaffte es so gerade noch, einer weiteren Kugel auszuweichen. Dann stürzte sich Bonterre von hinten auf Streeter und schlang ihm die Arme um seine Hüften. Hatch sprang zurück auf die Plattform, um ihr zu helfen, aber Streeter schlug Bonterre so brutal mit dem Handrücken ins Gesicht, daß sie ihn loslassen mußte und fast in den Schacht gefallen wäre. Geschmeidig wirbelte Streeter herum und hob die Pistole. Hatch erstarrte, die geballte Faust noch in der Luft. Streeter grinste ihn triumphierend an, mit rot verfärbten Zähnen vom Blut, das ihm aus der Nase quoll.

Dann torkelte er plötzlich zur Seite. Rankin, der seine Hände nicht mehr verwenden konnte, hatte sich aufgerappelt und sich mit dem ganzen Gewicht seines massigen Körpers gegen Streeter geworfen, der dadurch fast von der Plattform gestürzt wäre. Im letzten Augenblick erlangte er wieder das Gleichge-

wicht und feuerte, gerade als Hatch zuschlagen wollte, dem Geologen aus nächster Nähe ins Gesicht.
Rankins Kopf wurde nach hinten geschleudert, und eine dunkelrote Wolke spritzte an die Tunnelwand. Dann sackte der Geologe auf der Plattform zusammen. In diesem Moment traf Hatchs Faust Streeters Kinn. Streeter taumelte gegen das Geländer, das ein metallisches Ächzen von sich gab. Hatch hechtete auf ihn zu und drückte ihn mit aller Gewalt weiter nach hinten, bis das Geländer schließlich nachgab und Streeter rücklings ins Leere fiel. Wild mit Armen und Beinen rudernd, suchte er laut schreiend nach einem Halt und feuerte noch einmal blind in den Schacht hinein. Dann hörte Hatch das häßliche Geräusch eines Körpers, der an einem Metallgegenstand aufschlägt, und schließlich ein lautes Platschen im Wasser.
Der ganze Kampf hatte weniger als eine Minute gedauert. Schwer atmend vor Anstrengung beugte sich Hatch über den reglos daliegenden Rankin, neben dem bereits Bonterre kniete. Auf den ersten Blick war Hatch klar, daß es hier nichts mehr zu retten gab.
Gleich darauf kletterte Woody Clay auf die Plattform, dessen schweißnasses, blutiges Gesicht im Licht der Taschenlampe einen fast dämonischen Ausdruck hatte. Der Reverend hatte den Lockvogel gespielt, indem er mit seiner Taschenlampe zur Plattform hinaufgestiegen war und Hatch damit die Gelegenheit verschafft hatte, sich aus dem Seitenstollen heraus auf Streeter zu stürzen.
Hatch nahm Bonterre in den Arm und drückte ihren Kopf an seine Brust. »Gott sei Dank. Ich dachte schon, Sie wären tot.«
Clay sah ihnen einen Augenblick lang zu. »Was ist denn geschehen?« fragte er dann. »Etwas ist an mir vorbeigestürzt, und außerdem habe ich Schüsse gehört.«
Hatchs Antwort ging im Höllenlärm einer von oben herabpolternden Titanstrebe unter, die immer wieder gegen andere Stützen knallte und die Dreißig-Meter-Plattform nur um weni

ge Zentimeter verfehlte. Die Leiterkonstruktion erbebte auf ihrer ganzen Länge von fünfzig Metern. Hatch schob Bonterre und Clay über die Metallbrücke in den Wopner-Tunnel. »Was geht hier eigentlich vor?« fragte er keuchend, als sie alle in der relativen Sicherheit des Stollens waren.

»Gerard hat den Behälter geöffnet«, erklärte Bonterre. »Und damit muß er wohl Macallans letzte Falle ausgelöst haben.«

59

Starr vor Schreck sah Neidelman zu, wie eine ganze Serie von gewaltigen Stößen die Schatzkammer erschütterte, die dadurch eine noch bedrohlichere Schieflage bekam. Magnusen, die schon der erste Ruck gegen die rechte Wand geschleudert hatte, lag nun halb begraben unter einer Flut von Gold- und Silbermünzen. Sie ruderte mit Armen und Beinen wild herum und rief mit einer Stimme, die nicht aus dieser Welt zu stammen schien, verzweifelt um Hilfe.

Als sich die Schatzkammer abermals neigte und neben den Kisten mit den Goldbarren auch der Behälter des Schwertes ins Rutschen kam, erwachte Neidelman aus seiner Erstarrung. Er steckte sich das Schwert in seinen Klettergurt und zog prüfend an der Sicherungsleine, die durch das Loch in der Decke der Schatzkammer nach oben führte. Hoch über sich konnte er das schwache Schimmern der Notbeleuchtung am Fuß der Leiterkonstruktion erkennen. Sie flackerte kurz, ging dann aber wieder an.

Mit dem schrillen Geräusch bis aufs äußerste strapazierten Metalls begann wie in Zeitlupe die Bodennaht am unteren Ende der Schatzkammer aufzureißen. Entsetzt mußte Neidelman mit ansehen, wie ganze Ströme von Goldmünzen und Edelsteinen auf den sich ständig verbreiternden Riß zurutschten, sich davor stauten und dann in einer kreisförmigen Bewegung, die ihn an den Strudel einer auslaufenden Badewanne erinnerte, auf Nimmerwiedersehen in der Tiefe verschwanden.

»Nein! Nein! Nein!« kreischte Magnusen. Sie krabbelte dem unaufhaltsam nach unten gleitenden Strom aus Pretiosen hinterher und versuchte mit den begierigen Händen soviel wie möglich von dem Gold zu greifen. Dabei mußte sie höllisch aufpassen, daß sie nicht selbst hinunter in das Loch gezogen wurde. Ein Beben, das aus dem Zentrum der Erde selbst zu kommen schien, erschütterte die Kammer, und eine wahre Lawine von Goldbarren polterte auf den Mahlstrom aus Münzen und Edelsteinen herab, dessen Drehwirbel sich durch das zusätzliche Gewicht weiter beschleunigte. Hilflos mit den Armen rudernd, trieb Magnusen immer näher auf den Riß am unteren Ende der Kammer zu. Mit einem verzweifelten Schrei, der vom Knirschen des aneinanderreibenden Edelmetalls fast übertönt wurde, streckte sie ihre Arme hilfesuchend nach Neidelman aus, bevor der goldene Strudel sie in den gähnenden Abgrund riß.

Die Schatzkammer ächzte in allen Fugen, als Neidelman sich aus seiner Erstarrung löste und auf allen vieren den absackenden Abhang aus Goldbarren nach oben krabbelte. In letzter Sekunde erreichte er den an seinem Stahlseil hin und her schwingenden Förderkorb, kletterte hinein und drückte einen Knopf am Steuerpult. Die Winde fing an zu summen, und der Korb, an dem sich Neidelman mit beiden Händen festhielt, bewegte sich nach oben, wo er gerade noch durch die Öffnung in der schief hängenden Decke der Schatzkammer schrammte. Während der Korb sich langsam dem Ende der Leiterkonstruktion näherte, warf Neidelman einen Blick nach unten. Der letzte Rest des riesigen Schatzes – Elefantenstoßzähne, Seidenballen, Fässer, Säcke, Gold und Edelsteine – verschwand gerade mit einem lauten Poltern durch den klaffenden Spalt. Dann zerriß es die Lampe in der Schatzkammer, und im schwachen Schein der aus dem Schacht herabdringenden Notbeleuchtung glaubte Neidelman zu sehen, wie sich die gesamte Kammer aus ihrer letzten Verankerung löste und in ein brodelndes Wasserchaos stürzte, wo sie mit einem letzten, metallischen Ächzen unterging.

Ein gewaltiger Stoß erschütterte den Schacht. Erde und Sand rieselten herunter, und die Titanstreben über Neidelman ächzten unter der Belastung. Dann ging auf einmal auch die Notbeleuchtung aus. Der Förderkorb hielt knapp unterhalb der Leiterkonstruktion an und schwang krachend gegen die Wand.

Neidelman vergewisserte sich, daß das Schwert noch sicher an seinem Gurt hing, und begann, am Seil der Winde nach oben zu klettern. Gerade als er die unterste Sprosse der Leiterkonstruktion erreicht hatte, ging ein weiterer Ruck durch die Grube, so daß Neidelman sich mit beiden Händen festhalten mußte, um nicht in den gurgelnden Abgrund geschleudert zu werden. Im Licht eines weit entfernten Blitzes sah er, wie auf dem Wasser unter ihm die Leiche eines Mannes trieb.

Während er so an der Leiter zappelte und mit den Beinen verzweifelt nach Halt suchte, wurde Neidelman auf einmal das ganze Ausmaß der Katastrophe bewußt. Eine wilde, nicht zu bändigende Wut kochte in ihm auf. So laut er konnte, schrie er durch das Brüllen des Wassers hinauf in den Schacht: »Haaaaaatch!«

60

Wovon reden Sie überhaupt?« fragte Hatch und lehnte sich schwer atmend an die feuchte Tunnelwand. »Was soll denn das für eine letzte Falle sein?«

»Laut Roger wurde die Wassergrube über einer riesigen Höhle erbaut«, erklärte Bonterre. »Die tief ins Erdreich führende

Kluft ist eine natürliche Verwerfung der Erdkruste. Macallan hat das gewußt und Ockham eine Falle gestellt.«

»Und wir dachten, daß die Falle in den fehlenden Verstrebungen der Grube besteht.« Hatch schüttelte den Kopf. »Macallan hat uns alle an der Nase herumgeführt.«

»Nur noch die Titanstreben bewahren die Grube vor dem Einsturz – zumindest im Augenblick. Wenn die nicht wären, wäre der Schacht längst in sich zusammengefallen.«

»Und was ist mit Neidelman?«

»Keine Ahnung. Vielleicht ist er ja mit dem Schatz in die Tiefe gestürzt.«

»Wenn das so ist, sollten wir zusehen, daß wir hier rauskommen.«

Als Hatch sich zum Tunneleingang aufmachte, hörte Bonterre unter ihrem Pullover ein leises Piepen. Sie holte den Geigerzähler hervor und reichte ihn Hatch. »Den habe ich aus Ihrer Praxis geholt«, sagte sie. »Allerdings sind auf der Suche danach ein paar Dinge zu Bruch gegangen.«

Das Display leuchtete nur noch schwach – offenbar war die Batterie fast leer –, aber die Nachricht darauf war dennoch gut zu entziffern:

244,13 RAD / STUNDE
RASCHER NEUTRONENFLUSS
ALLGEMEINE RADIOAKTIVE VERSEUCHUNG MOEGLICH
EMPFEHLUNG: SOFORTIGE EVAKUIERUNG

»Vielleicht ist das noch die Reststrahlung des Schatzes«, meinte Bonterre und deutete auf den Monitor.

»Kaum. Zweihundertvierundvierzig Rad? Lassen Sie mich mal sehen, ob ich die Strahlung lokalisieren kann.«

Er blickte hinüber zu Clay, der daraufhin das Licht der Taschenlampe auf den Geigerzähler richtete. Nachdem Hatch auf der Tastatur etwas eingetippt hatte, verschwand die Warnung, und das dreidimensionale Drahtgitter erschien wieder auf dem Bildschirm. Hatch drehte sich mit dem Instrument in der Hand im Kreis, und auf einmal zeigte sich ein dicker Punkt auf dem Display, der in allen möglichen Farben schillerte.

»O mein Gott«, murmelte Hatch und blickte auf. »Neidelman ist nicht tot. Er ist auf der Leiter unter uns. Und er hat das Schwert bei sich.«

»Was?« hauchte Bonterre.

»Sehen Sie sich diese Anzeige an.« Hatch deutete auf das Display des Geigerzählers, das wie wild pulsierte. »Großer Gott, er muß total verstrahlt sein.«

»Wie stark verstrahlt?« fragte Clay, und seine Stimme klang gestreßt.

»Was mich interessiert, ist eher, was für eine Strahlendosis wir abkriegen«, sagte Bonterre.

»Wir sind nicht unmittelbar gefährdet, zumindest im Augenblick nicht. Noch liegt ein ziemlicher Abstand zwischen uns und dem Schwert. Aber Radioaktivität reichert sich im Körper an. Je länger wir hierbleiben, desto größer ist die Dosis, die wir abbekommen.«

Auf einmal erbebte der Stollen, als ob er lebendig wäre. Ein paar Meter weiter brach ein massiver Stützbalken mit einem lauten Krachen von der Decke herab, gefolgt von einer Ladung Erdreich und Kieselsteinen.

»Worauf warten wir noch?« zischte Bonterre und wandte sich zum Gehen. »Machen wir, daß wir hier rauskommen!«

»Warten Sie!« rief Hatch, der noch immer auf den brummenden Geigerzähler in seinen Händen starrte.

»Wir können nicht warten!« rief Bonterre. »Führt dieser Tunnel ins Freie?«

»Nein. Er wurde wieder verschlossen, als der Reverend den Hebel der Falle umlegte.«

»Dann lassen Sie uns durch den Hauptschacht nach oben klettern. Hier können wir jedenfalls nicht bleiben.« Sie ging los in Richtung Leiterkonstruktion.

Hatch zog Bonterre zurück in den Tunnel.

»Da können wir nicht hinaus«, fauchte er.

»Warum denn nicht?«

Clay stand jetzt neben Hatch und starrte wie gebannt auf den Geigerzähler.

Hatch sah ihm ins Gesicht und war erstaunt über den Ausdruck nur mühsam unterdrückter Erregung.

»Wenn diese Messungen stimmen«, sagte Hatch langsam, »dann ist das Schwert so radioaktiv, daß man bereits nach einer Sekunde in seiner unmittelbaren Nähe eine tödliche Dosis abbekommen hat. Neidelman ist da draußen, und er steigt zu uns herauf. Wenn wir auch nur den Kopf hinaus in den Schacht strecken, sind wir schon verloren.«

»Und warum ist dann Neidelman nicht schon längst tot?« fragte Clay.

»Er *ist* tot, aber selbst an der massivsten Verstrahlung stirbt man nicht auf der Stelle. Eigentlich war er schon tot, als er das Schwert aus dem Behälter nahm. Und wir werden das auch sein, wenn wir auch nur in Sichtweite dieses Dings kommen. Neutronenstrahlung breitet sich wie Lichtwellen aus. Es ist lebenswichtig, daß wir immer eine dicke Schicht Fels oder Erde zwischen uns und dem Schwert haben.«

Er blickte wieder auf den Geigerzähler. »Neidelman befindet sich jetzt ungefähr fünfzehn Meter unter uns, und er kommt rasch näher. Gehen Sie also so weit, wie Sie es wagen, in diesen Tunnel hinein. Mit etwas Glück klettert er an uns vorbei.«

Durch das Geräusch des gurgelnden Wassers hörte Hatch einen unartikulierten Schrei. Er bedeutete den anderen, zu bleiben, wo sie waren, und schlich langsam auf den Ausgang des Stollens zu. Dort hielt er inne und sah, wie die Leiterkonstruktion schwankte und bebte. Ein akustisches Warnsignal am Geigerzähler wies ihn darauf hin, daß die Batterien fast leer waren. Hatch schaute auf das Display:

3217,89 RAD / STUNDE
RASCHER NEUTRONENFLUSS
SOFORTIGE EVAKUIERUNG DRINGEND ERFORDERLICH

Großer Gott, dachte Hatch, das Ding ist voll im roten Bereich! Zum Glück lag genügend Erdreich zwischen ihnen und Neidelman, so daß sie für den Augenblick noch in Sicherheit waren. Aber wenn Neidelman noch näher kam, dann …

»Hatch!« hörte er auf einmal eine heisere Stimme aus dem Schacht rufen.

Hatch antwortete nicht.

»Ich habe Lyles Leiche gesehen.«

Hatch schwieg noch immer. Wußte Neidelman am Ende, wo er war? Oder bluffte er nur?

»Hatch! Zeigen Sie sich endlich! Sie sind doch sonst nicht so schüchtern. Ich habe Ihr Licht gesehen. Wenn Sie nicht auf der Stelle herauskommen, dann komme ich zu Ihnen. Haben Sie verstanden?«

»Neidelman!« rief Hatch.

Als er keine Antwort bekam, blickte er auf den Geigerzähler. Der Farbklecks auf dem Schirm, der wegen der schwachen Batterie nur noch undeutlich zu erkennen war, wanderte auf dem Drahtgittermodell unbeirrbar nach oben.

»Neidelman!« schrie Hatch. »Bleiben Sie stehen! Wir müssen miteinander reden!«

»Aber gerne! Ich freue mich schon auf eine hübsche kleine Plauderei mit Ihnen.«

»Sie wissen nicht, was Sie tun!« rief Hatch und näherte sich vorsichtig dem Tunnelausgang. »Das Schwert ist extrem radioaktiv. Es bringt Sie um, Kapitän Neidelman! Lassen Sie es *sofort* fallen!«

Er wartete und lauschte angestrengt auf ein anderes Geräusch als das Rauschen des Wassers.

»Erfinderisch wie immer, unser geschätzter Dr. Hatch!« hörte er Neidelmans Stimme, die schwach und unnatürlich ruhig klang. »Übrigens muß ich Ihnen ein Kompliment machen: Sie haben diese Katastrophe perfekt geplant.«

»Kapitän Neidelman, um Gottes willen, lassen Sie das Schwert fallen!«

»Wie bitte? Ich soll es fallen lassen?« fragte Neidelman ungläubig. »Sie haben mir eine Falle gestellt, haben die Wassergrube zerstört, meine Leute getötet und mich um meinen Schatz gebracht, und jetzt soll ich auch noch das Schwert fallen lassen? Den Teufel werde ich tun!«

»Wovon reden Sie überhaupt?«

»Nur keine falsche Bescheidenheit, Hatch. Lassen Sie sich doch für Ihre exzellente Arbeit loben. Ein paar geschickt angebrachte Sprengladungen haben das alles bewirkt, nicht wahr?«

Hatch überlegte sich, welche Möglichkeiten ihm blieben, Neidelman aufzuhalten. »Sie sind ein kranker Mann«, rief er hinaus in den Schacht. »Wenn Sie mir nicht glauben, befragen Sie Ihren eigenen Körper. Dieses Schwert ist eine starke Neutronenquelle und hat bereits sämtliche Zellteilung und DNS-Synthese in Ihrem Körper zum Erliegen gebracht. Bald werden Sie auch unter einem Zerebralsyndrom leiden, der schlimmsten Form von Strahlenvergiftung.«

Hatch lauschte hinaus in den Schacht. Bis auf das Brausen des Wassers in der Tiefe war das einzige Geräusch, das er hörte, das immer leiser werdende Knistern des Geigerzählers. Er holte tief Luft. »Ihre Krankheit steht kurz vor dem Ausbruch!« rief er. »Ich schildere Ihnen jetzt die Symptome: Zuerst werden Sie eine gewisse Übelkeit verspüren. Vermutlich tun Sie das schon, habe ich recht? Dann wird sich Ihr Geist verwirren, weil es in Ihrem Gehirn viele kleine Entzündungsherde gibt. Als nächstes folgen Zittern, Bewegungsstörungen, Krämpfe und schließlich der Tod.«

Neidelman antwortete nicht.

»Um Gottes willen, Neidelman, nehmen Sie doch Vernunft an!« schrie Hatch. »Sie werden uns mit diesem Teufelsschwert noch alle umbringen!«

»Nein, das werde ich nicht tun. Dafür vertraue ich doch lieber auf meine Pistole.«

Die Stimme war jetzt gefährlich nahe. Hatch schätzte die Entfernung zwischen sich und Neidelman auf höchstens fünf Meter. Entschlossen drehte er sich um und ging in den Tunnel zu den anderen.

»Was ist los?« fragte Bonterre.

»Neidelman wird in ein paar Sekunden hier sein«, antwortete Hatch. »Er hat sich nicht aufhalten lassen.« Während er sprach, wurde ihm mit grausamer Endgültigkeit bewußt, daß sie in einer tödlichen Falle saßen. Es gab keinen Fluchtweg. In ein paar Augenblicken würde Neidelman mit dem Schwert in der Hand den Tunnel betreten, und dann würden sie alle sterben müssen.

»Können wir denn gar nichts tun?« rief Bonterre.

Bevor Hatch antworten konnte, ergriff Reverend Clay das Wort: »Doch«, sagte er. »Doch, wir können etwas tun.«

Hatch sah den Reverend an. Clays bleiches Gesicht hatte einen ekstatischen und irgendwie verklärt, ja jenseitig wirkenden Ausdruck angenommen.

»Wie meinen Sie das ...« setzte Hatch an, aber Clay hatte sich bereits an ihm vorbeigezwängt und ging mit der Taschenlampe in der Hand auf den Ausgang des Tunnels zu.

Auf einmal begriff Hatch, was er vorhatte. »Tun Sie's nicht!« rief er und packte Clay am Ärmel. »Das ist reiner Selbstmord! Das Schwert wird Sie töten!«

»Aber erst, wenn ich meine Mission erfüllt habe«, entgegnete Clay und riß sich los. Dann rannte er zum Ausgang des Tunnels, sprang über Rankins Leiche hinweg auf die Metallbrücke, die hinüber zu der Leiterkonstruktion führte, und fing an, nach unten zu klettern.

61

Nachdem Clay ein paar Meter abgestiegen war, hielt er einen Augenblick inne. Aus der Grube drang das laute Brüllen von einströmendem Wasser herauf, gemischt mit dem Krachen einstürzender Stollen. Dort in der Tiefe mußte sich ein unbeschreibliches Chaos abspielen. Ein feuchter Windstoß wehte aus dem Schacht herauf und schlug Clay seinen Hemdkragen ins Gesicht.

Der Reverend richtete seine Taschenlampe nach unten. Von den schlingernden Leitersprossen tropfte Kondenswasser, und von oben rieselte immer wieder Erdreich herab. Der Lichtstrahl kämpfte sich durch feuchten Nebel, bis er schließlich etwa drei Meter unterhalb von Clay auf Neidelman traf.

Der Kapitän quälte sich mit großer Mühe die Leiter hinauf. Dabei mußte er sich an jeder Sprosse mit der Armbeuge einhängen, um sich nach einer kurzen Verschnaufpause schwer atmend nach oben zu ziehen. Sein Gesicht spiegelte große Anstrengung wider. Bei jedem Beben, das durch die Leiter ging, hielt er sich mit beiden Händen fest und wartete ab. In Neidelmans Klettergurt sah Clay das mit Juwelen besetzte Heft eines großen Schwertes stecken.

»Et lux in tenebris lucet«, krächzte Neidelman, während er in den Schein von Clays Taschenlampe starrte. »Es leuchtet tatsächlich ein Licht in der Finsternis. Wieso wundert es mich bloß nicht, daß auch der gute Reverend mit zu den Verschwörern gehört?« Seine Stimme ging in ein rasselndes Husten über, während die Leiter wieder so stark wackelte, daß er sich mit beiden Händen daran festklammern mußte.

»Lassen Sie das Schwert fallen«, befahl Clay.

Anstatt einer Antwort zog Neidelman seine Pistole. Clay konnte sich gerade noch ducken, als auch schon ein Schuß durch den Schacht pfiff.

»Aus dem Weg!« keuchte Neidelman.

Clay wußte, daß er auf den Sprossen der Leiter keine Chance gegen Neidelman hatte; er mußte sich einen besseren Stand suchen. Rasch leuchtete er die Leiterkonstruktion mit seiner Taschenlampe ab. Ein paar Meter unter sich, an der Dreiunddreißig-Meter-Marke, entdeckte er eine kleine Wartungsplattform. Clay schaltete die Lampe aus und stieg in der Dunkelheit erst eine, dann eine zweite Sprosse hinab. Die Konstruktion wackelte jetzt noch heftiger als zuvor. Clay wußte, daß Neidelman nicht weiter nach oben klettern konnte, solange er die Pistole in der Hand hielt. Er wußte auch, daß die Erschütterungen der Leiter in Schüben kamen, und daß Neidelman, sobald das Zittern nachließ, wieder auf ihn schießen würde.
Er schaffte es noch, sich zwei weitere Sprossen in der Dunkelheit nach unten zu tasten, als die Leiter wieder zur Ruhe kam. Das schwache Licht eines Blitzes zeigte ihm, daß Neidelman nur einen knappen Meter unter ihm war und sich bereits mit einer Hand zu der Wartungsplattform hochzog. Weil der Kapitän damit ohnehin schon etwas aus dem Gleichgewicht war, ließ sich Clay mit dem Mut der Verzweiflung einfach eine weitere Sprosse nach unten fallen und trat Neidelman mit seinem ganzen Gewicht auf die Hand, in der er die Pistole hielt. Clay hörte einen Schuß und dann ein lautes Geklapper, als die Waffe nach unten fiel und gegen die Streben des Schachtes schlug.
Clay ließ sich auf die kleine Plattform hinab, deren Metallgitter feucht und glitschig war. Neidelman, der an der Sprosse darunter hing, heulte vor Wut auf. Mit einem plötzlichen Energieschub wuchtete er sich auf die Wartungsplattform hinauf. Clay, der ihn nicht daran hindern konnte, achtete wenigstens darauf, daß sich die Leiter zwischen ihm und dem Kapitän befand; dann leuchtete er ihn mit seiner Taschenlampe an.
Neidelmans schmutziges, verschwitztes Gesicht hatte in dem hellen Lichtstrahl eine erschreckend bleiche Färbung. Seine Augen lagen tief in ihren Höhlen, und Clay hatte den Eindruck, einen zerstörten und ausgezehrten Menschen vor sich

zu haben, der sich nur noch aufgrund seines unbezwingbaren Willens auf den Beinen hielt. Neidelmans rechte Hand zitterte merklich, als er an seinen Klettergurt griff und das Schwert aus der Scheide zog.

Clay starrte die Waffe mit einer Mischung aus Angst und Neugierde an. Das Heft war berückend schön und mit riesigen Edelsteinen besetzt, aber die Klinge bestand aus einem häßlichen, violett schimmernden Metallstück mit vielen Einkerbungen, Kratzern und Flecken.

»Treten Sie beiseite, Reverend«, krächzte Neidelman. »Ich will nichts von Ihnen. Hatch ist mein Feind, den ich bezwingen muß.«

»Hatch ist nicht Ihr Feind.«

»Hat er Sie geschickt, um mir das zu sagen?« Neidelman hustete abermals. »Was für eine Ironie des Schicksals: Macallan habe ich auf ganzer Linie geschlagen, doch Hatch habe ich unterschätzt – ebenso wie seine verräterischen Helfershelfer. Kein Wunder, daß er seinen Freund Truitt unbedingt bei den Grabungen unten im Schacht dabei haben wollte. Und Ihre Protestaktion war auch nur ein Störmanöver, das mich vom Öffnen der Schatzkammer abhalten sollte.« Er starrte Clay mit brennenden Augen an.

»Sie sind ein toter Mann«, erklärte Clay ruhig. »Genauso wie ich. Ihren Körper können Sie nicht mehr retten, aber vielleicht ist es ja für Ihre Seele noch nicht zu spät. Dieses Schwert ist die Waffe des Teufels. Werfen Sie es in den Abgrund, wo es hingehört.«

»Sie Idiot«, zischte Neidelman und bewegte sich auf Clay zu. »Die Waffe des Teufels, sagen Sie? So ein Blödsinn. Hatch hat mich um meinen Schatz gebracht, aber dieses Schwert gehört mir. Ich habe mein halbes Leben lang danach gesucht.«

»Aber dieses Schwert hat Sie bereits umgebracht«, erwiderte Clay ruhig.

»Nein, das hat es nicht. Aber *Sie* wird es töten, wenn Sie mich jetzt nicht sofort durchlassen.«

»Das werde ich nicht tun«, sagte Clay und hielt sich an der Leiter fest, die wieder zu beben begann.
»Dann stirb, du Narr!« schrie Neidelman.
Er richtete sich auf und schwang das gewaltige Schwert in Richtung auf Clays Kopf.

62

Hatch legte den nutzlos gewordenen Geigerzähler weg und starrte durch die Dunkelheit zum Ausgang des Schachtes, wo noch vor einer Minute das Licht von Clays Taschenlampe den Schatten der Leiterkonstruktion an die Wand des Tunnels geworfen hatte. Es war ein Pistolenschuß durch das Rauschen des Wassers gehallt. Seitdem wartete Hatch in quälender Ungewißheit. Sein Bedürfnis, nach vorn zu schleichen und einen kurzen Blick in den Schacht zu werfen, war kaum zu bändigen, aber er wußte, daß selbst ein kurzer Augenblick in der Nähe des St.-Michaels-Schwerts den sicheren Tod bedeuten würde.
Hatch drehte sich um zu Bonterre. Er spürte die Spannung in ihrem Körper und hörte, wie unregelmäßig sie atmete.
Auf einmal drangen die Geräusche eines wilden Kampfes herauf. Hatch hörte einen Schuß, dann einen Knall von Metall, das gegen Metall schlug, einen gräßlichen Schrei – wer hatte ihn ausgestoßen? – und schließlich unverständliches Gerede. Dann gellte ein weiterer Schrei voller Schmerz und Verzweiflung durch den Schacht, der immer leiser wurde und schließlich im Brüllen des Wassers unterging.
Wie gelähmt kauerte Hatch am Boden des Tunnels und lauschte dem Stöhnen, das aus dem Hauptschacht zu ihm drang. Dann war der Strahl der Taschenlampe am Eingang des Tunnels zu sehen. Das Gestöhne, das sich mit angestrengten

Atemzügen abwechselte, kam langsam näher. Jemand kletterte mühsam den Schacht herauf.

Hatch spannte alle Muskeln in seinem Körper an, während ihm mit unerbittlicher Schärfe klar wurde, was er zu tun hatte: Wenn Clay es nicht geschafft hatte, Neidelman aufzuhalten, dann mußte es jemand anderer tun; und dieser andere war er selbst.

Er spürte, wie sich neben ihm Bonterre bereit machte. Sie hatte wohl denselben Gedanken gehabt wie er.

»Unterstehen Sie sich«, sagte er.

»Fermez-la!« rief sie. »Ich lasse Sie nicht …«

Bevor Bonterre sich noch in Bewegung setzen konnte, sprang Hatch auf und rannte stolpernd auf den Ausgang des Tunnels zu. Kurz bevor der Stollen in den Schacht mündete, blieb er stehen und holte noch einmal Luft. Von hinten konnte er Bonterres Schritte hören. Er sprang hinaus auf die Metallbrücke, bereit, Neidelman zu packen und mit sich in die Tiefe zu reißen.

Einen Meter unter sich sah er Clay, der sich langsam die Leiter heraufquälte. Er atmete schwer und hatte eine große offene Wunde an der linken Schläfe.

Erschöpft zog sich der Reverend an der letzten Sprosse vor der Brücke hoch. Hatch gab ihm die Hand. In diesem Moment kam auch Bonterre aus dem Stollen. Gemeinsam hievten sie Clay auf die Brücke und brachten ihn in den schützenden Tunnel.

Dort lehnte sich der Reverend erschöpft an die Wand. Er ließ den Kopf sinken und legte schwer atmend die Hände auf die Oberschenkel.

»Was ist passiert?« fragte Hatch.

Clay hob den Kopf.

»Ich habe ihm das Schwert abgenommen«, sagte er mit entrückter Stimme, »und es in die Grube geworfen.«

»Und Neidelman?«

»Er … er ist ihm hinterhergesprungen.«

Einige Sekunden lang herrschte Stille zwischen den dreien.
»Sie haben uns das Leben gerettet«, meinte Hatch schließlich. »Ich sehe mir jetzt Ihre Wunde an, und dann bringen wir Sie nach oben und in ein Krankenhaus.«
Clay winkte müde ab. »Bitte, Dr. Hatch, lassen Sie das. Sagen Sie mir die Wahrheit und lassen Sie mich in Würde sterben.«
Hatch sah ihm in die Augen. »Medizinisch kann man nichts mehr für Sie tun, Reverend. Außer natürlich Ihre Schmerzen lindern.«
»Ich wünschte, ich könnte Ihnen Ihr Opfer irgendwie entgelten«, sagte Bonterre.
Clay lächelte. Es war ein seltsames Lächeln, das halb bedauernd, halb euphorisch wirkte. »Ich wußte genau, was ich tat. Es war kein Opfer, sondern ein Geschenk.«
Er wandte sich wieder an Hatch. »Ich möchte Sie um einen Gefallen bitten. Meinen Sie, daß Sie mich noch lebend aufs Festland bringen können? Ich würde mich gerne von Claire verabschieden.«
Hatch wandte sich ab. »Ich werde mein Bestes tun«, murmelte er.
Es war Zeit zum Aufbruch. Sie verließen den Tunnel und tasteten sich über den schwankenden Laufsteg hinüber auf die Leiterkonstruktion. Hatch half Bonterre auf die Sprossen und wartete, bis sie angefangen hatte, nach oben zu klettern. Als er ihr hinterhersah, zuckte ein Blitz über den Himmel und tauchte den Orthanc, der wie eine schwarze Erscheinung hoch oben über dem Ausgang des Schachtes aufragte, in ein gespenstisches Licht. Regenwasser und locker gewordenes Erdreich stürzten den Schacht hinab.
»Und jetzt Sie!« rief Hatch Clay zu.
Der Reverend gab ihm die Taschenlampe, griff langsam in die Sprossen der Leiter. Mühselig begann er nach oben zu klettern. Hatch sah ihm eine Weile zu, dann drehte er sich um. Er hielt sich mit einer Hand am Geländer der Plattform fest und leuchtete mit der Taschenlampe hinunter in die Grube. Fast

hatte er Angst vor dem, was der Lichtstrahl ihm enthüllen würde, aber Neidelman und das Schwert waren verschwunden. Ein starker Ruck ging durch die Plattform, so daß Hatch sich beeilte, den anderen hinterherzusteigen. Allzu rasch hatte er Clay eingeholt, der sich nach Luft ringend an eine der Titansprossen klammerte und eine Rast einlegen mußte. Wieder wurde die Leiterkonstruktion von einem Beben erfaßt; sie stöhnte und ächzte, als wolle sie gegen die schlechte Behandlung protestieren.

»Ich kann nicht mehr«, keuchte Clay. »Klettern Sie ohne mich weiter.«

»Nehmen Sie die Taschenlampe!« rief Hatch. »Und dann legen Sie den anderen Arm um meinen Hals.«

Clay schüttelte den Kopf.

»Tun Sie, was ich sage!«

Clay gehorchte, und Hatch hievte ihn Sprosse für Sprosse weiter hinauf. Im Licht der Taschenlampe konnte er Bonterre erkennen, die mit besorgter Miene nach ihnen Ausschau hielt.

»Weiter!« keuchte Hatch und zwang sich, nach der nächsten Sprosse zu greifen. Als er und Clay bei der Fünfzehn-Meter-Plattform anlangten, wagte er es nicht, eine Pause zu machen, sondern stieg ohne Unterbrechung weiter, obwohl ihm sämtliche Muskeln weh taten.

Wieder erschütterte ein starker Ruck die Leiter, und ein Windstoß aus der Tiefe wirbelte feuchten Sprühnebel herauf. Mit einem lauten metallischen Kreischen riß ein Stück der Leiter unter ihnen ab. Hatch, der sich verzweifelt an die Titanstreben klammerte, sah, wie die Stützbalken einknickten und sich von der Schachtwand lösten. Clay neben ihm keuchte schwer und hatte Mühe, sich an einer Sprosse festzukrallen.

Hatch, dem Angst und Adrenalin neue Kräfte verliehen, begann weiter nach oben zu steigen. Direkt über ihm kletterte Bonterre, die ebenfalls schwer atmete. Hatch folgte ihr und zog den Reverend Stück für Stück nach.

Die Sprossen der Leiter wurden immer glitschiger vom Regen

und je näher sie der Oberfläche kamen, desto mehr mischte sich das Heulen des Sturmes in das Gurgeln des Wassers und das Knacken der Streben. Der Einsturz der Grube schritt rasch voran. Hatch spürte, wie ihm der Regen ins Gesicht prasselte, der ihm nach der feuchten Kälte im Schacht geradezu warm vorkam. Aus der Tiefe stieg abermals ein heftiges Beben herauf, das sich auf die gesamte Leiter übertrug. Die Konstruktion gab ein fast menschlich anmutendes Gekreische von sich, als zahllose Streben auf einmal brachen. Die Leiter riß aus ihren letzten Verankerungen und schwankte im Dickicht der abgeknickten Stützrohre von einer Seite des Schachtes zur anderen.

»Weiter!« schrie Hatch Bonterre über ihm zu. Als er selbst wieder losklettern wollte, sah er zu seinem Entsetzen, daß die Bolzen im zentralen Träger der Leiter wie die Knöpfe einer Jacke ausrissen. Der nächste Erdstoß ließ selbst die Verankerungen des Orthanc erbeben. Mit einem lauten Knall zerbarst eines der großen Beobachtungsfenster, dessen Scherben auf die Wassergrube herabprasselten.

»Vorsicht!« schrie Hatch und schloß die Augen vor dem Hagel aus Glassplittern und Metallteilen. Dann hatte er das Gefühl, als neige sich die ganze Welt zur Seite. Er riß die Augen wieder auf und sah, daß die Leiterkonstruktion in sich zusammenklappte. Mit einem gewaltigen Ruck, der Hatch den Magen bis in die Kehle drückte, sackte die gesamte Leiter im Getöse reißender Streben und platzender Bolzen ein paar Meter nach unten. Clay gelang es gerade noch, sich an einer Sprosse festzukrallen. Seine Füße baumelten bereits über dem Abgrund.

»Springen Sie auf die Balken!« schrie Hatch und tastete nach einem der letzten Stützbalken, die noch fest in der Schachtwand verankert war. Bonterre tat das gleiche. Hatch packte Clay um die Hüfte und hievte ihn erst auf eine Titanstrebe und dann auf die alten Holzbalken, die noch vom ursprünglichen Ausbau der Grube stammten.

»Schaffen Sie es?« fragte er Clay.
Der Reverend nickte.
Als Clay auf einem der Balken saß, kletterte Hatch hinterher und suchte auf dem glitschigen Holz nach Halt. Zwei der Balken unter seinen Füßen gaben nach, dann ein dritter. Hatch strampelte um sich. Er griff nach oben und schaffte es, sich am Rand der Plattform unterhalb des Orthanc festzuhalten. Mit Bonterres Hilfe hievte er Clay hinauf an die Oberfläche, dann kletterte er selbst aus dem Schacht und ließ sich entkräftet ins regennasse Gras fallen.
Als Hatch sich wieder aufrappelte, konnte er im Süden sehen, wie das Meer durch eine Lücke im Kofferdamm flutete. Dicke Regenwolken zogen vor dem bleichen Mond vorbei, der mit seinem fahlen Licht die kochende See rings um Ragged Island beleuchtete. Die Riptide zog den Schaum weit hinaus aufs Meer.
Ein donnerndes Krachen hinter Hatch ließ ihn sich umdrehen. Weil ihm sein Fundament nun vollends weggebrochen war, neigte sich der Orthanc zur Seite und stürzte mit einem lauten Krachen ein.
»Schnell! Zur Pier!« schrie Hatch.
Er und Bonterre nahmen den Reverend in ihre Mitte und hasteten den schlammigen Pfad hinunter zu Island One. Im Laufen drehte Hatch sich um und sah, wie der Beobachtungsturm nach unten sackte, die Plattform unter sich zermalmte und in der Wassergrube verschwand. Polternd wie ein Güterzug raste er den Schacht hinunter, begleitet vom Platschen des Wassers und einem seltsamen Knacken, mit dem die letzten Holzbalken reihenweise abknickten. Eine gelbliche Wolke aus Wasserdampf und pulverisiertem Erdreich stieg aus dem Schacht in dichten Schwaden hinauf in den Nachthimmel.
So rasch sie konnten, liefen Hatch, Bonterre und Clay am verlassenen Basislager vorbei zur Pier. Weil diese im Windschatten der Insel lag, hatte ihr der Sturm nichts anhaben

können. An ihrem Ende tanzte das Beiboot der »Cerberus« wie verrückt in der aufgewühlten See.
Einen Augenblick später waren sie schon an Bord. Hatch tastete nach dem Zündschlüssel, drehte ihn um und stieß einen erleichterten Schrei aus, als die Maschine ansprang. Er schaltete die Lenzpumpe ein und war froh, als er ihr kehliges Gurgeln vernahm.
Sie legten ab und fuhren hinaus in den Sturm. »Wir nehmen die ›Griffin‹!« sagte Hatch, während er auf Neidelmans Kommandoschiff zusteuerte.
Bonterre nickte und zog vor Kälte die Schultern hoch. Nach ein paar Minuten gingen sie an der »Griffin« längsseits. Bonterre half dem Reverend an Bord, während Hatch versuchte, das Beiboot so ruhig wie möglich zu halten. Nachdem auch Hatch auf das Schiff hinübergeklettert war, sah er im Licht des Mondes, wie ein großes Stück des Kofferdamms wegbrach und eine gewaltige Wasserwand sich auf den Südteil der Insel zuwälzte. Die schäumende Flut leuchtete blaß unter dem dunklen Himmel.
Während Bonterre sich um das Lichten der Anker kümmerte, startete Hatch die Motoren der »Griffin«. Nachdem er einen Blick auf die komplizierten Navigationsinstrumente an der Rückwand des Steuerhauses geworfen hatte, beschloß er, sie erst gar nicht einzuschalten. Er würde auch so den Weg nach Stormhaven finden. Als er um den langen Tisch aus Ahornholz herum zum Steuerrad ging, mußte er unweigerlich daran denken, wie er damals zusammen mit den anderen dort gesessen hatte: Kerry Wopner, Rankin, Magnusen, Streeter, Neidelman – sie alle lebten jetzt nicht mehr.
Dann sah er hinüber zu Woody Clay. Der Reverend kauerte abgezehrt und bleich wie ein Gespenst auf einem Stuhl. Clay erwiderte Hatchs Blick und nickte stumm.
»Alles klar«, meldete Bonterre, die gerade vom Bug ins Steuerhaus kam.
Als Hatch das Schiff vorsichtig aus dem Windschatten der Insel

herausmanövrierte, hörten sie eine laute Explosion und sahen, wie eine große Flutwelle auf die »Griffin« zurollte. Hatch gab Vollgas und steuerte das Boot von der Insel weg.

»Mon dieu«, hauchte Bonterre.

Hatch warf einen Blick über die Schulter. Der zweite Kraftstofftank explodierte gerade mit einem Feuerpilz, der durch den tiefliegenden Nebel emporstieg und den Himmel über der Insel in ein helles Orangerot tauchte. Darunter hüllte eine schwarze Rauchwolke das Basislager ein.

Bonterre nahm Hatchs Hand und drückte sie fest.

Nun war eine dritte Explosion zu hören, die direkt aus dem Herzen der Insel zu kommen schien. Entsetzt beobachteten Bonterre, Hatch und Clay, wie die gesamte Insel erbebte, sich ein wenig anhob und riesige Wasserfontänen hoch hinauf in den Nachthimmel schleuderte. Brennendes Benzin regnete hinab aufs Meer, das bis zum Riff in Flammen stand.

Und dann war alles so rasch vorüber, wie es begonnen hatte. Die Insel sackte in sich zusammen, als mit einem lauten Bersten das letzte Stück des Kofferdamms einbrach. Das Meer drängte in die Lücke hinein, traf in der Mitte mit der Woge zusammen, die aus der Gegenrichtung herbeiströmte, und baute sich zu einem mehrere Meter hohen Wasserwall auf, der turmhoch in die Höhe stieg, bevor er wie eine zerbröckelnde Wand in sich zusammenbrach. Einen Augenblick später sah Hatch von Ragged Island nur noch ein paar spitze Felsen, um die der nächtliche Ozean brodelte, sowie Rauch gemischt mit Wasserdampf, der in dichten Schwaden hinauf in die sturmgepeitschte Luft stieg.

»›Ihr, die Ihr nach dem Schlüssel zu der Schatzgrube verlangt‹«, murmelte Bonterre, »›werdet statt dessen den Schlüssel ins Jenseits finden, und Eure Gebeine werden auf halbem Weg zur Hölle verrotten, in der Eure Seelen schon lange im Feuer schmoren‹.«

»Das ist wahr«, sagte Clay mit schwacher Stimme.

»Das Schwert war einmal ein Meteorit«, erklärte Bonterre.

»›Und der fünfte Engel posaunte‹«, flüsterte Clay, »›und ich sah einen Stern, vom Himmel auf die Erde gefallen; und es wurde ihm der Schlüssel zum Schlund des Abgrundes gegeben‹.«
Hatch blickte hinüber zu dem sterbenden Reverend und traute sich nicht, etwas zu sagen. Zu seinem Erstaunen lächelte Clay ihn an und hatte ein Leuchten in seinen tief in den Höhlen liegenden Augen.
»Ich vergebe Ihnen«, sagte Clay. »Und ich glaube, ich muß auch Sie um Vergebung bitten.«
Hatch brachte nur ein Nicken zustande.
Der Reverend schloß die Augen. »Ich glaube, ich ruhe mich jetzt ein wenig aus«, murmelte er.
Hatch schaute zurück auf das, was von Ragged Island noch übrig war. Nebel hatte die Insel eingehüllt und breitete seinen weißen Schleier über das Bild der Zerstörung. Nach einiger Zeit wandte Hatch den Blick wieder nach vorn in Richtung Stormhaven.

63

Das North-Coast-Maklerbüro befand sich in einem kleinen gelben Gebäude direkt gegenüber der »Stormhaven Gazette«. Hatch saß an einem Schreibtisch direkt hinter dem großen Schaufenster, trank eine Tasse Kaffee und betrachtete gelangweilt die große Pinwand, an der die Fotos und Beschreibungen von diversen zum Kauf angebotenen Häusern hingen. Unter der Ankündigung »Unser Topangebot« sah er ein Anwesen, bei dem es sich nur um das alte Haus der Familie Haigler handeln konnte: Obwohl der Dachstuhl in der Mitte eingesunken und das ganze Gebäude leicht zur Seite geneigt war, machte es immer noch einen anheimelnd malerischen

Eindruck. »Nur 129 500 Dollar – fast geschenkt«, las er. »Baujahr 1872. 1,6 Hektar Grund, Ölheizung, drei Schlafzimmer, Badezimmer und Dusche.« Fehlt bloß noch der Zusatz ›mit natürlicher Belüftung‹, dachte Hatch mit einem trockenen Grinsen, als er an die Spalten zwischen den Brettern und die verzogenen Fenster dachte. Daneben hing das Foto eines hübschen alten Holzhauses an der Sandpiper Lane, das zwischen zwei riesigen Felsahornbäumen stand. Die letzten fünfzig Jahre lang hatte es der kürzlich verstorbenen Mrs. Lyons gehört. »Mehr als nur eine Immobilie«, lautete der Werbetext, »ein Stück lebendige Geschichte.« Hatch mußte lächeln, als er daran dachte, wie er und Johnny die beiden Bäume an einem Halloween-Abend vor über dreißig Jahren in stundenlanger Arbeit mit Klopapier umwickelt hatten.

Seine Blicke wanderten zu der nächsten Reihe von Fotografien. »Traumhaus in Maine!« stand da voller Enthusiasmus geschrieben. »Erbaut Ende des neunzehnten Jahrhunderts. Glasveranda, Bogenfenster mit Ausblick aufs Meer, umlaufende Terrasse, eigener Bootssteg. Heizungs- und Warmwasseranlage in gutem Originalzustand. 329 000 Dollar.« Darunter befand sich ein Schnappschuß seines eigenen Hauses.

»Ach!« sagte Doris Bowditch geschäftig. »Das dürfte eigentlich gar nicht mehr hier hängen.« Sie nahm das Foto von der Pinwand und legte es auf den Schreibtisch. »Ich wollte ja nichts sagen, aber ich denke, daß Sie einen Fehler gemacht haben, als Sie ohne Not mit dem Preis heruntergegangen sind. Dieses Paar aus Manchester hätte auch mehr hingeblättert, glauben Sie mir.«

»Ja, Sie erwähnten es schon«, erwiderte Hatch und wunderte sich über das Bedauern in seiner Stimme. Es gab jetzt keinen wie auch immer gearteten Grund mehr für ihn, noch länger in Stormhaven zu bleiben. Trotzdem begann er schon jetzt, die wettergegerbten Holzschindeln der Häuser, das Klappern der Stahlkabel an den Masten der Boote und die resolute Engstirnigkeit der Stadtbewohner zu vermissen. Allerdings wußte er auch, daß sein Bedauern eine Art bittersüße Nostalgie war, die man am besten als liebende Erinnerung bewahrte. Er blickte hinaus auf die Bucht, wo irgendwo im Dunst die paar Felsen liegen mußten, die von Ragged Island übriggeblieben waren. Seine Aufgabe in Stormhaven, wo drei Generationen seiner Familie gelebt hatten, war beendet.

»Der Vertrag wird in Manchester unterzeichnet«, riß ihn die gutgelaunte Stimme von Doris aus den Gedanken. »Die Bank Ihrer Vertragspartner will es so. Sehen wir uns nächste Woche dort?«

Hatch stand auf und schüttelte den Kopf. »Ich glaube, ich werde meinen Anwalt hinschicken. Sind Sie so nett und passen auf, daß meine Sachen in Kisten verpackt und an diese Adresse geschickt werden?«

Doris nahm Hatchs Karte und blinzelte ihn durch ihre straßbesetzte Brille an. »Aber das ist doch selbstverständlich, Dr. Hatch.«

Hatch verabschiedete sich und stieg die Stufen vor dem Haus hinunter. Das hier war die letzte Angelegenheit gewesen, die er in Stormhaven noch zu erledigen gehabt hatte, nachdem er bereits mit Bud eine Flasche Ginger Ale getrunken und Professor Horn Lebewohl gesagt hatte. Noch einmal sah er sich langsam um, bevor er die Tür seines Wagens öffnete.

»Malin!« hörte er auf einmal eine vertraute, volltönende Stimme rufen.

Es war Christopher St. John, der mit ein paar Aktenordnern unter dem Arm auf ihn zukam. Der Engländer hatte sichtlich Mühe, auf dem holprigen Kopfsteinpflaster das Gleichgewicht zu halten.

»Christopher!« sagte Hatch ehrlich erfreut. »Ich habe heute früh in Ihrer Pension angerufen, um mich von Ihnen zu verabschieden, aber man hat mir gesagt, Sie seien schon abgereist.«

»Ich habe die Zeit in der Bücherei totgeschlagen«, antwortete St. John und blinzelte ins Sonnenlicht. »Thalassa schickt ein Boot, um das verbleibende halbe Dutzend Leute nach Portland zu bringen. Es müßte eigentlich jeden Augenblick hier sein.« Er drückte die Ordner an seine Brust, weil eine frische Brise vom Meer ihm fast seine wertvollen Papiere aus der Hand geblasen hätte.

»Waren Sie in der Stadtbibliothek?« fragte Hatch lächelnd. »Sie Ärmster!«

»Ach, ich fand es eigentlich recht ergiebig. Dort gibt es genau die Bücher zur Heimatgeschichte, die ich brauche.«

»Wozu denn?«

St. John klopfte auf seine Aktenordner. »Für meine Biographie über Sir William Macallan natürlich. Ich bin da auf einen ganz neuen Aspekt der englischen Geschichte des späten siebzehnten Jahrhunderts gekommen. Außerdem will ich über Macallans Verbindung zu den Geheimdiensten mindestens zwei Artikel für die Zeitschrift der Internationalen Kryptographischen Vereinigung schreiben ...«

Der tiefe Ton einer Schiffshupe ließ die Fenster der Häuser erzittern, und Hatch sah, wie sich eine schlanke weiße Jacht der Pier näherte. »Da ist ja mein Schiff«, sagte St. John. Umständlich gab er Hatch die Hand, während er mit der anderen die Ordner an seine Brust drückte. »Nochmals vielen Dank für alles, Malin.«

»Nichts zu danken«, sagte Hatch und erwiderte St. Johns Händedruck. »Alles Gute, Christopher.«

Hatch blickte dem Historiker auf dem Weg zur Pier noch eine Weile hinterher, bevor er in seinen Jaguar stieg. Er verließ den Platz in Richtung Süden, wo die Küstenstraße 1A nach Massachusetts führte. Er fuhr langsam und genoß die salzige Luft und das Licht-und-Schatten-Spiel, das die Zweige der alten Eichen auf den Asphalt der Straße warfen.

Vor dem Postamt von Stormhaven wartete bereits Isobel Bonterre auf ihn, die in einer dünnen Lederjacke und einem cremefarbenen Minirock auf dem Eckpfosten des weißgestrichenen Lattenzauns hockte. Ihre große Reisetasche lag vor ihr auf dem Gehsteig. Als sie Hatch sah, streckte sie einen Daumen in die Luft und schlug die Beine übereinander, wobei sie schockierend viel nackte Haut sehen ließ.

»*Ça va,* Seemann?« rief sie.

»Mir geht es gut«, antwortete Hatch. »Aber wenn ich Sie wäre, würde ich mich in acht nehmen.« Er deutete mit dem Kinn auf ihre gebräunten Oberschenkel. »Angeblich soll man hier in Maine Damen mit zweifelhaftem Ruf noch immer auf dem Scheiterhaufen verbrennen.«

Bonterre lachte laut auf. »Das sollen sie mal versuchen! Die Stadtväter hier sind allesamt so fett, daß ich ihnen ohne Probleme davonlaufen kann. Selbst mit diesen Stöckelschuhen.« Sie sprang von dem Pfosten herunter und ging vor dem Beifahrerfenster von Hatchs Wagen in die Hocke. »Wieso haben Sie so lange gebraucht?« wollte sie wissen.

»Das war die Schuld von Doris. Die Frau hat den Verkauf bis zur letzten Minute voll ausgekostet.«

»Lassen Sie sich deshalb nur keine grauen Haare wachsen«, sagte Bonterre und tat so, als ob sie schmollen würde. »Ich hatte ohnehin genug zu tun. Mehr als genug. Ich habe mir nämlich überlegt, was ich mit meinem Anteil von dem Schatz anfangen werde.«

Hatch lächelte. Sie wußten beide sehr gut, daß der Schatz auf Nimmerwiedersehen verschwunden war.

Bonterre seufzte übertrieben. »Sind Sie jetzt endlich bereit, mich aus dieser *ville horrible* zu bringen? Ich freue mich schon auf Lärm, Schmutz, aufdringliche Straßenhändler, Tageszeitungen und den Harvard Square.«

»Dann steigen Sie ein«, forderte Hatch sie auf. Er beugte sich über den Sitz und öffnete ihr die Beifahrertür.

Bonterre blieb in der Hocke. Sie legte die Ellbogen auf das offene Fenster und sah Hatch fragend an. »Aber ich darf Sie zum Essen einladen, einverstanden?«

»Natürlich.«

»Und dann werde ich hoffentlich endlich erfahren, wie ihr Yankee-Doktoren jungen Damen gute Nacht sagt.«

Hatch grinste. »Ich dachte, diese Frage wäre bereits geklärt.«
»Ja, aber heute abend wird alles anders. Heute abend sind wir nicht in Stormhaven. Und außerdem werde heute abend *ich* bezahlen.« Mit einem breiten Grinsen zog sie aus dem Ärmel ihrer Bluse eine massive Gold-Dublone hervor.
Hatch starrte die riesige Münze erstaunt an. »Wo haben Sie die denn her?« fragte er.
Bonterres Grinsen wurde noch breiter. »Aus Ihrer Praxis *naturellement*. Ich habe sie dort gefunden, als ich nach dem Geigerzähler suchte. Sie ist der erste – und der letzte – auf Ragged Island geborgene Schatz.«
»Geben Sie mir die Münze.«
»*Désolée*, mein Freund«, sagte sie lachend und zog Hatch die Dublone vor der Nase weg. »Solche Schätze gehören immer dem Finder. Vergessen Sie nicht, daß ich die Münze ausgegraben habe. Aber machen Sie sich keine Sorgen, ich werde Sie damit zu einer ganzen Reihe von Abendessen einladen.« Bonterre warf ihre Reisetasche auf die Rückbank und beugte sich dann wieder in den Jaguar hinein. »Und jetzt noch mal zu heute abend. Ich werde Ihnen die Wahl lassen. Kopf oder Zahlen?« Sie warf die Münze in die Luft, wo sie vor den dunklen Fenstern des Postamts im Sonnenlicht aufblitzte.
»Sie meinen wohl Kopf oder Zahl«, verbesserte Hatch.
»Nein«, sagte Bonterre, während sie die Hand mit der Münze auf ihren Unterarm klatschte. »Kopf oder Zahlen? So ist es richtig, *non*?« Sie warf einen Blick auf die Münze, wobei sie lüstern mit den Augen rollte.
»Wenn Sie jetzt nicht endlich einsteigen, dann verbrennen die Leute von Stormhaven noch uns *beide* auf dem Scheiterhaufen«, meinte Hatch lachend und zog Bonterre in den Wagen.
Gleich darauf hatten sie den Stadtrand erreicht, und keine zwei Minuten später jagte der Jaguar hinauf zu den Klippen von Burnt Head, von wo aus Hatch im Rückspiegel noch einmal einen kurzen Blick auf Stormhaven mit seinen weißen Holzhäusern und den vor Anker dümpelnden Booten er-

haschte. Hatch kam es vor wie eine Postkartenidylle, die er für immer in Erinnerung behalten würde.

Eine Sekunde später hatte der Wagen den Kamm der Klippe überquert, und alles, was dahinter lag, war mit einemmal verschwunden.

Danksagung

Für seine unschätzbare Hilfe bei den medizinischen Aspekten von »Riptide« stehen wir bei David Preston, einem der besten Ärzte in Maine, tief in der Schuld. Ebenso herzlich danken wir unseren Agenten Eric Simonoff und Lynn Nesbit von Janklow & Nesbit sowie Matthew Synder von der Creative Artists Agency, außerdem Betsy Mitchell, unserer phantastischen Lektorin, und der Verlegerin Maureen Egen von Warner Books.

Lincoln Child bedankt sich bei Dennis Kelly, Bruce Swanson, Lee Suckno, M. D., Bry Benjamin, M. D., Bonnie Mauer, Chérif Keita, Reverend Robert M. Diachek und Jim Cush. Ganz besonderer Dank gebührt meiner Frau Luchie für ihre Unterstützung und ihre fundierte (und manchmal auch beißende) Kritik, die sie mir bei den in den letzten fünf Jahren entstandenen vier Romanen hat zuteil werden lassen. Außerdem danke ich meinen Eltern, die schon in frühester Jugend meine Liebe zum Segeln und zum Meer geweckt haben, die bis zum heutigen Tag anhält. Neben ihnen gilt mein Dank auch den gespenstischen Scharen seit Jahrhunderten toter Piraten, Freibeuter, Verschlüsseler und Entschlüsseler von Geheimschriften, Dilettanten und elisabethanischen Geheimagenten, die mir für einige der malerischen Charaktere von »Riptide« Modell standen. Mein letztes, schon lange überfälliges Dankeschön gilt Tom McCormack, meinem Ex-Chef und Mentor, der mir mit Enthusiasmus und Scharfblick so viel über die Kunst des Schreibens und das Handwerk des Lektorierens beigebracht hat. *Nullum quod tetigit non ornavit.*

Douglas Preston dankt voller Hochachtung John P. Wiley, Jr., dem Chefredakteur des »Smithsonian Magazine«, sowie Don Moser, der bei derselben Zeitschrift als Redakteur arbeitet. Außerdem gilt mein Dank meiner Frau Christine, die mich immer unterstützt hat, und meiner Tochter Selene, die das

Manuskript gelesen und einige exzellente Verbesserungsvorschläge dazu gemacht hat. Tiefe Dankbarkeit empfinde ich auch gegenüber meiner Mutter Dorothy McCann Preston und meinem Vater Jerome Preston, Jr., dafür, daß sie die Green Pastures Farm pflegen und erhalten, so daß auch meine Kinder und Enkelkinder sich an diesem Fleckchen Erde erfreuen können, das ich teilweise als Hintergrund für die Handlung von »Riptide« verwendet habe.
Wir entschuldigen uns beide bei den eher puristisch gesinnten Liebhabern von Maine dafür, daß wir die Küste dieses Staates unseren Bedürfnissen angepaßt und einige Inseln und Durchfahrten mit dreister Hemmungslosigkeit neu angeordnet haben. Es braucht wohl nicht extra betont zu werden, daß es sich bei der Stadt Stormhaven und ihren Einwohnern sowie bei der Firma Thalassa mitsamt ihren Angestellten um reine Fiktion handelt. Dasselbe gilt für Ragged Island, wenn sich entlang der amerikanischen Ostküste auch mehrere Inseln dieses Namens finden lassen. Ragged Island, so wie wir es in »Riptide« beschrieben haben, ist – ebenso wie die Familie Hatch, der die Insel gehört – ein hundertprozentiges Produkt unserer Phantasie.

Zwei Wissenschaftsthriller des Erfolgsteams

Douglas Preston / Lincoln Child

an den Grenzen zwischen Alptraum und Wirklichkeit:

Mount Dragon

In einem Forschungslabor mitten in der Wüste von New Mexico, wo Gentechniker ein lebensrettendes Präparat testen, läuft etwas gewaltig schief …

Attic

In den Schächten und Kanälen tief unter den Straßen Manhattans lauert das Grauen. Was hier droht, kann schon morgen Realität sein.